L.L. Warlitzer

As Crônicas de Olam
Mundo e Submundo
volume 2

TOLK
PUBLICAÇÕES

W967c   Wurlitzer, L. L (Leandro Lima)
        As crônicas de Olam : volume 2 : mundo e submundo / L. L. Wulitzer. – Tolk Publicações : Fiel, 2016.

        551 p. : il.
        ISBN 9788581323848

        1. Ficção fantástica brasileira. I. Título.

        CDD: B869.3

Catalogação na publicação: Mariana C. de Melo Pedrosa – CRB07/6477

CRÔNICAS DE OLAM
Vol 2: *Mundo e Submundo*

por Leandro Lima Wurlitzer
Copyright © 2011 Leandro Lima Wurlitzer

■

Todos os direitos em língua portuguesa reservados por Editora Fiel da Missão Evangélica Literária

PROIBIDA A REPRODUÇÃO DESTE LIVRO POR QUAISQUER MEIOS, SEM A PERMISSÃO ESCRITA DOS EDITORES, SALVO EM BREVES CITAÇÕES, COM INDICAÇÃO DA FONTE.

Copyright © 2014 Editora Fiel
Tolk Publicações é um selo da Editora Fiel
Primeira Edição: 2016.

■

Diretor: Tiago J. Santos Filho
Editor: Tiago J. Santos Filho
Revisão: Marilene Lino Paschoal
Ilustração da capa: *A batalha de Nod* por Andrés Ramos
Ilustração do mapa: Carlos Alexandre Lutterbach
Capa: Rubner Durais
Diagramação: Rubner Durais
ISBN: 978-85-8132-384-8

PUBLICAÇÕES

Caixa Postal 1601 | CEP: 12230-971 | São José dos Campos, SP | PABX: (12) 3919-9999
www.tolkpublicacoes.com.br

YAM
HAGADOL

HARIM
ADOMIM

RIO YARDEN

HAVILÁ

REAH

Rota das Pedras

YAM
HAMELAH

Bartzel

Hoshek

Prólogo 11

1 — Olhos cegos 19
2 — A primeira viagem ao submundo 45
3 — Água e fogo 65
4 — Serpentes verdes 83
5 — A floresta de Ellâh 101
6 — Espadas e enxadas 135
7 — O presente do conselho cinzento 155
8 — Companheiros de última hora 185
9 — A Garra do Behemot 213
10 — A batalha de Nod 229
11 — O funeral de uma Era 257
12 — O trono de mármore 279
13 — A segunda viagem ao submundo 303
14 — A cidade dourada 331
15 — As câmaras do Abadom 353
16 — O guardião do submundo 393
17 — O caminho dos mortos 417
18 — A luz no fim do túnel 447
19 — A batalha da água 469
20 — A batalha do fogo 495
21 — A encruzilhada do mundo 515

Epílogo 541

Glossário dos principais termos hebraicos 547

Cronologia de Olam 553

Cronologia das Pedras Shoham 555

Map

- HARIM KESEPH
- Rota dos Peregrinos
- GANEDEN
- YAM KADEMONY
- IR-SHAMESH
- NOD
- Sinim
- Rota dos Camponeses
- RIO HIDDEKEL
- RIO PERATH
- NEHARAH
- URIM
- OLAMIR
- BETHOK HAMAIM
- MAOR
- Olam
- HARIM NEGEV
- SCHACHAT

Prólogo

Ainda não havia amanhecido totalmente quando um trovão, ou algo parecido, despertou o acampamento. Há semanas chovia sem parar, mas aquele som era diferente dos estrondos dos raios que, com certa regularidade, abatiam árvores da floresta. Era mais alto. Estranho. O som ainda ficou ecoando em minha mente após eu ter despertado.

Tudo estava encharcado pela chuva a qual nenhum homem vivo havia visto cair com tanta intensidade e por tanto tempo em Olam. Uma chuva diferente, ácida, com um gosto amargo, e deixava queimaduras na pele.

Apesar disso, era a primeira noite completa que eu conseguia dormir em tantas... nem sabia mais contar quantas... desde que meu mundo acabara...

— Tzizah! Fuja! — ouvi chamarem meu nome.

Só precisei de um salto para me pôr em pé. A trança pronta nos cabelos e a couraça velha com alguns fios de malha soltos e pontas desfiadas, coberta por uma túnica simples de camponesa, atestavam que estava preparada, como sempre. Inevitável foi pensar o quanto eu estava distante de exibir a graciosidade esperada da filha de um Melek. Como para confirmar esse pensamento, a espada veio rápido para minha mão, com a familiaridade só possível entre íntimos. Lembrei-me que outrora essas mesmas mãos só cuidavam de flores no palácio... O mais incrível era que, naquele momento, flores poderiam ser minhas armas. Havia descoberto um lado mortal na beleza.

Busquei a pedra shoham retangular que pendia do pescoço para dentro da túnica cinzenta e me preparei para o que quer que fosse... Senti momentaneamente a paz instintiva quando a tocava. *Nada mais pode me surpreender*, pensei. Porém, logo descobriria que estava enganada...

Abri a precária cortina usada como porta da cabana com a ponta da espada, e a imagem revelou as informações já passadas pelos sons: o acampamento estava em caos. Um tênue amanhecer cinzento se erguia acima das árvores, incapaz de oferecer luz ou esperança. Fiozinhos quase indistintos de neve se misturavam pela primeira vez com a chuva ácida. Mesmo assim, o inverno continuava atrasado em Olam.

Pisei o pátio encharcado e vi camponeses vestindo roupas de lã, correndo apavorados de um lado para o outro entre gritos de assombro e desespero. Havíamos treinado em como proceder em situação de ataque, entretanto eu já sabia o quanto o terror podia encobrir todas as lições.

As sentinelas nas árvores haviam abandonado os postos, deixando o acampamento entregue a si mesmo. Isso significava que o invasor era grande. Mas eu não poderia imaginar o quanto.

Um novo estrondo abalou a floresta, vindo do lado da aurora. Aquilo de fato não era um trovão. Era... um rugido! Algo monstruoso avançava em nossa direção, e eu tentava imaginar o que seria dessa vez. O barulho de árvores sendo quebradas e troncos esmagados era assustador o bastante para fazer os mais corajosos tremerem. E já não havia muitos destes entre nós.

As levas de soldados que se ajuntavam a nós foram reduzidas pelos ataques, pelas doenças e feras. Há dois meses nos movíamos de lugar em lugar, uma semana nas montanhas, outra na floresta, depois vales, beira-mar, encostas... Sempre na tentativa de estar um passo à frente dos perseguidores, ignorando o que parecia certo. Haveria esperança depois da queda de Olamir? Depois da partida de meu pai? Eu me perguntava isso todos os dias.

Quando a silhueta imensa surgiu afastando as árvores como se fossem juncos, fiquei paralisada, minhas forças evaporaram. Sabia que precisava correr, mas...

— Um behemot! — ouvi um dos homens gritar as palavras silenciadas em minha boca.

O monstro escaramuçava, derrubava e esmagava tudo em seu caminho. E o acampamento estava no caminho dele.

Mesmo vendo o monstro praticamente face a face, não me parecia possível. Não fazia sentido. Não ali. Estávamos muito longe dos campos de gelo para além das montanhas, onde os behemots viviam, ou pelo menos deviam viver.

Até agora não entendo o que me fez ficar ali imóvel diante dele. Talvez minha mente tivesse percebido que não havia mais tempo de fugir, ou talvez meu coração estivesse tomado pelo fascínio (mesmo que insano) de contemplar algo raramente visto pelos humanos até aquele dia.

Aquele era o único monstro que mesmo sem soltar fogo era temido pelos que soltavam. Andava sobre duas pernas e possuía braços e garras fortes o suficiente para estraçalhar um elefante. Sua cabeça altiva se sobressaía ao teto verde da floresta em alguns momentos. Sobre suas costas, desde a longa cauda até o alto da cabeça, subia uma fileira de espinhos enormes finalizada em cinco ou seis grandes chifres que se elevavam rígidos e pontudos como lanças naturais. A cauda se endurecia como ferro e deixava para trás uma trilha de destruição. Eu podia sentir a dor das árvores destruídas. Mas, também podia sentir a dor dele! O behemot estava sob ataque. Estava fugindo de algo.

Apertando fortemente Yarok, eu tentava algo impossível: fazê-lo voltar, poupar o acampamento. Recentemente, havia descoberto funções extraordinárias naquela pedra. Desejava imensamente que ela pudesse controlar o monstro, logo, em uma atitude talvez insana, permaneci no caminho dele e ordenei:

— Pare! — Toda a floresta pareceu atender ao meu comando. As árvores pararam de balançar. — Retorne!

Para minha surpresa, mesmo que só por um instante, ele realmente parou. Vi os olhos gelados da criatura disseminando um brilho prateado semelhante a neve do alto dos picos das Harim Keseph. Não pareciam olhos perversos, entretanto não era prudente ficar na frente deles.

O behemot urrou espalhando dor e gemido. Pensei que não aguentaria aquele som quase insuportável. Num último resquício de consciência, joguei-me ao chão lamacento e implorei aos céus que um dos pés gigantes não me atingisse. O pé monstruoso afundou o chão a menos de um metro de minha cabeça lançando lama em todas as direções. Permaneci imóvel enquanto a criatura passava sobre mim em sua rota de fuga. Senti um frio intenso quando ele passou, como naquela noite na cabana das Harim Keseph quando as pedras incandescentes se apagaram...

Mas o inverno foi com ele. Tão rápido quanto chegou, o behemot seguiu adiante se embrenhando na mata deixando seu legado de destruição. A cauda arrasou as cabanas improvisadas como se nem as tivesse percebido. Pelas costas, vi o sangue coagulado mesclado com barro sobre a grossa couraça natural da criatura.

O fascínio me fez ignorar mais uma vez a prudência. Eu precisava ir atrás da criatura. Precisava entender o que estava acontecendo. Foi quando ouvi os relinchos desesperados de um cavalo. Procurei por ele entre as árvores despedaçadas. O pobre e assustado animal, cercado por pedaços de troncos e galhos caídos, escoiceava o ar tentando se livrar daquela prisão. Mesmo o behemot estando mais distante, seus rugidos assustadores ainda eram como fortes trovões ecoando dos céus. Com uma mão na pedra shoham e a outra sobre os pelos brancos e úmidos do animal, pude sentir o terror íntimo dele, semelhante ao meu. Com dificuldade, consegui acalmá-lo, comunicando-me com sua mente e sussurrando palavras serenas como havia aprendido a fazer. Segurei firmemente na sela rústica, e ele se deixou montar, então partimos atrás da trilha de destruição.

Logo percebi a dificuldade em acompanhar a marcha da criatura. Árvores caídas e monturos de pedras e lama eram pistas fáceis de serem vistas, mas não de serem superadas. O cavalo precisou fazer um esforço monumental para saltar sobre troncos, sair de poças de lama e desviar de montes de pedra. Tive a sensação de que ele reagia com desconfiança aos meus comandos. Talvez meus próprios sentimentos conturbados, passados para ele pela pedra shoham, fossem responsáveis pelas atitudes do animal. Fiz um esforço em controlar minha agitação. Tentei passar tranquilidade, mesmo sem a sentir...

Encontrei um caminho por entre as árvores, onde os monturos não atrapalhavam tanto a trajetória. A chuva fina e ácida castigava meu rosto devido ao meu descuido em não manter suficientemente o capuz azul sobre a cabeça, o que ocasionou um forte ardume na face, porém, naquele momento, toda minha concentração estava em encontrar a criatura ferida e entender a razão de ela estar ali. Antigas lições aprendidas na academia de Olamir passavam como os vislumbres de árvores que ficavam para trás. Aulas sobre a fauna e a flora de Olam, assim como informações sobre a origem, o tamanho e a ferocidade dos behemots. Meu pai acreditava que aquelas criaturas eram obras primas de *El*.

— *Leviathan e o behemot foram as duas primeiras criaturas de El.* — lembrei-me de uma das aulas. — *As essências do fogo e do gelo estão dentro dessas criaturas. Mas ao contrário do dragão-rei, os behemots não têm ódio pelo ser humano, inclusive já lutaram ao lado dos homens no passado; os dragões-reis, entretanto, sempre estiveram com os shedins, ou melhor, lutaram ao lado deles, mas nunca respeitaram ninguém.*

O próprio Melek liderara uma expedição secreta até o inverno dos behemots, muito antes da guerra. O objetivo daquela missão havia sido realizar pesquisas. O interesse de meu pai ia além do conhecimento anatômico ou dos hábitos alimentares dos behemots. Ele queria descobrir a origem do poder das criaturas. Magia dos primórdios. Eu havia demorado para entender que esse havia sido o objetivo dele... E, por algum motivo ainda desconhecido por mim, o Melek abandonara aquele projeto.

Eu cavalgava o mais rápido possível, mas não havia mais vislumbre do corpo colossal do behemot. No entanto, o rastro de árvores despedaçadas e a fina camada de gelo formada por onde ele passara eram pistas que eu poderia seguir pelo menos até o final da floresta.

Vi o clarão se aproximar após quase meia hora de cavalgada e percebi a curta distância em que estava a última linha de árvores. Subitamente fiquei órfã da proteção delas e deparei-me com uma região de pântanos e vegetação baixa e seca. Gases cinzentos subiam do chão, árvores mortas se retorciam parcialmente submersas, e um cheiro repugnante afastava qualquer visitante do lugar. A floresta terminava na região dos pântanos que se estendia até a Garra do Behemot, já no Yam Kademony. Mas, apesar do nome do local, não havia nenhum sinal de que o behemot estava ali. Por um momento, acreditei que o havia perdido.

Então, ouvi um rugido e percebi que ele estava várias milhas no meio do pântano parcialmente encoberto pelos gases. Avistei a silhueta e percebi que ele rugia em direção aos charcos como se estivesse lançando um desafio. Era uma cena assustadora, a boca aberta, as mandíbulas à mostra. Cada rugido parecia um chamado em alguma língua antiquíssima. Apesar de não entender a língua dele, de algum modo tinha percepção do que transmitia, graças às experiências do caminho da iluminação. Era algo sobre os primórdios, evocações de acontecimentos muito anteriores ao tempo em que os homens andavam sobre a terra. Era um clamor por vingança e justiça.

Então, algo gigantesco e sinuoso moveu-se nos charcos. Percebi o súbito movimento, pois foi como se todo o pântano se mexesse como uma serpente. Uma cabeça horripilante com chifres que formavam uma coroa assustadora emergiu lentamente. Vi os olhos perversos, duas chamas vermelhas, que espreitaram os charcos. Com um misto de horror e fascínio, compreendi a situação. Estava ocorrendo uma batalha. A mais antiga de todas, o gelo contra o fogo, ou o inverno contra o verão.

O corpo sinuoso de Leviathan acelerou sobre os charcos e, num instante, chamas terríveis jorraram em direção ao behemot. A longa fileira de protuberância de seu dorso e cauda tornaram-se incandescentes e brilharam por um instante como cobre derretido. Então entendi a razão dos ferimentos dele. Aquilo havia sido causado pelo fogo do dragão-rei.

Tentando desviar-se da linha de fogo, o behemot se impulsionou para frente e seu corpo se afundou na terra pantanosa. O vapor de água ao redor subiu às alturas como a explosão de gêiseres. O chão se endureceu e ficou preto como alcatrão.

O cavalo estava assustado, e eu precisei usar todo o poder da pedra a fim de mantê-lo parado, pois naturalmente o animal desejava se manter longe daquele duelo de monstros. Eu tinha uma vaga noção dos motivos pelos quais os dois mais antigos inimigos duelavam, mas não compreendia a razão de estarem naquele lugar. Sem dúvida era um sinal de desequilíbrio. Leviathan vivia nos pântanos quentes e salgados no extremo sul de Olam, e os behemots nos campos gelados do outro lado das montanhas, no extremo norte. E agora se enfrentavam na região intermediária de Olam, sem respeitar os antigos limites estabelecidos para eles no primeiro tratado do mundo e do submundo.

Um novo ataque impiedoso de Leviathan envolveu o behemot inteiramente com chamas. A criatura rugiu estrondosamente numa mescla de fúria e agonia. Nem ele — nem outra criatura — poderia suportar todo o fogo lançado pelo dragão. Mesmo assim, aproveitando os instantes em que o dragão levaria até recompor o fogo, valente, o monstro do gelo marchou com os chifres pontiagudos em direção ao adversário. Seu rugido era semelhante ao som de mil elefantes em disparada no campo de batalha.

Antes de ser alcançado, o dragão-rei deslizou sobre os charcos e decolou. Espantosamente, seus três conjuntos de asas impulsionaram o corpo sinuoso ao alto, e atiçaram as chamas que abrasavam o pântano. As asas esticaram-se e encheram o céu. Contemplei a silhueta elevando-se e ultrapassando a camada cinzenta de vapor e fumaça, sem conseguir entender como um animal daquele tamanho conseguia voar.

Ao contrário do behemot, o dragão-rei exibia uma forma repugnante. Assemelhava-se a uma saraph, porém muito maior, com longas asas membranosas e olhos chamejantes. Ele girou no ar, preparando-se para cuspir fogo num novo e decisivo ataque. Mas antes que completasse o giro com seu corpo sinuoso, o behemot deu uma escaramuça com a cabeça e, para minha incredulidade, sua boca soltou uma espécie de líquido que brilhava como gelo.

Uma verdadeira chuva de lanças e farpas se formou quando o líquido endureceu e subiu em direção a Leviathan. Os objetos ganharam velocidade, e o dragão só com um movimento arriscado conseguiu se desviar, mesmo assim, uma das lanças atravessou uma das seis asas. O dragão perdeu altitude, pois ainda não estava estabilizado nas alturas. Suas cinco asas restantes não foram momentaneamente suficientes para impulsionar o corpo para o alto, o monstro despencou sobre os charcos espalhando água fervente e lama em todas as direções. Enquanto afundava no pântano, seus urros faziam estremecer a terra.

Outra chuva de gelo foi disparada da boca do behemot, mas, apesar de atingido, o dragão-rei foi veloz como só uma serpente consegue ser e revidou o gelo com seu fogo. Acreditei que era suficiente para incendiar uma cidade inteira ou mesmo uma floresta. O fogo venceu o gelo, e as labaredas avançaram outra vez em direção ao behemot.

A criatura do gelo se impulsionou com seus flancos poderosos para fugir do ataque, afundando-se o máximo possível no pântano, mas já não havia água suficiente, e a lama estava endurecida pelos sucessivos jatos de fogo e gelo.

A intensidade do fogaréu, capaz de derreter mármore, envolveu o behemot. Ele rugiu dolorosamente e lançou outro rio, porém, dessa vez, o gelo não se formou, e o líquido apenas levantou vapores intensos. A resposta de Leviathan foi nova onda de fogo que envolveu o behemot. Percebi que a criatura do gelo não ia resistir por muito tempo. Em desespero, ele se lançou outra vez contra o dragão. Aquela persistência surpreendeu Leviathan que não teve tempo de vomitar suas chamas. A atitude praticamente suicida surtiu efeito. Os braços e garras envolveram o pescoço do dragão-rei enquanto ele tentava encravar as mandíbulas no dorso do adversário.

Leviathan se debateu ao sentir os dentes terríveis atravessando sua couraça natural, e, por um momento, acreditei que o último dragão-rei tombaria sobre os charcos. Provavelmente, os dois morreriam juntos. Mas o corpo sinuoso se moveu vertiginosamente e enlaçou o oponente. A mistura de rugidos, enquanto os dois monstros se debatiam e os charcos tremiam, foi a cena mais assustadora que eu já havia contemplado. As asas gigantes se agitaram e, mesmo com uma delas ferida, o dragão-rei se elevou. Por um instante, os dois ficaram enlaçados e suspensos no ar, enquanto lutavam com dentes e garras. Então, foi a vez do dragão encravar as mandíbulas incandescentes no pescoço do oponente, pondo fim ao duelo.

Quando Leviathan soltou o behemot, o corpo tombou sobre os charcos com um baque seco, pois já não havia água. Ainda tomado de fúria, o dragão cuspiu fogo sobre o cadáver gelado do behemot. Uma quantidade assombrosa de fogo. Eu tremia de medo e perturbação ao ver todo aquele poder em ação.

Então, o dragão-rei me enxergou. Eu e o cavalo éramos só um pontinho ao lado das árvores, mas tive a certeza de que ele havia me visto, pois rugiu estrondosamente em minha direção. Até hoje lembro o que eu senti enquanto apertava Yarok com tanta força a ponto de sangrar minha mão. Foi uma mescla de todos os sentimentos possíveis relacionados ao terror e ao desespero. Ele só precisava lançar um jato de fogo em minha direção para me consumir e boa parte da floresta atrás de mim. Em vez disso, por alguma razão, o maior dragão de Olam virou-se no ar e bateu cinco asas em direção ao norte.

Sentindo as batidas de meu coração ainda em disparada, vi a silhueta diminuir lentamente no horizonte. Ele não tomou a direção do sul, onde há séculos vivia recluso nos pântanos salgados. Isso significava que Leviathan estava se movimentando livre mais uma vez por Olam, em busca de inimigos que desafiassem seu poder. Sobre os charcos, no meio do fogo e da fumaça escura, permaneceu o corpo em chamas de uma antiga criatura que havia tentado.

Olam havia mudado muito desde a queda de Olamir. Os opostos mais do que nunca se colocavam em rota de colisão. Luz e sombras, céus e terra, fogo e gelo, mundo e submundo. E eu sabia que era só o começo.

Hoje só resta um dragão-rei. — Lembrei-me de outra aula de meu pai. — *Por sorte, é o mais poderoso de todos. Enquanto o antigo oráculo não se cumprir, e ele viver, esta Era não terminará. Verão e inverno precisam coexistir.*

Olhei ao redor e percebi que a neve havia parado de cair.

1 Olhos Cegos

As cordas da catapulta se retesaram ao sinal da mão levantada do soldado vassalo, o esforço conjunto de seis homens que giraram o mecanismo fez soltar um grande fragmento de rocha. O objeto subiu como se não tivesse peso e, segundos depois, chocou-se contra a muralha exterior da cidade de Nod. Apesar do estrondo, causou nada mais do que ranhuras na fortificação milenar. Era a terceira tentativa infrutífera dos vassalos em menos de uma hora.

Do alto da segunda muralha circular que dividia a cidadela dos nobres da cidade baixa, dois homens vestidos como camponeses observavam a movimentação do exército que cercava a cidade. Pelas vestimentas pareciam dois velhos, mas um deles era bastante jovem. Quando a rocha se despedaçou ao atingir a muralha externa, o jovem se encolheu por um momento. Apesar de potencializadas por pedras shoham, nenhuma daquelas catapultas movimentadas pelos vassalos conseguia fazer os projéteis atravessarem a altíssima primeira muralha, portanto, as chances de alcançarem a segunda onde eles estavam eram nulas.

Cada pedra da segunda muralha tinha o dobro do tamanho do jovem. Todas as vezes que as via, ele ficava imaginando como os antigos reis de Nod conseguiram transportar aquelas rochas para o alto da montanha onde ficava a cidadela.

O jovem puxou o capuz sobre a cabeça para se proteger da chuva ácida. Por um momento pareceu mais preocupado com os pingos do que com as pedras que caíam sobre a cidade. Ele fixou os olhos nos fiozinhos brancos que momentaneamente começaram a cair, dando a impressão de que o inverno finalmente viria forte, porém, logo depois, misteriosamente a neve efêmera cessou.

— É um sinal dos tempos! — disse o jovem olhando para as pesadas e escuras nuvens que cobriam Olam. — O inverno está atrasado, e esta chuva queima. Isso não está certo!

O velho se apoiava num cajado de madeira e observava atentamente a movimentação dos soldados inimigos. A aparência do ancião abrigando-se sob a capa preta e gasta lembrava um corvo. As grossas roupas de algodão de camponeses, escurecidas pelo longo uso e pela falta de água, permitia-lhes passar por moradores da cidade, por isso, eram necessárias.

Os soldados que se moviam para cima e para baixo, dentro da cidade, não prestavam atenção a eles. E, para os inimigos aos pés da grande muralha, eles não seriam mais do que dois pontinhos cinzentos mesclados com a pedra sólida dos diversos círculos de construções que compunham a mais antiga cidade de Olam.

— É só chuva — ralhou o velho. — Ela não vai derretê-lo, se ao menos você se cobrir...

A aparência frágil do latash era desmentida por um olhar ainda arguto. Porém estava envelhecendo rapidamente, um ano a cada mês, ou talvez mais, desde que o Olho saíra definitivamente de suas mãos...

Chovia como se toda a água do Yam Hagadol tivesse subido até as nuvens e retornasse a conta gotas, com reservas suficientes para durar até o fim do mundo. A paisagem estava embaçada, o mundo se tornara um grande pântano, o amanhecer já havia chegado, mas, de tão discreto, alguém poderia nem o notar.

— Uma chuva que cai sem parar há quase três luas... — teimou o jovem, mesmo sabendo que era tolice insistir.

Por baixo das roupas simples, o jovem vestia uma leve e elegante armadura quase dourada que poderia ter sido de um rei. Seus cabelos castanhos estavam compridos e seu jeito de falar, amadurecido. Praticamente nada nele lembrava o inexperiente aprendiz de latash que deixara Havilá para se lançar em uma jornada por toda a terra de Olam.

— Mesmo assim, é o menor dos nossos problemas — descartou o velho, voltando a se concentrar no exército que sitiava a cidade cinzenta.

Ben, o Guardião de Livros, também baixou os olhos mais uma vez para a movimentação dos soldados vassalos. Ainda estavam em número insuficiente para oferecer riscos consideráveis à cidade de Nod.

A incessante garoa ácida que lentamente tornara Olam um mundo de lama e queimara boa parte da vegetação baixa, provavelmente, não fosse mesmo o maior dos problemas. Quando o número de soldados inimigos aumentasse, o verdadeiro desafio se revelaria.

Com relação à chuva, Enosh, o Velho, explicara ser resultado dos terríveis poderes que se chocaram na noite em que Olamir caíra. Entretanto, o velho insistia em afirmar que os efeitos poderiam ter sido piores, e talvez ainda fossem, afinal Olamir e o Olho de Olam eram responsáveis pelo equilíbrio entre as sombras e a luz em Olam. Equilíbrio já inexistente.

— As catapultas têm pedras shoham lapidadas e, mesmo assim, não conseguem sequer arranhar as muralhas — notou Ben.

— Não basta ter pedras lapidadas. É preciso saber fazê-las funcionar nas armas. Talvez, de tanto tentar, um dia eles aprenderão...

Semelhante à chuva, o latash estava mais amargo a cada dia. Nunca fora nenhuma novidade o fato de ele dificilmente concordar com algo dito por Ben, porém irritantemente ainda o tratava como se fosse o mesmo jovem inexperiente de Havilá. Esquecia-se, talvez, de que seu ajudante havia se tornado um guerreiro após ter sido treinado pelos irins em Ganeden e ter vivido dois anos e meio em pouco mais de dois dias... E, depois, tornara-se portador de Herevel... Mas Ben não podia culpá-lo, às vezes, até mesmo para ele, era difícil acreditar em tudo aquilo.

— Até quando vamos ficar apenas observando como se não nos dissesse respeito? — Havia um claro tom de descontentamento na voz de Ben, o qual ele não fez questão de esconder.

— Até que realmente nos diga respeito — sentenciou o latash, agora parecendo mais cansado do que irritado. — Estamos aqui por outro motivo. Você sabe...

O gesto de puxar o capuz para frente do rosto podia significar que apenas tentava se proteger da chuva, mas também que não queria mais perguntas.

Sim, em parte, Ben sabia o motivo de estarem em Nod. *O conselho cinzento. A rede...* Mas a maior parte dos motivos ele desconhecia completamente.

No início, logo após o Eclipse de Olamir, quando recuperaram Herevel das águas tumultuosas do Yam Kademony, Ben chegou a acreditar que Nod seria o quartel general deles, o lugar de onde começariam a reconquista de Olam. Afinal quatro integrantes do conselho latash haviam morado na cidade, e naquele período todos os demais estavam abrigados ali, misturados com a população pobre da cidade baixa, tentando não levantar suspeitas. Essa ideia fortaleceu-se quando, um mês depois de se mudarem clandestinamente para a cidade, o exército vassalo estacionou diante das muralhas cinzentas. Parecia que a guerra viera procurá-los. Mas Enosh não se mostrou interessado em envolver-se diretamente na batalha. Assim como havia incompreensivelmente apenas observado Olamir cair, parecia disposto a deixar outra catástrofe acontecer com Nod...

O guardião de livros também puxou o capuz gasto e continuou olhando sem ver a paisagem nublada. Entregou-se aos próprios pensamentos já suficientemente nebulosos.

Quase quatro meses. Esse fora o tempo desde que Olamir caíra. Inacreditavelmente, era um tempo maior do que havia transcorrido desde que ele, Leannah e Adin deixaram Havilá até percorrerem todo o Caminho da Iluminação. Enosh dizia que era o tempo necessário para a poeira assentar, os poderes se realinharem e algum precário equilíbrio se restabelecer na desolação. Antes de se mudarem para a cidade, eles permaneceram um mês escondidos em uma destruída vila de pescadores junto ao Yam Kademony. Lá, enquanto o conselho cinzento lapidava pedras, Ben cavara túmulos. Cinquenta e três ao todo precisara abrir na terra arenosa para sepultar os pobres pescadores do vilarejo dizimado pelos cavaleiros-cadáveres. Conseguira mais calos nas mãos manejando a pá do que a espada. Os outros dois meses, passaram em Nod. Esperando...

Outra pedra se desgrudou da imensa catapulta e subiu fazendo o percurso de meia lua até se chocar no alto da muralha exterior com um forte e inútil estrondo. Ben observou que aquele havia sido o melhor disparo até o momento. Com mais um pouco de força e mira, os vassalos, talvez, conseguissem arremessar pedras para dentro da cidade baixa que rodeava o pé da montanha, mas isso ainda significaria pouco para a pretensão de conquistar Nod.

Os soldados da cidade responderam aos ataques também arremessando pedras de dentro das muralhas. Já haviam conseguido destruir duas catapultas dos vassalos daquele modo.

— Calculo que pouco mais de duzentos soldados chegaram de ontem para hoje — relatou Enosh. — E até agora nada de cavaleiros-cadáveres ou outras criaturas. Por alguma razão, o ajuntamento do inimigo está demorando mais do que o esperado.

Ben assentiu. Devia haver menos de cinco mil homens no exército vassalo.

Logo no início, quando o exército invasor cercou a cidade, os ataques foram bastante intensos, mas Nod mostrou-se preparada para se defender. Soldados derramaram água quente e metal derretido sobre todos os que se aproximaram do portão principal. Barricadas de escombros escoravam, pelo lado interno, o portão de acesso através da muralha exterior. Logo os vassalos perceberam que o poderio era insuficiente para tomar a cidade de uma só vez. Então, estacionaram diante das muralhas, impedindo a entrada ou a saída de pessoas ou de mantimentos. Dois meses depois, enquanto o cerco era mantido, o racionamento de alimentos dentro da cidade tornava-se rigoroso, e os primeiros resultados já começavam a aparecer com roubos e desentendimentos, porém, a cidade continuava impedindo a invasão.

Enosh observava tudo o que acontecia sem tomar atitude. A única expressão, que às vezes surgia em seu rosto milenar, era uma pequena curva feita pelo lábio inferior descarnado em sinal de descontentamento. Talvez, ele confiasse no poder de defesa da cidade. Ou, talvez, tivesse planos secretos... Ben começava a perceber que o velho sempre os tivera. Isso causava inquietação no guardião de livros, pois não entendia a verdadeira participação do latash em toda aquela história. Seria ele vítima ou vilão?

Ele colocou fogo no casarão em Havilá...

O pensamento mais uma vez o assolou.

Por quê?

Uma parte dos planos relacionava-se com as pedras amarelas que ele e os demais membros do conselho cinzento estavam lapidando secretamente. Ben não sabia qual era a função da rede, exceto que era uma tentativa de enfrentar os shedins. Não conseguia entender como isso seria possível. Sem Olamir, sem o Olho de Olam, qual força na terra poderia fazer frente aos demônios de Hoshek?

— *Há outros poderes neste mundo e fora dele*, dissera uma vez Enosh. *Leviathan e o templo das águas em Bethok Hamaim são alguns dos que ficam neste mundo.*

— Porém, ambos são tão inacessíveis quanto os que estão fora dele. Ben sentira vontade de responder.

A única notícia aparentemente boa era o fato dos shedins, após a queda de Olamir, terem sido forçados a recuar para a cortina de trevas. Os kedoshins renegados ficaram muito tempo longe da escuridão de Hoshek, e a exposição às duas ondas destruidoras de luz da pedra branca que imitava o Olho de Olam os enfraqueceu. Muitos shedins, de acordo com Enosh, retornaram com os corpos praticamente destruídos para a terra das sombras após aquela batalha. Eles demorariam um bom tempo até se reconstituírem para poderem sair de lá e encarar a luz outra vez. Isso, provavelmente, era o que estava atrasando a conquista de Nod e do restante de Olam. Mas isso era só um fio de esperança facilmente rompível. Era só uma questão de tempo. Naphal havia vencido e sua vitória, até aquele momento, não sofria ameaça.

Com Olamir destruída, o príncipe de Irofel, enquanto se recompunha nas cidades sombrias, podia deixar Olam entregue ao caos. Sem dúvida os cobiçosos líderes das grandes cidades como Bethok Hamaim, Maor, Nehará e Ir-Shamesh já estariam cuidando disso. Não demoraria até que toda a terra de Olam estivesse mergulhada em uma guerra generalizada. E os shedins ainda contariam com o serviço dos reinos vassalos.

Enquanto Ben e Enosh se refugiavam em Nod, os exércitos do bronze e do ferro avançaram por duas frentes: uma pelo oeste de Olam subindo o Yarden, onde já haviam estabelecido seu domínio sobre as Harim Adomim e todas as pequenas cidades nos arredores — tornando Arafel, o salteador, antigo vassalo dos shedins, o atual senhor das pedras shoham — e a outra pelo leste, estacionada aos pés das muralhas cinzentas de Nod. Esta, por ter enviado soldados para Olamir, foi eleita pelos vassalos a primeira a ser destruída. Com o poder das pedras, as demais cairiam uma a uma, numa rápida sucessão, como as águas do verão tomavam as cidades do vale, antes que o Perath fosse domado pelas represas. Os leões haviam se enfrentado, e o chacal estava desfrutando dos despojos.

E se tudo isso não fosse ameaça suficiente, o avanço acelerado da cortina de trevas despertava todos os sentimentos negativos possíveis. Afinal, não havia mais uma pedra branca refulgindo sobre a torre de Olamir e detendo o crescimento da escuridão. Nem se quer havia mais uma Olamir...

Quando as trevas cobrissem o mundo, e os shedins pudessem se mover sem a necessidade de corpos humanos, uma morte rápida seria uma companheira agradável.

Ben olhou mais uma vez de relance para Enosh, tentando adivinhar seus pensamentos. Todos os dias eles subiam até aquele ponto da muralha para observar o crescimento do exército inimigo. E todos os dias retornavam silenciosos para o esconderijo nas vielas da velha cidade.

O rosto do mestre estava muito pálido sob a fraca luz da manhã. A impressão é que estava secando como um cadáver. Durante os anos em que convivera com ele em Havilá, o latash havia sido sempre o mesmo, sem envelhecer um só dia, por causa do Olho de Olam que manipulara secretamente por tanto tempo. Porém, seus cabelos outrora pretos não conseguiam mais mentir a idade. Fiozinhos brilhantes como neve surgiam magicamente ao redor da cabeça, e isso significava que o peso dos anos finalmente começava a se abater sobre o mais antigo lapidador de Olam. Do mesmo modo, a barba mais comprida, descuidada e cinzenta, demoraria pouco para ficar inteiramente branca. O antigo ferimento na perna parecia infeccionado mais uma vez. Era impossível saber quanto tempo ainda viveria o homem que já deveria estar morto há séculos.

A preocupação de Ben com Enosh tinha um aspecto emocional e outro prático. O prático era óbvio: precisavam dele. Desde a destruição de Olamir, se algo ainda pudesse ser feito para reverter a vitória de Naphal, esse algo não aconteceria sem Enosh e seu assombroso conhecimento da lapidação das pedras shoham. O emocional era mais complexo: uma mistura de temor e respeito, amor e ódio.

Um piado conhecido fez Ben elevar a cabeça. Evrá, a águia dourada, havia retornado do voo de reconhecimento e girava nas alturas. Ao vê-la, Ben teve a sensação de que a luz retornara, pelo menos em uma pequena medida. Contemplou com alegria indisfarçada a águia de Kenan a várias centenas de metros acima do pináculo do mais alto palácio da cidadela de Nod. Recuperada, ela não se importava com a chuva que camuflava o brilho de sua plumagem. Eles a haviam encontrado ferida próximo da aldeia de pescadores, de onde a comitiva com seus amigos partira para Além-Mar e desaparecera completamente.

Algumas ervas e as pedras curadoras do conselho cinzento devolveram as forças para a águia. No início Ben temeu que ela jamais voltasse a voar; isso sem dúvida deveria ser pior do que a morte para um pássaro, mas o voo majestoso lá nas alturas provava o poder do conselho cinzento e também a capacidade da grande águia de se renovar.

Enosh havia acoplado uma pequena pedra shoham amarela sobre o peito dela. Dissera que dobraria as forças. Quando Ben perguntara a respeito do perigo de manipular as pedras amarelas, a resposta fora inesperada: "quando não queremos que as pessoas façam certas coisas, dizemos que é perigoso, mas, sem correr riscos, que avanços ou conquistas seriam alcançados? Ainda estaríamos manipulando pedra e pau".

Evrá piou outra vez, e Ben sorriu em retribuição. Estranhamente, percebia que a águia do líder supremo dos giborins de Olam o seguia, como se tivesse se apegado a ele. A recíproca era verdadeira.

Deixou sua mão deslizar para o lugar onde a espada, também outrora manejada pelo giborim, deveria estar, ao lado do seu corpo, sob a capa gasta, e desejou sentir o conforto da textura agradável das pequenas pedras brancas que lhe davam poder, mas só sentiu o vazio. Enosh não o autorizava a sair do esconderijo com Herevel.

Não conseguia entender a tática do velho. Por que se escondia e se omitia? A presença dele era fundamental naquela batalha. Era provável que as autoridades da cidade estivessem dispostas a receber Herevel e dez latashim capazes de equipar um exército com armas potencializadas.

— Não podemos confiar em ninguém — disse o velho como se adivinhasse os pensamentos alheios. Aquilo sempre fazia Ben levar um sobressalto. *Será que precisava esconder os próprios pensamentos do velho latash?* — Ninguém virá em socorro de Nod — continuou o velho. — Os líderes das cidades do vale se deixaram enganar pelas promessas falsas de Naphal. Em breve os shedins sairão novamente da cortina de trevas, ou talvez a própria cortina de trevas cubra tudo antes disso, e as cidades por si mesmas não oferecerão refúgio. Olamir caiu, só a rede, talvez, possa oferecer proteção... Precisamos terminá-la. Envolvermo-nos na batalha neste momento só atrasaria as coisas. Quando se tem pouca força e pouco tempo, é sábio escolher as batalhas. Esta não é a nossa!

Nem esta, nem a de Olamir, Ben sentiu vontade de dizer, mas se calou.

Pouca força. Essa era a avaliação do velho em relação a eles, embora Ben estivesse de posse de Herevel.

Esforçava-se por continuar confiando no latash, querendo acreditar que ele tivesse tudo sob controle, embora intimamente, e talvez até injustamente, o culpasse pela queda de Olamir.

Embora não tivesse participado da batalha da cidade branca, Ben sonhava quase todas as noites com *o Eclipse*. O nome fora dado à queda de Olamir, pois tudo havia acontecido durante o eclipse lunar. A muralha, as torres altíssimas, as ruas sinuosas repletas de construções com jardins suspensos pareciam tão reais em seus sonhos, a ponto de tornar difícil acreditar que restavam só monturos de pedras e cadáveres destroçados e em putrefação, privados da honra de serem sepultados.

Nesses sonhos que o perseguiam, Ben andava pelas ruas pavimentadas com pedras semipreciosas, ao lado de cidadãos vestidos com mantos dignos de reis.

— *O mais comum cidadão de Olamir é mais digno do que os reis das outras cidades e terras* — repetia no sonho, com entonação de nobre, um dos homens provavelmente visto por Ben na biblioteca da cidade em sua passagem por lá. O nobre vestia uma longa túnica azul ornamentada com ouro brilhante.

— *Olamir é inexpugnável!* — Dizia outro vestido com um reforçado manto vermelho de bordas prateadas. — *O Olho de Olam detém as trevas, tem sido assim por dois mil anos! Nada vai mudar. Não há o que temer.*

Observava-os discutindo filosofia e admirando expressões de arte que se espalhavam pelas ruas tanto quanto as flores, enquanto via as sombras se aproximando da grande cidade. Então, nos sonhos, os nobres viravam cadáveres que, mesmo mortos, continuavam olhando para ele com expressões de cobrança. O ouro e a prata dos mantos eram só ferrugem.

— *Você não voltou* — dizia o cadáver que assumia a face de Har Baesh, antes de se desmanchar como areia do deserto. — *Roubou Herevel do templo e não voltou para nos defender! Será julgado por isso! Será julgado!*

— *Eu não roubei Herevel* — defendia-se Ben — *foi Kenan! Eu queria voltar, eu queria...*

E acordava sempre tomado do mesmo sentimento de remorso e impotência.

Olamir sustentara o título de inexpugnável por milênios. No entanto, caíra em apenas uma noite quando os gigantes filhos de Anaque cobriram o vão abissal com a ponte de metal. Em poucas horas, as conquistas, a sabedoria e a glória de gerações se eclipsaram enquanto o lado negro de Yareah se sobrepunha sobre seu lado luminoso. Quando todas as criaturas de Hoshek atravessaram o vulnerável portão secundário, a história da mais poderosa cidade da terra chegara ao fim.

Enquanto observava a pouca movimentação dos soldados vassalos há quase duzentos metros abaixo, aos pés da muralha externa da cidade de Nod, uma antiga melodia lúgubre de um salmo religioso veio aos lábios do guardião de livros, mas a letra foi, em parte nova, pois ele não se lembrava de todas as estrofes. Ele a cantou pensando nos eventos terríveis, os quais havia presenciado através da pedra Ieled. Sussurrou a melodia assegurando-se de que Enosh não o ouvia.

A tua glória, ó cidade de luz, caiu das alturas.
De onde tinha se elevado sobre uma terrível ilusão
Como caíram os valentes sob a espada sombria!

Não avisem em Schachat, não noticiem em Irofel!
Que não se alegrem os malignos, nem saltem de alegria.
Ó como tombaram os valentes sobre as muralhas brancas!

Deixe a terra de produzir, deixe o céu de trazer orvalho.
Seque mais o deserto, pranteiem os rios! Fuja a alegria dos campos.
Como caíram os valentes no meio da batalha injusta.

Ruas de paz, rios de vida, o perfume das flores...
Nada restou dos sonhos, nada sobrou do paraíso.
Os pés malignos a pisotearam e abateram todo orgulho.

Cidade branca. Tuas alvas muralhas foram traídas.
Bethok Hamaim, Maor, Ir-Shamesh! Toda glória desvaneceu.
Como tombaram os valentes para nunca mais se levantar.

Foste unida aos reinos abençoados! Seguiste pelo caminho de Mayan.
Na direção de Irkodesh, que um dia reinou santa e soberana!
Ó por que tudo o que é grandioso precisa acabar?

Era doloroso pensar que a grande biblioteca, com todo o conhecimento acumulado de civilizações, estava destruída; as oficinas de lapidação, o maior patrimônio de uma Era, incendiadas.

Uma dor ainda maior lancinava em seu peito ao se lembrar do jardim das bétulas brancas da região norte de Olamir, do azul intenso do céu, do sorriso de Tzizah deitada ao seu lado, enquanto o mosaico composto por todas as tonalidades possíveis de verde se movia no teto das árvores acima e no chão recoberto de relva. E da sensação dos lábios dela nos seus, só um segundo, eterno, doce e, ao mesmo tempo, cruel; um sonho e um pesadelo, sob as bétulas, naquela luminosa manhã em que o verão deixara Olamir.

Não conseguia entender por que ela brincara com os sentimentos dele... E depois, durante todos os dias do caminho da iluminação, agira como se nada tivesse acontecido. E, apesar disso, ele não suportava a saudade dela. Sentia também falta de Leannah e Adin, afinal há dois anos e nove meses não os via. O único consolo era saber que para eles aquele tempo em que passara em Ganeden representava apenas dois dias e meio.

O guardião de livros percebeu nova movimentação no exército vassalo, e quase agradeceu por isso, afinal o movimento arrancara-o daquelas lembranças. Os soldados haviam movido uma catapulta do lugar, aproximando-a da muralha. Com isso, finalmente algumas pedras ultrapassaram a muralha externa e despedaçaram telhados dentro da cidade baixa. Gritos e corre-corre causaram alarme dentro dos muros. Enosh e Ben olharam com preocupação o feito dos vassalos. Era a primeira vez que a muralha externa era superada. Enosh esticou seu corpo envelhecido sobre o parapeito de pedra para tentar ver o estrago produzido na cidade abaixo, porém, ao que parecia, a rocha não havia atingido nada importante. Rapidamente a defesa revidou. As pedras disparadas de dentro da cidade destruíram mais uma catapulta. Quanto mais próximas do muro, as catapultas ficavam mais ao alcance da artilharia da cidade. Os soldados de Nod comemoraram quando os vassalos fizeram recuar as outras duas catapultas.

Ben voltou a olhar para as nuvens cinzentas e para a chuva ácida.

— Quanto tempo vai demorar até que a cortina de trevas avance sobre toda a terra? — Na pergunta, estava implícita outra: quando os shedins retornarão?

— Não é possível saber ao certo — resmungou Enosh, fazendo menção de descer da elevação que lhe possibilitou enxergar mais longe por cima do muro. Ao que parecia, o velho já havia visto o suficiente, pelo menos por aquele dia.

— Os shedins... quanto tempo? — insistiu Ben, ajudando-o a firmar os pés nas aberturas das pedras.

— Vai depender do equilíbrio das forças opostas — pigarreou o velho, como se algo arranhasse sua garganta. Interrompeu a descida para recuperar o fôlego. — No momento, não podemos saber qual é a proporção de cada uma... E, principalmente, entender o que aconteceu com o Olho de Olam no Farol de Sinim... De algum modo, ele ainda está detendo o avanço da escuridão ou, no mínimo, retardando-o. Ieled e as imagens captadas por Evrá revelam que a cortina sombria se move mais rapidamente do que antes, porém era de se esperar que já estivesse mais próxima das grandes cidades...

— Os vassalos...

— São apenas instrumentos! — o velho o interrompeu impaciente. — A cola da relação entre eles e os shedins é o medo, não a lealdade. Os shedins sabem que os vassalos não são confiáveis. Não para os planos de Naphal. E acredito que os vassalos saibam também que, quando a cortina de trevas cobrir o mundo, não haverá espaço para homens, no máximo para zumbis como os refains. O rei do bronze sempre esteve nesta história com a intenção de se beneficiar. Pergunto-me se a demora no fortalecimento desse exército aí embaixo não tem relação com isso...

— Planos de Naphal!? Mas a destruição de Olamir não concretizou os planos dele?

— Por maior que tenha sido a vitória de Naphal em Olamir, ela foi só o começo. Eles estão empenhados em algo maior! Infelizmente, eu demorei a entender. E mesmo agora não sei se compreendo completamente. Algo me escapa... Mas sei que eles não querem apenas Olam. Querem o mundo... e o submundo, o futuro... e o passado.

Ben assentiu, apesar de não entender nada.

— Há coisas ainda incompreensíveis — Enosh o recompensou pelo silêncio. — Mas chegará o dia quando todas as peças desse grande quebra-cabeça estarão em seus devidos lugares. Então, talvez, você entenda a razão de estar no meio disso tudo. A explicação para a maioria dos acontecimentos do presente está no passado...

Ben assentiu mais uma vez, acreditando que finalmente faziam algum progresso no diálogo. Após três meses, já era tempo.

— Aprendi em Ganeden não ser necessário um motivo para fazer o que deve ser feito, basta consciência. Mesmo não entendendo a causa desta guerra, sei qual é o lado certo para lutar.

Enosh não assentiu, mas, pelo menos, não havia repreenda em seu olhar.

— Em algum momento a chuva vai parar, e Shamesh retornará — disse o latash olhando para o céu, e falando muito mais do que o habitual. As gotículas se instalaram em sua barba cinzenta. — Até hoje, o ciclo de luz e sombras se manteve mais ou menos estável... Os opostos neste mundo conviveram. Luz e sombras, mundo e submundo, fogo e gelo, morte e vida, bem e mal... Mas agora não podem mais conviver. Batalhas antigas serão revividas, segredos do passado virão a lume, dívidas não pagas serão cobradas, tudo isso é só o começo. Talvez os poderes que regem a existência aceitem nosso esforço e nossas perdas como pagamento... Talvez um grande ato de bravura, de honra verdadeira, conserte as coisas... Mas, se falharmos, veremos o ressurgimento de uma era de trevas, a reunião de todo o mal possível e de todos os tormentos dos quais, até hoje, os filhos dos homens foram poupados.

O olhar que o latash lhe lançou enquanto disse aquelas palavras fez Ben sentir seu coração como se estivesse sendo esmagado pelas mãos de um gigante.

— Quanto tempo o senhor acredita que Nod vai resistir ao cerco? — repetiu a mesma pergunta feita há quase dois meses, quando o exército havia cercado a cidade cinzenta. Sabia que a pergunta era um modo de mudar o assunto. Enosh vinha falando muito sobre o papel do sofrimento e da dor, e dava a entender que ambos eram necessários para o momento em que viviam, e isso deixava o guardião de livros inseguro.

Enosh lançou um olhar desanimado para os palácios cinzentos atrás de si no alto da cidadela, protegidos pela poderosa segunda muralha. O cume do edifício central parecia tocar o céu, como uma lança gigante atravessando as nuvens.

— As duas muralhas são altas e consistentes — repetiu o velho as mesmas palavras dadas em resposta naquela ocasião. — Esse exército aí embaixo ainda não tem poder suficiente para tomar a cidade.

— As muralhas servem para pouca coisa quando as provisões acabam... — alertou Ben, lembrando-se das histórias que ouvira no passado, principalmente sobre o cerco aos Reinos Abençoados.

As lendas diziam que, ao final de seis meses, as mães começaram a sortear quais os filhos seriam devorados no dia seguinte. No sétimo mês, a população abriu os portões para a entrada do exército invasor.

— Então é melhor torcermos para que as provisões de Nod sejam suficientes por mais alguns meses — disse Enosh mais uma vez, como se pudesse ler os pensamentos do seu aprendiz. — E também que possamos terminar a rede antes do caos se instalar definitivamente dentro destes muros.

Enquanto desciam das elevações aos pés da segunda muralha, imagens de morte e destruição passavam pela mente do guardião de livros. No entanto, eram as imagens da batalha de Olamir que lhe voltavam... A maré negra de guerreiros batendo contra as muralhas brancas, a ponte de metal subindo a montanha sobre os ombros dos gigantes, o aríete explodindo o portal secundário, todo tipo de demônios e criaturas invadindo a cidade, destroçando, pisoteando, violando...

Em algum momento aquilo se repetiria em Nod. Muralhas detinham os vassalos, mas não os shedins.

Pensou mais uma vez em Herevel e recriminou-se por não fazer alguma coisa para ajudar a cidade, mesmo tendo que sacrificar sua vida. De que valia viver como covarde? Não entendia por que Enosh mantinha-se tão insensível. Será que os sentimentos haviam morrido quando o corpo do velho não morrera?

— Será que isso precisava acontecer? — perguntou baixinho, como se estivesse falando consigo, mas havia uma grande dose de ressentimentos em suas palavras.

O conselho cinzento descobrira, por intermédio das pedras, que o exército vassalo cercaria Nod quando os soldados ainda marchavam, mas nada fizera para evitar.

Enosh sabia desde o início que a pedra branca em Olamir não era o verdadeiro Olho de Olam. Ele próprio havia lapidado a pedra falsa! Podia ter começado muito antes a reativação do verdadeiro. Por que não fizera?

Como era doloroso não ter todas as respostas e não saber se podia acreditar nas poucas que tinha.

— Vamos retornar à oficina — ordenou Enosh, quando alcançaram a estrada aos pés da segunda muralha, que descia do pórtico da cidadela para a cidade baixa. — Temos muito trabalho a fazer.

Mesmo relutante, Ben seguiu o mestre pelas ruas estreitas e sinuosas da cidade. Casas rústicas se apinhavam ao longo da descida naquele íngreme espaço entre a muralha interna e a externa da cidade de Nod. Eram feitas de pedras e tijolos queimados. Algumas eram cobertas com feno prensado. As casas da cidade baixa já eram suficientemente precárias sem a guerra, e iam ficando ainda mais depredadas a cada dia. O cheiro de dejetos e a fumaça pareciam impregnar não apenas as roupas, mas até a alma das pessoas.

A população começava a sair das casas após o cessar-fogo dos vassalos. A maioria das pessoas tinha um aspecto esfarrapado. Ben percebia que a aparência física dos habitantes de Nod era diferente dos de Olamir ou mesmo Havilá. Em Olamir havia muitas pessoas com cabelos escuros e pele branca, mas também gente com cabelos loiros ou ruivos, como boa parte dos habitantes de Havilá, mas em Nod a grande maioria tinha cabelos castanhos, como os de Ben, e os olhos levemente puxados. Observara isso para Enosh ainda nos primeiros dias em que estiveram ali.

Eles descendem dos homens que vieram de Ganeden, fora a explicação de Enosh. *É a raça mais antiga de homens que existe no mundo. De três lugares os homens se originaram em Olam. Das montanhas vieram os loiros e os ruivos. Do deserto, os de cabelos e pele escuros, e de Ganeden, os castanhos.*

Encontraram também várias levas de soldados no caminho, usando armaduras cinzentas, mas ninguém prestou atenção aos dois. Ben puxava o capuz sobre o rosto e oferecia apoio para Enosh, de modo que pareciam apenas dois velhos voltando para casa.

O estilo de vida dos moradores estava totalmente alterado com o cerco. Todos os animais haviam sumido das ruas. O comércio estava interrompido. Os alimentos haviam sido confiscados pelos líderes e eram distribuídos através de um rígido racionamento. Os homens em condições de lutar haviam sido alistados no exército.

Os desertores eram presos nas masmorras. Essas medidas bastante impopulares garantiam a sobrevivência de todos.

O esconderijo do conselho cinzento era um estábulo localizado mais ou menos no ponto central entre as duas muralhas de Nod. Naquela região as construções eram mais numerosas, e ainda mais precárias, pois subiam a parte íngreme da montanha sobre a qual Nod havia crescido desde tempos imemoriais.

O interior do estábulo escondia baixas mesas de lapidação improvisadas. Os lapidadores trabalhavam dia e noite, revezando-se nos horários de descanso. Ninguém dormia mais do que três ou quatro horas por noite. A lapidação das pedras da rede precisava ser perfeita e sincrônica. O trabalho era monumental. Um esforço que poderia levar anos, mas que eles precisavam completar em poucos meses.

A existência da oficina clandestina em Nod fora o motivo que os fizera adentrar a cidade. Enosh relutara até o último momento em fazer isso. A princípio, pretendia lapidar as pedras na vila de pescadores, junto ao Yam Kademony. Mas, por fim, convenceu-se de que jamais conseguiriam fazer isso a tempo, nas condições insustentáveis de lá.

Ben olhou para os integrantes do conselho cinzento trabalhando na lapidação. Aprendera seus nomes após certo esforço de memorização. Benin, Levi, Mallel, Yahlel, Shamuel, Obias, Otnil e Edril. A família cinzenta. Os capuzes rústicos impediam-no de ver as faces de todos, mesmo assim, distinguia barbas aparadas já não tão cuidadas, à semelhança de Enosh. Mas ao contrário do latash, não havia ainda fios brancos em nenhuma delas, embora fossem todos bastante velhos. O mais jovem tinha trezentos anos.

Havia outro, o único de fato jovem naquele grupo, que não estava ali. O loiro Anamim, príncipe de Ir-Shamesh, separado do grupo quando eles deixaram a aldeia de pescadores e rumaram para Nod. Enosh lhe dera alguma missão para desempenhar fora das muralhas da cidade cinzenta.

Ben ainda tinha dificuldades em aceitar que Anamim fosse um latash juramentado. Em Olamir, conhecera-o como um mero aprendiz de lapidador que vestia o capuz vermelho sem ornamentação. Era um ajudante de Thamam, responsável por manusear a pedra curadora em algumas situações. Agora Ben sabia que ele estivera lá como um espião do conselho cinzento. Enosh disse que ele fora treinado por Benin, o segundo latash mais antigo. Era o único integrante do conselho cinzento que não havia sido treinado por Enosh.

— Revise as imagens colhidas por Evrá — ordenou Enosh, apontando com o dedo para o lugar onde estava Ieled.

Uma vez que Ben não podia participar da lapidação das pedras da rede, pois não fizera o juramento de latash, sua única função era monitorar Ieled. Não reclamava disso, na verdade ansiava por se libertar das limitações daquela vida reclusa em Nod. E fazia isso quando tocava a grande pedra vermelha.

O guardião de livros assentou-se ao lado da mesinha e retirou os panos grossos que a cobriam. O brilho vermelho da shoham faiscou. Olhar para ela quando despertava era como olhar para a imensidão de um céu estrelado, porém um céu vermelho. Fechou os olhos e colocou as duas mãos sobre o instrumento. Buscou mentalmente pela águia e acessou as imagens coletadas por ela durante o voo daquele dia.

Instantaneamente começou a receber as imagens em sua mente como se estivesse sobrevoando campos mortos e vales cobertos de gelo repletos de carcaças de animais. A sensação de liberdade foi imediata quando viu-se cortando as correntes que ficavam mais quentes à medida que descia para o sul de Olam. Avançou para o vale do Perath e do Hiddekel. Ainda havia bastante verde naquela região fluvial, e isso amainou um pouco seus sentimentos. Depois a águia sobrevoou rapidamente a grande cidade de Maor, captando de longe a silhueta dos edifícios e do grande farol; este se projetava sobre o mar ao lado do porto que dominava o delta. Ben nunca havia visitado Maor, entretanto, após tantos "voos" sobre a cidade, podia dizer que já a conhecia bem. Viu de longe a mais alta torre de Olam subindo orgulhosa bem ao lado do mar. Os edifícios ao seu redor pareciam filhotes cercando a mãe. Era uma grande cidade. A segunda maior de Olam. Mas ficou rapidamente para trás, quando Ben seguiu ainda mais para o sul.

Ele sobrevoou os pântanos da planície litorânea e finalmente atravessou as montanhas secas adentrando uma pequena área das Harim Neguev, em cujas incontáveis cavernas gigantes viviam os Anaquins. O ar quente do deserto, num primeiro momento, fez uma barreira para as poderosas asas da águia, mas logo estas se adaptaram perfeitamente ao clima seco. Por fim, as areias cinzentas de Midebar Hakadar surgiram e logo dominaram a paisagem com seu vazio e seu estranho frio. Instantes depois, ele captou as movimentações dos soldados.

Ben aproveitou a capacidade de visão da águia para focalizar a movimentação. Indubitavelmente um exército marchava. Mas para onde? Cautelosamente a águia se aproximou o suficiente para identificar gigantes, refains e cavaleiros-cadáveres.

— Eles estão se movendo! — disse alarmado ao se desconectar da pedra Ieled. Num segundo, viu-se outra vez na oficina de lapidação adaptada, e precisou livrar-se da zonzeira característica após o procedimento.

O latash não demonstrou qualquer emoção às palavras de Ben, e finalizou uma incisão minúscula em uma pedra amarela. Um pequeno sulco idêntico aos quase dez mil que já havia ao redor da pedra surgiu com a eficiência do latash em manejar o estilete. Havia semelhante marca recém-feita em cada uma das oito pedras manuseadas pelos outros lapidadores. Para que a rede funcionasse, as marcas precisavam ser idênticas e lapidadas com absoluta sincronia. Todos seguravam as pedras na mesma posição, sobre mesinhas baixas e estreitas entre os joelhos. Os estiletes pontiagudos movimentavam-se como se fossem um só.

"Agora", Enosh deu a ordem, então, os lapidadores afundaram mais uma vez os instrumentos. Um brilho esbranquiçado se desprendeu das pedras. Cada vez que aquilo acontecia, Ben se admirava com a beleza da energia entrelaçando-se no ar, interligando-se e formando a rede entre as pedras.

"Pronto", Enosh orientou outra vez, e os estiletes se afastaram das pedras do sol. Instantaneamente o brilho misterioso desapareceu.

— É claro que estão se movendo! — disse Enosh, ao acabar de lapidar a marca, pondo de lado o estilete. O olhar repreensor focalizou em Ben. Era preciso silêncio absoluto enquanto faziam as lapidações nas pedras amarelas. — O que você esperava? Que se contentassem em ficar em Midebar Hakadar ou na terra de Hoshek?

— Estão vindo para cá?! — a frase de Ben era uma mescla de dedução e pergunta.

— É justamente isso o que precisamos descobrir... Podem estar vindo para cá, ou pretendendo atacar as outras cidades. Você viu shedins?

— Não. Mas há gigantes, e cavaleiros-cadáveres, e outras criaturas...

— Portanto, nosso tempo que já era curto está cada vez mais reduzido. A rede não está pronta. Resta-nos mudar parcialmente outra vez os planos...

— Até agora eu não sei qual é o plano original — queixou-se Ben.

— E disso pode depender a garantia de que ele dará certo — disse Enosh rispidamente, voltando a lapidar a pedra amarela. Os oito latashim seguiram seu movimento automaticamente.

Ben fez uma carranca ao ouvir aquilo. Diversas palavras lhe vieram à mente e se formaram numa resposta não proferida. Sabia que não adiantaria falar nada.

Os lapidadores permaneceriam vários minutos absolutamente concentrados na lapidação da próxima marca da rede e depois fariam pelo menos mais uma centena de lapidações até perto da meia-noite. Só então parariam e começariam o revezamento da madrugada. Quatro latashim lapidariam as quatro pedras restantes intercalando-se no turno de três horas. Desse modo, o trabalho nunca parava.

A rede era um ambicioso projeto, não apenas pela dificuldade em realizá-lo, mas pelos objetivos. Uma noite, Benin, o segundo mais antigo latash, deu algumas explicações para Ben a respeito dela. Disse que há muito tempo Enosh estudava o processo de lapidação das pedras amarelas em rede. Benin revelara que aquela não era a primeira vez que se tentava fazer aquilo. Há aproximadamente mil anos, quando havia outro conselho cinzento, uma tentativa de lapidar uma rede acontecera. Porém, o segundo latash não soube ou não quis explicar as razões de o projeto não ter sido concluído.

Enosh não gostava que Ben saísse sozinho, e essa era a única vingança possível naquele momento. Até porque, seria insuportável ficar ali por horas, no mais absoluto silêncio, só para ouvir outras palavras amargas depois da tarefa concluída.

Se Enosh não acreditava na capacidade de ele guardar um segredo, talvez o melhor fosse... — Ben se surpreendeu com o próprio pensamento. — *Talvez fosse melhor não ter mais nenhum segredo.*

Ganhou outra vez as ruas irregulares da cidade cinzenta seguido por olhares assustados dos que espreitavam pelas janelas parcialmente fechadas das casas humildes. Qualquer movimentação pelas ruas era considerada suspeita. A cidade vivia num constante temor de que o exército inimigo conseguisse invadi-la ou infiltrasse inimigos.

Ben se esqueceu de cobrir a cabeça com o capuz e logo sentiu o ardume na testa e no rosto. A chuva ácida parecia mais concentrada a cada dia. No início era possível ficar várias horas exposto até que as queimaduras começassem a aparecer. Naquele momento, poucos minutos já eram suficientes. Puxou o capuz, mesmo sentindo-se ridículo, e se pôs a andar imitando um velho mais uma vez.

Caminhava sem direção, a única coisa que desejava era ficar longe de Enosh e de seus segredos tão numerosos quanto seus anos de vida.

Intimamente, o guardião de livros se questionava sobre a validade de fazer qualquer coisa naquelas circunstâncias. Parecia que a verdadeira oportunidade havia passado, quando Enosh se limitara a assistir, de braços cruzados, o *Eclipse*. Se ao menos tivesse lutado sobre as muralhas brancas... Certamente era isso o que os irins desejavam, pois o haviam treinado e liberado a tempo de presenciar a batalha. Por outro lado, precisava admitir que era provável que não tivesse feito qualquer diferença, pois ainda não possuía Herevel. Provavelmente, seria agora um cadáver como os do sonho recorrente... Mas estaria em paz. Ou não?

Em certos dias, Ben pensava em fugir. Havia reinos distantes e desconhecidos ao Oriente muito além de Sinim, remanescentes de antigos impérios. Talvez fossem tão atrasados que os shedins nunca se interessariam em conquistá-los. Ao oeste, também havia os povos negros criadores de cavalos, mas pela proximidade de Olam, seriam, provavelmente, alvos no futuro. De qualquer modo, eram somente suposições e desejos, pois era impossível sair da cidade cercada pelo exército inimigo.

Um pouco mais próximo do portão principal, viu crianças na rua. Aproveitando a pausa do ataque das catapultas, brincavam com cavalos de pau e espadas de madeira, duelando como se fossem cavaleiros.

Ben observou por alguns instantes dois meninos lutarem, pensando em seus próprios sonhos de criança. A maioria dos seus desejos de aventuras cumprira-se, mas isso não lhe trazia a satisfação que imaginara. Crianças haviam sido pisoteadas por monstros em Olamir, e cena semelhante àquela logo aconteceria em Nod. Por outro lado, sabia que poderia devolver esperança à cidade se revelasse que estava ali, se levantasse aquele capuz e mostrasse a espada para os líderes. Sentiu vontade de retornar para o esconderijo, pegar Herevel e procurar o capitão da cidade, oferecendo seus serviços. O nome do guardião de livros já não era totalmente desconhecido em Olam, e Herevel dispensava apresentações.

Mas lembrou-se das palavras de Enosh sobre escolher as batalhas e, mesmo contra a vontade, tudo o que fez foi passar ao lado das crianças como um vulto cinzento e silencioso.

Os meninos por um segundo olharam para ele, porém, acreditando ser apenas um velho, logo voltaram a desafiar um ao outro com as espadas de madeira.

Ben entrou na primeira porta que encontrou aberta. Era uma taberna. Ainda se admirava de ver lugares como aquele. Nod era mesmo diferente das outras cidades. A mais antiga cidade de Olam tinha fama de ser atrasada e pouco piedosa. A pobreza era dominante, pelo menos na parte baixa. A parte alta, guardada pela segunda muralha, ele ainda não visitara. Apesar de já estar há dois meses naquele lugar, ele não havia visto um sacerdote sequer. Em Olamir e Havilá eles eram tão comuns quanto as pulgas eram em Nod. Mas, talvez estivessem todos protegidos na cidadela no alto.

Havia até mesmo prostíbulos na cidade baixa. Por certo, deviam ficar bem escondidos. Ouvira uns homens falando que, do outro lado da cidade, mais ou menos na região da segunda muralha, era possível frequentar um templo com prostitutas cultuais. Ben não conseguia acreditar que pudesse haver resquícios daquela religiosidade primitiva dentro de uma das grandes cidades de Olam.

A taberna estava vazia. Com a cidade subjugada pelo cerco, os homens não pareciam dispostos a gastar seus recursos com bebedeiras. Ou talvez o toque de recolher imposto ao final do dia desanimava os clientes. E não demoraria para a cidade inteira ouvir a trombeta soando do alto da cidadela mandando todos os que não podiam lutar para o frio silencioso de suas casas sem alimento. Com o racionamento, havia cada vez mais ladrões agindo dentro da cidade.

O local era tão precário quanto o estábulo onde estava o conselho cinzento. O chão era de terra batida. Não havia janelas, e o clima escuro e abafado era claustrofóbico. Uma tocha de betume fumegava num dos cantos lançando pouca luz, mas bastante fumaça que turvava ainda mais a visão.

Atrás de uma espécie de balcão de pedra, uma mulher esperava os clientes que não viriam. Ao olhar para ela, Ben imaginou ser tão velha quanto Enosh.

A mulher permaneceu imóvel enquanto Ben se aproximava. Ele quase acreditou que estivesse morta, paralisada e seca, como um animal empalhado, mas então percebeu que ela era cega. Os olhos opacos não se moviam nas órbitas.

— O que um guerreiro que deveria estar na batalha faz numa taberna quando nem os bêbados se atrevem a vir? — perguntou-lhe com uma voz esganiçada.

Ben se assustou com a pergunta. Por um momento pensou em dar meia volta e sair do lugar.

— Aceita um pouco de Yayin? — indagou a velha, colocando um copo de madeira sobre o balcão, como se percebesse a indecisão dele. — Certamente você já o conhece. É da sua terra no oeste. Ou, talvez, você prefira um pouco de cerveja amarga? Se eu procurar lá nos fundos, quem sabe até encontre um pouco de Hidromel. Mas vou logo avisando-o. Vinho doce como o dos planaltos de Revayá você não vai encontrar aqui.

Ben tinha certeza de que devia ir embora. A mulher estava numa espécie de transe. Mas a curiosidade o fez ficar. Aproximou-se do balcão.

— Como... como sabe todas essas coisas a meu respeito?

— Que coisas? — riu a velha, revelando poucos dentes. — Que você é um guerreiro? Pelo modo como anda. Embora se disfarce de velho, as passadas não são de um camponês, ou de um ferreiro. Que não é daqui? Isso é óbvio, pois os soldados da cidade não se arriscariam a vir na minha taberna numa hora dessas, nem andariam disfarçados de velhos. Que você é do oeste? Bem, isso foi apenas uma suposição, mas como estamos no extremo leste de Olam, parece que não haveria muitos outros lugares de onde você poderia vir.

— E quanto a Revayá? Como sabe que eu já provei o vinho de lá?

— E eu disse isso? Apenas disse que você não acharia aqui o vinho doce que vem daquelas regiões. Às vezes os clientes o solicitam. Houve um tempo que eu tinha alguns barris, mas a produção por aquelas bandas praticamente acabou.

— Parece que você enxerga bem para uma cega — admirou-se Ben, um pouco mais aliviado. — Mas se enxergasse mesmo, veria que tenho cabelos castanhos, exatamente iguais aos das pessoas desta cidade. Não acharia que eu fosse do oeste.

— Às vezes nós somos de um lugar, mesmo sem ter nascido naquele lugar — respondeu a velha com mais um de seus enigmas. — Além disso, quem não conheceu os próprios pais, não tem mesmo como saber de onde é.

— Como? — perguntou incrédulo. — Como sabe?

— Sou só uma velha. Não enxergo nada. Falo coisas sem nexo. Mas às vezes as coisas sem nexo fazem sentido. Vai querer o Yayin?

— Vou — respondeu começando a achar aquilo engraçado.

A velha tateou pelo odre de couro envelhecido. Despejou o vinho quase preto, mas não encheu a taça totalmente.

— Um guerreiro não pode se dar ao luxo de perder o controle numa noite como essas — disse a mulher, colocando a taça sobre a pedra do balcão.

— Você deve ser a única taberneira que não quer os clientes bêbados — disse Ben enquanto sorvia um gole da bebida forte. — Ou talvez não acredite que eu tenha dinheiro para pagar... E o que esta noite tem de diferente das outras?

— Um cliente — respondeu a velha, com um riso debochado. — Um cliente com dinheiro.

Ben desconfiava que aquele vinho fosse uma imitação do verdadeiro Yayin produzido nos arredores de Havilá, porém o gosto até certo ponto parecido o fez viajar de volta à pequena cidade. Relembrou sua antiga rotina no casarão, a infância da qual se lembrava muito pouco e as brincadeiras com Leannah e Adin. Subitamente o rosto sorridente de Leannah envolto pelos cabelos cor de fogo veio à memória, como naquele dia na plataforma das Harim Adomim, a primeira vez que notara o quanto ela era bonita.

— Um homem precisa estar lúcido o suficiente para poder fazer suas escolhas, tanto na guerra, quanto no amor — refletiu a velha. — O vinho embriaga como a paixão. Duas mulheres podem fazer um coração se partir ao meio.

Surpreendido, outra vez, com as palavras da mulher, sentiu vontade de perguntar mais uma vez como sabia... Mas ela não podia conhecer seus conflitos íntimos. Ben convenceu-se de que a velha possuía mesmo algumas frases prontas, e era óbvio que as usava causando efeito nos visitantes menos experientes. Frases genéricas encaixadas na situação pessoal de cada um, soando como profecias ou adivinhações. Ben já passara por experiências suficientes para não se deixar assustar por frases de efeito de uma velha cega.

— Uma velha cega precisa aprender a enxergar de outras maneiras... — disse a mulher, estendendo a mão semelhante a uma garra, em direção ao rosto de Ben. Mas ele recuou antes de ser tocado.

A velha riu mais uma vez e recolheu a mão.

Por um momento, houve silêncio na taberna vazia. Dava para ouvir até mesmo o som abafado dos tufos de fumaça se desprendendo da lamparina e subindo até o teto em pesados círculos escuros.

— Então, guerreiro do oeste, quanto tempo você acredita que a velha montanha vai resistir?

"Velha montanha" era o apelido dado à cidade pelos habitantes de Nod, devido ao aproveitamento natural sobre o qual fora construída.

— As muralhas são altas e consistentes — repetiu a resposta padrão de Enosh. — O exército que está diante delas não tem condições de invadir a cidade.

— Por enquanto não — riu a velha. — Mas até quando? Ou você acredita que vieram aqui só para dar um passeio e que logo voltarão para a aprazível terra deles?

Por um momento, o sarcasmo na voz da velha o fez lembrar de Enosh. Será que todos os velhos eram sarcásticos?

— Não, não voltarão — reconheceu Ben. — Estão reforçando o exército, e em breve reforçarão ainda mais.

— E nesse dia, todas as jovens de Nod desejarão ser tão velhas e feias quanto eu — riu a mulher.

Ben bebericou mais um pouco do vinho e logo depositou o cálice sobre o balcão de pedra.

— É imitação do Yayin — confessou a taberneira. — Seria muito caro trazer o vinho do oeste. Meus clientes não teriam dinheiro para pagar. Eles bebem-no acreditando ser o verdadeiro e ficam felizes por isso, ou melhor, bêbados. Não é ótimo quando a aparência nos satisfaz? Diga-me, guerreiro do oeste, onde está sua espada? Um guerreiro nunca deve andar sem sua espada.

— Está guardada... Não vejo necessidade de andar com ela por aí...

— Ah! Mas é claro que não, afinal estes não são tempos de guerra — riu malignamente a velha. — Mas diga-me: É uma boa espada?

— Se você aprendeu a ver de outras maneiras, deveria saber que é apenas uma espada qualquer — respondeu Ben, cada vez mais desconfortável com aquela conversa.

— Uma espada qualquer — repetiu a mulher, mais uma vez estendendo a mão em direção ao rosto de Ben, como se quisesse tocá-lo, recolhendo-a, porém antes que ele se afastasse, como se ela própria tivesse dúvidas se devia fazer aquilo. — Sem dúvida é uma espada qualquer. Principalmente se estiver na mão de um guerreiro qualquer. Mas a pergunta sem resposta é: você é um guerreiro qualquer?

— O vinho é imitação, entretanto não é tão ruim — desculpou-se por não conseguir terminar a taça; fez menção de deixar o lugar, mas antes observou — De qualquer modo, o próprio Yayin é horrível, então como a imitação poderia ser boa?

— A aparência das coisas é como esse falso Yayin — concordou a velha. — Quem nunca provou o verdadeiro, jamais saberá a procedência. Mas quem já o experimentou sabe... É como esta cidade. Quem olha para a aparência dela, achará que é apenas uma cidade comum. Nunca entenderá os segredos profundos que aqui se escondem. A aparência é enganosa, mas não para quem desvendou muitos mistérios como você. Por outro lado, há segredos que não deviam ser revelados, você não acha? Mas quem resiste a um bom segredo?

A velha puxou a taça de madeira com o resto de vinho abandonado por Ben. Segurou-a com a mão enquanto os olhos cegos pareciam olhar para o líquido escuro. Por um momento Ben acreditou que ela fosse beber o resto do Yayin.

— Quer conhecer o seu futuro, guerreiro do oeste? Eu posso dar uma olhada nele, se você quiser.

— Acho que já vi muitas vezes o meu futuro — lembrou-se Ben das vezes que Halom, ou melhor, o Olho de Olam, revelara-o. — E poucas vezes o infeliz se comportou do jeito prometido.

— O futuro é como os homens — disse a velha com os olhos cegos ainda "olhando" para o vinho na taça. — Muda de opinião o tempo todo. Porém algumas coisas não mudam... Não há muito a seu respeito que possa ser visto aqui. Você tem uma adaga?

Ben gesticulou negativamente.

— Então logo terá uma... Estranho... Eu vejo aqui que você partirá desta cidade, esta noite talvez... Mas um dia voltará... Humm. Há uma grande vitória aqui... E também uma grande derrota... Acho que minhas vistas estão fracas hoje, não estou conseguindo ver mais nada. Há uma sombra sobre você. Isso é curioso. Afinal, quem é você? Por que seu destino está encoberto?

— Pensei que a senhora soubesse tudo — brincou Ben, tentando controlar o nervosismo. Já devia ter ido embora dali. — Mas no fundo é apenas o que é: uma cega.

— Uma cega que aprendeu a ver de outros modos — repetiu a velha largando a taça e esticando o braço para tentar tocar o rosto de Ben

Ben ia se afastar outra vez, mas decidiu não recuar. Não podia ter medo de uma velha. Que mal ela poderia lhe fazer se o tocasse? Então, a velha parou. Suas "garras" permaneceram há poucos centímetros do rosto dele, mostrando que também estava indecisa. Aquilo o deixou satisfeito. Ela também estava com medo dele. Porém ela venceu a indecisão e as mãos avançaram mais uma vez.

Ao tocá-lo, o corpo da mulher se convulsionou por inteiro.

— Ahh! — gemeu e se afastou imediatamente. A face transformou-se na da morte. O corpo ficou ainda mais retorcido.

— A senhora está bem? — perguntou confuso, enquanto a velha cega tentava se equilibrar segurando-se ao balcão de pedra, como se tivesse sofrido o golpe de uma adaga.

— Saia! — exigiu a cega, expondo suas gengivas sem dentes. — Saia daqui, perdição de Olam!

Por um momento, Ben, em estado de choque, não soube o que dizer. Olhou estupefato para a tabernaria que gritava cada vez mais histericamente "vá embora, perdição de Olam".

— Você é uma velha louca! — disse por fim.

Deixou meio siclo de cobre sobre o balcão e apressou-se a abandonar o lugar.

Seus pés o levaram facilmente à saída, e lá encontrou a noite e reencontrou a chuva ácida. Seu coração batia descompassadamente devido a estranha experiência. Os gritos continuavam a persegui-lo — "Perdição de Olam. Perdição de Olam".

Com a respiração entrecortada, ele se pôs a descer em direção à oficina clandestina, prometendo para si que jamais daria ouvidos a velhas loucas, nem se afastaria sozinho do conselho cinzento outra vez. Certamente Enosh deveria estar preocupado com a demora dele, ou talvez, indignado fosse a palavra melhor.

As ruas estavam totalmente vazias e a noite já havia dominado a "velha montanha". De algum modo, não ouvira o toque de recolher dentro da taberna. Isso o deixou ainda mais confuso. Parecia que o pouco tempo na taberna não havia sido suficiente para anoitecer. A não ser que aquela velha bruxa o tivesse enfeitiçado de alguma maneira. Talvez o falso Yayin... Mas não, não era possível. Ficara poucos minutos dentro da taberna e só bebera alguns goles.

Caminhando apressadamente pelas ruas íngremes e escorregadias, imaginava receber severa e merecida repreensão de Enosh quando chegasse na oficina. Dessa vez ficaria calado e deixaria o latash dizer tudo o que quisesse. Ou, talvez, se tivesse sorte, sua ausência não fora percebida, caso o trabalho do dia não estivesse completo.

Absorto em seu raciocínio, sentiu um golpe na cabeça quando algo duro o acertou por trás. O mundo perdeu toda a sustentação enquanto cambaleava. A pancada era para um velho, motivo provável de não ter sido suficientemente forte para derrubá-lo totalmente. Mesmo assim sentiu sangue escorrendo por suas costas. Seus pensamentos eram pura confusão; o mundo parecia não conseguir encontrar o ponto de equilíbrio.

Estava cercado de agressores. Um deles — eram três ou quatro — tentou cravar uma adaga no corpo de Ben. A lâmina veio veloz em direção ao seu estômago e se afundou entre as roupas velhas de camponês. Com o impacto, seu corpo foi empurrado para trás, e uma forte dor se alojou em seu ventre. Por um segundo, a confusão sentida passou também para os olhos do atacante, quando ele recolheu a arma e percebeu que não havia sangue nela. Novamente a adaga mergulhou em direção ao ventre do "velho" e, novamente, foi barrada. Por baixo das roupas simples, Ben estava protegido pela armadura dourada de Gever.

Pressentindo que viria outra pancada por trás, Ben desviou-se da trajetória da arma para o lado. O pedaço de metal passou raspando a cabeça e o acertou no ombro, dessa vez com muito mais força. A dor foi terrível, obrigando-o a se ajoelhar, mas não o impediu de girar e segurar o instrumento, tomando-o com um puxão. Viu o espanto aumentar nos rostos dos ladrões ao perceberem que não estavam enfrentando um velho. Mesmo assim, os quatro homens investiram contra ele liderados pelo que segurava a adaga. Ben moveu o pedaço de metal ameaçadoramente como se fosse uma arma, e os ladrões recuaram soltando impropérios. Pensou que fossem fugir, mas o que empunhava a adaga investiu novamente, tentando atingi-lo no rosto. Alguns ataques da adaga passaram perigosamente perto até que o pedaço de metal acertou o pulso do homem, e a arma voou, chocando-se contra a parede de pedra.

Um dos ladrões saltou atrás dela e a pegou antes que Ben pensasse em fazê-lo. Então, os quatro investiram simultaneamente e o derrubaram. Outra vez sentiu a pancada na cabeça, mas desta vez devido ao baque com as pedras do chão. Apesar do ferimento não tão profundo na cabeça, da dor no ombro e, naquele momento, da tontura devido ao choque com as pedras, seu sentimento de sobrevivência foi maior, por isso moveu-se subitamente e empurrou dois homens para trás, antes que a adaga o acertasse. Mais fortalecido, num salto estava em pé outra vez. Procurou pelo pedaço de ferro, mas não o encontrou. Pensou em fugir, entretanto não era opção. As vielas estreitas e desconhecidas poderiam levá-lo a um beco sem saída. Certamente, os ladrões conheciam a região muito melhor do que ele. Foi quando, mais uma vez, a adaga passou perto dele através de uma nova tentativa de golpe. Num impulso, deu um coice tirando-a da mão do malfeitor. Ben se apropriou da arma e os ameaçou.

— Todos parados! — ouviu uma voz atrás de si justamente quando imaginava que os ladrões fugiriam.

Ao se virar, deparou-se com três soldados descendo apressadamente a elevação. Num piscar de olhos, os ladrões desapareceram por entre as vielas da cidade baixa de Nod.

O barulho das botas dos soldados aumentou quando se aproximaram. As espadas roçavam nas laterais das armaduras. — Fique parado! — ordenou um dos soldados já com a espada em punho. — E largue essa adaga!

Ofegante, Ben deixou cair a faca. O corpo um pouco mais frio manifestava sinais da briga. A cabeça e o ombro doíam de forma insuportável.

— Maldito ladrão! — esbravejou um dos soldados. — Você vai para a masmorra!

Então, Ben percebeu que os problemas da noite estavam só começando.

2 A Primeira Viagem ao Submundo

O velho sacerdote estava ajoelhado diante dos dois homens. Suas roupas sacerdotais azuis e pretas espalhavam-se pelo chão do pequeno templo. Ao redor, dez ou doze soldados vestindo pesadas armaduras e ostentando os estandartes dos reinos vassalos eliminavam qualquer possibilidade de fuga. O teto alto abobadado do templo sustentado por rústicas colunas arredondadas também aprisionava seus gemidos, como se os impedisse de subir até *El*.

Os invasores haviam adentrado a área mais santa do pequeno templo de Havilá, sem nenhum temor de serem punidos por aquela profanação.

Vê-los ali dentro era algo tão estranho e descabido, que a cena para o sumo sacerdote de Havilá parecia irreal. Porém, a dor no local onde a barba fora arrancada comprovava a realidade da situação. Os filamentos vermelhos desciam para a estola sacerdotal tingindo-a. Cor parecida ao sangue de animais sacrificados que manchava as mangas e barras do traje sacerdotal. Os guinchos desesperados que soltara ao ser ferido também se assemelhavam aos dos animais que foram mortos, ao longo de tantos anos, dentro daquela mesma sala.

— Você é o pai da garota? — perguntou o mais jovem dos dois profanadores. O aspecto dele era assustador, a armadura toda negra e pesada como ferro parecia intransponível. Um pedaço da horripilante cicatriz atravessando a face em diagonal era visto apesar do elmo que lembrava o rosto de uma fera.

O sumo sacerdote de Havilá sentia os dentes batendo incontroláveis; os poucos que não escapuliram de sua boca quando recebera o primeiro golpe. O fim se aproximava. Ele, que vira a morte praticamente cada um de seus dias enquanto oferecia os sacrifícios, jamais imaginaria ser sacrificado dentro do seu próprio templo.

— Ela está aqui? A jovem chamada Leannah? Diga onde ela está! — a voz do homem mais velho era controlada, porém não menos exigente. Vestia uma armadura acobreada e estava alguns quilos acima do peso. Os cabelos ralos não cobriam a grande cabeça calva.

— Não! — sua voz foi pouco mais do que um gemido. — Ela e o irmão partiram há mais de seis meses! O aprendiz do latash os levou...

Falar aquilo foi doloroso, embora fosse uma dor diferente. Antes, o sacerdote sentira culpa e consolo ao pensar que seus filhos pudessem estar mortos. O consolo era que talvez estivessem com a mãe que os deixara tão jovens... A culpa era saber que após a partida dela, não fora um pai verdadeiro para eles. Por outro lado, não podia deixar de sentir certo orgulho também. Afinal, se aqueles homens malignos tinham vindo de tão longe por causa de sua filha, isso significava que ela havia feito algo importante.

— Pensa que pode nos enganar, velho? — Arafel se abaixou e apertou o queixo em sangue do sacerdote.

O homem soltou outro guincho como resposta, sentindo o sangue escorrer pela garganta sufocando-o, enquanto o guerreiro apertava seu queixo e o impedia de engolir. Acreditou que a morte chegaria, mas ela foi adiada mais uma vez, quando a mão de ferro o soltou.

— Não, não penso! — balbuciou, após tossir e cuspir sangue. — Mas eu nunca a entregaria a vocês se ela estivesse aqui! Prefiro morrer!

— Assim seja! — disse Arafel. — Você não tem mais utilidade para nós, nem para Olam.

O sumo sacerdote viu o herdeiro do trono de ferro se abaixar e pegar o mesmo cutelo usado há pouco.

Então é assim que acaba, pensou ao ver o sangue dos cordeiros no metal. Trinta só naquela manhã. Um esforço desesperado para que *El* respondesse suas orações e os livrasse do inimigo que avançava. Mas fora tudo inútil. A antiga ordem de Olam não existia mais. Olamir caíra, e os conselhos de sacerdotes com ela. *El não era mais deus reconhecido em Olam.*

A mão de ferro empurrou o cutelo em um gesto agressivo, sem a reverência e a técnica cerimonial sempre demonstradas pelo sacerdote quando imolava um animal. A ponta afiada furou a estola sacerdotal e mergulhou certeira em direção ao coração. Mais sangue imediatamente manchou as vestes azuis enquanto o sacerdote arregalava os olhos em um espasmo involuntário.

— Espero que *El* aceite seu sacrifício — disse Arafel com desprezo, arrancando o cutelo do corpo da vítima e deixando-a tombar inerte sobre o chão.

O sacerdote prostrado no chão salpicado de sangue mantinha os olhos abertos, como se finalmente estivesse vendo Deus.

O recém coroado rei do ferro e o velho rei do bronze deixaram o templo em seguida. Não ficaram para ver quando os soldados ofereceram os demais sacerdotes a *El* e, depois, a pequena cidade como oferta queimada.

— Devemos manter vivos pelo menos alguns para trabalharem como mineiros — concluiu Tubal, o rei do bronze, com velada censura, após subir em seu cavalo. — Ou então nós mesmos precisaremos arrancar as pedras das profundezas da montanha.

A armadura avermelhada do rei do bronze parecia apagada sob a chuva que escorria em longos filamentos de água pelo metal. Formava desenhos de pequenas serpentes que ziguezagueavam. As chamas da cidade também se refletiam nelas, vermelhas como sangue ardente.

— Por que Naphal quer tanto a garota? — Arafel ignorou o comentário do tio. A armadura escura dele era bem menos vibrante, e as manchas do sangue do sumo sacerdote começavam a se dissipar com a água, assumindo um tom opaco. — O que a filha de um velho sacerdote pode significar para o senhor de Irofel?

— Eu não sei. Ele não deu explicações. Apenas disse que a queria viva. Há relação com o Olho de Olam.

— O Olho de Olam está apagado — impacientou-se o guerreiro do ferro. — Nós o vimos se apagar enquanto invadíamos Olamir. Quase nos destruiu com duas ondas de luz e, certamente, enviou muitos shedins para o Abadom, além de desintegrar inúmeros sa'irins... Mas subitamente se apagou.

O rei do bronze deu de ombros.

— A garota deve ser importante, caso contrário Naphal não faria tanta questão de que a encontrássemos.

— E por isso estamos perdendo tempo, quando devíamos concentrar nossas forças para tomar Nod de uma vez? — cuspiu Arafel. — Pretende entregá-la se a acharmos?

— Se ela é tão especial para Naphal, talvez possa ser útil também para nós...

Arafel moveu o cavalo, seguindo o tio em direção às Harim Adomim. Tubal estava contrariado, porque os soldados haviam assassinado muitos mineiros quando tomaram posse das minas. Isso atrasaria bastante a extração. Precisariam obrigar os moradores dos vilarejos a fazer o trabalho. Necessitavam de pedras, muitas pedras.

— Seu plano parece ter pouca chance de dar certo... — observou Arafel para seu pensativo tio.

— Deu certo até agora, não deu?

— Você previu que os shedins voltariam para Hoshek após a batalha de Olamir, mas eles não ficarão muito tempo atrás da cortina de trevas, por isso sua previsão do futuro é incerta.

— Nosso futuro está naquelas montanhas — apontou Tubal para as Harim Adomim.

— Um futuro aparentemente mais distante a cada dia... — lamentou Arafel. — De que adianta ter pedras se não sabemos lapidá-las?

— Tenha paciência. Logo vamos aprender a utilizar as pedras shoham. Nossos lapidadores estão estudando os documentos de Olamir, além das importantes informações encontradas na casa do velho latash. — Tubal incitou o cavalo e o trote se tornou mais acelerado. — Quem diria que o velhote tinha um plano desde o início? Com certeza ele o está executando exatamente agora. Talvez o plano dele seja útil para nós, por isso ainda não o relatei para Naphal.

— Ele era o cashaph? — Arafel acompanhou o galope leve do tio.

— Há boas razões para crer que o cashaph era o mestre dos lapidadores de Olamir... Mas agora não faz mais diferença. Olamir caiu. O mestre dos lapidadores, o Melek, os giborins, estão todos mortos... Olam não resistirá por muito tempo...

— Sabe qual é meu maior receio? Descobrir algum dia que em vez de manipuladores fomos manipulados durante esse tempo todo...

— Ora, mas é claro que fomos manipulados, afinal somos vassalos! — ironizou o rei do bronze. — Porém, todo manipulador é, em algum sentido, manipulado, e manipulados tendem a ser os melhores manipuladores. Lembre-se de que precisamos fazer tudo exatamente como Naphal deseja, pois, ao fazê-lo, trabalharemos para o benefício de nossa causa muito mais do que ele deseja. Eis aí o encanto do jogo...

— Não gosto de jogos, prefiro batalhas.

— Toda batalha é também um jogo.

— Por que Nod?

— Nod é outro interesse secreto de Naphal.

— Não faz sentido. É a mais pobre das cidades e a mais distante. Mal tem pedras shoham. Além disso, mandamos para lá apenas metade de nossas forças. Se era para tomá-la, devíamos fazer isso de uma vez, com força total. Se algo sair errado, ficaremos enfraquecidos para atacar Bethok Hamaim e as demais cidades.

— Deixe as estratégias para os velhos, meu jovem valente sobrinho. Mas, você disse que gosta de batalha? É para lá que você vai. Ordens de Naphal. Segundo as informações recebidas, provavelmente você encontrará um garoto que deixou escapar enquanto saqueava uma embarcação no Yarden. Tenho a certeza de que você não perderá uma nova oportunidade, embora agora ele tenha uma arma um pouco melhor do que a sorte...

— Espero que algum dia deixemos de ser meros serviçais de Naphal — disse Arafel sem exibir emoção pelo revelado. — Você disse que após a queda de Olamir, quando os leões se destruíssem, nós os chacais assumiríamos o controle. Quando isso acontecerá?

— De certo modo já aconteceu. Os shedins recuaram para Hoshek. Olamir caiu. As cidades do vale são presas fáceis agora. Olhe a sua volta! Nós somos os senhores de Olam!

— Há quatro grandes cidades que ainda não reconhecem isso! E os shedins sairão da escuridão outra vez! Ou talvez a própria escuridão os traga de uma vez. Não haverá o Olho de Olam para detê-los. E o homem que assassinou meu pai não foi punido...

— Às vezes me pergunto se é apenas o Olho de Olam que detém o avanço das trevas... Ou se há algo mais...

O olhar de Arafel demonstrava incompreensão.

— Você mesmo disse! Nós vimos o Olho se apagar — explicou o velho rei. — Mas as trevas ainda não cobriram Olam. A pergunta é: por quê? Deve haver mais fatores nesta história. A garota, Nod, o Olho de Olam, quem pode saber como tudo isso está relacionado? Há muitos mistérios. Descobri-los pode nos colocar em posição privilegiada. A guerra é um jogo, e no jogo vence quem tem mais sangue frio e mais informações... Quanto às cidades, todas cairão como planejamos. E os shedins... Bem, os shedins não pertencem mais a este mundo.

Foram julgados e condenados. Um dia precisarão ir embora. O verdadeiro lugar deles é o submundo.

— Você diz isso há muito tempo — lembrou o rei do ferro.

— Ora, se há algo que nunca é muito, é o tempo... — disse Tubal olhando demoradamente para a silhueta avermelhada das Harim Adomim. — A propósito, eu já lhe falei sobre uma rede? Uma rede de pedras amarelas?

* * * * *
* * * *

Até o alto da cidadela foi uma longa caminhada. Se já não bastasse a estrada sinuosa dificultar a subida, Ben sentia, a cada pisada, a dor no ombro e na parte de trás da cabeça, onde os cabelos estavam emaranhados pelo sangue praticamente coagulado.

Enquanto seguia à frente dos soldados, vários planos de fuga lhe passaram pela mente, uma vez que implorar por sua liberdade não funcionaria.

Todos os ladrões jamais roubaram nada, disse com sarcasmo um dos soldados quando Ben alegou inocência. *Nós o prendemos com uma adaga na mão. Isso é uma prova!*

Parecia-lhe mais apropriado simplesmente atacá-los e tentar tirar a arma de um deles. Se ao menos estivesse com Herevel...

Mas no fundo sabia que seria pior. Lembrava-se de tudo, de todas as palavras ditas por Thamam e Enosh sobre a espada dos kedoshins. Quem a manejava precisava ser digno, ou a espada perderia seu poder. Até aquele momento, havia matado apenas um homem: o estalajadeiro em Revayá. E só fizera isso por insistência de Kenan, como um ato de misericórdia. Ainda não estava certo de ter feito o bem ou o mal naquela situação.

A vida é um dom de El, dissera Gever, *um presente para ser bem administrado. Ninguém tem o direito de perdê-la ou tirá-la.*

Viu a muralha interior se aproximar lentamente e passou pelo lugar onde ele e Enosh contemplaram o exército vassalo naquela manhã. Daquele ponto em diante, não havia mais como fugir, pois as vielas escuras foram deixadas para trás. Deixou-se levar. Por mais que quisesse negar, sentia alguma excitação em se dirigir para a cidadela, apesar de saber que estava em apuros.

Cinquenta metros acima, um pesado portão se erguia sob um céu sem estrelas e dava acesso à cidadela. Vários guardas, parecidos com crianças diante da altura e imponência do portão, esforçaram-se para abri-lo, atendendo ao comando do vigia. Quando as duas partes se afastaram o suficiente para deixar os homens passarem, a cidadela de Nod se revelou pela primeira vez aos olhos do guardião de livros.

Mesmo pouco iluminada pela insuficiente quantidade de pedras shoham sobre postes que rodeavam pelo lado interno a muralha, era possível constatar a veracidade da fama recebida pelas construções: eram velhas.

Talvez pela antiguidade, o estilo estava mais para Schachat do que Bethok Hamaim, ou mesmo Olamir. As grandes pedras recortadas faziam as paredes das torres subirem retas e quadradas até as alturas. A larga torre central elevava-se pelo menos o dobro das outras, afunilando-se até um pináculo que, naquele momento, tornara-se invisível.

Formada por algumas pedras escuras, quase pretas, sendo a maioria acinzentada, isso dava à cidadela de longe um tom cinza escuro. Um amplo pátio de pedras gastas separava as torres centrais da muralha também guarnecidas por torres baixas.

A cidadela era uma fortaleza encravada no topo da montanha, separada da cidade baixa pela muralha interior e do restante do mundo pela muralha exterior. A estrutura dificultava tomar a cidade, pois, na prática seria necessário conquistá-la duas vezes. E conquistar a muralha interior poderia ser mais difícil que a exterior, pois a posição das construções quase verticais deixava o inimigo em situação vulnerável ao atacar a fortaleza de baixo para cima. Nas poucas vezes em que Nod fora ameaçada, em sua longa história, os exércitos inimigos que conseguiram transpor a muralha externa, fracassaram ao tentar tomar a cidadela.

Mas isso não significa nada para dragões, pensou Ben.

Só um olhar foi suficiente para Ben perceber que a cidadela não era bonita. Porém, mesmo desprovida de beleza, era capaz de causar admiração em qualquer visitante; entretanto para Ben, após conhecer Olamir, esse sentimento não foi despertado.

Ben pensava que os cheiros dentro da cidadela deveriam ser mais nobres que os aromas putrefatos emanados da cidade baixa, mas se decepcionou. O mau cheiro dominava inteiramente a velha montanha, resultado do acúmulo de lixo e de animais mortos que não podiam ser levados para fora, e, portanto, precisavam ser queimados.

Fazia muito frio no alto. O vento circulava livremente pelo pátio de pedra, zunindo nas quinas das construções, tornando quase impossível encontrar proteção da chuva ácida que açoitava o rosto de Ben. Seu rosto já ardia tanto quanto suas mãos.

Um soldado marchou nervosamente na direção deles quando os viu se aproximar do centro do pátio. Trocou algumas palavras rápidas com os homens que o conduziam e os encaminhou para a entrada da torre central.

Enquanto esperavam, Ben observou a movimentação dos homens que se revezavam em trabalhos próximos dali. Soldados se posicionavam em nichos sobre a muralha vigiando a cidade baixa. Pareciam mais preocupados com as movimentações suspeitas dentro da cidade do que com o exército lá fora. Ao lado da entrada da torre central, um grupo preparava flechas, outro afiava espadas e lanças, e outro ainda mantinha sempre o caldeirão com água fervente a ser derramado sobre os invasores, caso transpusessem a primeira muralha. Claramente, se isso acontecesse, a cidadela deixaria a cidade baixa entregue a si mesma.

Tremendo de frio, Ben, ainda escoltado, precisou esperar um quarto de hora até que um homem viesse ao encontro deles. A reverência feita pelos captores lhe deu a certeza de que se tratava do comandante. Era alto e tinha os cabelos castanhos longos e soltos. Possuía uma barba escura cheia, porém bem aparada. No rosto desenhado por linhas retas e nobres sobressaía, talvez pela preponderância da barba, o queixo um tanto quanto arrogante. Usava uma armadura cinzenta que refletia as luzes fracas das pedras shoham. Ben calculou que apesar da postura altiva, o comandante devia ser só um pouco mais velho do que ele.

Soltou um gemido de dor quando um soldado pressionou seu ombro ferido para que se ajoelhasse.

— Este homem é um dos ladrões que tem feito saques pela cidade — informou um dos soldados. — Nós o vimos segurando uma adaga enquanto brigava com outros ladrões próximo de uma taberna.

O soldado revelou a faca escura com um cabo curvo de madeira.

O comandante olhou rapidamente para o instrumento e em seguida para Ben.

— Por que o trouxeram até mim? Lancem-no nas masmorras! E tratem de capturar os demais!

— Eu não sou ladrão! — explicou Ben, quando os soldados já o levantavam do solo. — Eu estava voltando para casa e fui atacado por quatro homens. Apenas me defendi. Essa adaga não é minha, eu a tomei dos ladrões.

— Mesmo que eu acreditasse em sua história, ainda assim você seria preso por ter desrespeitado o toque de recolher, ou então por não ter se alistado no exército. Acho que posso escolher qualquer desses motivos para prendê-lo. E pela soma dos três, pode ser enforcado.

O tom de voz do homem demonstrava mais cansaço do que irritação. Não devia ser fácil tomar conta de uma cidade sitiada.

— Eu só estava perdido. Não sou ladrão.

— Que sotaque é esse? De onde você é?

— Eu e o homem que me criou nos refugiamos nesta cidade há alguns meses — explicou Ben. — Não tínhamos para onde ir. Nossa casa no oeste foi inteiramente destruída. Vagamos muito tempo sem comida ou proteção. Só queremos nos proteger dos shedins. *El* sabe que meu maior desejo era me alistar no exército, mas precisei cuidar do velho.

Ben falava a verdade, embora nem toda a verdade.

— Suas palavras só atestam que é mesmo um ladrão. O que mais um fugitivo faria escondido dentro de uma cidade em guerra?

— Mas onde estão as provas do crime? Cadê as coisas roubadas?

— Essa adaga é uma prova suficiente.

— Não é minha — repetiu Ben, mesmo sem ter como provar o que falava.

— Com quantos homens ele estava lutando? — perguntou o comandante para um dos captores.

— Quatro, senhor, porém os outros fugiram pelas vielas antes que nós os alcançássemos — relatou em tom de desculpas.

— E os despojos, o que eles estavam disputando? Vocês encontraram alguma coisa?

— Não senhor! Mas talvez os outros tenham levado tudo...

O homem observou Ben com mais atenção.

— Provavelmente eu me arrependa de fazer isto, porém, nestes tempos precisamos de homens fortes para defender a cidade. Um homem que lutou com quatro deve ter algum valor. Eu lhe darei duas opções. Você escolherá. Disse que desejou se alistar no exército. Então poderá fazer isso, agora mesmo. Deverá cumprir alguns trabalhos sob a vista atenta de meus homens e, se mostrar seu valor, eu perdoarei seus atos. Mas, se desertar, será morto, e seu velho será colocado para fora das muralhas. Se roubar alguma coisa, cortaremos suas mãos e o penduraremos, assim como seu velho, na muralha externa para os vassalos praticarem tiro ao alvo.

— E qual é a segunda opção? — perguntou Ben, desejando mais do que tudo aceitar a proposta do homem.

— Você já sabe. Conhecer a hospitalidade das masmorras de Nod.

Ben engoliu em seco, sentindo o vento gelar profundamente os ossos. Era evidente que o homem lhe oferecia uma chance de consertar as coisas. De certo modo, havia ansiado por aquilo. Talvez, inconscientemente, até facilitara aquela situação, deixando-se conduzir para a cidadela.

— Então, o que me diz? — perguntou o comandante, com olhos impacientes.

— Espero que as masmorras não sejam muito desconfortáveis — disse Ben, quase repetindo as palavras que Enosh diria naquela situação.

Num instante, soube que elas selaram seu destino. E por isso, odiou o velho mais uma vez. E também odiou a si mesmo.

— Tirem este covarde imediatamente da minha presença! — ordenou para os soldados.

A última coisa vista por Ben foi o olhar de desprezo do comandante antes de se virar e se afastar, deixando em seu lugar apenas o vento gélido da noite.

As masmorras subterrâneas confundiam-se num labirinto de corredores e celas escavadas na rocha. Eram famosas em Olam, pois um dos antigos reis dera aos prisioneiros a pena de construírem a própria prisão. Fato ocorrido durante um curto período em que Nod abolira temporariamente a condenação à morte para os piores criminosos. Entretanto, de acordo com as lendas, apenas dois dos condenados sobreviveram à construção para desfrutar das instalações.

Os mesmos três soldados levaram-no às masmorras com mais uma acusação no olhar deles: covarde.

No subterrâneo, Ben deparou-se com os lotados calabouços e enojou-se com o cheiro de dejetos. Todas as celas escavadas na rocha sobrepunham-se umas às outras. Parecia um gigantesco cupinzeiro. Algumas ficavam bastante elevadas do chão, e outras, no próprio teto. Esperava não ser colocado em uma daquelas "celas celestes", como eram chamadas.

O carcereiro o recebeu silenciosamente, levando-o até uma que estava vazia. Era um cubículo onde um gordo mal conseguiria se virar, mas pelo menos ficava no chão. As paredes maciças de rocha e uma porta de ferro travada por fora eliminavam qualquer esperança de fugir. O único modo de dormir era em pé, ou de cócoras.

Enquanto o carcereiro abria a cela, Ben observou os demais prisioneiros. A maioria parecia estar ali há pouco tempo, resultado, provavelmente, da tentativa de burlar o racionamento de alimentos. Um grupo que ocupava diversas celas celestes chamou a atenção de Ben. Talvez pelas barbas longas e pelas esfarrapadas vestes sujas, Ben nem os tivesse identificado, mas os olhos fanáticos eram inconfundíveis. Eram sacerdotes. Então entendeu por que não havia visto sacerdotes na cidade até aquele momento.

— Esta cidade está dominada pela escuridão! — gritou um dos sacerdotes considerado, até tão pouco tempo, uma das maiores autoridades de Nod. — Os demônios não estão apenas lá fora, estão aqui dentro também!

Poucas vezes ouvira tantas maldições e esconjurações serem proferidas ao mesmo tempo. E, como sempre, elas pareceram sem efeito.

Ben tentava se lembrar de todas as lições aprendidas em Ganeden para se manter calmo. Precisaria de uma oportunidade para agir. Antecipar-se criaria mais problemas do que soluções. Tentava se guiar pela intuição. Desde o palácio de gelo, aprendera que não se deixar influenciar pelas circunstâncias externas, provavelmente, fazia as coisas darem certo. Talvez fosse o motivo de haver rejeitado a proposta do comandante. Ou teria sido apenas tolice?

Mas quando o carcereiro prendeu seus pulsos e tornozelos com correntes e encaixou a tranca externa da porta, ele temeu ter talvez perdido a oportunidade de fazer algo.

O guardião de livros encolheu-se no chão gelado da prisão, acomodando o peito junto aos joelhos. Sabia que havia se metido em uma grande confusão, mas não se sentia culpado. Se alguém tinha culpa era Enosh. Se o latash não fosse tão ríspido, e confiasse mais nele, talvez nada daquilo teria acontecido. Tentava imaginar o que o velho estaria pensando ao ter certeza de que ele não retornara. Até já imaginava a cara de reprovação quando o velho viesse tirá-lo da prisão. Certamente ele viria. Só esperava que não demorasse muito...

Mas demorou dois dias e meio. E eles pareceram tão longos quanto os dois dias e meio que permanecera em Ganeden. Porém, muito menos inspiradores.

O primeiro dia se arrastou quente e abafado. As paredes de pedra do cubículo pareciam se estreitar cada vez mais. Quase podia senti-las comprimindo-o. Ninguém lhe trouxe comida, e a água foi servida num pote de barro que mal conseguia contê-la. O gosto da água era repugnante. Ben não conseguiu beber no primeiro dia.

Passou a noite inteiramente acordado. Os sons e cheiros das masmorras não o deixavam dormir; a posição do corpo obrigava-o a ficar de cócoras, deixando as pernas cada vez mais adormecidas. Quando se mexia, a dor o fazia gemer.

Se ficasse mais tempo ali, certamente, não demoraria a delirar como seus companheiros de prisão, que gritavam e urravam como se estivessem sendo atacados por demônios. De todos, os sacerdotes de *El* pareciam os mais enlouquecidos. Haviam sido colocados nas celas celestes por ironia, como para estarem mais perto de *El*. Alguns se debatiam contra as grades metálicas enquanto proferiam incontinentes palavras de julgamento contra seus aprisionadores. Profecias sobre o fim do mundo pareciam as preferidas de todos eles.

Ben se viu pensando outra vez no estranho episódio na taberna. Por um momento chegou a acreditar que a velha tivesse alguma capacidade de adivinhar coisas ou de ver o futuro. Imaginava o envolvimento dela com os ladrões. *Perdição de Olam!* Ela o chamara. Mas na verdade, ela fora sua perdição. Além de tudo, troçara dele, falando da adaga. Certamente ao mencionar que ele teria uma adaga, deixava implícito que a faca seria encravada no corpo dele ainda naquela noite.

A madrugada e o dia seguinte só serviram para aumentar toda a sensação de desespero. Não entendia por que Enosh demorava. Certamente, através de Ieled, ele já devia ter descoberto a prisão de Ben, então precisaria só deduzir que fora lançado nas masmorras. O velho latash poderia encontrar uma maneira de resgatá-lo. Talvez, a demora fosse uma lição para que o jovem pensasse duas vezes antes de desobedecê-lo novamente.

No segundo dia, Ben bebeu a água que lhe trouxeram, sem se importar com o cheiro ou o gosto.

A madrugada da terceira noite se dissipava quando finalmente os roncos misturados aos gemidos não mais o impediram de adormecer, embora, mais tarde, Ben ficasse com a impressão de ter desmaiado. Estava sonhando com uma grande batalha diante dos portões de Nod. Não eram os poucos soldados vassalos que cercavam a cidade, mas o mesmo exército que havia destruído Olamir. Sa'irins, cavaleiros-cadáveres e anaquins avançavam contra as muralhas cinzentas com lanças, alabardas e manguais. Tannînins vermelhos deslizavam sobre os exércitos jorrando fogo de suas bocas em direção à cidade. As labaredas dos dragões cozinhavam os homens dentro das armaduras. Ele próprio cavalgava um dragão sentindo o calor da criatura sob suas pernas. Viu quando a fera despejou seu fogo contra as muralhas de Nod. Num instante, entendeu que estava lutando do lado errado. Então, tentou fazer o tannîn recuar. Contra a vontade a criatura subiu, como se fosse alcançar o céu cinzento. Então, o dragão se virou e o deixou cair. Ben se viu despencando em direção ao chão de pedra da cidadela.

Acordou com um estalo metálico e, ao sentir a dureza da rocha, quase acreditou que realmente houvesse caído das alturas. Então, percebeu que alguém estava levantando a tranca da porta da sua cela. Talvez ainda estivesse sonhando, pois o vulto magro e envelhecido não parecia ter forças suficientes para fazer aquilo. Mesmo assim, a tranca se soltou e a porta se abriu. Depois, as chaves furtadas do carcereiro soltaram as correntes que o prendiam nos pulsos e tornozelos. O seu libertador segurava Herevel por um pedaço de couro. Com um gesto brusco, a espada foi-lhe entregue.

Enosh não disse qualquer palavra nem mostrou o rosto, mas Ben sabia que era ele. Quem mais teria condições de ir até aquele local para libertá-lo? Sempre soube que ele viria, mesmo desanimado pelo tempo em que ficou encarcerado. Seguiu-o na escuridão, tentando adivinhar se o latash havia utilizado uma pedra para passar pelo carcereiro. Comprovou esse fato ao ver a pedra shoham na mão esquerda do velho, praticamente encoberta pelo punho fechado. O brilho vazava pelos dedos esqueléticos, mas não o suficiente para iluminar o local. O objetivo daquele tipo de pedra não era iluminar, mas criar ilusões.

Enquanto caminhavam pelas celas repletas de presos adormecidos, Ben temia que ainda estivesse sonhando. A decepção seria muito grande se acordasse e percebesse que fora tudo uma ilusão. Até temeu esticar as mãos e encontrar as paredes do cubículo de pedra ainda pressionando-o.

Passaram ao lado do carcereiro e dos três soldados que montavam guarda. Viu-os desacordados. Imaginou qual tipo de sonhos a pedra shoham estava induzindo neles. O mais provável é que fossem pesadelos pelo modo como gemiam e se retorciam.

Em instantes, estavam fora da masmorra, mas ainda dentro do túnel abaixo da cidadela de Nod. Na lembrança de Ben, a saída devia ser a próxima escadaria à esquerda, vigiada por alguns guardas. Preparou-se para o confronto, pois certamente os muitos soldados acima os deteriam, mas surpreendeu-se quando Enosh, praticamente arrastando a perna esquerda, passou pela saída e continuou caminhando pelo corredor. Imaginou que devia haver outra saída mais discreta em algum lugar. Porém o túnel parecia se afundar cada vez mais e também se afunilar nas profundezas.

— Acredito que a saída seja aquela pela qual passamos há pouco — arriscou-se a dizer, mesmo querendo evitar ao máximo a predestinada explosão de ira do velho.

— Esta não é a primeira vez que eu saio destas masmorras — disse o latash em tom monocórdio, e continuou andando.

Ben guardou a informação, não sabendo se estava mais surpreso por causa dela, ou pela aparente falta de animosidade do velho.

Estavam bastante distantes do calabouço, quando Enosh devolveu a pedra criadora de ilusões à bolsa e pegou outra praticamente do mesmo tamanho, porém com uma arquitetura de lapidação diferente. Duas batidas e a luz rosada iluminou as paredes. Era uma luz não muito forte, mas mesmo assim os olhos de Ben doeram. Por um momento, com a luz enxergou menos do que com a escuridão. Paredes primitivas e mofadas se revelaram instantes depois, e o mundo voltou a fazer sentido.

— Eu sinto muito por ter provocado isso... — Tentou desculpar-se.

— Os condenados não escavaram apenas as masmorras do calabouço — disse Enosh, ignorando-o. — O antigo rei ainda não havia aprendido o quanto pode ser perigoso querer chegar às profundezas. Mas descobriu depois, de uma forma, digamos, inusitada.

— Pelo visto nada disso é novidade para o senhor.

— Sempre há novidades, mesmo numa estrada muitas vezes trilhada; se prestar atenção sempre se verá coisas não vistas.

Andaram por mais cem ou duzentos metros, sempre descendo. O latash caminhava com esforço, segurando a pedra shoham; desciam cada vez mais para as profundezas.

Em vários momentos o túnel virava um poço, forçando-os a se apoiarem em degraus curtos que deixavam longos espaços entre si. Em outros, o túnel normalizava, trazendo um pouco de alívio, principalmente para Enosh.

Foi quando se depararam com um aparentemente intransponível obstáculo: um pesado portão de espessas grades metálicas, selado por enormes correntes.

Ben começava a duvidar do sucesso da fuga, entretanto o rosto de Enosh não parecia surpreso. O velho tateou as grossas correntes e investigou atentamente o portão. Ben imaginou que o velho tivesse mais algum truque, mas ele simplesmente se voltou e disse:

— Você pode fazer isso.

Ben olhou confuso para o mestre e para as correntes. Acreditava o latash que ele soubesse como abrir aquele portão?

— A espada! — explicou impaciente. — *Ela* pode fazer isso!

Ben se aproximou das correntes que apesar de um pouco enferrujadas, eram reforçadas.

— São muito grossas! — exclamou, temendo que o golpe pudesse danificar a lâmina. No mesmo instante, lembrou-se do ataque de Kenan à pedra do sol para abrir o portal das Harim Keseph. Nada era mais duro do que uma pedra do sol, e, no entanto, a espada a espatifara lançando luzes coloridas até o céu.

— Essa espada já cortou correntes bem mais grossas — impacientou-se Enosh.

O velho se referia à atitude de Kenan com o nephilim em Salmavet.

Menos inseguro, Ben retirou Herevel do cinturão sob as roupas de camponês. A espada dos kedoshins faiscou com a luz rosada da shoham de Enosh. As pequenas pedras brancas nas hastes se acenderam.

Apesar de estar com Herevel há quase três meses, não a havia manejado, logo Ben não sabia com que força deveria bater.

Enosh aguardava cada vez mais irritadiço que Ben fizesse seu trabalho.

— Vai esperar todos os guardas virem atrás de nós? A ilusão da pedra já se desfez. Assim que alguém acordar, notará sua ausência. É óbvio que percorrerão este túnel.

O guardião de livros segurou a espada na posição lateral, inclinando-a para conseguir atingir apenas as correntes. Desferiu o golpe, e o barulho metálico encheu o túnel. Ele rapidamente olhou para trás, temeroso de que o som guiasse os soldados até lá.

— Eu não posso acreditar que essa espada escolheu você — repreendeu Enosh ao perceber que as correntes estavam intactas. — O que pensa que está fazendo? Manejando-a como se fosse um machado? O poder da espada não está na lâmina, está nas pedras. Comande as pedras, faça com que liberem seu poder, use o coração, a alma, a mente! Precisa estar tudo conectado. Os instintos, os sentimentos, os pensamentos e as pedras... Se é que você tem alguma coisa aí dentro!

Ben sentiu vontade de responder com a mesma rispidez, mas se calou. O velho tinha razão. A conexão com a espada estava estabelecida. Sentia isso cada vez que tocava o cabo, nas raras vezes que a carregava. E sempre tinha estranhas sensações. Sentimentos divididos, pensamentos e percepções dúbios. Mesclas de alegria e tristeza, sabedoria e loucura, aceitação e rejeição; como se uma parte da espada o aceitasse, mas outra não.

Lembrou-se de Gever ensinando-o a lutar com a espada fabricada em Ganeden. Havia aprendido que a arma precisava ser uma espécie de extensão do braço, que, por sua vez, era uma extensão da alma e mente. Com Herevel precisava praticar ensinamentos parecidos, só que, provavelmente, de forma mais intensa.

Moveu Herevel para cima e para baixo, fazendo alguns movimentos de ataque e defesa, mas evitou olhar para Enosh, pois certamente as expressões dele o desconcentrariam. Fixou outra vez nas correntes. Instintivamente soube qual era o poder de impacto necessário para quebrá-las.

— *Quirtu aziqîm!*[1] — sussurrou, acreditando que a própria espada o ensinava a dizer aquelas palavras.

---

[1] Quebra as correntes!

Golpeou sem fazer muito esforço, um movimento curto, certeiro, e as correntes se partiram quase sem fazer barulho, exceto pelo baque no chão de pedra.

Empurrou as pesadas grades e liberou o acesso ao túnel ainda mais íngreme que descia na escuridão com escadas de pedra.

Sem elogios, Enosh passou por ele, acompanhado pela luz rosada da pedra shoham, e se pôs a descer.

Para não ficar só com a escuridão, Ben foi atrás.

O túnel era tão inclinado que precisaram descer apoiando-se com as mãos nas paredes, pois era fácil deslizar e cair; e só *El* sabia a que profundidade, e provavelmente o velho também, pelo cuidado e demora com que Enosh desceu os degraus.

— A atitude de Kenan em Salmavet... — iniciou Ben o assunto com cautela, aproveitando que o velho o havia mencionado lá em cima — Até hoje eu não entendo o significado. Por que isso foi considerado uma quebra do tratado e deu início a guerra com os shedins?

— Ninguém gosta que alguém invada seu quintal — respondeu Enosh.

— Acho que uma simples invasão de quintal não seria considerada uma quebra do tratado, nem geraria uma guerra dessa proporção.

— De certo modo, os nephilins são o motivo central de toda essa guerra — revelou Enosh, e logo pareceu arrependido de ter dito aquilo.

Ben se surpreendeu com aquela revelação.

— Como essas criaturas malignas podem ser a razão da guerra, se ninguém jamais as viu?

Enosh não respondeu de imediato. Seus olhos envelhecidos moveram-se inquietos, enquanto ele parecia preparar uma resposta.

— Escute — disse por fim. — Eu só vou lhe contar isso uma vez.

E desde quando o senhor repete um assunto?, sentiu vontade de dizer, mas ficou em silêncio, esperando que o velho explicasse. E isso ainda demorou algum tempo, enquanto ele escolhia as palavras.

— Antes da rebelião dos shedins, e de os irins estabelecerem o tratado do mundo e do submundo, um dos mais nobres e poderosos kedoshins se apaixonou por uma mulher, uma princesa desta cidade. As lendas dizem que ela era a mais bela das mulheres. O relacionamento proibido resultou na geração de um filho. Esse filho foi o primeiro dos caídos, o primeiro nephilim. Ele foi o grande motivo daquela rebelião.

— Um romance entre uma mulher e um kedoshim? — espantou-se Ben. — Eu não sabia que isso era possível.

— A maior parte dos kedoshins não aceitou a união das duas raças. Foi considerada uma aberração. E a criatura gerada era, de fato, monstruosa, reforçando essa ideia.

— Então, o primeiro nephilim não foi gerado pelos shedins?

— Não. Os kedoshins ainda não haviam se tornado shedins. Ou, pelo menos, ainda não haviam recebido esse título. Os kedoshins conheciam uma técnica de lapidação nas pedras shoham que possibilitavam a gestação. As pedras foram usadas durante os meses de gravidez, mas o grande Conselho dos Kedoshins proibiu aquele tipo de lapidação.

— O que aconteceu com ele, com o primeiro nephilim?

— O Grande Conselho dos kedoshins desejava que ele fosse lançado no Abadom, para pôr fim à aberração, e isso causou uma guerra entre os kedoshins.

— Os shedins continuaram gerando nephilins depois... — deduziu Ben. — E encontraram um modo de mantê-los neste mundo...

— As criaturas funcionam como elos de poder com o Abadom, desde que presas por correntes mágicas sobre as passagens... Além disso, os shedins nunca desistiram de tentar aperfeiçoar os nephilins. Se eles fossem mais humanos e menos demoníacos, poderiam andar fora da cortina de trevas. Um antigo oráculo anunciou que um dia, antes do fim desta Era, nasceria um nephilim, um híbrido perfeito, capaz de andar na luz e nas sombras, e também de anular o tratado do mundo e do submundo. Os shedins esperam por isso há muito tempo...

— Então, quando Kenan mandou o nephilim de Salmavet para o Abadom, tocou num ponto bastante sensível — compreendeu Ben.

— Sim — confirmou Enosh, dando o assunto por encerrado, apesar de curiosamente parecer a Ben que ele ainda desejava falar mais sobre aquilo.

Finalmente, o túnel desembocou em uma plataforma plana. Parecia uma antessala, mas na verdade era uma câmara divisória. Dois corredores imersos nas sombras partiam em direções aparentemente opostas. Um continuava descendo ainda mais íngreme com escadas em caracol, e o outro parecia seguir no sentido lateral.

Enosh, ao parar para recuperar o fôlego, parecia indeciso.

Ben queria fazer mais perguntas, saber a razão de ele ter contado aquela história, também desejava ouvir mais a respeito do primeiro nephilim. Mas, ao ver o estado do velho, todos os sentimentos do guardião de livros foram substituídos por piedade e culpa. O esforço de Enosh já havia ultrapassado as condições físicas dele. Por isso, Ben conteve-se.

Enquanto observava o local, deu-se conta de um fato: estavam descendo cada vez mais para dentro da montanha. Isso o intrigava.

— Ouça! — disse Enosh, fazendo o olhar de Ben voltar-se para o velho. Pela primeira vez, Ben teve a impressão de que a voz dele estava trêmula e isso o deixou mais preocupado. — Há um modo de anteciparmos tudo. Talvez, hoje mesmo possamos decidir o destino deste mundo. Eu não o trouxe até aqui por acaso. Lembra-se que lhe falei sobre um grande ato de bravura, uma atitude honrosa que poderia consertar as coisas? Olhe atrás de você. Tente ler o que está escrito.

Ben virou-se assustado. A luz rosada da shoham revelou na câmara divisória uma parede com estranhos riscos verticais. Ben se aproximou. A princípio, acreditou que fossem marcas causadas por algum fenômeno natural. Olhando-os mais atentamente, notou que os riscos retos na parede haviam sido feitos por alguém. Certamente eram obra humana, talvez uma contagem de dias. Ben se lembrou de agir de forma semelhante em Ganeden, ao riscar a casca de uma árvore. Talvez, aquele túnel fosse parte dos calabouços no passado, e prisioneiros tentassem não perder a noção do tempo na prisão.

Enquanto olhava para os riscos, foi acometido de uma estranha vertigem, pois pareciam distorcidos como se mudassem de formato. Isso talvez fosse pelo fato de Enosh ter enfraquecido a luz da pedra shoham, ou talvez a mente de Ben estivesse lhe pregando uma peça. Demorou até compreender. Não eram meros riscos. Alguns livros da biblioteca subterrânea de Olamir mencionavam aquela linguagem. Admirou-se ao perceber que estava diante de uma inscrição feita na mais antiga língua já escrita em Olam: a dos kedoshins.

Apesar do conhecimento recebido no caminho da iluminação, não lhe foi possível decifrar todas as palavras, somente uma frase surgiu nítida:

Covardia trará a escuridão

Ao repeti-la em voz alta, o rosto de Enosh pareceu empalidecer ainda mais. E parecia haver também decepção. Ou seria alívio? Ben nunca conseguia discernir os sentimentos expressos no rosto enrugado.

— Isso é tudo o que você conseguiu ler? — perguntou o latash.

Ben voltou a olhar para a parede.

— Não há mais nada. Só riscos. Eles só formaram essas palavras.

— Assim seja — suspirou o velho. Porém, não se moveu.

Parecia ainda em dúvida sobre qual caminho seguir diante da bifurcação. Por um momento, Ben acreditou que ele continuaria descendo as escadas. Mas ele retornou e pegou o túnel lateral.

Somente muito tempo depois, quando novamente estaria diante daquelas paredes, Ben compreenderia a razão da indecisão do mestre.

— Que inscrição era aquela? — perguntou seguindo o velho, mas querendo voltar para tentar ler o resto. — E o que o senhor quis dizer com grande ato de coragem ou bravura?

— É melhor você esquecer tudo isso — retrucou com aspereza.

— O senhor conhece a língua dos kedoshins?

— Ninguém a conhece.

— Mas eu entendi algumas palavras. Só preciso tentar ler a frase para compreender o sentido.

— A língua escrita dos kedoshins é mágica como eles. Ninguém seria capaz de aprendê-la, pois ela nunca tem o mesmo significado. Uma frase escrita pelos kedoshins pode ser lida de muitas maneiras, dependendo das circunstâncias do leitor.

— Como assim? Pode ser interpretada de maneiras diferentes?

— Qualquer frase em qualquer língua pode ser interpretada de maneiras diferentes, porém a leitura das palavras em si é sempre a mesma, desde que a pessoa conheça o sistema de letras. Já na língua dos kedoshins não há sistema de letras, pois são sempre iguais, assim, vê-se apenas riscos, compreensíveis para quem é revelado o significado.

— Mas o senhor disse que ninguém podia aprender a ler a língua?

— Ninguém consegue aprender a ler, a menos que a língua se revele para o leitor. Assim, uma frase pode trazer uma leitura e significado para uma pessoa os quais serão bem diferentes para outra. Concluir o caminho da iluminação capacita a ler, mas você não o completou ...

— Então, o que eu li...

— A língua se revelou para você, porém apenas parcialmente.

— Então eu preciso voltar lá! — Ben parou no meio do túnel. — Preciso tentar ler tudo o que eles quiseram me dizer.

— O que você conseguiu ler é tudo o que a língua pôde lhe revelar agora. Se retornar, verá apenas riscos.

— Mas por que não se revelou de uma maneira compreensível? Por que eu só entendi palavras desconexas?

— Toda leitura é um processo que envolve quem escreveu, o que está escrito e quem lê. É uma espécie de choque de mundos. O mundo do leitor e o mundo do escritor se chocam, misturam-se durante a leitura e criam um novo mundo;

este não é apenas o do escritor nem o do leitor, mas, de certo modo, outro mundo. No caso da língua dos kedoshins, mais que qualquer outra, depende do estágio do leitor para fazer sentido. Isso significa que a língua revelou o que você *pode* e *deve* saber *neste* momento, de acordo com a condição em que você se encontra. E, infelizmente, ficou claro que você ainda está longe do estágio que deveria estar... De qualquer modo, guarde as palavras. Um dia elas se encaixarão na frase da sua vida.

Apesar da curiosidade e da vontade de fazer mais perguntas, Ben seguiu Enosh pelo túnel reto repetindo para si as palavras a fim de memorizá-las, mesmo que não fizessem nenhum sentido. Sentia-se também aborrecido porque o velho dissera que ele não estava no estágio em que devia estar. Mesmo sem entender o que isso significava.

Pelo menos o percurso por aquele caminho foi mais suave. Certamente se tivessem continuado pelo outro, o velho não aguentaria e talvez precisasse ser carregado. A certa altura, Ben começou a sentir a umidade aumentando. Talvez ele e o velho estivessem perto de alguma corrente subterrânea, mas nenhum barulho de água era ouvido. No entanto, havia musgo pelo chão e também nas paredes. Não dava para prever em que lugar da cidade aquele corredor os entregaria; provavelmente em algum ponto bem inferior da cidade baixa.

Após outra longa caminhada, Enosh parou mais uma vez. A luz da shoham estava muito enfraquecida, e Ben não conseguia ver o que ele estava fazendo ou observando, mas por certo tentava recuperar o fôlego.

Ben continuava preocupado. Provavelmente os soldados não os estivessem procurando naqueles túneis, caso contrário, pela lentidão com que os dois se moviam, já teriam sido alcançados há um bom tempo. Mesmo assim, estavam demorando muito para sair. Com Herevel poderia enfrentar um contingente grande de soldados, mas como protegeria Enosh?

— Vamos nos encontrar depois — disse o velho. — Não se esqueça de manter a cabeça baixa.

Então, misteriosamente sumiu.

Ben ficou olhando pasmo para a escuridão, sem entender o que havia acontecido. Era como se o latash fosse uma ilusão criada pelas pedras que subitamente se desfez. Seria aquilo possível? Será que o velho nunca estivera ali?

— Enosh! — chamou atordoado e deu um passo à frente. Então o grito sumiu de sua boca e o chão de debaixo de seus pés. Em um instante, Ben também não estava mais ali.

3 Água e Fogo

—**M**anter a formação! — bradou Adin, vendo a horda de bárbaros descendo a montanha. Brandiam machados, foices e gritavam sedentos de sangue. — Manter a formação! — ordenou outra vez para os soldados de Sinim, vendo o reflexo de suas armaduras azuladas. Era só um amontoado de homens diante da onda esfarrapada que descia a encosta repleta de pinheiros marciais. Parecia prestes a acontecer um choque de um pequeno rio de água limpa com um mar sujo e tempestuoso.

— Não temam! — gritou outra vez, embora ele próprio sentisse um pavor incontrolável ao ver a fúria e a quantidade de bárbaros que descia a montanha.

Algo naqueles guerreiros bárbaros causava arrepios. Eles não tinham medo. Agiam como se estivessem possuídos por alguma força maligna.

Adin havia viajado com o exército de Sinim por quase dois meses para o extremo leste até as cidades e vilas próximas da fronteira, até o local em que os bárbaros avançavam sobre o reino de Além-Mar.

Quase não podia acreditar que estava ali. Lembrava-se de como, em apenas um minuto, tudo havia mudado para ele, enquanto ainda estava em Urim. Três palavras selaram seu destino.

Eu vou ficar.

As palavras que dissera saíram quase automáticas, enquanto olhava para o rosto assustado da bela e jovem rainha de Sinim. Por isso, ao invés de partir para Olam, ali estava ele, no mais longínquo Oriente do mundo, diante do mais sanguinário dos exércitos.

Podia ter partido e retornado para Olam. Choseh providenciara uma embarcação para levá-lo de volta para Olam no dia seguinte ao Olho ter sido reativado por Leannah. O barco que ia levá-lo estava pronto, quando o mensageiro chegou. A maior invasão de bárbaros dos últimos séculos fora relatada pelo homem que viajara duas semanas sem parar. Diversas cidades e vilas estavam destruídas, e os bárbaros, dispostos a saquear o império, marchavam para Urim.

Eu vou ficar.

As palavras que saíram num impulso eram contraditadas pela razão. Os olhos verdes amedrontados de Choseh pareciam não compreender o que ele estava propondo.

Eu vou para o leste com o seu exército. Quero ajudar Sinim.

Não podia explicar o estranho sonho que o motivara a tomar essa decisão. Sabia que os dons dos kedoshins recebidos através do caminho da iluminação incluíam uma capacidade de agir por intuição, mesmo sem ter todos os elementos claros ou todas as possibilidades diante de si. Quando o mensageiro chegou do leste trazendo a notícia da invasão, Adin já sabia o que ele ia dizer. E também o que precisava fazer... Por isso, em vez de navegar para Olam, ele vestiu uma armadura azulada dos soldados de Sinim, montou um cavalo castanho e partiu com o exército para a fronteira oriental do mundo.

Após atravessar florestas, pântanos, montanhas e desertos, encontraram as cidades e vilas devastadas. Adin jamais vira tanta crueldade. Parecia-lhe impossível que humanos fossem capazes de tamanha atrocidade. Os corpos de todos os homens em cada vila ficaram empalados em estacas para serem comidos pelos corvos. As mulheres também, após serem violadas. As sobreviventes foram levadas como cativas. E as crianças... (seu coração e estômago se revoltavam só em pensar!) As crianças foram devoradas...

— Manter a formação! — ordenou outra vez ao ver que a linha da frente dos bárbaros escurecia o chão ao se aproximar vertiginosamente do desfiladeiro onde os soldados de Sinim os aguardavam.

Ainda não compreendia muito bem como alcançara tamanha autoridade entre os guerreiros que deviam ter o dobro da idade dele. Parecia que suas palavras tinham algum poder mágico. Apesar do iminente ataque de todo aquele mar escuro e tempestuoso que descia a montanha, o pequeno exército de Sinim permanecia exatamente onde estava, obedecendo cegamente às suas ordens, por mais loucas que parecessem.

— Apontar! Segurar!

Suas palavras fizeram as compridas lanças da infantaria se estenderem e Adin não soube dizer quantos bárbaros se empalaram nelas inicialmente.

— Aguentem! — ordenou. — Precisam detê-los! Não podem passar!

E foi assim que o pequeno rio azulado de soldados impediu o grande contingente de bárbaros de atravessar o desfiladeiro.

Quando os soldados da linha de frente de Sinim eram esmagados pela horda, outros valentemente os substituíam e defendiam a estreita passagem.

Os inimigos estavam exatamente onde Adin queria. Após dois dias tentando fazê-los acessar a cordilheira, finalmente estavam encurralados entre as montanhas e a infantaria de Sinim, o único lugar onde um exército menor poderia destruir um maior.

Adin segurou a trombeta e tocou. O som agudo foi ouvido à distância, e outra trombeta respondeu chamando a cavalaria.

O flanco do exército selvagem viu o maior número de cavalos que já havia enfrentado e, em instantes, eles estavam sobre eles.

Os bárbaros começaram a bater em retirada tão desordenadamente quanto haviam atacado.

— Agora! — ordenou Adin levantando a mão mais uma vez. — Queimem todos esses devoradores de crianças!

Do outro lado da montanha, os lendários arqueiros atenderam ao comando e fizeram chover flechas incendiadas sobre os bárbaros. O betume espalhado pelo chão se inflamou e o desfiladeiro virou um inferno sob os pés dos inimigos.

— No alto — apontou Adin para os arqueiros de elite. — Não deixem nenhum escapar.

O número de bárbaros que subia a montanha era três vezes menor do que o que descera, e as flechas dos arqueiros pareciam ter imãs que eram atraídos pelos corpos em movimento.

Adin viu um grupo de cinco ou seis tentando fugir. Pelo menos três haviam sido atingidos pelo fogo e tentavam salvar a própria vida. Rapidamente girou a funda ao lado do cavalo. A pedra soltou-se e viajou em direção ao grupo. Quando atingiu o último bárbaro, os esparramou. Então, as flechas de Sinim os abateram.

Ao final, poucos foram os que conseguiram voltar para o esconderijo das árvores, onde continuaram sendo perseguidos pelos soldados de Sinim.

Uma hora depois, os soldados comemoravam a vitória erguendo as espadas, arcos e lanças. Era a terceira naquela semana. Mas Adin sabia que era pouco.

Tzvan, o comandante do exército de Sinim, aproximou-se e falou com seu estilo peculiar.

— Eu lhe digo isso, jovem do poente: os deuses estão com você. Mais uma vez seu plano funcionou. Onde aprendeu tantas táticas de guerra?

Adin olhou para o comandante, sem ouvir direito toda a frase. Seus olhos ainda vasculhavam a montanha em busca de bárbaros vivos.

— Já vencemos — disse Tzvan, retirando o elmo prateado da cabeça — Pode descansar. É hora de comemorarmos a vitória.

— Três batalhas não representam a guerra — ponderou Adin.

— Hoje vencemos. É preciso comemorar a vitória, pois se amanhã perdermos, pelo menos fomos felizes. Do contrário, serão dois dias inutilmente tristes.

Adin olhou com alguma surpresa para o comandante.

— Talvez você esteja certo — disse por fim.

Tzvan sorriu. Era forte e disciplinado. Os cabelos descoloridos estavam amarrados em uma longa trança que lhe descia pelas costas. Os fios brancos só podiam ser identificados bem de perto. Uma barba pontiaguda também era trançada. Era um homem de risadas fáceis e palavras curtas, confiável como um cavalo bem treinado.

Adin se sentia uma criança perante ele, tanto pelo tamanho quanto pela idade. Lembrou-se do dia, há dois meses, quando se apresentou perante o homem para fazer parte do exército.

Não levamos crianças, dissera o homem.

Somente a intervenção da rainha garantiu que o comandante o levasse. Pelo menos o chamava de "jovem do poente", e não como Ben, antigamente, chamava Adin de o Vermelho. Mas, às vezes, desconfiava que a cor do por do sol também tivesse relação com o apelido dado a ele por Tzvan.

— Agora, conte para mim — insistiu Tzvan. — Onde foi que aprendeu essas técnicas de guerra?

Lendo dez mil livros em um só dia, sentiu vontade de responder, mas sabia que Tzvan não compreenderia o modo como Adin acumulara conhecimento instantâneo na Biblioteca, em Olamir, quando completaram o primeiro ponto do caminho da iluminação. E, muito menos, a capacidade de tomar decisões que recebera no Palácio de Gelo, durante o terceiro ponto.

Após a primeira vitória naquela semana, quando Adin revertera completamente o rumo da batalha aparentemente perdida, o capitão passou a ouvi-lo. Adin esperava que continuasse fazendo isso, pois inúmeros confrontos ocorreriam até expulsar definitivamente os comedores de crianças do território de Sinim e, talvez, entender o que o atraíra para o Oriente.

Perguntava-se quando retornaria para Choseh. E também para Olam. Será que morreria no Oriente, como Choseh temia? Será que as visões da rainha eram como as previsões das pedras de Enosh, não infalíveis, apenas grandemente prováveis? Será que podiam ser mudadas, como acontecera na noite da emboscada diante de Ganeden, quando Ben previu o futuro e, então, modificou-o enganando o tartan? Talvez ele próprio já tivesse mudado o futuro quando, em vez de partir para Olam, fora para o Oriente. Ou será que o futuro de fato não podia ser modificado, e todas as aparentes mudanças eram apenas desvios no curso do rio que inevitavelmente seguia para o mar?

— Vamos retornar para a cidade — sugeriu um dos capitães, um homem que parecia uma cópia mais jovem de Tzvan. — Os homens precisam de comida e de uma noite de sono. A próxima horda de bárbaros está a três dias daqui. Não chegarão logo. Talvez nem venham quando tomarem conhecimento da nossa vitória.

— Não esperaremos que eles venham! — revelou Adin. — Vamos ao encontro deles, e destruí-los, nem que seja necessário persegui-los até seu Lago de Fogo.

Viu o medo no rosto dos soldados quando mencionou a lenda. Não havia nada mais temido em Sinim do que o tal Lago de Fogo.

O medo pode ser um excelente combustível na guerra, mas também pode fazer alguém perder a batalha na véspera, pensou e logo se arrependeu do modo praticamente natural como manipulava os sentimentos dos outros.

No que me tornei?, perguntou-se, mesmo sabendo que não podia mais voltar.

O Oriente o chamava. Havia algo lá. Ele tinha certeza disso. Não sabia explicar aquele chamado, mas o ouvia cada vez que olhava as estrelas nas noites frias, ou ouvia o gorgolejar dos riachos, ou o refestelar das folhas que caíam das árvores e corriam pelo chão. Era sua parte naquela grande história.

A missão era a oportunidade de provar para si que tinha valor. E, talvez, também provasse isso para Choseh.

* * * * *
* * * *

A carroça sacolejava pelo caminho enlameado. Para trás ficava um sonolento ziguezague de rastros das rodas no barro. Enosh, ao seu lado, conduzia o cavalo. Ambos se assentavam em rústicos estofos encharcados.

Ben estava encharcado desde a queda no lago da cachoeira após a fuga da masmorra. O frio no ventre lhe voltava só de lembrar a sensação de ver o chão sumir debaixo dos pés, e as costas deslizarem sobre a rocha quase na vertical. De algum modo, o velho sabia da existência de uma canaleta que jogava água para fora da cidade. Ele desejou amaldiçoar mil vezes o latash, isso se além de gritos de horror saíssem também palavras da boca enquanto deslizava. A rocha incrivelmente lisa do interior da montanha só fez a velocidade aumentar de forma atordoante. *Não se esqueça de manter a cabeça baixa*, o velho dissera antes de desaparecer pela canaleta, mas Ben só se lembrou disso quando sentiu uma pancada na testa, confirmando que o espaço era milimétrico.

Nod havia ficado para trás. Ao seu lado, sobre a carroça, Enosh tentava convencer à força o animal, que era praticamente só crina e patas, a andar mais depressa. Fora o único encontrado em uma fazenda abandonada, após quase meio dia de buscas. Só conseguiram pegá-lo, depois de oferecerem-lhe uma boa quantidade de feno encontrada junto com a carroça. O cavalo trocou a liberdade pelo feno. Certamente, não fora um bom negócio para o pobre animal.

Deslizavam pela estradinha na região nordeste de Olam, escorregando e retornando para a estrada lamacenta. Ben desconhecia o destino para onde seguiam. Sabia apenas que se encontrariam com alguém que enviara uma mensagem a Enosh, ou talvez tivesse sido o contrário. As expressões vagas de Enosh sempre o deixavam na dúvida.

— Como teremos certeza de não ser uma armadilha? — tentou extrair mais algo do velho.

— Eu já disse. Tenho razões para crer que não é uma armadilha.

E, mais uma vez, não lhe revelou as razões.

O latash impacientou-se e castigou ainda mais o cavalo, porém o animal não tinha condições de ir mais rápido. Ben se ofereceu para conduzir a carroça, e não se surpreendeu com a negativa. Não fazia parte do estilo do velho abrir mão do controle.

Ben cobriu-se com o capuz gasto e se afundou no assento encharcado. Por alguns instantes, o único barulho foi o causado pelas rodas da carroça que esmagavam a lama do caminho.

Moviam-se cautelosamente, tentando contornar a cidade, pois haviam saído pelo lado oriental e precisavam subir para o norte e depois para o oeste. Isso os obrigou a dar uma volta longa, pois temiam ser encontrados pelo exército dos vassalos que ocupava o planalto.

Sabiam que, há cerca de três meses, quando Shamesh partira, a segurança havia abandonado Olam. Relatos terríveis de animais selvagens, até mesmo behemots, que estavam mais próximos de Olam, e de pessoas estranhas cuja procedência ninguém conhecia, provavelmente selvagens famintos em busca de comida e saques, espalhavam terror no pouco que restara do local. A era de paz e prosperidade havia sido sepultada sob os escombros dos edifícios brancos de Olamir. Por isso, todo o cuidado era pouco por aquelas estradas.

O cenário era desolação: a vegetação da campina queimada; as antigas fazendas, no lado direito da estrada, em ruínas; os celeiros, outrora cheios de alimentos, destelhados. Ainda enxergavam as pedras das casas escurecidas pelo fogo e troncos de árvores caídos na estrada... Um grande lagar, cujo brilho avermelhado dentro dele aparentemente não era vinho, despertou comoções íntimas no guardião de livros. Tudo aquilo só confirmava a certeza de que o número de mortos era muito grande.

A carroça quase virou ao passar por um buraco coberto com lama, obrigando Ben a jogar o peso para o outro lado, a fim de contrabalancear.

— Por todos os demônios de Hoshek! — praguejou o velho. — Levaremos semanas para fazer isso.

Ben desejou que as palavras de Enosh fossem apenas exagero.

As rodas se afundaram na lama e, apesar das chicotadas insistentes de Enosh nos lombos do pobre animal, o cavalo não conseguiu mais movê-las. Com pena do cavalo, tanto pelo esforço quanto pelas chibatadas, Ben saltou da carroça e afundou as botas na lama. Sentiu vontade de também praguejar, mas o que fez foi pressionar o ombro na madeira velha na parte de trás. O esforço conjunto dele e do animal fez a lama soltar suas garras grudentas das rodas.

— Quanto tempo levaremos? — perguntou retornando ao assento após esfregar os pés e deixar um pouco da lama das botas na grama murcha ao lado da estrada. — *Quanto tempo levaremos e aonde iremos?* — era a pergunta que gostaria de ter feito.

— Pretendia chegar lá ainda hoje — resmungou Enosh impaciente com a lentidão da carroça.

— Não pode dizer qual é nosso destino? — perguntou, impaciente com as respostas evasivas.

— Ainda não.

Ben não insistiu. Sentia-se envergonhado por ter sido aprisionado. E naquele momento, não podiam mais voltar para Nod. Se já era difícil pensar em ajudar a cidade de dentro de suas muralhas, do lado de fora parecia completamente impossível.

Ben se recriminava por não ter aceitado a proposta do comandante. Talvez, se tivesse se alistado, estaria ajudando o exército a se defender dos vassalos e não sacolejando inutilmente naquela carroça velha.

O piado conhecido de Evrá nas alturas, na metade da tarde, foi a única boa sensação. Os poderosos olhos da águia os haviam encontrado, ou, talvez, a comunicação entre a pedra shoham que ela carregava e Ieled tivesse feito isso.

Os dois contemplaram aliviados a águia dourada. Os olhos dela poderiam precavê-los de imprevistos, e as garras poderosas livrá-los deles, caso fossem inevitáveis.

— E a rede? — perguntou, ainda observando o voo circular de Evrá. — Como pretende terminá-la agora?

— O conselho cinzento, liderado por Benin, continuará lapidando — revelou Enosh. Parecia que a chegada de Evrá o fizera falar um pouco mais. — A rede ainda é o plano básico, porém também está na hora de colocar a outra parte do plano em ação.

— Mas sem o senhor, vai demorar muito mais para completá-la.

— Você acha que eu deixei a cidade só por sua causa? — perguntou com a costumeira rispidez. — Eu esperava, é verdade, fazer isso dentro de mais alguns dias, mas sua visita às masmorras convenceu-me a antecipar um pouco nossa saída. Uma pedra shoham esteve em ação há algum tempo convocando soldados.

— Uma pedra shoham? Soldados? — perguntou Ben, sem entender nada.

— Há um grupo de homens na floresta de Ellâh. Estão se organizando há algum tempo... Na verdade, eu os ajudei a se ajuntarem. Agora precisarei de um favor deles.

Ben arregalou os olhos.

— Um exército! Então um exército está sendo formado? Esse é o plano?

— De certo modo sim.

— Soldados! — Ben disse quase sentindo alívio. — É do que nós mais precisamos para lutar nesta guerra. Muitos soldados. Herevel poderá...

— Acredito que devemos ter expectativas menores... — cortou o latash. — Não sei quantos homens foi possível reunir.

Mais do que nunca, Ben desejou que a viagem passasse rapidamente. Se havia um exército dentro da floresta, talvez fosse possível ajudar Nod. Talvez tivesse chegado a hora de Herevel finalmente entrar em ação. Em um segundo, todas as recriminações sumiram do rosto do guardião de livros.

A última frase de Enosh causou um pouco de inquietação, mas, tentou se convencer de que o velho só estava sendo amargo, como de costume.

O rosto do velho ficou instantaneamente mais rígido. Ben percebeu que ele olhava fixamente para algo no caminho. Seguiu o olhar e seu coração quase parou e depois acelerou enlouquecido. Em um grande carvalho, várias pessoas estavam dependuradas. Parecia uma família inteira, pois havia dois homens, três mulheres e quatro crianças. As cordas apertavam os pescoços e rasgavam a pele esbranquiçada. O vento fazia os corpos girarem em sincronia como se estivessem dançando.

Os corvos já haviam trabalhado bastante, tornando a cena ainda mais horripilante.

Enosh parou a carroça e olhou indeciso para os cadáveres.

— Não podemos deixá-los aí — disse Ben, percebendo que o velho fazia menção de seguir adiante. — Todos merecem um enterro digno.

— Se formos enterrar todas as pessoas mortas pelos demônios de Hoshek, passaremos o resto da vida fazendo isso.

Sem dar ouvidos, Ben pulou da carroça e começou a subir o carvalho nodoso. Depois, cortou as cordas com Herevel, fazendo os cadáveres se amontoarem no chão.

— Como pretende fazer as covas? — perguntou Enosh, apenas observando.

Só então Ben se deu conta de não ter ferramentas. Além disso, a terra estava bastante endurecida por causa do frio.

— Pelo menos você fez uma boa ação para os outros animais, que poderão participar do banquete, além dos corvos — observou Enosh.

Só restou a Ben tentar encobrir os corpos com galhos de árvores e folhas úmidas. Mesmo assim, o trabalho foi grande, pois eram várias pessoas. O guardião de livros vomitou duas vezes durante a tarefa.

Após o insuficiente trabalho, retornou cabisbaixo à carroça.

Enosh limitou-se a não fazer mais nenhum comentário depois do ocorrido. E Ben convenceu-se a não repetir o esforço perdido nas próximas várias ocasiões em que encontraram mortos pelo caminho. Procurava nem olhar muito para as margens da estrada, para não ver mais cadáveres. Porém, a sensação de impotência e indignação era tão presente quanto o cheiro forte de corpos em putrefação, que os acompanhou por toda aquela parte do caminho.

— Eu me pergunto a razão disso tudo... — suspirou Ben. — Sempre acreditei haver alguma ordem no mundo, algum propósito. Em Havilá os sacerdotes diziam que *El* recompensava os justos e punia os ímpios. Mas qual punição mereceram essas pessoas, essas crianças? Por que *El* as abandonou à própria sorte?

— A vida é sofrimento — disse Enosh. — Não importa se alguém vive um dia ou mil anos. A única realidade é o sofrimento. De certo modo, os que morrem cedo são mais felizes...

Ben estranhou aquele comentário. Especialmente vindo de alguém já vivo há mais de dois mil anos.

— O senhor disse que eles estão na floresta de Ellâh? — perguntou o guardião de livros.

— Você ouviu bem — confirmou Enosh.

— A mesma Ellâh pertencente a Ganeden e separada pela construção da antiga rota dos peregrinos? Dizem que é tão perigosa quanto Ganeden...

— Não foi a construção da rota dos peregrinos responsável pela separação. Houve outro motivo para isso, embora, sim, tivesse relação com os peregrinos... Ellâh oferece poucos riscos hoje em dia, pelo menos por enquanto. Você não deveria mais ter tanto medo de Ganeden, penso eu...

Ben sempre sentia algo agitar-se dentro de si quando pensava na floresta dos irins. Ainda precisaria meditar em tudo o que ouvira e aprendera dentro da mais antiga floresta de Olam, mas naquele momento não havia tempo para isso, nem o silêncio necessário, embora Ben tivesse a impressão de que o barulho estava mais dentro do que fora de si.

Então, ouviu os estrondos altos vindos do sul. Embora estivessem bastante longe do local, em uma região descampada, era possível ouvir o barulho das pedras se chocando contra as muralhas de Nod anunciando a rotina diária de ataques com catapultas dos vassalos. Os estrondos se intensificavam no planalto morto como se uma tempestade sacudisse a terra.

Enosh, impassível, não tirou os olhos do caminho.

— Eles estão praticando mais hoje — notou Ben.

— Enquanto estiverem apenas praticando, Nod estará segura.

— Mas isso não vai durar, não é?

— Não.

— Eu estive pensando a respeito de tudo o que o senhor me contou — disse Ben, mencionando pela primeira vez o relato feito por Enosh no Yam Kademony. — Disse que quando Tutham retornou de Ganeden de posse do Olho de Olam, ele obteve ajuda de um povo que habitava a face norte das Harim Keseph. O que aconteceu com os rions? Por que ninguém nunca mais ouviu falar deles?

— Eles permanecem no lugar onde sempre estiveram. As cidades de gelo.

Ben notou a insatisfação de Enosh por ter tocado naqueles assuntos, mas não recuou.

— Então por que não os chamamos para lutarem outra vez? Não é possível se comunicar com eles através das pedras?

— Os rions não usam pedras shoham, e somente o Melek teria autoridade para convocá-los. Além disso, você nunca ouviu o ditado: é mais fácil encontrar os tesouros dos kedoshins do que as passagens para as cidades de gelo do povo rion?

Mas nós encontramos os tesouros dos kedoshins, Ben sentiu vontade de dizer, lembrando-se do ouro, das joias, das pedras shoham de quase todas as tonalidades, e de tudo o que se acumulava nas salas do palácio de gelo.

O nó no estômago apertou ainda mais ao se lembrar daquilo, especialmente de si mesmo assentado no trono de gelo, com a coroa na cabeça, enlouquecido pela soberba, enquanto os tannînins despertavam.

Fez um gesto diante dos olhos, como se pudesse afastar aquelas lembranças.

— Eles não são inteiramente humanos? — pergunto Ben. — Os rions? Quer dizer... assim como nós?

— Depende da sua definição de humanos... Será que nós somos uma boa definição de humanos?

— As lendas dizem que eles se transformavam em corujas...

— A maioria das lendas tem um fundo de verdade; mas se fossem inteiramente verdadeiras, não seriam lendas.

— Eles atenderiam ao chamado do Melek? — insistiu.

— Houve uma aliança! — disse Enosh impaciente. — Quando deixou Ganeden com o Olho de Olam, Tutham voou para o norte com um presente dos kedoshins para os rions. Algo que os rions esperavam receber há muito tempo. Por causa disso, o Patriarca dos rions entrou em Aliança com o Melek de Olamir. Certamente viriam se Thamam, como herdeiro de Tutham, os convocasse, pois honram suas tradições. *Aquilo que o pai rion promete, o filho cumpre em seu lugar, e isso de geração em geração, até o fim dos tempos.* Esse é outro ditado sobre eles... Aquele presente de Tutham... Eles o queriam muito... Gelo luminoso. É assim que é chamado. É uma das substâncias primordiais responsável pelo equilíbrio dos elementos no mundo. Era algo que lhes havia sido prometido há muito tempo, porém, negado após a intervenção dos irins, que resultou no confinamento de Hoshek e na partida dos kedoshins. O gelo luminoso é a essência do inverno, a própria alma dos behemots, responsável pela manutenção do antigo tratado do mundo e do submundo. Por causa dele, este mundo não se tornou um imenso Midebar Hakadar. De certo modo, ele ajuda a deter as trevas.

Ben entendeu muito pouco do que Enosh disse. Aqueles assuntos sobre os primórdios de Olam ainda eram muito nebulosos para ele. Tempos depois, entretanto, aquela informação de Enosh, a respeito do gelo luminoso, o ajudaria a conquistar a maior de suas vitórias em Olam, quando também sofreria sua maior derrota.

— De qualquer modo — completou Enosh — parece-me que, de onde Thamam está, ele teria bastante dificuldades em convocar os rions agora... Por isso, devemos contar com o que temos à disposição.

Banido, lembrou Ben. Acusado de ser o cashaph. Julgado e condenado pelo Conselho de Sacerdotes de Olamir.

— Thamam está mesmo no Abadom? — perguntou, sem expressar as duas dúvidas que martelavam em sua cabeça. A primeira era acreditar na existência de um lugar de punição onde as pessoas pudessem ser enviadas para viverem em perpétuo tormento. A segunda era pensar na possibilidade de enviar um homem como Thamam para um lugar assim.

— O Abadom nunca se abriria para recebê-lo se ele não tivesse culpa — explicou Enosh compreendendo a dúvida não formulada de Ben. — Har Baesh era louco, mas não era tolo. Se não tivesse certeza da culpa de Thamam, nunca o condenaria ao abismo. Seria confrontado diante de toda a cidade, quando o abismo simplesmente não se abrisse, e, então, ele precisaria ser lançado em lugar do Melek, por tê-lo acusado falsamente...

— Por isso você acredita que Thamam era o cashaph, o traidor que passou as informações para os shedins?

— Se não era, devia ter outra culpa condizente com a condenação. O Abadom não recebe inocentes...

Ben percebeu como aquele assunto era um labirinto ainda mais difícil de encontrar a saída, por isso limitou-se ao silêncio.

Para algum alívio, encontraram a rota dos peregrinos deserta, e também livre dos sons da batalha que haviam ficado para trás. Porém, as imagens ainda se repetiam: vilas destruídas e incendiadas. O número de mortos era incalculável, pois, antes da queda de Olamir, os cavaleiros-cadáveres haviam dizimado até mesmo as cidadezinhas mais distantes do Perath e do Hiddekel.

Os recortes cinzentos e perfeitos da antiga rota endureceram a rolagem das rodas da carroça e, sem a lama para prendê-las, ficaram subitamente mais leves e velozes. O cavalo até estranhou a repentina facilidade que obteve ao puxar a carroça.

Ben percebia, então, que o caminho da iluminação estava ligado àquela rota, ou, pelo menos, ela fazia parte dele. Ainda não entendia completamente o objetivo dos kedoshins com aqueles testes pelos quais precisaram passar. Em Olamir, na Biblioteca das pedras vermelhas, havia encontrado uma informação sobre o propósito do caminho: redimir ou levantar os caídos. Talvez, se tivesse chegado ao final, como Leannah, pudesse entender o significado disso.

— Tzizah disse que esta estrada foi construída na Era anterior para os peregrinos que vinham do antigo império de Além-Mar — disse Ben, olhando para os recortes e imaginando o tipo de ferramenta capaz de cortar pedaços tão grandes de rocha com tanta perfeição. — Mas esta estrada não passa perto das grandes cidades de Olam... Não faz sentido.

— O passado de Olam é complexo — respondeu Enosh, com um tom lacônico tentando encerrar o tema.

— Complexo ou insignificante, realmente não faz mais diferença — desabafou Ben, cansado de respostas vagas. — Esta estrada viu o fim de duas eras. E, pelo estado de conservação, talvez ainda veja outras. Nossos esforços são inúteis... O tempo sempre é o grande vitorioso.

— Há verdade em suas palavras — reconheceu Enosh, forçando-se a continuar. Ele realmente parecia fazer força para falar, como se sentisse dor. — Mas também há ignorância. O passado não acabou. Jamais acaba. Todos os acontecimentos estão interligados. Se há algo que essas suas marcas podem lhe ensinar é isso.

Ben olhou um pouco constrangido para as marcas brancas deixadas em seus braços e pescoço pelas ramagens da "doce morte".

— O que há ao norte, para além das Harim Keseph, onde essa estrada termina? — resolveu voltar ao assunto da estrada. Era menos doloroso.

— A primeira pergunta a ser feita é se ela realmente termina — disse Enosh com um risinho irônico que só tornava o rosto ainda mais fantasmagórico.

Evrá piou diferente nas alturas, e Ben se esqueceu da conversa com o latash. A águia mudou a direção e seguiu para o leste, como se estivesse voltando para Nod. Ben a acompanhou com o olhar, sentindo-se apreensivo. Em instantes só enxergou muito ao longe o reflexo da penugem dourada desaparecendo sob o céu nublado.

— Para onde ela vai? — perguntou ainda tentando enxergá-la no horizonte cada vez mais cor de chumbo.

— Em busca de informações — disse o latash. — Esta guerra é antes de tudo uma guerra de informações. Quem tiver as melhores e, ao mesmo tempo, puder esconder as próprias, terá mais chances de vencer.

Esconder é algo que o senhor faz muito bem, sentiu vontade de dizer.

— Além disso, talvez ela encontre ajuda... — completou Enosh.

Ben sabia que Enosh utilizava Ieled para monitorar Olam e para isso precisava das imagens coletadas por Evrá em seus voos. Mesmo assim, gostaria que a águia permanecesse. Seus olhos eram uma grande vantagem naquela estrada perigosa.

E Ben não demorou a perceber o quanto isso lhes fez falta. Uma movimentação na estradinha à sua frente fez seu coração subitamente se acelerar. Mesmo de longe identificou os cavaleiros quando cresceram os emblemas dos reinos vassalos. Imediatamente, Ben pôs a mão sobre a espada.

Enosh o deteve com um gesto.

— O plano é discrição — lembrou o velho. — Esses aí não nos criarão muitos problemas, se conseguirmos nos fazer passar por camponeses em busca de comida. Não faça nada. Eu sei como lidar com eles.

Com esforço, Ben se acalmou e retirou a mão do cabo escondido da espada cravejada de fragmentos do Olho de Olam.

— Até quando precisaremos nos esconder? — perguntou reprimindo a indignação.

— Até quando não for mais possível — respondeu secamente o latash.

Em instantes seis cavaleiros estavam ao redor deles, com suas longas capas negras esvoaçantes e seus emblemas da cor de cobre. Espadas embainhadas e pequenas adagas rústicas atravessadas na cintura eram suas armas. As armaduras eram reforçadas, mas dispensavam elmos e escudos, e isso mostrava que não se sentiam ameaçados. Todos tinham cabelos pretos lisos e compridos atados em longas tranças e barbas pontiagudas e escuras como a terra de Hoshek. Usavam pingentes incrustados nas orelhas, boca, nariz e sobrancelhas.

Ben viu cicatrizes no rosto e nos braços desnudos. Eram mercenários contratados por Bartzel. Havia visto alguns deles em Reah, a cidade de tendas, no porto ocidental.

O grupo de mercenários cavalgava para Nod, provavelmente após ter realizado patrulha e saques.

Ben e Enosh imóveis olhavam para baixo, esperando que os cavaleiros fizessem a vistoria.

— Estamos sem alimentos — disse Enosh com uma voz que o tornava ainda mais velho. — Estamos procurando comida, ou vamos morrer.

Um dos cavaleiros permaneceu o tempo todo diante deles, enquanto os outros investigavam a carroça.

— Considere-se feliz, velho! — disse o líder. — Há muitas outras formas bem menos misericordiosas de morrer.

Após constatarem que a carroça estava realmente vazia, Ben esperava que os deixassem em paz, mas os homens não partiram. Um deles se aproximou de Ben e o espreitou com olhos negros. As grossas sobrancelhas se moveram com desdém. Moveu a espada em direção ao rosto do guardião de livros, e levantou o capuz com a ponta.

— Tem mesmo cara de camponês — soltou uma risada. Seu sotaque era pesado, seu modo de falar, rústico; cada palavra parecia uma ofensa, como era próprio dos mercenários do Sul. E havia também arrogância, pois se sentiam soberanos sobre Olam, podendo andar por lugares que antes não se atreviam, quando os giborins ainda monitoravam a terra. — Mas algo me diz que vocês estão metidos em alguma artimanha. Por que você não parece assustado? É tão tolo assim?

Ben baixou a cabeça, tentando parecer submisso e lutando contra todos os impulsos de sua mente para não pegar Herevel.

Mas o mercenário não parecia satisfeito. Por certo esperava encontrar alguns siclos de cobre ou, se tivesse mais sorte, de prata.

— E esse velho, quantos anos tem? Duzentos, trezentos?

— Às vezes me sinto como se tivesse mais de dois mil — disse Enosh com uma voz que parecia caçoar de si mesmo.

O homem riu debochadamente.

— Parece mesmo. Se eu o visse de noite, confundiria com um cavaleiro-cadáver. Se bem que um cavaleiro-cadáver deve ter mais carne entre os ossos.

Todos os cavaleiros riram. Ben percebeu que aquilo não terminaria bem.

O homem voltou a olhar para o guardião de livros.

— Como pretendia pagar pela comida, caso a encontrasse? — A ponta da espada foi passando pelo pescoço, abrindo a túnica, descendo... — Diga, camponês, o que você tem de interessante aí para mim?

Subitamente, o cavaleiro enxergou o brilho dourado da armadura por baixo dos panos gastos e soltou imprecações. Então, tudo foi muito rápido. Em um piscar de olhos, Ben tinha Herevel em punho, e a espada do cavaleiro estava quebrada. Um novo golpe furioso atravessou a armadura do soldado como se fossem panos podres. Com os olhos arregalados de incompreensão e morte, o mercenário tombou para o lado. Ficou preso pelos arreios ao cavalo, enlouquecendo o animal que fugiu em desespero.

Ben nem teve tempo de se surpreender com a própria atitude. Os outros cavaleiros puxaram espadas e investiram contra eles.

Com o disfarce abandonado, Ben se pôs em pé. Herevel pulsava em sua mão, preparada para punir os mercenários.

Os cavaleiros soltavam impropérios, ainda sem entender quem enfrentavam.

— Por todos os demônios de Irofel! — disse o líder — vocês são dois homens mortos!

Ben viu que precisava proteger Enosh dos ataques, pois o velho seria um alvo fácil para os cavaleiros. Mas percebeu que não conseguiria defender ambos os lados da carroça. E havia também o risco de que algum deles escapasse e, então, logo teriam um exército atrás. Precisava fazer algo rápido e decisivo.

Antes de pensar em alguma estratégia, viu um brilho alaranjado surgir das mãos do latash. De relance percebeu uma pedra shoham no colo dele.

Os cavaleiros olharam desconfiados para a pedra, mas não recuaram. O velho passou a mão sobre a pedra e ela brilhou intensamente.

— Não precisamos de mais luz, velhote — disse um cavaleiro.

— Ah, precisam sim — retrucou Enosh.

Ele apontou a pedra para os mercenários que cercavam a carroça e disse as palavras.

— *Esh lachem!*[2]

O brilho amarelado aumentou e algo como uma bola luminosa saltou para os cavaleiros. Parecia fogo de dragão, e logo os mercenários perceberam que queimava de modo semelhante. Cavalos e cavaleiros viraram tochas como se seus corpos fossem compostos de algum material muito inflamável.

---

[2] Fogo para vocês!

Enosh chicoteou o cavalo para que afastasse a carroça do local, evitando serem atingidos pelo fogo. O calor e o cheiro de carne queimada causavam enjoo.

Em poucos segundos, a grande fogueira lançava labaredas do chão às alturas, mas ninguém poderia dizer o que alimentava as chamas. E ao final, haveria apenas cinzas indistinguíveis no chão.

Ben olhou assustado para Enosh enquanto o fogo com línguas azuladas ainda subia às alturas.

— Como você fez isso?

— Um dos cavalos fugiu! — esbravejou Enosh. — Levará um corpo para Nod. Eu disse para você não sacar a espada. Eu não falei que sabia como lidar com eles?

4 Serpentes Verdes

No lugar onde a luz de Shamesh nunca brilhava, um grupo de mulheres grávidas seguia em fila hipnótica em direção à maior e mais terrível cidade dos shedins. Diante delas, a silhueta sombria de Irofel com suas torres infindáveis dominava a paisagem.

As mulheres tinham os olhos inexpressivos, veias escuras lhes saltavam no rosto e em todo o corpo. Estavam mortas. Forças malignas as moviam e as atraíam para Irofel. Suas barrigas imensas pareciam a ponto de estourar. Logo trariam às trevas os corpos de que os shedins precisavam para continuar seu antigo e, naquele momento, renovado plano.

Desde Schachat, após deixar o deserto cinzento e ter adentrado a cortina de escuridão, o grupo havia passado por caminhos tortuosos, atravessado penhascos e assombrosas florestas povoadas por todo tipo de espíritos antigos e criaturas deformadas. À sua frente, as construções da cidade das trevas iam se elevando na escuridão, torres pontiagudas sobrepunham-se umas às outras, e dominavam uma área maior do que Olamir ou Bethok Hamaim.

Nos portões, diante da escadaria de acesso que subia duzentos metros, o ventre de uma das mulheres se rompeu. Um humanoide recoberto de plasma cinzento caiu sobre os degraus esbranquiçados. Dois pequenos chifres tortos brotavam da testa da criatura. O corpo era albino, aberrante e desproporcional, muito maior do que um recém-nascido humano. Uma cauda fina e enrolada ainda correu pelos degraus como se fosse uma serpente. A criatura vinda às trevas antes da hora tentou se mover sobre as pedras, mas sem a presença do espírito shedim, que o controlaria, não conseguiu respirar e começou a sufocar. Os membros desengonçados se agitaram em desespero, mas ninguém parou para ajudá-lo. Instantes depois, a criatura ficou imóvel. Plasma grudento permaneceu sobre os degraus milenares. Mulher e feto permaneceram inertes.

As demais mulheres continuaram sua marcha sonífera subindo em direção ao portal daquela que fora a mais antiga e gloriosa cidade dos kedoshins. No alto, ainda eram vistas as marcas do fogo dos dragões-reis que a destruíram.

Dentro da torre central da cidade, uma abóbada transparente nos tempos áureos impressionava os visitantes causando uma sensação de estar dentro do céu, porém naquele momento, quebrada, só oferecia escuridão. Debaixo dela, uma sessão do conselho dos shedins estava acontecendo. Naphal, o príncipe de Irofel, presidia, como sempre.

— Aproximem-se! — ordenou o mais poderoso shedim livre.

Os doze príncipes lhe obedeceram, parando a uma distância respeitável do líder. Curvaram a cabeça, porém não se ajoelharam como costumavam fazer diante do antigo senhor que estava aprisionado no Abadom.

Naphal se assentava no trono de cristais escurecidos. Ainda usava o corpo com o qual destruíra Olamir. A aparência bela e luminosa, entretanto, estava distorcida por causa das duas ondas de energia devastadoras diante das muralhas brancas. Os cabelos luminosos estavam descoloridos, e as faces, envelhecidas. Os olhos ainda eram dois buracos negros, verdadeiros abismos do mal, onde no fundo via-se uma chama.

Os shedins que se aproximaram eram os chefes das outras grandes cidades da terra de Hoshek. O principal deles era Mashchit, príncipe de Salmavet, seu braço direito, o segundo mais antigo guerreiro shedim que continuava em ação.

O tartan estava sem corpo. Precisara descartar o último ao final da conquista de Olamir. Ele e diversos shedins aguardavam a produção e o preparo de novos instrumentos, a fim de andarem outra vez pela terra dos homens, uma vez que a cortina de trevas avançava com certa lentidão.

Ao redor do salão de pedras escuras, os mais poderosos shedins de Hoshek debatiam a respeito da guerra. Uns poucos já utilizavam corpos preparados para andar fora da cortina de trevas. Estes eram ainda mais altos do que os anteriores, alcançavam três metros de altura. As distorções estavam mais aberrantes: as mãos eram garras, os olhos buracos negros, e a pele escamosa como de um tannîn.

— Os príncipes exigem saber sobre os planos — disse Mashchit.

Tendo descartado o antigo corpo, o tartan era apenas uma sombra maligna.

— Por que estão desconfiados? — Naphal perguntou para o grupo. — Há algum motivo para isso?

— Você assegurou que o Olho de Olam estava desativado e não nos causaria dano — disse o príncipe de Ofel, a terceira cidade de Hoshek. — No entanto, a maioria de nós teve seus corpos praticamente destruídos, e muitos não conseguiram retornar. Pelo menos duzentos irmãos foram enviados para o Abadom. Foi um preço alto!

— Foi o custo de nossa maior vitória em dez mil anos! — rebateu Naphal. — Não percebem isso?

— A essa altura, já devíamos poder andar livremente pelo mundo, mas a cortina de trevas avança morosamente e ainda estamos restritos a esses corpos desprezíveis — insistiu o príncipe de Ofel. — Nossa vitória não foi completa!

Naphal olhou demoradamente para a comitiva. O príncipe de Ofel tinha uma aparência assustadora. Seu rosto era descarnado. Não tinha orelhas. Os dentes lembravam uma serra. E seus olhos pareciam cuspir fogo.

— Esperamos milhares de anos para ver o que está acontecendo — disse por fim, o líder dos shedins, contendo a própria fúria. — É necessário mais um pouco de paciência. Falta pouco.

— Por que a escuridão não avança para Olam com a rapidez que esperávamos? — perguntou Mashchit. — O que deu errado? O Olho não brilha mais em Olamir...

— Acredito que o Olho de Olam tenha sido reativado — revelou Naphal.

Como era esperado, aquela revelação criou forte agitação no grupo de chefes. Naphal tinha dúvidas se conseguiria explicar para eles o quanto aquela notícia, que parecia extremamente ruim, podia afinal ser favorável.

Ele próprio havia demorado a entender tudo. Sob muitos aspectos, os acontecimentos se apresentavam como um grande enigma. Por fim, concluiu que o Olho de Olam fora reativado, caso contrário as trevas já teriam coberto mais da metade de Olam. No entanto, era provável que algo tivesse saído errado com a reativação, caso contrário as trevas não avançariam nada, e continuavam avançando. Foi então que se pôs a pesquisar; enviou abutres com pedras espiãs, sondou os acontecimentos através do fogo do Abadom, sacrificando um nephilim para isso, e descobriu o que havia acontecido. Então enviou os vassalos para procurar a garota de Havilá até, finalmente, descobrir que ela estava muito mais perto do que imaginava. Porém, só teve mesmo certeza das possibilidades que haviam surgido, quando o *cashaph* mandara a mensagem afirmando ser possível anular o antigo tratado. Então, entendeu que a situação lhes era mais favorável do que nunca.

Apesar de ter certeza de que o poder maligno agia no *cashaph*, Naphal ainda se esforçava por descobrir a identidade do misterioso homem que os ajudava desde antes da batalha de Olamir. E também o que ele desejava. Se bem que, quanto a isso, Naphal não tinha dúvidas. Esse tipo de homem só desejava uma coisa: poder.

— O caminho da iluminação foi completado — pronunciou-se para a assembleia de shedins — o Olho de Olam foi reativado, os portais serão abertos. Em breve nosso antigo plano se concretizará! Reverteremos toda a condenação que nos foi imposta.

— Você está louco, Naphal! — interrompeu o príncipe de Ofel. — É o Olho que nos impede de sair da cortina de trevas e também impede as trevas de avançarem! Você está dizendo que isso foi bom para nós?

— Cale-se Rum! — trovejou Naphal, fazendo o shedim recuar. — Não fale do que não entende. Neste exato momento, todos os acontecimentos fora da cortina de trevas colaboram para a concretização de um antigo plano do Senhor das Trevas. Mesmo não tendo esperança de que ele aconteceria, agora se tornou realidade. Por conta disso, Nod se tornou prioridade mais do que nunca. Precisamos tomá-la imediatamente. E Bethok Hamaim também. O templo das águas precisa ser destruído. Essas são nossas tarefas imediatas.

— Nós queremos falar com ele! — insistiu Rum mais cautelosamente. — Queremos a palavra de Helel confirmando tudo isso.

— Vocês sabem que isso tem um preço!

O silêncio dos príncipes confirmou que não conseguiria dissuadi-los daquela ideia, por mais absurda que fosse.

Naphal sabia que poderia agir como sempre fizera, sem dar satisfações, afinal nenhum deles tinha coragem de ameaçar sua liderança. Mas para completar o plano precisaria do empenho de todos, inclusive de muitos sacrifícios.

— Como queiram.

Desceu do trono elevado e passou pelo meio dos shedins. Todos, respeitosamente, abriram caminho para ele. Acessou um corredor que conduzia às profundezas da cidade. Os shedins o seguiram silenciosamente.

A descida foi longa até o abismo de Irofel, onde o parapeito circular escondia o fosso. Ao se aproximarem, os shedins olharam para as profundezas. Lá embaixo, dois nephilins estavam presos por correntes. Os longos chifres se enroscavam, e os rugidos ecoavam pelas paredes tenebrosas. Mediam mais do que o dobro da altura dos shedins. O olhar das criaturas era de puro ódio.

Naphal contemplou com um misto de desprezo e admiração o resultado da união com a raça humana. Sabia que os corpos produzidos para os shedins, através das mulheres de Schachat, eram apenas carcaças, como armaduras para que pudessem encarar a luz. Mas os nephilins eram a união completa, de corpo e espírito. Isso só era possível quando a mãe humana não era apenas uma portadora morta de um feto aberrante, mas participava da gestação, permanecendo viva até o momento do parto. Todos os meses da gestação eram monitorados com as pedras shoham. Nem mesmo os mestres-lapidadores de Olamir sabiam que esse fora um dos objetivos pelos quais, no passado, parte dos kedoshins quis lapidar pedras shoham. E, talvez, se os irins não tivessem se intrometido, o intuito seria executado. Criariam uma nova raça.

Porém, por outro lado, Naphal sabia que aquela havia sido a razão principal da expulsão dos shedins. Quando o primeiro nephilim foi gerado em Nod, a guerra que já vinha se delineando há muito tempo tornou-se inevitável. Uma guerra entre irmãos. Mas Naphal jamais imaginou que Helel aceitaria ser lançado no Abadom para manter o primeiro filho fora dele.

Sobre o parapeito circular, pedras shoham escuras formavam um círculo de poder. Naphal se aproximou e tocou em duas. Imediatamente elas se ativaram. Mesmo assim, precisaram esperar vários minutos até que a luz vermelha surgisse do abismo através do portal e invadisse o coração de Irofel. Os nephilins se agitaram com o surgimento da luz. Porém, seus movimentos e urros não impediram o processo. Eles começaram a ser consumidos.

Os urros enlouquecidos dos humanoides gigantes foram desaparecendo no submundo. Juras de ódio e vingança foram engolidas pelo poder do Abadom que se materializou em Hoshek através da energia das criaturas. Só em Hoshek, com o uso das pedras escuras, o Abadom podia ser parcialmente aberto daquele modo, sem precisar partir as correntes.

Então, algo sinistro subiu das profundezas e pairou acima do fosso. Não apresentava forma. Era uma espécie de energia. Fogo e trevas ao mesmo tempo. Mesmo assim, em alguns momentos, algo como uma face demoníaca com um monstruoso chifre solitário emergia da mistura de chamas e escuridão.

Os shedins recuaram temerosos quando o fogo aumentou no centro do salão. O próprio Naphal afastou-se do parapeito.

— Por que me chamaram, se ainda não terminaram o trabalho? — uma voz rugiu do fogo e das trevas. A voz lembrava um furacão despedaçando montes.

— Os príncipes estão desconfiados — disse Naphal. — Querem saber dos planos. Querem ter certeza se o que eu disse para eles realmente acontecerá. Duvidam que será possível reverter o tratado do mundo e do submundo.

— Cumpram aquilo que lhes foi ordenado! — vociferou o ser informe, e o fogo ameaçou outra vez os shedins fazendo-os recuar ainda mais. — Façam tudo o que Naphal lhes exigir. Ou preferem me fazer companhia no Abadom?

A aparição da figura de fogo e trevas durou só alguns segundos, enquanto a luz vermelha permanecia dentro do salão de Irofel, após desintegrar os nephilins. Subitamente, as trevas e o fogo foram sugados para o Abadom.

— Mais alguma dúvida? — Naphal virou-se para a comitiva de príncipes.

O silêncio temeroso entre o grupo foi a confirmação que Naphal esperava.

— Chegou a hora de prepararmos a primeira ofensiva — retomou Naphal. — Primeiro Nod, depois Bethok Hamaim. Esses são nossos alvos imediatos. Invoquem mais sa'irins, há um tipo novo, aquático, de corpo preparado para eles. E, eu tenho outra notícia para alguns de vocês: seus novos corpos também acabaram de chegar, estão subindo as escadarias de Irofel neste exato momento. Vocês poderão sair da escuridão. Não demorem a estabelecer a união.

— Para mim também? — perguntou o tartan.

— Não. Preparar um corpo para você vai tomar diversas luas. Mesmo esses que acabaram de chegar não estarão prontos para a tomada de Nod, mas serão úteis em Bethok Hamaim logo a seguir.

— Eu não posso ficar de fora dessas batalhas!

— Não se preocupe. Eu providenciei outra maneira de você participar. Você estará em Nod. É lá que vamos começar a realizar nosso antigo intento.

* * * * *
* * * *

— Ele viu minha armadura! — justificou-se Ben, ainda olhando incrédulo para as labaredas que haviam desintegrado os corpos dos cavalos e dos mercenários.

— Precisa aprender a se controlar — continuou Enosh em tom imperativo. — Vingança, frustração, desapontamento, essas coisas apenas o ajudarão a ir para o túmulo mais cedo. Ainda não entendeu contra o quê estamos lutando?

Por um momento, Ben teve a sensação de ouvir a voz de Gever, mas o rosto praticamente desfigurado de tão envelhecido ainda era o de Enosh. E as palavras seguintes confirmaram isso.

— O mercenário farejou algo errado em você. Sua petulância, provavelmente. Sua suposta coragem. Se agisse como um camponês, ele teria ido embora. Mas desde que acreditou ter-se tornado um guerreiro, sente-se invencível. Não é a força e a ousadia que nos mantém vivos. É a cautela. É o medo de morrer o que nos mantém vivos.

Ben guardou Herevel outra vez. Era terrível admitir, mas Enosh estava certo, pelo menos em parte. Não havia agido como um camponês. No fundo, desejou que o homem descobrisse quem ele era. Depois, atacara-o com muito mais ânimo do que o necessário. Descarregara toda sua frustração e raiva sobre o inimigo, sem levar em consideração se era a melhor atitude. Estava, até certo ponto, surpreso com o ato violento e com a facilidade com que fizera aquilo. Era como se uma força maior o estivesse controlando. Uma força impiedosa.

— Não pense que não entendo — aliviou Enosh, parecendo mais cansado do que irado. — Quando se tem grande poder à disposição, há a tentação de usá-lo o tempo todo. Porém, quanto mais tempo você e Herevel se mantiverem em segredo, melhor será. Acredite. Eu sei o que estou dizendo. Os irins treinaram você. Está se tornando num bom guerreiro. Mas essa espada precisa de algo mais, ou, então, o verdadeiro poder dela não aparecerá.

Ben olhou sem muita esperança para seu mestre, enquanto a carroça dava um solavanco e se punha em movimento outra vez sobre a Rota dos Peregrinos.

— Acho que nem Herevel fará grande diferença neste momento... — disse sem conter o desânimo, vendo as rodas ganharem velocidade sobre as pedras cinzentas.

— Eu imaginava que você tivesse encontrado esperança em Ganeden... — respondeu Enosh puxando outra vez o capuz para se proteger da chuva ácida.

— Eu esperava ter lutado por Olamir... E ajudado meus amigos... — Ben, sem conseguir evitar voltar sempre ao mesmo assunto, afundou-se, outra vez ao lado dele, e ocultou o cabo brilhante de Herevel que insistia em aparecer sob as roupas de camponês.

— Precisa aprender que ainda há motivos para lutar...

— É mesmo? Por Bethok Hamaim? Maor? Ir-Shamesh? — Ben não conteve a ironia nas palavras. — As cidades que traíram Olamir?

— Se você ainda não consegue ver os motivos, não poderei lhe abrir seus olhos...

— Eu quis lutar em Nod...

— Nod não é melhor nem pior que as outras cidades. Em todas elas há pessoas inocentes e monstros. Nossa verdadeira luta é por Olam.

— Se é nosso destino lutar até a morte, então faremos isso. Talvez agrade a *El*.

— Uma morte heroica pode ser um destino digno... Mas, é tolice se oferecer à morte, especialmente, antes da hora.

— Pensei em ouvi-lo dizer que são mais felizes os que morrem cedo!

— São mais felizes aqueles que não vivem o suficiente para ver as mazelas deste mundo... Escute. Eu sei que não sou um bom exemplo para você. Mas você viu coisas em Ganeden... Sabe que há razões para crer na existência de um propósito, no sentido que sua vida pode ter... E você precisará disso para fazer diferença nesta guerra, ou então será esmagado. Não permita que minha amargura o torne uma pessoa amarga também... Acredite, isso não o ajudará em nada...

Novamente Ben se surpreendeu com as palavras dele. O latash sempre falava da vida e da existência como se fossem situações insanas. Reconhecia apenas o poder das pedras shoham. Por isso, aquele discurso soava estranho para Ben.

— Gever falou sobre *El* e seus propósitos misteriosos — disse Ben. — Eu cheguei à conclusão de que ele estava certo. Se *El* existe, seus propósitos são tão incompreensíveis que é melhor nem tentar entendê-los. Uma espada na mão e um alvo à minha frente são suficientes para mim.

— Compreendo seu desejo em ser um grande guerreiro, mas precisa entender que isso não significa apenas brandir uma espada. O caminho da iluminação o preparou para algo maior.

— Eu não completei o caminho da iluminação.

— Talvez, você o tenha completado. Não como imaginávamos, mas os próprios irins fizeram algo por você em Ganeden. E a espada veio para sua mão... O fato é que suas experiências até aqui precisarão ser suficientes.

— Suficientes para quê? Para nos escondermos como camponeses apavorados? Essa espada foi feita para mandar demônios para o Abadom!

— Não subestime o poder do inimigo que estamos enfrentando. Herevel não será suficiente. Sem ajuda, seremos esmagados como vermes. Um poder maior subjugou o mal no passado, hoje esse mesmo poder não parece disposto a agir... Talvez, porque não veja mais nada digno nos homens... Só um acontecimento grandioso, algo até certo ponto inesperado, reverterá isso...

— Afinal você está falando de *El* ou não?

— Chame como quiser.

— Se *El* existe, onde estava quando Olamir caiu? — descarregou Ben. — Onde estava quando Thamam foi lançado para o Abadom? Ou mesmo quando Irkodesh caiu diante dos shedins há tantos milênios? Onde estava *El* quando todas essas vilas foram dizimadas pelos cavaleiros-cadáveres? Será que quem não agiu no passado, agirá quando as mães de Nod sortearem seus filhos para decidir quais serão devorados?

— Cale-se!

A ordem súbita surpreendeu Ben.

— Não imaginei que o senhor tivesse se tornando um defensor de *El*.

— Eu vivi mais de dois mil anos, mas nunca tive inclinação para ser um sacerdote ou um filósofo. No entanto, não sou tolo para imaginar que tudo isso que existe tenha sido obra do acaso. Se há um criador, eu só aprendi duas coisas a respeito dele: não o convencemos tentando amolecer o coração dele com lágrimas, nem tampouco adianta se revoltar e xingá-lo. Mesmo assim, necessitaremos de ajuda. Isso é o que eu sei. Você tem Herevel. É um começo. Mas para o que enfrentaremos é pouco. Preste atenção: eu vi nas pedras. Chegará o momento em que você deverá fazer algo difícil, contudo talvez seja esse o motivo de você ter vindo para este mundo. É possível que um grande ato de coragem, de bravura verdadeira, que sempre inclui grande dose de sacrifício, possa consertar muita coisa. Se seu destino se revelar um destino de sofrimento, deve estar preparado.

— É só para isso que um filho de mineiros vem ao mundo — Ben descarregou toda a sua amargura, percebendo que Enosh tocara no mesmo assunto mencionado nas profundezas de Nod. — Então, acho que estou preparado.

Enosh calou-se. Mas a expressão na face do velho era a mais amarga que Ben já tinha visto. Ben também se calou. E a carroça seguiu em frente.

Muito ao longe já podiam ver a silhueta prateada das Harim Keseph formando o intransponível baluarte para o norte.

O velho raramente falava em *El* ou em qualquer deus. E era a primeira vez que mencionava os propósitos maiores. Lembrou-se de Gever e do modo direto e pessoal como se referia a *El*. Durante os dias em que estivera lá, também sentira isso por várias vezes. Em um certo momento, até mesmo conversara com *El* andando solitário sob as árvores altas, acreditando que pudesse ouvi-lo, mesmo sem o ver.

Lembrava-se de ter perguntado: *por que permites tanto sofrimento neste mundo? Por que não atendes ao clamor dos aflitos?*

Naquela altura, Ben já havia se livrado das crendices simplistas dos sacerdotes de Havilá sobre um deus que podia ser convencido com presentes, ou que favorecia uns em detrimento dos outros, simplesmente porque haviam oferecido orações mais bonitas ou feito ofertas mais generosas. Muitas pessoas em Havilá acreditavam ser favorecidas pela divindade por terem sido abençoadas com saúde ou prosperidade, enquanto esforçavam-se em ignorar um número imenso de "filhos de Deus" sem os mesmos privilégios.

Uma voz, mesmo incompreensível, viera ao seu coração e o acalmara. Era suave como a brisa nas folhas das árvores e "sussurrara": *estou disponível a todas as pessoas, e isso é muito mais do que lhes dar algum benefício ou o alívio de alguma dor; idealizei uma vida para cada ser humano e estou disponível para que a vivam verdadeiramente.*

Mas o que significava "viver verdadeiramente"?

Quando perguntou a Gever, a resposta foi simples, porém não ajudou muito: "só quem vive, sabe".

Ben pensou mais uma vez no irin de cabelos dourados. Os irins haviam sido os juízes do mundo antigo e os responsáveis pela condenação das criaturas lançadas para o Abadom, encerrando a era de trevas. Mas não participariam da próxima batalha, nem interviriam. Ben se lembrava de Gever falar sobre a impossibilidade deles de sair de Ganeden, de interferir nos conflitos fora.

Foi-nos permitido viver aqui, Gever dissera.

Algo, por certo, havia acontecido no final da era anterior que impôs sobre os irins limitações parecidas com as que os shedins possuíam em Hoshek.

Gever, Zamar... Será que de fato existiam? Ou tudo não passava de uma grande ilusão criada por algum tipo de loucura, afinal teria vivido tanta coisa em apenas dois dias e meio em que ficara preso na floresta? Talvez, as toxinas da Doce Morte fossem as responsáveis por todas aquelas alucinações.

Leannah era a única do grupo que realmente tinha fé. Lembrava-se daqueles olhos de mel tão cheios de certeza. Especialmente após a experiência no templo das águas.

Lembrava-se da estranha intuição que o fizera colocar a pedra Halom nas mãos dela diante do templo de Bethok Hamaim.

Sim, a filha do sumo sacerdote de Havilá tinha o tipo de fé mencionado por Enosh. Não deixava de ser irônico, pois *El* havia sido pouco caridoso com ela levando sua mãe tão cedo, mesmo assim Leannah gastava seus dias cantando para ele. Será que isso era fé? Crer num Deus que não se inclinava a fazer a vontade daqueles que criam nele?

Enosh insistia que o bem e o mal eram opostos, e Gever dizia que o bem era maior, mas na prática era difícil entender isso. Por vezes, Ben tinha a sensação de que o mal era a única realidade. Sentia-o muito mais do que desejava admitir... Uma força corruptora incapaz de ser mantida sob controle por muito tempo. Até os kedoshins haviam sucumbido...

E havia algo sombrio a respeito do passado do guardião de livros que Enosh não revelara. Ben sabia disso. A face amarga do velho após ter mencionado o sofrimento esperado de um filho de mineiros indicava isso. E o modo como atacara o mercenário há pouco o fazia lembrar que seus instintos dificilmente pareciam muito nobres.

— Como eles eram?

Ben não precisava dizer a Enosh a quem se referia.

— Você os confundiria com pessoas, se não prestasse muita atenção. — O latash condescendeu em responder a respeito dos kedoshins, talvez para amenizar o clima entre os dois.

— Eles evitavam aparecer com suas verdadeiras formas? Precisavam assumir aparências humanas como os shedins?

— Os shedins só conseguem produzir arremedos macabros de homens, já os kedoshins apareciam com as formas que desejassem.

— Como seria se ainda hoje os kedoshins estivessem aqui? Eles poderiam gerar filhos com mulheres humanas? Seriam filhos normais ou monstros?

— Seriam monstros, mesmo que tivessem a aparência normal. É contra a natureza... Sempre será.

— Há alguma chance de eles retornarem? Para a batalha final...

— Você não entendeu? A decisão de partir não foi deles. Foram expulsos deste mundo! Não podem mais voltar. *Essa* não será a ajuda que receberemos.

Foi a última frase dita por Enosh antes de chegarem a floresta. Ben sabia ser inútil fazer mais perguntas. Porém, se não podiam contar com os rions, com os kedoshins, nem com os irins, era difícil prever de onde viria o reforço.

Enquanto o cavalo arrastava a carroça para o alto de uma colina, Ben imaginou quantas surpresas ainda teria com o velho latash. Gostaria de saber como ele havia conseguido fazer o fogo saltar da pedra para os cavaleiros. Poderia ser alguma magia associada ao uso da shoham?

Ainda era difícil acreditar em toda a história que Enosh havia lhe contado à beira do penhasco do Yam Kademony. O homem que o criara havia conhecido Tutham, o Nobre, e sido Mestre dos Lapidadores de Olamir. Era inacreditável.

Ele tem mais de dois mil anos, pensou Ben. *E eu só tenho dezoito... Vinte*, corrigiu-se mentalmente... *somando aos dois que passei em Ganeden.*

Ao mesmo tempo, aquela imagem sempre presente em sua memória, a mais antiga que conseguia lembrar, onde ele e Enosh chegavam com uma carroça e alguns livros velhos no casarão em Havilá, parecia desbotar de sua memória. Perguntara ao velho se ele sabia por que as memórias desapareciam da mente depois de um tempo, mas o velho não gostara da pergunta.

"Agora só falta você pensar que eu criei essas suas memórias através das pedras shoham!", dissera visivelmente irritado. "Acredite em suas lembranças! Elas são tudo o que você tem!"

Mas eram muito pouco.

O restante do percurso foi melancólico. Eles subiam pela rota dos peregrinos no sentido norte, através de uma colina outrora verde, mas naquele momento coberta de gelo que a chuva formara ao cair sobre a neve do começo do inverno. Tocos pretos como reminiscências do fogo que destruíra árvores e plantações erguiam-se do gelo. A repetição constante das imagens aplacava um pouco o efeito delas, mas não encurtava a estrada.

Desde o início da chuva ácida, não nevava mais em Olam, exceto naquela manhã em Nod, por breve momento, enquanto observavam a tentativa de ataque dos vassalos às muralhas. Era como se o inverno tivesse sido suspenso. Mas ainda havia gelo pelo chão, que servia de sepultura para muitos cadáveres. De vez em quando enxergavam homens, mulheres e crianças congelados como as estátuas ao redor do palácio de gelo. Ver as crianças continuava sendo a parte mais difícil para o guardião de livros.

Em algum ponto da estrada, Enosh fez o cavalo virar à direita, então a carroça voltou a ziguezaguear por uma estradinha lamacenta. As rodas se afundaram mais uma vez fazendo o pobre cavalo relinchar pelo esforço.

As muitas perguntas sem respostas não davam descanso a Ben. Angustiava-se por não ter qualquer notícia da comitiva que seguira para o leste, para as terras do Além-Mar, em busca do último ponto de ativação da pedra branca dos kedoshins. Ansiava por ter notícias de Leannah, Adin e Tzizah.

Enosh insistia em dizer que o Olho fora reativado, do contrário as trevas já teriam dominado Olam inteiramente, mas não sabia explicar por que a cortina de trevas continuava avançando. E, se o Olho tivesse sido reativado, qual o motivo de seus amigos não terem retornado para salvar Olamir do ataque dos shedins? Isso só podia significar que haviam fracassado.

Ainda sem as respostas, encontraram a floresta de Ellâh. As colinas vestidas de carvalhos e abetos surgiram, espalhando-se por uma área considerável. A borda externa exibia uma cor apagada, contudo, onde as colinas se entrecortavam, a cor ficava escurecida, provavelmente quase azulada se não fosse pela chuva e névoa cinzenta. Mais ao norte, os pinheiros marciais se erguiam cada vez mais próximos dos picos gelados das Harim Keseph. Isso dava uma espécie de choque climático na própria mata, com o norte frio, seco, cheio de pinheiros rígidos espaçados; e a parte sul úmida, quente no verão, e repleta de vegetação densa. A razão das diferenças era o modo como o planalto declinava das montanhas em direção ao Yam Kademony, passando a impressão de que a própria floresta estava dividida.

A estradinha adentrou a mata e foi desaparecendo poucos metros depois, até abandoná-los totalmente na densa vegetação. Ainda havia flores murchas no chão e folhas verdes na parte interna das árvores, enquanto as externas começavam a perder a cor, recobertas por uma camada de fuligem não lavada pela água da chuva. A floresta, a semelhança de todo aquele mundo, deteriorava-se e morria.

Os sons da mata os envolveram numa mescla de chilreios, zunidos, coaxares e piados de diversas tonalidades e volume. Não eram sons alegres. Soavam mais como pedidos de socorro. Ben aspirou os aromas úmidos de musgo e folhas apodrecidas enquanto a carroça seguia precariamente por entre as árvores.

Era a primeira vez que adentrava uma floresta desde que deixara Ganeden. Olhando à volta, por um instante, ele imaginou haver ali uma das passagens misteriosas. No entanto, algo lhe dizia que já tivera sua porção de experiências com outros mundos, e que precisava se contentar com aquele. A frase proferida por Gever, pouco antes de o guardião de livros deixar Ganeden, ainda não fazia muito sentido para ele. *Faça o mundo real ser mágico*, ele dissera, *então tudo será possível*.

— O mundo real é apenas trágico — Ben pensou alto, e Enosh o olhou com um rosto sem expressão, apenas velho.

Encontraram uma passagem entre as árvores, cujo caminho era bem menos fascinante e previsível do que as passagens de Ganeden. Entretanto, o capim amassado e os rastros de patas de cavalos e de rodas de carroças indicavam movimentação recente.

— Estiveram aqui — constatou Enosh.

O latash olhava de quando em quando para a pedra vermelha, tentando decifrar o lugar exato onde a outra pedra estivera em atuação.

— Já conseguiu decifrar alguma coisa? — perguntou Ben, esperando outra resposta vaga. O velho, entretanto, foi mais específico, como se dentro da floresta se sentisse menos desconfiado.

— Eles estão se movendo, mudando de lugar para não serem descobertos pelos inimigos.

Ben teve a estranha sensação de ver as árvores se movimentarem com as palavras de Enosh. Olhou ao redor para os troncos altos e sentiu um arrepio percorrer a espinha e se alojar em algum lugar do seu ventre. Sabia que as árvores eram seres vivos com algum tipo de sentimento e raciocínio. Bahur, o jovem irin, ensinara isso para ele. Porém, até onde sabia, mover-se não fazia parte das expressões delas.

Lembrou-se das lições sobre os anseios das árvores e sentiu vontade de tocar as que estavam lá. *Falariam* como as de Ganeden? *Expressariam* seus desejos profundos pelo sol nunca mais visto desde a queda de Olamir. *Reclamariam* da solidão, quando as raízes não conseguiam mais se interligar com a malha de vida subterrânea?

Ficamos sem informações quando isso acontece, "dissera" uma delas, enquanto Ben tirava o musgo grosso de sua casca, e Bahur afofava a terra e retirava as pedras da linha da raiz, possibilitando-lhe alongar-se mais e alcançar as outras raízes.

Como ela havia *dito* aquilo Ben não sabia responder. O único som havia sido o do chacoalhar das folhas por causa do vento. Mas havia entendido a mensagem e muitas outras coisas difíceis de serem colocadas em palavras.

Perdemos o senso do propósito quando não conseguimos nos conectar com nossas irmãs distantes; já não compreendemos a razão das coisas serem como são, tudo fica fragmentado, os acontecimentos já não fazem sentido, tudo fica confuso, assustador. Quando estamos interligadas, o mundo se torna mais simples, cada acontecimento faz sentido, até mesmo a dor e o sofrimento não parecem mais aleatórios. Vocês homens são infelizes, porque não sabem compartilhar. São egoístas, solitários. Vivem em mundos particulares. Não compreendem o todo. Só quem compreende o todo compreende a vida.

Não. Árvores não falavam. Mas então como entendera aquelas informações? Provavelmente pelos pontos completados do caminho da iluminação, especialmente pela intuição do Palácio de Gelo. Ainda se lembrava das palavras se formando em sua mente, como se fosse um pensamento dele.

São emanações das árvores que se tornam pensamentos em nós, afirmara Bahur. *— É por meio delas que sabemos dos acontecimentos lá fora. As árvores se comunicam entre si e transmitem informações através das raízes.*

Uma estranha bruma começou a subir do chão e a escalar os troncos em Ellâh, fazendo-o lembrar-se ainda mais de Ganeden e da doce morte, quando a mesma bruma o envolveu e o incitou a adentrar o paredão de plantas. Ben sentiu-se observado. Sua mão foi por instinto para o cabo de Herevel, mas ao tocá-la não notou o costumeiro conforto.

Herevel não está confortável aqui. Por quê?

Algo se movia à volta deles. Eram vultos. Porém, sempre que olhava na direção, não havia nada lá.

Quando se aproximaram do local apontado por Ieled como o ponto em que uma pedra shoham atuara nos últimos dias, depararam-se com uma clareira e um acampamento totalmente destruído: árvores incontáveis derrubadas, cabanas improvisadas amassadas e as cinzas de uma fogueira espalhadas sobre os restos de roupas pelo chão. O tamanho da destruição era quase incompreensível.

— Os mercenários os encontraram antes de nós — reconheceu Ben, acreditando que todos haviam sido dizimados.

— Não foram mercenários — disse Enosh observando atentamente o local.

— Então foi o quê?

— Algo maior — apontou para os rastros e para a fileira de árvores derrubadas.

Ben sentia Herevel soltando pequenas descargas de energia. Ao levar a mão ao cabo pressentiu que algo aconteceria. A bruma estava mais alta e percorria a floresta como um rio branco. As pedras brancas estavam iluminadas.

Subitamente, mesmo sem vento, as árvores ao redor balançaram fortemente. A estrada à frente deles se fechou com dois grossos galhos de árvores atravessados no caminho.

— Precisamos voltar! — disse Ben quase como se pudesse ouvir, concretizados em sua mente, os sussurros longos das árvores. Eram ordens para que fossem embora. Mas pareciam vir do passado, de uma época esquecida.

— *Retornem para seu lugar!* — Sim, as árvores de Ellâh *falavam* como as de Ganeden. — *Não são bem-vindos aqui! Estão despertando antigos sentimentos, trazendo para o presente lembranças de uma grande injustiça, de uma divisão im-*

posta por um amigo que se tornou inimigo, e de um antigo e inominável inimigo que está retornando... Todas as criaturas despertarão para o último dia. Os segredos das potestades finalmente serão revelados... luz e escuridão... mundo e submundo... fogo e gelo... sangue e seiva... morte e ressurreição...

— Ben! — bradou Enosh. — Olhe para as plantas!

Ben despertou do súbito transe e viu as plantas rasteiras correndo pelo chão como serpentes verdes sob a relva. De um salto, pôs-se em pé com Herevel em punho. As folhas giravam enlouquecidamente. Sons estranhos, guturais, estavam cada vez mais próximos.

As ramagens se apegaram às rodas da carroça e a imobilizaram bruscamente. O cavalo empinou, mas as plantas se enrolaram nas pernas do animal. Em pânico, ele tentou se soltar, porém a força da floresta o impediu de se mover. Ben tinha certeza de que a mata inteira se movia ameaçadoramente.

— Aqui também é Ganeden! — gritou o guardião de livros. — Precisamos sair deste lugar!

Ele começou a golpear os ramos que, como tentáculos, subiam pela carroça para alcançá-los. Em sua mente só haviam os ramos da doce morte sugando sua vitalidade.

Apesar de decepar inúmeros pedaços, o movimento das plantas no chão só aumentava.

Enosh tentou mover a carroça, mas foi impossível, pois o cavalo estava tomado pelas plantas, e as rodas, imobilizadas.

Os ramos se entrecruzavam no chão como uma rede viva que se fortalecia, aprisionando-os.

Ben golpeava revezando-se em ambos os lados da carroça, cortando as pontas que se aproximavam e subiam pelas laterais, mas parecia um esforço inútil. Não conseguia impedir o avanço cada vez mais volumoso da ramagem.

Novas pontas se multiplicaram e subiram de todas as direções invadindo a carroça. Ben sentiu as pernas presas. Cortou todos os ramos que tentaram enlaçá-las, mas era como cortar água, instantaneamente a abertura se fechava com novos ramos. Logo os braços também estavam envoltos por serpentes verdes que se moviam fazendo mais pressão.

Viu os ramos correrem para o pulso e pressioná-lo com uma força incompreensível. Lutou para segurar a espada. Então, os ramos envolveram o pescoço e começaram a apertar. De relance, percebeu que Enosh estava inteiramente dominado pelas plantas, incapacitado de acessar suas pedras. Ben percebeu que o fim se aproximava. A floresta iria matá-los.

De longe, em meio às árvores e à forte bruma, Ben enxergou a silhueta esguia que poderia ser de uma mulher ou de uma criança. Os galhos se moviam à sua volta abrindo passagem enquanto caminhava. As ramagens corriam à sua frente, e as folhas giravam domesticadas ao seu redor.

— Uma bruxa da floresta! — gritou Ben, com o resto de fôlego que possuía.

Instantaneamente, as plantas afrouxaram a pressão, mas não os soltaram. Ben sentiu o ar retornando aos pulmões e tossiu sofregamente.

— Ben! — ouviu o vulto chamar.

Sua mente devia estar lhe pregando uma peça. Aquela voz era familiar. Dolorosamente familiar. Talvez as plantas lessem sua mente, ao trazer de volta as lembranças do passado, só para atormentá-lo ainda mais.

— Quem é você? — gritou Ben.

Os ramos aliviaram um pouco mais. Ben sentiu a pressão desaparecer do pescoço, mas as plantas continuaram onde estavam como que de prontidão.

Ela se aproximou e levantou o capuz azul. Então, o guardião de livros precisou lutar contra suas emoções que, por certo, traíam-no e o faziam ver o rosto da princesa de Olamir em alguma camponesa qualquer. Provavelmente fosse algum tipo de bruxa pelo modo como controlava as plantas.

Contemplou as feições e os olhos cinzentos que habitavam seus sonhos praticamente todas as noites, querendo e, ao mesmo tempo, temendo acreditar que fosse ela.

A controladora das plantas também parecia indecisa, pois os ramos continuaram imobilizando-os.

— Ben! É você mesmo?

— Tzizah! — ele reconheceu. Não havia mais dúvida, exceto o medo de que tudo fosse uma ilusão e ela desaparecesse na bruma.

Os ramos os soltaram imediatamente e recuaram como se estivessem arrependidos de os terem aprisionado.

A carroça ficou subitamente limpa. O cavalo deu um pinote ao ser libertado das ramagens, obrigando Enosh a fazer esforço para impedi-lo de sair em disparada pelo meio das árvores.

Ben saltou e caminhou sobre as ramagens que formavam um tapete verde e macio conduzindo-o até Tzizah.

Algumas poucas ramas ainda se moviam, parecendo indecisas entre impedi-lo ou deixá-lo passar.

Ao se aproximar, Ben viu os olhos cinzentos se iluminarem. Sim, era Tzizah, a filha de Thamam que ele conhecera em Olamir, e que andara ao seu lado pelas ruas da cidade, e também descansara com ele sob as bétulas brancas. Mas ao ver aqueles olhos tristes, ele teve a consciência aguda de que não era mais a mesma garota. O caminho da iluminação e os acontecimentos dos últimos meses haviam produzido profundas transformações em todos eles.

Quando ela o envolveu com os braços, foi inevitável lembrar-se da última vez em que a vira abraçar alguém, e torturou-se com a lembrança de lobos destroçados na neve, e da urgência e da paixão que transpareciam em Tzizah, enquanto ela abraçava Kenan do lado de fora do portal das Harim Keseph.

Desejou do fundo do coração perceber, naquele instante, a mesma paixão no gesto dela. Mas não havia.

5 A Floresta de Ellâh

O maior rio do mundo! — disse Tzvan, com os pés dos cavalos sapateando na margem pedregosa.

Apesar de Adin ficar impressionado com a largura do rio, tinha dúvidas se era maior do que o Hiddekel ou o Perath, e certamente não era maior do que quando os dois se uniam um pouco antes de formar a ilha de Bethok Hamaim. Ainda se lembrava da imensidão de águas arrastando-os para fora da cidade quando Kenan explodira as duas comportas. *Vivera mesmo tudo aquilo?*

O rio que Tzvan dizia ser o maior do mundo era largo, porém relativamente raso. A água corria sobre as rochas criando em alguns trechos pequenas quedas de água e poços um pouco mais profundos, mas na maior parte era atravessável até mesmo a pé. Isso facilitava as invasões dos bárbaros. As diversas corredeiras produziam barulho alto, por isso o chamavam Raam.

O grande rio completava a lista de coisas impressionantes vistas por Adin na viagem para o Oriente. Cidades de todos os tamanhos; desfiladeiros e precipícios que pareciam não ter fim; praias paradisíacas que se estendiam por dezenas de milhas compostas de areia absolutamente branca, jamais pisada por seres humanos. Sinim era um reino tão extenso quanto Olam. Porém, exceto Urim, as demais cidades não se comparavam a Olamir, a Bethok Hamaim ou a qualquer outra das grandes de Olam. Mesmo assim, era uma terra admirável. O reino de sua *querida* Choseh. Dia e noite, Adin só conseguia pensar nela e naqueles grandes olhos verdes como o mar de Sinim.

Porém pensar na beleza da rainha não era a única coisa que o atordoava. Haviam recebido a notícia da queda de Olamir há poucos dias. Um mensageiro de Urim, enviado com o selo da própria Choseh, encontrara-os próximo do último vilarejo em que montaram acampamento. A carta relatava o que havia acontecido com a capital de Olam. A rainha de Sinim dizia que, provavelmente, sua irmã e amigos corriam grandes perigos em Olam, pois as cidades estavam em guerra umas contra as outras.

Adin ficara por muitos minutos em estado de choque quando recebera a notícia. Não conseguia entender o que havia acontecido. Kenan se apossara do Olho de Olam no Farol de Sinim após Leannah o ter reativado. Entendia que o giborim havia feito aquilo para defender Olamir. Não fazia sentido ele ter deixado a cidade ser destruída pelos shedins.

"Olamir caiu", escrevera a rainha de Sinim. "Não há mais baluarte para as trevas neste mundo. O tempo dos homens se aproxima do fim. Podemos esperar, em breve, um ataque, ou então sermos simplesmente engolfados pelas trevas. Sua missão para o Oriente não tem mais nenhum sentido. Volte para Urim".

Aquelas últimas linhas estavam numa carta endereçada particularmente para Adin.

Enquanto as palavras escritas causavam reboliços em seu íntimo, Adin se consumia por um sentimento de perda. Lembrava-se da cidade branca, o lugar mais belo que já havia pisado. Quando estivera lá, chegara a acreditar na possível existência de um paraíso, pois se os homens haviam conseguido construir um lugar tão extraordinário, talvez as criaturas celestes pudessem ter construído um paraíso em algum lugar.

"Você já fez muito por Sinim, e eu lhe serei eternamente grata por isso. Mas agora você deve retornar... Eu anseio por seu regresso. Não atravesse o Raam. Não atravesse...". Era a última frase da carta endereçada para ele. Nada que ele desejasse mais. Apesar disso, uma semana depois, estava na fronteira de Sinim com as terras bárbaras, e o grande Raam trovejava diante dele.

Cada centímetro de seu corpo ansiava por dar meia volta com o cavalo e galopar quatro ou cinco semanas até retornar a Urim.

Eu anseio por seu regresso...

Ele tentava entender se essas palavras de Choseh transmitiam algum tipo de sentimento especial, ou se eram apenas formais. Talvez, ela imaginasse que ele fosse algum nobre corajoso, afinal chegara a Sinim na companhia da princesa de Olamir e do líder supremo dos giborins de Olam. Além disso, sua irmã fora a responsável pela reativação do Olho de Olam. Mas o que aconteceria quando descobrisse que ele era praticamente um camponês, filho de um sacerdote de um lugar insignificante? E, principalmente, quando descobrisse que não era tão corajoso assim.

Será que esse é o motivo pelo qual estou fugindo dela?

Adin olhou outra vez para o Raam.

Ela havia dito aquelas mesmas palavras quando se despediram sob o teto ondulado do palácio rosado em Urim: *Aconteça o que acontecer, não ultrapasse o Raam.*

Ainda podia ver os olhos temerosos, quase infantis, como se estivessem diante dele.

— Eu lhe digo isso, jovem do poente — disse Tzvan ao seu lado. — Retornaremos para Sinim cobertos de glória. Expulsamos totalmente os bárbaros do reino. Você teve grande participação nisso. Eu subestimei sua capacidade. Agora podemos voltar para Urim.

Adin não compartilhava da sensação de vitória do capitão. O número dos que haviam conseguido fugir para o outro lado era bastante grande. E haviam levado cativas cerca de cem mulheres...

— Quanto tempo você acha que eles demorarão para voltar, quando souberem que não estamos mais aqui? — perguntou Adin.

— Eles não regressarão — retrucou Tzvan. — Foram derrotados, humilhados. Somente daqui a cinquenta anos tentarão algo de novo. Agora conhecem o poder do exército de Sinim.

— Eu gostaria de acreditar que este mundo ainda durará cinquenta anos... Há algo estranho neste povo. Eles voltarão a atacar. Nossa vitória não foi completa. Eles as levaram como troféu.

— Eram apenas camponesas — disse Tzvan.

— E, por isso, podemos deixá-las morrer? — perguntou com amargura, lembrando-se mais uma vez de como o mundo tratava os camponeses.

— Seus maridos foram mortos — disse Tzvan em tom de lamento —, e seus filhos... você sabe... Elas não teriam uma vida melhor aqui.

— Então merecem que façamos justiça. É o mínimo que podemos fazer.

— Há seiscentos anos que um exército de Sinim não passa para o outro lado do Raam. E não vejo motivos para fazermos isso agora. Não por apenas cem camponesas.

— Talvez por isso os bárbaros se sintam tão à vontade em atacar Sinim. Eles conhecem nosso território, mas nós não conhecemos o deles. Além disso, sabem que não damos muito valor a camponeses, não é mesmo?

— Eu lhe digo isso jovem do poente: você já fez muito por este reino. Não há razão para ir além, a não ser talvez para transformar esta vitória em uma grande derrota.

Aconteça o que acontecer, não ultrapasse a fronteira de Sinim. Meus olhos não poderão acompanhá-lo. Volte! Volte!

Podia ouvir a advertência de Choseh que parecia vir com o vento quente do outro lado do rio.

— Então, por que algo que eu não sei o que é, ou de onde vem, manda-me atravessar este rio?

* * * * *
* * * *

O abraço terminou tímido como começou, e Ben ouviu os passarinhos voltarem a cantar ao seu redor. Ainda eram cânticos tristes, mas pelo menos não lhe pareciam mais aterrorizantes.

Tzizah se afastou rapidamente, e Ben teve uma súbita percepção de sentir uma saudade que ela jamais poderia experimentar.

Sempre precisava se lembrar que seus dois anos e meio em Ganeden eram apenas dois dias e meio para seus amigos.

— Onde estão Leannah e Adin? — perguntou ansioso por descobrir se eles também estavam ali. Era impossível não se deixar contagiar por um pouco de esperança... Mas não perguntou por Kenan.

A princesa de Olamir se afastou. Os olhos cinzentos moveram-se preocupados. Instantaneamente Ben soube que as notícias não eram boas.

— Ah! Ben. Aconteceu tanta coisa...

— O que você está fazendo no meio desta floresta?

O olhar de assombro e confusão lançado para o acampamento destruído mostrava que ela própria não parecia acreditar no que havia acontecido, nem talvez entendesse tudo o que sucedera há pouco.

— Havíamos montado nosso acampamento aqui... Mas uma criatura... Um behemot passou e destruiu tudo... Episódios estranhos têm acontecido desde então.
— Um behemot atacou vocês? — Enosh se manifestou.
— Na verdade, não — Tzizah apressou-se em esclarecer, só então prestou atenção no velho. — Ele apenas passou por aqui. Nós é que estávamos no caminho dele...
— Quem está com você? — perguntou Ben.
— Soldados desertores, fugitivos, camponeses... Nós transferimos o acampamento para o norte da floresta. Eu voltei para verificar se alguém havia atendido ao nosso chamado e então encontrei vocês. Pensei que pudessem ser espiões.
— Por que Olamir caiu? Vocês fracassaram? Onde estão Leannah e Adin? Onde está Kenan? — Ben desaguou todas as perguntas que há tanto tempo represara.
— Adin ficou nas terras do Além-Mar — disse Tzizah reticente. — Kenan e Leannah eu não sei...
— Por que você não sabe? Vocês se separaram?
— Sim... Logo depois de chegarmos no Farol de Sinim...
— A pedra Halom, a pedra que eu deixei com Leannah... Vocês reativaram o Olho de Olam?
— Então, aquela pedra era o Olho? — Perguntou Tzizah, parecendo confusa e desconfiada.
— Sim, era.
— Você sempre soube que aquela pedra era o Olho? — perguntou ainda mais desconfiada.
— Não. Eu só soube recentemente, quanto reencontrei Enosh. — Ben apontou para o velho sobre a carroça.
A princesa de Olamir olhou admirada para o latash, demorando um tempo até entender. Ben se lembrou de que ela jamais havia visto Enosh, só ouvira falar dele. Talvez estivesse pensando que aquele velho fosse apenas um acompanhante qualquer.
— Fico feliz que o senhor tenha sobrevivido, após tudo o que aconteceu — disse por fim. — Isso mostra que nem todas as notícias são ruins nestes tempos tenebrosos.
— Acho que tenho feito isso há tempo demais — disse Enosh em retribuição.
— E estes são tempos apenas cinzentos. Ainda não são tenebrosos. Mas você disse que um behemot passou por este lugar? Você tem certeza de ser mesmo um behemot?

Ben percebeu uma estranha animosidade entre os dois. Mesmo tendo se conhecido apenas naquele momento, nenhum dos dois pareceu simpatizar muito com o outro.

— Meu pai o descreveu muitas vezes para mim — explicou Tzizah. — Não dá para confundir um monstro daquele tamanho, principalmente quando ele passa por cima de você. Ele estava perseguindo Leviathan. Eles se enfrentaram a poucas milhas.

Enosh arregalou os olhos.

— O dragão-rei e um behemot? Aqui? Inacreditável! E o que aconteceu?

— O behemot foi destruído — disse Tzizah, e Ben pôde ver o terror que ainda permanecia nos olhos dela. Nos olhos de Enosh houve um quase alívio, que Ben não entendeu.

— Você os viu de perto? — perguntou Ben.

— Consideravelmente.

— Nenhum homem viu o dragão-rei de perto — pronunciou-se Enosh. — Pelo menos nenhum que tenha sobrevivido.

— Ele também me viu. Mas não me atacou. Não sei por qual motivo... De qualquer modo, eu não sou um homem...

— Onde aconteceu isso? Foi dentro da floresta? — Enosh olhava em volta, com uma expressão de incredulidade.

— Foi fora, para o lado ocidental. É uma região de charcos. Poderemos visitar o lugar amanhã, se o senhor quiser. O corpo do behemot ainda está lá...

— A essa altura não deve estar mais — disse Enosh balançando negativamente a cabeça, buscando por Ieled dentro da bolsa...

Tzizah olhou para o velho sem compreender. — Ninguém conseguiria mover um corpo daquele tamanho...

Mas Enosh não pareceu ouvir o que Tzizah disse, ou então não deu importância. Havia despertado Ieled e a examinava.

Ben entendia o assombro do latash, pois os behemots viviam nos campos distantes no norte, para além das Harim Keseph, e nunca vinham para o território de Olam. E o último dragão-rei não saía dos pântanos salgados há centenas de anos. Ben sabia que um antigo tratado os impedia de fazer isso, o tratado do mundo e do submundo. Porém desconhecia como tratados funcionavam com monstros.

— O que aconteceu com Kenan e Leannah? — insistiu, mesmo ela já tendo revelado desconhecer o paradeiro dos dois. Percebeu que Enosh continuava analisando Ieled.

— Kenan foi terrivelmente ferido em um combate — disse Tzizah.

Ben não soube identificar os sentimentos que passaram pela face dela ao dizer aquilo. Havia tristeza sem dúvida, mas havia algo mais.

— O tartan nos encontrou na noite em que atravessamos para as terras de Além-Mar. Eles lutaram, mas Mashchit venceu. Kenan perdeu Herevel...

— Nós sabemos disso, pois a encontramos — explicou Ben, retirando Herevel da bainha.

O assombro instalou-se mais uma vez nos olhos dela.

— Como? Como a encontraram? — perguntou admirando a lâmina e as pedras brancas.

— Após derrotar Kenan, Mashchit a lançou para o fundo do Yam Kademony, pois não podia tocá-la. Porém, Enosh conseguiu encontrá-la com Ieled.

Ben omitiu o restante da história e o modo como a espada veio para sua mão quando a invocou. — O que aconteceu em Sinim?

— Os homens da vila de pescadores nos ajudaram — continuou Tzizah —, conseguimos uma embarcação para atravessar o canal...

— Eu vi vocês no canal, eu vi a tempestade... — O reflexo de pavor passou nos olhos dela quando mencionou o acontecido e imaginou as muitas outras coisas terríveis sucedidas naquela noite.

— Como você viu? — ela demorou algum tempo para compreender que Ben não poderia ter visto.

— Em Ganeden... Através de um lago...

— Em Sinim, a rainha curou Kenan — continuou Tzizah —, e também Adin que ainda não estava recuperado das queimaduras...

Ouvir aqueles relatos causava um nó no estômago do guardião de livros. Devia ter vivenciado tudo aquilo, mas os povos da floresta pensavam diferente, e não o deixaram sair.

— Por que vocês fracassaram? Por que não reativaram o Olho? Afinal de contas o que aconteceu?

— Compreendo agora que o Olho foi reativado — suspirou Tzizah. — Na verdade Leannah, por ter completado o caminho da iluminação, conquistou o direito de reativá-lo. Ela teve grande participação nisso tudo e merecia um fim melhor. Todos nós merecíamos depois do que passamos...

— O que aconteceu com Leannah? — perguntou sentindo suas entranhas se comprimirem ao ouvir a palavra "fim".

— Ela conseguiu decifrar o último ponto do caminho, no alto do farol, após passarmos para as terras do Além-Mar. Até agora eu não entendi exatamente o que ela descobriu. Foi algo relacionado com o sacrifício do pescador que nos levou em seu barco para Sinim. Sem dúvida, as experiências acumuladas nos três pontos anteriores a capacitaram a entender o que os kedoshins desejavam ensinar. O conhecimento acumulado era uma espécie de pré-requisito. Ela reativou a pedra e recebeu o quarto e último presente do caminho da iluminação.

— Então por que vocês não conseguiram impedir a guerra? Se Leannah está com o Olho, onde ela está?

— Todos nós fomos usados para reativar a pedra. Leannah não está mais com ela.

— Usados? O que você está querendo dizer? Quem fez isso? Quem está com o Olho?

— Kenan se apossou do Olho.

— Kenan — repetiu percebendo a dor dela, porém não sentia nenhuma surpresa.

Ben olhou para Enosh e seu olhar era uma interrogação: seria Kenan o cashaph? Será que isso inocentava Har Baesh e Thamam? Mas Enosh, apesar de ter levantado uma sobrancelha preocupada, continuou analisando Ieled.

— O que aconteceu com ele? — perguntou a Tzizah. — Por que não retornou para defender Olamir?

— Eu não sei... Algum tipo de loucura o dominou... Algo muito forte...

— Ele não era digno de usá-lo — respondeu Enosh pronunciando-se em lugar de Tzizah, ao mesmo tempo em que levantava os olhos da pedra vermelha. — Só quem completou todo o caminho e conquistou o direito de reativá-lo pode manipulá-lo, ou seja, apenas Leannah. Ao tocar no Olho após a reativação, o giborim se tornou um usurpador... Como Tutham quando o retirou da torre séculos atrás...

Havia grande perplexidade no rosto de Enosh. Era a primeira vez que Ben via aquela expressão. Entendeu que os planos do latash incluíam o Olho de Olam, mas certamente não com Kenan usurpadoramente controlando-o. Então, pressentiu com um arrepio agourento que Enosh não tinha tudo sob controle como tentava demonstrar.

— O que aconteceu depois que Kenan apoderou-se do Olho? — insistiu Ben.

— Eu acredito que ele queria o Olho para se vingar de Mashchit — Tzizah respondeu, recuperando a fala. — Teria havido tempo suficiente para defender a cidade... Mas... — Ben viu uma lágrima descer pelo rosto dela. Parecia orvalho sobre uma rosa. Sentiu vontade de enxugá-la, porém não se atreveu.

— Mas antes ele tratou de cuidar dela — completou o latash por Tzizah mais uma vez. — Ele sabia que somente Leannah tinha o direito de manipular o Olho. Não podia correr riscos. Leannah poderia atrapalhar os planos dele se, de algum modo, conseguisse tocar no Olho mais uma vez.

— O que ele fez com ela? — perguntou Ben, olhando ora para Tzizah ora para Enosh, sentindo uma dor aguda atravessar o peito, e uma ira incendiar as veias.

— Eu não sei — murmurou a princesa. — Ele nos trouxe, a mim e a Leannah, de volta de Além-Mar; ordenou que eu ficasse em uma cabana não muito longe daqui, próxima do Yam Kademony, enquanto partia com ela para algum lugar... Ele me aprisionou com um tipo de poder, agora sei que foi o poder do Olho, pois, cada vez que eu tentava sair da cabana, sentia uma força me obrigando a retornar... Fiquei uma semana presa sem água ou comida, então invoquei as árvores e elas me ajudaram...

Ben olhou para as árvores ao redor, lembrando-se do modo como Tzizah havia movimentado os galhos e as ramagens.

— Eu não sei como consegui isso... — Tzizah parecia tão assustada com aquele poder, quanto Ben havia ficado. — Talvez, a terrível experiência de quase morrer de sede despertou em mim uma habilidade que eu não imaginava possuir... Enfim, elas atenderam quando, através da minha pedra Yarok, eu ordenei que me tirassem da cabana mesmo contra minha vontade. Raízes me enlaçaram e me libertaram daquela prisão... Mas eu não sei o que Kenan fez com Leannah... Eu sinto muito...

— Ele precisa dela — revelou Enosh, que também parecia impressionado com o poder de Tzizah. — Kenan não pode matá-la, pois o Olho de Olam se apagaria mais uma vez, e agora definitivamente, já que mecanismo algum pode reativá-lo outra vez. Kenan precisa mantê-la viva... Agora tudo faz sentido. O Olho está reativado, por isso as trevas não avançaram totalmente sobre Olam, mas também não recuam, pois não é Leannah quem o manipula, pelo menos não diretamente.

— Há alguma chance de resgatá-lo? — a pergunta de Tzizah causou uma sensação dolorosa em Ben, pois sabia que não perguntava pelo Olho.

— É difícil saber. Ele está dominado pela vingança. Kenan se tornou um homem tão poderoso quanto imprevisível. Pode ser até pior que nossos inimigos...

Acho que ele sempre foi isso — Ben sentiu vontade de dizer, mas calou-se ao perceber que tanto Tzizah quanto Enosh pareciam muito abalados com aquilo.

— E se Mashchit demorar a sair da terra de Hoshek? — Tzizah fez a pergunta que Ben também pensara em fazer.

— Kenan não acumulou as experiências do caminho da iluminação e está dominado pelas intenções erradas, assim é provável que o poder do Olho o enlouqueça mais e mais. Dentro de algum tempo é possível que nem se lembre dos motivos pelos quais o tomou. Todos aqueles sentimentos de vingança serão potencializados e distorcidos. Quanto mais tempo Mashchit demorar para sair, menos chance Kenan terá de conseguir sua vingança.

— Como o senhor sabe todas essas coisas? — a voz de Tzizah era puro desespero.

— Ele conheceu Tutham — foi a vez de Ben responder. — Foi mestre dos lapidadores. Lapidou a pedra branca que substituía o Olho sobre a torre em Olamir, entre outras coisas que você dificilmente acreditaria...

Tzizah arregalou seus olhos marejados de água.

— Tutham viveu há dois milênios...

— Halom — disse Ben —, ou melhor, o Olho de Olam lhe deu longevidade.

Os olhos cinzentos de Tzizah continuavam assombrados, e parecia haver também desconfiança ou desconforto neles. Ben entendia os dois sentimentos. Com o poder das pedras shoham, uma pessoa alcançaria duzentos e cinquenta anos, tempo médio de vida das pessoas em Olam, no máximo, trezentos. De acordo com as lendas, somente um antigo lapidador chamado Télom chegara aos mil anos, mas fazendo um uso bastante perigoso das pedras shoham e, por conta disso, seu corpo ficara cheio de aberrações. Ben conhecia aquela história, provavelmente desconhecida por Tzizah. E o desconforto de Tzizah era natural. Era sempre estranho se ver diante de alguém tão velho, e com tantas experiências.

— De fato é muito tempo — disse Enosh, mas Ben não discerniu os sentimentos em sua voz. Parecia haver mais resignação do que ironia.

— Acho melhor nos dirigirmos ao acampamento — decidiu Tzizah, olhando ao redor, ainda confusa com aquela revelação. As árvores pareciam se mover com ela. — Aqui não é seguro.

Ben assentiu e ofereceu seu lugar ao lado de Enosh, acomodando-se no espaço vazio atrás, após ajudá-la a subir na carroça.

— Por que Adin permaneceu em Sinim? — perguntou enquanto ela se assentava sobre os forros de lã de ovelha.

— Nós o deixamos lá — relatou a princesa de Olamir enquanto a carroça voltava a deslizar entre as árvores. A longa trança negra que lhe caía pelas costas até perto da cintura balançava com a movimentação. — Kenan não quis que ele voltasse. Porém ele deve estar bem. A guerra ainda não chegou em Além-Mar. A rainha cuidará dele. Choseh nos ajudou a reativar o Olho, apesar de todos os riscos que correu.

Ben lembrou-se mais uma vez do garoto sardento manejando valentemente a funda sobre a passarela diante do Morada das Estrelas. Jamais imaginara que Adin seria capaz de tantas atitudes corajosas como as que demonstrou ao longo do caminho da iluminação. Desejou revê-lo e também Leannah.

Que El os proteja, pensou. *Eu coloquei os dois em tudo isso.*

O cavalo puxou a carroça contornando as árvores. Os galhos continuavam invadindo a carroça, mas agora não era intencional.

— Isso que você faz... Mover as plantas... Você já sabia fazer um pouco disso antes, não é? Como naquele dia em Olamir, quando fez a plantinha crescer...

Tzizah tirou a pedra shoham vermelha retangular que trazia dentro da túnica.

— Com Yarok eu já conseguia fazer plantas crescerem antes. Porém, descobri que agora posso despertar as árvores e controlar alguns animais. Acho que o caminho da iluminação, de certo modo, acentuou qualidades que já tínhamos.

— O dom que você recebeu é extraordinário — reconheceu Ben.

— Mas também é uma grande responsabilidade — completou Enosh. — Pensamentos errados podem causar muito dano à floresta.

— O que aconteceu hoje aqui — disse Tzizah —, o modo como todas as plantas se moveram ao mesmo tempo... Eu nunca havia feito isso. Acho que, de certo modo, não fui eu. A floresta reagiu à chegada de vocês.

— A floresta reagiu à chegada de Herevel — completou Enosh, porém sem maiores explicações.

Depois disso, Enosh se manteve distante da conversa dos dois, limitando-se a dirigir o cavalo para os lugares onde Tzizah indicava, entretanto Ben percebia nele uma inquietação anteriormente inexistente. Depois disso, ele sempre pareceria mais distante do que já era. Ou talvez a presença de Tzizah não deixasse espaço para Ben pensar em outra coisa.

— E você? — perguntou Tzizah. — Conte-me o que aconteceu? Como conseguiu sair de Ganeden? Você está muito... diferente...

O guardião de livros contou tudo o que havia acontecido desde que se perdera na floresta, e a respeito do encontro com os dois povos de Ganeden. Falou também de suas experiências com o Kadim, o vento oriental que lhe trouxera notícias deles quando atravessavam o canal e enfrentavam a tempestade enviada pelo tartan.

Enquanto falava, via todo tipo de emoção passar pelos olhos da princesa de Olamir. Falou sobre a "doce morte", e como conseguira passar no teste. As pequenas cicatrizes brancas pareciam ficar mais sensíveis enquanto contava. Finalmente lhe contou sobre Herevel e o modo como a haviam recuperado do fundo do mar, graças ao conselho cinzento.

Ao ouvir aquilo, os olhos de Tzizah se encheram de esperança.

— Talvez, afinal, realmente haja alguma chance. Meu pai falou que Herevel poderia ser muito poderosa em sua mão, mais até do que na mão de Kenan.

— Seu pai? — perguntou surpreso. — Ele disse isso?

— Na noite em que eu parti de Olamir para levar os mantimentos para vocês, ele disse que sobre os seus ombros pesava grande responsabilidade. Algo muito maior do que você poderia imaginar, e que o destino o havia colocado no centro de todos os acontecimentos, por causa de algo do passado. "O futuro precisará acertar as contas com o passado", foram as palavras dele.

Ben procurou o olhar de Enosh ao ouvir aquilo, mas, mais uma vez, o latash o ignorou. Se deu importância ou não às palavras de Tzizah, Ben não conseguiu identificar.

Após algumas milhas floresta a dentro, as cabanas precárias do novo acampamento em construção surgiram minúsculas sob as árvores. Os galhos as protegiam como se dessem as mãos uns aos outros, formando uma barreira contra os inimigos.

Ben reparou que, no acampamento, as pessoas andavam atarefadas de um lado para o outro, mas quase todas pararam respeitosamente quando Tzizah retornou. Ao mesmo tempo, olhavam curiosas para os dois estranhos.

Alguns homens levantavam cabanas com galhos de árvores para se abrigarem da chuva que caía incessantemente. Ben viu um velho e um menino fazendo forquilhas para sustentarem as coberturas de folhas gigantes, e precisou diminuir grandemente suas expectativas sobre encontrar um exército. A maioria das pessoas exibia queimaduras nos braços e rosto, resultado da chuva ácida. Todos usavam capuzes.

Ben quase entrou em desespero quando viu todo o acampamento. Se aquele era o exército com o qual contavam, Olam estava mesmo condenada.

— Como nos encontraram? — Tzizah perguntou enquanto estacionavam a carroça. Em seguida Ben a ajudou a descer, segurando sua mão pequena e estranhamente quente apesar do frio.

— Ieled detectou a utilização de uma pedra. Seguimos o rastro...

— Nós mandamos mensagens... — reconheceu Tzizah.

— Mesmo sabendo dos riscos?

— Quando se chega a um estágio de desespero como o nosso, os riscos parecem menos consideráveis.

— Com quem você tentou se comunicar? — Ben temia que fosse com o pai dela.

— Eu pensei em encontrar meu pai... — confessou Tzizah como se adivinhasse o pensamento de Ben. — Mas não alimento esperanças de que tenha sobrevivido.

Então ela não sabe. Como lhe contarei?

A princesa de Olamir seguiu para sua cabana. Ben e Enosh foram atrás.

— Eu mandei uma mensagem tentando encontrar mais soldados dispostos a lutar pela antiga ordem de Olam — continuou Tzizah, sem se virar. — Uma mensagem aberta... Disse ser a filha de Thamam e chamei soldados para se unirem a mim nesta floresta. Muitos soldados fugiram de Olamir pelo caminho do precipício ao verem que a cidade havia sido invadida. E havia também muitos soldados na Rota das Pedras. Tentamos encontrá-los...

— Mesmo assim isso não foi muito sábio... — censurou Ben com brandura, quando alcançaram a cabana da princesa. A estrutura era feita com galhos e folhas. Uma espécie de varanda se projetava e abrigava alguns assentos feitos de troncos de árvore.

— Como eu disse, quando o desespero alcança o limite, os temores parecem diminuir. E pelo menos vocês receberam a mensagem. E agora que você está aqui com Herevel, talvez consigamos mais homens para ajudar Nod contra o cerco dos vassalos. Esse é o nosso primeiro objetivo.

— Nós viemos de Nod — revelou Ben. — Estávamos há mais de dois meses dentro da cidade e vimos quando o exército se aproximou.

— Como conseguiram sair? — perguntou curiosa e, ao mesmo tempo, confusa com aquela revelação.

— Enosh conhecia uma saída — explicou sem dar detalhes a respeito do apertado canal de escoamento de água que os conduziu para a cachoeira.

— Como está a situação dentro da cidade? Qual é o tamanho do exército de Nod?

— As coisas estavam relativamente tranquilas. O exército vassalo ainda não conseguiu ameaçar suficientemente a cidade.

— Devemos ajudá-la antes que os vassalos passem pela muralha exterior. Quando isso acontecer, os nobres se refugiarão dentro da cidadela deixando o povo entregue à própria sorte.

Ben concordou. Sabia que era exatamente aquilo que aconteceria se os vassalos conseguissem invadir Nod. Dentro da cidadela guarnecida, os nobres poderiam sobreviver por bastante tempo. Porém, o resto da cidade...

— Onde vocês arranjaram as pedras para convocar soldados?

Ben percebeu nos olhos dela que aquela era a parte nebulosa da história. E as palavras dela confirmaram.

— Os homens reunidos aqui antes da minha chegada disseram que uma águia sobrevoou a floresta cerca de dois meses atrás. Deixou cair duas pedras shoham. Não sabemos quem as enviou. Mas funcionaram. Isso é o que importa.

— Então alguém ajudou vocês! — disse Ben olhando significativamente para Enosh e começando a entender um pouco do plano do conselho cinzento.

O latash os observava, mas ainda sem dizer nada.

— Quantos soldados conseguiram reunir? — insistiu Ben.

— Pouco mais de quatrocentos. Infelizmente perdemos a metade em confrontos com os mercenários dos vassalos e também com a febre e animais selvagens... A cada dia que passa, nosso exército diminui ao invés de aumentar... Vou mandar preparar cabanas para vocês. Meu povo ficará feliz em conhecê-los.

Meu povo, pensou Ben. *Ela chama esse bando de maltrapilhos de meu povo. Só falta chamar essa cabana de "meu palácio".*

A noite chegou rapidamente e espalhou-se sorrateiramente pelas árvores que há tantos dias não viam a luz do sol. As lamparinas feitas com betume arderam dependuradas nos galhos baixos e lutaram bravamente contra a chuva fina e contra as trevas que dominavam a floresta. O ar ficou carregado com a fumaça escura, e os olhos ardiam e lacrimejavam. Os galhos balançavam as lamparinas fazendo as sombras se moverem confusamente pelo chão.

Ben não desviava os olhos de Tzizah para se certificar se ela fazia a pedra shoham retangular causar aquele efeito, mas era apenas o vento.

As conversas foram silenciando pelas cabanas, e os sons lúgubres da mata encharcada chegavam abafados. Até os sons pareciam molhados. Ben sentiu saudades de ver as estrelas pontilhando o infinito acima da copa das árvores, pois só o breu e as gotículas de chuva surgiam magicamente quando entravam em contato com a luz amarelada das lamparinas.

Naquela noite sombria, o pequeno conselho composto de seis pessoas se reuniu pela primeira vez. Assentaram-se em banquinhos improvisados a partir de tocos de árvores ao redor de uma fogueira. As chamas lutavam por sobrevivência com os pingos de água vazados pela cobertura da cabana. A fumaça escura quase azulada subia em suaves e perfeitas tranças até o teto da cabana e, então, ao se encontrar com a chuva, voltava em debandada como um exército fugindo do inimigo.

Tzizah apresentou os três homens que participaram da reunião. Eram espécies de capitães do pequeno exército. Um deles era um oficial de Olamir que havia fugido da cidade pelo caminho da montanha com cerca de cem homens, porém apenas trinta haviam conseguido se refugiar na floresta. Ainda usava a bela e leve armadura prateada tradicional dos soldados de Olamir que estava tão perfeita como se nunca tivesse entrado em um combate. Era magro e ossudo, os cabelos curtos castanhos pareciam uma tigela sobre a cabeça. Seu nome era Kilay. Mil ou talvez dois mil soldados haviam conseguido escapar da invasão de Olamir, mas não se sabia o paradeiro deles. O mais provável é que a maioria estivesse morta.

O segundo se chamava Hakam. Seus cabelos pretos iam até os ombros e os olhos eram da mesma cor. Não usava barba e vestia metade de uma armadura cinzenta, além de um escudo com o desenho de uma serpente marinha, o emblema da cidade de Maor. Havia cerca de cinquenta soldados da cidade do delta. Como os de Olamir, estes também desertaram, mas com a intenção de ir em socorro de Olamir, justamente quando o Conselho de Sacerdotes de Maor negou ajuda. Hakam era o comandante do exército de Maor e desobedecera às ordens expressas, levando um contingente de quatrocentos soldados em barcos rumo a Olamir através do Perath. Porém foram atacados em Bethok Hamaim e impedidos de seguir adiante. Hakam não era jovem. Chamavam-no de "Filósofo", pelo modo como falava, especialmente pelas palavras difíceis que usava. Quando Tzizah o apresentou, Enosh o olhou com atenção.

— Foi você que salvou a vida do Melek naquele ataque organizado pelos vassalos há trinta anos? — perguntou Enosh.

Ben tentou lembrar-se do episódio. Se não estivesse enganado, trezentos mercenários investiram contra a comitiva real no desfiladeiro, após a escolta ter se desviado do caminho devido à enchente do Perath.

— Graças a isso eu fui nomeado comandante de Maor — confirmou Hakam.
— E, também, por tentar fazer isso outra vez, fui destituído.

O terceiro homem se chamava Icarel. Aparentava ser o mais velho dos três. Um fazendeiro forte que havia largado as enxadas com cerca de cem camponeses que buscaram refúgio em Ellâh. Sua longa barba e cabelos compridos ficavam cinzentos pela mescla de fios pretos e brancos. Olhar para a barba acinzentada do homem fazia Ben se lembrar dos fios entrelaçados do paredão de plantas que Zamar chamava de "doce morte". As risadas do fazendeiro trovejavam pela floresta, e muitos afirmavam ser ele uma espécie de profeta pagão, pois dizia ter sonhos e visões sobre o futuro. Sua arma era um pesado machado com dupla lâmina e um fio que ele assegurava ser capaz de atravessar a couraça de um behemot.

Um covarde, um filósofo e um fazendeiro profeta. Olhando para eles, Ben sentiu o desespero crescer. Não passavam de capitães maltrapilhos de um exército maltrapilho. Seu olhar procurou as árvores escuras em busca de coragem.

Não há esperança, acreditou ser a possível mensagem delas naquele momento.

Mulheres serviram em cumbucas de barro um guisado ralo de codornizes. Ben conseguiu tomar apenas duas colheradas, pois a presença de Tzizah à sua frente, depois de tanto tempo, causava uma mescla de sentimentos indomáveis, e afastava a fome. Não sabia se ficava alegre ou apreensivo com o reencontro. Observava que os cabelos escuros da garota estavam sempre presos na longa trança e se escondiam dentro do capuz jamais retirado. Os olhos cinzentos como as águas do Yam Kademony refletiam o brilho dourado das chamas que crepitavam à sua frente. Apesar de duas ou três rugas de preocupação instalarem-se definitivamente na face da princesa, a juventude ainda era a marca preponderante dela. No entanto, continuava lá ainda mais acentuada aquela marca de melancolia percebida por Ben em Olamir, quando ele a confundiu com uma camareira. Ben sabia que, apesar de ser uma princesa, ela carregava muitas decepções ao longo da vida.

Estaria o destino finalmente aproximando-os? Kenan estava longe... Talvez, os sentimentos dela pelo guerreiro tivessem diminuído após a traição do giborim. Ben desejava dar-lhe apoio e quem sabe fazer aqueles belos olhos voltarem a sorrir.

Enosh se colocou em pé e iniciou um longo pronunciamento, assumindo a liderança da reunião como já era esperado. Exceto Ben e Tzizah, os demais não sabiam exatamente quem ele era, e muito menos a idade dele, porém bastava saber que se tratava de um latash, um dos antigos lapidadores clandestinos, para que todos se calassem quando ele assumia a fala.

As chamas da fogueira também se refletiram em sua barba, deixando-a mais grisalha. O reflexo na face tornava-a o próprio rosto da morte. O tempo finalmente estava cobrando caro do latash todo o atraso.

Por um momento, como estava tão mergulhado em seus próprios pensamentos sombrios, Ben não prestou atenção às palavras dele.

O velho, pelo menos, era uma perda que o destino lhe devolvera... Mas sem o Olho de Olam, quanto tempo viveria?

Ben forçou-se a ouvi-lo.

— ... os dias de escuridão chegaram sobre Olam. Tempos há muito previstos pelas pedras. Nada do que está acontecendo é totalmente novo. A era de Olamir acabou. Quis o destino que estivéssemos aqui talvez para antever um novo amanhecer ou então para silenciar na noite tenebrosa. Os ventos sopraram sobre Olam, removeram os marcos antigos, sepultaram uma Era, mas ainda não sabemos quais serão os novos marcos que se levantarão desta terra devastada. Porém, não devemos perder a esperança. Os grandes acontecimentos que por fim consolidaram grandes impérios sempre começaram pequenos, quando duas ou três pessoas se reuniram em torno de um ideal e se dispuseram a lutar por ele. Hoje, talvez, começaremos uma história para ser contada por milhares de anos...

O que se seguiu foi um longo relato de Enosh sobre feitos do passado, de reinos e impérios há muito esquecidos. Ele falou sobre Mayan, um dos impérios que existiu antes de Sinim; e de como apenas cento e vinte guerreiros conquistaram uma vitória contra o terrível usurpador Toras e recolocaram a rainha Lotyryah no seu trono, antes de ser estabelecido o governo tripartido. Contou também como Eldoror, um pequeno reino do Ocidente pertencente aos Nove Reinos Abençoados, havia sido alvo de ataques dos shedins, durante os tempos dos kedoshins. Explicou como o lendário guerreiro Belfarar cavalgou um re'im com uma antiga espada revolvente e expulsou os shedins de seu território, detendo a queda dos Reinos por quase uma geração. E, por fim, falou sobre um grupo reduzido de kedoshins, que defendeu Irkodesh contra todo o poderio dos shedins. Um único guerreiro kedoshim deteve cem dragões-reis por tempo suficiente para que seu povo escapasse, evitando o próprio fim do mundo.

Aquela última história Ben e Tzizah conheciam, pois a vivenciaram dentro do palácio de gelo. Ben descobrira que, de alguma maneira, aquele guerreiro solitário era Gever, o irin que o ensinara a lutar em Ganeden. O príncipe kedoshim havia se tornado um irin, um juiz.

A última história de Enosh foi sobre a aventura de dois amigos, um jovem príncipe humano e um kedoshim. Contou como eles roubaram um ovo de Ayom, um ancestral de Leviathan, considerado o mais poderoso dragão que já existira. Os dois invadiram a terra dos dragões e roubaram o ovo. No final, foram perseguidos pelo dragão e, na batalha, os dois conseguiram enganá-lo e fugir, graças a um estratagema. Aquele havia sido o maior feito já realizado por um homem e um kedoshim conjuntamente. O nome do jovem príncipe era Omer.

Ben ouviu os relatos de Enosh sobre os grandes feitos do passado, mas eles soavam totalmente fora de lugar. Olhando para o pequeno grupo em volta da fogueira, Ben não conseguia ver chances de que aqueles grandes feitos fossem reproduzidos.

Mesmo assim, estava ansioso por saber qual era o plano do velho e, quando a fogueira quase se apagava, Enosh finalmente revelou:

— Chegou a hora de colocarmos um plano em ação. Precisamos agir antes que os shedins retornem da terra de Hoshek. Necessitamos de um exército bem preparado para implantar uma estratégia. O número de soldados não fará tanta diferença, mas o preparo deles fará.

— Temos tentado fazer isso há dois meses e meio — disse Tzizah com desânimo. — Conseguimos reunir pouco mais de quatrocentos soldados, mas muitos pereceram. Eu me angustio em ficar parada, sabendo de tudo o que está acontecendo na cidade de Nod, tão perto daqui. Precisamos encontrar uma maneira de ajudar. Não podemos deixar a cidade morrer de fome pela crueldade dos vassalos, ou ser tomada quando o exército for reforçado.

Ben assentiu, vendo Icarel colocar dois pedaços de lenha na fogueira. A lenha molhada demorava a pegar fogo, e a fumaça momentaneamente os envolveu.

Concordava com Tzizah. Nod precisava ser ajudada. Mas como? Esperava que Enosh finalmente dissesse a maneira, afinal haviam deixado o conselho cinzento lá dentro.

— Acredito que vocês reuniram o que era possível — reconheceu Enosh. — Eu de fato esperava encontrar aqui oitocentos ou novecentos homens para cumprir nossos propósitos... Provavelmente, mais se juntarão a nós a partir de agora. Insisto que, neste momento, devemos levar em consideração o preparo dos soldados para realizar uma tarefa necessária, algo que certamente mudará o rumo dos acontecimentos. Não precisaremos de muitos soldados para realizar isso, mas eles precisarão ser bem treinados.

Ben tentou imaginar qual era a pretensão de Enosh com oitocentos ou novecentos soldados e qual tarefa mudaria os rumos dos acontecimentos. Parecia muito pouco para levantar o cerco de Nod.

— As cidades de Olam precisam se unir — disse Tzizah. — Essa é a única esperança. Os líderes, ou o que restou deles, devem ser convencidos a reunir os exércitos para expulsar os vassalos e se preparar para enfrentar os shedins quando estes deixarem Hoshek. Com as pedras certas, talvez conseguíssemos nos comunicar com eles... E a presença de Herevel, de fato, talvez ajude essa ação.

Ben percebia o quanto era difícil para Tzizah propor aquilo. As cidades do vale haviam abandonado Olamir na hora da maior necessidade. Mas ela estava certa. Só a união das grandes cidades remanescentes traria alguma esperança naquele momento. E Enosh certamente estabeleceria comunicação com os líderes. Talvez, se todos soubessem que a filha de Thamam havia sobrevivido à destruição de Olamir, e que Herevel estava em ação, lutassem sob um único estandarte.

— Os líderes das cidades acreditam que Naphal cumpriu a promessa — contrariou Enosh, movendo-se irrequieto no banquinho de madeira. — Naphal prometeu que destruiria Olamir e retornaria para Hoshek sem tocar nas demais cidades. Foi por isso que não mandaram soldados para o Eclipse. Não se unirão agora, nem mesmo se Thamam estivesse aqui para liderá-los, ou o próprio Tutham com Herevel. Ao contrário, lutarão uns contra os outros por supremacia, apenas facilitando o trabalho dos shedins. Tudo isso foi planejado por Naphal e executado por Mashchit.

— Mas Naphal ordenou a destruição de Nod! — objetou Ben, estranhando como Enosh conhecia tão bem a estratégia dos shedins. — Isso deveria convencê-los de que ele mentiu.

— Nod não aceitou a aliança com os shedins, pois enviou soldados para Olamir. A destruição de Nod não fará Naphal quebrar a promessa aos olhos dos líderes das demais cidades.

— Então, o que podemos fazer? — suplicou Tzizah. — Qual é o plano do conselho cinzento que ainda está lá? Como ajudar Nod?

Ben também fixou os olhos em Enosh. Há quase três meses esperava que o velho explicasse aquilo.

— Não pretendo ajudar Nod.

Aquilo pegou todos de surpresa. Todos os olhares se fixaram no latash, provavelmente acreditando que houvessem entendido mal.

— Em uma guerra, muitas vezes, tomamos atitudes aparentemente insanas e até mesmo cruéis — pronunciou-se Enosh, cautelosamente. — Porém há situações construídas pelo acaso — ou por *El*, se preferirem —, as quais se configuram em oportunidades únicas de mudar o rumo de uma história. Acredito estarmos exatamente em um desses momentos.

Então começou a riscar no chão com uma vareta. Um mapa precário de Olam surgiu sobre o barro.

— Por algum tempo, os shedins não sairão de Hoshek — apontou para um ponto abaixo de uma linha ao sul que representava a cortina de trevas. — Se tivermos sorte, não conseguirão sair de lá antes de quinze dias. A cortina de trevas avança com certa morosidade, porque o Olho de Olam está ativo. Bem ou mal, Kenan está detendo o avanço pleno da escuridão e impedindo que os shedins andem livremente. Nossa preocupação momentânea é bem mais humana — apontou para a região sudoeste onde ficavam os reinos vassalos, abaixo e além do Yam Hamelah. — Não devemos ignorar o poder acumulado por eles, principalmente com as pedras shoham. — Fez um risco em direção as Harim Adomim. — Mas estarão ocupados lidando com Nod por algum tempo — apontou para o outro extremo do mapa, lugar próximo ao Yam Kademony, onde Nod se elevava. — Enquanto isso, nós precisamos tomar atitudes que nos colocarão nesta guerra, não como o alvo em quem todos vão afinar a pontaria, mas como o fiel da balança. Com Olamir destruída — riscou sobre o lugar onde outrora a cidade branca governava o mundo, como se o risco removesse a cidade — só há um lugar onde poderemos fazer isso — então apontou para um ponto bem no meio do Perath.

— Bethok Hamaim? — indagou Ben olhando com atenção para o lugar no mapa primitivo riscado no barro, certificando-se de que o velho estava mesmo apontando para a localização da cidade das águas.

Enosh assentiu.

— Mas, e quanto a Nod? — Tzizah inquiriu, sem entender a estratégia.

Ben continuava olhando para o lugar no mapa onde se localizava a maior e mais rica cidade de Olam. Bethok Hamaim era a última cidade para a qual ele pensava em retornar. A passagem relâmpago deles por lá não havia deixado boa impressão. Lembrou-se dos altos edifícios quase dourados cercados de água e, principalmente, do templo de cristal que flutuava no ponto central. A receptividade do sumo sacerdote não havia sido um convite para retornar, e a invasão do templo e a explosão das comportas em nada corroborara para melhorar isso.

— Nod está condenada — surpreendeu Enosh, mais uma vez. — Não há nada a ser feito, exceto torcer para que ela resista o suficiente e cause baixas consideráveis no exército dos vassalos e de criaturas dos shedins que ainda marcharão para lá. O conselho cinzento a deixará em breve, pelo mesmo caminho usado por nós e trará as pedras já lapidadas da rede. Terminaremos o trabalho aqui. O único modo de enfrentarmos o plano de Naphal é deixá-lo seguir seu objetivo de destruir Nod. Isso nos dará tempo para fazermos o que precisamos.

— Não podemos deixar a cidade inteira perecer! — horrorizou-se Tzizah com a aparente insensibilidade do latash.

Já deixamos uma muito maior — Ben, menos surpreso do que Tzizah, sentiu vontade de dizer, mas permaneceu calado.

— Nossas opções são muito reduzidas — expressou-se Enosh mais comedidamente. Ben percebeu que ele tentava controlar a rispidez, mesmo estando claramente descontente com as intervenções de Tzizah. — Infelizmente esta guerra já fez e ainda fará muitas vítimas. Devemos encará-las como sacrifícios necessários para um bem maior. Se escolhermos a opção errada agora, não só tornaremos esses sacrifícios inúteis, como por certo ofereceremos o nosso próprio em honra ao fim deste mundo.

— Qual é o plano? — perguntou Ben, ainda incomodado, mas desejoso por ouvir o restante. — Por que Bethok Hamaim?

— Vocês sabem. Estiveram lá. Vocês o viram.

— O templo!?

Enosh aquiesceu sem dar mais detalhes. Apontou para o canal do Yam Kademony riscado no barro e para a terra de Sinim após ele.

— Enviaremos Evrá para Sinim. Precisamos convencer a rainha a enviar tropas para nos ajudar. Uma mensagem da princesa de Olamir conseguirá isso. O reino de Sinim é muito grande, provavelmente disponha de um exército de trinta ou quarenta mil homens, além de barcos e instrumentos de guerra. Quando estivermos próximos do momento de entrarmos em Bethok Hamaim, os exércitos de Sinim devem subir o Perath tomando Maor, que é atualmente a segunda mais importante cidade de Olam, impedindo que os vassalos que cercam Nod nos ataquem em Bethok Hamaim, quando souberem dos nossos planos. Precisaremos de algum tempo até que estejamos apropriadamente instalados na cidade e a rede estabelecida. Essa é a parte principal do plano: a rede. Ela foi feita para o templo.

— Nod fica muito mais perto de Sinim do que Bethok Hamaim — disse Tzizah —, se Choseh concordasse em enviar um contingente de soldados, eles atravessariam o canal em uma noite e em dois dias estariam diante das muralhas de Nod.

Ben viu a expressão de desagrado crescer no rosto de Enosh. Mas havia lógica nas palavras de Tzizah. Quando Evrá retornasse, poderia levar uma mensagem para Sinim. Porém, naquele momento, Ben só queria entender como a rede latash funcionaria com o templo das águas.

— Pelo que sei, Sinim tem seus problemas com bárbaros — disse Kilay, falando pela primeira vez. — Dificilmente tantos soldados partiriam deixando o reino desguarnecido.

— A rainha de Sinim não é tola — rebateu Tzizah. — Sabe que os bárbaros são insignificantes diante dos shedins. Certamente atenderia nosso pedido. Ela nos ajudou quando estivemos lá. Afirmou desejar que Olam e Sinim voltassem a andar juntos...

— Evrá enviou imagens recentes da situação em Sinim — revelou Enosh. — Um considerável ataque de bárbaros fez a rainha deslocar parte do exército para o leste, porém ainda deve haver vinte ou trinta mil homens próximos à cidade do farol. Acredito que com um ou dois dias eles atravessariam o canal. Se conseguirmos entrar em Bethok Hamaim, o exército de Sinim nos protegeria enquanto implantamos a rede. Os lapidadores precisarão de toda a tranquilidade para instalar a rede no templo, ou não funcionará.

Ben lembrou que Evrá havia voado para o leste antes de eles entrarem na floresta. Descobrira então o destino dela. E sabia também agora que a rede era para o templo de Bethok Hamaim, só não entendia como exatamente funcionaria.

— Toda essa estratégia levaria muito tempo para ser posta em ação — lamentou Tzizah balançando a cabeça negativamente. — Até lá, Nod já terá caído. Por outro lado, se libertássemos Nod agora, isso daria um golpe considerável no poder dos vassalos e nos daria um quartel general com muralhas bem mais seguras do que as águas de Bethok Hamaim.

— Mesmo se conseguíssemos fazer isso — disse Enosh —, ganharíamos apenas uma pequena batalha, e perderíamos a guerra. Os vassalos não são os verdadeiros inimigos, os shedins são. A rede só pode ser instalada em Bethok Hamaim, e isso precisa ser feito com urgência. Quando a cortina de trevas avançar, muralhas não significarão nada. Não dispomos de tempo a perder.

— Acho que tentar salvar uma cidade não pode ser chamado de perder tempo — disse Tzizah consternada.

— Maor tem um contingente de sete mil homens — pronunciou-se Hakam. — Algumas armas interessantes foram construídas nos últimos tempos. Eu mesmo projetei algumas. Acredito que, se o Conselho de Sacerdotes fosse afastado, eu poderia convencer o exército a se aliar a nós.

Ben percebeu que Enosh avaliou aquela possibilidade. Maor era uma cidade importante, e sete mil homens formavam um exército considerável. Os olhos de Tzizah se encheram de esperança mais uma vez, porém logo Enosh balançou negativamente a cabeça.

— Não podemos fazer isso agora. Bethok Hamaim é prioridade. Só a rede pode deter os shedins.

— Sou da opinião de que não faz diferença onde lutaremos, desde que lutemos — comentou Icarel, o fazendeiro, com uma risada grosseira que tentava desfazer a tensão da reunião. — Enxadas não devem ficar muito tempo paradas, principalmente quando há ervas daninhas por todo lado. No momento, não faltam inimigos nem ervas daninhas.

— Por que o templo das águas? — perguntou Ben. — Como o Morada das Estrelas pode nos ajudar? Qual é a função da rede afinal?

— Por enquanto, basta vocês saberem que em Bethok Hamaim está o segredo para vencer esta guerra — pronunciou-se Enosh, em tom de decisão. — Algo muito mais poderoso do que muralhas. Uma nova mensagem deve ser enviada para os quatro cantos de Olam. Herevel está em Ellâh convocando soldados para lutar por Olam. Deixem que pensem que é para ajudar Nod. Talvez arregimentemos quinhentos soldados em poucos dias. Então, marcharemos para Bethok Hamaim, tomaremos a cidade e implantaremos a rede.

— E condenaremos Nod! — exclamou Tzizah.

— Nod já está condenada.

— Há garantias de que a rede vai funcionar? — perguntou Ben. — Benin disse que há mil anos ela foi testada, mas não deu certo.

— Há mil anos a rede foi idealizada, porém não completada! — Despejou Enosh. — É claro que há riscos! Estamos em meio a uma guerra! Os riscos precisam ser calculados com base nos benefícios, ou no desespero da situação. A rede tem um ponto vulnerável. Sempre teve. Mas hoje eu posso anulá-lo.

— Quinhentos soldados contra dez mil! — repudiou Kilay, que parecia o mais indisposto com a situação, e o mais ferino com a língua. — Vocês todos devem ter enlouquecido. Com esse número de soldados não podemos ajudar Nod e muito menos invadir Bethok Hamaim. Não podemos nem mesmo nos proteger!

— Os vassalos precisaram dividir suas forças — explicou Enosh, voltando a fazer riscos no mapa de barro. — Uma parte sobe pelo oeste de Olam, pois as Harim Adomim são um tesouro precioso demais. Depois vão descer o Perath e atacar as cidades do vale.

— Ir-Shamesh é a próxima — deduziu Ben, acompanhando o risco no chão. — Eles planejam conquistar todas as cidades do vale.

— Não vão atacar Ir-Shamesh — contrariou Enosh, apontando para a cidade que ficava na cabeceira do Perath, logo abaixo das Treze Quedas. — A cidade do sol se aliou aos vassalos. Há muito tempo pedras foram contrabandeadas de Ir-Shamesh para comprar um trono. O tolo assentado nele desconhece que durará menos do que uma flor de outono, mas por enquanto está sustentando a aliança maligna.

— Então vão atacar Bethok Hamaim imediatamente! — afirmou Ben. — A cidade não tem muralhas.

— Antes precisam cuidar de Nehará que está no caminho — apontou Enosh. — E, por certo, contam com as forças presentes em Nod para atacar Bethok Hamaim posteriormente, invadindo-a de ambos os lados do Perath... Nod é a menor das grandes. Naphal a quer apenas por um capricho. Essa é a falha do plano dele. Precisamos concentrar nossas forças em Bethok Hamaim antes que todo o poderio shedim se dirija para lá.

— Leannah de fato descobriu segredos no templo das águas — reconheceu Tzizah — porém, ela não mencionou absolutamente nada sobre utilizá-lo contra os shedins. Eu gostaria muito que o senhor explicasse como ele pode ser útil para nossa causa. Não me parece lógico sacrificar Nod por algo que ainda não foi testado.

— O templo no meio da cidade agora é o único refúgio seguro deste mundo contra os shedins — disse Enosh claramente escolhendo as palavras. Parecia não confiar nos homens que estavam em volta da fogueira. — Há muitos segredos lá.

— Quais segredos? — Ben perguntou olhando fixamente para Enosh. Dessa vez não estava disposto a aceitar uma resposta evasiva.

— O modo de controlar Leviathan, por exemplo.

— O dragão-rei pode ser controlado?

— Se o colocássemos contra os exércitos dos vassalos — continuou Enosh —, isso poderia decidir a guerra, pelo menos até que os shedins deixassem a cortina de trevas. Até mesmo os shedins o temem.

— Thamam dizia ser impossível controlar Leviathan — lembrou Ben.

— Já lapidamos diversas pedras shoham capazes de controlar animais grandes. A pedra que Tzizah usa tem esse poder sobre as árvores e também sobre animais pequenos. Com a técnica específica de lapidação, e as pedras apropriadas, talvez seja possível colocar o dragão-rei ao nosso serviço. Acredito que, dentro do templo de Bethok Hamaim, poderíamos encontrar a sabedoria necessária.

— Só Leannah sabe como entrar no templo — lembrou Tzizah. — E não sabemos onde Kenan a aprisionou.

— Eu posso descobrir o segredo para entrar no Morada das Estrelas, e também o local onde Kenan aprisionou Leannah... Essa é a parte que reservei para você.

— Para mim? — surpreendeu-se Tzizah.

— Não podemos tentar algo e esperar que não dê certo para mudarmos a estratégia. Precisamos fazer tudo ao mesmo tempo. Alguns atalhos decidiriam esta guerra com certa rapidez. O mais curto de todos seria encontrar Kenan e o convencer a devolver o Olho de Olam para Leannah. A cantora de Havilá conquistou o direito de utilizar o Olho, como Tutham no passado, e nem mesmo os shedins poderiam enfrentá-la nessas condições. Ela faria as trevas recuarem.

Pela primeira vez, o rosto de Tzizah perdeu um pouco da resolução demonstrada. Com um vácuo no peito, Ben percebeu que o latash tocara no ponto fraco da princesa de Olam. Ela queria ir atrás de Kenan.

— Não deve ser muito difícil convencer Leviathan a lutar contra os shedins — retomou Enosh. — No momento, ele está tentando destruir os behemots. Se isso acontecer, será terrível, porém não tanto quanto se o contrário acontecer. O último dos dragões não deve desaparecer antes do fim desta era, ou o equilíbrio dos elementos se perderá... O dragão sabe que o Olho de Olam foi reativado e que Herevel está recuperando sua energia, e ele odeia a espada... Porém, mais do que tudo, ele está furioso com os shedins, principalmente porque foi enganado pelo tartan na época da invasão de Olamir. O tartan preparou algum tipo de armadilha para o dragão-rei, a fim de liberar a passagem dos exércitos vassalos pelos pântanos salgados. Mas Leviathan conseguiu se livrar e quer se vingar.

— Então, ele pode realmente lutar ao nosso lado?

— Sim, mas precisa ser controlado. Ou então lutará apenas sua própria guerra. Leviathan destruiu todos os de sua espécie. Ele deseja ser o maior poder do mundo. Provavelmente, aguardará para ver qual dos lados se sobressairá, para depois agir.

— Por que Leviathan odeia Herevel?

— Por causa de oráculos antigos.

— Oráculos?

— Quando a espada foi forjada pelo mais sábio dos kedoshins, vários oráculos foram proferidos. Um deles dizia que, pouco antes do fim da era dos homens, a espada abateria o último dos dragões-reis.

— Meu pai dizia que o dragão-rei não devia ser destruído, pois *isso* poria fim à era dos homens — lembrou Tzizah.

— Acredita-se que isso causaria um desequilíbrio entre inverno e verão. Porém, oráculos antigos geralmente são interpretados de maneiras variadas — respondeu Enosh, com um dar de ombros.

— Não entendo por que os vassalos estão atacando Nod — disse Ben, apontando para o mapa riscado no barro, e voltando aos assuntos que lhe pareciam mais concretos. Não queria imaginar o que seria enfrentar o dragão-rei em uma batalha. — Não parece mais óbvio que atacassem Maor? Assim liberariam o fluxo do rio para cima até Bethok Hamaim, muito mais rapidamente. Não consigo entender a fixação de Naphal por Nod.

— Eu já disse! Nod lutou ao lado de Olamir — impacientou-se Enosh. — Enviou soldados para defender as muralhas do ataque durante o eclipse. Naphal não perdoou isso. Ele mandou os vassalos a invadirem. Enquanto isso, permitiu que Bethok Hamaim, Nehará e Maor lutassem entre si, facilitando o trabalho depois...

— Você não respondeu como pretende invadir Bethok Hamaim com apenas quinhentos soldados — lembrou Kilay. — Supondo que conseguíssemos chegar a esse número... Onde arrumaria barcos?

— Recebi informações recentes de que Bethok Hamaim se prepara para invadir Maor — revelou Enosh. — O exército da cidade das águas vai descer o Perath e atacar a cidade do delta. É nossa chance de invadir Bethok Hamaim enquanto eles se ocupam com Maor. Como declarei: estamos em um daqueles momentos que podem mudar o rumo de uma história. Os vassalos no oeste permanecerão ocupados com Nehará. No leste já estão ocupados com Nod. Os shedins ainda estão em Hoshek. E o exército de Bethok Hamaim atacando Maor. A cidade das águas encontra-se num vácuo de poder. Quanto tempo essa brecha vai durar? Uma semana? Duas? Não temos tempo a perder. A hora é agora.

Ben entendeu. Finalmente fazia sentido o plano do velho. Os três capitães também assentiram, percebendo que a estratégia era inteligente. Menos por um detalhe: Nod. Precisariam abandoná-la.

Ben olhou para Tzizah e percebeu que, apesar de tudo, ela não estava convencida.

— Os líderes de Bethok Hamaim não devem ter deixado a cidade inteiramente desprotegida. — A princesa de Olamir ainda se esforçou em objetar.

— Mil soldados — explicou o latash. — Esse é o contingente que permanecerá na cidade. Por isso precisamos de quinhentos...

— Há cinco mil soldados diante de Nod, talvez menos de dois mil dentro das muralhas, mesmo assim a cidade resiste por quase dois meses. Como quinhentos soldados tomariam Bethok Hamaim tão rapidamente?

As palavras de Tzizah foram praticamente um eco dos pensamentos de Ben.

— Como você disse, Bethok Hamaim não tem muralhas. E nós temos pedras shoham.

— O senhor está falando sobre armas?

— O conselho cinzento não ficou de braços cruzados esse tempo todo. É claro que há armas. Para quinhentos soldados. Com esse número e com a cidade parcialmente desprotegida, nós a tomaremos em um só dia, em poucas horas eu espero. Principalmente se recebermos uma ajuda especial que eu espero ter conseguido convocar...

— Então também seria possível ajudar Nod... — os olhos da filha de Thamam se encheram de água. Uma lágrima desceu dourada pelo reflexo das chamas da fogueira.

Ben percebeu que ali estava o dilema do plano de Enosh. Talvez fosse possível ajudar Nod com quinhentos soldados com armas potencializadas, contando com o apoio do exército de Sinim, mas correriam o risco de perder a oportunidade de invadir Bethok Hamaim.

— Se tentarmos ajudar Nod agora — disse Enosh impaciente, despejando toda sua rispidez — condenaremos Olam. O que você prefere? Perder vinte mil vidas ou milhões? Condenar uma cidade ou uma Era?

Tzizah secou as lágrimas. Seu rosto se obstinou mais uma vez. Ben se lembrou daquele mesmo olhar da garota em frente à cabana das Harim Keseph, quando convenceu Kenan a retornar para o portal das Montanhas Gêmeas. Tzizah tinha um pouco do que Thamam também aparentava. Num momento parecia jovem e frágil, noutro se tornava forte e vivaz, como se tivesse mais idade e experiência.

— Com ou sem armas potencializadas, meus soldados marcharão para Nod — disse em tom de decisão. — Não é certo deixar uma cidade inteira morrer. Meu pai não concordaria com isso. Eu sou a herdeira dele e também não posso concordar. Não posso.

Ben se surpreendeu com aquela determinação, e Enosh também. O latash olhava incrédulo para a filha de Thamam.

— Não seja tola! Você só tem um pequeno exército porque eu lhe enviei as pedras. É claro que você é a herdeira de Olam, porém, no momento, não há nada para herdar. Sigamos o combinado e, talvez, algum dia você receba uma coroa. Uma rainha precisa aprender a fazer sacrifícios para um bem maior.

— Você concorda com isso? — Tzizah perguntou para Ben. Seus olhos cinzentos estavam carregados de mágoa, mas também de determinação. Ben sabia que ela não recuaria. — Concorda em deixar vinte mil pessoas morrerem?

Ben se sentiu acuado diante dos olhares dos dois.

— Acredito que o plano de Enosh faça sentido... — gaguejou. — Pode realmente haver algo naquele templo em Bethok Hamaim que nos ofereça defesa contra os shedins... E se conseguirmos quinhentos soldados com armas potencializadas, certamente, nas atuais circunstâncias, será mais fácil tomar Bethok Hamaim do que enfrentar os vassalos em Nod...

— A questão não é a facilidade ou a dificuldade da tarefa — complementou Enosh — mas o tempo. Não temos tempo para enfrentar um exército de cinco mil homens em Nod, esperando que o exército de Sinim venha, para então tentarmos Bethok Hamaim. Até lá a cidade das águas não estará mais vulnerável. Isso se a própria cortina de trevas já não estiver em nossos calcanhares. Vocês precisam entender isto: a rede é a prioridade. Deve ser instalada em Bethok Hamaim imediatamente, ou tudo o mais será inútil.

O rosto de Tzizah se fechou como pedra. Ben achou que ela ia capitular, mas naquela noite conheceu um pouco mais de sua obstinação. Enosh havia encontrado um adversário à altura.

— Um jovem há algum tempo abandonou a fenda de uma rocha para enfrentar uma saraph por causa de seus amigos, e até mesmo por um estranho que o havia resgatado dos refains. Não se importou com os riscos, não fez cálculos para saber se teria mais ou menos chance fazendo isso ou aquilo, simplesmente fez o que precisava ser feito, e *El* o abençoou. Eu me lembro muito bem do tamanho da saraph destroçada. Jamais acreditaria que um homem fosse capaz de matá-la. Por isso a espada veio para sua mão. Herevel honrou sua atitude. Se deixar vinte mil pessoas morrerem, pode ser que ela não honre mais. Kenan deveria ser um exemplo para você.

Ben baixou o olhar. Lembrava-se da sensação que percorrera todo o seu corpo ao empunhar Herevel pela primeira vez. Algo como uma descarga elétrica, mostrando que Herevel deixava-se manejar e a conexão fora estabelecida. Sabia, então, ter sido escolhido por ela naquele momento de loucura em que a saraph voava em sua direção.

Lembrou-se dos dois meninos duelando com espadas de madeira em Nod. Como podia deixá-los morrer e continuar em paz? Como abandoná-los e continuar sendo digno de empunhar Herevel?

Por outro lado, o plano de Enosh era o mais lógico. A sabedoria e o conhecimento milenar do velho não podiam ser questionados.

Apesar do velho latash ter mesmo tudo planejado, era espantoso pensar que ele esperasse por tudo aquilo. Fatores tão volúveis, tão incertos, que jamais poderiam ser plenamente previstos pelas pedras. Ben olhou para os riscos rústicos no barro em que o velho desenhara sua estratégia. Como ele sabia que em algum momento Bethok Hamaim atacaria Maor? Como sabia das intenções dos vassalos com Ir-Shamesh e Nehará? Ou será que não sabia nada e apenas reagia à situação?

Consciente dos olhares dos dois, Ben limitou-se a contemplar a fogueira que agonizava outra vez. Conseguia sentir a espada próxima a seu corpo. Desejou que ela lhe dissesse o que fazer... Se ao menos ela falasse como as árvores...

— Não há opção — sentenciou Enosh. — Pode ser uma atitude nobre morrer por uma cidade, mas tentar salvar um mundo inteiro não é, definitivamente, atitude indigna. Precisamos agora acertar os detalhes, dividir as tarefas. É urgente atrairmos mais soldados, e eu sei como fazer isso.

O olhar do velho latash era inflexível como sempre. Nem lhe passava pela mente que Ben pudesse contrariá-lo. O guardião de livros viu no rosto envelhecido de seu mestre as rugas da experiência e soube que ele estava com a razão. Apesar de cruel, o plano do latash tinha chances de ser praticado.

Olhou outra vez para os riscos no chão. Era estranho. Em um segundo tudo ficou claro para ele. Aquilo era a coisa certa a ser feita. No entanto...

— Eu já deixei uma cidade ser destruída enquanto ficava de braços cruzados — viu-se dizendo. — Não pretendo permitir isso acontecer novamente...

Mesmo sem levantar o olhar do fogo, percebia a ira incendiando as faces envelhecidas de Enosh.

— Eu não lhe dei Herevel para atitudes sentimentais! — descarregou o velho.

— Você não tem o direito de agir igual a um adolescente apaixonado. Precisa liderar o exército para Bethok Hamaim. Você foi treinado para isso!

Ben continuou olhando para a fogueira.

— Olhe para mim! — esbravejou Enosh. — Você sabe o que deve ser feito!

Ben levantou a cabeça e contemplou a escuridão dos olhos de seu velho mestre. Era difícil encarar aqueles poços escuros que carregavam o peso, o conhecimento e o sofrimento de uma existência de dois mil anos. E, mesmo assim, precisava contrariá-lo.

— Gever ensinou-me a lutar pelo que acredito que seja certo. Não acho certo deixar uma cidade inteira morrer... Há crianças lá...

— Mas vai deixar um mundo inteiro morrer! Há crianças por toda parte! — explodiu Enosh.

— Você disse que precisaríamos de algo grande, de ajuda... Algo inusitado... Talvez... Talvez seja isso que falte aos homens. Vamos fazer o que é certo hoje e deixar o futuro nas mãos de *El*. Talvez... Talvez...

Enosh fez um esforço imenso para se controlar. Quando falou, sua voz foi humilde pela primeira vez. As rédeas dos eventos fugiam de suas mãos. Ele não podia permitir isso. Preferia se humilhar a ver todo o seu planejamento ir por água abaixo.

— Não havia nada que pudéssemos fazer em relação a Olamir — explicou-se o latash. — Você precisa entender isso. Eu não a negligenciei. Você ainda não estava preparado para usar Herevel. A única chance era o Olho ser reativado. Eu fiz todo o possível para que isso acontecesse, mas não imaginava que Kenan... Você sabe. Agora não há chance alguma de salvar Nod... Vocês não entendem... Não conseguem ver tudo o que está envolvido... Precisam confiar em mim. Eu sei o que estou fazendo.

— Então explique para nós... — disse Tzizah. — Faça-nos ver o que não estamos conseguindo. Explique como deixar vinte mil pessoas morrerem pode ser razoável.

— A razoabilidade está justamente nesse número. Vinte mil é menos do que milhões.

— Você está dizendo que milhões morrerão, porém se salvarmos os vinte mil, talvez também consigamos salvar os milhões! — insistiu Tzizah. — Só temos que dar um passo de cada vez. É o que meu pai sempre dizia.

— Infelizmente, se insistirem nisso, vocês entenderão quando for tarde demais — disse o latash, voltando a olhar para seus próprios desenhos no chão e depois para as chamas.

Ben imaginava que ele continuaria argumentando e esbravejando, mas o latash silenciou. O rosto repuxado pela dor continuou apenas olhando as chamas agonizantes.

Nos instantes seguintes, só o crepitar das chamas preenchia o vácuo. Ninguém ousava colocar em palavras os pensamentos.

— Então é isso? — perguntou o latash após minutos que pareceram horas. Ele colocou-se em pé. — Vocês não mudarão de ideia?

Ben e Tzizah mantiveram o silêncio.

— Preciso saber se vão insistir nessa loucura, pois, nesse caso, eu não tenho mais nada a fazer aqui...

— Você não irá conosco? — surpreendeu-se Ben. — Pensei que estivéssemos discutindo o que fazer, mas que agiríamos juntos.

— Isso aqui nunca foi um Conselho. Se não estão dispostos a marchar para Bethok Hamaim, partirei. Já perdi tempo demais.

Ben e Tzizah trocaram olhares assustados.

— O que você vai fazer?

— Você descobriria, se viesse comigo... Mas isso acabou, não é, guardião de livros? Eu já não posso mais lhe dizer o que fazer. Você fez sua escolha, não fez?

Ben baixou o olhar.

— Enviará as armas mesmo assim? — perguntou Tzizah.

— Eu tenho outros planos para elas. Não as desperdiçarei. Não tenho o direito de ser irresponsável como um adolescente.

O latash se virou e se afastou mancando na escuridão. Uma parte em Ben quis implorar para que ele ficasse, outra que ele fosse embora de uma vez por todas, e outra, ainda, desejou ir junto com ele.

Com a saída do latash, os três capitães ficaram claramente espantados. Ben e Tzizah não sabiam o que falar. Nenhum dos cinco havia previsto aquilo.

Após mais alguns instantes, Tzizah e os três capitães também se levantaram. Tzizah entrou na própria cabana. Kilay e Icarel se afastaram cada um para sua própria tenda.

— Às vezes o pão lançado nas águas volta a ser encontrado — disse Hakam, o filósofo. — Mas, às vezes, os peixes o comem.

Com um levantar e baixar de ombros, ele também se retirou.

Ben permaneceu solitário ao lado da fogueira olhando para os riscos de Enosh sobre o barro. Começavam a se desmanchar, como o plano dele.

A chuva continuava caindo, e o frio ignorava as brasas.

Ben teve a sensação de haver cometido todos os erros possíveis numa só noite. Esticou as mãos para as brasas vermelhas que ainda crepitavam fracamente, mas não as sentiu se aquecerem. Olhou para as árvores imóveis sob a chuva intensificada nas últimas horas. Elas faziam o acampamento parecer ainda mais frágil e insignificante com suas cabanas improvisadas.

Finalmente, Ben levantou-se e olhou indeciso para as árvores silenciosas. Em seu coração, não parecia real o desfecho da reunião.

Temia que as palavras ditas a ele por Enosh fossem verdadeiras, que tivesse tomado a decisão errada posicionando-se ao lado de Tzizah por razões sentimentais e não pela razão.

Olhou para a cabana da princesa de Olamir. Lá dentro, Tzizah mexia na trança parecendo distraída. O amor, o dever, a paixão e a lealdade se digladiaram por diversos minutos dentro de sua alma enquanto a observava.

Contra a vontade do coração, seus pés o levaram para longe da cabana de Tzizah. Precisava encontrar Enosh antes que ele partisse. Estava disposto a se humilhar, a implorar que ele ficasse. No fundo, sabia que seria tudo inútil. O velho não voltava atrás quando tomava uma decisão. Porém, Ben não queria ter que se lembrar mais tarde de que não havia feito tudo o que era possível.

A madrugada avançava quando Ben retornou desanimado para sua cabana ensopada. De fato, havia conseguido alcançar o latash minutos antes de ele partir. Porém, como era esperado, não havia conseguido impedir que ele partisse.

O acampamento continuava mergulhado em um silêncio agourento. Até as corujas guardavam silêncio.

Quando finalmente conseguiu cochilar, a noite já parecia durar semanas, e a aurora se aproximava invisível. Então teve um estranho sonho em um estado semiadormecido. Ele estava mais uma vez em Ganeden vendo Zamar e Gever discutirem. Gever, racional como sempre, falava sobre tomar atitudes com cautela, pesar todos os lados, avaliar sistematicamente cada decisão. Zamar apenas ria e dizia que era melhor dançar na floresta. As mãozinhas gorduchas o fizeram se levantar e o puxaram para o meio da clareira, como naquela primeira noite passada entre eles, após a experiência com a doce morte. Mas dessa vez, não viu nem o acampamento do povo de Zamar, nem o palácio branco dos irins. Havia um trono brilhante no meio das árvores e, sentada sobre ele, Ben viu Leannah.

A cantora de Havilá, usando um vestido branco luminoso, estava bela e sábia como as antigas civilizações que seguiam seu caminho oculto dentro de Ganeden. Ele se aproximou e viu que os irins e o povo pequeno a rodeavam. Os cabelos acobreados ainda mais compridos pareciam em chamas luminosas contrastando com a pele alva. Havia uma coroa de ramos em sua cabeça. Seus olhos refletiam paz, mas, ao mesmo tempo, escondiam segredos que homem algum jamais poderia descobrir.

Ben escutou a melodia. Era a voz da cantora de Havilá. Os dois povos da floresta a ouviam. Pela primeira vez Ben também a ouviu. A voz era capaz de fazer o coração sonhar com dias melhores, com épocas de paz e harmonia. E havia poder em suas palavras, um poder que fazia as árvores crescerem, os pássaros voarem e os rios transbordarem.

Daquela noite em diante, Leannah começaria a cantar nos sonhos do guardião de livros.

6 Espadas e Enxadas

Ben olhou para os soldados se aproximando e não soube se devia chorar ou sorrir. Eram cerca de quarenta homens encontrados pelos vigias pouco antes do amanhecer, vagando pela floresta em busca do chamado da princesa de Olamir. Reconheceu as armaduras coloridas. Eram soldados de elite, treinados pelos giborins de Olam para fazer a guarnição na rota das pedras. Ben havia visto vários deles durante o trajeto com as caravanas do Yarden até os oásis. A presença deles ali era algo tão inesperado quanto se Shamesh aparecesse após três meses de chuva ácida, mas o estado deplorável em que se encontravam testemunhava que os dias continuariam nebulosos em Olam.

Viu os uniformes compostos de armaduras leves, com as partes ornamentais listradas desgastadas e quase irreconhecíveis. Alguns nem carregavam o tradicional arco comprido, e também não havia muitas espadas à vista. Muitos vinham amparados por seus companheiros e, a julgar pelo estado dos que chegaram, não poucos deviam ter morrido na longa jornada através de praticamente toda a terra de Olam.

O grupo de soldados se aproximou e todos se ajoelharam.

— Eu sou Amom — disse o capitão da rota das pedras ainda com os joelhos dobrados. Era um homem branco e calvo, porém queimado pelo sol do deserto apresentava uma cor bronzeada. — Oferecemos nossas espadas para a princesa de Olamir. Gostaríamos de ter chegado aqui com mais soldados. Éramos cerca de noventa, mas a longa jornada, os ataques dos mercenários, os animais selvagens e a fome reduziram nosso grupo.

— Vocês são bem-vindos — disse Tzizah adiantando-se e fazendo um gesto para que todos se levantassem. — Chegaram na hora em que mais precisamos...

Entre eles Ben viu um casal de guerreiros negros e, embora estivessem ainda mais magros do que o habitual, imediatamente os reconheceu. Vestiam as mesmas roupas rústicas de couro. O homem usava um saiote até acima dos joelhos e duas faixas entrecruzadas em seu peito que se prendiam às costas. A mulher também trajava um saiote um pouco mais comprido com adereços brilhantes e uma faixa atravessada cobrindo-lhe os seios.

Levantando-se com os outros soldados, o casal de guerreiros negros aproximou-se de Ben e Tzizah.

— Eu sou Ooliabe — apresentou-se o homem negro. — E esta é minha irmã Oofeliah.

Ben olhou para a mulher. Parecia uma cópia do homem, distinguindo-se somente pelas roupas.

— Somos filhos do rei dos cavalos do oeste — disse o guerreiro com o forte sotaque ocidental. — É um imenso prazer conhecer a princesa de Olamir.

Então se virou para Ben.

— E é uma honra encontrar o guardião de livros, o matador de saraph.

— Eu já os conheço! — disse Ben, admirando-se também de os dois já terem ouvido falar dele. — Eu os assisti lutar no oásis! Uma bela luta...

Ben quis dizer em qual oásis os vira encenar o combate, mas sinceramente não se lembrava.

— O guardião de livros deve estar enganado — disse a esquelética mulher que já era magra quando vivia no oásis. Os dentes muito brancos e perfeitos formavam um contraste com a pele impressionantemente escura — Se um guerreiro do seu renome tivesse passado pelo oásis, todos nós pararíamos para assisti-lo, e não o contrário.

Ben impressionava-se como uma história podia se espalhar. Sua única atitude corajosa, naquele dia em Midebar Hakadar, fora sair da fenda da rocha e se expor à saraph. O resto havia sido pura sorte, embora Thamam desse o crédito à Herevel.

— É uma honra tê-los conosco — disse aos dois. — Vocês são exímios lutadores. Certamente serão muito úteis ao nosso grupo.

— Somos mais encenadores do que lutadores — confessou Ooliabe. Sua sinceridade era uma marca tão forte quanto seu sotaque ocidental. Ben logo descobriria isso. — Mas não é mais tempo de encenações. Espero que tenhamos treinado o suficiente com soldados falsos. De qualquer modo, os oásis foram destruídos. Os comerciantes que puderam, fugiram, os demais foram mortos ou escravizados pelos vassalos. Não há mais caravanas ou uma rota das pedras...

— Queremos lhes oferecer algum alimento — disse Tzizah demonstrando pesar pelas notícias e desejando aliviar o sofrimento do grupo. Ben viu nos olhares de todos ser isto o que mais esperavam. — E também remédios — completou a princesa —, embora imagino que muitos de vocês precisem de uma pedra curadora... Infelizmente não dispomos de nenhuma. A batalha se aproxima. Dentro de seis dias marcharemos para Nod.

— Estaremos preparados — garantiu Amom. — Pode contar conosco.

Apesar da solicitude do capitão, Ben tinha dúvidas se aquele grupo estaria recuperado dentro de tão poucos dias, assim como tinha dúvidas ainda maiores se o exército estaria pronto, isso se pudesse chamar os homens que se reuniam debaixo das árvores de *exército*.

A princesa de Olamir, apesar das evidentes limitações do pequeno grupo de soldados, mantinha a confiança de que poderiam socorrer Nod. Contando com uma possível ajuda de Sinim, o sexto dia fora a data estabelecida por ela para movimentar as tropas até a cidade cinzenta. Ben comparava aquela chance ao ressurgimento do behemot morto pelo dragão-rei. Ainda mais sem Enosh...

Por outro lado, a chegada dos soldados da Rota das Pedras serviu para suscitar uma mescla de sentimentos contraditórios no guardião de livros. Se a situação não estivesse tão precária, poderia se permitir alguma esperança, afinal eram quarenta soldados experientes, mesmo nas condições em que se encontravam. E, provavelmente, a chegada deles era um indício de que mais poderiam vir.

No entanto, a verdadeira esperança de Olam estava depositada sobre os ombros de dois mensageiros que partiram ainda de madrugada para uma perigosa viagem em direção a Além-Mar. Levavam uma mensagem para a rainha de Sinim assinada por Tzizah, solicitando um exército para ajudar a libertar Nod. Os homens precisariam arrumar uma maneira de passar pelos vassalos que dominavam a rota dos peregrinos e depois atravessar o Yam Kademony até Urim. Não seria uma missão fácil.

Se ao menos Enosh não tivesse partido com suas pedras e seu conhecimento... A partida do latash fora um golpe decisivo a qualquer pretensão de formar um exército digno de ser chamado por esse nome.

As poucas palavras que trocaram na noite anterior, antes da partida de Enosh, surpreendentemente não haviam sido tão difíceis, embora não tivessem sido amistosas.

"Você pode vir comigo, se quiser", disse-lhe o velho após montar o cavalo que os trouxera até a floresta. "Esse grupo de soldados aqui não é minha única opção".

"O que pretende fazer?" Ben perguntou, mas não sabia se queria mesmo saber.

"Você descobrirá se vier. No fundo eu sempre soube que não poderia contar com esse exército maltrapilho. A decisão é sua: ficar e morrer ou vir comigo e, provavelmente, morrer também".

Mas isso significaria condenar Nod e abandonar Tzizah, sentiu vontade de dizer.

O latash entendeu as palavras não ditas e achou inútil insistir.

"Vocês não devem ficar muito tempo nesta floresta. Os vassalos logo os encontrarão. Além disso, os poderes antigos estão despertando aqui. Esta guerra será muito maior do que imaginamos. Que *El* os ajude, se ele quiser," — foram suas últimas palavras. E sumiu na névoa que inundava a floresta como um mar gasoso.

Ben ficou olhando para a escuridão vazia com a terrível sensação de que jamais o veria outra vez.

Embora ele não dissesse, imaginava que o velho tivesse partido atrás de Kenan e do Olho de Olam. Anamim, ainda na aldeia dos pescadores, dissera-lhe que o latash precisava do Olho ou então morreria. O envelhecimento rápido só seria contido se Enosh tocasse mais uma vez a pedra dos kedoshins.

Será que poderia condená-lo por lutar pela própria vida? Por outro lado, ao ansiar salvar vinte mil vidas, poderia ser condenado por Enosh?

Mas condenará milhões, quase pôde ouvir o que ele dissera várias vezes na última noite.

Desejou do fundo do coração que o velho aceitasse o plano de Tzizah. Se libertassem Nod, dariam um golpe considerável no poder dos vassalos. Então, com a ajuda da própria Nod tomariam Bethok Hamaim e continuariam o plano estabelecido por Enosh. De acordo com o latash, os vassalos que estavam no oeste precisariam primeiro passar por Nehará antes de chegar a Bethok Hamaim. Isso fazia o plano de Tzizah ter alguma chance de dar certo, evitando sacrificar uma cidade inteira. Mas Ben jamais viu Enosh voltar atrás em alguma decisão. Sua teimosia era histórica tanto quanto seu conhecimento.

Naquele mesmo dia, cerca de oitenta camponeses que nunca haviam manejado outro tipo de instrumento cortante, além de enxadas e facões, juntaram-se a eles por causa do fazendeiro Icarel. A julgar pelo modo como empunhavam as espadas, Ben pensou que seria melhor lhes devolver as enxadas e foices. Mas o número de homens estava crescendo. Os boatos pelo acampamento atribuíam o crescimento do exército à chegada de Ben e Herevel, como se de algum modo a espada dos Kedoshins atraísse soldados magicamente.

As estrondosas risadas de Icarel se sobressaíam enquanto os saudava com abraços vigorosos. O homem corpulento com a barba imensa parecia estar em todos os lugares ao mesmo tempo, e os soldados se reuniam em grupinhos ao redor dele para ouvir histórias engraçadas e também as supostas profecias.

Ajuda a melhorar o ânimo dos homens, pensou Ben, vendo-os rir. Porém, estava muito preocupado com a quantidade de corpos que ajudou a sepultar naquele dia e com o crescente número de enfermos no acampamento.

Horas depois, enquanto lavava as mãos tentando se livrar do barro das sepulturas, Ben viu os três capitães e um grupo formado pelos soldados mais experientes se aproximando de sua tenda. Eram cerca de dez soldados. O espaço da cobertura não foi suficiente para abrigar a todos da chuva ácida. Ao olhar para os rostos deles, Ben adivinhou o que falariam antes que começassem.

Os homens estavam desanimados, pois, mesmo sem nunca terem participado de uma batalha como aquela, compreendiam o que enfrentariam, afinal os relatos dos acontecimentos em Olamir não lhes deixava dúvidas.

— Não há a mínima possibilidade de marcharmos para Nod em seis dias — disse Kilay, como uma espécie de porta-voz do grupo. — Isso está fora de cogitação. Alguém precisa avisá-la. Os homens estão mais animados com sua chegada, mas precisamos de tempo para nos prepararmos. Enquanto não tivermos um retorno dos mensageiros que partiram para Sinim, é suicídio se lançar à guerra. Você precisa dizer isso para ela.

Ben concordava plenamente com ele, mas o modo como se referiu a Tzizah deixou-o irritado.

— Não há lugar neste exército para covardes — esbravejou. — Mais soldados se juntarão a nós. E Sinim irá responder. Precisamos acreditar nisso! É cedo para desistir.

O homem riu sarcasticamente.

— Há pelo menos cinco mil soldados cercando Nod! Nem se o próprio Tutham estivesse aqui com o Olho de Olam, conseguiríamos atrair soldados suficientes para enfrentá-los! E o bruxo das pedras partiu... Perdemos a oportunidade de ter armas potencializadas.

— Ele não era um bruxo, era um latash — explicou vendo o barro das mãos tingir a água da bacia.

Kilay riu sarcasticamente outra vez. — E qual é a diferença?

— Por outro lado, quanto mais tempo esperarmos menos chances Nod tem de resistir — completou Hakam. — E se ficarmos muito tempo nesta floresta, os vassalos nos encontrarão. Esta missão não tem grandes chances de prosperar. O plano do latash era mais alvissareiro. Talvez você pudesse...

— Ir atrás de Enosh? — perguntou Ben adivinhando o que ele ia dizer. Pegou um pano para secar as mãos. — É o mesmo que tentar encontrar o vento. Ele partiu e não voltará. Precisamos nos conformar com isso.

— Estávamos aqui antes da princesa da cidade das cinzas aparecer — disse Kilay após um curto e desanimador silêncio que surgiu com as palavras de Ben. — Nossa intenção nunca foi nos lançarmos contra os shedins ou contra os vassalos, mas apenas sobreviver. Por isso nos refugiamos nesta floresta. Agora, mais do que nunca, só nos resta tentar sobreviver. Não parece que conseguiremos isso nos lançando contra um exército imensamente maior.

Ben olhou contrariado para o homem com cabelo em formato de tigela. Sabia que, com a chegada de Amom, Kilay deveria ceder o comando dos soldados de Olamir para o capitão da rota das pedras, mas ainda não lhe dissera isso. Talvez porque no fundo também não acreditava que partiriam para Nod tão cedo, tornando-se indiferente quem seria o capitão.

Por alguma razão, não simpatizara com Kilay desde o primeiro momento em que encontrara o homem entre os soldados reunidos por Tzizah. Era difícil simpatizar com quem abandonara o posto no meio da batalha. Porém, como culpá-lo? Sem o Olho de Olam, o melhor seria que todo o exército de Olamir tivesse fugido pelo caminho da montanha antes que os shedins se aproximassem das muralhas. E também não podia culpá-lo por desejar apenas sobreviver.

— Com Herevel — disse Hakam, mostrando discordar parcialmente das palavras de Kilay —, mais soldados acatarão o chamado... Isso já está acontecendo. Não devemos perder a esperança. Seis dias são insuficientes para nos prepararmos totalmente. O exército precisa crescer. Muitos homens necessitam de treinamento. Parece-me sábio, no momento, conforme Kilay já disse, tentarmos sobreviver, pois esse será o único modo de ajudarmos Nod quando for possível.

— Vamos esperar que mais soldados se juntem a nós — concordou Ben. — Devemos continuar treinando, especialmente os camponeses. Não nos preocupemos com prazo por enquanto. Façamos o melhor que pudermos. Quando for possível, partiremos. Vamos torcer para que os mensageiros consigam chegar a Sinim.

— Há relatos de grandes movimentações de tropas e também de barcos subindo o Yam Kademony — disse outro soldado de Maor, de nome Tilel, um homem baixo, porém forte como um tronco de árvore. — Provavelmente Bartzel tenha decidido resolver logo a tarefa. Talvez já saibam o que pretendemos fazer.

— Nod pode resistir. As muralhas são sólidas...

— As de Olamir também eram...

Apesar de cansado de argumentar, Ben se esforçou para transmitir confiança aos homens.

— Olamir foi traída. Não recebeu ajuda. Nós ajudaremos Nod. Precisamos crer que tudo será diferente.

Ben sabia que sua resposta não era inteiramente satisfatória. A própria Nod havia ajudado Olamir enviando dois mil soldados, contingente bem maior do que eles possuíam, naquele momento, para ajudá-la. Mesmo assim, a cidade branca caíra em uma única noite.

O guardião de livros tentou se mostrar confiante, mas todas aquelas dúvidas já haviam desfilado por sua cabeça bem antes, e para poucas ele encontrara respostas, por isso desistiu de buscá-las.

— Precisamos de ajuda — disse Hakam. — Talvez eu pudesse ir até Maor e tentar negociar com os líderes da cidade. Provavelmente eu seria preso, mas...

— Enosh tinha convicção de que as grandes cidades de Olam não oferecerão ajuda para Nod neste momento. E as pequenas e médias mal podem ajudar a si mesmas. Quando você retornar a Maor, deverá ser com garantias de que trará o exército. Como você é o soldado mais experiente que temos aqui, precisaremos muito de seu apoio.

— E quanto a Sinim? — Perguntou o filósofo. — Você realmente acha que enviarão soldados? Maor é a cidade mais próxima de Sinim que há em Olam. Mesmo assim, a distância parecia tão grande como se fossem mundos diferentes. E não estou falando de distância física. Ambas seguiram caminhos separados há muito tempo. Será que Sinim se sacrificaria por Olam agora?

— Tzizah vê razões para acreditar na rainha. Elas estiveram juntas recentemente. A questão depende dos mensageiros. Já não era fácil viajar para Sinim antes da guerra, agora é quase impossível. Se *El* estiver interessado nesta guerra, permitirá que os mensageiros cheguem lá.

— Uma águia levaria uma mensagem da princesa de Olam com muito mais rapidez — insistiu Kilay.

— Quando você arrumar uma águia para fazer isso, avise-me — impacientou-se Ben, pondo fim à pequena reunião.

Sem dizer mais nada, os homens retornaram para suas tendas a fim de se abrigarem da noite molhada que se aproximava. Ben também se recolheu. É claro que já havia pensado no que Kilay sugerira. Se Evrá estivesse ali, poderia levar a mensagem, mas a águia não retornara. Enosh se comunicava com ela através de Ieled. Era provável que a águia estivesse com ele.

Se Sinim tivesse pedras shoham, isso facilitaria a comunicação. Mas, sem pedras e sem asas, dependiam dos cavalos dos mensageiros.

Ben não conseguiu dormir aquela noite. A partida de Enosh, o distanciamento cada vez maior entre ele e Tzizah, as dúvidas dos três capitães, tudo contribuiu para que o sono lhe escapasse.

Já era alta madrugada quando o alerta repercutiu pela floresta de Ellâh fazendo as entranhas de Ben se contorcerem. Três vezes a trombeta soou e se elevou, tornando os batimentos cardíacos muito acelerados, a ponto de explodirem. O inconfundível aviso de ataque colocou todos em estado de desespero.

Vocês não devem ficar muito tempo nesta floresta. Os vassalos logo os encontrarão. As palavras ditas por Enosh na noite anterior mais uma vez provavam-se verdadeiras. Mas, talvez nem Enosh pudesse pensar que isso aconteceria tão rapidamente.

Ben viu os homens correrem de um lado para outro, em completa desorientação. Talvez os soldados chegados durante o dia tivessem sido seguidos. Por certo, os vassalos haviam intensificado as patrulhas.

Na penumbra Ben viu Tzizah buscar a pedra Yarok dependurada no pescoço, e ele próprio sacou Herevel. Ao que tudo indicava, finalmente teria uma verdadeira oportunidade de usá-la.

O que se seguiu foi uma tentativa de organizar o pequeno exército que se refugiava na floresta. Arqueiros subiram nas árvores, e os demais homens procuraram esconderijos. Por certo os inimigos viriam com cavalos e armamento considerável, tornando-se impossível enfrentá-los de igual para igual. Assim, como estratégia contra os adversários, os soldados de Ellâh espalharam-se pela mata.

Quando os primeiros mercenários se aproximaram do local do acampamento, foram recepcionados por flechas que caíram das árvores. Aquilo obrigou os invasores, mesmo protegidos por escudos e armaduras, a desmancharem a formação, pois juntos eram alvo fácil. Devia haver duzentos mercenários montados dentro da floresta.

Logo os inimigos também dispararam para o alto. Ben viu vários homens despencarem das árvores.

Quando dois cavaleiros passaram perto de onde o guardião de livros estava, ele abandonou o esconderijo e os enfrentou. Os dois cavaleiros foram em sua direção certos de que um homem a pé não poderia enfrentá-los. Entretanto, Ben moveu Herevel quando um deles o atacou, e quebrou a espada inimiga com o golpe. A armadura do vassalo foi igualmente incapaz de suportar o fio da lâmina de Herevel, e o homem ferido caiu do cavalo. Em seguida, foi a vez do outro cavaleiro sentir o poder da lâmina. Num instante, Ben percebeu que mais um cavaleiro estava atrás de si e, antes que tivesse tempo de golpeá-lo, as trepadeiras enlaçaram o inimigo e o suspenderam do cavalo. Tzizah controlava as plantas com sua pedra shoham.

O próximo cavaleiro que cortou a trilha da floresta deu a oportunidade para que os dois trabalhassem em equipe. As plantas o suspenderam, e Herevel o atravessou. Desse modo, Ben contou cinco cavaleiros sucessivamente abatidos em pouco tempo. Entretanto, encontrou muitos corpos de refugiados também. A maioria era dos camponeses sem muito treinamento de batalha. Em certo momento, a situação ficou tão confusa que foi necessário gritar para que os arqueiros das árvores parassem de atirar, pois sem enxergarem nada disparavam flechas contra os próprios companheiros.

Num instante, Ben viu-se rodeado por vários cavaleiros. Os homens pareciam saber quem ele era, pois investiram simultaneamente em sua direção. No chão, em desvantagem, ele conseguiu se defender dos ataques, e mais duas espadas inimigas foram quebradas. Então Ooliabe e Oofeliah o socorreram montando cavalos dos vassalos. Os dois irmãos negros atacaram os mercenários rompendo o cerco e deram oportunidade para que Ben escapasse da armadilha. O guardião de livros derrubou um inimigo e se apossou do cavalo dele. Assim a luta ficou mais justa.

O ataque dos vassalos demorou cerca de duas horas, mas pareceram só alguns minutos. Aos poucos o número de invasores diminuiu, pois os soldados de Ellâh além de estarem em maior número, conheciam melhor a floresta. Os camponeses, mesmo sem experiência em lutas, armaram diversas armadilhas para os vassalos, como colocar cordas atravessadas entre árvores que arrancavam os homens dos cavalos. Ben viu Icarel e Hakam derrubando vários inimigos e percebeu que, apesar dos estilos diferentes, ambos eram guerreiros notáveis. Hakam lutava com disciplina e inteligência, seus movimentos eram quase suaves, porém precisos; Icarel, por sua vez, era pura força bruta, os golpes do machado de duas lâminas derrubavam cavalos e cavaleiros.

— Não deixem ninguém escapar! — Ben gritava para os soldados de Ellâh, ao ver a vitória se aproximar e também o amanhecer. — Poupem os cavalos! Precisaremos deles!

Os últimos mercenários sobreviventes foram os que deram mais trabalho ao tentar escapar por entre as árvores. Usando um cavalo do inimigo, Ben perseguiu um invasor por várias milhas floresta adentro. Se os mercenários escapassem revelariam a localização deles em Ellâh, acarretando, por certo, um ataque muito mais poderoso.

O cavalo avermelhado seguia à sua frente em velocidade alucinante, enquanto o de Ben, no encalço dele, apenas repetia os movimentos do fugitivo. Ben saltava árvores caídas e desviava-se de galhos que se postavam à frente capazes de derrubá-lo. Quando já estava perto da borda da floresta, Ben percebeu que não o alcançaria. Entretanto, subitamente uma corda de trepadeira atravessou a frente e deteve o homem no ar, enquanto o cavalo saía da floresta. Os dois camponeses responsáveis pela façanha acenaram para Ben. Em seguida, ele foi buscar o cavalo já do lado descampado. Então, percebeu que já havia amanhecido completamente.

No retorno, os soldados de Ellâh comemoraram a primeira vitória, levantando espadas, arcos e enxadas. Porém, a comemoração durou pouco. E logo foi substituída pelo árduo trabalho.

Tratar dos muitos feridos que chegavam de todas as direções intensificou a movimentação nas tendas. Muitos corpos de inimigos abatidos também foram resgatados, pois deixá-los se decompor entre as árvores atrairia os abutres e denunciaria o que havia acontecido.

Apesar da vitória, o entusiasmo nem chegou a se estabelecer no rosto do guardião de livros. Principalmente, ao ver reduzido pela metade o número de soldados que retornaram para o acampamento.

Claramente, corriam o risco de serem dizimados antes que pudessem fazer algo por Nod. Por certo, quando os vassalos percebessem o fracasso do ataque, notariam que os refugiados em Ellâh eram mais numerosos do que o previsto. Isso garantiria que, dentro de alguns dias, Ben e seus soldados enfrentariam um exército muito mais poderoso.

Os feridos receberam ataduras improvisadas e, pelo menos, dois homens gritaram de dor até agonizarem e morrerem. Não havia remédios ou algo a ser feito por eles, pois os ferimentos de espada eram muito profundos. Um homem teve uma perna amputada. Algumas horas depois, os gritos cessaram, mas dentro da cabeça do guardião de livros, eles continuaram durante todo aquele dia.

Várias levas de soldados e de camponeses se uniram ao grupo durante os dois dias que se seguiram ao ataque, provando o poder de atração de Herevel. Todos os que se achegavam ao acampamento queriam imediatamente ver a lendária espada forjada com fragmentos do Olho de Olam. Quando a contemplavam, um brilho de esperança lhes perpassava o rosto e se ajoelhavam diante do guardião de livros, como em sinal de agradecimento. Mas a maioria dos homens chegava em condições precárias. Eram soldados que estavam fora das cidades em patrulhas ou missões especiais, impedidos pelos vassalos de retornarem, além dos muitos camponeses que não haviam buscado refúgio no norte. Um grupo de vinte desertores de Olamir encontrou o acampamento e foram recepcionados por Kilay.

Tzizah havia mandado novas mensagens através das pedras shoham, como Enosh havia sugerido. As mensagens convocavam homens para a floresta de Ellâh. Diziam que um guerreiro com Herevel comandaria um exército para libertar Nod. Ben sabia que muitos acreditariam que o líder seria o próprio Kenan. O renome do líder supremo dos giborins de Olam atrairia soldados. Por outro lado, era provável que os vassalos tomassem conhecimento da mensagem. Não havendo mais condições de se ocultar dos inimigos, restava torcer que os vassalos não quisessem mover uma grande quantidade de soldados das muralhas de Nod a fim de atacá-los em Ellâh, ou não tivessem condições de fazê-lo.

A indefinição com relação à batalha e a apreensão de um novo ataque foram deixando os homens cada vez mais inquietos nos dias subsequentes. O nervosismo se manifestava em diversas discussões e desentendimentos que se proliferavam pelas cabanas encharcadas. Ben preocupava-se, pois se com menos de quatrocentos homens já havia tantos problemas, o que aconteceria se tivessem dez mil? Por outro lado, isso o fez pensar em quão desconfortável deveria ser a situação dos exércitos vassalos há quase dois meses estacionados diante das muralhas de Nod.

Os homens treinavam nos arredores do acampamento. O barulho metálico das espadas se chocando, e os baques secos dos escudos abafando os golpes já eram tão naturais quanto os piados das corujas ou os coaxares dos sapos. Os capitães ensinavam os camponeses a manejar as espadas, ajudando-os a segurá-las corretamente. Ben observava-os treinando com uma das mãos para dar agilidade, com as duas para ganhar força, repetindo à exaustão movimentos defensivos, travando golpes embaixo e em cima, laterais e frontais.

Ao observá-los treinando, Ben se lembrou das lições de Gever dentro de Ganeden. Gostaria de poder ser um mestre tão bom quanto ele, mas não conseguia ajudar os soldados iniciantes a progredirem. No entanto, precisava admitir que poucas vezes Gever dissera o que ele devia fazer ou como agir. Parecia mais interessado em conversas filosóficas do que em lutas.

Tudo está em sua mente. O poder de ser um grande guerreiro ou um terrível fracasso.

Ocorreu-lhe que talvez os melhores mestres não diziam com palavras o que os discípulos precisavam fazer, mas mostravam-lhes; ajudavam os alunos a descobrirem por si.

Você é um aluno iniciante e não muito disciplinado, contudo o tempo lhe ensinará lições. Não há mestre mais capaz.

Gever estava certo. Não foram apenas as lições, mas os dois anos e meio de prática e experiência que o transformaram em um guerreiro. Porém, aqueles homens tinham poucos dias para se tornarem soldados.

— Isso só daria certo se Ellâh fosse como Ganeden — disse para as árvores. — Se dois anos e meio aqui dentro equivalessem a apenas dois dias e meio lá fora.

No fim da manhã do quarto dia, Ben foi procurar Tzizah no meio da floresta. Todas as manhãs ela saía para andar no meio das árvores, apesar de Ben achar os passeios perigosos. Ela parecia querer ficar longe de todos.

Precisava fazê-la entender a situação. Não havia condições de partir para Nod dentro de dois dias, principalmente depois do ataque. Talvez em quinze ou vinte conseguissem reunir soldados e treiná-los suficientemente para uma investida.

Os dois não haviam trocado qualquer palavra desde a partida de Enosh. Tzizah passava praticamente o dia inteiro andando pela floresta. Ela, com certeza, o evitava. Por outro lado, após a reunião com Enosh, sentia-se desconfortável com a presença dela também.

As vozes dos soldados foram diminuindo à medida que Ben se afastava do acampamento. O silêncio que o envolveu algum tempo depois não foi confortador. Não era uma quietude de paz como a experimentada em Ganeden, mas um emudecer de temor, uma expectativa pelo pior. Observando as árvores com seus troncos envelhecidos e retorcidos, as folhas que abandonavam o verde pelo cinza pálido, Ben constatou que a chuva ácida matava a floresta aos poucos. Por outro lado, parecia que há muito tempo aquela floresta estava morrendo. Havia algo misterioso ali, inexplicável.

Mesmo se sentindo perturbado, continuou procurando por Tzizah. Experimentou tocar os troncos envelhecidos e intuitivamente soube que ela havia passado por ali. Então, deixou as árvores o conduzirem.

Viu-se diante de uma clareira que se abria consideravelmente. As árvores altas cediam lugar para a vegetação baixa e para pedras grandes recobertas de musgo. Uma delas quase parecia uma mesa. As árvores cautelosamente mantinham um círculo perfeito em volta, como se não se atrevessem avançar.

Ben caminhou até as pedras, com uma sensação esquisita. Jurava que aquele fora um lugar de reunião. A disposição das pedras semelhantes a bancos para uma pequena assembleia lhe fez voltar a memória informações armazenadas em sua mente desde a biblioteca secreta de Olamir. Ao tocar uma das pedras, sentiu vertigem, e uma estranha e inexplicável angústia tomou conta de seu coração. Sim, aquele era um local de reunião. Um antigo lugar onde uma das mais decisivas reuniões da história de Olam havia acontecido.

Enquanto tocava as pedras, Ben olhou ao redor e começou a enxergar os vultos. Foi como se homens se materializassem diante dele. Vestiam capuzes de várias cores adornados com pedras preciosas. Mas não eram exatamente homens. O local também estava diferente. A clareira circundada de pedras estava limpa. Não havia musgos nas pedras, e as árvores pareciam jovens. Também não havia chuva ácida ou nuvens, e o azul de um céu quase lilás cobria a clareira.

As árvores, desejosas de que ele presenciasse o que elas haviam visto, pareciam revelar-lhe os acontecimentos antigos.

— Não há mais lugar para nós em Ganeden — pronunciou-se o homem que presidia a reunião do passado. Seus cabelos, barba e sobrancelhas eram inteiramente brancos, porém isso não significava velhice. Era magro e muito alto, parecido com as estátuas que estiveram ao lado do portal de Olamir. As roupas dele também eram brancas. — O Grande Conselho considerou nossos atos indesculpáveis. Apesar de minhas explicações, a união foi condenada e a lapidação das pedras que possibilitariam a gestação dos híbridos foi proibida. O Conselho não consegue ver as possibilidades extraordinárias que, talvez, justificasse a própria existência dos homens. Estão cegos... Na melhor das hipóteses seremos expulsos.

Um silêncio caiu sobre o grupo após aquelas palavras. Ben compreendia que não eram homens. Eram kedoshins. Aquilo havia sido uma reunião deles. Eram ao todo sete. Cada um vestia roupas de cores diferentes.

— Então, o que faremos? Abandonaremos Olam? — perguntou um dos integrantes, vestido com roupas azuis. Os cabelos também tinham um brilho azulado, e os olhos pareciam duas águas marinhas.

Todos mantinham uma atitude de respeito e reverência para com o kedoshim branco. Havia uma aura de majestade em torno dele. Mas Ben percebia também uma estranha arrogância que jamais imaginou pertencer aos seres iluminados.

— A floresta está se dividindo — disse o branco. — O Grande Conselho ainda não se decidiu plenamente sobre o que fazer conosco. Alguns defendem que seja permitido que vivamos separados, desde que eu renuncie à liderança do Grande Conselho, e todos juremos não desobedecer às ordens e restrições que serão impostas. Outros entendem que devemos ser punidos de um jeito ou de outro... Se essa decisão permanecer, só nos restará o caminho da guerra...

— No fundo já estamos em guerra há muito tempo, Helel — pronunciou-se outro integrante. As roupas, os cabelos e os olhos eram prateados. — Precisamos encarar esse fato. Não há modo de voltarmos atrás. Já estamos separados. As florestas estão divididas. Desde o dia em que o Criador colocou seu reflexo em criaturas pouco superiores aos animais, esse momento estava predestinado a acontecer... Entendo que devemos nos antecipar e agir.

— O que você sugere? — perguntou o kedoshim branco. — Tudo o que fizemos para mostrar o erro do Criador em criá-los não surtiu efeito. Nada foi mais consistentemente provado do que isso, mas nossos irmãos continuam cegos.

— Muitos já abriram os olhos — pronunciou-se o kedoshim azul. — Nosso número cresce a cada dia. E, com a partida iminente dos irmãos do norte, nós seremos maioria.

— O número não significa muito — disse Helel. — Seremos expulsos... Amanhã mesmo, todos aqueles que juraram lealdade a mim deverão deixar Irkodesh. Isso logo acontecerá nas demais cidades.

— Não se tomarmos Irkodesh antes — pronunciou-se o kedoshim prateado.

— Não temos poderio para isso — respondeu o branco.

— Talvez seja possível convencer os dragões-reis a participarem... Eles odeiam Irkodesh.

— Mesmo assim, jamais conseguiríamos atravessar o portão do norte. Não conseguiríamos disfarçar nossas intenções, e o portão não se abriria.

— A menos que ele fosse aberto de dentro da própria cidade — sugeriu o prateado.

— Só o príncipe de Irkodesh poderia fazer isso. Esqueceu-se que eu tentei convencê-lo a se unir a nós? Ele recusou. Não faria isso agora.

— Para nos ajudar não. Mas para forçar a intervenção dos irins, talvez ele faça, se estiver suficientemente convencido de que não há outra opção.

Subitamente os homens encapuzados desapareceram, e Ben viu-se diante de uma clareira cheia de pedras recobertas de musgo dentro de uma floresta envelhecida. Reparou que as pedras brancas de Herevel estavam acesas.

Fora algum tipo de visão. As árvores e as pedras de Herevel trouxeram algo importante do passado. Lembrou-se da visão no Palácio de Gelo. A decisão de Gever, que era naquele tempo o príncipe dos kedoshins, de permanecer em Irkodesh, a fim de salvar o remanescente de seu povo, havia acontecido após tomar consciência da traição. Teria sido ele próprio o traidor?

Percebeu que havia alguém ali, e não precisou levantar os olhos para saber que era Tzizah. Reparou que ela o observava atentamente. Parecia estar parada há algum tempo.

— Você está aqui... — havia ensaiado algo para dizer quando a encontrasse, e esperava que fosse algo mais inteligente, mas, diante da filha de Thamam, as palavras eram espadas indomáveis.

— E você? — ela respondeu com frieza. — Ainda está aqui? Fiquei me perguntando se não partiria atrás de seu mestre.

Ben se surpreendeu com aquelas palavras. Eram duras e cheias de ressentimentos.

— Fiquei para salvar milhares de vidas.

— Mas ele está com a razão, não está? Deixaremos milhões morrerem por causa disso.

Outra vez sentiu-se desarmado. Em um instante ela parecia cheia de mágoa e falava coisas ferinas, em outro deixava todas as suas dúvidas surgirem e parecia frágil e indefesa.

— Lutaremos para que isso não aconteça — disse, desorientado tanto pela visão quanto pela presença da jovem.

— O corpo do behemot não está mais lá...

Por um momento, Ben não entendeu o que ela disse.

Então se lembrou.

— Você foi até lá? Até o local onde Leviathan...

— Eu precisava ter certeza. Se o latash estivesse errado a respeito disso, talvez também pudesse estar a respeito da guerra... Mas ele estava certo, como sempre...

— Enosh sabe muitas coisas, mas não pode estar certo a respeito de tudo. Ninguém sabe *todas* as coisas.

— Mas ele sabia que o corpo do behemot desapareceria. Eu não entendo como isso foi possível. Era muito grande...

— Não há razão para se preocupar com o corpo de uma criatura morta. Os camponeses famintos devem tê-lo levado. Os exércitos vassalos são nossa verdadeira preocupação.

Ben pensou que ela continuaria o assunto do behemot, mas após alguns instantes ela desistiu, porém, seus olhos ainda estavam cheios de dúvidas, de temores e de outros sentimentos não identificáveis para Ben.

— Como estão os preparativos? Quantos soldados já temos?

— Você saberia se ficasse no acampamento... Não acho seguro ficar andando por aí. Entenderia um pouco mais como funciona um exército, e principalmente o que uma batalha requer.

— Enquanto você treina com os soldados eu treino com as árvores. Elas têm muito a nos ensinar...

— Seria bom se você conseguisse fazer um exército de árvores marchar para Nod, mas acho que precisaremos contar com homens. E esses homens ainda não estão prontos...

Tzizah olhava preocupada para os troncos ao redor. Contemplava também as copas altas enfraquecidas. A luz cinzenta do céu e os pingos amargos já alcançavam o solo com mais facilidade, obrigando-os a usar os capuzes o tempo todo. Será que ela também havia tido a visão?

— Estas aqui já tiveram sua porção de batalhas... — disse a princesa passando as mãos sobre os caules feridos. — Não vão sair daqui. Mas talvez nos ajudem mesmo assim...

Ben se aproximou e também colocou a mão nas cascas enegrecidas. Ouviu o sussurro lento e doloroso de uma floresta que agonizava.

Sim, havia começado uma batalha entre irmãos ali dentro. Uma batalha entre os kedoshins.

— Enosh disse que não devíamos ficar muito tempo nesta floresta. Ele falou em poderes antigos que estão despertando... E eu vi algo estranho agora há pouco neste lugar...

— Eu sei — disse Tzizah. — Tento descobrir o que há de errado aqui desde minha chegada. Há sentimentos esquisitos... alguns maus. E tudo se intensificou desde que vocês chegaram...

— Nós?

— Sim, você, Enosh... e, principalmente, Herevel...

— Herevel?

— Pegue-a.

Ben relutou, mas o olhar de Tzizah o convenceu a obedecê-la. Quando Herevel reluziu ao sair da bainha com as pedras acesas, imediatamente as árvores se moveram. Os galhos balançaram como se houvesse uma ventania, e as trepadeiras correram pelo chão. Ben guardou Herevel rapidamente, e a floresta se acalmou.

— Foi você que fez isso? — perguntou assustado.

— A floresta continua reagindo de formas estranhas diante de Herevel. Uma parte quer servi-la, outra não. Eu não entendo as razões... Mas acho que é algo do passado. Talvez do tempo em que os kedoshins forjaram Herevel. Mas, por enquanto, não há motivo para preocupação... A floresta não nos fará mal. A menos que se sinta ameaçada, então reagirá como um animal acuado. Imagino que isso esteja acontecendo em todos os lugares deste mundo. O equilíbrio está se perdendo...

Ben voltou a olhar para os olhos cinzentos de Tzizah e desejou, mais do que nunca, vê-los radiantes, mas isso só havia acontecido uma vez, quando uma plantinha nasceu com o toque das mãos dela num canteiro vazio a meio mundo de distância dali.

— Tudo sofre quando há uma guerra. Foi o que você disse, naquela noite, sobre as muralhas de Olamir. Mas eu não entendia... Eu... Eu fui tão tolo...

Tzizah tirou os olhos das copas e voltou a fixá-los em Ben. O guardião de livros sentiu algo se comover dentro de si com aquele olhar.

— Achava que você estava sedento por batalhas, e por aumentar seu renome com essa espada... Não é a guerra o que vocês homens mais querem? A vida fica insuportavelmente vazia para vocês nos tempos de paz.

Havia um toque de ironia na voz dela, que, mais uma vez, o magoou.

— Às vezes a guerra é necessária para que a paz seja estabelecida...

— Não há paz enquanto existir guerra. Isso é um contrassenso.

Ben se calou. Havia tristeza nas palavras de Tzizah. E nada que ele pudesse dizer ou fazer seria suficiente para dissipá-la. Percebeu que aquela conversa estava sendo mais difícil do que enfrentar um guerreiro shedim em um campo de batalha.

Era como se a floresta falasse por Tzizah em alguns momentos, como naquele estranho transe que o próprio Ben experimentara quando adentrara Ellâh. Mágoas, ressentimentos, culpas, tudo se misturava.

— Desculpe... — ela disse controlando a amargura ao ver que Ben enrijecera a face. — Estou um pouco cansada de guerreiros, batalhas, vinganças... Eu... Eu gostaria que você nunca tivesse deixado de ser aquele jovem ingênuo que conheci sob as bétulas...

Aquilo o desnorteou mais uma vez. Ela nunca havia falado sobre o encontro. Em alguns dias Ben chegava a pensar que ela nunca o havia beijado, e que tudo havia sido uma ilusão criada por Halom. Desejava repetir aquela cena por praticamente cada dia desde então, apesar da presença dos mesmos sentimentos conturbados. Uma sensação de inadequação, afinal ela era uma princesa e ele era praticamente um camponês, vindo de uma insignificante cidade que, pela ironia do destino, havia sido colocado no meio de todos aqueles acontecimentos.

De certo modo, as palavras de Tzizah eram a oportunidade esperada de entender a razão daquele ato. Gostaria de saber se ela nutria algum sentimento verdadeiro, ou se apenas brincara com ele, porque a confundira com uma camareira. Nunca soube se o beijo fora uma punição ou uma recompensa por sua ingenuidade. Mas as palavras simplesmente não vieram. Pelo menos não as que ele queria.

— Acho que todos nós mudamos muito... — disse por fim. — Tudo o que eu mais desejei foi lutar sobre as muralhas de Olamir e defender seu lar. Mas isso me foi negado.

— Meu lar é onde estão as pessoas que eu amo. Não há mais ninguém lá... Só ruínas.

— Seu pai...

— Eu sei. É tolice ter esperança. Ele morreria pela cidade que ajudou a construir. Olamir era sua vida.

— Ele não morreu...

— O que? — o olhar dela era um misto de medo e esperança; muito medo e um pouquinho de esperança.

— Tzizah, eu preciso dizer... — não queria que ela alimentasse uma impressão errada que só aumentaria sua dor. — O que aconteceu foi terrível...

— O que pode ser mais terrível do que a morte? — a voz da princesa foi só um sussurro.

— Lembro-me de ter-lhe feito essa mesma pergunta naquela noite sobre as muralhas...

Os olhos dela se abriram, e o pavor da compreensão os fez se encherem de lágrimas.

— O banim... — ela não conseguiu completar.

— O Conselho o condenou. Har Baesh executou a sentença sobre a torre da guarda. Lançaram-no para o abismo.

— O banimento, não! — Ben a ouviu gritar a mesma frase proferida na noite do julgamento de Kenan, quando Har Baesh propusera a pena máxima para o líder dos giborins.

— Eu sinto muito...

— Como... como você sabe?

— Ieled. A pedra de Enosh... Eu vi.

— Har Baesh... — disse Tzizah entre os dentes. — O maldito traidor deve estar do lado dos shedins agora...

— Foi morto diante da torre do Olho — contrariou Ben. — Enosh acredita que ele não era o cashaph, apesar de ser um traidor em vários sentidos.

Ben não ousou dizer a Tzizah quem Enosh imaginava ser o cashaph.

As lágrimas corriam sem parar pelo rosto da jovem, ardentes como a chuva que caía, e ele se sentiu culpado pela revelação. Percebia, então, não fazer qualquer diferença. O banimento era tão irreversível quanto a morte. Ela não precisava saber.

Eles ficaram daquela forma durante um tempo longamente doloroso para Ben, e ele se sentiu um covarde por não ter coragem de se aproximar e abraçá-la, enquanto toda a tristeza do mundo corria em lágrimas pela face da princesa de Olam.

— Se ele estivesse morto, eu poderia descansar. Agora nunca haverá paz para mim... — lamentou a filha de Thamam.

— Tzizah — Ben finalmente se aproximou e pegou suas mãos pequenas, mas não mais suaves como outrora. Trouxe-as para seus lábios e as beijou. — Eu daria tudo para que você não sofresse. Daria tudo para não ter me perdido em Ganeden, para ter estado ao seu lado e impedido toda a tragédia que se abateu sobre nós. Mas agora, nossas opções são muito reduzidas, nosso exército é muito pequeno, e o tempo é curto...

Os dedos de Tzizah tocaram os lábios dele e impediram-no de completar a frase.

Era um gesto afável, mas, ao mesmo tempo, um modo de impedir que ele avançasse.

— Não se culpe mais — ela disse engolindo os soluços. — Você é o único que não tem qualquer culpa nesta história. Até agora, fez muito mais do que se esperava até mesmo dos grandes líderes de Olam. O que aconteceu com você era necessário. Você foi treinado pelos irins. Tornou-se um guerreiro e agora tem Herevel. Você está devolvendo a esperança de Olam. Não duvide disso, nem se culpe. *El* nos poupou para que lutemos. Você está certo. Lutaremos para que a paz se estabeleça. O destino nos colocou lado a lado, e é assim que estaremos... Um dia, talvez, quando os tempos de escuridão acabarem, nós poderemos entender a razão de todas essas tragédias. Perdoe-me pela minha fraqueza há pouco. Isso não voltará a acontecer. Eu estarei ao seu lado...

Ben não sabia se ela queria que a perdoasse por tê-lo beijado, ou por ela agir como se nunca tivesse feito aquilo. Um vento mais forte restolhou as folhas úmidas da floresta movendo-as indecisas.

Havia ficado por ela. Finalmente compreendia. Enosh estava certo. Havia tomado uma decisão por paixão.

Será que condenei Olam pela minha atitude?

As folhas continuavam restolhando pelo chão, e os galhos balançavam sem vento.

— Eu preciso retornar para o acampamento... — disse depois de algum tempo. — Preciso treinar os homens... Você ficará bem?

— Ficarei mais um pouco com elas — respondeu a princesa de Olam olhando para as árvores que sempre foram suas maiores amigas e confidentes.

Ben retornou para o acampamento sem olhar para trás. Estava certo de que as árvores que ficavam ao seu lado, ao longo do caminho, conheciam todos os seus sentimentos. Não viu, porém, as lágrimas que inundaram novamente os olhos da princesa de Olamir quando ele se afastou. E mesmo que as visse, não poderia entendê-las.

7 O Presente do Conselho Cinzento

O vento seco do deserto cor de caramelo castigava os cavaleiros de Sinim. Há uma semana atravessavam apenas descampados vendo a idêntica paisagem incólume. Adin não se lembrava de ter visto uma única árvore desde que atravessaram o Raam. Era um deserto estranho, diferente do grande deserto de Olam, pois as formações rochosas davam a impressão de que o local, no passado, havia sido um grande mar.

Poucas milhas atrás, adentraram uma região de formações de arenito que se elevavam em saliências naturais, uma verdadeira cidade de pedra.

— A mão do homem nunca tocou aqui — notou Adin.

— Mas a mão de Elyom sim — disse Tzvan. — Repare na perfeição das esculturas. Como o vento pôde fazer tudo isso?

— *Do mesmo modo que o tempo nos molda* — Adin sentiu vontade de dizer.

Adin e Tzvan seguiam montados à frente do exército que seguia em fila troteando por entre as estátuas naturais, contornando as formações que lembravam homens, punhos fechados e tartarugas. Eram imensas. Algumas pareciam se equilibrar precariamente nas bases estreitas. Os cavalos eram minúsculos diante delas.

— Olhe o copo de Elyom — apontou o capitão do exército de Sinim.

Adin visualizou o que realmente parecia ser uma taça gigante, na verdade uma grande rocha em formato de bulbo sustentada sobre uma haste de arenito alta e fina.

Os cavaleiros se divertiam tentando encontrar os formatos mais inusitados nas pedras. Alguém identificou um grande peixe, outro um susish. Dragões, cadeiras e catapultas também foram identificados.

Algumas figuras eram esplêndidas, outras aberrantes. Do mesmo modo, Adin não podia deixar de notar que a ação do tempo também criava diferenciais nas pessoas, tornando algumas mais empedernidas do que outras.

Apesar da paisagem impressionante, Adin logo perdeu o interesse em admirar os arenitos. Desde que atravessaram o rio, empreitada que lhes custou quase dois dias e resultou em cinco afogamentos, não havia mais sinal dos bárbaros. Sabia que eles haviam seguido naquela direção por causa dos rastros, mas, poucas milhas depois do rio, as pegadas desapareceram como por um passe de mágica.

Até o momento de cruzarem o rio, quase todos os soldados de Sinim foram contra aquela empreitada, mas, depois da barreira superada, os homens ficaram empolgados com a ideia de conhecer um local onde há mais de três séculos nenhuma pessoa civilizada havia pisado.

Cerca de quinhentos cavaleiros seguiam pelas terras bárbaras. Era um contingente significativo, com grande poder de fogo. A infantaria do exército e os arqueiros haviam permanecido em Sinim para não atrasar a jornada. Um assalto rápido de quinhentos cavaleiros sobre um grupo de fugitivos parecia ter mais chance de sucesso. O objetivo era levar as mulheres cativas de volta para Sinim. Os cavaleiros retornariam mais rapidamente se enfrentassem um exército muito numeroso e carregariam cem mulheres com facilidade. Apesar disso, Adin gostaria de contar com a infantaria, especialmente por causa dos arqueiros. Em uma batalha, eles faziam a diferença, como já haviam provado nas anteriores.

Quando os arenitos ficaram para trás, formações rochosas ainda maiores, semelhantes às falésias, ergueram-se na paisagem. O modo como os grandes paredões recortados surgiram diante dos cavaleiros confirmou que o lugar fora inundado pelo mar no passado. Areia fina do que deveria ter sido uma praia ainda se espalhava entre as rochas que se desgrudavam dos penhascos.

Ao entardecer, seguiam por um desfiladeiro tão alto que transformava Adin e seus companheiros em formigas movendo-se lentamente em fila. Milhares de pequenas aberturas nos paredões irregulares, semelhantes a antigas construções de pedra, ainda recebiam a luz alaranjada do sol.

— Aquilo ali... já foi uma cidade? — perguntou Adin, olhando para os altos paredões. Havia resquícios de escadas e caminhos sinuosos entre o que pareciam parapeitos de antigas casas.

— Já ouviu falar do império de Mayan? — perguntou Tzvan.

— Pensei que Sinim ocupasse o lugar onde outrora foi esse império.

— Ora, ao menos eu sei algo que o jovem, porém sábio, não conhece. Mayan dominava ambos os lados do Raam. Do Mar do Poente até as terras brasas, ia aquele que foi o maior império visto neste mundo. A parte principal do império ficava deste lado do rio. Esta era uma das cidades-baluartes, como eles as chamavam. Verdadeiras muralhas construídas para deter invasões do oeste. Centenas de milhares de pessoas viviam nas cidades-baluartes e desenvolviam comércio intenso, embora a função principal fosse vigiar o sul e o oeste. Todos os que vinham do Ocidente precisavam passar por entre esses paredões, assim, eles eram intensamente povoados, e se tornaram grandes centros de comércio. Mal sabiam eles que o verdadeiro perigo estava bem embaixo da grande cidade de Giom, o lago de fogo.

Ao pronunciar o "lago de fogo", Adin notou que Tzvan fez um gesto estranho com o polegar descendo em linha reta da testa até o queixo. Adin percebia que ele sempre fazia aquele gesto quando mencionava algo considerado amaldiçoado ou de mau agouro. Aparentemente o comandante acreditava que afastaria maldições ou maus espíritos, pois sempre o fazia. A própria Choseh tinha aquele hábito. "Meu povo herdou tradições e conhecimentos antigos", explicara a rainha, "mas infelizmente o poder que essas tradições e conhecimentos despertavam, em grande medida, não está mais disponível hoje, restaram apenas as tradições".

Adin continuava olhando para as antigas construções da cidade-baluarte pensando em como aquele seria um lugar apropriado para uma emboscada quando sentiu o impacto. Ouviu o zunido da flecha e o barulho de madeira se quebrando quando a seta primitiva atingiu seu peito. Se fosse uma flecha com ponta metálica iguais às dos soldados de Sinim, estaria morto naquele momento. Quando olhou para cima teve a impressão de que começava a chover. Flechas desceram e repicaram nos soldados de Sinim. Os cavaleiros se agitaram no desfiladeiro e ergueram os escudos para ajudar a defender os cavalos que não estavam tão bem protegidos. Procuravam a origem dos atacantes, mas não conseguiam discernir. Era evidente que os alvejavam de dentro das cavernas do antigo desfiladeiro.

Apesar de primitivas, flechas acertaram dois cavaleiros no pescoço, na região onde as armaduras não cobriam satisfatoriamente, e eles caíram.

— Avancem! — gritou Tzvan, ao avistar uma possível abertura. Os cavaleiros esporearam os cavalos e, pouco tempo depois, deixaram a parte mais apertada do desfiladeiro. Flechas ainda caíam sobre eles.

O desfiladeiro se abria consideravelmente, mas as pequenas cavernas continuavam se espalhando pelos paredões e elevando-se a alturas impressionantes. As formações de arenito alaranjadas pareciam estátuas de homens.

Então, Adin enxergou a movimentação e entendeu por que não os havia visto antes. Os bárbaros pintavam os corpos e usavam roupas alaranjadas das mesmas cores das rochas. Isso os confundia com a paisagem.

— É uma emboscada! — gritou Tzvan. — Cavaleiros! Formação de defesa!

Pedras e objetos maiores caíram sobre a cavalaria. Os grandes escudos de Sinim se fecharam em atitude de defesa mais uma vez.

Em um segundo, Adin teve a sensação de que todos os arenitos alaranjados se moviam. Nos altos havia centenas, talvez milhares de bárbaros mesclados com a paisagem rochosa.

Então, ouviu uma ordem após o toque de uma trombeta. Instantaneamente os bárbaros ficaram imóveis como se tivessem se transformado, outra vez, em estátuas de arenito alaranjado.

Um bárbaro surgiu no alto do paredão e ficou acima de um parapeito natural. Era velho e estava todo pintado de laranja, inclusive a barba e os cabelos presos em longas tranças. Usava uma capa de peles de chacal imprópria para o calor do deserto.

— Cavaleiros azuis — disse o bárbaro na língua de Sinim. — Não sei falar suficientemente sua língua para negociar. Apenas lhes direi o seguinte: aqueles que vocês procuram não estão aqui. Seguiram para o leste e levaram suas mulheres. Porém, não deixaremos vocês passarem. Retornem e deixem nossos domínios imediatamente, ou então fiquem, mas estejam certos de que nenhum de vocês sairá deste desfiladeiro com as próprias pernas.

Tzvan já estava pronto para ordenar que os cavaleiros atirassem nas aberturas, mas Adin o impediu.

— Ele diz a verdade! Não podemos enfrentá-los nesse desfiladeiro! Seríamos dizimados em pouco tempo.

— Não podemos retornar como covardes! — bradou Tzvan. — Eu lhe digo isso jovem do poente, eu nunca quis atravessar o Raam, mas agora não posso voltar de mãos vazias.

— Deixe-nos passar! — suplicou Adin para o velho bárbaro. — Prometemos não atacá-los. Uma batalha aqui dentro causaria inúmeras mortes, tanto no nosso exército, quanto no seu.

— Uma batalha aqui dentro causaria muitas mortes nos meus homens — admitiu o bárbaro —, mas nenhum dos seus cavaleiros sobreviveria. Estou lhe dando a chance de retornar. Mas não conseguirei segurar as setas de meus guerreiros por muito tempo.

— Nossa infantaria está há poucas horas daqui — retrucou Adin. — Se não nos deixar passar, retornaremos aqui com todo o nosso exército.

O velho bárbaro assimilou aquela informação. Adin sabia que não eram assim tão poucas horas, pois a infantaria poderia levar inclusive dias para chegar ali. Mas contava que o bárbaro não tivesse conhecimento daquele fato.

— O que prefere? Nos deixar passar e poupar todos os seus homens? Nos atacar e condenar muitos? Ou nos deixar voltar e condenar todo o seu povo?

Adin sabia que estava correndo um sério risco ao pressionar o bárbaro daquele modo. De certo modo, estava indo para o tudo ou nada. Pois, a partir daquele momento, o bárbaro teria que decidir se os deixava passar ou se os atacava e destruía ali mesmo, uma vez que não podia permitir que retornassem com toda a infantaria.

No entanto, o bárbaro encontrou uma solução intermediária.

— Deixarei que metade do seu contingente de cavaleiros passe — disse o bárbaro. — A outra metade retornará.

— Não podemos acreditar em bárbaros! — rechaçou o capitão. — São todos covardes mentirosos!

De fato, a proposta do bárbaro era altamente perigosa para a cavalaria de Sinim. Seguir adiante com apenas metade do contingente era muito imprudente.

— Por que motivo você nos ajudaria contra seu próprio povo? — perguntou Tzvan.

— Não estou ajudando vocês. De um jeito ou de outro, vocês serão destruídos pela imprudência de terem vindo até aqui, e, se nossos guerreiros não fizerem isso, as terras brasas farão.

Tzvan olhava para os bárbaros imóveis quais pedras de arenito, visivelmente indeciso. Os olhos do guerreiro faiscavam e, por um momento, Adin acreditou que ele ordenaria o ataque de qualquer maneira. Mas após alguns instantes, baixou a espada. O escudo permaneceu levantado.

— Espero que esteja mais uma vez certo, garoto do poente — disse o capitão de Sinim. — Retornem cavaleiros! Para fora deste desfiladeiro!

Enquanto metade da cavalaria deixava o desfiladeiro e retornava, Adin olhou mais uma vez para o líder bárbaro. Sem dúvida, aqueles bárbaros eram diferentes dos que já haviam enfrentado. Ou talvez apenas parecessem diferentes, pois por baixo das tinturas alaranjadas, a pele e os cabelos eram claros. Jurava que o velho tinha olhos tão verdes quanto os de Choseh. Outro pensamento passou pela cabeça de Adin enquanto apenas metade da cavalaria seguiu adiante: precisariam retornar passando por aquele desfiladeiro. Será que o velho bárbaro os deixaria passar outra vez com apenas duzentos e cinquenta cavaleiros?

Ao cruzar o desfiladeiro, a cavalaria seguiu em galope contínuo na direção indicada. O sol já havia se escondido no horizonte, porém o calor ainda era muito forte. A areia que se levantava pelo galope furioso dos cavalos, além de destacar o avanço deles naquele horizonte praticamente plano, encobria a vista dos que seguiam na retaguarda.

Não demorou a encontrarem os rastros no deserto que ficava mais árido a cada momento.

— Ele disse a verdade! — notou Tzvan, parando o avanço. — Foram para o leste. Há pegadas menores. Mulheres!

A descoberta animou os cavaleiros. Usando o resto da força dos cavalos, perseguiram os rastros. As formações de arenito desapareceram totalmente, e a areia ganhou plena soberania. Dunas se elevavam na paisagem como se fossem um desenho de um artista colossal.

Ao final daquele dia escaldante, quando a escuridão já cobria totalmente o mundo, viram as tochas do acampamento dos bárbaros localizadas duas ou três milhas de onde estavam.

Por um momento, a cavalaria parou, os cavalos, resfolegando pelo calor e cansaço, moviam-se inquietos pela apreensão da iminência de uma batalha. Mesmo durante a noite, o vento continuava quente, e havia algo mais: uma estranha energia no ar. Adin a sentia como um aroma esquisito. Já ocorrera antes, e não fora bom. *Não atravesse o Raam*, ouvia a voz de Choseh. *Se nossos guerreiros não fizerem isso, as terras brasas farão*, dissera o chefe bárbaro.

— Vamos cair sobre eles! — ordenou Tzvan, sedento de sangue. — Há poucas luzes. Não sabem que os perseguimos. Jamais imaginaram que atravessaríamos o Raam.

Quando Adin avaliou a quantidade de luzes, concordou com Tzvan. De fato, não eram muitas fogueiras. Provavelmente, os bárbaros não imaginassem que eles atravessariam o rio e seguiriam tão longe para dentro das terras brasas. A melhor estratégia parecia aquela mesma. Cair sobre eles antes que percebessem o ataque.

O bárbaro dos arenitos havia dito a verdade. Mas por que o velho chefe os ajudaria a atacar seus próprios irmãos?

Ao sinal de Tzvan, a cavalaria de Sinim disparou em direção ao acampamento com espadas, lanças e escudos empunhados. O rio azulado desceu com ímpeto. A sede de sangue misturada com a possibilidade de libertarem as cativas e se vingarem de todos os ultrajes cometidos no território de Sinim lhes deu forças.

O som de duzentos e cinquenta cavalos em marcha seguido da alta nuvem de poeira dava a impressão de que uma tempestade se dirigia contra o acampamento. Adin não poderia contar com os arqueiros de elite na retaguarda nem com os deslocamentos de tropas que costumavam surpreender os inimigos, fazendo com que o número menor de soldados de Sinim desbaratasse com certa facilidade os numerosos bárbaros. Por isso, só lhes restava aquele ataque frontal e conciso. Um verdadeiro tudo ou nada.

Quando se aproximaram o bastante para distinguir o que havia no acampamento, Adin percebeu que algo estava errado. Não viu homens se movimentando em atitude de defesa. Havia apenas estacas. E presas nelas, mulheres.

O gesto de Tzvan fez a cavalaria diminuir o galope. As mulheres amarradas às estacas estavam nuas e desfiguradas. Eram cerca de cinquenta. Mesmo de longe, perceberam que estavam mortas.

Ao lado dos corpos, os bárbaros haviam deixado betume.

Adin e Tzvan desmontaram dos cavalos e correram para o meio do acampamento.

— Eles sabem que os seguimos — disse Adin, olhando impotente para a cena desoladora. — Metade da cavalaria voltou. Metade das mulheres foi morta. Querem nos dizer que jamais recuperaremos as outras com vida.

— Deixaram betume para que as queimemos — notou Tzvan com o rosto transtornado.

— Sim, um modo de nos fazer participar do trabalho deles...

— Eu lhe digo isso, jovem do poente. Nunca deveríamos ter atravessado o Raam. Mas, agora, estou disposto a segui-los até o lago de fogo, até que o último homem esteja em pé.

— Mesmo que encontremos pelo caminho outros acampamentos assim?

— Mesmo que eu fosse o último homem vivo da terra!

Adin olhou para os cavaleiros. Era óbvio que estavam todos tomados de ódio e dispostos a cavalgar até o fim do mundo atrás dos bárbaros. Mas seriam poucos diante de um exército em território inimigo e a empreitada não era mais segredo.

Enquanto os homens usavam o betume para queimar os corpos das mulheres, Adin fixou seus olhos no deserto escuro. O cheiro forte de carne queimada causava náuseas, e Adin sabia que só encontraria coisa pior no leste do mundo.

Não siga adiante! — teve a impressão de ouvir a voz de Choseh vindo com o vento quente. — *Meus olhos não podem acompanhá-lo além do Raam. As terras brasas são amaldiçoadas. Volte! Volte!*

Quando as chamas subiram altas e podiam ser vistas a muitas milhas naquele deserto terrível, Tzvan se aproximou de Adin.

— Então, o que você me diz, jovem do poente? Os deuses lhe disseram o que fazer? Até agora todas as suas escolhas foram certas. Seguiremos adiante ou retornaremos?

Adin não se surpreendeu com a súbita mudança de Tzvan. Sabia que, se naquele momento dissesse que deveriam retornar, o capitão faria isso, e engoliria o ódio e a sede de vingança.

— Nenhum deus falou comigo — respondeu Adin.

* * * * *
* * * *

Ben sentiu o cheiro forte de sangue e carne rasgada quando se aproximou do acampamento. Os homens estavam limpando dois javalis. A fuligem incandescida da fogueira veio ao seu encontro, e alguns fragmentos se apagaram quando tocaram em sua túnica umedecida. Ouviu até mesmo algumas cantigas enquanto a fogueira era alimentada e percebeu que a expectativa de todos era de assá-los em brasa. Enjoado do guisado, o próprio Ben não imaginou algo mais desejável naquele momento, mas ordenou que fossem cortados e desfiados para o guisado feito com cenouras selvagens, nabos e outras raízes. Havia mais bocas para alimentar.

Os homens, especialmente Icarel, ficaram aborrecidos com a ordem, mas ninguém o questionou abertamente, embora os olhares desaprovadores o acompanhassem.

Cansado de dar explicações, Ben virou as costas e dirigiu-se a sua cabana encharcada. Pouco tempo depois, recebeu a cumbuca com guisado.

Passou uma parte daquela tarde examinando mapas precários da terra de Olam, desejando mais do que tudo que Enosh tivesse lhe deixado pelo menos uma pedra shoham com imagens. Tentava visualizar uma estratégia, um modo de, com tão poucos soldados, surpreender os vassalos diante das muralhas de Nod. Mas isso lhe parecia tão logicamente impossível que Ben empurrou os mapas para o lado e foi participar do treinamento dos soldados.

A ação não ajudou a dissipar os questionamentos. Como avisariam Nod quando tentassem ajudá-la para que ela também atacasse os vassalos? Como marchariam até a cidade, se as estradas estavam vigiadas? Como enfrentariam cinco mil homens ou mais com apenas quinhentos? Será que os mensageiros conseguiriam chegar a Sinim? A rainha enviaria ajuda?

No meio da tarde uma espessa névoa se levantou da floresta. O forte cheiro de enxofre causava náuseas, e a baixa visibilidade fez com que o treinamento resultasse em diversos ferimentos. Sentindo o corpo cansado, Ben retornou à cabana. Tzizah continuava fora, como na maior parte do tempo.

Abriu outra vez os mapas, como se uma novidade pudesse ser revelada, algo não percebido antes, uma estratégia para fazer um exército menor vencer um maior. Porém as linhas irregulares e quase apagadas sobre o pergaminho não lhe ofereceram nenhuma notícia diferente, nem pareciam dispostas a contrariar a lógica.

Icarel, o fazendeiro, aproximou-se para conversar sob a tenda precária.

— O dever é importante, mas há momentos em que as pessoas precisam de algo que lhes dê esperança e, com a barriga vazia, isso é mais difícil de acontecer — explicou o homem fazendo tranças na longa barba cinzenta.

Ben levantou os olhos do mapa e percebeu que ele estava falando dos javalis.

— Dizem que você tem visões — convidou-o com um gesto a se assentar diante da fogueira que os homens começavam a alimentar para a noite que se aproximava. — Viu alguma coisa a respeito do nosso exército e da batalha que nos aguarda?

— Não é o que eu vi, mas o que eu vejo. Haverá sangue, dor, desespero e morte.

— Você viu nosso fracasso? — perguntou, entre incrédulo e alarmado.

— Eu vi o que qualquer homem pode ver. Tudo o que acontece em uma batalha é dor, sangue, desespero e morte.

A forte risada em seguida era uma maneira de dizer que era apenas uma brincadeira. Mas para Ben soou como uma brincadeira de mau gosto.

— Você é um farsante, Icarel! — respondeu também em tom de brincadeira. — Engana as pessoas com suas visões mentirosas. — Então perguntou mais sério: — Você é realmente um sacerdote pagão?

— E quem não é? — riu mais uma vez Icarel, que jamais parecia falar com seriedade. — Todos somos pagãos ou ateus quando a sorte pende para nosso lado, e todos clamamos a qualquer deus de plantão quando a corda aperta em torno do nosso pescoço. Não há ateus quando o inimigo faz estremecer a terra diante de nós. Mas, em qualquer circunstância, boa comida nos deixa mais animados. Esse guisado... Os porcos da minha fazenda comiam coisa melhor.

— Então, talvez você pudesse providenciar boa comida para os homens, afinal, além de você, quem entende mais de alimentos? Mas sem matar animais na floresta, ou logo teremos problemas ainda maiores. Você é um fazendeiro. Sabe que não se pode exigir mais da natureza além daquilo que ela está disposta a dar.

O homem ficou pensativo.

— Nestes dias ela não está disposta a nos dar muita coisa. Na minha fazenda havia duzentas cabeças no rebanho. Ainda estão lá, porém enterradas no gelo... Infelizmente não posso buscá-las. Gostaria apenas que pensasse no que eu lhe disse.

— Sobre sangue, dor, desespero e morte sempre presentes em todas as batalhas?

— Sobre agradar um pouco os soldados. Eles confiam em você, graças a sua fama conquistada com a espada. Mas seus atos podem tirar essa confiança. Assim como o clima nas montanhas, as situações mudam muito depressa no meio de uma guerra.

— Eu sei. Mas medidas impopulares, muitas vezes, são fundamentais para a sobrevivência daqueles que não concordam com elas...

— Eu já disse o que precisava... — Fez menção de se retirar.

— Eu fiquei impressionado com o modo como você luta — disse Ben, querendo que ele ficasse um pouco mais. — Onde um fazendeiro aprendeu a lutar desse modo?

— Com ursos, leões e outros animais que tentavam roubar meu rebanho.

Ben arregalou os olhos.

— Eram animais mais honestos do que os que vamos enfrentar em breve! — riu mais uma vez o fazendeiro. — Uma vez, um velho urso tentou atacar minhas vacas. O animal era muito grande e estava mesmo faminto, após o período de hibernação. Ele caiu sobre o rebanho muito rapidamente, e eu não tive tempo de fazer nada. Despedaçou uma vaca como quem despedaça um cachorrinho. Eu podia deixá-lo devorar a presa, afinal das contas já estava morta mesmo, enquanto salvava as demais. Mas sabia também que ele voltaria nas próximas noites e, por isso, resolvi enfrentá-lo. Eu segurava apenas um garfo de feno, e ataquei a fera espetando seu traseiro. O urso já havia devorado metade da vaca e não parecia disposto a trocar o jantar por um duelo com um velho. Mais duas ou três espetadas e ele deixou a vaca, voltando-se para mim. De pé, devia ter quase o dobro do meu tamanho. Então, metade da minha coragem foi embora e eu comecei a orar. Aquelas garras passaram muito perto, e o garfo de feno parecia pouco eficiente para enfrentá-lo. Senti o garfo voando, quando acertei a pata do animal. Percebendo que ele ia me abrir ao meio com aquelas garras, eu me atraquei com o animal. Naquele dia eu realmente entendi o significado de um abraço de urso. Mas enfiado no pelo dele, de certo modo, seria o único lugar onde ele não conseguia me atingir com suas garras. Ficamos algum tempo dançando sob o luar, até que eu consegui pegar minha adaga. Até hoje, se você visitasse minha fazenda, veria na entrada da minha sala um belo tapete de pelo de urso. O tapete só não é mais bonito, porque está cortado ao meio, em duas partes. Porém eu aprendi algo importante naquele dia. Há situações em que quanto mais perto se está do inimigo, mais chance há de derrotá-lo.

Ben não sabia se ria ou se ficava admirado com a história. Igualmente não sabia se era verdade ou uma invenção.

— Eu fico satisfeito em saber que poderemos contar com homens como você e Hakam — disse por fim. — Quando vi pela primeira vez os soldados aqui, fiquei desesperado. Mas agora vejo que há bons soldados entre nós, apesar de alguns parecerem um pouco mentirosos.

— E quem mais se juntaria a um grupo assim? — riu estrondosamente Icarel.

— Deixe eu lhe dizer algo. Só três tipos de homens se dispõem a se juntar a um grupo como esse. Os muito corajosos, os muito loucos e os traidores. Exceto os loucos, os demais são mentirosos.

Aquelas últimas palavras não foram ditas em tom de brincadeira.

Como Ben não lhe devolveu nenhuma resposta, o fazendeiro se levantou. Ben percebeu que ele olhava fixamente para a fogueira.

— Se quer saber o que eu realmente vi — disse sem tirar os olhos da fogueira — eu vi fogo, muito fogo.

Com uma curvatura de cabeça, ele se despediu.

Ben continuou olhando para as chamas depois que o sacerdote pagão foi embora.

— Suponho que em todas as batalhas haja também muito fogo — disse para as labaredas, mas não conseguiu evitar pensar nos tannînins.

Três carroças chegaram quando a névoa cinzenta e mal cheirosa começava a se tornar cor de chumbo pela proximidade do entardecer. Ben viu o movimento e as pessoas se ajuntando ao redor, provavelmente imaginando que fosse comida.

Os refugiados não passavam fome no meio da floresta, mas a maioria, incluindo Ben, não aguentava mais comer o enjoativo guisado, exceto os soldados da rota das pedras que o saboreavam como se fosse a melhor refeição do mundo. Ben imaginou que Icarel tivesse afinal conseguido algum tipo de suprimento após a conversa e se dirigiu às carroças para garantir que tudo fosse armazenado e nada desperdiçado.

Hakam, o filósofo, escoltava as carroças com um grupo de vinte homens.

— Este jovem diz que o conhece pessoalmente — explicou o capitão de Maor, apontando para o condutor. — E diz que lhe traz um presente.

— Tivemos problemas com mercenários — disse o condutor retirando o capuz cinzento. A cabeleira loira que se revelou parecia o sol despontando atrás das nuvens escuras — Mas não se preocupe — completou com um sorriso de desdém, diante do olhar atônito de Ben —, eles não tiveram tempo de avisar ninguém.

— Anamim?! — Ben não sabia o que dizer ao reconhecer o mais jovem integrante do conselho cinzento.

O latash desceu da carroça e se dirigiu para o compartimento coberto com folhas e galhos de árvores.

— Pensei que você ficaria mais feliz com a minha chegada. Amigos devem se alegrar com a presença um do outro, mesmo amigos recentes como nós.

— Como nos encontrou? O que está fazendo aqui? Veio sozinho? Enosh o enviou? — as perguntas de Ben continuavam revelando toda sua confusão com a chegada dele.

— Estou aqui para trazer a encomenda do conselho cinzento — disse o antigo príncipe de Ir-Shamesh, com um sorriso de satisfação, removendo a cobertura de galhos que escondia a carga. — Acredito não estar muito atrasado.

Ben se aproximou e viu espadas, arcos, fundas, maças, lanças, tridentes e escudos. O brilho vermelho das pedras shoham incrustadas nos cabos e amarrações não deixava dúvida do trabalho feito pelos lapidadores.

Ao vê-las, os homens ficaram mais admirados do que se tivessem visto melancias, melões ou um cordeiro assado. E Ben, completamente atônito.

— Enosh enviou essas armas? — perguntou com incredulidade.

— Sim e não — disse o jovem latash. — Eu fui incumbido de guardar as armas para o exército que ele estava formando. Não vejo o velho desde que vocês partiram da vila de pescadores para Nod. Durante todo esse tempo esperei pelas instruções dele, mas elas não vieram. Recentemente interceptei uma mensagem convocando soldados para esta floresta, a fim de lutar pela princesa de Olam e Herevel. Entendi que era hora de trazer as armas para o exército.

Ben deduziu que ele esperava encontrar Enosh ali, como parecia óbvio.

— Enosh não está aqui — revelou Ben, sem querer adiar o inevitável. — Partiu há duas noites. Ele queria um exército para invadir Bethok Hamaim. Mas nós não apoiamos o plano dele...

O rosto de Anamim se fechou com aquela revelação. O latash ficou pensativo.

— Para onde ele foi?

— Ele não quis dizer.

— E o restante do conselho cinzento?

— Ficou em Nod — explicou Ben.

O rosto do latash continuou indecifrável. Por um momento, Ben pensou que ele daria meia volta e deixaria a floresta.

— Precisamos dessas armas — disse Ben. — É o único modo de ajudarmos Nod. A situação da cidade está ficando insustentável.

— Ele não deu qualquer notícia... — justificou-se o latash. — Acreditei que estivesse aqui. Não faz sentido! Para onde ele iria? O conselho cinzento não tinha um plano B.

— Fique conosco. Vamos para Nod. O conselho cinzento está lá...

— Eu não posso desobedecer Enosh...

— E eu não posso deixá-lo partir — retrucou Ben, com firmeza. — Precisamos dessas armas...

Atento às palavras de Ben, Hakan imediatamente se colocou alerta e os soldados com ele também.

Anamim avaliou os soldados, mas não fez menção de agir. Após algum tempo, capitulou.

— A verdade é que a única ordem recebida era para eu cuidar das armas até o momento de trazê-las para a floresta de Ellâh, onde Enosh ajudava a formar um exército. E isso foi exatamente o que eu fiz. As armas não podiam ficar escondidas onde estavam. Mais cedo ou mais tarde poderiam cair nas mãos dos vassalos. Receio não ter outro lugar para levá-las. Elas são suas, guardião de livros, receba-as como um presente do conselho cinzento.

Olhando para as armas equipadas com pedras shoham, Ben imaginava o poder destrutivo delas. Aquilo era um trabalho de anos. Os formatos variados e as tonalidades que as equipavam eram extraordinários. Um trabalho minucioso. O conselho cinzento estava se preparando para uma guerra há muito tempo.

Viu que o próprio Anamim carregava o arco de Thamam atravessado, arma que o Melek dera para Ben quando deixaram Olamir para iniciar o caminho da iluminação. Admirou a estrutura dourada, o fio finíssimo e brilhante, quase como se fosse feito de diamante. Ben recebera aquele arco, Adin uma funda capaz de arremessar pedras com grande impacto, e Leannah, um espelho com pedras amarelas, detentor de um poder misterioso, ainda pouco explorado. As armas haviam sido essenciais para a sobrevivência deles diante dos perigos enfrentados. Na aldeia de pescadores, quando decidiram partir para Nod, Enosh sugerira deixar o arco com Anamim, pois seria difícil ocultá-lo na cidade. Ao que parecia, o jovem havia escolhido a arma para si.

Num instante, Ben percebeu que a situação havia mudado. Antes estava a frente de um contingente insignificante de quatrocentos homens com armas comuns, mas naquele momento visualizava um exército respeitável com armas potencializadas.

— Os primeiros a manusearem as armas serão os soldados de elite e os mais experientes — decidiu Ben. — Escolham as armas que já manejaram alguma vez. Será mais fácil se adaptar.

— Comecem com cautela — completou Anamim. — Elas podem ser bastante perigosas se utilizadas de maneira descuidada.

Os homens se aproximaram das carroças e escolheram instrumentos. Seguravam-nos com receio, admirando as pedras shoham incrustadas. No caso dos arcos, pequenas pedras vermelhas ficavam entre a armação e a linha; esta passava por dentro das pedras, energizando-as. As espadas possuíam fragmentos nas hastes e na área de ligação entre o cabo e a lâmina. As fundas possuíam fragmentos de shoham na baladeira, e os tridentes nas três lanças que se dividiam na ponta. Já os escudos exibiam mais pedras, pois elas faziam uma rede que englobava todo o instrumento. Vinte a trinta shoham pequenas estavam firmemente presas nele. Se uma única caísse, o escudo ficaria vulnerável em pelo menos um ponto, possibilitando flechas potencializadas atravessá-lo.

A maioria dos soldados jamais havia manejado aquele tipo de arma e muitos se mostraram temerosos com os riscos que ofereciam para si e para os companheiros, por isso o próprio Ben os instruiu.

As espadas ganhavam poder de impacto suficiente para cortar escudos; as flechas disparadas pelos arcos se afundavam até a metade das árvores. Estragos semelhantes ou maiores eram causados pelas fundas, maças, lanças e tridentes. Os escudos, por sua vez, revestiam-se de uma energia suficiente para deter o fogo de tannînins. Viu o riso fácil surgindo no rosto dos soldados ao terem conhecimento do poder das armas do conselho cinzento.

— Estas três são especiais — mostrou Anamim um arco, uma espada e um tridente.

— Pedras do sol... Em armas? — perguntou Ben. Havia pedras amarelas nas três armas.

Sabia que, há cerca de quinhentos anos, o Conselho de Olamir proibira a lapidação daquelas pedras após a queda do Usurpador. Era de se esperar que o conselho cinzento não seguisse as orientações de Olamir, mas, todos falavam que usar pedras amarelas em armas era algo muito perigoso.

— Há muito tempo o conselho cinzento estuda essa técnica — explicou Anamim com um sorriso zombeteiro. — Essas três são uma espécie de experimento. Você deve escolher os guerreiros que irão manejá-las. São imprevisíveis e, consequentemente, um pouco mais perigosas também.

Ben sabia que "um pouco mais perigosas" era uma brincadeira. Lembrou-se da explosão da pedra do sol no vão entre as gêmeas nas Harim Keseph. Havia sido assustador. No entanto, havia algo que Ben não compreendia:

— As pedras vermelhas se recarregam com a luz do dia, mas as amarelas precisam da luz do sol, como as armas com pedras amarelas funcionarão com esse tempo nublado?

— Como eu disse, essas pedras são um experimento do conselho cinzento.

O jovem latash solicitou uma tocha e betume. Empilhou os mesmos galhos usados para cobrir as armas sobre a carroça e os incendiou. O combustível alimentou as chamas amarelas que subiram apesar da insistente chuva. Ben olhou para o contraste de cores formado pelas labaredas. Azul embaixo, amarelo no meio e preto nas pontas. Luz e sombras simultaneamente.

Anamim esticou uma flecha na linha do arco. Instantaneamente a flecha atraiu as chamas da fogueira e absorveu a energia. As pedras amarelas brilharam tanto que se tornou difícil olhar para elas. Anamim disparou a flecha contra um monte de pedras e ninguém ali acreditou no que aconteceu. Uma explosão lançou fragmentos em todas as direções como se um raio tivesse caído sobre o montouro. Alguns soldados ergueram os escudos para se proteger da chuva de lascas incandescidas que repicaram sobre eles. Risos fáceis surgiram após a demonstração.

— Quando Shamesh retornar, isso não será necessário — explicou o jovem latash diante dos olhares admirados de Ben e de todos os soldados —, mas pelo menos garante que, em uma batalha noturna quando as armas forem usadas intensamente, continuem ativas.

Anamim entregou o arco para Ben. O guardião de livros chamou Amom e lhe passou a arma.

— A arma principal dos vigias de Olam é um arco. Você é a pessoa indicada para usar este aqui.

O homem pegou o instrumento, e Ben imaginou ver as mãos dele tremerem. Em seguida fez uma reverência e se afastou. Os soldados da rota das pedras se aproximaram para admirar o arco de perto.

— A espada e o tridente também absorvem a energia do fogo? — perguntou Ben.

— Sim! — explicou Anamim. — Mas com efeitos diferentes.

Ben pegou a espada. Era uma boa espada com metal de excelente qualidade. Só umas pequenas e quase imperceptíveis ondas na lâmina denunciavam que havia sido forjada com um pouco de pressa. Passou a espada perto do fogo e viu as pedras atraírem as labaredas que envolveram a lâmina de ponta a ponta. Perto dali, um grosso tronco de uma árvore morta parecia um bom alvo para testar o poder do instrumento. Um só golpe decepou o tronco com inacreditável facilidade.

Ben chamou Hakam e lhe entregou a espada flamejante, nome que os soldados logo a chamaram. O experiente soldado agradeceu, mas a manejou visivelmente desconfortável.

— Como é que se apaga a chama? — perguntou.

— Ordene — orientou Anamim. — Com a mente você controla o poder da pedra, como se faz com todas as pedras shoham, mas é claro que precisa estar segurando a espada pelo cabo.

— Então esta é uma espada apropriada para um filósofo — riu Hakam, e os homens riram com ele.

— Parece que a mente privilegiada de Hakam pela primeira vez terá utilidade na batalha — brincou Tilel, dando uns tapinhas nos ombros do amigo de Maor.

O tridente era pesado. O cabo era grosso e comprido. As três lanças que se dividiam na ponta pareciam bem afiadas.

— E este aqui é capaz do quê? — perguntou Ben ao segurá-lo.

Anamim sorriu. — Por que não o testa contra aquela trincheira?

Ben olhou para a muralha de pedras usada como proteção do acampamento contra novos ataques dos mercenários. Já estava parcialmente destruída e precisava ser restaurada.

Aproximou a arma das labaredas, e imediatamente se formaram três línguas de fogo a partir das lanças do tridente. Fez menção de caminhar até a trincheira, mas Anamim o deteve, mostrando ser desnecessário.

Ben fez um movimento como se estivesse golpeando a trincheira, e as três línguas de fogo se esticaram, rasgando ao meio o amontoado de pedras.

O acampamento inteiro aplaudiu.

— Icarel! — chamou Ben.

O fazendeiro se aproximou.

— Você está acostumado a lidar com garfos para colher feno. Este aqui lhe será um pouco mais útil.

A risada estrondosa do homem foi a melhor resposta.

Mesmo de relance, Ben viu contrariedade nos olhos de Kilay e dos homens que estavam com ele, porém nada podia ser feito. Só havia três armas com pedras do sol. De qualquer modo, todos receberiam armas com pedras shoham vermelhas, inclusive os soldados desertores de Olamir.

Tzizah retornou para o acampamento e olhou curiosa para a movimentação dos homens, sem entender a razão da algazarra.

— Anamim trouxe as armas potencializadas que o conselho cinzento preparou — explicou Ben, sorrindo de satisfação.

Tzizah olhou demoradamente para Anamim, porém não demonstrou qualquer receptividade. Após algum tempo, ela caminhou muda para sua tenda.

Ben não entendeu a atitude da princesa de Olamir.

— Ela tem motivos para desconfiar de mim — disse Anamim. — De certo modo, eu fui um traidor em Olamir, um espião do conselho cinzento. Mas com o tempo ela entenderá que jamais quis prejudicar ela ou o pai dela.

Os soldados de Olam aos poucos se adaptaram às armas potencializadas pelas pedras shoham, mas os camponeses não as conseguiam controlar. Ben ordenou que estes recebessem armas comuns, evitando colocar a vida deles e dos demais em risco. Apesar de Ben se perguntar, quais chances teriam camponeses no meio da batalha que os aguardava?

Trouxeram-lhe novamente um pouco de guisado quando já anoitecia. A comida pastosa causava enjoo, e ele a colocou de lado. Os sons da noite se elevaram pela floresta inundada pela névoa enquanto ele voltava a árdua tarefa: estudar os mapas e tentar encontrar uma estratégia de ação.

Contavam com um exército pequeno o que lhes daria agilidade, já que a fragilidade de outrora, com a chegada das armas, fora substituída por certa robustez. Isso possibilitaria ter mais sucesso em ataques relâmpagos, através de avanços rápidos e retiradas estratégicas, porém era difícil conciliar essas estratégias com o que os aguardava diante das muralhas de Nod.

Elevou os olhos dos mapas e observou os galhos molhados das árvores. A espera por uma batalha tornava-se pior do que a própria batalha. Imaginou que já havia se passado tempo suficiente para que os mensageiros tivessem chegado a Sinim. Se o exército do Oriente viesse, as chances aumentariam grandemente.

— Acredito que o lendário jejum de 28 dias dos giborins não ajudará muito antes da batalha — Anamim surgiu atrás dele, apontando para a comida intocada.

Ben olhou para o jovem latash e para o prato cheio de guisado.

— Enosh ficará furioso quando souber que você deixou as armas conosco — respondeu Ben.

— Armas precisam de soldados. Esses aqui são os únicos que encontrei, e que não estão do lado dos shedins... E, de qualquer modo, você não me deixaria partir levando as armas... Acredito que isso me exima da responsabilidade.

— Se ao menos ele voltasse... — Ben permitiu-se lamentar diante do príncipe de Ir-Shamesh.

— Tenho a certeza de que você o conhece melhor do que eu. Sabe que ele precisa fazer algumas coisas... Enosh não tem condições de participar desta guerra. Como você sabe, ele precisa lutar pela própria vida.

— Eu o abandonei. Devia ter ido com ele atrás do Olho de Olam.

— Provavelmente — concordou Anamim. — Mas decidiu ficar. Então precisa fazer essa decisão ter sido a correta. Muitos dependem disso agora.

— Gostaria de ter esse poder, tornar o errado em certo.

— Se alguém tem esse poder, é você — disse Anamim de um modo estranho, os olhos fixos não pareciam brincar.

Ben olhou para o latash sem compreender, mas Anamim forçou-se a sorrir sem graça. — No fundo todos nós temos esse poder, não temos? — gaguejou o latash — Tornar nossas más escolhas em boas... e o contrário também. Nada é definitivo. Sempre podemos voltar atrás, consertar os erros. Não é mesmo?

— Você está sugerindo que eu deveria partir atrás dele, agora?

— Imagino que seria um pouco difícil encontrá-lo. Parece que seu destino agora é com este exército. Você precisa chegar até Nod. Esse é o primeiro passo. Outros virão depois, até que chegue ao lugar onde precisa estar. Quem sabe, todos nós ainda nos encontremos um dia, em uma situação bem diferente.

Ben concordou com um gesto de cabeça.

A chegada do latash havia sido um presente inestimável do destino. É claro que não o comparava com Enosh, mas pelo menos teriam um lapidador. E o humor dos dois era mesmo incomparável. Enosh era sempre sombrio, Anamim, apesar da timidez, em comparação era um amanhecer ensolarado. E conversando com ele, percebia que, apesar de jovem, havia acumulado bastante conhecimento.

— Obrigado por ter vindo. Talvez com sua chegada o rumo desta guerra seja mudado.

— Infelizmente não estou trazendo apenas boas novas — disse o latash.

Novamente Ben não entendeu o que ele dizia.

— Os soldados vassalos que nos atacaram na vinda para cá carregavam dois corpos — revelou Anamim.

Ben arregalou os olhos quando compreendeu as palavras de Anamim.

— Os mensageiros que enviamos para Sinim?

— Foi o que eu imaginei quando vi os corpos... — lamentou o latash. — Nesse caso, não devem esperar ajuda de Sinim. Pelo menos não desse modo.

Ben sentiu o golpe.

— Esperávamos que a rainha enviasse soldados — disse em quase desespero.

— Agora será impossível ela fazer isso antes da batalha. Mesmo com as armas, somos um exército pequeno.

— Talvez ainda seja possível contar com a ajuda de Sinim.

— Como? Só se tivéssemos uma águia para levar a mensagem.

— Não posso arrumar uma águia, porém as pedras podem me ocultar. Posso chegar despercebido em Maor. De lá, muitos devem ter partido para Sinim, após a notícia de que Bethok Hamaim está mandando um exército contra a cidade. Com um bom cavalo, amanhecerei em Maor e, na noite seguinte, se conseguir um barco, chegarei a Urim.

Ben se admirou com o ousado plano do latash.

— Você seria útil entre nós... Um latash é sempre útil.

— Acho que não há pedras para serem lapidadas em Ellâh — brincou Anamim. — Você pode treinar os homens a utilizar as armas sem mim. Se eu ficar, não colaborarei muito na atual fase desta guerra. Além disso, percebo que não sou muito bem-vindo...

Ben seguiu o olhar do latash na direção da noite e viu uma figura esguia e encapuzada se aproximando. O capuz azul na escuridão parecia cinzento como os usados pelos integrantes do conselho latash.

— Pensei que estivesse sozinho — disse Tzizah para Ben, abrigando-se da chuva ácida debaixo da tenda de folhas, porém sem olhar para Anamim.

Ben entendia, em parte, os sentimentos dela. Apesar de cumprir as ordens de Enosh, Anamim, ao se fazer passar por um aprendiz de lapidador, havia enganado Thamam em Olamir. Havia mais mistérios na estadia do jovem latash pela cidade, mas não havia evidências de que ele tivesse feito algo para prejudicar o Melek.

Por um momento constrangedor, os dois ficaram frente a frente sob a tenda de Ben. Vendo-os, Ben não pode deixar de pensar que eram da mesma estirpe. Sangue nobre. Dois verdadeiros príncipes de Olam. Ele era o único plebeu ali.

Anamim tentou dizer algumas palavras, mas Tzizah fez menção de ir embora.

— Fique — disse Anamim, ao perceber que ela não o ouviria. — Eu tenho algo muito importante a fazer e pouco tempo. Vocês precisam mais um do outro do que de mim. Peço a licença para partir.

O olhar que Tzizah lançou para Anamim fez o jovem se encolher.

— Ele vai partir ainda nesta noite — explicou Ben. — Levará uma mensagem para Sinim. Infelizmente, nossos mensageiros foram capturados pelos vassalos. A rainha não recebeu o pedido que enviamos.

Uma linha de preocupação passou pela testa de Tzizah ao saber do fato, mas suas palavras não demonstraram emoção com o revelado.

— Espero que não leve a mensagem diretamente para os vassalos, ou para o próprio Naphal — ironizou a princesa.

Ben julgou injustas as palavras dela.

— Ele trouxe as armas — saiu em defesa do latash. — Elas poderão fazer toda a diferença.

— Eu sei que você não tem motivos para confiar em mim... — defendeu-se Anamim. — Mas queria que você entendesse que eu... eu o admirava. Nunca conheci uma pessoa como Thamam. Enosh era sábio e cheio de conhecimentos e, pelo que sei, viveu mais de dois mil anos. Har Baesh tinha um conhecimento técnico muito grande, mas Thamam tinha algo mais... Ele era o maior entre os grandes. Eu percebi isso durante o tempo em que estive em Olamir.

Por um momento, Ben teve a impressão de ver uma linha de apreensão no rosto de Tzizah.

— Meu pai era apenas um homem comum — ela falou com nervosismo. — Apesar de ser o Melek, ele nunca se importou com grandeza pessoal. Queria apenas ser um bom rei para Olam.

— E foi. Pode ter certeza disso. Ele não merecia o que o Conselho de Sacerdotes fez naquela noite. Não merecia... Eu peço desculpas por não poder fazer nada para ajudá-lo. Eu era só um aprendiz...

Depois de falar aquelas palavras, Anamim despediu-se com um curvar de cabeça e se pôs a andar em direção à escuridão.

— Você estava lá, não estava? — interrompeu Tzizah a marcha do latash. — Na noite em que meu pai foi banido?

O latash parou.

— Eu era só um aprendiz de lapidador — repetiu sem se virar. — Não tinha acesso a todos os lugares.

— Você sempre foi um latash! Fingiu ser um aprendiz de lapidador, só para que as pessoas confiassem em você. Mentiu, enganou, dissimulou. Foi recebido como se fosse um filho, mas era um traidor.

Anamim virou-se. Ben percebia irritação no semblante dele.

— Ele estava lá por ordens do conselho cinzento — Ben foi ao socorro do latash mais uma vez. — Ele está do nosso lado. Trouxe as armas sem a autorização de Enosh.

— Sim, ele não tem problema algum em trair seus mestres — continuou Tzizah implacável. — Diga-me, traidor, você esteve presente quando meu pai foi condenado ou não? Pode me explicar o que aconteceu naquele dia?

O rosto de Anamim estava pálido. Seus lábios tremeram levemente quando ele respondeu.

— Eu... eu... ficava mais próximo de Har Baesh do que do Melek, exceto quando ele me chamava para manipular as pedras curadoras. Seu pai era um grande homem... — repetiu o latash mais uma vez, como se quisesse se assegurar de que ela acreditava naquilo —, aprendi mais com ele do que com qualquer outro... O que eu sei é que os dois tiveram uma forte discussão. Foi dentro do salão dos mestres-lapidadores, e eu ouvi uma parte. Eu não devia ter ficado lá... Falaram sobre coisas do passado, sobre a noite em que sua irmã morreu. Alguma coisa muito terrível aconteceu naquela noite, além é claro, da própria morte dela. Har Baesh acusou seu pai pelo acontecido. Eu pensei que o mestre dos lapidadores tivesse enlouquecido por falar daquele modo com o Melek. Havia... havia... tanto ódio nas palavras dele. Por um momento, eu até pensei que ele fosse agredir seu pai. Ele estava com uma pedra shoham escondida... Porém eu vi algo bastante estranho. Seu pai... ele parecia outra pessoa... Foi muito rápido... Ele... ele... ficou mais alto.

O rosto era o mesmo, mas parecia menos velho... Então, ele fez um gesto com a mão, e Har Baesh subitamente se calou, como se estivesse imobilizado e sentindo bastante dor. Har Baesh caiu de joelhos, implorou por misericórdia, disse que faria tudo o que havia sido combinado. Então, o Melek estendeu a mão, e ele se levantou. Em seguida, os dois se abraçaram como amigos... Quando Thamam deixou o salão do Conselho Vermelho, tudo parecia estar bem. Depois, surpreendentemente, Har Baesh o acusou de traição, chamou-o de cashaph, e o Conselho o condenou. Eu deixei a cidade antes que os exércitos sombrios a cercassem, aproveitando que muita gente estava partindo também. Não fiquei para ver a condenação do Melek... Eu sinto muito... Eu sinto muito...

O olhar de Tzizah era de total espanto. Toda a cor havia sumido do rosto dela. O relato de Anamim a deixou momentaneamente sem ação ou palavras.

Ao perceber que os dois olhavam fixamente para ela, a princesa fez um gesto nervoso com a mão, como uma maneira de descartar tudo o que Anamim havia relatado.

— É óbvio que você está fantasiando tudo isso — disse Tzizah. — Har Baesh sempre foi um traidor em Olamir. Meu pai jamais faria algo que pudesse manchar sua índole.

— Eu acredito nisso — defendeu-se Anamim. — De algum modo, Har Baesh traiu o Melek. Seja lá o que eles tivessem combinado, Har Baesh o traiu. Seu pai não fez nada de errado.

O olhar de Tzizah ainda era de reprovação, mas, naquele momento, parecia um pouco abrandado com as últimas palavras do latash.

Ben ainda pensava sobre tudo aquilo. Não compreendia por que o Melek parecia tão poderoso em alguns momentos e tão submisso em outros. Lembrou-se mais uma vez do modo como ele domesticou a espada do tartan dentro do Salão dos Sacerdotes, durante o julgamento de Kenan. Provavelmente um escudo não conseguiria deter aquele golpe, porém o Melek detivera a espada fechando as mãos em torno da lâmina.

— Por que o conselho cinzento enviou você para Olamir? — Ben fez a pergunta que já há algum tempo o inquietava. — Parece que não era para aprender a técnica de lapidação.

Ben, ao ver medo nos olhos dele, recriminou-se por não ter feito a pergunta ao próprio Enosh antes.

— Não posso revelar todos os segredos do conselho cinzento — disse Anamim com alguma firmeza, embora gaguejasse um pouco. — Você não fez o juramento de latash, portanto não tem direito de conhecer todos os segredos dos lapidadores. O que eu posso lhe dizer é que eu tinha uma missão lá, e a cumpri da melhor maneira que pude. Jamais desejei prejudicar o Melek ou qualquer outra pessoa, e garanto que não o fiz.

— Estou liderando uma guerra em que provavelmente serei o primeiro a morrer. Você não acha que eu tenho o direito de saber o mínimo do que está acontecendo?

— O que posso lhe dizer é que o conselho cinzento precisava de informações, e eu fui buscá-las.

— Sobre a lapidação das pedras shoham? — insistiu Ben.

— Dizia respeito a um pergaminho com informações que Enosh desejava. Entre outras coisas, o pergaminho revelava detalhes a respeito do juízo dos irins. Isso é tudo o que eu posso dizer. A única pessoa que tem autoridade para dar mais explicações é Enosh.

Ben ficou pensativo. O que Enosh não sabia a respeito dos irins e do julgamento do mundo antigo que podia estar no pergaminho de Thamam?

— Agora se vocês me permitem — disse Anamim fazendo menção de se retirar mais uma vez — preciso fazer uns preparativos para a viagem. Pretendo estar em Sinim em menos de dois dias.

— Antes de partir, eu ainda precisarei de algo de você... — Ben solicitou.

O latash concordou. — Passarei aqui antes de partir.

Ben ainda percebeu o olhar estranho que ele lançou para a princesa de Olamir, antes de deixar a tenda. Parecia haver algo mais do que apenas um desejo de se desculpar.

— Precisamos dele — disse quando ficaram sozinhos. — É um latash juramentado, passou pela experiência... Seu conhecimento de lapidação é superior ao que possuíam os mestres lapidadores de Olamir.

— Quem mentiu uma vez, pode mentir duas.

— Olhe para nosso exército! Quantos homens confiáveis você acha que temos aqui? E mesmo assim precisamos confiar neles... Graças a Anamim, talvez seja realmente possível marchar para Nod dentro de alguns dias.

— Ele se fez passar por um aprendiz de lapidador em Olamir. Jurou perante o Conselho da cidade. Meu pai acreditou nele. Achava que ele viria a ser um dos maiores lapidadores de Olam e, no entanto, sempre estava servindo...

— Enosh — completou Ben. — Ele foi enviado para lá pelo conselho cinzento. Se quiser culpar alguém por isso, culpe Enosh.

— Não quero culpar ninguém... — Tzizah baixou o olhar, fazendo um esforço em controlar a amargura na voz. — Eu vim aqui para me desculpar pelas palavras ditas lá na mata. Eu sei o quanto Enosh é importante para você. Espero que você tenha tomado a atitude correta por ter ficado...

Ficado comigo, era a palavra que Ben queria ouvir no final da frase de Tzizah, mas ela não disse.

— Você não tem mais certeza disso? — perguntou Ben. — De que tomamos a atitude correta?

— Tenho, porém Enosh pensava diferente... Ele tem mais de dois mil anos... E conhece muitas coisas...

— Sim, ele tem. Mas agora precisa do Olho ou de algo que lhe dê longevidade. Desconfio que isso era prioridade em todo o plano estabelecido. Enosh sabe muitas coisas, mas nem sempre soube usar a própria sabedoria.

— Como você disse, precisamos confiar naqueles que dizem estar do nosso lado, mesmo tendo poucos motivos para isso, ou mesmo sem saber os verdadeiros motivos que os levaram a se colocar do nosso lado...

Acontece que Enosh não está mais do nosso lado, sentiu vontade de dizer.

— Só queria que você soubesse — continuou a princesa de Olamir. — Você... Estou feliz por ter permanecido. Acho que não conseguiríamos nada sem você. Espero que estejamos fazendo a coisa certa... é tudo o que eu desejo, sinceramente... Um dia meu pai me disse algo assim: O que você tiver de fazer, faça de todo o coração, e nada sairá errado. Estou tentando fazer isso agora, mas confesso que gostaria de ter mais certeza... Quanto ao dia de marcharmos para Nod, você é quem dirá quando estivermos preparados. O comando do exército é seu. Sempre foi.

O olhar da princesa de Olamir era uma mescla de entrega e retenção. Algo nela parecia querer se abrir e se aproximar, mas algo também se fechava e se afastava. A parte que se afastava ganhou a disputa, e ela virou-se e começou a caminhar de volta para a tenda.

Ben não a impediu. As árvores se moviam indecisas com o vento da noite. Tzizah caminhou três passos e parou.

— Tente descansar... — disse sem se virar. — Você não tem dormido. Precisa estar bem para o dia da batalha... Seja ela quando for.

Ben ainda a observou por alguns instantes enquanto retornava. A capa azul com capuz a encobria por inteiro, protegendo-a da água ácida.

Sabia que as últimas palavras dela eram de apoio, mas mesmo assim as recebeu como um peso. Todos esperavam muito dele, por causa de Herevel e do treinamento em Ganeden. Via a esperança nos olhos dos soldados quando se dirigiam a ele, mas sabia lá no fundo que não era merecedor de todo aquele crédito. Em Nod, não contaria com a mesma sorte que tivera ao enfrentar a saraph. Temia decepcioná-los, como decepcionara seus amigos no palácio de gelo. Por isso não conseguia dormir há várias noites. Ficava até tarde olhando os mapas e tentando estabelecer estratégias de combate. A luz permanecia acesa em sua tenda e, pelo visto, Tzizah havia percebido.

Mais tarde, antes de partir, Anamim retornou à tenda do guardião de livros. Ben informou a rota que pretendia seguir quando fossem para Nod, especialmente por que precisaria dele para o perigoso percurso final. O cálculo de dias que levariam para se deslocar para Nod era bastante apertado. Se algo saísse errado, o plano se inviabilizaria.

Por um lado, Ben gostaria de mantê-lo por perto, pois os serviços de um latash sempre eram necessários, mas se ele conseguisse convencer a rainha de Sinim a enviar o exército, seria um feito extraordinário e, provavelmente, decisivo naquela guerra.

Viu o olhar surpreso do jovem latash quando revelou o percurso planejado.

— Acho que você enlouqueceu — o latash disse sem disfarçar a surpresa, olhando para o mapa. — Pensei que desejasse chegar com pelo menos metade desses homens em Nod.

— Pretendo chegar com todos eles. Por isso você precisa me ajudar.

— Eu sou um latash, não um mago.

— Eu só preciso de uma pedra que as espante, que faça algum barulho, ou... Você sabe como fazer isso, afinal é um latash!

— Não posso garantir que funcionará — ressalvou o latash.

— Estou acostumado a agir sem qualquer garantia.

Essas palavras pareceram convencer o latash.

O quinto dia amanheceu diferente. O clima chuvoso estava exatamente igual, mas o ânimo dos soldados era outro com o aumento do exército e, principalmente, com a chegada das armas.

Durante todo o dia, os soldados treinaram, tentando se acostumar ao poder de impacto e de destruição das armas potencializadas. Tudo havia mudado. Possuíam pedras shoham e imagens de Olam, e ele poderia abandonar aqueles mapas precários.

Os soldados chamavam Anamim de "o bruxo das pedras", título dado a Enosh por Kilay, por não entenderem como funcionava o mecanismo que potencializava as armas. Era mais fácil pensar que se tratava de algum tipo de magia que Anamim e o conselho cinzento sabiam manipular, do que uma técnica.

O latash insistira não haver nada de mágico, era apenas uma questão do uso apropriado das potencialidades das pedras e das armas, mas não sabia explicar por que cada arma reagia diferente ao manuseio. Elas não revelavam o mesmo poder, dependendo da pessoa que a manejava, e não seguiam uma lógica fácil de entender. A força física de um soldado influenciava no poder de destruição de uma arma, mas também a capacidade de raciocínio, a convicção com que golpeava e até mesmo os sentimentos que o dominavam. Assim, um jovem esguio era capaz de derrubar um forte guerreiro usando armas semelhantes, dependendo de seu estado de espírito.

Apenas Tzizah continuava insatisfeita com a rápida passagem do latash pelo acampamento. Ele estava tornando o plano dela realizável, mas mesmo assim ela se mantinha contrariada. Ben começava a notar que uma das características da princesa de Olamir, tão marcante quanto sua beleza, era sua teimosia.

Um duelo mais acalorado chamou atenção do guardião de livros. Logo reconheceu Kilay avançando violentamente contra um dos soldados de Maor. A espada potencializada com pedras shoham descia com grande estrondo sobre o adversário que rebatia com dificuldade, apesar de também utilizar espada e escudo potencializados. Com mais dois golpes, a espada do soldado voou para as árvores, mas Kilay não parou. As investidas atingiram o escudo com tamanha violência rasgando-o ao meio. Um novo golpe desceu fatal, mas foi barrado por Herevel. Quando a espada de Kilay atingiu Herevel, o soldado desertor de Olamir se viu arremessado para trás como se tivesse sido atingido por um forte relâmpago. Mas o homem não se contentou e avançou contra o guardião de livros. Ben apenas se defendeu dos ataques furiosos sem revidar, pois não queria ferir o homem, porém em algum momento precisou contra-atacar, e a espada do soldado se quebrou ao meio.

— Já chega! — disse Ben. — Isso aqui é um treino, não um combate!

— Se você tivesse uma espada comum, o treino seria bem mais divertido — disse Kilay com um sorriso malicioso e desafiador.

— A sua espada não era comum — indicou Ben. — Mas o modo como luta é. Atacar com violência é só um meio de se cansar mais rápido.

— Todas as espadas são comuns diante de Herevel — devolveu o homem. — Ou será que não? Será que essa espada também pode se tornar uma espada comum?

— A partir de agora Amom é o capitão dos soldados de Olamir — disse Ben, em um impulso. Embora não fosse o melhor momento, há um bom tempo pensava tomar aquela decisão.

— Seja feita sua vontade — respondeu sarcasticamente Kilay, com uma meia curvatura. — Talvez eu seja violento demais para liderar seu exército ou manejar suas armas especiais, mas aqueles soldados que estão diante de Nod não o tratarão com gentileza. Lembre-se disso!

Ben ignorou o comentário, mesmo sabendo que o homem tinha alguma razão. Deu as costas e voltou para a tenda.

A chuva se intensificou tanto que Ben acreditou que sua cabana não resistiria. Os treinamentos foram encerrados para evitar queimaduras mais graves e só restou ao guardião de livros lutar com os próprios pensamentos sob a cobertura precária de folhas prensadas.

Quando a tempestade acalmou, Ben teve a impressão de ouvir um piado conhecido. Colocou-se à entrada da cabana e ficou escutando, sentindo seu coração palpitar de expectativa. Outro piado o convenceu da chegada da grande águia dourada.

Evrá precisaria de uma árvore bem reforçada para conseguir se aninhar. Havia carvalhos suficientemente fortes na floresta de Ellâh. Então ouviu outros piados. Vários. *Mais águias!* Em seguida a trombeta soou e um burburinho de confusão percorreu a floresta. A trombeta dava som duvidoso, não sabia se era um ataque ou a aproximação de aliados.

O guardião de livros deixou a tenda e viu que a maioria dos soldados estava de costas, olhando para o caminho que conduzia até o acampamento. Logo entendeu o motivo. Um grupo de cavaleiros se aproximava. Quando viu as capas vermelhas sobre as armaduras prateadas, acreditou que fossem mais belas do que seria ver a aurora em um amanhecer limpo após todos aqueles dias de chuva. A esperança brilhou nos olhos de seus soldados tanto quanto as chamas das fogueiras reluziram nas armaduras dos recém-chegados.

Ben viu os giborins de Olam se aproximarem. Eram vinte e seis cavaleiros. Traziam suas armas potencializadas e suas águias.

À frente vinha Merari. Ben o havia visto em Olamir. Era negro como o povo de Ooliabe e Oofeliah, porém tinha dois metros de altura. Era o terceiro na hierarquia da ordem sagrada quando Kenan os liderava. Ao lado dele, estava Uziel, martelo de *El*, um homem branco, tão alto quanto Merari, com cabelos escuros compridos e grossas sobrancelhas negras. O martelo potencializado com pedras shoham era o motivo do apelido. Os demais ele não conhecia pelo nome, apenas pelos títulos dos guerreiros. E não havia título mais respeitável em Olam, para um guerreiro, do que giborim.

Tzizah também saiu da cabana e viu os guerreiros sagrados de Olamir. Ela permaneceu debaixo da varanda de galhos, ao lado da fogueira, enquanto os cavaleiros se aproximavam, e as águias passavam voando baixo sobre as árvores.

Os recém-chegados desmontaram no meio do círculo de soldados que os observavam admirados.

— Sejam bem-vindos, giborins de Olam — Ben os saudou com a mão levantada. — Eu não preciso dizer a honra que é recebê-los aqui.

Merari olhou ao redor e então se dirigiu para Ben.

— Viemos em atendimento ao chamado do líder supremo dos giborins de Olam — disse o gigante negro com uma expressão séria. — Recebemos a convocação da princesa de Olam, porém só respondemos ao líder supremo. A convocação dizia que Herevel estaria aqui. Portanto, ele também está. Marcharemos ao lado dele para Nod.

Em um segundo, Ben viu a esperança evaporar. Os soldados de Ellâh se olhavam e muitos baixaram a cabeça desanimados. Os guerreiros de Olamir estavam procurando Kenan. A mensagem de Tzizah os havia convencido de que ele estava ali. Fazia parte do juramento dos giborins obedecer apenas ao líder supremo.

— Kenan não está entre nós — disse Ben sem esconder a decepção. — Nunca esteve. Não sabemos onde ele está... Ele não foi mais visto após ter atravessado para Além-Mar e se apossado do Olho de Olam...

— Aquela é a águia do líder supremo — apontou Merari para o alto, interrompendo as explicações de Ben. — Ela nos trouxe até este lugar. A mensagem dizia que Herevel está aqui!

— Sim, mas...

— Essa espada que vejo em sua bainha não é Herevel?

— É, mas...

— Sabemos quem estamos procurando. Estamos aqui para jurar lealdade ao guardião de livros, o Matador de Saraph. Colocamos nossas espadas ao seu serviço.

— Mas eu não sou um giborim. Jamais fui consagrado um guerreiro...

— Você é o único guerreiro vivo treinado pelos irins, um legítimo nasî, como os do passado. Isso faz de você agora, por direito, o líder supremo dos giborins de Olam.

Os vinte e seis guerreiros se ajoelharam diante de Ben, colocando as armas aos pés do guardião de livros.

— Defender Olam das trevas — começaram a recitar o juramento de giborim — servir à justiça e ao próximo, viver pela honra e cumprir todas as promessas. Ser um guardião das pedras, nunca agir em benefício próprio, respeitar a Lei e o Melek. Viver e morrer pelo bem do povo livre de Olam. Nunca deixar que as pedras sejam utilizadas para o progresso dos perversos ou o bem-estar pessoal. Entregar a própria vida pela causa da justiça e da verdade. Amparar os órfãos, proteger as viúvas e levantar os fracos. Resistir aos soberbos, rejeitar os perversos e destruir os malignos. Servimos apenas ao líder supremo dos Giborins de Olam.

— Oferecemos-lhe nossos serviços e nossa lealdade — disse Uziel ao lado de Merari, sem levantar a cabeça, porém segurando o martelo atravessado sobre as palmas das mãos. — Se puder redimir Olam, aceite nossas vidas como parte do resgate.

— Como sabem de todas essas coisas? — perguntou Ben, sem acreditar. Sua voz estava trêmula. — Como sabem a respeito dos irins e de Ganeden?

— Já o procurávamos antes de recebermos a convocação da princesa — revelou Merari. — Fomos avisados de que os irins haviam treinado um novo nasî, e que ele agora tinha Herevel.

Era desnecessário dizer quem os havia avisado. Lembrou-se das palavras de Enosh na noite em que ele partiu. *Principalmente, se recebermos uma ajuda especial, alguém que eu espero ter conseguido convocar...*

— Vitória ao guardião de livros! — alguém gritou no meio do acampamento, e Ben identificou a voz grossa de Icarel.

— Vida longa ao nasî! — outro retumbou.

Logo o coro duplo dominou a floresta.

Ben não soube o que dizer. Fez um gesto para que os guerreiros se levantassem. Tzizah se adiantou e se colocou ao lado dele, o capuz ainda a protegia da chuva. Ben olhou para a princesa e viu que os olhos dela estavam marejados.

— Vinte e seis giborins de Olam, quarenta soldados de elite, trezentos guerreiros com armas potencializadas... É inacreditável — disse Tzizah. — Você conseguiu.

— Enosh conseguiu — corrigiu Ben. — Apesar de tudo, ele continua nos ajudando.

A sensação era que a sorte finalmente sorria para eles. Estavam formando o menor, porém mais poderoso exército que já havia marchado em Olam nos últimos séculos. Só faltava Sinim enviar reforço. Mas, se Ben acreditava nas promessas do destino, seria capaz de jurar que o loiro latash conseguiria realizar aquela façanha.

8 Companheiros de Última Hora

Enosh sentia o velho conflito entre razão e emoção.

No fundo sabia que eles estavam certos, então, como podiam também estar tão terrivelmente errados? Era certo socorrer a cidade, mas não naquele momento, e as consequências seriam óbvias. O destino não poupava os erros. Ele havia vivido o suficiente para saber isso. Havia sobrevivido aos homens mais poderosos da história para compreender o custo dos erros desses mesmos homens.

O cavalo se movia rápido no planalto, porém não tanto quanto Enosh gostaria. Havia deixado a floresta de Ellâh e cavalgava para o leste após a difícil reunião da noite anterior com Ben e Tzizah.

Lembrou-se do que seu mestre costumava dizer a respeito das guerras: *mesmo quando tudo se torna insano, alguém precisa manter a sobriedade.*

Pena que, no final, o próprio mestre não seguiu essa orientação. Enosh ainda se culpava, pois, de certo modo, incentivou o mestre a procurar todas as potencialidades do Olho e das pedras shoham. Ou será que Tutham, o Nobre, faria isso de qualquer modo?

Viver para sempre sem paz é o mesmo que morrer eternamente. — Lembrou-se das palavras de Thamam naquela terrível noite, séculos depois, em que Tzillá morreu, quando o vilão fez a coisa certa e o herói a errada, e isso mudou definitivamente a história de Olam.

— Queime no Abadom, velho amigo. Você sempre esteve certo com respeito à vida eterna. Sempre esteve.

Ainda não entendia por que ele havia se deixado condenar. O Olho falso ainda brilhava na noite do julgamento. Ele poderia tê-lo usado. E, mesmo que o Olho já estivesse apagado, quem o enfrentaria, se ele quisesse resistir? Thamam tinha o pergaminho. Na terra ninguém sabia manipular os resquícios da magia antiga como ele.

Desconfiava ser Thamam quem mandara o mensageiro maligno naquela noite em que ateara fogo a biblioteca em Havilá. E o objetivo, provavelmente, era fazê-lo agir. É claro que Thamam sempre soube que o Olho de Olam sobre a torre era falso. Mas por que não fez nada antes? Havia mesmo conseguido se esconder do Melek todo aquele tempo? Ou será que ele ainda honrava o antigo acordo, desde que perdera a legitimidade de usar o verdadeiro Olho de Olam?

Provavelmente, ao perceber que o Olho falso se enfraquecia colocando Olamir em risco, o Melek se forçou a agir, usando o inimigo para girar a roda. Mas Thamam tivera uma grande surpresa: Ben. Qual deveria ter sido seu espanto e, principalmente, suas dúvidas quando viu o jovem pela primeira vez... Enosh desejava do fundo do coração ter estado lá. Teria o Melek sentido alegria com a possibilidade? Ou apenas tristeza?

O destino sempre volta a bater na porta daquele que o renega. — Sim, essa era outra frase antiga e verdadeira que o velho Melek costumava usar. *Não há ação sem reação.*

Enosh, O Velho, contemplou o mesmo amanhecer melancólico dos últimos meses se descortinando opacamente a partir do leste. O chapadão recoberto de grama baixa e queimada se estendia até o penhasco, parecendo um campo de cinzas. O terreno não oferecia dificuldades, e um cavalo mais forte conseguiria atravessá-lo muito mais rapidamente. Mas o pobre animal estava cansado. Provavelmente, nem sobreviveria à jornada. Exigia muito mais do que ele podia oferecer. Suas forças se esvaíam. Ironicamente, os dois estavam em condições semelhantes, pois o tempo de Enosh se abreviava, e a missão que tinha diante de si era incrivelmente longa e, sob todos os aspectos, impossível.

A dor do antigo ferimento na perna tornara-se insuportável. Sem a presença do Olho de Olam, não era possível deter o poder destruidor do ferimento causada por uma pedra do sol. Isso abreviava ainda mais seu tempo já curto.

O Yam Kademony surgiu cinzento e infinito para além da ponta ainda distante do penhasco, e Enosh percebeu que era hora de desmontar. Sem poder utilizar a Rota dos Peregrinos, seguiria a trilha sinuosa que descia até a praia dos pescadores onde ficava o antigo porto desativado. Tão grandes eram a exaustão e a fraqueza que temia escorregar e pôr um fim a tudo de maneira abrupta. Mas precisava encontrar um modo de recobrar as forças, mesmo que temporariamente. Sabia como fazer isso. Sabia também que os custos para se fortalecer seriam altos. Provavelmente, muito mais do que ele poderia pagar.

Precisava encontrar forças a fim de procurar Kenan. Lutaria com ele se fosse preciso. Mesmo o Olho de Olam sendo poderoso, Kenan ainda não sabia utilizá-lo completamente nem tinha condições de explorar todo o potencial, pois era um usurpador. Além disso, Leannah, de algum modo, continuava bloqueando as diversas possibilidades de uso. Os dois travavam uma guerra particular, mas a cantora de Havilá não seria capaz de superar o giborim por muito tempo.

No fundo, Enosh sabia que também não tinha a mínima chance contra o giborim. De qualquer modo, morreria se não tentasse. E talvez... talvez... pudesse fazê-lo mudar de ideia, pelo passado... Ou no mínimo distraí-lo para que Leannah agisse.

O que mais o fazia se amaldiçoar era o fato de ter subestimado a teimosia da princesa de Olamir. Mesmo sabendo que, sendo filha de quem era, só podia esperar isso dela. Entretanto, acreditava que finalmente Tzizah enxergaria as coisas com clareza. Nod era um erro.

Subestimara também os sentimentos de Ben por ela. Na verdade, jamais contara com isso. Era tão insano, tão impróprio. Sempre desejou que o destino de seu aprendiz fosse ser apenas um latash. Isso inviabilizava qualquer relacionamento, até mesmo com Leannah. Temeu a amizade dos dois, no início em Havilá, e teve dúvidas se o fato dela o acompanhar na missão havia sido algo apropriado. Porém, nem mesmo ele esperava que Leannah fosse a responsável pelo sucesso da reativação do Olho... E isso lhe provava outra recorrente verdade a respeito do destino: quando se tenta domá-lo, ele se volta contra o domador.

Enosh apertou ainda mais as rédeas do cavalo, como se com isso, pudesse também apertar as rédeas do destino, mesmo sabendo ser isso impossível. De qualquer modo, havia ido longe demais para soltá-las.

Os refugiados encontrariam a morte diante das muralhas de Nod. Isso era fato. Os shedins estavam se preparando há muito tempo. Eles viriam com todo o seu poder.

Enosh pensou mais uma vez em Nod e em todos os segredos que a velha cidade ocultava. Já havia visitado a velha montanha dezenas de vezes para pesquisar seus perigosos segredos.

Durante os dias que passaram em Nod, Enosh vigiara o guardião de livros, jamais permitindo que se afastasse, exceto naquela noite em que os guardas o encontraram e o jogaram na masmorra. Nod escondia mistérios que ainda não podiam ser descobertos por Ben. Isso se confirmou quando o jovem não conseguiu ler toda a inscrição dos kedoshins.

Ainda se perguntava se teria mesmo coragem de pôr em prática o que pensou em fazer naquela noite, nas profundezas de Nod. Se Ben tivesse lido toda a inscrição, ou se as palavras reveladas tivessem sido outras, teria coragem de entregá-lo? De perdê-lo?

Um pensamento óbvio lhe ocorreu: *no fundo ele nunca foi meu. Posso ter sacrificado Olam por ele, mas ele jamais foi meu.*

O único consolo era que, provavelmente, já estaria morto muito antes que Ben descobrisse a triste história do passado.

Se ao menos tivesse certeza... As dúvidas quanto ao nascimento do guardião de livros ainda o corroíam mesmo depois de todos aqueles anos. E após tudo o que fizera, todas as pesquisas, os riscos que correra, as experiências feitas, ainda precisava agir cegamente confiando em um Destino que nunca havia se mostrado domável.

Enosh balançou a cabeça e se recriminou mais uma vez por deixar as emoções antigas atrapalharem a razão. Não podia permitir que sentimentos, quaisquer que fossem, impedissem seu raciocínio e determinação. Faria o que fosse preciso, sem se importar com as consequências, como fizera, a partir da noite em que Ben nasceu. Naquela noite, havia desistido de salvar Olam e resolvido simplesmente salvar o que era possível. Precisava se lembrar de que isso ainda era tudo o que lhe restava tentar fazer.

Lembrou-se das últimas ordens dadas ao conselho cinzento antes de partir de Nod, através da passagem subterrânea. "Aconteça o que acontecer, continuem lapidando as pedras. Mantenham-se em segurança. O conselho cinzento precisa sobreviver e continuar com o plano de Bethok Hamaim."

Havia mesmo dado aquela ordem em tom de confiança? Haveria algo a ser feito? Ele não decretara o fim de Olam quando, contrariando a ordem de Thamam, salvara o bebê?

Obviamente, seus colegas estranharam a decisão dele, mas ninguém o questionou. Todos, exceto Anamim, haviam sido criados por ele. Dedicara cinquenta anos de sua vida a cada um, por isso confiava inteiramente em seus "filhos". Desejou do fundo do coração que eles sobrevivessem, mesmo sabendo ser impossível. Se ficassem em Nod, morreriam. Se fossem para Bethok Hamaim e salvassem temporariamente o mundo, morreriam do mesmo modo.

Enosh fez outro esforço em se fixar nas metas imediatas. Não adiantava agora pesar as consequências dos seus atos. Pretendia pegar uma embarcação e descer o grande canal do Yam Kademony até as Harim Neguev onde precisaria cobrar uma antiga promessa não cumprida. Tinha noção de onde Kenan estaria com Leannah, e os anaquins poderiam escoltá-lo até o local. Uma escolta de gigantes seria respeitada até mesmo pelos vassalos. Mas não sobreviveria a uma viagem tão longa. Não naquele estado. Por isso, precisava de uma espécie de sobrevida. Uma antiga e proibida técnica lhe daria isso. Os efeitos colaterais cobrariam uma dívida alta. Mais uma que ele tentaria protelar.

A praia dos pescadores o recebeu com o costumeiro vento lúgubre assim que conseguiu descer penosamente a encosta, e os velhos barcos, que ainda lá balançavam com o vai e vem, revelaram mais aberturas nos cascos como dentes faltando em um sorriso triste. Sentiu gosto de sal na boca quando respirou a névoa que se desprendia das águas tumultuosas.

Quando tentou montar o cavalo, mais uma vez, as pernas fraquejaram e ele caiu de rosto sobre a areia grossa. O animal disparou em direção ao mar cinzento. Cuspindo grãos de areia misturados com maldições, o velho se arrastou. Foi quando acionou uma pedra shoham que estava dentro da bolsa. Castigou mentalmente o animal por ter fugido, obrigando o cavalo a retornar.

Já sobre as costas do magro animal, encontrou a estradinha ladrilhada com conchas do mar. Prendeu-se o melhor que pôde sobre a sela, ficando praticamente deitado, pois sabia o que enfrentaria. Tirou da bolsa outra pedra shoham e a esfregou levemente. A pedra brilhou, e ele a aproximou do ouvido.

Logo ouviu os uivos e enxergou a matilha de lobos que rosnava faminta em sua direção. Apertou fortemente a pedra próxima ao ouvido. Eram dez ou doze. Por mais improvável que fosse a existência daquele tipo de lobo naquela região, as imagens captadas pelos olhos não aceitavam contestação. Fugir era o que uma parte do cérebro ordenava, mas o braço desobedecia e segurava firmemente as rédeas para não deixar o animal disparar. O cavalo empinou em desespero, e Enosh percebeu que ia ser lançado para fora da cela. Pensou que seria um modo irônico de morrer, atingido por uma ilusão que ele próprio criara. Esfregou mais fortemente a pedra, e os lobos finalmente desapareceram. O pobre cavalo, sem acreditar no sumiço da ameaça, continuou escoiceando para todos os lados.

Depois, para desespero ainda maior dele e do animal, enfrentaram as serpentes que lhes barraram o caminho e, por fim, os cavaleiros cadáveres que irromperam pela estradinha prontos para esmagá-los.

Superadas as ilusões criadas para manter visitantes indesejados longe do lugar, Enosh se aproximou da aldeia abandonada. Quando partiram para Nod, precisaram deixar alguns "tesouros" ali. Viu os túmulos cavados por ele e Ben e andou entre eles tentando identificar o lugar. Sabia que não era respeitoso andar a cavalo sobre sepulturas, mas era aquilo ou ficar dentro de uma também.

Finalmente, desceu do animal quando identificou o local e se pôs a escavar o túmulo com as mãos, pois não havia ferramentas disponíveis. Por sorte, a areia fofa facilitou bastante o trabalho. Embaixo do cadáver em decomposição, uma pequena caixa se escondia. Ele a retirou arqueando as costas do morto. Sentiu o estalido dos ossos fracos se quebrando.

Duas pedras amarelas estavam dentro da caixa. Precisavam ficar próximas de cadáveres para não serem ativadas. Por sorte, havia muitos cadáveres disponíveis naqueles dias.

Eram as únicas que não haviam sido lapidadas por ele ou por algum integrante do conselho cinzento. Ele as guardava há duzentos anos, mas nunca as havia manipulado. Ganhara as pedras em um combate, no qual uma amizade de quase novecentos anos havia sido perdida. Elas eram o segredo da longevidade do terceiro homem que vivera mais tempo sobre a terra.

Enosh admirou mais uma vez as linhas do tempo riscadas por Télom sobre a shoham. Houve uma época em que os dois pensavam criar um conselho cinzento composto de mil latash para durar dez mil anos. Assim, seriam o maior poder da terra e estabeleceriam uma era em que o conhecimento e a ciência, e não a religião ou a superstição, ditariam os rumos da humanidade. Até que Télom descobriu...

— *Você é um maldito* — dissera Télom furioso, naquele dia que Enosh desejava esquecer. — *Um homem jamais deveria roubar a mulher de seu amigo.*

Não havia roubado. Não se podia chamar de roubo algo que fora oferecido a ele tão facilmente. No começo, nem queria, porém, depois, não conseguia resistir.

A batalha durou uma semana. Ambos levaram as mais poderosas pedras para o campo de batalha e atacaram um ao outro com todo o poder de que dispunham. Pessoas, ao avistarem de longe os estrondos e os clarões, acreditavam que dragões-reis duelavam no deserto.

Enosh esperava que, em algum momento, Télom se desse por satisfeito do ultraje e então se voltasse para quem realmente tinha culpa na história: a própria mulher, a maldita e bela traiçoeira que os enfeitiçara. Mas a paixão exerce um poder de cegar, mesmo os homens mais inteligentes. Nem mesmo o grave ferimento na perna causado por Télom satisfez o antigo aliado. Ele continuou investindo sem se conter... A mulher carregava um filho. Mesmo sabendo que só a magia possibilitava a um latash ter filhos, Enosh não podia desprezar o único fruto de seu próprio sangue.

Ao final teve que matar o melhor amigo. Aquela havia sido a segunda atitude mais dolorosa que tomou na vida. A outra foi abandonar o filho tempos depois.

Ainda ajoelhado, ao lado do túmulo aberto do pescador morto, Enosh sentia a perna latejar. Era curioso que o ferimento feito por Télom, no final das contas, seria de fato o responsável por sua morte. Mas, por enquanto, o próprio Télom o ajudaria a adiá-la. Segurou as duas pedras amarelas do antigo colega. Olhou para o cavalo e sentiu pena do animal, mas, se não fizesse aquilo, não sobreviveria um dia a mais. Levantou-se e aproximou-se dele. Mesmo sabendo que a força do cavalo não o levaria tão longe, era sua única opção.

Encostou as duas pedras, uma em cada lado da cabeça do cavalo. Viu os olhos escuros ficarem subitamente assustados, mas já sem forças para reagir. Então, sugou tudo o que pôde. Não o soltou mesmo quando dobrou as patas dianteiras e se ajoelhou. Por fim, as patas traseiras também cederam, e o animal se deitou sobre a areia. Ao final, o cadáver aparentava estar em decomposição há pelo menos uma semana. Em contrapartida, Enosh se sentia capaz de correr por quatro dias e quatro noites sem parar.

Devolveu as pedras à caixa e, em seguida, ao morto. Empurrou a areia outra vez sobre o cadáver devolvendo ao pobre e anônimo pescador seu interrompido descanso. O cavalo, entretanto, ficaria sem sepultura, pois não havia tempo.

De volta a areia da praia, sentia-se como se tivesse vinte anos. Avaliou outra vez os barcos afundados. Se ao menos algum deles estivesse em condições de navegar... À esquerda estava a encosta de onde viera e, ao oeste, a cidade de Nod, cercada pelos vassalos. À direita, o caminho para Maor através do pântano e depois dele, pelos bancos de areia. Havia apenas uma passagem por ali, e ele a conhecia bem. Por ela chegaria rapidamente a cidade do delta sem ser percebido. Precisava partir imediatamente, mas por alguma razão relutava.

Já podia ver os caroços surgindo sob a pele e o endurecimento natural, como resultado da injeção de vitalidade que seus músculos velhos e flácidos haviam recebido. Ele suava muito pois seu organismo completamente desregrado tentava inutilmente baixar a febre. Em duas ou três horas, se sentiria melhor. E, em uma semana, estaria morto. Esse era o preço.

Muito ao longe, sobre o mar, enxergou uma estranha silhueta, como se uma comprida serpente escura voasse pelos céus. Por um momento se assustou pensando que pudesse ser o dragão-rei, mas eram os re'ims cavalgando enfileirados em perfeita sincronia, quase na altura das nuvens. A fila foi se inclinando, e eles perderam altitude. O líder branco que puxava o grupo mergulhou, e todos o seguiram brecando a descida com as longas asas abertas até que os cascos pisaram o alto do penhasco, e as asas se fecharam sincronicamente. Os cavalos alados galoparam até diminuir a velocidade e pararam para se alimentar nas pastagens cada vez mais ralas do chapadão.

Enosh estranhou a presença dos animais, pois sabia que eles haviam partido há quase três meses de Olam. Imaginava que, naquele momento, eles estivessem em algum lugar distante e seguro, no outro lado do mundo ou, talvez, até mesmo em *outro* mundo.

— Tempos realmente estranhos estes — sussurrou para si, observando o pouso dos re'ims. — Behemots, rei'ms e o próprio Leviathan. Todos vieram para cá. Sem dúvida, algo grande vai acontecer...

Buscou dentro da sacola por uma pedra especial. Era vermelha e triangular. A ideia que teve era arriscada, mas se um cavalo lhe dera forças, talvez outro o levasse até onde precisava.

Sabia que controlar um re'im seria uma tarefa muito mais difícil do que controlar um cavalo comum. A força de vontade dos re'ims e a inteligência eram quase humanas, e o vigor físico muito maior. Mesmo assim, tentaria. Mas, para isso, precisava laçar um animal daqueles e tocá-lo com uma pedra shoham.

Subiu o penhasco esbanjando vitalidade, graças a energia do animal. Lá em cima, visualizou os re'ims de perto. Eram magníficos. Por um momento temeu que eles percebessem sua presença e voassem para longe. De fato, um dos cavalos notou a presença dele, mas não deu importância, pois continuou pastando tranquilamente. Era imponente com crina e longas asas avermelhadas.

Os animais estavam famintos depois de uma provável longa viagem. Cada vez encontravam menos pastagens, pois a chuva ácida matava tudo aos poucos.

Relinchos dos outros animais denunciaram a presença do estranho, porém o re'im o olhou com curiosidade e certo desprezo. Nem mesmo um homem forte e saudável conseguiria alcançá-lo; certamente, ele não viu ameaça em um velho que parecia extremamente fraco para oferecer algum risco. Tranquilamente voltou a pastar.

Enosh aproveitou a distração e correu em sua direção com uma velocidade surpreendente. Imediatamente o re'im abriu as longas asas e se impulsionou. Porém, Enosh havia jogado a corda com o laço armado. Nunca imaginaria ter tamanha sorte de acertar a cabeça do re'im, mas logo viu a façanha se tornar em horror, quando sentiu o chão sumir debaixo de seus pés. O re'im cavalgou para o precipício e mergulhou no abismo. Enosh sabia que devia largar a corda, mas então perderia a única chance de capturá-lo, por isso segurou-se e foi com ele. Todo o desespero da idiotice o atingiu quando se viu caindo do penhasco em direção às rochas e águas do Yam Kademony, enquanto o re'im mergulhava para o abismo.

Por sorte, a faixa de rochas junto à praia era muito estreita, forçando o animal a fazer uma curvatura, antes que se chocasse com a areia. Enosh raspou nas rochas e depois na areia, e só não foi atingido em cheio, porque a corda não era longa, mas a água salgada do mar foi inevitável quando o re'im completou a curva. Enosh chocou-se dolorosamente contra as ondas enquanto o re'im cavalgava o ar. O animal se aproximou até tocar as águas com as patas, e o velho se viu segurando a corda e deslizando sobre a água por alguns instantes, submergindo depois. Tentou desesperadamente segurar o ar nos pulmões e aguentou por vários minutos embaixo da água, um tempo impensável não fossem as forças extraídas do cavalo. Finalmente, o re'im se elevou, pois corria o risco de também se afundar voando tão baixo. De volta à superfície, Enosh deslizou mais uma vez e cortou as ondas que iam para a praia, sentindo os impactos a cada curto intervalo. Percebendo que não conseguiria livrar-se do peso extra, o re'im subiu outra vez. Enosh viu o céu cinzento acima do cavalo ficar mais próximo, e o mar lá embaixo mais distante, mas tudo parecia para ele uma coisa só, enquanto se agarrava à corda e tentava enrolá-la na cintura.

O re'im contornou enquanto Enosh tentava escalar a corda. Precisava ser cuidadoso, pois, como estava debaixo das patas do animal, um coice seria suficiente para derrubá-lo.

Quando o latash viu o penhasco se aproximar vertiginosamente, logo compreendeu a intenção do animal, a qual parecia ter chance de êxito. O re'im calculava o comprimento da corda a fim de deixar espaço suficiente para que Enosh se chocasse com as rochas, enquanto ele passaria em um voo rasante sobre o penhasco.

Enosh pensou em se soltar e cair sobre o mar, mas corria o risco de cair na areia da praia ou até mesmo nas rochas. De qualquer modo, ainda que caísse nas águas, daquela altura não havia chances de sobreviver. Vendo o penhasco se aproximar, Enosh enrolou o braço direito na corda que o suspendia e libertou o esquerdo. A dor da corda estrangulando o braço o fez soltar um gemido de dor. Mesmo assim, pegou a pedra shoham e disse as palavras. Fogo partiu da pedra em direção ao re'im, passando bem na frente dele. O susto fez o animal bater as asas e se elevar fazendo Enosh passar a centímetros da quina do penhasco.

Já exausto, o latash percebeu que seu esforço apenas lhe garantira mais alguns minutos. O re'im continuava buscando uma alternativa de se livrar do incômodo peso. O latash enxergou árvores se aproximando. Logo, elas transformaram-se em um tapete verde e irregular sob seus pés.

Ele havia conseguido escalar um pouco mais a corda e estava perto das patas que se moviam acima de sua cabeça como se estivessem cavalgando em um campo. Isso o livrou das duas primeiras árvores que passaram bem próximas. Relinchando e balançando desajeitadamente sobre a floresta, o animal se desviava das árvores mais altas que estavam à sua frente e tentava deixar Enosh preso em algum galho. Por fim, o balanço do animal jogou Enosh para o lado, e ele se chocou com as ancas do cavalo alado. Só por um triz se livrou de um coice fatal que raspou sua cabeça. Da segunda vez que o animal balançou para se desviar dos galhos, ele bateu na outra anca. Foi a chance para se agarrar a uma das asas e encostar a pedra shoham no re'im.

— Acalme-se, submeta-se!

As palavras imediatamente abalaram a vontade ferrenha do re'im. O cavalo alado não conseguiu manter o voo com uma só asa e despencou. Ainda tentou pousar amaciando a queda com as patas grossas e as ancas poderosas, mas o que ocorreu de fato foi uma confusão de patas, asas e crinas, enquanto o re'im e Enosh rolavam pelo chão recoberto de relva.

Quando Enosh atordoado entendeu o que havia acontecido, desesperou-se com a ideia de que o re'im estivesse gravemente ferido ou mesmo morto. Viu, porém, o re'im ainda em pé, confuso pelo que havia acontecido, e sentiu alívio. O animal relinchava baixinho ainda submisso pelo toque da pedra. O latash reparou que ele mancava uma pata, e uma das asas estava bastante ferida.

Também mancando, Enosh se aproximou do animal. Mas antes avaliou a si mesmo. Apesar de aparentemente não haver ossos quebrados, sentia dores em todo o corpo. Sua túnica estava rasgada, e a pele de uma das pernas, em carne viva.

— Eu sinto muito ter feito isso, mas você jamais permitiria de outro modo... Isto aqui está bem feio, né? — apontou para a asa ferida. — Não se preocupe, nós vamos dar um jeito. — Buscou dentro da sacola uma pedra curadora. — Em algumas horas, você se sentirá muito melhor, eu garanto.

Quando Enosh tocou a asa do re'im com a pedra curadora, imediatamente as sensações do animal passaram para ele; isso sempre acontecia quando esse tipo de conexão com pedras curadoras era feito. Sentiu a dor do animal pela queda e também contemplou cenas vistas anteriormente pelo re'im.

Naquele momento, Enosh teve um sobressalto e desconectou a pedra. O atordoamento sentido não era pela dor do cavalo, mas pelo que havia visto.

— Você... — disse o latash surpreso, passando a mão pela crina do re'im. — Você arrumou asas!

Aquele re'im havia cavalgado com Ben e os outros jovens de Havilá durante o percurso do caminho da iluminação. Ele se chamava Erev.

Enosh procurou nervosamente Ieled dentro da bolsa, temendo que talvez a tivesse perdido na louca aventura com o re'im.

Por fim encontrou a pedra vermelha e a colocou no chão. Fez um semicírculo com duas amarelas e a pedra triangular.

— Agora venha cá, amigão. Não tenha medo. Eu preciso ver tudo o que você viu, e você também deve ver algumas coisas que eu já vi. Espero que consiga ainda almoçar depois.

Então voltou a encostar a pedra curadora no re'im. Quando tocou Ieled com a outra mão, ela se ativou de um modo especial e, como às vezes acontecia, mostrou o futuro a partir do passado. Era só um prognóstico. A junção dos acontecimentos do passado e do presente por Ieled somada às informações que o re'im possuía revelou o futuro provável.

Do passado, viu o pequeno bebê com cabelos castanhos que ele salvara da morte há tantos anos. Viu um pouco do tempo em que viveram tranquilos escondendo-se dos shedins em Havilá, até a noite em que contemplou Kenan cavalgando para a cortina de trevas e enviando o nephilim para o Abadom. Viu Mashchit o atacando, no velho casarão em Havilá e depois o fogo devorando a biblioteca, e após os mercenários tentando levá-lo para Bartzel. Visualizou a jornada dos três jovens de Havilá por toda a terra de Olam, decifrando e completando um a um os pontos do caminho da iluminação, na maior aventura da história de Olam. Viu Olamir subjugada sob o poder de Hoshek. Enxergou Kenan usurpando o Olho de Olam, e Ben recuperando Herevel. Viu Leannah, Tzizah e Adin. Cada um deles desempenhando funções específicas naquela história. A pedra ainda lhe mostrou Nod cercada por exércitos tenebrosos. De algum modo misterioso, todos aqueles eventos se uniram para formar o provável futuro. E lá estava Ben. Com todo o horror possível pela soma de todos os seus temores, viu quando ele abriu o último portal e fez a era de trevas retornar para Olam.

Enosh, O Velho, assentou-se atônito.

— Não se pode mesmo controlar o destino — disse em agonia.

* * * * *
* * * *

Ben mergulhou em direção ao exército vassalo que cercava Nod. Na escuridão da noite, ele descia como um vulto cortando as correntes frias. Sua grossa plumagem desprezava a chuva ácida que parecia cair para cima enquanto ele descia mais rápido do que os pingos.

Ao se aproximar, a cidade cresceu. Viu a muralha externa sólida como um penhasco suportando as batidas das ondas escuras de soldados vassalos. Viu também a muralha interior que dividia a cidade baixa da cidadela dos nobres com suas torres altas, onde ele e Enosh iam todos os dias para observar o crescimento do exército vassalo e, mais acima, os palácios cinzentos no centro do pátio onde o capitão o interrogou e depois o enviou para o calabouço.

Seu coração batia acelerado enquanto suas asas permaneciam fechadas. Se não as abrisse no último momento, se arrebentaria no chão cem ou duzentos metros abaixo. Precisava descer daquele modo vertical, pois só um voo arriscado lhe daria a visão necessária do exército inimigo.

Seus olhos lúcidos conseguiam ver no escuro como se Shamesh iluminasse o planalto. Enxergava não apenas os soldados lá embaixo, mas as ratazanas que se moviam entre as tendas, como alvos quentes que ele precisava se esforçar para ignorar. Sentiu um desejo quase incontrolável de esticar as garras poderosas e descer até o chão para colher pelo menos uma delas, mas com esforço, abriu seus braços que eram longas asas e conteve a descida alucinante. Então, enquanto planava, deu uma boa olhada no exército vassalo. Procurou por alvos diferentes de homens ou ratazanas e não os encontrou, exceto cães, porcos, cabras e bois.

Ainda assim, viu que o cerco estava se intensificando. As catapultas bombardeavam consistentemente as muralhas, e as pedras ultrapassavam com facilidade a muralha exterior arrebentando os precários telhados da cidade baixa. Os dardos inflamados cruzavam o céu enegrecido, caindo como chuva de fogo sobre a cidade.

Mesmo correndo o risco de ser atingido por algum dardo, bateu asas e sobrevoou a montanha, subindo vertiginosamente as construções que se apinhavam entre as muralhas. Em segundos superou a muralha interna e se deparou com o palácio cinzento que se encravava como um chifre no alto da cidadela. Os soldados de Nod olharam assustados para o reflexo dourado que passou rasante sobre eles, e não poucos apontaram arcos e bestas em sua direção. Ben deixou cair a pedra shoham presa em suas garras. Então se impulsionou às alturas e viu o mundo virar de cabeça para baixo mais uma vez até que furou as nuvens escuras para dentro da segurança.

Em um relance, viu satisfeito os soldados correndo na direção da pedra. Nesse ponto já estava planando tranquilamente dentro das nuvens, longe da visão e do alcance dos arcos inimigos ou amigos.

Ben forçou-se a lembrar que não era uma águia. A conexão com Evrá através da pedra amarela que ela carregava no peito havia sido mais forte do que das outras vezes. Isso lhe possibilitou enxergar praticamente igual ao modo como Evrá enxergava, porém também fez sentir os anseios predadores dela.

Sabia que era hora de voltar. Por mais excitante que pudesse ser acompanhar a águia no seu voo de retorno para a floresta, havia coisas urgentes para fazer, por isso desconectou a pedra shoham e deixou-se desligar.

Sentindo-se livre, provavelmente, Evrá iria atrás de alguma presa que seus olhos poderosos captariam no retorno e só chegaria ao acampamento ao amanhecer.

De volta à floresta de Ellâh, Ben viu olhos atentos sobre si. Eram os de Tzizah, de Merari, Icarel, Hakam, Amom, Ooliabe e Oofeliah. Ainda sentindo a zonzeira das conexões e a exaustão causada, ele estranhou a presença do grupo e se sentiu acuado como uma águia se sentiria se estivesse cercada. Aos poucos, sua mente se lembrou de que eles estavam em sua tenda desde o início, quando se conectara com Evrá para buscar imagens atualizadas da situação em Nod, e esperaram pacientemente que ele as conseguisse.

— O exército duplicou, relatou para o grupo. Vi doze grandes torres de assalto preparadas para abordar as muralhas e dezenas de catapultas. Os projéteis já atravessam facilmente a muralha externa. A cidade baixa está em caos. Parece evidente que os vassalos decidiram tomar a cidade por assalto e não apenas manter o cerco.

— Quantos soldados? — perguntou Merari, que se assentava perto da fogueira, observando as chamas crepitando e mexendo a lenha de quando em quando. Os folículos de fuligem se desprendiam e voavam brilhantes como vaga-lumes povoando a floresta.

— Oito mil, talvez dez...

— É numeroso — reconheceu o guerreiro.

— Pelo menos não enxerguei cavaleiros-cadáveres, sa'irins ou tannînins.

— Os portões externos ainda resistem? — perguntou Tzizah.

— A situação piorou bastante desde que deixamos a cidade. A parte baixa está praticamente entregue a si. Não vai demorar até os vassalos conseguirem arrombar o portão.

— Mesmo com armas especiais, será uma batalha muito dura. — pronunciou-se Hakam. — Nossa única esperança é conseguir surpreendê-los. Porém, como sabem de nossa existência, é provável que estejam nos esperando.

Isso era o que Ben vinha pensando durante todo aquele tempo. Como surpreender um exército em pleno ato de sitiar uma cidade? A ideia surgiu da história de Icarel a respeito do urso. *Às vezes, quanto mais próximo se está do inimigo, mais chance há de derrotá-lo.*

— A esta altura os líderes da cidade já devem ter acessado o conteúdo da pedra. Resta torcer para que entendam e façam o que lhes foi pedido — disse Ben.

Por um momento todos ficaram silenciosos olhando apenas para a fogueira e para as fuligens incandescentes que se desprendiam.

— É uma tática arriscada — pronunciou-se Merari, rompendo o silêncio. — Muitos fatores que não controlamos precisam contribuir para que tenhamos uma chance.

— Pelo menos contamos com vinte e seis giborins — disse Ben, olhando para o guerreiro de Olamir. A chegada inesperada deles fora o maior presente até aquele momento em Ellâh. — Como vocês conseguiram sobreviver à invasão?

— Cinco dias antes do *Eclipse*, eu e mais dez giborins fomos enviados em uma missão — explicou Merari. — Devíamos capturar a princesa de Olamir, o líder supremo dos giborins de Olam e três jovens de Havilá, e trazê-los de volta, a fim de serem julgados por alta traição.

— Quem deu a ordem? — perguntou Tzizah. — Har Baesh?

Merari parecia relutante em responder, mas o olhar de Tzizah foi insistente.

— Recebemos um comunicado formal... do Conselho de Olamir... Com o selo real... — confessou Merari.

— Isso não é possível! — reagiu Tzizah. — Foi meu pai quem me enviou para fora de Olamir, a fim de percorrer o caminho da iluminação! Ele nunca mandaria prender-nos ou trazer-nos de volta.

— Tem certeza de que foi mesmo Thamam? — perguntou Ben, tão incrédulo quanto Tzizah. — O selo dele não poderia ter sido falsificado?

— O selo poderia, mas ele entregou pessoalmente a ordem para mim. Isso foi antes de ele ser... — o homem se calou ao olhar para Tzizah.

— Banido — completou a princesa de Olamir.

— Infelizmente, senhora.

— Não faz sentido — repetiu Tzizah.

— Foi por isso que não estávamos lá quando a cidade caiu... — completou Merari.

Ben percebia o estado de quase desespero em que Tzizah se encontrava. Aparentemente, Thamam havia se arrependido de tê-los enviado para reativar o Olho. Será que ele imaginava o que aconteceria com Kenan? Ou havia outros motivos?

— E os demais giborins? — perguntou Ben. — O que aconteceu com eles?

— Quinze deixaram Olamir antes da batalha... Os demais caíram com Olamir. Inclusive Libni, espada cortante.

As palavras do giborim deixaram um vazio desconcertante no ar. Ben sabia que o grupo de giborins havia abandonado Olamir por descontentamento em relação às ordens dadas pelo Conselho manipulado por Har Baesh. Como só respondiam ao líder supremo, aqueles giborins haviam decidido abandonar a cidade. Porém, os demais permaneceram e foram mortos na invasão.

De qualquer modo, se os líderes de Nod não atendessem ao estranho pedido feito a eles, e se Sinim não viesse, todos os giborins cairiam diante de Nod, e Olam com eles, definitivamente.

O risco, sem dúvida, era muito grande; mas, que outra chance teriam? Se Nod fizesse o que lhe foi pedido, se recolhesse toda a população na cidadela, deixando os vassalos invadirem a cidade baixa, poderiam encurralar o exército inimigo.

Transpondo a primeira muralha, os vassalos acreditariam ser possível uma fácil vitória por estarem dentro da cidade, mas aquilo poderia se tornar uma grande derrota, pois enfrentariam dificuldades em tomar a cidadela; enquanto isso, com a ajuda de Sinim, seriam atacados pelo lado oposto. Assim, o exército invasor seria destruído entre as duas grandes muralhas de Nod. Seria, nas palavras de Icarel, "um abraço de urso".

— Acho que devemos todos ir dormir — disse Hakam. — Noite que se ganha é dia que não se perde.

Quando o silêncio venceu sem muito esforço a batalha contra as vozes do acampamento, Ben acomodou-se na esteira forrada com capim em sua tenda. Por um momento, sentiu vontade de se conectar outra vez com Evrá, e voar livre sobre campos e matas, e mergulhar atrás de cobras ou roedores que se escondiam em outeiros e pradarias recobertas de vegetação baixa. Porém, tinha receio de, em algum momento, não conseguir mais retornar à própria realidade. Enosh costumava dizer que as pedras shoham aprisionavam os homens em realidades imaginárias se fossem utilizadas exageradamente.

Ben sentiu-se tentado a usar a pedra shoham deixada por Anamim para comunicar-se com Enosh. Sabia que poderia contatá-lo, pois ele sempre carregava Ieled. Estabeleceria uma conexão tão perfeita como se estivessem frente a frente. Ansiava em ter notícias do velho. *Onde ele estava? O que estaria fazendo ou planejando? Teria ainda alguma participação na guerra?* Mas, se o velho não costumava dar respostas quando estavam face a face, por que o faria agora?

Com um grande sentimento de pesar, Ben compreendeu que o plano de Enosh, mais do que nunca, tinha tudo para dar certo. Com quase quinhentos soldados, vinte e seis giborins, armas potencializadas, eles tomariam Bethok Hamaim facilmente. O conselho cinzento poderia completar a lapidação da rede dentro da cidade. Porém, partiriam para Nod e, se a libertassem, teriam dado apenas um passo insignificante em toda aquela guerra. Sem dúvida havia cometido um erro ao apoiar Tzizah.

Se alguém tem o poder de tornar as coisas erradas em certas, esse alguém é você, lembrou-se da ironia de Anamim.

O guardião de livros sabia que, com a pedra shoham de Anamim, poderia também se conectar com o próprio Olho de Olam. Ele manuseara o Olho durante tanto tempo, enquanto era apenas sua pedra Halom. Talvez pudesse se comunicar com Leannah, ou pelo menos descobrir onde estava a cantora de Havilá. Será que algum dia voltariam a se encontrar? Quem era Leannah agora? Certamente não era mais a jovem impetuosa e inexperiente que partira com ele de Havilá. Ela havia completado o caminho da iluminação. Fora a única a participar de todas as etapas e a receber todos os dons dos kedoshins. Mas Ben já não sabia mais se isso era bom ou ruim.

Cansado, decidiu fechar os olhos. Acreditava que não dormiria, mas naquela noite o sono finalmente veio. Em sonhos, Ben esteve em Olamir outra vez. A cidade estava destruída, e ele andava por entre os escombros. Enosh estava morto. O cadáver seco repetia algo que lhe dissera antes de partir da floresta: "Esta guerra será muito maior do que nós poderíamos imaginar, poderes antigos estão despertando, inimigos indescritíveis retornando, céus e terra, mundo e submundo, não haverá limites". Então se desmanchava restando apenas pó seco como o das construções esmagadas de Olamir.

Os conhecidos cadáveres dos dois nobres de Olamir dos sonhos de Nod, que sempre o confundiam com Kenan, também estavam lá com as mesmas expressões de cobrança de sempre, porém falavam algo diferente: "O dia do juízo está chegando usurpador, o acerto de contas de todos os mortais e imortais. Pensa que poderá fugir?".

E os dois meninos que duelavam em Nod com espadas e cavalos de pau também apareciam, olhando-o cheios de esperanças. "Você nos devolverá a vida?", perguntou um deles. Só então Ben percebeu que também eram cadáveres, e ele encontrava-se em Nod. O guardião de livros correu desesperado pelas vielas da cidade cinzenta, ouvindo atrás de si o riso da bruxa da taberna convidando-o: "venha beber um pouco de vinho, perdição de Olam". Quando olhou para trás, Tzizah estava sentada debaixo de bétulas, rindo dele.

Ben acordou suado e inquieto com aqueles sonhos confusos e misturados. A chuva continuava caindo como nos últimos meses, e provavelmente como continuaria até o fim dos tempos. Conscientizou-se de que não havia motivo para inquietação. Não estava com Halom ou Ieled, e, portanto, os sonhos não eram previsões do futuro, apenas temores antigos de sua alma que se juntavam aos novos.

Teve a sorte de dormir outra vez e, dessa vez, viu Leannah. Ela estava ali, dentro de sua tenda. Os longos cabelos da cor do cobre pareciam esconder raios do sol. O rosto branco e sem manchas não apresentava mais uma idade definida. Ela havia se tornado a mais bela das mulheres. Ou talvez, sempre tivesse sido, mas ele não percebera. O sorriso amplo e o olhar bondoso ainda eram os mesmos.

— *Esta guerra não pode ser vencida com um exército ou com armas* — ela lhe disse, tocando-lhe a face. — *Suas escolhas definirão o rumo dessa guerra. Eu estarei com você quando seu momento chegar. Pense em mim e eu irei ao seu encontro. Não se esqueça. Eu o ajudarei a vencer sua pior batalha. Chame o meu nome.*

O sexto dia amanheceu atrasado e passou devagar. A chuva continuava. As horas se arrastaram, e as confusões no acampamento se multiplicaram. O grupo de Kilay não aceitou facilmente a liderança de Amom, pois os desertores não o consideravam um cidadão de Olamir, apesar de ser o capitão dos soldados de elite. Novamente Ben precisou intervir e ameaçou os dissidentes de enfrentarem a disciplina do exército. Sua paciência já estava no limite com aqueles soldados desertores de Olamir.

— Vá ensaiando suas ameaças verbais — disse Kilay, retirando-se após a reprimenda. — Talvez você tenha êxito com os exércitos vassalos, ameaçando-os.

— Se não estão dispostos a lutar conosco, não são obrigados a ficar — disse Ben com firmeza. — Podem partir agora, do mesmo modo como abandonaram Olamir antes da batalha. Mas se querem ficar e se redimir da covardia, precisam se submeter ao meu comando, ou então serão punidos. A escolha é de vocês.

Os homens resmungaram diversas coisas que Ben não fez qualquer esforço para ouvir, mas logo se dispersaram cada um voltando para sua tenda. Sua autoridade havia crescido entre os soldados. Mesmo Kilay não o encarava mais como antes, nem ousava confrontá-lo abertamente.

Histórias a seu respeito eram contadas ao redor das fogueiras. Especialmente sobre a batalha com a saraph em Midebar Hakadar e o treinamento com os irins em Ganeden.

"Ele é um nasî, como os do passado", um dia ouviu um soldado cochichar, "foi abençoado por *El* em Ganeden, por isso tudo o que faz dá certo. Ele nos conduzirá a uma vitória estrondosa. Vocês verão".

Ben desejou do fundo do coração que aquilo fosse verdade.

Vários grupos de soldados chegaram durante aquele dia como havia acontecido em todos os anteriores, mas já não seria possível treiná-los. Iriam para a batalha do jeito que estavam. De qualquer modo, não havia mais armas potencializadas disponíveis.

O guardião de livros passou o dia examinando os mapas armazenados nas pedras, tentando encontrar confirmação para o perigoso caminho escolhido a fim de chegar o mais rápido possível e em segurança até Nod. A rota dos peregrinos sem dúvida era a melhor opção, contudo estava bem vigiada. Havia diversos caminhos menos transitáveis, mas que davam longas voltas desviando-se de montanhas e florestas. E a maioria parecia pouco seguro também. De qualquer modo, não seria fácil deslocar quase novecentos homens secretamente. Precisavam estar preparados para serem atacados na estrada.

Ben suspirou e pensou outra vez em Enosh. Onde estaria o latash? Ele saberia exatamente o que fazer, o caminho certo a seguir, a melhor estratégia de ataque.

— Mas não concorda com esse ataque — falou para o fogo, como se estivesse diante do mestre.

Por um momento, um estranho pensamento o assolou. Será que tudo faria parte do plano de Enosh? Lembrou-se do modo como o latash manipulara os eventos para que Ben partisse de Havilá em direção a Olamir. Ele nunca dissera o que fazer, mas, de algum modo, sempre conduzira as coisas para que todos fizessem exatamente o que ele desejava. Sabia até mesmo o momento em que Ben sairia de Ganeden. Ou tudo havia sido coincidência?

— Será? — perguntou para as árvores de Ellâh. Sem saber se isso lhe trazia esperança ou medo.

No final daquele dia, tentou se comunicar com Anamim. Se o latash tivesse passado despercebido e encontrado um barco em Maor, já estaria chegando em Sinim. Mas apesar de ter chamado longamente o nome dele, não obteve resposta. Talvez estivesse longe demais para se comunicar através daquelas pedras comuns.

Ben lembrou-se de Kenan usando Herevel para se comunicar com Thamam nas Harim Keseph. A espada, sem dúvida, potencializava as pedras comuns e enviaria uma mensagem para Além-Mar, mas decidiu não tentar fazer aquilo. Não sabia quais seriam os riscos, ou quem interceptaria uma mensagem aberta. Por isso decidiu dar um voto de confiança ao jovem latash e esperar que ele encontrasse uma maneira de se comunicar quando fosse possível.

Já estava desconectando a pedra, quando uma imagem subitamente surgiu em sua mente. Era a visão de um alto e antigo farol que se projetava sobre o mar infinito.

— O Farol de Sinim — deduziu.

Percebeu que provavelmente Anamim estivesse em Sinim, mas querendo evitar que outros descobrissem, havia apenas enviado aquela imagem para que Ben entendesse.

— Eu sabia que podia confiar nele!

Pensou em se dirigir até a tenda de Tzizah para contar-lhe a novidade, mas já estava bastante tarde e, de qualquer modo, provavelmente isso não convencesse a princesa da confiabilidade do latash.

Quando o dia da partida para Nod amanheceu, o acampamento já estava desperto há muito tempo. Os pássaros cantavam tristes, e todas as corujas da floresta piavam como se não entendessem que já havia amanhecido.

O exército se preparava para a marcha. Os soldados colocavam as últimas provisões sobre as carroças, e algumas já pareciam bastante carregadas. Mesmo sem ainda ter a confirmação de que Sinim viria, as últimas imagens da situação em Nod captadas por Evrá tornavam inadiável a marcha, por isso Ben ordenou que se movessem. A imagem do farol enviada por Anamim era um forte sinal de que as coisas saíam conforme o planejado.

Vamos levar dias para chegar até Nod, pensou Ben, circulando por entre os soldados e tentando colocar ordem no caos.

Jamais imaginara que uma guerra exigisse tanto planejamento. Em seus sonhos de menino se via lançando-se destemido no campo de batalha, mas sem considerar que, para chegar lá, seria necessário tanto preparo. Calcular a necessidade de alimentos para o número de pessoas, multiplicado pelo número de dias que uma marcha podia durar; verificar o bom estado das carroças, a força e a resistência dos animais, a saúde dos soldados; além de estar atento a uma série de emergências que surgiam, e aos constantes desentendimentos entre os próprios soldados. Era difícil acreditar que defenderiam a vida uns dos outros no meio da batalha, se às vezes pareciam dispostos a se matarem antes dela.

Ben repassou mentalmente o exército que haviam conseguido arregimentar. Eram pouco mais de trezentos cavaleiros, incluindo os giborins de Olam, e seiscentos soldados a pé. Entre estes cerca de quatrocentos camponeses. Sem dúvida, era um número bem maior do que acreditaram ser possível. E, com as armas trazidas por Anamim, formavam uma força considerável, porém o número maior também tornava a movimentação mais lenta.

Na noite anterior, Ben reunira os capitães para discutir sobre a marcha. Hakam era da opinião de seguirem apenas com os giborins e os guerreiros com armas potencializadas. O filósofo argumentou longamente sobre as vantagens de ataques rápidos e retiradas estratégicas contra um grande exército, como o de Nod com cerca de dez mil homens. Cavaleiros com armas potencializadas fariam estragos com ataques surpresas e iriam minar aos poucos a força do inimigo.

Porém, Amom argumentou que a infantaria era necessária, pois os arqueiros com flechas potencializadas ou convencionais seriam decisivos, não só nos ataques frontais, mas ao dar cobertura aos cavaleiros, a fim de evitar que fossem massacrados num eventual erro de retirada.

Icarel igualmente se mostrou descontente em deixar os camponeses fora da batalha. "Eles já perderam tudo o que tinham", disse o fazendeiro visionário, "não podemos tirar a chance de se vingarem também".

Merari, ao ser consultado, disse que os giborins fariam o que o líder supremo decidisse.

Tzizah não opinou, mantendo-se calada durante a reunião, por vezes até parecia estar longe dali. O guardião de livros temeu que ela estivesse doente. Muitas pessoas já haviam sucumbido à febre no acampamento, e Tzizah passava tempo demais fora da tenda, exposta à chuva ácida.

Por fim, Ben decidiu levar todo o contingente para Nod, conforme o plano original, e pelo caminho que havia decidido juntamente com Anamim.

Havia optado pelo caminho próximo ao mar. Por ser um caminho difícil, precisariam se desviar de penhascos e atravessar descampados onde não havia estradas, mas era a única forma de manter o avanço o mais secreto possível. Levariam pelo menos três dias e três noites para alcançar a cidade sitiada.

Havia escolhido o melhor ponto geográfico para chegar a cidade cinzenta. Como o exército de Sinim deveria subir a rota dos peregrinos, Ben pretendia atacar pelo outro lado, em uma tentativa de encurralar os vassalos. Sentia-se inseguro em contar inteiramente com a ajuda dos líderes de Nod, pois não sabia se eles seguiriam as orientações dadas através da pedra que Evrá deixou cair dentro da cidade. Porém, não havia outro plano.

Anamim deixara pedras que ajudariam a ocultar o exército durante a movimentação, especialmente de batedores dos vassalos. Porém, era pequena a probabilidade de funcionar, pois seria difícil ocultar o contingente de novecentos homens, principalmente se águias dos vassalos estivessem vigiando as estradas. Eles também acoplariam pedras em quatro das águias dos giborins na tentativa de antever qualquer movimento dos inimigos. Além dessas coisas, só lhes restava torcer para que a atenção dos vassalos estivesse toda voltada para o exército de Sinim e também que não desconfiassem da direção escolhida por Ben para o ataque.

Os três capitães, Merari e Tzizah se assentaram mais uma vez nos banquinhos diante da tenda de Ben, enquanto as carroças eram carregadas. A pedra shoham com as imagens e mapas do nordeste de Olam estava no meio deles.

Havia chegado a hora de revelar o caminho a seguir ou, pelo menos, parte dele. Esperara até o momento de partir para fazer isso, pois queria manter a rota secreta o máximo possível.

— Deem as mãos — orientou Ben.

Diante dos líderes, Ben mais uma vez ocultou a parte final do percurso, talvez porque lhe faltasse coragem em mostrar o que havia planejado fazer. O próprio Anamim ficara surpreso em um primeiro momento. Ainda se lembrava dos olhos esverdeados fitando-o cheios de incredulidade. O latash demorou até se convencer de que era a melhor opção. Mesmo assim, não escondeu suas dúvidas: *Você correrá o risco de matar metade do exército antes de chegar em Nod.*

Ben mantinha guardadas as duas pedras shoham deixadas por Anamim. Esperava que elas ajudassem a evitar isso.

Eu não tenho certeza se funcionarão, dissera Anamim, após realizar as marcas exigidas por Ben nas pedras. *Nunca foram usadas para isso. Enosh acreditava que era possível controlar alguns animais, mas, o que você está me pedindo, é algo muito difícil.*

Mesmo assim, o latash fizera as marcas apropriadas nas duas pedras, antes de partir para Sinim.

O grupo visualizou o trajeto demarcado por Ben. No mapa, o caminho parecia curto. Nod estava ali ao lado. E Sinim após o canal. Mas todos sabiam que o percurso seria longo, e haveria grandes dificuldades, inclusive pelo fato de precisarem atravessar áreas sem qualquer caminho específico, por entre montanhas e florestas. Mas também percebiam que a rota era a mais secreta possível.

— Tentei pensar como Enosh — disse Ben. — Qualquer caminho daqui para Nod inclui perigos, mas este é o que oferece mais chances de ser secreto.

— Tem certeza de que o completaremos em três dias? — perguntou Tzizah, após analisar as voltas no mapa.

— Se nada sair do planejado, talvez consigamos percorrer em dois dias e meio, mas três dias é a data passada a Sinim em que ocorrerá o ataque. Precisaremos estar lá de um jeito ou de outro e, se chegarmos antes, será necessário esperar.

Uma trombeta soou do outro lado da floresta, fazendo com que Ben desconectasse a pedra shoham. Imediatamente a imagem do mapa de Olam sumiu diante deles com o leve choque característico. As mãos se soltaram, e todos começaram a olhar confusos ao redor para entender o que estava acontecendo.

O alerta dos vigias do segundo posto de observação nas árvores soou também, e Ben sentiu-o repercutindo em cada ponto de seu cérebro que ainda formigava devido à conexão com a pedra shoham. O som longo e estridente era um inconfundível aviso de ataque.

— Só podem ser os mercenários outra vez — deduziu Amom.

— Acho que Nod precisará esperar — reconheceu Ben com o semblante preocupado, enquanto colocava o elmo dourado na cabeça. Os demais soldados rapidamente se cobriram com as partes das armaduras que faltavam.

Durante todos aqueles dias, estiveram preparados para algum novo possível ataque do inimigo, mas não imaginavam que isso aconteceria justamente no momento da partida.

— Organizar os homens para defender o acampamento! — ordenou Ben.

Em resposta, os arqueiros subiram nas árvores e posicionaram flechas em vários círculos ao redor das cabanas, seguindo as instruções de defesa planejadas.

Não importava quantos inimigos vinham em direção ao acampamento, chegariam ali bastante reduzidos ao passar pelos círculos de flechas. Daquela vez, estavam muito mais preparados, pois Ben havia estabelecido a estratégia de defesa minuciosamente com os capitães.

Os giborins com suas longas lanças montaram os cavalos e também tomaram posição. Ben percebeu que a preocupação dos giborins era com Tzizah. Havia pessoalmente feito um pedido para Merari: Tzizah devia ser protegida. Ela, no futuro, seria a única capaz de unir Olam outra vez.

Os demais soldados ocuparam os lugares indicados, atrás de árvores e em tocas no chão, onde pudessem se proteger do ataque e, ao mesmo tempo, surpreender os invasores.

Hakam e Icarel se posicionaram ao lado de Ben com suas armas potencializadas com as pedras amarelas. Amom estava sobre uma árvore, de onde comandaria os arqueiros.

— Por que todas as corujas enlouqueceram? — perguntou Ben notando aumentar o barulho dos pássaros.

— É estranho — observou Tzizah, enquanto segurava a pedra shoham retangular dependurada no peito. — As árvores não estão assustadas.

— Talvez seja um grupo pequeno de mercenários — supôs Ben percebendo a calmaria da floresta, exceto pelos chilreios das corujas. — Se for um grupo pequeno, talvez não soframos grandes baixas.

— Ou talvez estejam aqui apenas para nos atrasar.

Então Ben se dirigiu aos soldados: — Estejam alertas e ataquem sem piedade. Precisamos marchar para Nod ainda hoje.

A trombeta soou de novo, indicando que os invasores haviam passado pelo terceiro posto de vigia e estavam muito próximos do acampamento. Porém foi um toque mais curto e menos agressivo. Ainda significava alerta, mas não alerta máximo.

— Deve ser mesmo um grupo pequeno — deduziu Ben. — Terão uma grande surpresa.

Os soldados se olharam confusos.

— Manter posição — ordenou Ben.

Era estranho, pois àquela altura já deviam ouvir os sons das patas dos cavalos dos invasores, mas o silêncio era total. Todos olhavam ao redor, tentando identificar alguma movimentação no solo da floresta, mas não havia.

— Eles devem ter parado — supôs Ben.

Ben nem havia terminado de dizer as palavras quando os enxergou. Demorou a entender o que estava vendo e depois a acreditar naquilo. Apontou para o alto, acima da copa das árvores. Os olhares incrédulos se fixaram em corujas brancas gigantes. E, sobre elas, havia estranhas pessoas de pele cinzenta e cabelos brancos.

Os pássaros começaram a pousar no centro do acampamento. Eram cerca de trinta pássaros. Chegavam bem próximos do chão, então se empinavam e subitamente se acoplavam nele. Ben notou que havia selas apropriadas sobre as corujas.

Mesmo montados, notava-se que os estranhos eram mais baixos do que a maioria dos homens, porém mais altos que anões. Ao vê-los, Ben teve uma certeza: não eram homens. Mas o que seriam?

O guardião de livros fez um sinal não muito convicto para que os soldados não atacassem, embora todas as armas já estivessem apontadas para os visitantes.

O líder do grupo desceu da coruja e se aproximou de Ben. Então lançou seu arco aos pés do guardião de livros. Era um belíssimo e longo instrumento feito de chifres de animal.

A aliança aqui tem recomeço com este arco que ofereço
Em sinal da sólida amizade que começou na antiguidade

A língua usada era muito antiga. Porém, estranhamente, Ben entendeu o que foi dito. O conhecimento proveniente do caminho da iluminação lhe dava condições de entender a língua que soava como versos de música. Talvez pudesse falar naquele estranho idioma que brincava com rimas e entonações, tornando a compreensão do que era dito em uma intuitiva e divertida experiência musical.

A longa cabeleira branca do visitante descia até a metade das costas. As sobrancelhas e uma curta barba pontiaguda também eram brancas. E os olhos pretos eram um pouco repuxados e circundados por uma fina linha amarelada. Eram olhos brilhantes e possuíam algo que inquietava. Lembravam olhos de pássaros, especialmente aqueles que enxergavam à noite. Olhos de coruja.

As corujas da floresta silenciaram subitamente com a chegada dos estranhos. Por um momento, Ben acreditou que eles fossem habitantes misteriosos da floresta de Ellâh, como os irins ou o povo de Zamar em Ganeden.

As palavras que o líder dos estranhos disse em seguida o ajudaram a entender quem eram. A tradução seria mais ou menos assim:

O velho das pedras disse ao povo da nossa terra,
que encontraríamos aqui os homens de guerra;
dois dias inteiros nós cavalgamos sem parar,
para que pudéssemos chegar neste lugar;
tarde esperamos que agora já não seja,
para participarmos da terrível peleja.
pelo patriarca fomos enviados
para confirmar o chamado
aguarda o povo rion
a confirmação

— Vocês são rions? — Ben ousou falar umas palavras na língua deles, mas teve a certeza de que, sem nada de musicalidade, foram quase incompreensíveis.

Um burburinho percorreu o acampamento. Para a maioria dos refugiados, o nome rion nada significava, mas alguns homens pareceram entender.

O guardião de livros contemplou em total assombro o lendário povo que lutara ao lado de Tutham na antiga batalha contra os shedins. Aquela batalha fora a responsável pela supremacia de Olamir. Não poucos achavam serem eles criaturas mágicas que viviam em cidades secretas, nos picos mais distantes das Harim Keseph. Mágicos ou não, exército algum jamais conseguiu conquistar qualquer cidade dos rions. Eram guerreiros ágeis e, segundo as antigas histórias, possuíam os arcos mais letais existentes em Olam. E a língua... A coisa mais encantadora já ouvida por Ben.

O líder deduziu a pergunta de Ben e respondeu:

Ahyahyah sou eu,
e esses são o povo meu
Rions das montanhas, chamados,
do outro lado dos montes temos morado;
casas construímos além das montanhas de prata,
por muito tempo vivemos em paz em campos e mata;
pelo rei dos homens da lua nossos antepassados lutaram,
quando as trevas terríveis sobre todo este mundo avançaram;
a antiga e nobre aliança feita entre nossos povos é que nos ordena,
que jamais ou sob qualquer circunstância o braço irmão se detenha;
cada um ao outro seja solícito e rapidamente atenda na ameaça,
pois fidelidade verdadeira se faz na alegria e na desgraça;
o velho das pedras nos disse que aqui estaria o rei
precisando de ajuda para libertar sua grei
disse que de guerreiros precisava,
de flechas certeiras na aljava;
o que tenho agora é teu
o rei preciso ver eu.

— Os rions! — Ben deixou escapar a confirmação. — Os rions vieram participar da batalha!

Enosh dissera ser praticamente impossível encontrar as passagens para as cidades de gelo, mas de algum modo, eles deviam ter recebido as mensagens das pedras.

— Receberam nossa mensagem? — esforçou-se Ben em pronunciar as palavras de maneira correta. — Vieram lutar ao nosso lado?

Mensagem é algo que nos escapa,
homem das pedras esteve nas cidades de prata;
convocação entregou em nome do rei de Olamir,
aqui estamos para a esse rei ouvir.
A aliança precisa ser restaurada,

Pelo rei dos homens da lua outra vez convocada;
Os rions da montanha lutarão se ele agora pedir
Doutra sorte teremos que partir.

Por um momento Ben ficou sem saber o que dizer. Estaria ele falando de Enosh? Parecia extremamente improvável que Enosh tivesse encontrado as cidades de gelo dos rions em tão pouco tempo. E, além disso, por que Enosh lhes contaria uma mentira?

Eles só respondem ao rei de Olamir, lembrou-se das palavras do latash.

— O rei de Olamir não está aqui — disse Ben. — Mas precisamos de ajuda para a batalha na cidade de Nod. Partiremos imediatamente e, se estiverem dispostos a nos ajudar, são bem-vindos.

A expressão do rion se tornou inflexível. Suas próximas palavras confirmaram que ele só atenderia ao chamado do rei de Olamir e que, se o Melek não estivesse ali, eles retornariam imediatamente. Caso o Melek aparecesse e os convocasse, levariam a convocação para o patriarca e, assim, o povo rion participaria da guerra.

Ben já estava disposto a permitir o regresso deles para não atrasar mais a jornada até Nod, quando Tzizah interveio.

O Melek sobre as muralhas se foi moribundo
meu pai mergulhou no submundo;
Aqui a filha de Thamam,
Única herdeira de Olam;
posso aceitar sua ajuda convocada,
marche ao nosso lado nesta longa jornada.

Ben se admirou com a habilidade de Tzizah de falar a língua rion. E lembrou-se de ela não haver recebido o primeiro presente dos kedoshins na biblioteca secreta de Olamir. Onde a teria aprendido?

Ahyahyah olhou desconfiado e surpreso para Ben e depois para Tzizah, pela fluência com que ela falou a língua dele. Mesmo assim, os próximos versos insistiram que o exército rion só viria em atendimento à convocação do rei dos homens da lua, forma usada por eles para chamar as pessoas de pele branca.

Tzizah explicou em nova canção que ela se tornara a rainha de Olam, mesmo sem um trono, ou uma cidade para governar. Disse também que não havia tempo para esperar todo o exército rion, pois precisavam marchar imediatamente para Nod. E convidou-os mais uma vez a acompanhá-los. Prometeu que visitaria as cidades de gelo depois da batalha para renovar formalmente a aliança com o patriarca dos rions.

Os visitantes conversaram entre si por alguns instantes. Falavam uns com os outros tão rápido, que Ben não entendeu uma única palavra. Mesmo assim, o diálogo foi bem acalorado. O líder quis ouvir cada um dos cerca de trinta integrantes.

Enquanto conversavam, Ben admirou mais uma vez as corujas. Eram maiores do que Evrá. Tinham um corpo compacto e arredondado. As asas se abriam até quatro metros e eram largas e poderosas. Algumas eram inteiramente brancas, outras eram salpicadas de prata.

Quando finalmente o conluio acabou, o líder rion se aproximou da princesa de Olam e a avaliou demoradamente.

O velho das pedras garantiu com verdade nua,
encontraríamos o rei dos homens da lua
ao ver estes belos olhos cinzentos,
olhos livres de todo tormento;
vejo a filha de Tutham,
a rainha de Olam.

9 A Garra do Behemot

Ao sul só havia escuridão. Do alto da torre de Schachat, Leannah observava as sombras ameaçarem Midebar Hakadar como torvelinhos impulsionados por terríveis poderes que nada seria capaz de deter. Mas, mesmo assim, as sombras estavam sendo detidas, e o custo disso estava sendo muito alto *para ela*.

A cantora de Havilá sentia a dor das mãos presas nas costas, pois os pulsos estavam machucados. Kenan a deixara ali, prisioneira diante das trevas, como uma isca para os inimigos.

Do meio da escuridão infinita, Naphal a observava. Ela sentia o olhar dele como algo que lhe infundia um profundo terror. Mas, a presença ocasional de Kenan e do Olho de Olam, lhe permitia apenas observá-la de longe, sem se aproximar, pelo menos por enquanto...

Leannah sabia que o príncipe da escuridão a desejava e havia mandado os vassalos procurarem por ela. Porém, o príncipe shedim não tinha mais necessidade de procurá-la, Kenan a levara para bem perto dele.

Naquela noite em Olamir, durante o julgamento de Kenan, Leannah havia notado o desconcertante e insistente olhar de Naphal. Ouviu a voz do príncipe de Irofel em muitos sonhos desde aquele dia. Sentia um rubor só em lembrar as coisas ditas por ele nesses sonhos.

Nós poderemos iniciar uma nova era. Eu e você criaremos uma nova raça. Nós podemos devolver para este mundo a paz e a beleza...

Leannah sabia que não eram as cordas que prendiam seus pulsos as responsáveis por seu aprisionamento, nem mesmo a torre que se elevava altíssima e deteriorada sobre as areias cinzentas e recobertas de fuligem sua verdadeira prisão. Também não eram as cabeças peladas dos refains que se acumulavam nos andares inferiores os seus captores. Era o poder do Olho que a mantinha prisioneira. Sim, a pedra branca dos Kedoshins. A mesma pedra que Ben chamava de Halom, quando ainda era apenas uma bela joia vermelha de alta capacidade de armazenamento. Agora estava inteiramente branca. O instrumento mais poderoso já criado.

Nunca poderia ter imaginado que Halom fosse o próprio Olho de Olam. E muito menos que ela seria a responsável pela reativação da pedra em Urim no alto do farol, quando entendeu o propósito dos kedoshins com o caminho da iluminação. Cheia do conhecimento oferecido pelos antigos sábios exilados, ela se aproximou do berço onde Halom estava encaixada e a tocou, sabendo que aquilo abriria portas para sensações jamais experimentadas por seres humanos. Quando foi tomada pelo poder envolvente do Olho reativado, sentiu como se pudesse alcançar os confins do universo com os braços. Nada poderia se comparar àquela sensação, e experimentá-la foi a maior recompensa de sua vida.

Porém, durou tão pouco. Ainda no farol, a luminosidade das percepções subitamente desapareceu quando a pedra lhe escapuliu das mãos. Então, viu Kenan apossar-se dela. Em um segundo o giborim foi tomado de poder e conhecimento não suportáveis para alguém sem direito de utilizá-lo, ou controlá-lo. Viu toda a energia do Olho se voltar contra ele, e soube que seria fulminado. Sabia que não devia intrometer-se. Afinal, o giborim usurpara o privilégio dela de tocar o Olho e merecia ser destruído. Era só esperar o ato ser consumado e, então, retomar a pedra que lhe pertencia por direito. Mas não o realizou. Não fazia mais parte de sua natureza ser inclemente. Por isso, o tocou e acalmou o fulgor destrutivo da pedra. Ao fazer isso, transmitiu para Kenan um pouco do conhecimento necessário para controlar o Olho.

— Água... — os lábios atenderam inutilmente o pedido da mente.

Presa em uma coluna que se elevava como um chifre cortado ao meio sobre o alto da torre de Schachat, ela sentia ardência no rosto recoberto de fuligem e a garganta seca como o deserto.

Não provava água há cinco dias, desde que Kenan partira pela última vez, por isso a morte rondava nas sombras, como se todos os demônios de Hoshek apenas esperassem o momento em que o corpo sucumbiria. Não fosse o conhecimento obtido no caminho da iluminação, já estaria morta. Porém, ela sabia que estava no limite.

Kenan enlouquecia cada vez mais, e ela temia que, em algum momento — talvez daquela vez — ele não retornasse. Então só lhe restaria esperar a morte que logo viria pela sede ou por qualquer outro fator, entre tantas possibilidades no meio daquele deserto sem vida.

Apesar de tudo, ainda sentia pena de Kenan. Compadecia-se de sua dor, de seu sofrimento e cegueira, aumentados desde que tocara o Olho. Sabia que ele vagava por terras ermas tentando achar uma maneira de encontrar Mashchit ou fazê-lo sair de Hoshek. Tinha à sua disposição o poder necessário, mas não a oportunidade de se vingar. Em outros momentos, vagava entre mundos inacessíveis para um usurpador, observando-os de longe, proibido de acessar seus conhecimentos e sua felicidade.

Aproximava-se o momento quando ele se perderia de vez em todas aquelas ilusões e carregaria consigo o Olho até que tudo se apagasse, tanto as lembranças, quanto os atos heroicos e, até mesmo, a sede de vingança. Então, restaria só escuridão infinita.

Um pouco disso tudo, Leannah também estava sentindo. Era o preço de deter as trevas.

— Água... — Sua garganta estava tão seca que ela quase não ouviu o som rouco. Se ao menos conseguisse se libertar... Mas só havia um modo: morrendo...

Entendia cada parte do plano do guerreiro. Ele procurou Schachat pela proximidade com a cortina de trevas. Estabeleceu seu domínio facilmente sobre os refains e os proibiu de subirem até o alto da torre. Lá, ele a colocara próxima da antiga mesa de lapidação em que Ben iniciara o caminho da iluminação. Era irônico estar ali, no começo de tudo, após ter chegado ao fim.

Mas havia um propósito. Uma pedra shoham estava no nicho onde outrora o Olho de Olam estivera encaixado. Assim, Kenan se comunicaria com ela sempre que quisesse e obteria ajuda quando o Olho ficasse fora de controle. Só o conhecimento dela podia controlá-lo outra vez. Conhecimento cedido por ela, pois sabia que era o único modo de manter a escuridão distante, e também Naphal... Mesmo que não fosse por muito tempo.

— Água... — dessa vez, o som ficou preso nos lábios.

Cada vez o giborim se afastava mais, pois se por um lado só controlava precariamente o Olho enquanto ela estivesse viva e por perto, por outro ele também sabia que a proximidade de Leannah causava influências sobre a pedra, que por sua vez, agia sobre a mente do guerreiro. Graças a isso, ela quase recuperara o Olho, ainda na segunda ou terceira noite em que retornaram para Olam, após deixar Tzizah em algum lugar do leste. Cuidadosamente, tentava mostrar-lhe que a vingança pessoal dele jamais seria alcançada daquele modo, e que estava se condenando enquanto insistisse com aquela loucura.

Um segundo a mais e ele teria lhe dado a pedra, mas o giborim tinha uma mente poderosa, apesar de tudo, e conseguiu resistir. Então a castigou. Bombardeou-a com emoções destrutivas e imagens terríveis, fazendo-a sentir toda a dor de uma vida vazia e louca. Depois de ter visto e entendido os propósitos da existência, experimentar os maus sentimentos que dominavam o giborim era uma punição terrível.

E isso ainda não havia sido o pior. Enquanto ele se divertia fazendo-a sofrer, revelou algo que ela não entendia completamente. O giborim também não compreendia, ou talvez lutasse até aquele momento para não entender, apesar de estar no fundo da alma dele. Algo terrível havia acontecido na noite em que Tzillá fora morta. Um acontecimento maligno além de toda a compreensão que era a causa maior para a desventura do líder supremo dos giborins de Olam.

— Água...

Em um instante, Leannah viu tudo a sua volta se transformar. O ar seco e a fuligem do rosto sumiram, e as cordas se afrouxaram. Ela esfregou as mãos observando as marcas desaparecerem lentamente, embora já não houvesse mais dor.

Então viu Kenan se aproximando. A presença dele, como das outras vezes, fora a responsável por transformar, em um segundo, todo tormento em alívio.

Entregou-lhe um cantil com água.

Na primeira vez que ele agira daquela maneira, ela acreditou que ele havia encontrado equilíbrio e desistido da vingança, mas logo teve a consciência dolorosa de que era apenas mais um modo de torturá-la. Em um instante ele transformava tudo a sua volta em um paraíso, noutro, em um inferno. E ela já experimentara os dois de modo tão aleatório que pareciam ocupar o mesmo espaço.

— Desculpe pela demora desta vez — disse com uma voz calma que parecia cheia de sabedoria, enquanto ela sorvia sofregamente a água do cantil. — Acho que me empolguei seguindo alguns caminhos novos... Parece que você ainda não recebeu nenhuma visita...

Os cabelos praticamente brancos ainda não exibiam a cor do envelhecimento, era uma cor diferente, prateada, e seus olhos pareciam mais escuros e mais fundos nas órbitas. A face do guerreiro estava mudando, ficando indefinida, sem marcas temporais, mas, ao mesmo tempo, algo sombrio caía sobre ele.

— Você sabe que vai se perder para sempre — ela já não dispunha mais de tempo para meias palavras. — Sabe que precisa retornar antes que seja tarde...

Enquanto percorria o caminho da iluminação tudo o que Leannah via eram ações localizadas, acontecimentos que pareciam desconexos, lutas individuais; porém tivera um vislumbre do todo, ao reativar o Olho, e percebera que havia uma batalha muito maior em curso. Precisava fazer o giborim ver isso também.

— O tempo é só uma ilusão — respondeu o guerreiro com um misto de sabedoria e sarcasmo. — Você mais do que ninguém devia entender isso.

— Enquanto me aprisionar aqui, você também estará preso... Deixe-me libertá-lo... Posso lhe dar descanso. Sei que no fundo você anseia por isso... Deve ainda haver algo bom em você, algum senso de honra, ou de dever.

— Honra, dever... Palavras que os fortes usam para fazer os fracos andarem na linha.

— Ao tentar cumprir seu juramento de vingança, você está quebrando seu juramento de giborim. Será sempre um perjuro. Você sabe o que precisa fazer.

Ele riu alto.

— Devolver o Olho para você? Sim, é claro que você o quer. Já provou um pouquinho do seu poder... Mas foi tão pouco. Se você soubesse tudo o que é possível... Ah, você sabe. E por isso vai enlouquecer com a ideia de não poder mais prová-lo.

— Você será destruído aos poucos! — lamentou Leannah. — Eu não poderei salvar você todas às vezes.

— Eu vou viver para sempre!

— Mesmo que conseguisse, seria só um tormento eterno. Isso não seria viver, mas morrer para sempre.

— O que importa é a eternidade!

— O que importa é a paz, o senso de ter cumprido o dever. É melhor um segundo com isso do que uma eternidade vazia. Para você só resta frustração e desespero.

— Eu nunca experimentarei essas coisas!

— Você já as está experimentando. Sua alma definha. O mal é autopunitivo. O poder do Olho diminui, a cor está escurecendo... — repetiu tudo o que já havia dito antes, mas a dose de desespero foi maior.

— Eu posso controlá-lo! — insistiu o giborim.

— Você sabe que não pode! Você só está usando seu poder porque eu o estou intermediando. Mas eu não aguentarei por muito tempo. Em breve o Olho só continuará a lhe dar longevidade, mas todo o poder desaparecerá, e você viverá todos os seus dias no mais completo tormento por saber tudo o que perdeu.

— Tola! Você não sabe nada! Eu estou descobrindo o modo de dominar o poder do Olho sem precisar de você. Os kedoshins colocaram todo o seu conhecimento aqui, e, agora que ele está reativado, eu posso descobrir um modo de mantê-lo ativo, mesmo sem ter completado o caminho da iluminação. Sinto que estou perto.

— Então se voltou para o sul e contemplou a escuridão. — Pelo menos ele me dá a oportunidade de descobrir isso enquanto não sai de lá.

Por um momento, Leannah teve a sensação de ver uma face monstruosa e irada formando-se na cortina de trevas. Porém, instantaneamente, ela se desfez.

— Você jamais descobrirá o modo de fazer isso — disse para o giborim — por uma razão simples: os kedoshins não colocaram esse conhecimento no Olho. O poder de controlá-lo estava no caminho da iluminação. Eles fizeram isso para proteger o Olho.

— Então você precisa me dar esse conhecimento! — disse ele, voltando-se ameaçadoramente para ela. Sua face parecia sombria como as trevas atrás dele.

— Eu já lhe dei tudo o que era possível. As demais coisas não podem ser transmitidas. São experiências, intuições, algo que se torna intrínseco a própria natureza. É preciso experimentar... Não posso ensinar.

— Então morrerá. Da próxima vez, vou demorar mais para retornar...

Do fundo do coração, Leannah desejou que ele fizesse isso. Seria um alívio, uma libertação. Seu corpo era uma prisão desde o dia em que alcançara aquele conhecimento. Mas não podia partir... Ainda não... Ben...

— Se fizer isso, o Olho se apagará instantaneamente. Eu sou seu ponto fraco agora. Se eu morrer, sua vingança acabará.

— Por que acha que a coloquei aqui? Quero que eles venham! Mas não se preocupe. Ele não terá tempo de tocá-la, se você colaborar...

— Eles não virão — disse sentindo um calafrio, e querendo acreditar nas próprias palavras. — Não enquanto houver poder no Olho... Naphal ou Mashchit não sairão de Hoshek. Você não percebe que está sendo manipulado?

— Então vamos trazê-los, fazendo a escuridão aumentar. Nós faremos uma viagem até alguém que me ensinará a controlar o Olho. Enquanto isso, Hoshek vai crescer sobre Olam!

— Você enlouqueceu? Se as trevas cobrirem Olam, não haverá esperança.

— Esperança. Aí está outra palavra de que os fracos gostam. Sabe o que seus amigos estão fazendo? Reunindo um exército de maltrapilhos... O garoto agora tem Herevel. Acham que podem enfrentar os shedins...

— Herevel... — sussurrou sentindo suas esperanças se acenderem. Desejara, cada um dos mais de setenta dias de prisão em Schachat, descobrir o que havia acontecido com Ben, mas Kenan a privara daquela informação. Uma ou duas noites adentrara os sonhos do guardião de livros. Sussurrou palavras de conforto, tentou transmitir um mínimo de conhecimentos sobre aquela guerra e sobre a missão de Ben, mas não estava certa se tivera êxito. A única atitude concreta foi trazer os re'ims de volta para Olam. Aproveitou um dos momentos em que Kenan estava muito longe e usou a pedra shoham sob os pés para buscar os cavalos alados. Sabia da transformação de Layelá, Erev e Boker e transmitiu-lhes o que sabia. Só esperava que, de algum modo, eles pudessem levar as informações recebidas até o acampamento.

Leannah acreditava que a espada estava perdida, pois ficara com Mashchit após o duelo com Kenan. Pelo menos um dos dois instrumentos mais poderosos estava nas mãos certas. Ou será que não?

— O garoto é um tolo se pensa que pode enfrentar os shedins, e um tolo ainda maior se pensa que pode me enfrentar. Herevel não se compara ao Olho de Olam. E Tzizah, aquela traidora, está com ele.

— Tzizah... — disse, sentindo uma dor que não queria admitir. Suas faces subitamente arderam.

— Então a iluminada também sente ciúmes — riu Kenan. — Bem-vinda de volta ao mundo dos homens.

— Você nunca a amou? — perguntou com amargura. — Nunca se importou com o que ela sente por você, e pelo tempo que ela o espera?

— Eu só amei a irmã dela. E aquele maldito a tirou de mim. Vou fazê-lo pagar.

— Acho que você nunca amou a irmã dela. Nunca amou ninguém. Nem a si mesmo... Você precisa entender... Thamam fez algo terrível... Mas ele acreditava não ter escolha...

— Cale-se! — urrou Kenan, e em um instante sua face se transtornou. — Eu não lhe dei esse direito!

Sombras caíram outra vez sobre Schachat, a fuligem retornou, e com ela a sensação das cordas nas mãos de Leannah. Depois, a dor e a sede.

Kenan havia sumido, e, mais uma vez, ela se viu só diante do olhar cobiçoso do príncipe das trevas atrás da cortina de escuridão.

* * * * *
* * * *

— Talvez Hakam esteja certo — disse Ben, pensando alto. — Trezentos cavaleiros conseguiriam chegar até Nod em meio dia de cavalgada. Ganharíamos muito tempo...

— Mas seriam poucos para enfrentar o exército vassalo, não seriam? — perguntou Tzizah, ao seu lado, enquanto marchavam pela campina morta. — Nunca se deve abandonar a cobertura dos arqueiros em uma batalha, não é mesmo?

Então, Ben percebeu que ela havia prestado atenção aos detalhes da reunião apesar de parecer distante. As faces dela estavam um pouco mais coradas e isso trazia alívio ao guardião de livros. A última coisa que desejava era vê-la doente.

— Provavelmente seremos poucos de qualquer modo... Deve haver dez mil soldados em Nod... Mas, precisamos contar com o fator surpresa.

Todas as vezes que repetia aquela frase sentia como se dissesse algo insano. Como enfrentar um contingente de dez mil homens com apenas novecentos? *As armas potencializadas* eram a resposta que vinha fácil à mente. Mas será que o exército inimigo não as possuía também? Enosh dissera que os shedins estavam lapidando pedras escuras, encontradas na terra de Hoshek. Tzizah falara de uma pedra escura na ponta de um cajado utilizado por um conselheiro da rainha de Sinim a qual movia e imobilizava as pessoas. Além disso, já não havia mais qualquer controle em Olam sobre as pedras vermelhas.

As últimas imagens captadas por Evrá traziam certo alívio, mas também inquietação. O exército vassalo havia sido reforçado, dobrando de tamanho em pouco mais de uma semana. Apesar disso, a ausência de sa'irins, cavaleiros-cadáveres e tannînins ainda causava algum alívio.

— Hakam é um soldado experiente. Acredita que não devíamos nos lançar em um ataque total antes de ter certeza da vinda de Sinim... — completou Ben. — Acredito que Anamim esteja em Sinim agora.

— Então, estamos nas mãos do traidor — sentenciou Tzizah.

A floresta de Ellâh havia ficado para trás na metade da manhã. Desciam em direção ao Yam Kademony e deveriam alcançá-lo no fim da tarde. Depois costeariam o grande canal e subiriam até Nod. O plano era atacar o exército pelo lado contrário, de onde Ben imaginava jamais serem esperados. Nem mesmo seus soldados esperariam aquilo... Buscou outra vez as duas pedras em que Anamim imprimira marcas específicas.

Precisa funcionar, foi sua prece silenciosa.

— Ao final, conseguimos reunir um exército considerável — reconheceu Tzizah olhando para a longa fileira que atravessava o descampado praticamente em linha reta. — Vinte seis giborins, quinhentos soldados, quatrocentos camponeses...

Ela parecia repassar o número dos soldados, como se o simples fato de mencioná-los tornasse o exército mais poderoso.

— E trinta rions... — Ben completou, observando as corujas partindo para o norte.

Os pássaros voavam absolutamente silenciosos, apesar do tamanho. Iam se abrigar nas montanhas e aguardar o retorno dos rions. Não eram animais treinados para batalha, mas apenas para transporte, pois seus movimentos eram lentos. Os rions seguiam a pé com os soldados de Ellâh.

— Enosh não retornou, mas conseguiu convocar o povo rion...

— Ele nunca conseguiria encontrar as cidades dos rions a tempo... — disse Ben, ainda sem entender aquele feito.

— Seu mestre tem muitos segredos...

Com isso, Ben precisou concordar.

A vegetação voltou a ficar alta enquanto os cavalos atravessavam os campos castigados pela chuva ácida. Anteriormente, aquela região havia sido exuberante, quando os picos prateados das Harim Keseph se delineavam ao norte contra um céu azul turquesa. Os campos verdes então se movimentavam ao vento, cheios de vida e esplendor. Mas naquele momento era tudo cinzento. Os picos brancos ainda estavam lá, mas o céu era chumbo líquido, e a grama alta estava murcha e amassada.

— Kenan dizia que um giborim de Olam vale por duzentos soldados... — lembrou Tzizah. — E temos vinte e seis.

— Ainda sobram seis mil soldados inimigos... — Ben fez a conta. — E acredito que nossos quatrocentos camponeses só deem trabalho para cem ou duzentos vassalos.

— E o traidor? — insistiu Tzizah. — Conseguirá trazer o exército de Sinim?

Ben olhou contrariado para Tzizah, pelo modo como ela continuamente se referia a Anamim. Já havia contado a ela sobre a imagem do farol.

— Ele está em Sinim. Mandou-me a imagem. Precisamos torcer para que a rainha atenda ao pedido.

— Se ele chegou mesmo lá, Choseh nos ajudará. Disso eu não tenho dúvidas.
— Espero que sim. Vai poupar muitas mortes...
— De um jeito ou de outro, muita gente morrerá... — disse Tzizah olhando para o grupo de fazendeiros que seguia ruidosamente Icarel entre risadas e canções de guerra.

Ben pensou em dizer algo a respeito da inevitabilidade das perdas em uma guerra, mas acreditou ser desnecessário. Ninguém podia ignorar os custos e os sacrifícios daquela jornada.

Ouviu um pouco da melodia cantada pelos homens.

O gigante caiu no campo de batalha
Tão alto ele era, e tão grande foi o tombo
As pedras do chão voaram como palha
Até agora ainda eu ouço o ribombo!

O gigante enfrentou seu final
Quando afrontou o pequeno guerreiro
Como podia ele entender o mal
Que lhe faria o filho do ferreiro?

Icarel havia escolhido apropriadamente a canção. Ela falava sobre como um pequeno e inexperiente soldado havia derrotado um gigante. Era exatamente aquilo que precisava acontecer em breve. Porém, no caso da conhecida canção, o fator preponderante da vitória do pequeno soldado havia sido a sorte. Será que eles também poderiam contar com essa imprevisível aliada?

Olhando para os homens, recriminou-se por saber que a maioria deles não retornaria. Nem sequer usavam armaduras. E mesmo que as usassem, não significaria muito. Aprendera a gostar daqueles homens, ouvira suas histórias contadas ao lado da fogueira; histórias sobre esposas e filhos perdidos, sobre fazendas e plantações destruídas, sobre sonhos simples que pareciam tão inacessíveis naqueles dias de guerra. E Ben ainda precisava conviver com o fato, até aquele momento conhecido somente por ele, de que muitos deles, provavelmente, nem chegariam até Nod...

Era a primeira vez que Ben usava sua armadura sem encobri-la com panos velhos. O brilho levemente dourado se mantinha apesar da chuva, mas tinha a impressão de que, aos poucos, a cor dela esmaecia. Usava até mesmo o elmo para proteger a cabeça da chuva ácida. Uma capa vermelha de giborim completava os paramentos de guerra. Merari dissera que o líder dos giborins não podia lutar sem uma Aderet.

Havia chegado a hora de realmente testar a armadura e, principalmente, Herevel. Enosh explicara que o poder da espada retornaria aos poucos, à medida que fosse necessário no campo de batalha, e também de acordo com a firmeza de intenções de Ben. Aquilo o assustava. Havia sido treinado pelo príncipe dos kedoshins, mas não completara o caminho da iluminação. Tentava manter a firmeza do propósito apegando-se à ideia de haver tomado a decisão correta: salvar uma cidade. Mas quando olhava para seu exército, sabia que muitos deles precisariam ser sacrificados, despertando-lhe dúvidas sobre qual sacrifício seria o maior.

— Será que seu mestre estava com a razão? — Tzizah quebrou o silêncio, mostrando também lutar com semelhantes dúvidas. — Será que escolhemos a direção errada?

Ben sabia que ela não falava a respeito do trajeto para Nod, mas da escolha de ajudar a cidade em vez de estabelecer a rede em Bethok Hamaim.

Não era a primeira vez que ela fazia a pergunta.

— Ajudar quem precisa nunca pode ser errado — disse, exibindo uma convicção que estava longe de sentir.

— Sim, estamos fazendo o que é certo... — repetiu Tzizah, como se as palavras criassem a realidade.

Evrá e mais duas águias voavam com pedras sentinelas, observando o caminho à frente. Graças a isso mudaram de trajeto várias vezes durante aquele dia e se desviaram de grupos de mercenários que faziam saques por toda aquela região. Porém, cada vez que a rota era alterada, os homens ficavam mais inquietos. Estavam assustados, pois, apesar de a maioria utilizar armas potencializadas, haviam treinado pouco e limitadamente dentro da floresta, e não sabiam como seria quando enfrentassem soldados de carne e ossos. Esperando que só fossem soldados de carne e ossos...

A chuva piorava a situação, tornando a viagem lenta e desgastante. As carroças emperravam no lamaçal, os cavalos troteavam inquietos com a lentidão e os homens evitavam falar sobre o que os aguardava diante da cidade cinzenta.

As cabeleiras brancas e a pele cinzenta dos rions se destacavam mesmo à distância. Os soldados mal conseguiam disfarçar a curiosidade, olhando o tempo todo para eles, com uma mescla de medo e gratidão. Ao menos, a presença deles era um bom presságio. O povo rion, pela primeira vez, descia das montanhas em dois mil anos. Tudo o que se sabia a respeito deles eram lendas. Ben esperava que uma delas fosse verdadeira: a de que não morriam em batalha.

A noite avançava quando se aproximaram do Yam Kademony. Os repetidos desvios que foram obrigados a tomar os atrasaram. Ben olhou para as águas tumultuosas desejando ansiosamente ver as velas brancas de Sinim, mesmo na escuridão, trazendo soldados para a batalha. Contudo, era provável que Sinim não desembarcasse naquela região e, sim, mais abaixo, no início da antiga Rota dos Peregrinos.

Anamim diria à rainha de Sinim que contavam com o exército de Além-Mar para atacar no amanhecer do dia 15 de Shevat, exatamente quatro meses após a queda de Olamir. Isso aconteceria em três dias. Era tempo suficiente para que pelo menos uma parte do exército atravessasse o canal do Yam Kademony e subisse a Rota dos Peregrinos.

Naquela noite, acamparam junto ao mar e deixaram vigias durante toda a madrugada, porém poucos conseguiram dormir. Os estrondos do assalto às muralhas de Nod chegavam altos e distorcidos na região dos penhascos, impossibilitando que os soldados pregassem o olho.

No amanhecer cinzento, o acampamento se desfez rapidamente. A ansiedade apressava a movimentação, mas os penhascos a dificultavam. Havia o risco de quedas tornando a marcha ainda mais complicada.

Ben evitava olhar para os soldados que vinham atrás dele descendo o desfiladeiro, mas de vez em quando vozes abafadas chegavam até seus ouvidos.

"Estamos perdidos, eles não sabem para onde ir" — lamentou um dos homens do grupo de Kilay.

"Vamos todos morrer, para que a pressa?" — retrucou outro.

Um grito de horror humano e animal fez Ben se voltar assustado, a tempo de ver um homem e um cavalo despencando do penhasco. Ninguém teve tempo de fazer nada, nem havia mesmo o que fazer, exceto escolher cuidadosamente o lugar onde colocar o pé para não ser o próximo a despencar. A queda do homem provavelmente poupou muitas outras, pois todos redobraram a atenção.

Quando superaram os penhascos e alcançaram a baía da Garra do Behemot, Ben percebeu que a batalha estava há poucas milhas à frente, porém ainda precisariam evitá-la. Se atacassem por aquele lado, perderiam o elemento surpresa. Resignadamente, tomaram o sentido sudoeste acompanhando as águas do Yam Kademony as quais rasgavam o continente.

Ben nunca havia passado por aquele lugar e só o conhecia através das imagens das pedras. A superfície das águas da estreita baía era famosa por ser profundamente azul, semelhante a uma lagoa rodeada por bancos de areia branca que formavam extensas e calmas praias desertas. Mas sob chuva, a Garra do Behemot tornava-se sombria e assustadora.

Naquela região a ponta da Garra adentrava penhascos, onde o terreno se elevava em direção à Nod, e o percurso tornou-se uma dolorosa subida. A tarde já começava a dar sinais de enfraquecimento quando se aproximaram da parte final do trajeto.

Quando a noite chegou, Ben imaginou ter atravessado metade de Olam, embora caminhassem apenas dez ou quinze milhas. Pararam mais uma vez, pois não conseguiriam terminar a jornada sem descanso. Os sons da batalha pareciam estar ao lado deles, e de fato estavam. Eram muito altos. Estrondos e gritos desesperados chegavam com o vento que lhes trazia também os odores da guerra, causando a impressão de que uma batalha muito maior estava acontecendo. Mas provavelmente fosse o cansaço e os temores, além dos penhascos que intensificavam os sons da batalha.

Viu os soldados nervosos pensando que atacariam o exército inimigo naquele momento, porém um penhasco intransponível entre eles e a batalha colocou-os, mais uma vez, em marcha ao amanhecer por mais quinze ou vinte milhas de percurso, contornando a montanha e a baía.

Ben utilizou uma pedra shoham para tentar se comunicar outra vez com Anamim. Chamou longamente pelo jovem latash sem obter qualquer resposta. Se ele ainda estivesse em Além-Mar, seria mesmo complicado estabelecer conexão, pois aquelas pedras eram fracas, e a distância, ainda grande. Mas, àquela altura, ele já deveria estar em Olam, ou então, o exército jamais chegaria em tempo. Começava a temer que algo tivesse acontecido ao latash.

Alta madrugada, após as horas mais longas já experimentadas na companhia dos mapas, responsáveis por confirmar ser aquela mesma a única opção, Ben ordenou que o acampamento fosse acordado. Não podia retardar a marcha. Pretendia chegar a Nod até o amanhecer do próximo dia.

Na escuridão menos densa, o exército se moveu o mais silenciosamente possível. Estavam no final da Garra do Behemot, em uma baixada, na companhia de insetos, répteis e dezenas de animais desconhecidos. Todos pareciam assustadores. Mas o pior estava por vir.

Ben havia decidido chegar a Nod pela faixa de mata que se espremia entre a Rota dos Camponeses, a Rota dos Peregrinos e o Yam Kademony. A pequena floresta se aproximava o suficiente da cidade para que avançassem sem serem notados.

O problema era atravessar o pântano do final da baía para alcançar a floresta. Nisso residia a garantia de surpresa do ataque, pois jamais seriam esperados por aquele lado. E o motivo era simples: víboras. Convencer os homens a atravessar o pântano seria o maior desafio para a autoridade recém-conquistada do guardião de livros.

As pequenas víboras, que infestavam o pântano, eram reconhecidas pelo veneno capaz de matar em segundos um homem por sufocação. Nenhum lugar era mais temido naquela região de Olam do que o Pântano das Víboras da Garra do Behemot.

Os três capitães, além de Merari, Tzizah e Kilay, expressaram a reação óbvia quando compreenderam o ousado e mortal trajeto.

— É loucura! — exclamou Icarel, sem sua risada estrondosa. A barba cinzenta que lhe envolvia o rosto se ajuntava próximo a boca em uma careta de preocupação. — Perderemos metade do exército antes de chegar a batalha. Apodrecer na água imunda não foi o tipo de sepultura que sonhei para mim.

— Você perdeu o juízo em Ganeden! — descarregou Kilay, mesmo sem ser chamado. — Querer atravessar o pântano das víboras? De que lado você está?

Ben olhou para Merari que se elevava vinte centímetros acima dos outros. Seu olhar foi um pedido de ajuda, mas os olhos escuros do giborim se mantiveram apenas disciplinados. Até mesmo Tzizah, que nunca pareceu entender os riscos daquela missão, olhava-o assustada.

— O pântano das víboras é famoso por dizimar os grupos que inadvertidamente o acessam — disse a princesa. — Nunca um exército o atravessou. Não há outro caminho?

— Não posso obrigar ninguém a atravessá-lo — disse Ben. — Sei que a morte espera muitos de nós sob as águas sujas, porém certamente ela esperará por todos nós diante das muralhas de Nod se não formos por aqui.

— Retornar e subir o penhasco até onde seja possível acessar a Rota dos Peregrinos não nos atrasaria — avaliou Tilel.

— É por ali que devemos seguir — reforçou Kilay. — Se quisermos chegar lá com soldados em condições de lutar, e vivos, devemos ir pela Rota dos Peregrinos, ou então, é melhor desistir do ataque.

— Porém eliminaria a surpresa da missão — avaliou Hakam, que parecia ser o único a entender a estratégia de Ben.

Ben assentiu com a cabeça. Já havia avaliado tudo aquilo. Mesmo assim esperou que os homens se decidissem. Não estava disposto a obrigar ninguém a fazer aquilo. Não queria ser o único responsável por diversas mortes.

— A única surpresa que causaremos pelo pântano das víboras é a nós mesmos — ironizou Kilay. — Prefiro morrer no campo de batalha a morrer dentro de um pântano, picado por uma víbora. Eu e meus homens não entraremos neste pântano.

Então, por que não ficou para morrer em Olamir? — Ben sentiu vontade de perguntar, mas era o líder ali, e não podia demonstrar fraqueza ou ressentimentos. Quando decidira seguir através do pântano, sabia dos riscos e das baixas que teria antes e durante a travessia.

— O caminho do pântano é nossa única opção — disse com firmeza. — Eu avaliei todas as possibilidades. É a única que nos resta. Anamim preparou estas duas pedras. Espero que nos ajudem a espantar as víboras. Além disso, utilizaremos galhos de árvores e flechas potencializadas para criar estrondos sobre as águas. Contudo, deixarei os homens livres. Quem quiser retornar, retorne. Quem quiser, siga-me. Inevitavelmente teremos baixas. Que *El* nos ajude. Vamos para Nod!

10 A Batalha de Nod

As flechas revestidas de energia eram disparadas em todas as direções. Os clarões liberados não conseguiam iluminar a água escura do pântano, porém, mesmo assim, pequenas silhuetas esguias e esbranquiçadas eram vistas fugindo para todo o lado.

Ben não sabia quais eram os efeitos das pedras shoham lapidadas por Anamim sobre as víboras. Ele as segurava ativadas em ambas as mãos. Esperava que emitissem algum tipo de ruído ou energia afugentando as serpentes.

De quando em quando, um soldado soltava um gemido e ficava subitamente paralisado. Logo em seguida afundava nas águas sujas. Os demais sabiam que não adiantaria carregá-lo e apenas torciam para não serem os próximos.

— Maldito seja o guardião de livros! — Ben ouviu alguém dizer. — Vai conseguir nos matar antes da batalha.

— O que se podia esperar de alguém que veio de Ganeden? — outro respondeu. — Só loucuras!

Icarel seguia ao seu lado, como que para protegê-lo das víboras. A longa barba acinzentada se afundava na água. Lembrou-se das palavras dele: *todos somos pagãos quando a sorte pende para nosso lado, e todos clamamos a qualquer deus de plantão quando a corda aperta em torno do nosso pescoço.* Ben pensou que se de fato *El* estivesse interessado naquela guerra, mais uma vez seria um bom momento para demonstrar isso.

Cada vez que um homem gemia e se afundava nas águas, Ben fechava os olhos e engolia em seco. Pensava em suas famílias e nas histórias que ouvira em volta das fogueiras. Depois de um tempo, nenhuma palavra mais se ouviu entre os soldados, só soluços reprimidos.

Com surpreendentemente trinta e nove homens a menos — vinte e quatro que não entraram nas águas e quinze que ficaram nelas — conseguiram deixar o pântano cerca de duas horas depois. O total de cavalos mortos era um pouco maior: vinte e nove.

O grupo de Kilay atravessou o pântano, apesar de ele ter dito que não entraria. Ao ver que a grande maioria dos homens seguia o guardião de livros, o desertor de Olamir também pisou nas águas sujas, porém não sem antes liberar diversas maldições e esconjurações.

Talvez também queiram se redimir da covardia por ter abandonado Olamir, pensou Ben, dando finalmente a Kilay um voto de confiança. A oposição do homem ao seu comando fora notória desde o começo. Por outro lado, Ben preferia os opositores declarados aos amigos falsos.

Alcançaram a floresta próxima de Nod pelo sul antes do meio dia. A ausência de inimigos naquela região testificava do segredo da missão e da escolha correta feita por Ben. Todos estavam aliviados pelo pequeno número de baixas, menos o guardião de livros. Quinze mortes ele já contava como responsabilidade sua.

A vegetação que revestia o alto do planalto não era suficientemente densa para dar-lhes grande proteção. Se os vassalos tivessem águias com pedras sentinelas, poderiam localizá-los. Mas Evrá e as outras águias os cobriam com ilusões naquele momento.

Dentro da floresta, Ben desistiu de montar e começou a puxar o cavalo.

Evrá retornou mais uma vez, e Ben acessou as imagens mais recentes da cidade de Nod. O grande exército ainda estava no mesmo lugar, cercando a cidade. Os portões resistiam. Ben sentiu alívio parcial. Isso significava que haviam chegado a tempo. Mas as águias não encontraram qualquer imagem do exército de Sinim que provavelmente subia a Rota dos Peregrinos. Talvez Anamim também utilizasse pedras para ocultar o exército.

— Esta é uma guerra de ilusões! — disse para Tzizah ao seu lado. — Todos tentam ocultar a realidade. Resta saber o que acontecerá quando a verdade aparecer.

A travessia pela floresta foi lenta, mas logo o efeito revigorador de abrigar-se sob as árvores aconteceu. Ben chegou a ouvir alguns gracejos e risos, e até os cânticos retornaram, embora as vozes lhe parecessem um tanto quanto trêmulas. Ordenou que silenciassem, pois qualquer barulho poderia denunciá-los.

Ao entardecer pararam mais uma vez. O ataque estava planejado para o amanhecer, e isso significava que marchariam ainda algumas horas. O guardião de livros ordenou que os soldados se alimentassem com o resto de comida, pois não havia mais razões para guardá-la.

Percebeu que Icarel o observava o tempo todo. Lembrou-se das palavras dele sobre os três tipos de homens que se uniam àquele tipo de empreitada. Os muito corajosos, os muito loucos e os traidores. Sentia que o fazendeiro-profeta queria dizer-lhe algo. Mesmo assim o evitou. Saber ou não o futuro não fazia mais diferença.

O acampamento foi armado há poucas milhas de Nod. Percurso que poderia ser vencido em duas ou três horas. Mas só podiam deixar a floresta no momento exato do ataque. Ben ordenou que ninguém se afastasse. Tzizah o olhou com uma expressão de desafio quando disse que ela também não devia andar pela floresta, mas por fim obedeceu.

Não acenderam fogueira nem fizeram cabanas. Isso significava que suportariam o frio da madrugada e a chuva ácida apenas com as capas e capuzes. Aquela, provavelmente, seria a noite mais longa enfrentada pelo exército de Ellâh.

Ahyahyah se aproximou enquanto Ben comia um pedaço de pão molhado. O rion não usava capa ou capuz. Parecia que a chuva não fazia efeito nele. Os estranhos olhos o observaram atentamente. Sentia que eles enxergavam através da escuridão de seu íntimo. Desejou também poder fazer isso.

Cada ser humano poço mistérios de, certa vez lhe dissera Zamar, com seu estilo caótico de colocar as palavras nas frases. *Quanto fundo mais você descer, mais fundo fica. Por isso, Zamar gostar não mistérios de. Dançar, comer, viver, suficiente.*

Viu que o rion segurava com muita reverência uma pequena caixa em suas mãos. O objeto era revestido de prata e parecia muito antigo.

Ben olhou para o objeto e para o líder rion sem entender o que ele pretendia. Em versos, o rion revelou:

Dentro desta caixa revestida de prata
Está o grande presente da antiga raça
Do tratado estabelecido é a herança

E ao mundo e submundo, esperança
Por muito tempo aguardamos esse dom
Que por direito pertence ao povo rion
Aos homens do leste foi dada a magia
Para o oeste a lapidação trouxe alegria
O povo dakh também teve sua parte
Um presente da mais pura e fina arte
Do grande artista que pintou o tempo
E pôs em reservatórios todos os ventos
Luz, sombras, gelo e fogo em essência
Os quatro elementos de toda existência
Aqui eu lhe entrego o gelo luminoso
O elemento oposto do fogo tenebroso.

Ben não tinha certeza se entendia tudo, mas compreendeu que aquele objeto era algo desejado há muito tempo pelos rions, mas lhes fora negado até o tratado do mundo e do submundo ser estabelecido. Era um dos elementos primordiais que, segundo se cria, havia sido utilizado por *El* para a criação do mundo e o estabelecimento do equilíbrio no universo. Ahyahyah explicou também que eles haviam construído o palácio de gelo nas Harim Keseph para guardar o presente, junto com os demais tesouros confiados a eles pelos kedoshins.

O rion abriu o compartimento, e Ben viu a gelada névoa luminosa se elevar da caixinha. Parecia ter vida própria. Evaporava-se e se condensava mais densamente aqui e ali. Ben lembrou-se de como aquela névoa estivera presente em cada um dos pontos do caminho da iluminação e fora uma espécie de canalizadora dos dons dos kedoshins. Ela também estivera dentro do palácio de gelo onde concedera vida às estátuas dos tannînins. Lembrava-se da luz se movendo no teto abobadado do palácio e, depois, dentro dos guardiões, despertando-os.

Ahyahyah fechou a caixinha, e a luz desapareceu. Então o rion entregou o objeto para Ben. O guardião de livros recebeu o presente solenemente, pois sabia da importância dele para os rions.

Com a mão levantada, Ahyahyah passou as últimas instruções:

Quando no campo de batalha
O fogo queimar como fornalha

O gelo luminoso o apagará
Porém, por só uma vez o usará

Após dizer aquilo, o rion baixou a mão e retornou para os seus.

Ben não conseguiu entender o significado de tudo aquilo, mas se fosse algo que pudesse ajudá-los na batalha, seria bem-vindo.

Percebendo que a madrugada seguia, Ben levantou-se para dar a ordem de avanço. Sentiu os olhos de Icarel ainda insistentemente buscando os seus.

Eu vi fogo. Dissera o fazendeiro-profeta.

E agora eu tenho gelo, sentiu vontade de dizer.

Fogo e gelo, luz e sombras, mundo e submundo, dissera Enosh. *Os opostos estão em rota de colisão. Nada será como antes.*

Sentindo-se cansado, apesar da parada, o guardião de livros se pôs à frente do exército de Ellâh e retomou a marcha. Faltavam duas ou três horas de caminhada até o final da floresta e o descampado que conduzia até Nod. Então, não haveria mais esconderijos ou ilusões. Veriam a batalha como realmente era. Após todo aquele percurso, Ben já acreditava que nada seria mais desejável.

Quando percebeu que a borda da mata se aproximava, e também os primeiros sinais do amanhecer, Ben sentiu seu coração bater fortemente. Sabia que semelhante sentimento de ansiedade e temor tomava conta dos novecentos homens que haviam feito a difícil jornada até ali. Em instantes, as árvores e a noite deixariam de encobrir a vista e, mesmo de longe, eles veriam o exército que enfrentariam.

Ben chegou a fazer um sinal para que andassem mais compassadamente, mas foi em vão. Os últimos passos dentro da floresta foram apressados, cheios de ansiedade e suspense.

Finalmente a última linha de árvores liberou a visão, e, mesmo na penumbra, Ben enxergou ao longe o cone da cidade de Nod e o exército que a rodeava. Por um momento, acreditou ser algum tipo de pesadelo ou ilusão causada pela névoa e fumaça que dificultavam a visão. Sentiu seu sangue esfriar como se gelo das Harim Keseph fosse injetado em suas veias.

A muralha redonda era uma ilha cinzenta sobre a qual ondas de soldados escuros se movimentavam. Havia muito mais do que dez mil soldados. Talvez o dobro ou triplo desse número. Os inumeráveis estandartes com o símbolo dos vassalos — uma espada de bronze e um martelo de ferro entrecruzados — tremulavam no amanhecer sombrio. Os estrondos e os brados de guerra faziam tremer o chão. Catapultas lançavam pedras gigantes incendiadas contra a parte alta da cidade. Os estrondos se tornaram subitamente tão altos a ponto de estremecer a floresta. Os dois portões da muralha exterior haviam sido estourados, e boa parte do exército inimigo estava dentro da cidade baixa subindo vorazmente em direção à cidadela.

Não havia apenas soldados. Ben viu cavaleiros-cadáveres, sa'irins, gigantes e tannînins. Os dragões mergulhavam das alturas rodeando as torres da cidadela e cuspiam fogo sobre os palácios internos. Um pouco abaixo, cinco gigantes moviam o mesmo aríete que explodira as muralhas de Olamir. Impulsionavam o instrumento com terríveis estampidos contra os portões da muralha interior. A cidadela parecia prestes a cair. Aquela batalha já estava no fim.

Ben olhava cada vez mais incrédulo a cena. Era incompreensível. As imagens captadas por Evrá através das pedras eram totalmente diferentes. Que tipo de engodo era aquele? Como eles haviam conseguido esconder todos aqueles soldados?

Ben viu Kilay se adiantar e se colocar ao seu lado. O soldado desertor de Olamir contemplou o exército inimigo e a cidade prestes a sucumbir com um rosto tomado pelo escárnio.

— Pior do que você imaginava, guardião de livros? — perguntou com um arremedo de sorriso. — Eles deixaram que você visse apenas o que desejava. Ilusões criadas pelas pedras shoham. Um pouco de seu próprio veneno. Esperavam você chegar. Mas pelo que pude ver, estão superestimando-o. Você aguentará muito pouco no campo de batalha. Muito menos do que esta cidade aguentou. Além do mais, você foi bastante útil, pois convenceu Nod a abrir os portões externos. Isso facilitou muito a invasão. Naphal está satisfeito com você.

O homem abriu um sorriso maligno, ao perceber que Ben tomava consciência do que havia acontecido. Mas o traidor ainda não havia terminado:

— A cabeça de dois mensageiros deve estar pregada nas muralhas de Nod ao lado de cabeça loira de um jovem latash. Foi uma pena que a rainha de Sinim não tenha recebido mensagem alguma. Mas como disse o velho latash, ela já deve estar suficientemente ocupada com suas próprias batalhas. E pelo que eu sei, são mesmo muitas. Você não terá ajuda hoje aqui. E dentro de algumas horas, eu vou tomar posse da coroa que me foi prometida — disse com uma risada debochada.

— Adivinhe de qual cidade?

O homem disse aquilo e galopou para fora da floresta em direção ao exército inimigo. Os trinta traidores que o seguiam o acompanharam.

Por um momento, Ben ficou sem reação. Foi inevitável não se lembrar do que Kenan dissera enquanto navegavam pelas águas do Perath: *a traição sempre foi nossa maior inimiga.*

— Maldito traidor — disse com dolorosa consciência de que aquela guerra havia chegado ao fim, e eles haviam sido derrotados antes mesmo de começar a lutar.

Ben olhou para os soldados e viu toda a cor fugir dos rostos pela compreensão dos fatos. A coragem já os havia abandonado segundos antes, ao ver a imensidão do exército que estava diante de Nod. A consciência da traição não era suficiente para lhes inflamar o ímpeto.

Sentiu o desespero gelar ainda mais suas entranhas. Toda a movimentação surpresa fora perda de tempo, pois os desertores haviam informado o inimigo. Sinim não viria. Tudo não passara de uma grande armadilha.

Uma armadilha que nós preparamos contra nós mesmos.

O guardião de livros não sabia o que dizer ou fazer. Inevitável foi pensar que Enosh estava certo. Haviam tomado a atitude errada e sacrificado todo o esforço para reunir aquele exército. Novecentos homens, mesmo com armas potencializadas, jamais poderiam enfrentar trinta mil. E a cidadela, último reduto de Nod, aguentaria apenas o tempo que os anaquins levariam para explodir o portão superior.

Ben percebeu que os homens esperavam o portador de Herevel dizer algo que mudasse a situação. Mas a única opção lógica seria voltar e salvar a própria pele. Nod estava condenada. Enosh estava certo. Sempre estivera. Precisavam bater em retirada, atravessar outra vez o pântano das víboras e se esconder. Talvez conseguissem retornar para Ellâh. Uma coisa era certa: não tinham chance de enfrentar o exército shedim. Precisavam fugir antes que o monstruoso exército se voltasse contra eles.

Ben viu o grupo de traidores cavalgando em direção ao exército vassalo. Pareciam ter muita pressa. Por certo, iriam denunciá-los ali dentro da floresta.

Lembrou-se de que não havia compartilhado com eles o plano de atacar por aquele lado até o momento de cruzarem o pântano. Por isso, também, a revolta de Kilay quando soube que a ideia era atravessar o pântano das víboras.

— Eles não sabem...

Os vassalos esperavam pelo ataque do outro lado, de onde parecia lógico que eles chegassem. O caminho pelo pântano das víboras fora realmente secreto.

— Ainda temos o fator surpresa — disse para os capitães. — Estão nos esperando pelo lado da Rota dos Peregrinos!

— Novecentos homens não podem surpreender trinta mil — pronunciou Hakam. — Não importa de que lado seja o ataque.

Ben procurou os olhares de Tzizah, Merari, Icarel, Ooliabe e Oofeliah. Havia temor em todos eles. Apenas os rions pareciam serenos.

Eles não temem a morte, pensou.

— Nosso tempo é curto — disse Icarel. — Ou atacamos o urso agora, ou fugimos para nunca mais voltar.

Ben olhou para o fazendeiro-profeta. Ele realmente pensava que podiam atacar aquele exército? Voltou-se outra vez e contemplou a cidade invadida.

Havia tão pouco tempo para tomar uma decisão... Mas, parecia só haver mesmo uma decisão a ser tomada: fugir.

Lembrou-se das palavras de Gever em Ganeden. *Nunca aja de modo afobado. Sempre há tempo para escolher a melhor opção, mesmo dentro de uma fração mínima. Se a mente estiver suficientemente limpa, menos de um segundo será suficiente para fazer diversas escolhas e, até mesmo, voltar atrás em uma decisão errada. Lembre--se: tudo está em sua mente. O bem e o mal, o certo e o errado, o sucesso e o fracasso.*

O irin havia falado aquilo enquanto treinavam com as espadas. Ben buscou Herevel e sua mão deslizou pelo cabo da espada dos kedoshins. Sentiu a textura lisa das pedras brancas lapidadas. Estavam quentes como naquele dia no deserto de Midebar Hakadar, quando a manejara pela primeira vez. Ainda lembrava como a espada se comunicara com ele, mandando-o deixar a senda da rocha e correr para campo aberto, apesar de lá fora estar a saraph. Medo e indecisão haviam sido subitamente substituídos por coragem e determinação. Depois viera a vitória meio acidental sobre a serpente, e depois Olamir, o caminho da iluminação, Ganeden... e uma trajetória absolutamente inimaginável.

Sempre havia suposto que para realizar obras grandiosas no mundo uma pessoa devia ser escolhida para isso, nascer em um palácio, ser filho de um rei, mas Gever pensava diferente. *Por que vocês sempre acham necessário serem escolhidos, serem nobres de nascimento para fazer algo bom? Só podem fazer coisas especiais se forem especiais? Não deveria ser o contrário? Fazer algo especial porque é a atitude certa a ser tomada?*

Ben retirou Herevel da bainha. Olhou-a por um momento. Era, sem dúvida, a mais bela das espadas. Aquela espada o escolhera, apesar de toda a indignidade dele. As pequenas pedras brilhantes que enfeitavam as hastes e algumas partes do cabo brilharam. Já não sabia se sua mão a comandava ou a espada comandava sua mão. Herevel parecia pulsar ao ritmo de seu coração. Apertou-a mais firmemente e todo o temor desapareceu de sua alma.

Há uma guerra lá fora — dissera Gever. — *Sempre há alguma... Precisa-se de alguém disposto a fazer o que é certo. Então pode ser você, ou qualquer outro que tenha coragem. El, às vezes, prefere utilizar os mais imperfeitos instrumentos para construir suas maiores obras.*

A "espada de *El*". Esse era o significado do nome Herevel.

— Nunca fui merecedor desta honra — Ben cochichou, olhando fixamente para as pedras brancas da espada.

Em seguida, levantou-a bem alto.

— Guerreiros de Ellâh! — disse, sentindo seu coração batendo enlouquecido. — Até agora vocês confiaram nesta espada!

Os soldados olharam para a espada, e em seguida para Ben, mas nenhum deles pareceu entender o que Ben estava querendo dizer.

— O exército inimigo é muito maior do que podíamos imaginar — continuou o guardião de livros, ainda segurando Herevel reta acima da cabeça. — Fomos enganados, traídos. Sinim não virá. Estamos sozinhos. Nenhum discurso mudaria a situação, e eu não quero que vocês vejam algo diferente da realidade. Eu não quero enganá-los com palavras. Olhem bem. Somos poucos, eles são muitos... Somos fracos, eles são fortes... Esta é a realidade. O que posso lhes dizer? Todos os meus instintos gritam para que eu lhes ordene que retornem, fujam e se escondam. Sim, pela lógica essa é a única opção. Mas eu lhes pergunto: foi a lógica que nos trouxe aqui ou foi a fé? Respondam-me: por quanto tempo adiaremos a morte? Assim que os shedins tomarem Nod, Olam terá caído definitivamente. A escuridão nos encontrará mais cedo ou mais tarde. Se iremos dançar esta dança amanhã ou depois, eu lhes pergunto, por que não hoje? Não sei onde estaremos hoje à noite. Não posso prometer-lhes nada. Se existir um paraíso, talvez lá... Se não existir, pelo menos não sentiremos ferimentos de espadas, lanças ou mordidas de monstros... — Então, bradou sem saber de onde vinha aquela coragem. Provavelmente da loucura. — Eu lhes ordeno uma coisa meus amigos: Não podem morrer antes de destruir trinta inimigos! Para cada um de vocês, eu lhes ordeno: mandem pelo menos trinta demônios para o inferno e então desfrutem do paraíso!

Então apontou Herevel para Nod.

A espada dos kedoshins subitamente se inflamou. Raios de uma energia branca brincavam pulando de pedra em pedra que ornamentava as hastes e se dirigiam para a ponta da lâmina. Nunca antes, a arma havia brilhado tanto.

Ao ver aquilo, a coragem voltou aos rostos dos soldados. Ben sentiu a euforia tomando conta deles, ou talvez, fosse apenas loucura causada pela exaustão.

— Arqueiros! Cubram-nos! Infantaria, na retaguarda! Giborins de Olam e cavalaria, comigo agora!

Os cavaleiros já não conseguiam mais segurar os cavalos que pareciam tomados por alguma estranha energia que os incitava ao ataque.

— Giborins! — continuou Ben. — Hoje não basta valer por duzentos. Hoje vocês precisam valer por quinhentos!

Em resposta, os giborins ergueram suas espadas.

— Confiem na Espada de *El*! — bradou Ben, e a espada se iluminou ainda mais. O cavalo em que ele estava empinou, e em seguida, disparou rumo à batalha.

— Herevel! — os homens responderam erguendo as armas potencializadas.

Os cerca de trezentos cavaleiros fizeram o chão tremer ao saírem da floresta tentando acompanhar o ritmo do guardião de livros.

Nenhum pensamento passava pela mente de Ben. Ele só via a espessa crina branca do cavalo balançando como os campos cobertos de pastagens secas. Evrá desceu das alturas e emparelhou poucos metros acima dele. A plumagem parecia viva como em um amanhecer dourado. No mesmo instante, as demais águias dos giborins também desceram como lanças certeiras voando em direção ao exército inimigo.

Ben tinha a sensação de que as patas dos cavalos não tocavam mais o chão. Era como se flutuassem naquela campina morta aproximando-se vagarosamente do imenso exército inimigo.

Por um lado, era só um grupinho insignificante de cavaleiros que desafiavam a monstruosidade do exército dos shedins. Mas havia algo mais: um senso de valor e justiça que os impulsionava e os engrandecia.

O som da cavalaria atraiu a atenção da retaguarda do inimigo. A massa de guerreiros se voltou e contemplou os atacantes. Herevel e as pedras shoham das armas dos trezentos cavaleiros brilhavam naquele amanhecer sombrio. Uma pequena e impetuosa luz avançando vertiginosamente contra a majoritária escuridão.

Quando o grupo de trinta traidores se aproximou da retaguarda, os inimigos interpretaram aquilo como o primeiro ataque e os rechaçaram. Kilay, o traidor, e os soldados de Olamir que o acompanhavam foram engolidos e esmagados pela massa de guerreiros tenebrosos. Não adiantou Kilay gesticular e tentar convencer os inimigos de que estavam do mesmo lado. O avanço dos trezentos cavaleiros de Ellâh atrás impediu o traidor de completar sua tarefa.

Então, o céu acima dos cavaleiros de Ellâh ficou subitamente brilhante, como se milhares de estrelas cadentes descessem em perfeita sincronia. As setas potencializadas dos arqueiros os ultrapassaram e caíram sobre o exército shedim como uma chuva de fogo e gelo. A massa de guerreiros inimigos ficou subitamente mais esparsa naquele lado, e clarões se abriram com os soldados caídos.

A cavalaria atingiu o flanco do exército invasor quando a chuva de flechas cessou. Herevel foi como a proa de um barco cortando as águas do oceano escuro. Não havia escudo ou couraça capaz de detê-la. Os cavaleiros de Ellâh rasgaram a retaguarda do exército shedim e se dirigiram como se fossem uma só lança em busca do coração do monstro que cercava Nod.

Para o guardião de livros não havia sentimentos, só a espada em sua mão e o inimigo mais próximo. Golpeava um soldado e nem o via cair do cavalo, no mesmo instante aparava um golpe do inimigo. Novo golpe derrubava o próximo soldado, simultaneamente, se defendia de outro golpe, então, mais um inimigo estava no chão.

Nos instantes seguintes, tudo se acelerou ainda mais. Herevel cortou dois inimigos ao meio, um terceiro ficou sem as pernas, um quarto sem os braços, um quinto sem a cabeça. Depois disso não havia mais como contar o número de atingidos. O poder da espada aumentava, e corpos eram arremessados para longe entre gritos de dor e súplicas de misericórdia que ele ouviria por tantas noites quantos soldados destruiria naquele dia.

Os mercenários abriram caminho assustados com aquela investida, e Ben visualizou os cavaleiros-cadáveres à frente como um rochedo escuro no meio de um campo de plantações.

— Herevel! — gritou com todas as forças.

A espada castigou os primeiros cadáveres que avançaram em sua direção. Com um só golpe, três caveiras se desligaram das ossadas, fazendo os esqueletos despencarem no chão.

Viu de relance os giborins mergulhando na massa escura de cavaleiros-cadáveres, e incontáveis cabeças voaram para todo lado. A eficiência dos guerreiros sagrados mais uma vez foi confirmada no campo de batalha.

Os rions disparavam setas de gelo mais rápido do que Ben conseguia ver. Moviam-se com extrema agilidade, saltando sobre cavalos, correndo sobre cabeças inimigas, disparando e voltando a subir em outros cavalos. Faziam isso com tanta naturalidade, como se corressem em um campo plano. Cada flecha dos rions parecia guiada por magia e atingia as aberturas das armaduras dos soldados inimigos, congelando-os, e deixando um rastro de corpos.

Ben olhou ao redor e percebeu que o exército inimigo parecia uma grande floresta, e eles haviam desmatado inteiramente uma pequena área. Desse modo, conseguiram se estabelecer em um espaço entre a grande muralha exterior e a montanha, impedindo ser cercados de ambos os lados.

Animados pelo poder de Herevel, os soldados de Ellâh se doaram além dos limites. O tridente de Icarel açoitava os inimigos que avançavam, atravessando-os com a energia amarela alimentada pelas fogueiras do próprio acampamento vassalo. A espada de Hakam cortava como se estivesse cortando um campo de trigo, e o arco de Amom fazia disparos poderosos espalhando dez ou quinze soldados malignos pelo ar.

Ooliabe e Oofeliah jamais se afastavam de Ben e protegiam sua retaguarda lutando com movimentos acrobáticos. A sincronia e a eficiência dos dois era um espetáculo à parte. O homem canhoto e a mulher destra pareciam um só guerreiro com duas espadas. E a recompensa deles não eram aplausos, mas sangue. Evrá o protegia do alto atacando com suas garras destruidoras os soldados que tentavam se aproximar. A força da águia era capaz de içar um homem e o jogar há vários metros de distância, e seu bico, suficientemente afiado para atravessar cotas de malha e placas de metal, era tão eficiente quanto a melhor das espadas de Ellâh.

Ninguém conseguiu se aproximar do guardião de livros. A armadura dourada e a espada branca e luminosa contrastavam com o exército sombrio.

— Avançar! — ordenou Ben.

Não podiam se contentar em guardar somente aquele espaço conquistado, pois o exército inimigo era imenso, e os gigantes já estavam dentro de Nod.

Novamente Herevel abriu caminho, e a cavalaria seguiu o guardião de livros. A retaguarda dos cavaleiros de Ellâh já havia adentrado inteiramente o exército mais uma vez quando Ben os enxergou. Pareciam um rochedo maciço, sólido como uma muralha macabra cheia de lanças. Os sa'irins se posicionaram para impedir o avanço dos cavaleiros. As bocas de leão arrancavam cabeças do próprio exército tal era a ferocidade dos demônios.

Ben sabia que era loucura avançar sobre o grupo de sa'irins, mas era tarde demais para recuar. Herevel enfrentou os primeiros que avançaram em sua direção. Os clarões brancos liberados em cada golpe deixavam um rastro de lanças quebradas e cabeças decepadas. Os espíritos sombrios, ao abandonarem os corpos animalescos, desintegravam-se sobre o fundo das muralhas cinzentas de Nod. Mas parte dos cavalos se assustou ao ver as criaturas, e a formação coesa de ataque se desfez. Então, as lanças dos sa'irins derrubaram dezenas de cavaleiros de Ellâh. Ben viu os corpos serem devorados pelas criaturas dos shedins.

— Devemos recuar ou seremos esmagados! — gritou Merari.

Cada golpe do gigante negro afundava elmos e despedaçava cavalos. Uma dezena de chacais possuídos pelos oboths o cercaram. Mas a maça do giborim estraçalhou os crânios das criaturas.

O aríete movido pelos anaquins continuava forçando o portal no alto da cidadela com estrondos terríveis, e Ben percebeu que aquilo seria decisivo. Se o portão fosse derrubado, o exército inimigo invadiria a última parte defensável da cidade.

Com uma pontada de agonia, compreendeu que começavam a ser engolidos. Vários soldados atrás dele haviam sido atingidos por flechas e golpes de espadas. O grupo de cavaleiros que avançava diminuía a cada passo.

Viu diversos soldados de Ellâh mortos. Surpreendeu-se quando um deles que tinha um ferimento de ponta a ponta no crânio se levantou e deteve a espada de um inimigo que tentava atingir Ben pelas costas. Em seguida, o moribundo enfiou a espada ensanguentada no peito do atacante.

— Trinta — disse o moribundo. Tombou em seguida.

— Retornar para a floresta! — ordenou Ben.

Imediatamente a coluna de cavaleiros deu meia volta e retornou abrindo caminho em direção às árvores.

Ben rompeu a retaguarda inimiga alcançando mais uma vez a campina morta que conduzia até a floresta. Ao olhar para trás constatou o quanto havia diminuído o número de cavaleiros que o seguia. Em contrapartida, todo o estrago feito no inimigo com as armas potencializadas parecia imperceptível.

Como era esperado, foram perseguidos na marcha em direção à floresta.

— Arqueiros! — gritou Ben ao alcançar a linha de árvores. — Ataque frontal!

Os arqueiros se adiantaram e saudaram os inimigos com uma saraivada de flechas rasantes. Os dardos energizados atravessavam diversos soldados em linha reta, deixando fileiras de mortos.

O próprio Ben utilizou um arco e fez diversos disparos contra a horda que se aproximava da floresta.

Mesmo assim, era pouco para deter a massa escura de soldados.

— Formação de mata! — bradou Ben.

Os arqueiros subiram nas árvores. As primeiras linhas de inimigos que adentraram conseguiram avançar menos de dez metros. Do alto das árvores, os arqueiros dispararam todas as flechas possíveis, como se as próprias árvores despejassem setas sobre os vassalos. Os corpos se acumularam no chão, impedindo a passagem do exército do lado de fora.

Os poucos soldados que superaram as barreiras de corpos e adentraram a mata enfrentaram algo ainda mais aterrador. Árvores lutaram contra eles. Raízes brotaram do chão e enlaçaram soldados. Galhos derrubaram cavaleiros. Ramagens suspenderam homens no ar. Então, a infantaria caiu sobre eles com espadas, maças, tridentes e fundas.

Ben viu de relance Tzizah segurando a pedra shoham retangular. Por onde o cavalo da princesa de Olam passava, o chão tremia como se um terremoto abrisse fendas irregulares no chão. As raízes saltavam e enlaçavam cavaleiros. Espadas voavam soltando-se das suas mãos. As ramagens corriam como serpentes pelo chão em busca de pernas e pescoços de inimigos.

Por um momento, sem conseguir entrar, o exército vassalo se acumulou diante da mata.

Àquela altura, a cavalaria de Ellâh já havia contornado e saído da floresta pelo outro lado, surpreendendo os inimigos pelo flanco. Então, a primeira cena se repetiu. Setas de fogo cortaram o céu, pedras das fundas desceram como meteoros sobre os soldados inimigos, e as espadas e lanças de Olam trabalharam incansavelmente.

Apesar das investidas vitoriosas, Ben percebia que o avanço ainda era pequeno em proporção ao tamanho do inimigo. Só naquele momento o invasor se dava conta de onde estava vindo o ataque e começava a se agrupar para enfrentá-lo. Quando Ben viu que o mar escuro se voltava para a pequena floresta, compreendeu mais uma vez que não havia chances.

Olhou para o alto e viu os movimentos do aríete tentando explodir o grande portão superior. Foi então que se lembrou do plano anterior. Pretendiam encurralar o inimigo dentro da cidade. Naquele momento a estratégia seria impossível, contudo, talvez, conseguissem, com o poder das armas, abrir um caminho para o alto e defender o portão, até entrarem na cidadela.

— Vamos dar um abraço de urso no inimigo! — gritou para os companheiros.
— Vamos entrar! Subir até a cidadela!
— É loucura! — contrariou Icarel. — Nunca conseguiríamos chegar lá!
— É impossível! — gesticulou Hakam. — Precisaríamos atravessar todo o exército!

— A consistência do inimigo não é a mesma com o avanço em direção à floresta. Podemos atravessá-lo. Precisamos defender o portão! De dentro da cidade, talvez possamos proteger a cidadela.

— É loucura! — repetiu Icarel. — Mas eu estou com você! Para onde quer que for!

— Eu também! — respondeu Hakam.

— Cavaleiros! — bradou Ben. — Sigam-me! Infantaria! Salvem-se para além do pântano!

Não esperou resposta. Apontou Herevel outra vez e pressionou os flancos do cavalo. O animal disparou contra o mar negro. Toda a cavalaria o seguiu quando outra vez Herevel abriu caminho dentro do exército das trevas.

A chuva ácida havia aumentado, e a lama no chão soltava gases dificultando a visão. Para piorar, os dragões caíram sobre eles sem se importar se feriam vassalos ou cavaleiros de Ellâh. Ben viu Evrá se desviando das chamas enquanto tentava atingir um tannîn com suas garras. Quando as chamas a atingiram em cheio, a luz da pedra do sol afixada na plumagem dourada as refratou. Com sua agilidade, Evrá contornou o dragão e pousou sobre a nuca da criatura. Mesmo tendo metade do tamanho do tannîn, as garras afiadas adentram a couraça natural do animal, e a energia da pedra do sol fez o dragão guinchar expelindo fogo. Quando Evrá o soltou, o tannîn despencou sobre o exército vassalo esmagando diversos soldados. Porém, em seguida, três dragões cercaram Evrá, e a águia se elevou tentando se livrar das chamas. As outras águias dos giborins foram ao socorro dela, e o duelo entre águias gigantes e dragões se acentuou nos céus de Ellâh.

No solo, Ben procurava alcançar os portões externos, para depois tentar subir até a muralha interior. Viu Amom tentando atingir os dragões com flechas incendiadas, mas o fogo das flechas não fazia efeito nos tannînins. Houve contra-ataque dos dragões. E o escudo do guerreiro não foi suficiente para absorver o fogo, tornando-se uma tocha humana. As espadas inimigas caíram sobre ele completando o trabalho.

Enxergou várias capas vermelhas de giborins afundadas na lama misturada com sangue. Seu pequeno exército estava sendo dizimado.

Mesmo assim continuou. Decidiu que chegaria aos portões da cidadela, nem que fosse o último homem. Foi quando sentiu o impacto. Uma lança atingiu o cavalo e o animal despencou. Ben foi arremessado para o meio do bloco de inimigos. Os sa'irins caíram sobre ele. Uma boca monstruosa quase arrancou sua cabeça.

Mas o brilho branco de Herevel os empurrou para trás. A espada parecia ter vida própria, e golpes como relâmpagos derrubaram quatro inimigos. O guardião de livros tinha a impressão de que era o último homem em pé.

Chacais deformados possuídos por oboths atacaram-no. Herevel os mandou todos de volta para o inferno. Sozinho, no meio do exército das trevas, Ben nem sabia mais quem o atacava. Enquanto as trevas o comprimiam, perdia a noção do tempo. A espada era seu próprio braço. Cada golpe era preciso, nenhum em vão. Mas sentia suas forças diminuírem. Toda estocada que despedaçava um inimigo roubava um pouco de sua energia, e a onda escura de guerreiros continuava avançando incessante, infinita, faminta.

Então, enxergou-o. Arafel estava bem na sua frente. O homem com a cicatriz que quase o matara no Yarden montava um cavalo negro com asas e segurava uma alabarda. O que Arafel fazia com o cavalo alado e a arma de Mashchit? Ben viu pedras pretas no cabo da arma. A distração lhe custou caro. Um sa'irim o golpeou, e a lança conseguiu atravessar a placa de metal da armadura, perfurando-o na perna. O guardião de livros urrou de dor, percebendo que ia ser atravessado no peito por outro golpe da lança. Não entendeu quando a cabeça do sa'irim que o atacava se desprendeu do corpo. Atrás da criatura, Arafel tinha a alabarda manchada com o sangue escuro do sa'irim.

Mesmo sem compreender por que ele o salvara, o guardião de livros se levantou e avançou contra o príncipe vassalo. Não era o mesmo jovem inexperiente que escapara da espada do guerrilheiro no Yarden. Ignorando o ferimento na perna, lançou-se na direção dele com Herevel soltando raios.

As armas se chocaram com forte estrondo, e Ben sentiu suas costas rasgando a lama vários metros atrás, para onde foi arremessado com o impacto. Em contrapartida, Arafel continuava montado em Tehom, exibindo um estranho olhar calmo.

O cavalo negro bateu asas, e o príncipe vassalo galopou sobre cadáveres indo em direção dele. Ben, mesmo caído, movimentou Herevel o suficiente para se defender do golpe da alabarda. A força do oponente não se comparava a nada já experimentado. Nem mesmo quando detivera o ataque da saraph quebrando o dente da serpente no deserto. Um homem não podia ter toda aquela força.

Quando ele se aproximou mais uma vez, Ben percebeu que os olhos do oponente não eram humanos. Conhecia aqueles olhos. Não era Arafel quem estava ali. Nem mesmo um homem. De algum modo misterioso, quem empunhava a alabarda, montado em Tehom, era o próprio tartan do exército shedim.

Não teve tempo de pensar sobre como Mashchit conseguia utilizar o corpo de Arafel, pois outro ataque com a alabarda acertou Herevel, e novamente Ben experimentou a lama. Em uma fração de segundos, o tartan estava em cima dele. Ben não teve tempo de reagir. Viu o rosto da morte nos olhos do tartan. Porém, o shedim não o atacou. Ben sentiu a pedra escura da alabarda imobilizando-o. Compreendeu que o tartan não queria matá-lo, mas aprisioná-lo. Sentiu seu braço fazendo pressão para que soltasse Herevel. O outro braço tentou evitar, mas movê-lo era o mesmo que levantar um rochedo.

Subitamente, setas emergiram do peito de Arafel como brotos surgindo do chão, e a força que o aprisionava se afrouxou. Então, viu Ahyahyah em pé sobre um cavalo, atrás do tartan, disparando incontáveis flechas contra ele. As setas de gelo atravessavam o corpo do príncipe vassalo, mesmo assim, algumas ficaram encravadas.

O tartan se voltou para o rion e ofereceu a oportunidade para que Ben se levantasse. Em um segundo não enxergou mais Arafel nem Ahyahyah, pois precisou lidar com os sa'irins. Decepou duas cabeças monstruosas libertando os espíritos sombrios, porém, tarde demais, percebeu a sombra sobre si. As garras do tannîn o alcançaram antes que pudesse atingi-lo com Herevel. Sentiu as placas metálicas da armadura comprimindo seus ombros enquanto era içado para as alturas, e a espada escapulia de sua mão.

Vertiginosamente, viu a cidade de Nod diminuir, e as nuvens cinzentas se aproximarem enquanto o dragão subia.

Gritou por Evrá, mas a águia estava cercada por dragões e só podia lutar para salvar a própria vida.

Quando estava em uma altura de onde via as duas muralhas circulares de Nod diminuídas, o dragão o enviou para o vazio. Ben se lembrou da sensação de voar com o vento sobre a árvore de Zamar e desejou que aquilo fosse só mais um sonho. Seu corpo desceu, e a cidade de Nod começou a crescer outra vez.

Os dragões, entretanto, não pretendiam deixá-lo morrer com o impacto, mas competir entre si para ver quem assaria o guardião de livros nas alturas. Ben viu vagamente as criaturas aladas mergulharem atrás dele soltando fogo. Sua única esperança era que Evrá conseguisse fugir dos três dragões e o segurasse, detendo em parte a queda, pois, apesar de grande, a águia não tinha tamanho suficiente para sustentar todo o peso dele.

Quando ouviu relinchos, imaginou que o solo e o fim estavam próximos, então, sentiu algo sob suas pernas. Agarrou-se em desespero e num instante afastava-se da linha do fogo dos dragões. Asas prateadas diminuíam o ritmo da queda. A crina também prateada o fez lembrar-se de um ser que não poderia estar ali. Agarrou-se ainda mais a ele e viu o exército inimigo se aproximar velozmente, mas as longas asas planaram, o pescoço negro do cavalo se projetou, e as patas pisotearam centenas de cabeças até se aproximar do lugar onde Herevel estava caída no meio do exército inimigo, pois ninguém havia se atrevido a pegá-la. As patas tocaram o chão apenas pelo tempo necessário de Ben se inclinar e alcançar Herevel, então as cabeças dos soldados ficaram pequeninas outra vez.

— Layelá! — gritou com admiração ao reconhecê-la.

Não havia tempo para entender como a égua re'im chegara ali, nem como tinha asas. Segurando Herevel, Ben se dirigiu aos dragões. O campo de energia formado pela espada refratou o fogo lançado por um deles, e a espada decepou a cabeça da criatura. O corpo sinuoso despencou sobre os inimigos. Instantes depois, outros três afundaram o chão recoberto de lama e cadáveres. Mas dezenas de tannînins resolveram lhe oferecer batalha. Não havia como enfrentá-los ao mesmo tempo. Para seu desespero, viu os Anaquins explodirem o portal da cidadela, e o exército vassalo começar a invadir a parte central da cidade.

Uma trombeta soou no horizonte. Ben ouviu apenas vagamente o som. Ele passaria despercebido se muitos soldados vassalos não tivessem se voltado e olhado assustados, ou se os tannînins que o cercavam não tivessem parado de atacá-lo e fugido. Quando Ben olhou na direção, suas forças fraquejaram. Enosh montava Erev. As asas vermelhas do cavalo negro também haviam crescido. O capuz cinzento do latash parecia revestido de uma estranha luz. Mas o que fez suas forças se esvaírem foi o que estava atrás de Enosh. Um jato de fogo impensável o atingiu e ultrapassou. A cabeça monstruosa de Leviathan surgiu de entre as chamas. O rugido da criatura fez até os cavaleiros-cadáveres recuarem talvez se esquecendo de que já estivessem mortos.

Ben percebeu que o dragão-rei perseguia Enosh, mas muitos soldados acreditaram que estavam sendo atacados e fugiram. Entretanto, os sa'irins permaneceram.

O dragão-rei viu os sa'irins e os atacou. Os jatos de fogo varreram as criaturas peludas e musculosas habitadas por espíritos sombrios. Em resposta, todos os inimigos começaram a atacar o dragão. Esse foi o pior erro que cometeram. O dragão-rei reagiu furioso e despejou seu poder. As labaredas subiram mais altas do que as muralhas de Nod enquanto incendiavam soldados aos milhares.

Aproveitando o caos causado pela chegada de Leviathan, Ben mergulhou com Layelá em direção aos portais da cidadela onde os gigantes abriam ainda mais os portões milenares. Ao verem Layelá e Herevel, os gigantes dirigiram suas maças com estrelas nas pontas para eles e tentaram atingir Layelá no alto. Herevel despedaçou uma das estrelas.

O tridente de Icarel cortou uma das pernas de um gigante e o derrubou. Só naquele instante, Ben percebeu que o fazendeiro ainda estava vivo e havia subido até o alto de Nod. Revestido de energia, o tridente se afundou no peito imenso do gigante. Os rions cercaram outro gigante e lançaram tantas flechas simultaneamente contra o corpo colossal que ele ficou revestido de uma camada brilhante de espinhos até tombar sobre as pedras. Então os outros três fugiram.

As chamas de Leviathan continuavam destroçando o exército dos shedins fora da cidade. Uma massa de soldados tentou se refugiar na floresta. Em resposta, o dragão-rei incendiou a floresta inteira.

O monstro estava fora de controle, e Ben temia que ele logo se voltasse contra a cidade também. A figura imensa do dragão-rei se destacava no céu de Nod, e as chamas eram altíssimas. Os tannînins pareciam minúsculos diante do grande dragão.

Eu vi fogo, dissera Icarel.

Então a criatura enxergou Tehom, o cavalo alado do tartan.

Mashchit, ainda atravessado por diversas flechas, impulsionava o animal tentando fugir do local da batalha. Leviathan furioso despejou suas chamas contra Mashchit. Por certo, lembrava-se da armadilha preparada pelo tartan, quando o enganou para liberar a passagem dos exércitos vassalos através dos pântanos salgados.

A alabarda conseguiu dividir as chamas após dois ataques do dragão. Porém, percebendo que não conseguiria fugir, o tartan se voltou para enfrentar o monstro. Um tipo de energia avermelhada se formou na ponta da alabarda e disparou um raio poderoso contra o dragão-rei. O movimento das asas gigantes conseguiu evitar que o raio o atingisse, e nova onda destruidora de fogo foi a resposta. Outra vez, o fogo se dividiu diante da alabarda, empurrando cavalo e cavaleiro com o forte vento das labaredas.

Ben assistia à batalha, sem saber qual dos lados desejava que vencesse. Perto dali, enxergou Hakam agonizando. O filósofo também havia subido até a muralha interior. Além das marcas dos golpes de espadas e de lanças, estava atravessado por diversas flechas.

Ben correu até ele e segurou sua cabeça. Percebeu que não havia mais nada a fazer. O soldado de Maor tossiu sangue e olhou para os portões da cidade.

— Nós conseguimos — suspirou Hakam. — Conseguimos defender o portão.

— Sim — respondeu Ben. — Expulsamos os gigantes.

— Foi uma honra lutar ao seu lado, guardião de livros. Agora, deixe-me atravessar o portão.

Ben olhou para o portão estourado há poucos metros dali. Estava entristecido porque o filósofo jamais o atravessaria. Pensou mesmo em carregá-lo para dentro, mas ainda havia soldados inimigos na cidade, e precisava ajudar a expulsá-los.

— Solte-me. Eu vou cruzar os portões agora — disse Hakam olhando para algum lugar que Ben não conseguia ver. — Esperarei por você lá.

Em seguida, os olhos do filósofo também pararam de enxergar o mundo.

Ben o deixou inerte ao lado da muralha, e voltou a se concentrar no duelo entre Mashchit e Leviathan.

Diversos ataques e contra-ataques se seguiram no céu de Nod, mas era óbvio que o tartan estava em desvantagem.

Recuperado de um novo ataque da criatura, Mashchit disparou os raios vermelhos das pedras escuras de sua alabarda atingindo o peito do dragão. Era a primeira vez que conseguia acertar o inimigo.

A criatura colossal urrou ao ser atingida, e o final do urro se transformou no maior jato de fogo já visto. Fogo tão intenso, que poderia derreter pedras do sol. Mashchit tentou outra vez dividir as chamas, mas dessa vez não conseguiu inteiramente, e o fogo o envolveu.

Leviathan não esperou o desfecho. Irado pela ousadia do oponente, o monstro avançou contra o cavaleiro e o abocanhou. As mandíbulas incandescentes esmagaram cavalo e cavaleiro, ainda envoltos pelo fogo, destroçando-os no ar.

O dragão-rei mastigou diversas vezes a presa, deixando cair os pedaços sobre o acampamento, diante dos olhos incrédulos do exército shedim remanescente, que batia em completa retirada. O dragão-rei ainda teve o cuidado de exterminar todos os soldados inimigos que conseguiu visualizar.

Então, para desespero do guardião de livros, Leviathan se voltou para Nod. O fogo da criatura desceu sobre a cidadela, onde os soldados tentavam socorrer os feridos. Em um instante, a improvável vitória voltava a se tornar em uma derrota certa. Os homens tentaram fugir das chamas que varreram a cidadela, mas não havia escudo capaz de defendê-los ou paredes que pudessem abrigá-los.

Como se estivesse pousando em um gigantesco ninho, Leviathan desceu sobre a muralha da cidadela de Nod. As imensas garras afundaram parte da construção, e o fogo varreu o pátio interno empurrando centenas de homens. O monstro urrou e sua cauda derrubou torres de vigia no alto da muralha.

Os soldados que miraculosamente conseguiram sobreviver à primeira onda de fogo tentavam inutilmente se refugiar na cidadela, porém o fogo consumiu todos os portões de madeira entrando pelos corredores dos palácios, subindo escadarias e explodindo através de janelas e cúpulas.

O guardião de livros sabia que precisava fazer alguma coisa, ou então o massacre seria ainda pior do que se os vassalos tivessem invadido a cidadela. Porém, não podia enfrentar o monstro. A única opção era voar para longe, tentar atraí-lo e depois despistá-lo. Se conseguisse fazer isso, pelo menos, pouparia o restante da cidade.

Layelá galopou, esticou as asas e subiu quando Ben se jogou sobre suas costas. Do cume da montanha, o brilho prateado das asas e de Herevel atraiu a ferocidade do dragão-rei. Layelá se elevou, e o dragão foi atrás dela.

Ben se inclinava sobre a re'im, enquanto tentavam atingir a velocidade máxima. Porém, a rapidez com que o monstro bateu asas e decolou do alto da fortaleza deu a certeza de que jamais conseguiriam fugir dele. Ao mesmo tempo, pareceu a Ben que o dragão-rei estava procurando-o desde o início. Herevel poderia ser um desafio que interessasse a Leviathan.

Um jato de fogo passou ao lado, perigosamente perto, enquanto Layelá perdia altitude tentando se desviar. Outro passou por cima deles quase que no mesmo instante. Ben viu o cone da cidade de Nod ao seu lado enquanto Layelá mergulhava momentaneamente sem conseguir evitar a queda. As construções destruídas que desciam a montanha passaram muito perto até que a re'im conseguiu reverter a descida quase vertical com suas asas e planar.

Ben percebeu que a figura monstruosa vinha logo atrás. Outro jato de fogo atingiu as casas e construções próximas da muralha inferior e correu como água incandescente por boa parte do círculo que formava a grande muralha externa.

Já quase no solo, Layelá contornou a muralha, usando-a como escudo contra o fogo do dragão. As chamas envolveram também o lado sul da muralha e escorreram pelas pedras cinzentas tornando-as douradas como ouro.

Quando o dragão estava voando bastante baixo, Layelá fez toda a força para se elevar e se desviar de elevações rochosas que circundavam o lado oriental de Nod.

O peso colossal do dragão o impediu de se elevar com a mesma rapidez, e ele se chocou com as rochas do penhasco, despedaçando-as.

Ben olhou para trás e viu que ao contrário das rochas, o dragão estava em perfeitas condições. No mesmo instante, ele se elevou e veio ao encalço de Layelá.

Percebendo que era inútil tentar fugir, Ben contornou outra vez a cidadela, subindo acima do cume dos altos palácios e se preparou para enfrentá-lo. Talvez, Herevel tivesse mais sorte do que a alabarda do tartan.

— Confie na Espada de *El* — disse para si.

De fato, quando o dragão-rei vomitou suas chamas novamente, o poder de Herevel não só as deteve, como as fez retornar para o dragão.

Envolto por seu próprio fogaréu, a risada monstruosa da criatura ecoou assustadora nos céus.

— Você é um tolo, guardião de livros — a voz do dragão parecia trovão. — Essa espada não é poderosa o suficiente para me enfrentar!

Então, Ben entendeu que, de fato, Leviathan desejava encontrá-lo. Ou, talvez, o dragão estivesse satisfeito em ter encontrado alguém tolo o suficiente para desafiá-lo.

Ben percebia que, embora pudesse aguentar um pouco mais do que o tartan, o fim seria o mesmo.

— Poupe a cidade! — bradou, ao compreender que o dragão falava um pouco da língua dos homens. — Esta guerra não é sua!

— Quem é você para me dar ordens? Acha que sou uma saraph? — retorquiu o dragão e novamente vomitou suas chamas. Outra vez, com grande esforço, Herevel as refratou.

Ben lembrou-se das palavras de Enosh. *Leviathan lutará sua própria guerra. Ele quer continuar sendo o maior poder do mundo. Ele odeia Herevel.*

— Triste destino dessa espada — escarneceu Leviathan. — Forjada pelo maior dos kedoshins, manejada pelo maior dos homens, agora na mão de uma escória.

Outra vez as chamas impensáveis o atingiram, e, outra vez, Herevel conseguiu detê-las.

Ben temeu que o dragão o abocanhasse como havia feito com o tartan, por isso evitava ficar no mesmo lugar. De fato, por duas vezes a terrível mandíbula incandescente investiu contra ele, mas abocanhou apenas o vazio, pois Layelá conseguiu se desviar.

— Nada fizemos contra você — insistiu Ben. — Só tentávamos proteger a cidade.

— Por que você não disse isso para seu mestre? — retorquiu o dragão. — Antes que ele me atacasse com a energia das pedras amarelas? E por que ele disse que o guardião de livros com Herevel tinha poder para cumprir o antigo oráculo?

Porque ele devia estar louco, sentiu vontade de gritar.

O esforço por se defender dos ataques do dragão se tornava monumental. Ben percebia que apenas enfurecia a criatura com sua persistência.

Sobre o pátio da cidadela, Merari e Icarel tentavam manejar as catapultas usadas contra os tannînins, mas nenhum disparo conseguia chegar perto de Leviathan. E, mesmo que o atingissem, Ben acreditava que não fariam qualquer efeito. O modo como ele havia despedaçado as rochas abaixo ao se chocar contra elas atestava isso.

— Você está quebrando o antigo tratado! — Ben fez uma última tentativa. Mal sabia de onde vinha o conhecimento daquela história. Fragmentos de leituras antigas, intuições do caminho da iluminação, conversas com Enosh, os olhos de coruja de Ahyahyah, tudo se somava para que ele entendesse em parte o significado do passado.

— Não há mais tratado válido em Olam! — retrucou o dragão. — Olamir caiu. O Olho de Olam se apagou. Eu não preciso cumprir um acordo que não vale mais nada.

— O tratado do mundo e do submundo continua valendo! — argumentou Ben. — O Olho de Olam está ativo. Há rions lá embaixo. Eles ainda honram o pacto.

Ao ouvir sobre os rions, o dragão-rei voltou seus olhos para Nod. Por um momento, Ben acreditou ver alguma preocupação nos olhos malignos incandescentes.

— Você mente, guardião de livros. O desespero o faz inventar bobagens. Não pense que isso irá ajudá-lo.

— Eu tenho a certeza de que irá — disse Ben, subitamente compreendendo o que precisava fazer.

Os versos de Ahyahyah lhe diziam isso.

Quando no campo de batalha
Fogo queimar como fornalha
O gelo luminoso o apagará
Porém, só uma vez o usará

Havia amarrado a caixinha ao seu cinto. O gelo luminoso, de acordo com as palavras de Enosh, era a própria essência do inverno, responsável pela criação da neve e das criaturas do gelo como o behemot. Era a parte que cabia aos rions no tratado do mundo e do submundo. O modo de impedir que o verão dominasse absoluto e tornasse o mundo um grande deserto, como Midebar Hakadar.

Ben fez Layelá mergulhar, tentando se afastar um pouco do dragão até ter oportunidade de pegar a caixa.

— Eu sabia que era um tolo, mas não pensei que fosse um covarde — urrou o dragão-rei, ao ver Ben fugindo. Lançou suas chamas atrás dele mais uma vez.

O fogaréu passou ao seu lado, tão próximo que Ben sentiu seus cabelos chamuscando. Na manobra, conseguiu soltar a pequena caixa do cinto e segurou-a com uma das mãos. Então, parou no ar, esperando a aproximação do dragão.

Abaixo, os homens assistiam ao duelo. Ben viu Ahyahyah e os rions sobre a muralha da cidadela, observando-o atentamente. Torceu para que o presente dele funcionasse.

Leviathan saiu das chamas outra vez e abriu a imensa boca para lançá-las. Ben destravou a caixinha e deixou o gelo luminoso sair. A névoa dançou diante dele, condensando-se e voltando a evaporar. Quando o fogo do dragão o encontrou, Ben golpeou a névoa com Herevel. Tudo o que fez, foi por algum tipo de intuição. Imediatamente, a névoa luminosa se congelou. Ben viu gelo se movendo em direção ao fogo do dragão-rei como se todo o gelo das Harim Keseph tivesse se materializado diante dele. A poderosa avalanche voadora venceu as chamas e envolveu Leviathan apagando momentaneamente seu poder. O gelo se prendeu às asas, e o dragão perdeu altitude.

Por um momento, Ben acreditou que o monstro ia despencar sobre a cidade, talvez esmagando os palácios centrais. Mas Leviathan conseguiu impedir a própria queda e desceu mais ou menos na horizontal, até chocar-se com o chão, longe dali, no descampado. A forte neve continuava caindo, e o clima se tornou subitamente glacial ao redor da cidade. O frio intenso e a neve forte espantaram o dragão. A criatura urrava e lançava juras de ódio e ameaças terríveis ao se afastar.

Ben o viu voando para longe, sabendo que estava apenas adiando uma batalha que se tornava inevitável.

De qualquer modo, não havia tempo para alívio. Mergulhou com Layelá e foi procurar Enosh no campo de batalha. Lembrava-se das chamas engolfando o mestre.

Os soldados de Nod finalmente expulsaram o que restava dos invasores da cidade baixa. A vitória, antes impossível, seria só uma questão de tempo.

A quantidade de corpos carbonizados diante das muralhas era assustadora. No meio deles, Ben viu Erev caído e o velho ao seu lado, ainda agarrado ao pescoço do re'im.

— Mestre! — gritou, ao pousar com Layelá. O pouso foi tão brusco que Ben foi arremessado do cavalo, e deslizou sobre a lama.

Àquela altura, os sobreviventes do exército e a população de Nod comemoravam a vitória.

— Vida longa ao guardião de livros! — ouviu um dos soldados gritar. Logo o mesmo brado repercutia sobre as muralhas de Nod. — Salve o guardião de livros! Libertador de Nod!

Mas Ben não ouvia mais nada. Erev não resistira às chamas do dragão-rei e estava morto. Enosh agonizava ao seu lado.

— Meu pai! — chamou-o por aquele título pela primeira vez, desejando ter feito isso a vida toda. Os cabelos e barba estavam inteiramente chamuscados. A cor de sua pele, vermelha como a alvorada.

Ben sabia que ele não podia morrer. Não naquele instante. O latash era poderoso e sábio demais para isso. Ele devia ter mais algum truque escondido. Uma pedra curadora ou algum artifício que o ajudaria a se recuperar das terríveis queimaduras.

Segurou-o com cuidado, apoiando o rosto dele sobre as pernas, enquanto ele tossia sofregamente. Viu parte do sangue coagulado pelas chamas e outra formando uma poça razoável por baixo das vestes do velho. Depois, limpou o sangue da boca dele com os dedos sujos de lama. Metade do rosto estava inteiramente deformado, e a maior parte do corpo exibia queimaduras profundas. Havia estranhos caroços nos braços e também no rosto, e a pele parecia mais rígida do que o normal.

— Eu não acreditei que você viria — disse com as lágrimas escorrendo pelo rosto e se misturando com sangue. — Mas o senhor veio! O senhor salvou Nod!

— Eu vi... — gemeu Enosh. — Eles enganaram as águias com imagens falsas... Eu vi o tartan e os dragões... Vi através dos olhos dos re'ims... E Ieled revelou o futuro...

— O senhor começou a salvar Olam!

— Olam está condenada...

— Não! Olam vai renascer! Hoje foi o início.

— Escute... Eu tenho pouco tempo. Você precisa saber...

— Diga como ajudá-lo? As pedras curadoras? O conselho cinzento...

— O cashaph... — sua voz era só um sussurro.

— Onde posso encontrá-lo? — perguntou mesmo estranhando aquela referência. Porém, se o feiticeiro podia curar seu mestre, Ben o buscaria nem que fosse no fim do mundo.

— Não é Thamam...

Os olhos de Ben revelaram medo. Enosh parecia delirar.

— Diga-me como ajudá-lo. Você precisa descansar, precisa se recuperar...

— Terei muito tempo... ou talvez não... — o velho sorriu. Era um sorriso estranho, macabro, vermelho de sangue como as pedras shoham. — Você precisa saber... Eu ajudei os shedins... Há muito tempo falo com eles... Por sua causa eu fiz o que fiz... Tentei manipular o destino de um modo que jamais deveria ter feito... Eu traí Olamir...

Ben não queria ouvir mais nada. Mas ele continuou:

— Ouça, você precisa ajudar o meu filho... Kenan.

— Kenan?

— Eu o abandonei... Ao contrário de você. Eu amei você como a um filho, apesar de tudo... Foi por isso que o poupei. Não tive coragem. Ainda não tenho...

Ben queria que ele se calasse.

— Não fale mais nada! Vou levá-lo para a cidade!

— Acreditei que podia manipular tudo e todos... Agora vejo que fui manipulado... Eles vão reverter o julgamento dos irins... A magia antiga...

— Do que está falando?

O velho virou seus olhos para os portais de Nod.

— Nas profundezas da cidade... Eu queria poupar você, mas não posso mais impedi-lo. Você precisa fazer... Está tudo interligado. Passado e presente, luz e sombras, mundo e submundo. Você... você é o único capaz de impedir...

Um espasmo percorreu o corpo do velho. Sua pele queimava como fogo. Por um momento, Ben acreditou que ele houvesse morrido. Porém, subitamente, seus olhos quase vidrados revelaram urgência.

— Sua mãe... Naquela noite... Eu não fiz o que Thamam me pediu... Sua mãe... Perdoe-me... Perdoe-me...

Um novo espasmo interrompeu suas palavras. Sangue quase fervente jorrou de sua boca. Os olhos ficaram totalmente vidrados. O corpo enrijeceu e depois afrouxou.

Ben não acreditou. O guardião de livros balançava a cabeça negativamente. As lágrimas corriam pelo rosto, misturadas com sentimentos de ira, tristeza e frustração...

— Fale! — gritou, enquanto socava o peito do velho. — Não pode morrer agora! Não tem o direito! Não agora!

Ben continuou gritando com o cadáver, exigindo que voltasse e lhe contasse tudo.

O entardecer lançava inusitadas luzes douradas pelos buracos das nuvens cinzentas que começavam a se abrir no céu do nordeste de Olam. Ainda havia gelo no chão, da nevasca causada pelo gelo luminoso que espantara Leviathan. A chuva ácida havia parado após quase três luas inteiras. Os buracos nas nuvens pareciam passagens para o além, por onde os espíritos dos incontáveis mortos talvez subissem.

As altas muralhas escuras de Nod pareciam estranhamente claras sob aquela luz irreal que focalizava partes da estrutura, e os contrastes entre luz e sombras moviam-se como se tivessem vida própria pelas construções antigas.

Parecia que todos os olhos celestes se voltavam para Nod. Os corvos também a olhavam, girando no alto.

* * * * *
* * * *

Quanto a mim, limitei-me a ficar ao lado de Ben, em sua maior vitória e, ao mesmo tempo, maior derrota.

Enosh, O Velho, fora para Ben, o guardião de livros, como luz e sombras, pai e monstro, herói e maior inimigo, como deus... ou demônio.

O que eu mais desejava e menos podia fazer era consolá-lo. Sentia-me culpada. Por minha causa ele estava ali, ao lado do corpo de seu mestre. Talvez, por isso eu decidi continuar a contar a história iniciada por Enosh. Se de fato, como Enosh dizia, o mundo é um lugar mágico, eu esperava que a magia pudesse nos ajudar a reconstruí-lo.

11 O Funeral de Uma Era

As montanhas continuavam sem exibir qualquer vegetação. Eram escuras como se fossem recobertas de carvão. Os pedregulhos soltavam fumaça semelhante a tições. Adin jamais visitara um local tão quente. A armadura azulada, pouco eficaz contra o frio, mostrava-se insuportável no calor. Sua vontade era tirá-la, mas as setas imprevisíveis que de vez em quando caíam sobre eles, convenciam-no a mantê-la. Como seu corpo já se habituara a ela, pelo menos, não incomodava mais tanto a movimentação.

— Jamais deveríamos ter vindo para este lado — disse o capitão Tzvan, que, após mais dois dias de cavalgada pelas terras brasas, havia perdido o ímpeto de perseguir os assassinos. — As lendas...

— Um homem que já enfrentou a morte tantas vezes não devia temer lendas — afirmou Adin. Embora ele próprio já não soubesse a diferença entre lenda e verdade. Havia algo muito ruim naquelas terras.

As terras brasas são amaldiçoadas, alertara Choseh na estranha visão que Adin tivera.

Naquele momento, sabia que o sonho e a intuição o atraíram para aquele lugar, mais do que o desejo de fazer justiça. Uma expectativa de encontrar algo que desvendasse mistérios. Adin sentia que poderia encontrar naquela jornada não apenas a compreensão das razões da atual guerra de Olam, como também o modo de vencê-la.

De certo modo, sentia isso desde o primeiro dia em que pisara a areia da praia em Sinim quando um mundo novo e maravilhoso abriu-se para ele. Depois, no encontro com Choseh, quando as mãos dela o tocaram e o curaram, algo fez Adin entender que ainda não havia encontrado seu lugar no mundo. As experiências do caminho da iluminação o impulsionavam para ir além, a experimentar o inusitado, e descobrir coisas que homem algum havia descoberto. Era como uma sede insaciável.

Adin e Tzvan seguiam à frente dos cavaleiros. O galope era lento, praticamente um trote. Os animais e os homens estavam alguns quilos mais magros do que quando partiram, há três dias, da fortaleza de arenito dos bárbaros alaranjados. E certamente muitos quilos a menos do que quando partiram de Urim há quase quatro meses.

— Um guerreiro tão jovem, com tantas experiências de batalhas acumuladas deveria saber que lendas sempre escondem algum fundo verdadeiro — repreendeu Tzvan.

Adin forçou-se a sorrir, apesar de exausto. Gostava de Tzvan, mesmo achando-o excessivamente supersticioso. A superstição era característica comum das pessoas de Além-Mar. Eles tinham muitas. Evitavam pronunciar o nome dos mortos, pois criam que isso impedia seus espíritos de descansarem. Todo dia, após se levantarem, faziam abluções, jogando água sobre o corpo para se purificar dos sonhos da noite, que podiam causar loucura. E a mais supersticiosa das crenças era sobre o lago de fogo.

— É a própria desolação — explicou Tzvan, quando Adin o mencionou. — O Abadom a céu aberto. Dizem que a maior fortaleza do extinto Império de Mayan, a cidade que chamavam de Giom, ficava no local em milênios passados. Mas, quando a cidade foi condenada pelo julgamento dos irins, o chão se abriu e a engoliu inteira. Depois, o vale tornou-se um lago de fogo. Há monstros lá. Espíritos malignos e todo tipo de criatura, prisioneiros das eras anteriores. Eles podem ter contato com este mundo quando uma passagem se abre. Não deveríamos seguir por aqui.

— Mas os fugitivos vieram nesta direção — justificou Adin, segurando as rédeas do animal para que não se afastasse de Tzvan. — Um dos comedores de crianças capturado confessou que o acampamento principal do rei dos bárbaros ficava por aqui. Vamos cair sobre eles, libertar as mulheres que ainda estiverem vivas e retornar para Sinim. E, talvez, nem passemos perto desse tal lago de fogo.

— Queira Elyom! — desejou Tzvan. — Apesar de eu, às vezes, perguntar-me se algum dia voltarei a dormir em uma cama macia, ou se experimentarei o cítrico sabor das romãs da minha fazenda.

— Você só está há quase quatro meses longe dessas coisas.

— Mas parecem séculos. Eu não me lembro mais do gosto das romãs, nem da suavidade de lençóis limpos.

— Você tem filhos, Tzvan?

— Tenho dois. São pequenos. Gêmeos. Ainda não sabem dizer papai. Ou, talvez, agora saibam...

— Vamos encontrar logo o acampamento, e assim você voltará para seus filhos.

— E você jovem guerreiro? Pretende retornar para quem?

Para sua rainha, pensou Adin, sem ter coragem de dizer.

— Eu tenho uma irmã que está no poente. Ela era uma cantora do templo de Havilá... Hoje eu não sei muito bem o que ela se tornou. Ela reativou o Olho de Olam... Descobriu mistérios. Mudou muito em poucos dias. Ficou cheia de sabedoria. Nós éramos um grupo de cinco. Percorremos o caminho da iluminação por causa de um amigo que nós chamamos de guardião de livros...

— Agora entendo o que aconteceu com você — disse Tzvan, admirado.

— Nenhum jovem da sua idade teria tanto conhecimento e coragem, nem tanta honra... Você é um dos escolhidos... Em Sinim sempre acreditamos e esperamos o dia que Elyom enviasse seus escolhidos para redimir o mundo.

— Escolhidos? Essa é mais uma das suas superstições?

— Profecias antigas. Visões do tempo em que a magia era abundante neste mundo. Falavam de escolhidos que viriam para realizar grandes feitos pelos homens. Verdadeiros príncipes da magia responsáveis pela construção de uma nova humanidade e de uma nova era através da honra e do sacrifício.

Honra e sacrifício, pensou Adin. *Provavelmente mais sacrifício do que honra.*

— É uma honra, para mim, conhecer um dos escolhidos — disse Tzvan com seriedade. — Compreendo agora a razão de seus atos heroicos. Isso foi profetizado. O escolhido realizaria um grande ato de nobreza para atender às exigências dos juízes do céu e pôr um fim ao período de escuridão. Se você é o escolhido, não tenho dúvidas de que o fará. Já mostrou que tem nobreza para fazer isso.

As palavras do comandante soaram ácidas para Adin. Lembrou-se vagamente de gelo voando em sua direção, e de como instantaneamente suas pernas se imobilizaram, seu corpo e respiração pararam. A morte chegava fria, enquanto os gritos de sua irmã sumiam pelas paredes e muralha do palácio de gelo. Aquilo não fora nobreza, muito menos honra. Apenas loucura e ganância. Sentimentos latentes prontos para ser despertados em qualquer um.

Lembrou-se também de Ben. Se havia algum tipo de escolhido, conforme as palavras de Tzvan, esse alguém era Ben. Porém, a imagem do guardião de livros assentado sobre o trono de gelo com a coroa de ouro na cabeça, totalmente enlouquecido diante dos tannînins do inverno, dificilmente evocava nobreza ou dignidade.

— Agora compreendo que nossa rainha tinha toda razão a seu respeito — continuou Tzvan. — Ela tem a visão. Ela sabe quem você é.

E eu gostaria de saber quem ela é, pensou Adin, lembrando-se outra vez das mãos curadoras.

As noites naquele deserto não traziam alívio. Continuava tão quente quanto o meio-dia. Adin entendeu que o calor, responsável em tornar aquelas terras insuportáveis, não vinha de cima, mas de baixo.

Ao sexto dia de cavalgada das falésias alaranjadas, sem encontrar qualquer sinal do acampamento inimigo, os homens já não obedeciam a seus comandos com a mesma naturalidade. A exaustão e o desânimo dominavam os quinhentos cavaleiros.

— Eu lhe digo isso, jovem do poente — pronunciou Tzvan com desânimo. — Devemos retornar. Este lugar é amaldiçoado. Os soldados estão a ponto de desertarem. É o fim da linha.

— Precisamos continuar mais um pouco — insistiu Adin, afastando a fuligem dos olhos e tentando cuspir para se livrar do gosto de carvão da boca. Mas estava tão seco que sua saliva nem se formou. Do cheiro de enxofre era igualmente impossível se livrar. — Viemos longe demais para retornar. Os últimos rastros encontrados apontavam para esta direção. Os bárbaros devem estar próximos.

— Mas, talvez, quando os encontrarmos, não tenhamos mais forças para lutar. Se eles realmente forem numerosos... A comida acabou há dois dias. E a água está sendo tão racionada que todos vivemos em uma sede constante. Assim que ela acabar, estaremos mortos, pois não aguentaremos a viagem de volta. Eu digo isso para você, se não voltarmos agora, condenaremos todo este exército. Não é justo tantos homens morrerem por cinquenta mulheres.

Adin sabia que ele tinha razão. Se decidissem voltar mesmo naquele momento, provavelmente vários não sobreviveriam, pois precisariam andar dois ou três dias sem água até encontrarem as aldeias mais próximas. Há algum tempo vinha pensando sobre quando daria o último passo, aquele depois do qual seria impossível retornar.

Ele levantou os olhos e contemplou a desolação. Nem Midebar Hakadar conseguia ser tão terrível, pois o deserto cinzento era estranhamente frio, já nas terras brasas o solado das botas estava derretendo.

— Acho que caímos numa armadilha — admitiu pela primeira vez, sentindo um forte desânimo. — Os bárbaros perceberam que não teriam condições de nos enfrentar no campo de batalha, então nos atraíram para as terras brasas para que elas fizessem o trabalho deles. E elas estão cumprindo a missão. Precisamos voltar.

Adin viu alívio no rosto de Tzvan, embora lá também estivesse, provavelmente, um pouco de vergonha por desistir.

Quando os homens souberam que retornariam, Adin também viu os mesmos sentimentos dúbios nos rostos deles. Apesar de antes todos reclamarem e insistirem em voltar, no fundo esperavam que o jovem guerreiro do poente soubesse o que estava fazendo, tornando, em algum momento, aquela longa e desgastante viagem outra vez em vitória, como havia acontecido em todas as batalhas anteriores.

Adin foi passando pelo meio deles invertendo a posição com a retaguarda. Via seus rostos desanimados pela situação e, provavelmente, pela saudade da família. Tinha consciência de o enxergarem como de fato era, um jovem inexperiente que havia alcançado algumas vitórias, talvez por sorte, mas que jamais soubera de fato o que estava fazendo. Pelo menos, era assim que Adin se sentia enquanto fazia o garanhão retornar.

Insistira em uma empreitada suicida. Ainda não entendia o que o havia atraído para aquelas regiões tão longínquas, longe de Leannah, de Ben e de Choseh. Porém compreendia que não podia sacrificar todos aqueles homens por causa disso. No entanto, estranhamente, tinha a sensação de que jamais retornaria para Urim.

— Os comedores de crianças estão ali na frente! — gritou um dos soldados, e foi assim que em um instante tudo mudou outra vez.

Adin fez o cavalo dar meia volta e avistou um grupo de vinte ou trinta bárbaros a duzentos metros do local onde estavam. Pareciam esperá-los.

— Organizar ataque! — ordenou sem pestanejar, mesmo que a cautela o mandasse ter cuidado.

Encontrando forças onde não havia mais, os cavaleiros se colocaram em formação.

Adin e Tzvan retornaram para a frente da hoste de guerreiros de Sinim, e a cavalaria se despejou na direção dos bárbaros.

O som das patas de mais de duas centenas de cavalos no chão quente das terras brasas os denunciou, mas, por um momento, Adin teve a certeza de que de fato os bárbaros já os esperavam, pois não se moveram.

Adin imaginou que o pequeno grupo de inimigos cometeria a loucura de tentar enfrentá-los, mas logo todos se puseram em fuga.

— Persigam-nos! — Ordenou, embora a voz não tivesse saído com tanta convicção.

Os cavalos selvagens estavam mais descansados e pareciam bem alimentados. Adin percebeu que não os alcançaria facilmente. Pelo menos não com toda a cavalaria. Ele disparou na frente do exército, e somente mais trinta ou quarenta cavaleiros acompanharam sua velocidade. Os demais ficaram para trás.

A estratégia deu resultado, pois a distância dos fugitivos encurtou.

Usando o resto da força dos cavalos, perseguiram-nos montanha acima, mas a distância entre eles e os inimigos parou de diminuir.

Foi quando, após venceram a árdua subida, avistaram a paisagem inaceitável.

— O lago de fogo! — gritou Tzvan em total desespero, fazendo todos os gestos místicos de proteção que conhecia.

Parecia mesmo. A superfície entre as montanhas era um campo de lava. O líquido quente brotava do solo e escorria em verdadeiros ribeiros ardentes. Estendia-se por várias milhas. A fumaça e o cheiro de enxofre eram insuportáveis.

— Ataque! — um dos cavaleiros de Sinim gritou. — A nossa retaguarda está sendo atacada!

Adin virou-se e enxergou os cavaleiros de Sinim, que haviam ficado para trás, sendo atacados por milhares de bárbaros. O maior contingente já visto em todos aqueles dias de batalhas.

— Retornem! — gritou em puro desespero.

O grupo de quarenta cavaleiros retornou a toda velocidade, mas, mesmo de longe, Adin viu o riacho azul de sua cavalaria ser engolido pelo mar esfarrapado de cavaleiros e soldados bárbaros.

* * * * *
* * * *

Com um forte estrondo, o que restava dos depredados portões da cidadela de Nod se abriram para a liberdade.

Uma das metades danificada, devido às vigorosas batidas do aríete, ficou emperrada, mas não impediu que a população da cidade baixa atravessasse o portão e descesse para suas casas destruídas. Então, Ben compreendeu que os líderes de Nod haviam permitido a entrada dos pobres na cidadela. Não havia palavras para expressar o alívio que isso transmitia. Milhares de vidas haviam sido poupadas.

Enquanto conduzia o esquife de Enosh, Ben viu rostos famintos vindo ao encontro deles e saudando-os com olhos ainda cheios de medo, mas também com alívio, e talvez até um pouco de esperança. Lançavam flores secas pelo caminho e aplaudiam os vencedores. Era para ser um desfile triunfal, mas, para Ben, soava como realmente era, um cortejo fúnebre.

Todos os cadáveres de guerreiros possíveis de identificar foram recolhidos para dentro da muralha circular. Ben os inspecionou antes de começar a subir em direção à cidadela. Seus corpos feridos e destroçados, amontoados em uma das laterais da cidade baixa, formavam uma visão difícil de ser contemplada. Capas vermelhas de giborins e capas coloridas dos soldados de elite de Olamir misturavam-se aos corpos dos camponeses que lutaram bravamente pela libertação de Nod. Não podiam ser deixados para os corvos.

Nem mesmo os milhares de mortos do exército inimigo seriam refeição fácil das aves de rapina. Do lado de fora, as chamas subiam em piras altas diante das muralhas completando o trabalho de Leviathan. Os aromas terríveis da cidade sitiada uniam-se ao cheiro insuportável de carne queimada. Era difícil acreditar que aquele fosse o cheiro da vitória.

Havia mulheres e crianças por todo o lado, mas poucos homens. Rostos magros e olhos fundos o admiravam como o libertador da cidade. Ben gostaria que olhassem para o velho morto ao seu lado. Ele era o único merecedor daqueles olhares de gratidão.

— O senhor não pode ser o cashaph — sussurrou — não pode ser...

A expressão morta no rosto retorcido e parcialmente destruído pelas terríveis chamas do dragão-rei parecia de escárnio, como se desmentisse aquele anseio de Ben.

Por mais doloroso que fosse, fazia sentido. Só Enosh possuía o conhecimento para ser um cashaph. Em Olamir, Thamam dissera que a existência de um lapidador sombrio era improvável, porque uma pessoa, ao manusear uma pedra shoham com propósitos malignos, seria identificada pelos guardiões das pedras. Porém, havia uma única pedra em Olam que se ocultava das demais: Ieled.

Além disso, o velho admitiu antes de morrer que havia manipulado o destino...
Eu ajudei os shedins... Há muito tempo falo com eles... Por sua causa eu fiz o que fiz... Tentei manipular o destino de um modo que jamais deveria ter feito... Eu traí Olamir...

Talvez, até o desaparecimento em Havilá no incêndio, tivesse feito parte dos planos do latash... Mas doía demais pensar isso. Se ele fosse mesmo o cashaph, havia sido o responsável pela destruição de Olamir.

Então por que salvou Nod, sacrificando-se?

Olhou outra vez para o rosto morto, mas nenhuma resposta obteve.

As ruas precariamente pavimentadas com pedras brutas e cinzentas os receberam entre escombros e entulhos. A maioria das torres sobre a muralha estava destruída pelos impactos das pedras lançadas pelas catapultas, e em quase todas as casas havia uma película preta deixada após o fogo dos tannînins ter sido apagado. Mesmo assim, focos em muitos pontos da cidade baixa e da cidadela ainda queimariam por vários dias.

A estrada principal que circundava a montanha era larga o suficiente para carroças andarem por ela, porém os monturos de corpos e as ruínas dificultavam a passagem dos cavaleiros. Levaria muito tempo para reconstruir o lugar. Anos, provavelmente.

Quando os soldados adentraram, a multidão saiu para saquear o exército derrotado aos pés da velha montanha. Os famintos andaram por entre as tendas esmagadas e os corpos queimados em busca de alimentos e despojos. Ben, mesmo sabendo não haver muito o que pilhar, não impediu, pois não podia privá-los da esperança de encontrar algo.

Tzizah manteve-se silenciosa ao lado dele o tempo todo durante o cortejo para o alto. Ben se dava conta do quanto ela ajudara na batalha, controlando as árvores na primeira investida dos vassalos. Um grande poder fora descoberto pela princesa de Olamir. Tanto sua presença quanto suas lágrimas eram confortadoras, embora Ben quisesse se negar aquele prazer. Havia passado a vida inteira ao lado de um monstro. Isso doía mais do que todos os ferimentos. E, naquele momento, ele não queria que parasse de doer.

Reparou que os líderes da cidade não estavam ali para saudá-los, mas o povo continuava aplaudindo-os freneticamente.

Os vitoriosos da batalha de Nod seguiram pela estrada que contornava as construções de pedra cinzenta apinhadas de modo caótico e irregular entre as duas muralhas. Poucos prédios mais altos, com quatro ou cinco pavimentos, restavam. A maioria estava reduzida a um ou dois, com os telhados destruídos ou enegrecidos pelas chamas do dragão. Os pontos de comércio, que antes se multiplicavam pelos pequenos pátios, não existiam mais.

Ben olhou para o rostinho sujo e magro de um menino com cabelos castanhos compridos, ao lado de sua mãe, que os observava atentamente.

— Você trouxe meu pai, guardião de livros? — ele gritou ao vê-lo. — Ele lutou em Olamir com os soldados de Nod!

Ben sentiu sabor de bílis em sua boca, enquanto via a mãe do garoto tentando consolá-lo. Haviam conquistado uma inesperada vitória, mas isso não compensava as perdas, nem revertia o estado das coisas em Olam.

Sem coragem de encarar o garoto, ele continuou a marcha para o alto.

Observou o grande portão da muralha interna, após a íngreme subida, que dava acesso à cidadela e separava a cidade baixa da cidade alta. Era a segunda vez que passava por ele.

O portão precisaria ser inteiramente reconstruído. Porém, manteria o mérito de ter detido o avanço das trevas e salvado os moradores refugiados na cidadela.

Ao atravessarem-no, Ben enxergou a fortaleza encravada sobre a colina. Há poucos dias fora um clandestino ali. Naquele momento voltava como um libertador, mas os sentimentos não haviam mudado muito.

Por outro lado, há alguns dias, aquela era uma fortaleza orgulhosa, agora estava prostrada. Olhou para as diversas torres altas que a rodeavam de modo tão irregular quanto a cidade lá embaixo e percebeu que, de fato, não estavam em melhor estado. Um dos lados do pátio e da muralha interna estava afundado. O peso colossal de Leviathan fora o responsável. O dragão parecia querer fazer da cidadela seu ninho.

A torre central que subia setenta metros do ponto mais alto da colina e mais de trezentos do chão diante da muralha exterior estava quebrada, e a parte remanescente repleta de buracos e recoberta de uma camada grossa e escura de fuligem. Mesmo assim, parte dela permanecera em pé e por isso podia continuar ostentando o título de ser a mais antiga construção levantada por homens em toda a terra de Olam.

Após o grande portão da fortaleza, um homem com cabelos longos e negros, vestindo uma armadura cinzenta outrora reluzente, aguardava-os. Ben olhou para o capitão da cidade imaginando se ele o reconheceria.

— Bem-vindos, princesa de Olamir e guardião de livros — saudou-os aproximando-se em um gesto cortês. — Eu sou Timna, o capitão da cidade. Gostaria de me alegrar mais por esta grande vitória, graças a vocês, mas vejo que suas perdas foram grandes, tanto quanto as nossas.

Ben assentiu. Pouco mais de sessenta soldados sobreviveram, e apenas oito giborins de Olam. O único fato surpreendente eram os rions. Nenhuma baixa havia sido identificada.

— Como agradecer por tudo o que fizeram? — completou o capitão.

— Um funeral digno para nossos mortos é o que necessitamos — respondeu Tzizah, que, a partir dali, pareceria sempre carregar uma culpa.

Ben sabia que o sentimento era pelas mais de oitocentas mortes e, especialmente, por uma, a de Enosh.

— Eles terão — assegurou o líder da cidade. — Eu lhes prometo. Nossos embalsamadores trabalharão dias se for preciso para oferecer tumbas apropriadas a todos esses heróis e eternizá-los por seus feitos.

— Preferimos que sejam queimados — disse Ben, surpreendendo a todos. Não era o modo apropriado de honrar heróis, mas não havia tempo para um longo funeral nem, provavelmente, espaço.

— Assim seja, guardião de livros — o homem fez uma leve curvatura, parecendo também aliviado pela decisão.

— Onde estão os conselheiros da cidade? — perguntou Tzizah.

— Temo que não os encontrará aqui, senhora. Terei tempo para lhes contar tudo o que aconteceu desde que enviamos aquele contingente de dois mil homens para lutar em Olamir, na noite do Eclipse. Por hora, vocês devem saber que o conselho não aprovou o envio dos soldados. Havia um acordo nefasto entre os conselhos de sacerdotes das cidades do vale nesse sentido. Nod fazia parte. Eu precisei tomar medidas drásticas para garantir que Nod não abandonasse Olamir na hora da maior necessidade. Confesso não terem sido medidas apropriadas, já que, em tempos de guerra, nem sempre é possível fazer as coisas da melhor maneira.

— Isso significa que os sacerdotes de *El* foram mortos? — surpreendeu-se Tzizah.

— Alguns. Outros fugiram. E dois ou três estão nas masmorras.

Na lembrança de Ben, havia um número maior confinado nas "masmorras celestes".

— Então agora você é o líder da cidade? — Perguntou Tzizah.

— Acredito que sim, princesa de Olam. Garanto-lhe que a cidade é fiel à antiga ordem, mesmo esta não existindo mais. Sabemos que seu pai está morto...

Encontrará aqui tudo o que precisar para retornar ao seu lugar em Olam. Agora suplico que aceite nossa hospedagem. Receio que pouco mais do que água morna poderemos oferecer. Mesmo assim, nosso esforço será por tratá-la como a princesa que é. Espero que apreciem nossa hospitalidade.

— Já conheço um pouco de sua hospitalidade — disse Ben —, mas infelizmente não posso dizer que foi aconchegante.

Timna o olhou desconfiado.

— Perdoe-me, você já esteve aqui? Tenho a certeza de que não, pois o guardião de livros receberia o melhor que podemos oferecer em quaisquer circunstâncias.

— Por mais de dois meses eu estive refugiado nesta cidade. Eu e meu mestre permanecemos na cidade baixa. Fomos embora quando você me confundiu com um ladrão e exigiu que eu me alistasse ou experimentasse o conforto de suas masmorras. Meu mestre agora está morto, mas antes de morrer, salvou sua cidade.

Timna arregalou seus olhos escuros, lembrando-se do ocorrido. Por um momento, um leve rubor subiu pelas faces dele. Mas depois o homem falou com polidez.

— Definitivamente, posso dizer que agi corretamente insistindo que você lutasse conosco. Provavelmente, teríamos conquistado a vitória antes. Lamento sua perda.

Ben admitiu a capacidade do capitão em sair de situações constrangedoras.

— Isso agora não importa. Eu deveria ter me apresentado... Devemos esquecer o passado. Apenas providencie o funeral para os mortos.

Timna assentiu e se afastou. O capitão também teria muito trabalho para organizar a cidade e realizar a distribuição de alimentos e despojos da guerra. Gritos de discussão subindo da cidade baixa já eram ouvidos. O capitão apressou-se com uma escolta de vinte soldados para a muralha exterior.

Servos acompanharam Ben e Tzizah em direção a quartos para que passassem a noite já anunciada.

Exceto água e comida, as demais honrarias foram dispensadas. Tzizah apenas desejava um lugar para descansar. E Ben só queria silêncio e tratar do ferimento na perna causado pelo sa'irim.

Os corpos de Enosh, dos soldados e camponeses seriam preparados para o funeral por cremação que aconteceria na manhã seguinte.

— Por que não gostei dele? — perguntou Tzizah enquanto subiam as longas escadarias até seus reservados quartos privativos dentro da torre principal.

— Em tempos como estes é difícil confiar em alguém — disse Ben lembrando-se de Kilay. — Ele certamente foi muito importante para a resistência da cidade. Mostrou-se atencioso e disposto a nos ajudar. E atendeu nosso pedido, refugiando a população dentro da cidadela.

— Será que ele tinha opção?

— Enviou dois mil homens para morrerem sobre as muralhas de Olamir — censurou Ben.

— Mas ele não foi.

— Nem eu — disse Ben, já sem paciência.

Tzizah havia sido injusta com Anamim antes. Não permitiria que fizesse o mesmo com o capitão de Nod, não sem ao menos conhecê-lo.

Os quartos eram espaçosos, porém não podiam ser chamados de confortáveis. As pedras da construção ainda estavam quentes e formavam desenhos assustadores por causa da fumaça que se infiltrou através das irregularidades dos assentamentos. As marcas de Leviathan demorariam a desaparecer da cidade. Talvez ficassem lá para sempre.

Em uma bacia de latão, Ben lavou o rosto e viu o vermelho quase preto de sangue tingir a água. Nem sabia de quantos monstros era aquela mistura de sangue e suor. Havia sido sua primeira batalha. O gosto não podia ser pior.

A janela do quarto dava uma visão ampla da cidade cinzenta imersa nas trevas da noite. As tochas que a iluminavam no espaço entre as duas muralhas separadas pela cidade abaixo e pelo declive da colina, pareciam um rio de lava descendo circularmente do topo do vulcão. Ben notava que ainda havia pedras shoham sobre postes, mas a maioria das casas era iluminada com tochas. Do alto podia ver o quanto a cidade era grande. Duzentas mil pessoas viveriam tranquilamente no espaço entre as duas muralhas, mas naquele momento não havia mais do que vinte mil.

As chamas do lado de fora da cidade subiram às alturas queimando os milhares de mortos do exército inimigo. A cena era assombrosa, e o cheiro de carne queimada nunca deixava de ser enjoativo. Desde que o dragão-rei cozinhara o exército vassalo, aquele era o único aroma que inundava o planalto.

Olhando para as imensas piras, o guardião de livros sentia-se mais confuso do que nunca. Havia coisas que jamais descobriria. Enosh partira para o além levando todos os segredos. Muitas perguntas jamais teriam resposta. Como ele atraíra Leviathan? Por que afinal retornara? Se ele era o cashaph, qual era sua verdadeira relação com os shedins? E qual a relação de Nod com tudo isso?

A única certeza cada vez mais forte era de o velho ser mesmo o cashaph. Isso passara a fazer sentido. O conselho cinzento era uma instituição clandestina em Olam, era natural, então, pensar que seu líder fosse o cashaph. Mas quais eram os motivos de Enosh? Seria apenas o desejo de manter o Olho de Olam para si? O velho já o tinha. Por que, então, precisaria de tantos estratagemas. Embora o Olho estivesse se apagando, seria mais fácil ele e Ben, sozinhos, tentarem reativá-lo. Ben nunca se negaria a ajudá-lo. Algo lhe escapava. Havia mais coisas por trás daquela história que envolvia Enosh, Kenan (que afinal era filho de Enosh!), Thamam, o Olho de Olam, os shedins, os kedoshins, os irins e ele próprio.

Foi por sua causa... O velho dissera.

— Por quê?

Um farfalhar de asas interrompeu as dúvidas de Ben, e o assustou, pois a lembrança dos tannînins ainda era muito forte. O vulto de Layelá girou ao redor da torre e ergueu-se com suas asas e crina prateadas contra o céu pontilhado de estrelas.

Ben admirou a égua re'im que se tornara ainda mais exuberante após a transformação. Aquela parte da história, Ben entendia com clareza. Enosh havia localizado os cavalos de Olamir. Talvez tivesse usado pedras shoham para atraí-los, pois, até onde sabia, re'ims não se deixavam montar. Ben desconfiou, desde o início, que aqueles animais tinham algo de especial, pois cavalgavam com o dobro da velocidade de um cavalo comum, mas jamais imaginou que fossem re'ims. Provavelmente a experiência de terem sido abandonados e a súbita liberdade desfrutada apressou o surgimento das asas.

Ben assoviou, e Layelá desceu até a altura da sua janela. Relinchou de satisfação ao vê-lo. Ela passou bem próximo e tentou pairar, mas era muito difícil manter-se parada no ar.

Ben observou quando a re'im mergulhou outra vez e logo subiu contornando a torre. Depois passou muito perto da janela e novamente tentou ficar parada, mas a força da gravidade a atraiu para baixo.

Entendeu que ela tentava aproximar-se o suficiente para que ele a montasse. Será que pretendia levá-lo para algum lugar? Novamente Layelá desceu e suas asas se inflaram para conter o movimento de descida. Pairou só um segundo junto a janela, tempo suficiente para que Ben atravessasse o vão e saltasse para os lombos agarrando-se às crinas prateadas.

Suas pernas encontraram o lugar sob as asas, evitando atrapalhar o movimento delas. Era um espaço na ligação das asas com o corpo do animal, ideal para apoiar os joelhos. Segurou-se o melhor que pôde e, ao olhar para baixo, tornaram-se pequenas as fogueiras que queimavam os inimigos mortos. As asas poderosas elevaram-se e contornaram a torre principal, subindo em círculos. Rapidamente o conglomerado da cidadela de Nod e a grande muralha externa que protegia a velha montanha ficaram para baixo como um cone pontiagudo e cheio de focos de luz que desafiavam a noite.

A velocidade da re'im aumentou, e as patas acompanharam o ritmo das asas, como se ela realmente cavalgasse as correntes. Os movimentos instintivos encontravam os caminhos mais suaves entre as massas de ar que desciam das nuvens ou subiam da terra, aproveitando a própria força dos elementos naturais para aumentar a velocidade.

— Você também perdeu um amigo hoje, não é? — afagou o pescoço do animal. — Ou, talvez, um irmão?

Ben inclinou-se sobre o pescoço de Layelá pensando em Erev, o valente cavalo que os havia salvado das garras do tartan quando cavalgavam ao lado da floresta de Ganeden. Só a coragem e força do animal fizeram com que as previsões da pedra Halom, afinal, não se cumprissem. No entanto, Ben lembrou-se de que aquela não era simplesmente Halom, mas o próprio Olho de Olam. E, mesmo assim, a previsão não havia acontecido.

Era triste pensar que Erev tivera tão pouco tempo para aproveitar suas asas recém-crescidas. Fora mais um sacrifício. Quantos ainda precisariam ser feitos? Quantos *El* ainda exigiria para finalmente libertar Olam das trevas? Lembrou-se de Gever e sua serenidade sob a panóplia verde de Ganeden dizendo que havia um propósito para tudo, mas cada vez mais achava que Zamar estava certo: era melhor dançar, comer e esquecer-se do resto.

Ben não sabia se estava tremendo devido ao ar gélido ou à excitação com o voo. Era a primeira vez que voava, pelo menos, tendo consciência de que fazia isso, pois o voo no confronto com Leviathan fora puro instinto.

Segurava-se em Layelá, enquanto a re'im galopava as correntes e movia-se velozmente na escuridão. Em instantes a superfície prateada do Yam Kademony surgiu diante de seus olhos estendendo-se até o infinito em uma visão de tirar o fôlego.

Ben surpreendeu-se com o quanto o mar parecia perto, viajando do alto. De Nod até o Yam Kademony por terra levaria aproximadamente meio dia de cavalgada.

A re'im mergulhou em direção às águas diante do corpo decepado, quase triangular, de Yareah minguante que surgia ensanguentada naquele momento sobre o mar.

Um caminho dourado-prateado refletiu-se sobre as águas, e as patas de Layelá desceram até tocar a água brilhante. Então cavalgou em uma velocidade alucinante sobre o caminho iluminado por Yareah deixando para trás uma coluna de gotículas que se elevavam com o toque das patas. A sensação de Ben era que atravessariam os portais da eternidade e cavalgariam para o além.

Após alguns instantes, as asas abertas moveram-se, e a re'im decolou inicialmente na horizontal. Depois os movimentos vigorosos elevaram o cavalo verticalmente, e Ben viu as estrelas se aproximarem, enquanto o corpo deformado de Yareah ficava para trás.

Layelá parecia satisfeita com a descoberta da habilidade de voar. As asas haviam crescido o suficiente, naqueles três meses, para que ela pudesse se elevar. Ficariam ainda maiores com o tempo, dando-lhe capacidade de superar distâncias cada vez maiores e mais rapidamente. Além das asas, o chifre com pouco menos de um palmo, ainda cresceria duas ou três vezes revelando qualidades desconhecidas.

Apesar de toda a tristeza e do vazio com a morte de Enosh, o voo noturno com Layelá foi confortador. Quando Evrá se juntou ao voo, sua plumagem dourada parecia estranhamente acesa sob a luz da lua menos avermelhada.

Entendeu que os dois animais não pretendiam ir a algum lugar específico. Queriam apenas ficar juntos, como se entendessem a tristeza do guardião de livros.

Em algum ponto Layelá virou para o norte, e Ben viu Yareah já alta no céu tingindo de prata os penhascos que se projetavam sobre o Yam Kademony.

Mais ao norte, o reflexo das montanhas e cachoeiras que se quebravam ofereceram visões que para Ben só eram possíveis em sonhos, ou no além. A água era prata líquida descendo dos penhascos.

Em algum lugar, Layelá pousou. Logo Ben percebeu que aquele era o ponto fraco da re'im. Quando suas patas tocaram o chão, o solavanco foi terrível, mas as ancas fortes suportaram, e as asas imediatamente se acoplaram nas laterais encolhendo-se, assim o voo acabou em uma cavalgada freada. Pelo menos daquela vez Ben não foi arremessado do cavalo.

Quando desceu, sentiu os joelhos esfolados pelo esforço de se apoiar nas cartilagens que ligavam o corpo às asas. Enquanto tentava recuperar os movimentos do corpo, Layelá foi se alimentar da grama que crescia na encosta. Evrá também mergulhou em busca de algum coelho ou outra presa identificada por seus olhos poderosos.

Solitário, mesmo assentado, Ben puxou Herevel da sua bainha e contemplou o metal limpo que ficava prateado pela luz de Yareah. Encravou-a no chão à sua frente. Como uma arma tão letal podia ser tão bela? E como podia permanecer limpa e perfeita após toda a destruição provocada no exército vassalo.

Sem conseguir controlar a angústia que ainda dominava seu coração, ele se levantou, puxou a espada e golpeou o ar, como se estivesse em Ganeden, treinando com Gever. Repetiu o movimento, girando e golpeando o vazio. Um passo para frente, um golpe na diagonal; um passo para direita, outro golpe na vertical; dois passos rápidos para trás, dois golpes da direita e da esquerda — tão rápidos que o gesto pareceu fundir-se num só; subiu, desceu, andou, voltou, correu; atacou da direita, da esquerda, de cima, de baixo, em diagonal, na vertical, golpe após golpe, como se destruísse inimigos invisíveis. Ele continuou golpeando o vazio, como em uma dança enlouquecida, até sentir o suor escorrer por dentro da armadura e colocar para fora toda a sua angústia, até silenciar todas as suas perguntas não respondidas, e todo o seu terror.

Por fim, só restou a dor em cada parte do corpo e, especialmente, no ferimento da perna.

Quando não aguentava mais ficar em pé, assentou-se sobre uma rocha e contemplou ofegante a paisagem noturna que oferecia pouca visibilidade, mas, mesmo assim, era bela. Pensou que as respostas tão desejadas estariam em algum lugar também, apesar de não as ver. Logo amanheceria, então, ele enxergaria plenamente. Será que isso também aconteceria com suas dúvidas?

Por um momento, teve a sensação de que Gever estava atrás dele. Desejou sentir o toque suave, quase imaterial, da mão dele sobre seu ombro.

Ficou lá assentado todo o restante da madrugada, até ver os primeiros clarões da alva subindo pelas montanhas do leste.

Horas depois, Shamesh retornou pleno a Olam, depois de três meses de ausência. Ben percebeu que era hora de voltar para Nod.

Ainda de longe, viu a luz amarelada dourando com um brilho quase líquido as quinas e cúpulas das torres de guarda das duas muralhas circulares da "velha montanha". Pensou que talvez devesse ser chamada de "destruída montanha".

Enquanto Layelá descia para a cidadela, a luz, que parecia ouro derretido escorrendo sobre as construções cinzentas e destruídas, tornou-se mais forte, então toda a cidade ficou dourada. Desejou ardentemente se sentir voltando para casa, mas decepcionou-se. Provavelmente só experimentaria isso se algum dia pudesse voltar para Ganeden.

Talvez tudo fosse um sonho, dissera Thamam na primeira vez que o vira em Olamir, *um sonho de* El. Mas para Ben tudo parecia um grande pesadelo, a vida era um grande pesadelo.

De volta ao seu quarto, o guardião de livros se pôs a tirar a armadura, contemplando a luz pela janela. Evrá continuou voando em círculos sobre a cidade.

Aquele amanhecer luminoso parecia irreal e, de certo modo, inadequado. O dia do funeral de Enosh não merecia ser ensolarado e brilhante, como se a vida tivesse vencido a morte, ou a luz expulsado definitivamente as sombras. Por um momento Ben desejou que a chuva ardente retornasse para o dia da despedida de seu mestre.

Entretanto Shamesh frustrou as expectativas do guardião de livros e se elevou glorioso e livre de nebulosidade durante todo aquele dia, e pelos vários seguintes. Para os habitantes de Nod era uma prova de que o terror havia passado, e uma forte evidência de que a luz havia renascido, prenunciando que as sombras perderiam seu domínio em Olam. Para Ben, era o fim de uma Era. Um gigante havia tombado.

Uma batida na porta fez com que se virasse. Duas jovens camareiras entraram trazendo água limpa, toalhas e o desjejum, além das roupas do funeral. Tinham cabelos encaracolados escuros e pareciam irmãs. Estranharam vê-lo ali, em pé, retirando a armadura do combate do dia anterior, como se não houvesse saído do lugar. Ofereceram-se para ajudá-lo, porém Ben agradeceu e orientou-as a deixar tudo em um dos lados do quarto.

Terminou de retirar a armadura de Gever e, então, percebeu que ela estava cheia de marcas de flechas, golpes de adagas, espadas, e até de chamas. Certamente a maioria delas desapareceria após um polimento apropriado.

Porém, a marca do ferimento da lança do sa'irim não desapareceria de sua perna. Havia sangue coagulado misturado com terra sobre o ferimento. Ele usou a água deixada pelas camareiras para limpá-lo, ignorando a dor.

Depois, voltou-se para o desjejum. Dois tipos de queijo, pães asmos, duas romãs murchas e grãos de uva mirrados tentavam embelezar a bandeja. Uma bebida quente, escura, com cheiro forte fumegava em uma caneca de barro. Ben aproximou a caneca e aspirou o aroma. Deu um gole e sentiu o gosto amargo rasgando sua garganta, e em seguida uma sensação de bem-estar e energia renovada. Esvaziou a caneca. Depois, tentou comer alguma coisa. Mas os alimentos não tinham sabor para ele.

Concentrou sua atenção outra vez na armadura. Limpou as marcas de barro e sangue e poliu cuidadosamente os riscos usando uma pequena esponja. O trançado da cota de malha com fios dourados escondia algum tratamento misterioso, pois não havia fios rompidos nem desfiados. A parte metálica superior que se sustentava sobre os ombros também recuperou o brilho após algumas esfregadas. O elmo tinha pequenos pontos afundados onde as flechas o atingiram. Essas pequenas marcas continuariam, mas só era possível vê-las bem de perto. Após algum tempo, a armadura dava a impressão de nunca haver participado de uma batalha. Ben gostaria de apagar as marcas de sua mente com a mesma facilidade.

Revestido outra vez com a armadura de Gever e a capa de giborim, Ben desceu para o pátio da fortaleza. Recusou as vestes brancas tradicionais dos funerais trazidas pelas camareiras. Uma armadura era uma honra maior para guerreiros mortos.

Timna, o capitão de Nod, já o aguardava. Mas, ao contrário de Ben, fazia questão de usar as vestes brancas.

Ben sentia todos os olhares fixos nele. Havia liderado a libertação da cidade. Guardião de livros, um título que no passado era uma designação quase zombeteira, tornara-se o título que as crianças dariam para si nas brincadeiras de combate depois daquele dia. E ainda havia a armadura dourada que o destacava entre as vestes cerimoniais.

Tzizah desceu algum tempo depois, exuberante em roupas azuis que destacavam seus cabelos negros e olhos cinzentos. Sem dúvida recebia tratamento de princesa, e isso a fazia parecer bem diferente dos dias passados em Ellâh.

Ben também viu Ooliabe e Oofeliah, além de Icarel, Merari e Ahyahyah. Havia abatimento em todos os rostos.

Os integrantes do conselho cinzento também se apresentaram para o funeral de seu líder. Eles haviam sobrevivido ao se refugiar nos túneis secretos da cidade, por onde Ben e Enosh fugiram.

Entre eles, para seu completo assombro, Ben enxergou Anamim.

— Um traidor me disse que sua cabeça estaria pendurada nas muralhas — disse Ben, sem conter a surpresa ao vê-lo, e também sem saber se devia ficar alegre ou apreensivo com o fato de não ser verdade.

— Você não viu, não é? — perguntou Anamim.

— Não vi o quê?

— Eu estava com Enosh. O cavalo branco que vocês chamam de Boker. Eu ajudei Enosh a atrair o dragão-rei.

— Você estava com Enosh? — Ben perguntou incrédulo.

— Eu realmente fui capturado pelos vassalos, mas Enosh me libertou. Eu pretendia ir para Sinim, mas ele preferiu buscar ajuda de alguém mais poderoso.

Ben viu a expressão de sofrimento no rosto do jovem.

Ele sofre, pensou. *Perdeu o mestre, como eu.*

Decidiu que não era a hora de continuar aquele assunto.

Os corpos dos soldados mortos estavam enrolados em mortalhas. Eram centenas. Entre eles Hakam, Amom, Tilel e dezoito giborins, incluindo Uziel, Martelo de *El*.

Cada um daqueles soldados havia se entregado sem reservas à batalha e destruído inumeráveis inimigos. De Uziel, se dizia ter mandado centenas de soldados vassalos para a escuridão da morte, além de cavaleiros-cadáveres, sa'irins e, pelo menos, três gigantes. Porém, o último gigante abatido, também o abateu com a maça.

E Enosh estava ali... Ben viu a silhueta magra e ossuda envolta pelos panos. Sentiu uma estranha vontade de livrá-lo daquela mortalha. Acreditou infantilmente que talvez ele se levantasse, afinal o velho sempre fora tão cheio de surpresas.

Viu a multidão olhando os cadáveres sem emoção. Estavam acostumados com a morte. Percebeu também que ninguém prestava atenção em Enosh.

Ele não é ninguém para eles, pensou amargamente. *É só um velho. Como poderiam saber que ele viveu mais de dois mil anos, que foi o maior latash da história de Olam e que morreu sacrificando-se por uma cidade a qual nem queria ajudar?*

As mortalhas eram revestidas de óleo precioso e perfumado. Os rostos estavam à mostra, mesmo aqueles que exibiam terríveis ferimentos que os embalsamadores não conseguiram disfarçar. Alguns, entretanto, estavam totalmente envoltos, pois as cabeças arrancadas pelos sa'irins não haviam sido encontradas.

— Que *El* tenha lhes dado uma morte de justiça — começou a dizer as palavras de encaminhamento, o capitão de Nod. — Uma morte digna de tudo o que vocês viveram. Que vocês levem suas histórias para o além onde se reunirão com seus antepassados e desfrutarão da vida livre de todo sofrimento; onde o cálice nunca estará vazio; onde o frio nunca tocará seus corpos, e o sol não abrasará suas faces. Que *El* os conserve nas altas estalagens para além deste mundo, onde os espíritos dos justos repousam sob a eterna luz primaveril, e todos os combatentes aguardam o dia da recompensa por seus feitos, ou os perversos o devido castigo por seus crimes.

Timna acabou a recitação e olhou para Ben esperando mais alguma orientação antes dos corpos serem tocados pelas tochas, mas o guardião de livros sentia-se gelado. Sabia ser necessário dizer algumas palavras, mas em parte alguma da mente encontrava o que dizer. Só queria que terminasse logo.

Então, Tzizah adiantou-se. Ben imaginou que ela fosse falar algo sobre a bravura dos guerreiros, ou sobre as possíveis recompensas após a morte, mas ela apenas cantou. A melodia era ao mesmo tempo alegre e lamentosa, jubilosa e melancólica.

Ben desejou mais do que nunca que aquela mesma voz responsável pelo crescimento da plantinha no canteiro de Olamir, fizesse aqueles mortos se erguerem do chão.

A vida é ir, é voltar, é chorar, é sorrir.
É florir, é cantar, é calar, é ferir.

O significado da vida é partir.

A vida é plantar, é colher, é perder, é semear.
É levantar, é soerguer, é inverter, é baixar.

O significado da vida é esperar.

É esperar de mãos vazias
É enchê-las, alguns dias
Outros tantos, é esvaziá-las
Da impureza, limpá-las.

A vida é fluxo, é subida, é descida, é refluxo.
É luxo, é guarida, é perdida, é repuxo.

O significado da vida é influxo.

A vida é prazer, é dor, é amor, é querer
É receber, é rancor, é favor, é não ter.

O significado da vida é perder
É perder o que não pode ser perdido
Esquecer o que não pode ser esquecido
Contemplar o céu em uma nova manhã
Ver o entardecer em uma noite anciã.

A vida é dizer, é andar, é não chegar, é reverter
É esmorecer, é calar, é falar, é não dizer.

O significado da vida é esquecer

A vida é sofrer, é partir, é proibir, é conter
É nascer, é reprimir, é permitir, é envelhecer

O significado da vida é morrer

Morrer sem nunca ter vivido
Envelhecer sem nunca ter aprendido
Contemplar o mar pela última vez
Ver a lua partir em um talvez.

A vida é perder, é lutar, é apanhar, é vencer
É esquecer, é amar, é lembrar, é renascer.

O significado da vida é viver. Só viver.
Para sempre viver.

Lágrimas corriam pelos rostos iluminados pelas chamas que queimavam os guerreiros, enquanto aquela triste e paradoxalmente alegre melodia fluía pelas construções com o aroma do óleo da unção. Parecia alcançar as pradarias que se estendiam a partir das muralhas de Nod, até o Yam Kademony, e o além, para onde as almas dos mortos buscariam refúgio. A natureza parecia cantar junto dizendo que a vida era mesmo aquele fluxo e refluxo.

Ben viu o mesmo garotinho do dia anterior observando-o de longe. Por instinto, ou culpa, desviou o olhar quando seus olhos se encontraram. Então se recriminou por não ter coragem de sustentar um olhar inocente. Caminhou na direção do garotinho.

— Seu pai foi um grande herói — disse abaixando-se. — Sempre se lembre disso. Você deve ter orgulho, porque ele lutou contra a escuridão.

— Mas eu preferia que ele estivesse aqui comigo — lamentou com voz chorosa. Devia ter dez ou doze anos. Os cabelos castanhos precisavam ser lavados.

— Eu sei. Eu sinto muito... — disse mexendo nos cabelos dele. Por um momento, viu-se nos olhos do garoto. Percebeu algo em comum entre eles. Não só pela semelhança física, quando Ben tinha a mesma idade dele, mas também pela situação de desamparo.

— Você vai ficar conosco, guardião de livros?

— Acho que sim, pelo menos por enquanto.

— Que bom. Enquanto você estiver aqui, ninguém mais vai ameaçar a cidade. Você derrotou Leviathan. Ninguém mais vai ter coragem de desafiá-lo.

Ben sorriu. Gostaria que fosse verdade.

Subitamente o garoto arregalou os olhos, como se lembrasse de algo.

— Você veio para libertar Nod também, guardião de livros?

— Nod já está livre — disse apontando para a cidade. — Pelo menos por enquanto, o exército das sombras retirou-se.

O menino gesticulou negativamente a cabeça.

— Estou falando do filho da cidade lá das profundezas, esperando libertação. O filho de Nod.

— Do que você está falando?

— Não é nada, meu senhor — disse a mãe do menino aproximando-se por trás dele. — Não ligue para lendas repetidas pelas crianças.

Em seguida a mulher afastou-se conduzindo o menino para longe dos nobres. Do outro lado das chamas, Ben viu Timna observando-o atentamente. Quando seus olhares se cruzaram, foi a vez do capitão olhar para o outro lado.

A voz bonita de Tzizah continuou impulsionando a melodia triste evocando o significado profundo e, paradoxalmente, a efemeridade da vida. Enquanto isso, as chamas que devoravam o corpo de Enosh e dos soldados subiram altas, e Ben notou que, apesar de todas as honras, não eram diferentes das que consumiram os corpos dos inimigos do lado de fora das muralhas.

Um homem vivera dois mil anos, mas estava morto.

12 O Trono de Mármore

Promessa cumprida, hora da despedida.

As palavras de Ahyahyah eram tudo o que Ben não queria ouvir. Apesar disso, olhou para o líder rion com gratidão. Podia dizer que havia sido salvo por ele duas vezes. Porém, ainda não entendia por que o tartan o poupara no campo de batalha. Talvez, quisesse levá-lo para Hoshek como uma espécie de troféu. Ou, talvez apenas quisesse ter a oportunidade de torturá-lo mais tempo.

Amanhecia em Nod. Shamesh lançava luzes sobre as muralhas totalmente livres de nebulosidade e de invasores. Era um amanhecer radiante. O terceiro depois do funeral de Enosh. Não havia mais qualquer sinal da chuva ácida. Mas a partida dos rions tornava o dia menos esperançoso.

Agradecemos muito sua presença, mas a guerra ainda não terminou.
Se pudessem ficar mais, úteis seriam, o desafio só começou.

Mais uma vez estava consciente de suas palavras saírem desajeitadas na língua rion, sem elegância alguma ou musicalidade como Ahyahyah falava. Mas ao menos sabia que estavam mais fáceis de compreender.

Em resposta, o líder rion se pronunciou solenemente:

As montanhas chamam os rions,
trabalho longo vocês aqui terão.
Quando vier batalha do futuro,
rions lutarão contra o escuro.

Tendo dito aquilo, Ahyahyah levou a mão fechada até a testa. Ben sabia que era um gesto de despedida. O guardião de livros imitou o gesto em retribuição. Tzizah, repetindo o movimento para Ahyahyah, falou.

Não temos palavras para agradecer
tudo o que vocês fizeram acontecer.
Em breve os chamaremos para perto,
quando a escuridão subir do deserto.

O rion sorriu com seus profundos olhos negros com aquela borda avermelhada que pareciam conseguir ler o interior das pessoas.

Kerachir se prepara a enfrentar o mal
Se a aliança se renovar para a batalha final.
Lutaremos outra vez pela rainha de Olam
Foi um prazer conhecer a filha de Tutham.

Em seguida, as corujas gigantes elevaram-se da cidadela de Nod, levando Ahyahyah e vinte e nove rions de volta às cidades de gelo.

As pessoas que reconstruíam as casas na cidade baixa saíram para ver a partida dos lendários guerreiros. Os movimentos longos e suaves das asas brancas dominaram o céu da cidadela. Certamente, nenhum deles havia visto um rion antes e, provavelmente, jamais veria outro.

— As lendas são verdadeiras — lembrou Tzizah. — Não morrem em batalha.

— Pena não podermos mais contar com eles — disse Timna com pesar ao ver os rions desaparecerem no céu azul.

— Ainda poderemos — disse Tzizah. — Mas não agora. Este é o momento de reconstrução. A verdadeira guerra ainda não começou.

— Onde você aprendeu a falar a língua deles com tanta desenvoltura? — perguntou Ben, curioso. — Os presentes do caminho da iluminação não foram suficientes para isso.

— Na academia de Olamir — ela respondeu com um sorriso. — Com o melhor de todos os professores. Meu pai.

— Terei a honra da presença de vocês? — perguntou Timna, interrompendo a conversa dos dois.

— Estaremos lá — respondeu Ben ainda olhando para Tzizah.

Timna fez um gesto de concordância e retirou-se.

— Thamam falava a língua rion? — insistiu Ben quando ficaram a sós.

— Meu pai conhecia muitas línguas — ela confirmou. — Ensinou-me a língua rion, pois acreditava que ela ainda seria muito importante.

— Parece que ele tinha razão... Thamam, Har Baesh, Enosh, todos pareciam saber de tudo o que aconteceria...

— Não acho que eles soubessem de tudo. Apenas eram homens experientes. A experiência é útil quando se trata de fazer previsões. Meu pai apenas desejava que eu conhecesse a língua deles porque cabe aos reis de Olamir convocá-los. E para isso, é preciso saber falar com eles.

Com um gesto de cortesia, Tzizah retornou para o interior do palácio.

Ben permaneceu algum tempo olhando a movimentação da cidade abaixo. Seus pensamentos estavam longe dali, ora em Ganeden, ora no antigo casarão de Havilá onde crescera ao lado de Enosh, e ora em Olamir.

Levantou seus olhos para Shamesh que se elevava aos pés da cidade, mas não suportou seu fulgor. Fechou os olhos e sentiu o calor na face. Era agradável, após tantos dias, sentir um ardume diferente no rosto. Tentou organizar os pensamentos, deixar os sentimentos confusos para trás. Precisava se conformar. Não teria todas as respostas desejadas, mas não permitiria que isso o imobilizasse. Havia convivido com uma sombra sobre seu passado, durante muito tempo. Ela provavelmente jamais desapareceria. Por mais estranho que fosse, após todos os acontecimentos, isso lhe dava alguma paz. O único homem capaz de removê-la estava morto. Portanto, era tolice insistir em algo que não fazia mais diferença. Além disso, a situação havia melhorado. Uma cidade estava livre em Olam. Não ignorava que, na melhor das hipóteses, aquela guerra seria longa, porém era melhor se organizar dentro de uma cidade com altos muros do que acampados precariamente em uma floresta.

Sabia que apesar do esforço dos soldados e moradores em reconstruir a cidade, seria necessário meses ou anos até que tudo estivesse em pé outra vez. A prioridade era restabelecer as defesas, especialmente os portões. Infelizmente, as casas dos pobres ficariam para depois.

Ao olhar para uma das laterais da cidade, lembrou-se da taberna da velha cega. Curiosamente, era a primeira vez que pensava nela desde que adentrara a cidade.

Eu vejo que você partirá desta cidade, mas que um dia voltará... Há uma grande vitória aqui... E também uma grande derrota, dissera a velha olhando para a taça de Yayin.

Talvez tudo fosse coincidência, mas ainda sentia um estremecimento ao lembrar da velha gritando histérica: "Saia perdição de Olam!".

Será que eu decretei a perdição de Olam quando apoiei Tzizah? Será que a conquista desta cidade será inútil como Enosh previu?

A frase do latash, dita na reunião, jamais saíra de sua mente. *Vai salvar trinta mil, mas condenar milhões!*

Pensava em procurar a velha da taberna ainda naquele dia, e exigir explicações do que, afinal, havia visto. Mas o local onde ficava a taberna estava completamente destruído. Talvez, ela nem tivesse sobrevivido.

Enosh o mandara procurar algo em Nod, nas profundezas da cidade, algo que ele devia fazer... Mas ele falara muitas coisas incompreensíveis antes de sua morte. Talvez, fossem apenas loucuras causadas pela dor e pelo desespero ao perceber que o fim se aproximava. Talvez estivesse apenas mencionando lendas, como a do garoto do funeral, sobre coisas ocultas nas profundezas da cidade.

Por outro lado, na noite em que ele e o velho fugiram da cidade, haviam descido bastante antes de serem lançados para a cachoeira. Ben se lembrava das palavras da língua dos kedoshins. *Covardia trará a escuridão*. Ainda não faziam qualquer sentido, mas, mais do que nunca, Ben pressentia que *tinham* sentido. Precisava voltar lá.

Ben decidiu que era hora de abandonar aqueles dilemas, pelo menos por enquanto. Certamente, outros esperavam-no na reunião convocada por Timna.

Enquanto caminhava em direção à fortaleza cinzenta, esforçando-se em não manquejar, sentia o calor do sol em suas costas e também os olhares dos soldados que o acompanhavam. Sabia que eles faziam isso por curiosidade em ver o homem que manejava Herevel e expulsara Leviathan, mas, às vezes, quase se sentia vigiado.

Desviou-se da parte do pátio afundada por Leviathan e seguiu para a entrada principal.

Os dois soldados sentinelas com lanças em punho se empertigaram respeitosamente quando ele passou pelo portão do palácio. Precisaria se acostumar com aquilo também. Sua presença nunca mais passaria despercebida.

O salão real de Nod exibia uma opulência contraditória para a situação da cidade mesmo antes de a cidadela ser praticamente destruída na batalha. Construído pelos antigos e poderosos reis de Nod, fora, no tempo das peregrinações, um dos lugares mais seguros e influentes do mundo, mas, após a decadência da cidade e a ascensão de Olamir, tornara-se obsoleto.

Era grande e frio. As pedras recortadas do piso e das paredes assemelhavam-se bastante com as da Rota dos Peregrinos, como se tivessem sido recortadas pelas mesmas mãos. Dizia-se que o local era capaz de resistir a um ataque de dragão-rei. De fato, Ben não viu marcas de fogo ou infiltração de fuligem lá dentro.

Ben viu-se rodeado por soldados sentinelas de mármore negro que, provavelmente, contemplaram o rosto de diversos monarcas. *Eloai* era o título dos antigos reis de Nod que assentaram-se por séculos no trono composto do mesmo mármore do qual, segundo se cria, teriam sido formados os antigos reis. O restante do salão era cinzento como tudo o mais.

Ben fixou seu olhar no trono, há muito tempo vazio, que se elevava do chão. A base ficava acima da cabeça das pessoas. Imaginou a sensação dos visitantes, em séculos passados, quando adentravam aquela sala e contemplavam a glória do *Eloai* assentado em mármore. Certamente, não era receptividade.

Nod havia sido construída quando os primeiros homens deixaram Ganeden para habitar no descampado. Foram ajudados pelos kedoshins da floresta a erguer a velha montanha. Não havia cidade em Olam com uma história mais rica e mais trágica do que Nod. Ben lembrou-se do primeiro nephilim, gerado ali, por causa do amor de um kedoshim por uma bela princesa.

Timna aguardava-os em uma espécie de mesa redonda disposta aos pés do trono. Estava rodeado pelo que restara dos antigos nobres e pelos comandantes da cidade. Tzizah, Merari, Icarel, Ooliabe, Oofeliah e Anamim completavam o grupo.

Ben entristeceu-se com a falta de Amom e Hakam. Gostaria de ouvir outra vez as palavras difíceis, porém sábias, do filósofo, e de ver o rosto simples, porém confiável do antigo capitão da rota das pedras. No entanto, eles nunca mais dariam conselhos de guerra.

Deixe-me cruzar os portões, foram as últimas palavras do filósofo. Ben esperava que ele de fato tivesse atravessado portões de algum paraíso.

No meio da mesa, havia uma shoham vermelha.

Ben olhou para Anamim de relance. As explicações do latash a respeito de sua aparição em Nod pareciam convincentes, porém, por alguma razão, Ben não se convencera inteiramente. E Tzizah continuava fuzilando o latash com o olhar. Ela nem precisava expressar em palavras o que pensava dele.

No dia anterior, enquanto as chamas ainda devoravam o corpo de Enosh, Anamim havia se aproximado e explicado o que havia acontecido. Segundo as palavras do jovem latash, ele partira de Ellâh em direção a Maor, porém fora capturado em uma emboscada ao sul de Nod. Enquanto estava sendo trazido para Nod, Enosh, montando um re'im, encontrara-o. Então, voaram para o norte. Segundo Anamim, o velho dissera que só havia uma forma de impedir a destruição de Nod: atrair o dragão-rei para o campo de batalha, mas antes pretendia encontrar as cidades de gelo dos rions. Com Boker, o re'im branco, Anamim incumbira-se de identificar a localização aproximada de Leviathan, enquanto Enosh procurava pelos rions.

Todas as explicações soavam satisfatórias, mas quando lhe perguntou por que, quando Ben tentara se comunicar, ele havia enviado a imagem do Farol de Sinim, uma vez que nunca estivera lá, o latash arregalou os olhos, negando ter feito isso.

Talvez você tenha visto algo que desejou ver, foi a explicação dele.

— Temos usado este lugar para planejar a defesa da cidade desde que fomos cercados pelos vassalos — explicou Timna, dando boas-vindas a Ben e justificando a escolha do lugar para a reunião. — Os sacerdotes nunca o utilizavam, preferiam fazer suas reuniões no salão do Conselho dentro do templo de El. Mas Leviathan transformou o local em uma grande fornalha. Aqui, felizmente, o fogo dele não conseguiu chegar. Espero que não se aborreçam se o utilizarmos agora. Ficou muito tempo fechado.

Ben olhou mais uma vez para o trono de mármore, testemunha da glória antiga há tanto sepultada em Nod. Mais do que nunca, parecia impossível que ela ressuscitasse.

— Estamos empenhados em reconstruir a cidade — continuou Timna, adivinhando os pensamentos de Ben. — Os despojos dos vassalos atenderam às emergências, mas não durarão muito. As plantações e vilas que forneciam produtos para a cidade foram destruídas. Nossas defesas estão muito enfraquecidas. Um novo ataque seria, provavelmente, fatal. Gostaria que tivéssemos mais tempo para chorar os mortos, mas esta guerra ainda está longe de terminar...

— Em quantos você estima a população de Nod após o cerco? — perguntou Ben.

— Dez ou doze mil pessoas...

De certo modo chegamos tarde demais, pensou Ben. — Quantos desses são soldados?

— Um mil e quinhentos talvez... Porém muitos pegaram em armas há pouco tempo. Há inclusive mulheres e velhos...

— A prioridade são os portões — indicou o guardião de livros. — Tanto o da cidadela quanto o principal precisam ser reconstruídos. Todo o empenho da cidade deve se concentrar nisso.

— Sim — concordou Timna. — Principalmente, porque hoje pela manhã, durante o funeral, chegou isso. — Timna apontou para a pedra shoham sobre a mesa.

Os olhares se voltaram para a pedra. Era óbvio que Timna não falava da pedra em si, mas do que ela armazenava.

— Você nos dá a honra? — perguntou Timna para Anamim.

O latash aproximou-se e a despertou. Imediatamente Ben viu surgir a imagem de um homem que já conhecia, e a lembrança não era boa.

"Saudações líderes de Nod" — disse o opulento sumo sacerdote de Bethok Hamaim, com sua voz feminina e seus gestos delicados, rodeado por suntuosas vestes azuis, e tantas pedras preciosas quantas cabiam na roupa dele, e cabiam muitas. — "Eu sou Sáris e devo dizer que muito nos alegrou a notícia de Nod ter conseguido vencer o terrível cerco. Lamentamos não ter mandado ajuda. Infelizmente estávamos ameaçados por nossos próprios irmãos da grande cidade de Maor. Felizmente, esse incidente se resolveu e, no momento, não há mais qualquer ameaça contra Bethok Hamaim. A boa notícia é que saímos vitoriosos e, como vocês já devem saber, nosso exército dobrou de tamanho. Estamos preparados para enfrentar os vassalos que descem o Perath. Como vocês têm conhecimento, antes de Olamir cair, o Melek da cidade foi deposto pelo próprio Conselho de Sacerdotes. Sendo assim, ninguém mais tem direito de reclamar para si a antiga ordem de Olam. Os sacerdotes, banidos de todas as cidades, nos deixam livres da tirania de seu deus *El*. Ora, o povo de Maor e Bethok Hamaim nomeou-me, por bem, seu protetor e Melek. Com Nehará destruída e Ir-Shamesh aliada aos vassalos, resta apenas Nod tomar posição. Como recém-nomeado Melek das Águas, convido Nod a se juntar a nós, enviando seus soldados para lutar ao nosso lado. Em troca de sua submissão e reconhecimento, estamos dispostos a receber a filha de Thamam como nossa hóspede. Isso estabelecerá a aliança entre nossas cidades. A aliança inclui os serviços do guardião de livros e sua espada. Devo ainda dizer que a recusa dessa generosa oferta seria encarada uma declaração formal de traição e guerra, a qual jamais poderíamos aceitar, pois traria grandes males à nossa Olam, neste momento de tanta dificuldade".

Quando a imagem do sumo sacerdote de Bethok Hamaim desapareceu, Ben olhou para Tzizah e viu pânico nos olhos dela. Sabia muito bem o significado do termo "hóspede" usado pelo homem. Significava refém.

— Eu não entendo como Bethok Hamaim dobrou o número do exército após uma batalha com Maor... — disse Timna.

— Acho que posso explicar — adiantou-se Anamim. — Eu vi através das pedras. Praticamente não houve batalha. O autointitulado Melek do Delta foi assassinado. Então, os capitães da cidade passaram imediatamente para o lado de Bethok Hamaim. As duas cidades agora estão unidas sob a liderança do Melek das Águas. É assim que Sáris está se intitulando. Eles aboliram os conselhos de sacerdotes e o culto a *El*, sob o pretexto de libertar-se da tirania dos sacerdotes. Como se Sáris não tivesse sido o antigo sumo sacerdote... Juntas, as duas cidades têm muitas embarcações e soldados...

— Então o Melek das Águas venceu sua batalha sem perder nenhum soldado... — lamentou Timna. — Acho que logo teremos outro exército diante de nossas muralhas...

— Houve outra batalha no alto do Perath... — continuou Anamim, mais cautelosamente — Os vassalos que subiram pelo oeste desceram o rio e, unidos a Ir-Shamesh, atacaram Nehará. A batalha foi sangrenta. A cidade caiu. Há um Melek do Sol agora também...

— Seu pai — lembrou Ben.

— Ele fez aliança com os vassalos... Acreditou que, com isso, recuperaria o trono do sol.

— Enosh disse que isso aconteceria... — lembrou Ben. — E que ele duraria pouco no trono.

— Ele foi enganado por promessas mentirosas... Não o defendo. Acreditou nelas por cobiça... Eu espero ainda conseguir convencê-lo de que está errado, fazê--lo retornar ao bom senso e tomar o lado certo nesta guerra.

— E se isso não acontecer?

— Todos aqui já ignoraram sentimentos para fazer o que é certo — respondeu Anamim com convicção. — E quando eu fiz o juramento de latash, deixei de ter uma família.

— Isso significa que agora há duas frentes em rota de colisão no vale dos rios — retomou Timna a discussão a respeito da situação da guerra. — O Melek das Águas precisará lutar para sustentar a coroa. É por isso que ele quer nossa ajuda.

— Durante o cerco, vocês pediram auxílio de Bethok Hamaim? — questionou Tzizah.

— Mandamos pedidos para todas as cidades, mas nenhuma respondeu. É possível que os vassalos tenham bloqueado nossas transmissões. Eles ficaram um bom tempo estacionados, sem nos atacar. Chegamos a acreditar que apenas utilizariam a técnica do cerco até que nos rendêssemos, mas, alguns dias antes de vocês chegarem, o exército foi reforçado com dragões, sa'irins e gigantes. Subitamente, eles tiveram uma pressa que não tinham antes.

— Até o próprio tartan veio para a batalha — disse Ben, pensando no que significaria a aparente mudança de planos dos inimigos.

Mesmo sem ainda ter criado um corpo apropriado, Mashchit utilizou o príncipe vassalo, provavelmente por causa da alabarda. Mas, pelo menos, Arafel estava morto e talvez o próprio tartan, no Abadom. A destruição do tartan talvez tivesse sido a maior vitória até aquele momento. *Ponto para Leviathan* — pensou Ben.

— Nod precisa de mais soldados — pronunciou-se Icarel. — Há muitos camponeses que viriam para cá e lutariam em troca de um pouco de comida e abrigo.

— Abrigo temos de sobra, mas comida... — respondeu Timna.

— Poderemos contar com o conselho cinzento? — Ben perguntou para Anamim.

— Agora que Enosh está morto, Benin é o novo líder. É o mais velho... Mas o Conselho continuará seguindo o plano original de Enosh.

— Bethok Hamaim? — perguntou Ben. — Isso agora parece bem difícil.

— Pode haver outros meios. Talvez só precisemos descobrir como...

— A rede está pronta?

— Na verdade não. Estamos lapidando as pedras, mas precisamos encontrar mais quatro amarelas para finalizá-la.

Ben estranhou aquela revelação.

— Enosh nunca disse que não possuíam pedras suficientes...

— A rede pode ser finalizada com as pedras que possuímos, mas as chances de funcionar são menores. Com mais quatro, há mais chances... Quando Enosh abandonou Nod com você, ele planejava providenciá-las após passar por Ellâh.

— Enosh nos salvou — pronunciou-se Tzizah diante do silêncio de Ben.
— Jamais venceríamos esta batalha se ele não tivesse se sacrificado. Devemos continuar o plano dele agora...

— No entanto, Enosh estava certo — lembrou Ben. — O momento de atacar Bethok Hamaim passou. Agora, a cidade está mais fortalecida do que nunca. Seria muito difícil invadi-la.

O silêncio de todos provava que aquelas palavras não podiam ser contestadas. Era a realidade do momento.

— O exército de Nod é necessário aqui — Timna reafirmou as palavras de Ben, após algum tempo. — A cidade precisa ser reconstruída, as defesas recompostas. Temos mil e quinhentos soldados. Mais podem ser treinados. Porém, isso tomará tempo.

— Em longo prazo, um exército poderoso pode ser formado — concordou Ben. — E há muralhas ao redor. Muralhas que resistiram a um cerco terrível. Estamos melhor do que estávamos. Se o conselho cinzento preparar mais armas, formaremos um exército capaz de, em algum momento, continuar o plano de Enosh.

Ben tinha consciência de que suas palavras omitiam uma clara inconsistência: os shedins, exceto o tartan, não haviam participado da batalha em Nod. Quando eles viessem, as muralhas não seriam suficientes.

— Temos pedras vermelhas para equipar mais armas — revelou Anamim — mas sem as quatro amarelas, não há garantia de que a rede funcionará.

— Qual é o objetivo dessa rede? — perguntou Timna. — Sobre o que vocês estão falando?

— Digamos que, sem o Olho de Olam, ela pode ser a única maneira de nos defendermos do ataque dos shedins — respondeu Anamim laconicamente.

— Pode? — perguntou Timna.

— Nunca foi testada — desculpou-se Anamim com um gesto. — Estamos falando de algo que nenhum latash ou lapidador conseguiu fazer. E depende exclusivamente do poder do templo... Não sabemos o que exatamente é aquele templo. A rede foi uma suposição de Enosh, uma antiga teoria dele; agora ele não está mais aqui para comprová-la.

— Onde Enosh pretendia encontrar quatro pedras amarelas? — perguntou Ben, ainda estranhando aquele fato.

— Acredito que nas Harim Adomim.

— Não há pedras do sol nas Harim Adomim, apenas pedras vermelhas! As amarelas eram encontradas nas Harim Keseph.

— De fato a mina principal ficava nas Harim Keseph, mas foi coberta e, até mesmo, a localização se perdeu. Mas os latashim sabiam onde ela ficava... Com certa frequência a visitavam.

— Então por isso o conselho cinzento tinha pedras amarelas — reconheceu Ben. — O que impede que as procuremos nessas minas agora?

— O inverno, os lobos e mais uma série de dificuldades. Mas a principal é que não há mais pedras lá. O conselho cinzento retirou as últimas a mais de uma década.

— E há nas Harim Adomim?

— As lendas dizem que sim — respondeu Anamim com um sorriso estranho.

— Lendas... — Ben esboçou uma expressão de desconforto.

— Uma lenda que Enosh estava cada vez mais propenso a acreditar. Ele vinha pesquisando sobre isso.

— Sobre o quê?

— Sobre o povo dakh — disse timidamente Anamim.

— O povo dakh? — perguntou Ben tentando lembrar-se daquele nome.

— O antigo povo que habitava as Harim Adomim e que desapareceu misteriosamente. Acho que você já ouviu sobre isso em Havilá.

— O povo que cavou tanto a montanha e encontrou uma passagem para o Abadom? — perguntou Ben com escárnio, lembrando-se que em Havilá as pessoas acreditavam que os mirantes esculpidos nas montanhas haviam sido construídos pelo antigo povo desaparecido. Mas jamais ouvira o nome "dakh" sendo empregado para eles. Porém, recordou onde havia ouvido o nome. Ahyahyah mencionara. Fora um dos povos afetados pelo antigo tratado do mundo e do submundo.

— Os dakh tinham um estoque de pedras do sol — revelou Anamim. — As vermelhas não lhes interessavam tanto, mas valorizavam as amarelas. Enosh acreditava que poderia encontrar o local... Há um mapa...

— Mapa... — disse Ben, lembrando-se do caminho da iluminação. *Será que ia começar tudo de novo?*

— Sim, um mapa.

— E onde ele está?

— Na sua espada.

— Herevel?

— Os dakh forneceram as pedras para ela.

— Os dakh conheceram Herevel?

— Como eu disse, eles forneceram as pedras brancas.

Ben gesticulou negativamente a cabeça, tendo então certeza de que o jovem latash confundia as coisas.

— Você está enganado. Os fragmentos brancos são do Olho de Olam encontrados e lapidados pelos kedoshins. Enosh disse-me isso.

— Os kedoshins lapidaram o Olho com a ajuda dos rions, mas quem encontrou a pedra foram os dakh.

— O povo dakh encontrou o Olho de Olam?

— Está vendo a sequência de doze pedras na espada? Também funciona como um caminho deixado pelo povo dakh. Elas se iluminarão na ordem correta para indicá-lo dentro da montanha...

Ben olhou incrédulo para a espada. As palavras de Enosh vinham à mente. *Há muito mais no passado de Olam do que as pessoas hoje em dia podem acreditar. O presente precisará acertar contas com o passado.*

Mesmo assim, não estava disposto a mergulhar nas profundezas da terra atrás de lendas. Seu lugar era em Nod, ajudando a fortalecer o exército. O conselho cinzento precisaria se virar com as pedras de que dispunha.

— E o que faremos em relação às exigências de Bethok Hamaim? — perguntou Timna, enquanto Ben contemplava absorto Herevel. — Não que eu pense em atendê-las, mas, como já foi dito, não estamos em condição de enfrentar outra batalha tão rápido.

— Foi por minha causa que o plano de Enosh não foi posto em ação — disse Tzizah, colocando as duas mãos sobre a mesa de mármore negro. O brilho de Yarok dependurada chamou a atenção de Ben. — Agora, talvez, eu possa consertar tudo isso.

Todos olharam para ela sem entender o que dizia.

— Precisamos ganhar tempo — explicou a princesa de Olam. — Vamos fazer o jogo do Melek das Águas. Eu vou para Bethok Hamaim ser sua hóspede. Nod se alia a Bethok Hamaim, como eles exigem. Depois, de dentro da cidade, arrumarei uma maneira de introduzir o conselho cinzento. Assim, implantaremos a rede sem a necessidade de tomar a cidade através de uma batalha. Como Enosh dizia, quando surgem brechas, elas devem ser aproveitadas, pois duram pouco. E duas brechas, em tão pouco tempo, parece-me algo bastante raro.

— É sua vida que durará pouco tempo em Bethok Hamaim — desaprovou Ben. — Você é a única herdeira de Thamam... É óbvio que Sáris deseja livrar-se de você.

— Minha vida durará pelo tempo que o Melek considerar importante o exército de Nod e, principalmente, a fama do guardião de livros com Herevel. O Melek das Águas sabe o significado de ter esses aliados. Não vai querer perdê-los, pelo menos não até vencer os vassalos.

Ben gesticulou negativamente. Era inaceitável deixá-la se tornar uma refém.

— Eu vou para Bethok Hamaim — afirmou Tzizah em tom de decisão. — Devo isso a Enosh. Se é o preço que devo pagar a fim de colocar o plano dele em ação outra vez, acho justo.

— Nós a escoltaremos — disse Merari, e Icarel, ao seu lado, concordou. — E daremos nossa vida pela sua se for necessário.

— Acredito que Enosh concordaria com isso — disse Anamim. — Além disso, o conselho cinzento poderia ir com você, disfarçado de escolta pessoal. Assim, apressaríamos muito as coisas.

— Mas, eu não concordo — pronunciou-se Ben irredutível. — Precisa haver outro meio... Não permitirei que você se torne uma refém daquele homem. E eu jamais jurarei lealdade a ele, nem vou me afundar nas montanhas atrás de pedras shoham.

— Há algo mais que eu preciso dizer — interrompeu Anamim timidamente, como se temesse pronunciar as palavras.

Todos se voltaram para ele. O olhar do jovem latash pulava de Ben para Tzizah e, depois, para Herevel, mas ele não dizia nada.

— Fale logo! — ordenou Ben, com um tom mais ríspido do que deveria usar com o latash.

— Diz respeito ao Melek.

— O Melek das Águas? — Questionou Ben.

— O Melek de Olam.

— Meu pai? — Perguntou Tzizah.

— Ele foi... banido, lançado para o Abadom.

— Todos aqui sabem disso — impacientou-se Ben, sem saber aonde o latash queria chegar.

— Mas a condenação dele não foi justa... Como vocês sabem, ele não era o cashaph, como foi acusado por Har Baesh...

— Enosh era o cashaph — lembrou Ben, sentindo as palavras como facas. — Também sabemos disso.

— Quando uma condenação do Abadom é injusta, a pena pode ser revista — completou Anamim. — Está no antigo tratado... Os juízes podem reverter a pena.

— O tribunal que o condenou não existe mais. Além disso, Enosh disse que... — Ben olhou para Tzizah, receoso em revelar aquilo.

— Continue — disse a princesa de Olamir.

— Que algum tipo de culpa ele devia ter, algo condizente com a condenação. Caso contrário, o Abadom não se abriria para recebê-lo...

Ben não teve coragem de olhar para a expressão de Tzizah diante daquela revelação.

— Mesmo assim a condenação não foi justa — explicou Anamim. — Ele foi condenado como um cashaph e, por não o ser, os juízes do Abadom podem rever a pena. Teoricamente, o Abadom se abriria para devolvê-lo, se isso fosse exigido por uma autoridade de Olam. Enosh acreditava nisso...

— Enosh? — surpreendeu-se Ben.

— Sim, ele me disse isso... Acreditava que o submundo escondia segredos, provavelmente, decisivos para o futuro de Olam.

— Mas como isso poderia ser feito? — interpelou Tzizah, ansiosa.

— Se, de acordo com as lendas, existe uma passagem para o Abadom nas Harim Adomim, uma autoridade de Olam, indo até lá, poderia reivindicar que Thamam retornasse ao mundo dos homens.

— Eu sou a herdeira de Olam! — declarou Tzizah. — Posso fazer isso!

— Não, não pode — contrariou Anamim, para surpresa da princesa. — A antiga ordem de Olam caiu. Você não tem mais uma coroa... E, além disso, é a filha dele. Os juízes do Abadom não considerariam como sendo um pedido imparcial...

— Então quem? — perguntou Tzizah quase em desespero.

— O manejador de Herevel, hoje, pode ser considerado a maior autoridade legitimamente conquistada em Olam. — A voz de Anamim foi pouco mais que um sussurro.

— Eu? — Perguntou Ben.

— Acredito que sim.

— Então, você está dizendo que, se eu encontrar a passagem para o Abadom nas Harim Adomim, caso ela realmente exista, poderei exigir o retorno de Thamam?

— E ainda poderá trazer as quatro pedras amarelas para a rede... — complementou o latash.

Para Ben aquelas revelações mudavam a situação. Se fosse possível trazer o antigo Melek de volta do abismo, talvez também fosse possível unir as cidades. E quem sabe, controlar o próprio Kenan.

O olhar de Tzizah era um misto de assombro e expectativa.

— Como você conhece todas essas coisas? — perguntou Ben.

— Enosh contou-me. Quando viajamos para o norte em busca de Leviathan, ele encarregou-me de dar continuidade ao plano, caso algo lhe acontecesse.

— Ele sempre soube que era possível trazer Thamam do Abadom? — perguntou com incredulidade. — E pretendia fazer isso? Então, como ele podia ser o cashaph?

— Ele não podia contar muitas coisas a você. Isso o denunciaria, e você jamais entenderia as razões pelas quais ele era o cashaph, como não as entende agora...

— Acho que isso altera tudo... — capitulou Ben com uma voz também sussurrada, enquanto tocava a mesa de mármore sentindo o frio pouco confortador da pedra. — Talvez eu deva partir para as Harim Adomim...

— Na verdade, isso é um pouco urgente — insistiu Anamim. — Há algo mais que vocês precisam ver.

O latash tocou outra vez a pedra, e uma imagem projetou-se sobre o salão real de Nod. Enxergaram a cortina de trevas.

— Imagens captadas por Evrá nesta manhã — informou Anamim.

— Já está perto das ruínas de Olamir! — espantou-se Ben, ao reconhecer o local.

— Está avançando muito rapidamente. Algo aconteceu com Kenan, Leannah e o Olho de Olam. Em poucos dias, os shedins terão condições de atacar Bethok Hamaim sem qualquer impedimento. Aí, será tarde demais para a rede.

Ben olhou outra vez para as doze pedras em Herevel.

— Por que o povo dakh deixou um mapa na espada? Eles queriam ser encontrados?

— Lendas — explicou Anamim —, superstições antigas... Eles acreditavam que um dia um escolhido retornaria com Herevel para libertá-los.

...

Andar com os pés descalços sobre as folhas foi uma sensação agradável. A primeira em mais de três meses.

Os pulsos e tornozelos de Leannah ainda doíam pelo tempo em que suportaram correntes, e naquele momento caminhar livre de peso era um pouco estranho. Parecia que, se saltasse, sairia voando de tão leve. Mas era só uma sensação. A verdade é que ainda estava presa ao chão. E muitas coisas a prendiam. O sonho da noite anterior era uma delas. Havia sonhado com seu irmão. Ele corria grave perigo, vivo ou morto...

As árvores de Ganeden eram altas e belas. Os troncos redondos subiam, afunilando-se até as alturas, espalhando galhos que cobriam as árvores menores como mães protegendo as filhas com seus braços.

Ben andou por aqui — pensou Leannah olhando para os caminhos limpos sob as árvores e para o céu azul acima das folhas verdes. Mas sabia que não era exatamente naquele lugar que o guardião de livros estivera. A floresta, sem dúvida, era a mesma, porém um lugar em Ganeden podia se tornar outro totalmente diferente.

Sentia a magia por toda a parte. Nas árvores, no solo, até nas folhas secas que caíam. Tocou uma planta e rapidamente uma flor surgiu e se abriu. Não entendia como não percebera isso antes. Era tão natural fazer aquilo após todas as experiências. Sentia o poder da criação pulsando dentro de si.

Kenan andava à sua frente, segurando a pedra branca firmemente, quase como se alguma ameaça ou alguém pudesse tomá-la. A pedra estava presa em volta do pescoço por um colar. O giborim procurava por algo.

Ele dissera que não podia mais se vingar de Mashchit. Segundo suas palavras, o próprio tartan arrumara uma maneira de se enfiar no Abadom e, por isso, já não havia razões para permanecer em Schachat.

Em vez de isso acalmar seu espírito, parecia vento sobre brasas. O orgulho não o deixava descansar. E por isso havia mudado de planos...

Quanto ao tartan, Leannah achou a informação surpreendente. Como Kenan não permitia que ela acessasse o Olho, dependia inteiramente das coisas ditas por ele. Sabia que uma batalha acontecera em Nod, mas não o resultado. No entanto, não alimentava esperanças. Kenan dissera que os shedins haviam enviado força máxima contra Nod. E o exército de Ben era pequeno em comparação. Além disso, Herevel ainda não havia retomado todo seu poder. Por tudo isso, só havia a desesperadora certeza de os refugiados de Ellâh terem sido esmagados diante das muralhas de Nod, e de os shedins terem tido apenas baixas; uma delas, o tartan.

Mesmo sem as correntes, Leannah continuava prisioneira. Porém, quando adentraram a floresta, ela sentiu-se satisfeita ao menos por andar sob as árvores mágicas de Ganeden. E, principalmente, por não sentir mais o olhar de Naphal observando-a e cobiçando-a detrás da escuridão.

Mas só sentiu isso até descobrir o que Kenan pretendia. Então, quase desejou retornar para o alto da torre de Schachat.

— Você vai condenar Olam — disse mais uma vez, já sem esperança de que o bom senso alcançasse o giborim.

— Olam está condenada há muito tempo. Eu vi isso através do Olho. Não há nada que possa ser feito para evitar. É o ciclo do tempo. O de Olam acabou.

— Deixar a cortina de trevas avançar foi uma atitude cruel. Você condenou milhares de pessoas.

Compreendia que o Olho de Olam dentro de Ganeden, causava praticamente nenhuma influência lá fora. Por isso, as trevas avançavam vertiginosamente.

— Os acontecimentos em Nod me forçaram a isso! Todos vão morrer de qualquer maneira... — disse o giborim sem demonstrar pesar. — Essa é a única lei para Olam agora.

Enquanto falava, o giborim observava as árvores altas. Aproximava-se de algumas e as tocava, como se quisesse descobrir algo escondido por elas.

Leannah torcia para que ele estivesse enganado, mas cada vez temia mais que Kenan estivesse certo. Talvez o Olho de Olam houvesse revelado isso para ele... Mesmo assim, ela não tinha o direito de desistir. Ainda não...

Precisava admitir que o giborim fora ousado em ter ido para Ganeden, ou talvez já tivesse enlouquecido completamente. Havia sido ali que os kedoshins realizaram o último Conselho e decidiram deixar a pedra para Tutham. Também ali o caminho da iluminação fora estabelecido e sua função em relação ao Olho. Por tudo isso, aquelas árvores eram as maiores testemunhas do quanto Kenan era um usurpador ao carregar aquela pedra. E ainda havia poderes antigos em atuação em Ganeden. Talvez, o giborim tivesse cometido seu último erro.

— Sua vingança acabou — insistiu mais uma vez, ainda tentando adivinhar como o tartan fora destruído. — Seu inimigo está condenado. Você venceu.

— Não fui eu quem o condenou.

— Ele pagou pelo que fez. Isso é o que importa.

— Uma dívida deve ser paga para a pessoa a quem se deve. Eu ainda pretendo cobrá-la. E, para isso, preciso saber exatamente qual foi a dívida.

— Você não tem certeza se foi Mashchit que a matou! — percebeu Leannah.
— Você tem dúvidas!
— É claro que eu tenho certeza — rebateu o giborim. — Thamam disse para mim. Ele a viu. E ele não tinha motivos para mentir... Eu só preciso saber de tudo o que aconteceu.
— Ele está no Abadom — lembrou Leannah.
— Thamam ou Mashchit? — Riu Kenan.
— Ambos! Acabou.
— Tola. O Abadom não é o fim. Talvez, ele seja só o começo...

Aquela frase deixou Leannah sem fala. Não queria imaginar o que ele pretendia. Kenan continuou seu trabalho de pesquisar as árvores de Ganeden.

Com o poder e conhecimento do Olho de Olam, não havia riscos de se perderem nas passagens, por isso Kenan andava tranquilamente. Já Leannah esforçava-se em não se afastar dele, pois poderia se perder. Ideia que tivera no primeiro momento em que pisaram o chão da floresta. Seria uma maneira de fugir e se libertar. Talvez, nem o Olho conseguisse encontrá-la.

Se fizer isso, nunca mais vai sair de Ganeden — dissera o giborim, adivinhando os pensamentos dela, que eram bem óbvios mesmo. Cada vez mais, os dois pareciam próximos. O Olho de Olam funcionava como elo, passando sentimentos e informações de um para outro.

Leannah sabia que talvez Kenan tivesse razão. No entanto, essa não fora a principal razão pela qual não fugira. Precisava lutar até o fim para recuperar o Olho. Ele era essencial para as batalhas futuras, principalmente se os shedins realizassem o intento que vinham planejando. Todas as demais coisas eram insignificantes diante disso. Inclusive seu próprio bem-estar. Em última instância, o bem-estar de Kenan também seria insignificante diante da possibilidade de salvar Olam. Mas, talvez, ainda fosse possível salvar o giborim... Tentaria isso até que não houvesse mais chance.

Leannah ficou comovida ao descobrir tudo o que havia acontecido na noite em que Tzillá foi raptada. Por um lado, era impossível não simpatizar com a dor do giborim. Ao mesmo tempo isso possibilitava entender as desventuras do guerreiro. Sua loucura. Sua culpa... Suas dúvidas a respeito da retribuição do amor ao qual se dedicava. Após toda a tragédia, após esperar quase um ano para ter a chance de resgatar sua noiva, perceber que a tragédia era muito maior do que ele imaginava, aquilo realmente o destruiu.

E ele ainda não imagina totalmente...

Precisava acostumar-se com o fato de Kenan ser filho de Enosh. O velho criara tantos "filhos" ao longo dos séculos, preparando os futuros lapidadores, mas não criara o que tinha seu sangue. Kenan havia sido encontrado, recém-nascido em Olamir, aos pés da desativada torre dos giborins. Fora deixado lá pela própria mãe, uma mulher misteriosa, que morrera horas depois, resultado do difícil parto.

Leannah não entendia como Enosh, sendo um latash e tendo feito a secreta incisão, a qual liberava o conhecimento e causava esterilidade, conseguira ter um filho. Havia algo misterioso naquela história. Sabia que a mãe de Kenan não era de Olam, mas uma mulher de Além-Mar. Alguns diziam ser ela conhecedora de antigas técnicas mágicas. Leannah sabia que antes de conhecer Enosh ela fora casada com outro lapidador, um homem chamado Télom. Ela não desejava que o filho fosse criado pelo pai, talvez justamente para não se tornar um latash. Enosh respeitou isso até certo ponto.

Pelo fato de Kenan nascer em Olamir, teve o direito de ser criado lá, e tornou-se uma espécie de filho da cidade. Cresceu e estudou nas academias. Por fim, transformou-se num guerreiro e, após diversos feitos valorosos, num giborim. Seu maior momento foi quando se tornou noivo da filha do Melek.

Ele poderia ter sido o Melek, pensou Leannah. *Thamam desejava isso, pois o amava como a um filho. Por que jogou tudo fora por uma vingança?*

Era insuportável pensar como um único ato mudara toda uma história. Har Baesh havia feito a advertência naquela noite fria em que o Kadim soprou forte sobre Olamir e levou o verão embora.

Kenan não deve pegar Halom, dissera o mestre dos lapidadores.

Se ela tivesse ouvido, se tivesse se lembrado... Teria tido mais cuidado e não o teria deixado tomar o Olho.

Ainda havia outra lacuna naquela história: como Enosh convencera Kenan a pegar o Olho de Olam?

— Eu não entendo — disse, verbalizando os pensamentos —, o que Enosh pretendia com o Olho? Por que ele o incentivou a tomá-lo? Por que vocês impediram que eu o levasse para Olamir, a fim de defender a cidade?

— Enosh queria o Olho para ele e não para defender Olamir — disse Kenan, respondendo pela primeira vez a uma pergunta direta de Leannah.

— Mas por quê? Não faz sentido! Por que ajudar os shedins?

— Porque ele era o cashaph. Ele avisou Hoshek que o falso Olho se enfraqueceria na noite do Eclipse. Informou a Naphal o detalhe da antiga aliança de Olamir com os Anaquins, desobrigando os gigantes a cumpri-la. Ele manipulou a todos... E agora, ele está morto...

— Morto!? — espantou-se Leannah. — O que aconteceu?

— Sacrificou-se. Quem poderia acreditar nisso? Após tudo o que ele fez, após todas as manipulações, decidiu sacrificar-se para salvar Nod e seu precioso guardião de livros.

— Então... eles conseguiram? — A esperança voltou aos olhos da cantora de Havilá.

— Venceram a batalha graças a Leviathan. Mas isso não significa nada. O sacrifício do velho foi uma tolice. Morreu por nada. E seu guardião de livros agora tem mais um inimigo: o dragão-rei.

— Você sempre acreditou que Enosh era o cashaph? — perguntou, tentando controlar a própria respiração e o coração que batia acelerado com aquelas revelações.

— Não! Ele me procurou há cerca de três anos. Foi quando disse que era meu pai... Fez promessas... Disse que me ajudaria a cumprir meu juramento sobre Mashchit... Revelou que o Olho estava se apagando e que algo precisava ser feito urgentemente para deter as trevas, pois depois seria tarde demais. Ele só não disse que o Olho em Olamir era falso e que ele estava de posse do verdadeiro, ainda que desativado. Agora vejo que eram mais mentiras dele. Queria me manipular também.

— Então, foi dele a ideia de atacar o nephilim em Salmavet?

— Ele nunca mencionou isso. Porém insistia que algo deveria ser feito antes que o Olho se apagasse. Ele mencionou o caminho da iluminação. Queria que eu o percorresse, que reativasse o Olho e, então, o levasse para ele. Assim, disse que eu teria minha vingança...

— Mas você preferiu começar a guerra.

— Nunca fui dado a buscas insólitas, nem a deixar tarefas inacabadas. O fato é que se o Olho ainda tinha poder, quanto antes a guerra fosse iniciada, mais chances de vencê-la. Então, resolvi agir. E depois convenci Thamam de que era nossa única alternativa. Mas vocês apareceram com a pedra, e Thamam quis seguir o caminho da iluminação.

— Enosh não queria o fim de Olamir. E, talvez, não tenha sido ele quem informou Naphal do enfraquecimento do Olho. Ou se fez isso, pode ser que tivesse alguma intenção secreta.

— É claro que foi ele! Quem mais teria conhecimento e condições de fazer isso? E o velho só tinha uma intenção: poder.

— Ele não era o único que sabia dos fatos. Você também sabia!

— Você acha que eu queria a destruição de Olamir?

— Você deixou a cidade ser destruída. Desejava a guerra...

— Você é mais inteligente do que isso! — ironizou Kenan. — Eu queria destruir os shedins antes que o Olho se apagasse! Você sabe que eu não voltei para ajudar Olamir naquela noite porque não podia fazer nada. Eu ainda não tinha condições de usar o poder do Olho...

— Bastava tê-lo entregado para mim...

— Olamir caiu por que precisava cair — Kenan virou-se para as árvores. — Eu não tive culpa... Se os líderes da cidade tivessem feito o que eu havia dito, a cidade ainda estaria lá.

— Além de você, mais uma pessoa sabia que o Olho estava se apagando...

— Thamam? Agora você enlouqueceu de vez. Ele lutou por Olamir. Deu sua vida pela cidade. Jamais faria qualquer coisa que a colocasse em risco.

— Então, por que ele se deixou condenar? Você nega que, talvez, ele quisesse ir até o Abadom?

Kenan não respondeu. Leannah sabia que aquela era uma das maiores dúvidas do giborim e também dela. Aparentemente, Thamam até mesmo facilitou a própria condenação. Só podia haver dois motivos para isso: culpa ou algum propósito secreto.

— Thamam não era o cashaph — disse Kenan por fim. — Eu tenho certeza disso. Enosh era o cashaph. Ninguém mais poderia ser. Agora ele morreu. Esse assunto está encerrado.

— Nós podemos solucionar esse mistério agora mesmo — disse Leannah, aproximando-se. — Deixe-me tocar o Olho. Eu posso acessar conhecimentos que você não pode...

A mão de Leannah dirigiu-se para o peito do giborim, onde a pedra branca estava dependurada. Por um momento, ela chegou a acreditar que ele permitiria. Talvez, a magia de Ganeden... Porém sentiu seu pulso sendo esmagado pela mão de ferro do guerreiro, e se viu atirada para trás com uma violência desproporcional.

A risada de Kenan foi alta.

— Tola! A minha curiosidade pode aguentar mais um pouco. Saber essas coisas não vale perder o Olho.

— Não é só uma questão de curiosidade — disse Leannah, levantando-se do chão. O pulso estava vermelho e dolorido. Mas os sentimentos causavam mais dor. — Conhecer essas coisas pode definir o modo como esta guerra será conduzida. Acho que você gostaria de saber a verdade sobre seu pai...

Leannah percebeu que o giborim não lhe deu mais atenção. Ele investigava as árvores, procurando uma passagem.

Enquanto continuavam andando por entre as árvores de Ganeden, Leannah pensou em seu irmão e no sonho. Viu o jovem cavalgando em direção a um vale recoberto de lava. Sentiu algo muito maligno quando teve a visão. Adin descobriria segredos perigosos naquela viagem. Segredos que, provavelmente, iriam matá-lo. E isso, talvez, fosse o menor dos males.

Em uma noite, em sonhos, encontrou-se com Choseh. A rainha de Sinim também parecia preocupada com a jornada dele para o Oriente. *Não consigo fazê-lo voltar*, ela disse. *Ele não pode seguir mais para o Oriente. O fim de tudo se aproxima.*

— Você viu mesmo o futuro? — insistiu com Kenan. — Viu o fim de Olam?

Kenan riu. Por um momento, o sorriso dele chegou a ser belo. Era doloroso perceber no que estava se tornando um guerreiro tão extraordinário.

— Na verdade, eu vi o passado. E o passado me disse o que acontecerá no futuro.

— O futuro, da nossa perspectiva, sempre pode ser mudado. Só *El* o conhece inteiramente. Apenas para *El* o futuro está fechado. Você precisa entender que ainda há tempo. As trevas podem ser detidas. Os propósitos nefastos de Naphal, impedidos... Eu não entendo por que você está ajudando os shedins.

— Eu não estou ajudando os shedins! Eu quero vingar-me deles.

— E para isso quer trazê-los de volta do Abadom? Você sabe que, se um prisioneiro voltar, um dos requisitos que podem anular o antigo tratado do mundo e do submundo terá acontecido.

— O tratado do mundo e do submundo foi o responsável pelo caos da nossa era. A permissão dada para os shedins habitarem Hoshek, a restrição da magia, os presentes para os rions e para os dakh, as restrições da lapidação, os limites para os dragões-reis e para os behemots... nada disso impediu...

— O que aconteceu com Tzillá — completou Leannah as palavras não ditas por Kenan. E assim, voltavam ao início da história mais uma vez. — Eu compreendo sua dor. Foi uma tragédia terrível... Mas vivemos em um mundo trágico. E algumas vezes, certas tragédias evitam que outras maiores aconteçam... É mais fácil entregar-se ao cinismo e culpar a tudo e a todos por coisas ruins que acontecem, mas há outro caminho. Crer, acreditar que todas as coisas, de algum modo, estão em cooperação. O mal ainda é necessário neste mundo. Por isso, *El* o permite.

— Se *El* permite o mal, é porque não é bom. Ou talvez, ele seja as duas coisas...

— Por que você se culpa pela morte de Tzillá? Todos sabem que você fez tudo o que era possível para encontrá-la, não fez?

Kenan não respondeu, mas, por um momento, Leannah viu no fundo dos olhos dele um grande remorso. Compreendeu, então, que o giborim de fato carregava uma grande culpa. Mas o que seria? Será que de alguma forma ele havia sido responsável pela tragédia da sua noiva? Ou era apenas ciúme... Tentou pesquisar a mente do giborim. Havia algo lá. Talvez, ela pudesse ver...

— Não há sentido algum nisso — retomou Kenan ignorando a pergunta de Leannah. — Até mesmo Thamam, nos últimos tempos, estava inclinado a pensar que o mal é desnecessário. E fique longe da minha mente!

— Então, era verdade mesmo o que ouvimos da rainha de Sinim? Ela disse que Naphal revelou-lhe o fato de você e Thamam desejarem reverter o julgamento dos irins, destruir os shedins, apesar de o antigo tratado garantir a presença deles neste mundo, isso é verdade?

— Sim, mas ao contrário de Thamam, eu sempre quis fazer isso com o poder da espada...

— Por isso estamos em Ganeden? Para que o poder do Olho, limitado pela magia da floresta, deixe de impedir o avanço das trevas? Como isso trará Mashchit de volta?

— Achei que você fosse mais esperta. Não trará Mashchit de volta, apenas forçará seu guardião de livros a fazer aquilo para o que a alma miserável dele veio ao mundo...

— Do que você está falando? O que Ben precisa fazer?

— Algo que há muito tempo foi estabelecido e é esperado por todas as criaturas, especialmente as do submundo. Só ele pode realizar. Os kedoshins estabeleceram o caminho da iluminação para isso.

— Mas ele não completou o caminho!

— Essa é justamente a parte mais interessante desta história. O imprevisível que se torna previsível. Ele vai colocar tudo a perder. Mas eu vou consertar tudo! Então, terei legitimidade para usar o Olho.

Leannah não compreendeu inteiramente o que se passava na mente do giborim, mas claramente não era algo bom. Ele a privava daquele conhecimento também.

— Mashchit retornará do Abadom de um jeito ou de outro — revelou Kenan. — Quase todas as partes do antigo tratado do mundo e do submundo já foram quebradas. O juízo dos irins será revertido em breve. O curso do rio não pode mais ser detido.

— Você precisa entender que se Mashchit retornar do Abadom, não retornará sozinho... Os piores demônios, o próprio senhor da escuridão... Será o caos...

— Somente do caos pode emergir algo novo.

Leannah parou de caminhar. A compreensão do plano do giborim a atordoou.

— Você não é *El*!

— Eu posso ser o que eu quiser, desde que eu use plenamente o Olho. E há alguém aqui que pode me ensinar a fazer isso.

— Ele nunca fará isso! — espantou-se Leannah ao compreender o próximo passo do giborim. — Você não completou o caminho da iluminação.

— Se ele não fizer, o caos será a última realidade. De um jeito ou de outro, as trevas avançarão sobre Olam, os shedins retornarão do Abadom, e não haverá ninguém capaz de enfrentá-los, nem de reerguer o mundo das cinzas. Eu sou a única esperança para este mundo. Ele vai me ajudar. E você também, após ver o que eu tenho para mostrar.... Eu encontrei o caminho. Venha! Vamos dar uma espiada no passado. Prepare-se. Mudará o modo como você imagina o futuro.

13 A Segunda Viagem ao Submundo

Quando a reunião em Nod foi finalizada, cada um sabia o que fazer. Merari, Icarel, Anamim, Ooliabe e Oofeliah deixaram o salão real dos antigos Eloai, para organizar os preparativos que lhes cabia no plano.

Ben e Tzizah ficaram mais alguns instantes. Precisavam conversar com Timna, pois algo novo havia surgido.

Timna fez um gesto para que seus acompanhantes se retirassem do salão.

— Príncipe? — perguntou Tzizah quando ficaram sós.

Eles haviam ouvido várias pessoas chamando Timna de príncipe naqueles três dias.

— Receio que não tivemos tempo de nos apresentar satisfatoriamente — desculpou-se o homem, olhando para o trono. — Meus antepassados assentaram-se no trono de mármore. Algumas pessoas ainda se lembram disso. E agora que o Conselho de Sacerdotes foi desfeito...

— Nada mais natural que você assuma o controle da cidade — completou Tzizah.

Timna sorriu. Ele nunca parecia tenso.

— Estou agindo como capitão, não como príncipe. Esta cidade está destruída. Não precisa de um rei. Ainda não.

— Então agora temos dois príncipes aqui em Nod — lembrou Ben.

— Mas só uma rainha — brincou Timna. — Como eu já disse antes, Tzizah encontra aqui todo o apoio necessário para sua pretensão a respeito de Olamir. Acho que isso já ficou claro. Só espero que, quando tiver a coroa de Olamir na cabeça, lembre-se dos príncipes...

— Olamir não existe mais — disse Tzizah com amargura.

— Conhece a história desta mesa? — perguntou o capitão, passando a mão pelo mármore escuro. — Foi construída pelo décimo rei de Nod, da terceira dinastia. Dizem que ela foi quebrada vinte vezes, durante os tempos das peregrinações, mas foi reconstruída todas as vezes. Você não consegue achar as marcas, mesmo procurando com cuidado — o dedo de Timna procurou alguma imperfeição sobre o mármore negro, mas não encontrou. — Pelo que sei, Olamir já foi destruída no passado, mas sempre voltou a ser reconstruída. Eu creio que a cidade branca ainda será erguida sobre o abismo e a glória passada será pequena diante da futura.

Ben recordou-se das plantas da cidade que vira na biblioteca de Olamir. Sim, Olamir havia sido reconstruída pelo menos três vezes, mas nunca fora totalmente destruída. Será que isso ainda seria feito? Será que algum dia a cidade branca voltaria a ser erguida majestosa sobre o precipício?

— Precisamos partir imediatamente — enfatizou Ben, voltando aos assuntos urgentes. Divagações naquele momento não ajudavam. — Você deve ficar de prontidão. Se as coisas se complicarem com Tzizah em Bethok Hamaim, talvez Nod volte à guerra antes do esperado. Sua lealdade é essencial.

— Vocês já a tem — disse Timna com um sorriso. — Eu sempre estive do lado certo.

Ben e Tzizah olharam-se com expressões duvidosas e, em seguida, deixaram a sala do trono.

No rosto da princesa de Olamir, Ben lia a mesma frase do primeiro dia em Nod. *Não gostei dele.*

— Não precisamos gostar dele — disse Ben apesar de ela não ter dito nada. — Basta que ele faça o que é preciso, ainda que por vantagens pessoais. De qualquer modo, o melhor será não depender da ajuda de Nod. A cidade mal tem condições de se ajudar.

— Será que fizemos o que é certo? — ela deixou outra vez as dúvidas aflorarem.

— Isso agora não faz mais diferença — Ben acreditou que ela ainda falava sobre terem vindo para Nod.

— Conseguimos salvar a cidade. Achei que ficaríamos aqui um bom tempo. E, de repente, vamos todos embora...

— As circunstâncias exigem isso — disse Ben, apesar de concordar com Tzizah. Fizera muitos planos. Procurar a velha cega. Descobrir o que Enosh dissera sobre as profundezas da cidade. Mas com as revelações feitas por Anamim Nod ficaria para depois.

— Você vai para as montanhas dominadas pelos vassalos — disse Tzizah. — Eu vou para Bethok Hamaim. Acho que o perigo nos aguarda.

— Cuide-se — concordou Ben. — Não se arisque mais do que o necessário. Não coloque sobre si responsabilidade maior do que pode carregar.

— Eu sei lidar com as artimanhas do Melek das Águas — ela disse subitamente, parecendo irritada. — Esqueceu-se de que cresci na corte? Que eu não sou e nunca fui uma camareira?

Isso é algo que eu jamais poderia esquecer, Ben sentiu vontade de dizer.

Quatro horas depois, Layelá galopou sobre a plataforma em direção à muralha da cidadela de Nod e mergulhou para o vazio.

Segurando-se na re'im enquanto subia, Ben olhou para trás e viu Boker, o re'im branco, abrindo as asas e também galopando em direção ao vazio para além da muralha superior. Em um instante, suas patas se desligaram do chão.

Os dois re'ims subiram em diagonal, enquanto as pessoas e soldados dentro da cidadela observavam-nos admirados. Logo alcançaram a altitude em que Evrá aguardava-os, voando em círculos, para guiá-los até seu destino no longínquo oeste.

Ben viu o pavor nos olhos de Ooliabe enquanto tentava agarrar-se em Boker. Ensinara da melhor maneira possível onde ele deveria colocar os joelhos sob as asas para não se machucar nem impedir os movimentos do animal. Também ensinou como conduzir o re'im. Mas nada podia fazer a respeito do medo de altura. Oofeliah, na garupa do irmão, lidava mais naturalmente com a situação.

Iniciaram a jornada quando Shamesh estava prestes a esconder-se no infinito do oeste. Não esperariam amanhecer. Cavalgariam na escuridão. Isso os ajudaria a não ser descobertos e a chegar logo no destino.

"Uma missão como essa jamais será cumprida em poucos dias" — afirmou Ooliabe, com sua habitual sinceridade e lógica.

Em menos de quinze dias, completamos todo o caminho da iluminação —, sentiu vontade de dizer. — *E, em apenas dois dias e meio, eu tornei-me um guerreiro em Ganeden.*

Mas o que disse foi: "pouco tempo, em certas circunstâncias, pode ser muito. Faremos o possível para cumprir a missão".

Ben não desejava deixar Nod tão rapidamente e, muito menos, separar-se de Tzizah daquela forma, mas o avanço da cortina de trevas impunha o curso de ação.

A velocidade de voo dos dois re'ims retardou bastante aquele entardecer. Das alturas, Ben via Shamesh afundar-se no horizonte e logo voltar a aparecer desligando-se das montanhas mais baixas, como se estivesse nascendo e não se pondo. Foi o entardecer mais longo já visto por Ben e, se aqueles não fossem dias de guerra, teria sido um momento para ser admirado. Mas as incertezas com relação às intenções de Enosh, os temores com a segurança de Tzizah em Bethok Hamaim, e com Leannah nas mãos de Kenan, oprimiam-no insuportavelmente.

Do alto, Ben enxergou a escolta cavalgando em direção ao Hiddekel e sentiu um aperto no coração. Tzizah partira com o grupo para Bethok Hamaim duas horas antes dos re'ims decolarem da "velha montanha". Uma escolta particular para a princesa fora a exigência que Nod fizera a Bethok Hamaim para atender aos desejos do Melek das Águas.

Ben sentia-se um pouco mais calmo pelo fato de ela ser acompanhada por Merari, Icarel e os giborins disfarçados de soldados comuns. Os demais acompanhantes eram os oito latash do conselho cinzento também disfarçados de soldados. O plano de Enosh estava em curso mais uma vez.

Anamim permanecera em Nod, pois com a morte de Enosh só restara nove latashim, e o trabalho sempre era feito em pares. Além disso, em Nod, o jovem latash seria muito mais útil, caso a situação se complicasse em Bethok Hamaim.

Ainda podia sentir o toque das mãos dela em seu rosto... Elas estiveram ali só um segundo. Um adeus silencioso... As últimas palavras de Tzizah sobre nunca ter sido uma camareira haviam sido bruscas. Ele nem esperava uma despedida. Porém, arrependida provavelmente de ter dito aquelas palavras, no último momento, quando a escolta já estava prestes a partir de Nod, os olhos cinzentos voltaram-se ansiosos, e ela correu ao seu encontro. Havia muito medo neles, e algo mais, que Ben nunca conseguia identificar. Talvez fosse culpa. Tocou o rosto dele com as duas mãos, como se quisesse puxá-lo para si. Por um momento, ele até pensou que ela fosse beijá-lo como naquele dia sob as bétulas. Mas ela virou-se e partiu, como naquele dia, deixando um vazio em seu rosto e coração...

Uma parte dela gosta de mim — Ben pensou. — *Mas outra ainda ama Kenan e sempre o amará.*

O cinturão dourado do rei do dia ainda se estendia por metade do globo celeste, mas as sombras cresciam sobre a terra quando alcançaram Ganeden. Mesmo assim defrontaram apenas uma pontinha da floresta pela parte sul, pois pretendiam seguir acompanhando a rota dos camponeses até o Hiddekel, depois, contornar Ir-Shamesh ao norte, para cortar o Perath na parte das quedas, alcançando finalmente as Harim Adomim. Por terra uma viagem daquelas levaria semanas, mas os re'ims precisariam de pouco mais de uma noite.

Os sentimentos conturbados não eram só por causa de Tzizah. Em parte isso se devia a expectativa de retornar para a região de Olam, que sempre fora seu lar. Certamente não era o retorno um dia sonhado em seus delírios de garoto. Sonhava que deixaria Havilá para conquistar glória e renome, retornando para ser admirado por aqueles que sempre o desprezaram. De fato, conquistara glória e renome muito mais do que imaginava, mas também acumulara decepções, frustrações e uma dor não física, que o devorava, roubando suas esperanças. Perdera mais do que ganhara. E, agora, não existia mais uma Havilá.

Ben percebeu que Boker começou a perder altitude, e Layelá imediatamente o acompanhou. Os re'ims estavam cansados. Não costumavam voar por longas distâncias batendo as asas, preferiam planar aproveitando as correntes, e jamais levavam carga extra. Por isso precisaram pousar quando os últimos tons púrpuras partiam do céu do oeste que exibia uma tonalidade azul bem escura. Ainda tímidas, as estrelas começavam a pontilhar o infinito.

Os cascos, mais treinados, tocaram o chão com alguma suavidade, embora aquela continuasse a ser a parte mais difícil da jornada.

Evrá piou indignada nas alturas, pois para ela a viagem mal havia começado. A águia dourada recusou-se a pousar, voando em longos círculos, igual a um abutre espreitando cadáveres.

Ben ficou satisfeito com o fato dela ficar no alto. A pedra acoplada no peito da águia mandava informações constantes para Ieled.

Ben trazia a grande pedra vermelha, depois da morte de Enosh. A princípio, havia pensado em deixá-la com Anamim. Chegara até mesmo a oferecer a pedra para o latash. Mesmo com alguma relutância, o jovem a devolvera e dissera acreditar ser o desejo de Enosh que o guardião de livros ficasse com ela. Com Ieled e os olhos de Evrá, Ben teria uma visão abrangente dos arredores e dificilmente seria surpreendido por inimigos.

Estavam em uma planície do Hiddekel, já na outra margem. Apesar das roupas grossas, e da capa que os protegia, todos tremiam de frio devido ao voo noturno. Mesmo com os inúmeros riscos, acenderam uma pequena fogueira para se aquecer, enquanto Layelá e Boker alimentavam-se e repunham as energias.

Ben olhou para os dois companheiros de jornada aquecendo-se em volta da fogueira feita com galhos de árvores ainda molhados. O fogo oferecia mais fumaça do que calor. Ooliabe e Oofeliah também enfrentavam sua primeira verdadeira batalha.

Os dois falavam pouco, pois não dominavam plenamente a língua de Olam. A língua dos povos criadores de cavalos do Ocidente era cheia de entonações estranhas, e quase todas as palavras começavam com *"Oo"*. Sem falar que, na língua deles, tudo parecia ser interpretado literalmente.

Aquele silêncio deixava Ben satisfeito, mas, no fundo, o que ansiava era pelo silêncio dentro de si mesmo. Sensação experimentada uma vez em Ganeden, quando o velho lobo ficara amortecido. Contudo, após toda a morte e destruição vistas em Nod, mais do que nunca, os sentimentos e dúvidas afloravam.

A segunda parada aconteceu por volta da meia-noite em algum lugar não identificado por Ben. Haviam trocado de montaria para revezar os animais. Yareah surgiu no céu, porém sua luz encolhida era insignificante diante das trevas. Tudo o que sentiam era frio.

Daquela vez, até mesmo Evrá pousou, porém ficou só alguns minutos sobre o tronco desnudo de uma árvore grossa. Logo seus olhos argutos voltaram a observar a noite do alto. Cada piado colocava Ben em estado de alerta, mesmo a maioria das vezes sendo apenas por algum coelho ou guaxinins.

A conexão com a águia, através das pedras, ficava mais intensa. Em alguns momentos, Ben via-se pelos olhos da ave, quando avistava dois re'ims e três pessoas amontoados em volta de uma fogueira fraca.

Pouco antes do amanhecer, após outra parada, eles estavam às margens do grande rio de Olam, o Perath, em uma região ao norte de Ir-Shamesh. Mais algumas horas de cavalgada sobre as nuvens e alcançariam as Harim Adomim. Estavam exaustos, homens e animais.

Aos seus pés, a luz fraca da aurora revelou o Perath que caía dezenas de vezes através das montanhas no último percurso livre antes da grande represa. As águas caíam prateadas pelas Treze Quedas, oferecendo um espetáculo belo e assustador. Eram as maiores cachoeiras de Olam. Ben nunca as havia visto, pois ficavam muito distantes de Havilá, em local praticamente inacessível por terra.

Assentaram-se em um campo de lírios após o pouso sobre o chapadão do outro lado do Perath. Oofeliah espalhou alguns alimentos sobre a capa com a qual se encobria durante o voo. As sementes estavam ainda mais secas, e as frutas, murchas, pois as provisões em Nod haviam sido dizimadas pelo cerco. Ben desejou esquentar os ossos com um pouco daquela bebida quente e escura, experimentada na cidade cinzenta após a cavalgada noturna com Layelá.

Ooliabe e Oofeliah reclamaram de nunca passar tanto frio em toda a vida, mas logo se aqueceram em volta da fogueira.

— Como é o reino dos cavalos? — perguntou para Oofeliah, enquanto mastigavam as sementes secas.

— É quente, porém não é um deserto — respondeu a garota negra. — Há rios e florestas cheias de animais. Campos cobertos de pastagens onde os cavalos crescem livres e precisam ser domados pelos melhores cavaleiros de nosso pai. E as cidades são rústicas, mas cheias de animação. Há danças e torneios de lutas...

— Por que vocês deixaram sua terra? — perguntou curioso, ao perceber a saudade na descrição feita da terra natal. — O que príncipes fazem longe de seu reino?

— Nosso irmão mais velho não nos queria por perto — respondeu Ooliabe. — Nosso pai envelhecendo. Talvez morto agora. Decidimos partir, conhecer outras terras, conhecer Olam. Sempre nos contaram ser Olam um lugar maravilhoso, cheio de construções imponentes, homens sábios, conhecedores dos profundos mistérios do mundo. Porém, não encontramos muitos assim nos oásis.

— Havia sábios em Olamir... — refletiu Ben. — E pelo menos um em Havilá... Mas estão todos mortos... E talvez alguns deles não fossem tão sábios assim...

Até o amanhecer eles descansaram um pouco, pois, antes que a luz do dia retornasse plenamente, Evrá não conseguiria coletar imagens satisfatórias dos arredores das Harim Adomim. Julgavam perigoso aproximar-se sem saber o que encontrariam. Mesmo assim, Ben já não contava totalmente com as imagens colhidas pela águia. Foram enganados em Nod.

Olhando para o fogo que ardia à sua frente, Ben lembrou-se mais uma vez das chamas terríveis que haviam dizimado o exército vassalo.

Quer saber o que eu vi, eu vi fogo —, dissera Icarel dias antes da batalha.

Ben cochilou ao lado da fogueira que morria e, quando os clarões da alva já despertavam o mundo, ele mergulhou em um sono mais ou menos profundo. Teve um daqueles sonhos estranhos no qual o sonhador aparentemente conduz o próprio sonho, pelo menos parcialmente.

Encontrava-se em outro lugar. Mãos suaves tocavam seu rosto, e uma música alegre vinha com a brisa quente da noite do deserto. Em um primeiro momento imaginou que fossem as mãos de Tzizah, mas ao reconhecer os comerciantes de bdélio, que ensaiavam estranhos passos embalados pela música, percebeu que estava em um dos oásis do começo da jornada de Havilá.

Os três jovens aventureiros haviam comido sementes secas e bebido água. Ben desejava beber um pouco da *sekar*, a cerveja forte dos comerciantes que compartilharam a refeição com eles, mas, por timidez, não a provou. Adin mal havia deitado na rede e já estava dormindo profundamente. O ronco suave ia e vinha no mesmo ritmo do balançar da rede. Era a primeira noite que dormiam longe de casa, e Ben sentia a presença e o aroma suave dos cabelos vermelhos de Leannah, enquanto se assentavam lado a lado na rede de balanço. Sua mão tocou a têmpora e desceu pela lateral do rosto dela até chegar à altura dos lábios. Ela parecia tão frágil e assustada diante do imenso mundo novo que estava se abrindo para eles. Ela era tão jovem...

Sentiu vontade de beijá-la, de confortá-la, mesmo sabendo que talvez ela não compreendesse o gesto dele.

Dessa vez não se importou com os macaquinhos que roubavam sua comida das mochilas, nem com as consequências daquele ato, e a beijou suave e demoradamente.

Quando se afastou, viu lágrimas nos olhos dela.

Eu esperei por isso a vida toda — ela disse baixinho. — *E esperarei até o último dia, até que a morte me impeça de amar você, ou tire você de mim.*

Os olhos da cantora de Havilá tornaram-se subitamente assustados. Não estavam mais no oásis. Estavam em um lugar rodeado de árvores, uma floresta provavelmente.

A pior batalha ainda não aconteceu — ela o alertou, segurando suas mãos e beijando-as. — *Eu não consigo mais deter o avanço da escuridão. Você precisa saber. A luz e as trevas disputam sua alma. A encruzilhada do mundo aproxima-se. Eu vou ajudá-lo. Estarei lá com você. Chame meu nome quando mais precisar.*

Ben despertou na claridade do dia, mesmo sem o sol haver nascido. As sensações do sonho ainda o atordoavam. Foi inevitável não sentir falta daquele tempo em que eram apenas dois jovens sem qualquer pretensão, além de realizar as tarefas do dia no templo ou na biblioteca de Havilá. Sua sensação era que a vida lhes havia dado todas as oportunidades de serem felizes, mas ele não havia percebido isso. E, talvez, agora fosse tarde demais.

Quando o sol despontou, Evrá retornou do voo de reconhecimento, e Ben acessou as imagens através de Ieled. Constatou o que já sabia: o inverno havia alcançado as Harim Adomim, porém não com a mesma força do passado. As montanhas vermelhas já estavam inteiramente brancas, mas, como a chuva ácida retardara o inverno, o gelo se mantinha apenas nas regiões intermediárias. Havia pouca movimentação pelas estradas e vilas.

Os olhos da águia também mostraram que a cortina de trevas cobria inteiramente o Yam Hamelah e escalava o Yarden. Em pouco tempo, as montanhas estariam imersas na escuridão de Hoshek.

Os re'ims decolaram outra vez, e Ben viu as águas brancas e espumosas das treze quedas do Perath sob as patas negras. Na luz do dia, o esplendor das quedas era ainda maior.

Ao alcançarem a cadeia de montanhas, voaram mais baixo, pois, naquela altitude nem as capas abrandariam o insuportável frio.

Várias vezes mudaram a direção do voo ao ver movimentação nas estradinhas utilizadas para o escoamento das pedras através dos portos do Yarden. Não sabiam se eram mineiros ou soldados dos vassalos.

Ben percebia que a agitação era pequena em comparação aos dias em que toda aquela região fervilhava com o transporte das pedras das minas através do Yarden para o porto ocidental de Reah. Naquela altura, a cidade das tendas já estava submersa nas trevas.

Constatou que os vilarejos próximos das Harim Adomim estavam destruídos, inclusive Havilá. Um vazio no peito foi o que sentiu ao ver as ruínas incendiadas da pequena cidade circular onde crescera.

Sobrevoou o vilarejo observando se havia soldados vassalos por perto, mas tudo estava vazio e abandonado.

Mesmo devendo seguir imediatamente para as minas, Ben fez Layelá pousar em Havilá. Quando inteira, era uma cidade insignificante; destruída, parecia ainda mais.

Boker pousou logo depois. As caras de incompreensão de Ooliabe e Oofeliah não se desfizeram, mesmo quando ele explicou que precisava ver algo ali.

Como se estivesse sonhando, Ben andou pelas ruas semicirculares onde vivera a maior parte dos seus dias. Ao olhar para as ruínas, em sua mente, via as casas inteiras. Viu o pequeno templo onde o pai de Leannah trabalhava. Lembrou-se de quando encontrou Leannah pela primeira vez, no dia em que invadira a área interna do templo, fazendo malabarismos com os livros-rolos. Ela era apenas uma garotinha magra com abundantes cabelos vermelhos. Lembrava-se do modo sério, porém gentil, como ela o advertira sobre a proibição de entrar naquele lugar, e de todas as bobagens que ele disse sobre os rituais e os sacerdotes, criticando crendices e superstições dela. E ela havia ficado ali, olhando-o com uma expressão bondosa no rosto, mesmo quando seu pai aparecera, e o olhar furioso dele fizera com que Ben fugisse do local.

Nunca gostara da cidade. Porém, olhar para aqueles lugares agora, criava uma sensação angustiante de falta.

Ben fez o mesmo caminho daquele dia, deixando o templo e retornando para o velho casarão. O local onde crescera e auxiliara Enosh na lapidação das pedras já estava queimado antes mesmo de os vassalos incendiarem a cidade. Sabia, então, que Enosh o incendiara, para evitar que segredos caíssem nas mãos dos vassalos.

Parou exatamente onde ele e o mestre estiveram, quando chegaram à cidade e, pela primeira vez, contemplaram o velho casarão. Ben esforçou-se por lembrar daquele dia. Talvez, se conseguisse lembrar de tudo, pudesse entender um pouco mais dos objetivos do velho e também os mistérios de seu passado.

Viu-se como um garotinho magro de cinco anos, com longos cabelos castanhos. O casarão parecia muito alto e assustador visto pela primeira vez.

— *É aqui que vamos morar agora?* — perguntou para o velho ao seu lado. Naquela época, Enosh, mesmo com mais de dois mil anos, ainda era um homem com boa forma física.

— *Sim, é aqui* — respondeu Enosh.

O velho puxava uma caixa de madeira onde estavam seus pertences. Instrumentos de lapidação, algumas pedras shoham e uns poucos livros. Alguns dias depois, chegariam os livros da biblioteca da antiga casa. O Olho apagado também estava entre os pertences.

— *Minha mãe virá me ver neste lugar?* — lembrou-se de ter perguntado o que sempre desejara, mas não tivera coragem até aquele dia, pois Enosh era sempre ríspido quando Ben queria informações sobre seus pais. Mas, por alguma razão, ao ver o casarão, acreditou que finalmente teria uma família.

— *Não* — foi a resposta. — *Você só tem a mim. Contente-se. Poderia ser um guardador de porcos.*

— Este lugar não é bom para lembranças de guardião de livros — disse Ooliabe, observando o modo como Ben olhava para as ruínas. — Devemos guardar as lembranças belas, não as tristes. Você deve lembrar-se do seu lar como ele era, antes de ser destruído... dos momentos felizes.

Ben olhou para o rosto negro do amigo. Não havia o que dizer. Ele jamais entenderia sua angústia e frustração.

Os re'ims deixaram Havilá com a mesma rapidez com que chegaram. Ao ver, do alto, as ruínas ficando para trás, Ben soube ser preciso deixar Havilá para sempre, por mais difícil que fosse. Não havia respostas no passado.

Evrá os guiou para uma das estradas que conduziam às minas. O lugar era bem vigiado, por isso as patas tocaram o chão da estradinha e permaneceram em solo, apenas o tempo necessário para os três desmontarem. Segundos depois, os animais galoparam e levantaram voo, seguindo Evrá em busca de algum esconderijo.

Restou aos três andarem a pé em direção às Harim Adomim.

Havia sido exatamente por aquela estrada que ele, Leannah e Adin deixaram a cidade rumo a maior aventura de suas vidas, por isso era difícil ignorar as recordações daquele dia. Lembrava-se das carroças carregadas de produtos que seguiam para o centro de Havilá e também das flores à beira do caminho, esticando-se para receber os esparsos raios do sol. Tudo se transformara em desolação, e os abutres rodeavam o local. Só a lama parecia a mesma.

— É sempre chuvosa a terra do guardião de livros? — irritou-se Ooliabe ao afundar as botas desgastadas na lama do caminho.

— As montanhas formam uma barreira para as nuvens que vêm do mar — explicou Ben — por isso chove muito nesta região... Ou está sempre nublado...

— Homens que crescem sem ver o sol ficam brancos por fora, mas sombrios por dentro — disse o guerreiro negro das terras ensolaradas.

Ben gostaria de acreditar que as coisas eram assim tão simples e lógicas. Mas desconfiava que houvesse motivos diferentes pelos quais o interior de muitas pessoas se tornava sombrio ao longo da vida.

Caminharam por aproximadamente uma hora rumo às montanhas sem ver qualquer movimentação na estrada. Antes Ben esperava que ela estivesse cheia de vassalos e mercenários, pois Bartzel seguramente pretendia explorar as minas e extrair pedras shoham.

Quando já acreditavam que chegariam às minas sem serem incomodados, o som de patas de cavalos, atrás deles, na estradinha, colocou todos em estado de alerta.

Pássaros escuros voaram dos pinheiros encharcados, quando os cavaleiros se aproximaram.

Ben viu cinco mercenários parecidos com os que ele e Enosh haviam enfrentado no leste, antes de se refugiar em Ellâh.

Herevel estava bem escondida no meio das roupas dando-lhe aparência de um camponês gordo, mesmo assim seria fácil pegá-la em caso de necessidade.

Os chicotes estalaram.

— Onde pensam que vão malditos mineiros? — berrou um dos homens.

Ben já estava pronto para retirar Herevel do esconderijo, quando percebeu que o disfarce havia dado certo. O mercenário os chamara de *mineiros*.

— Nos perdemos do grupo — disse com a cabeça baixa em tom de submissão, como devia ter feito no dia em que o mercenário descobriu sua armadura. — Eu sou de Havilá, e estes dois são dos reinos ocidentais. Estamos nos oferecendo para o trabalho.

— Andem! — ordenou o mercenário. — Para o fundo da terra!

* * * * *
* * * *

Anamim descia os degraus cuidadosamente enquanto segurava uma pedra shoham sobre a haste. A luz da pedra iluminava o local aparentemente abandonado. Devia estar há cinquenta ou sessenta metros abaixo da cidadela de Nod, descendo em direção ao centro da terra. E pelos sons que repicavam nas paredes, enquanto ele pisava nas escadas de pedra, havia muito ainda para descer.

Estava cumprindo a missão reservada a ele por Ben. A parte secreta — não revelada pelo guardião de livros diante de Timna ou dos outros — confiada a ele pouco antes de partir de Nod. Enquanto Anamim utilizava a pedra curadora para terminar de cicatrizar o ferimento da perna dele, o guardião de livros pediu que descobrisse informações sobre uma lenda a respeito do "filho de Nod". Algo que Ben havia ouvido de um menino durante o funeral de Enosh.

Sabia que o guardião de livros ficara desconfiado pela sua ausência da batalha e também pela imagem falsa enviada do Farol de Sinim, a qual o convenceu a ir para Nod. Mas não podia estar em dois lugares ao mesmo tempo. Não esperava que ele entendesse suas ações, nem podia explicar-lhe as estranhas ordens que Enosh lhe dera, especialmente, naquele momento, em que Ben conhecia só parcialmente as intenções do velho latash.

Mesmo assim, o guardião de livros confiou-lhe a missão, talvez por não ter mais ninguém para realizá-la por ele, ou talvez por voltar a confiar nele, após a revelação de que era possível trazer Thamam de volta do Abadom.

De fato, para todos os efeitos, resgatar o Melek era o mínimo que Anamim podia tentar fazer, após sua atuação até certo ponto covarde em Olamir, durante o julgamento, quando o Conselho o chamou para testemunhar. Nunca estivera sob tanta pressão como naquele momento diante do tribunal.

Har Baesh na sua frente, o Melek sentado no banco dos réus, os poderosos sacerdotes de Olamir rodeando o salão. Uma palavra sua teria mudado o rumo daquele julgamento. Podia ter dito que Har Baesh manipulava o Conselho Vermelho, agindo na maior parte das vezes como um louco, dando ordens absurdas e fazendo exigências inaceitáveis, como se fosse o grande protetor da ordem e da lei em Olamir. Mas quais provas tinha para apresentar? Sabia que o homem era perigoso. Como todo fanático, não hesitava em remover objetos que ficassem entre ele e sua fé.

Além disso, Enosh o orientara para não se envolver com os dilemas de Olamir, mas apenas tentar descobrir e resgatar o pergaminho.

O que diria Tzizah se soubesse que ele havia testemunhado contra o Melek? E o que diria se soubesse que o Melek, na verdade, mandara que dissesse toda a verdade?

Por isso não omitiu ao Tribunal a informação sobre a violação feita por Thamam do código dos lapidadores, quando usou a pedra curadora para trazer o guardião de livros de volta. O estado em que Ben chegara a Casa da Cura em Olamir, após o embate com a saraph, era irreversível pelas técnicas consideradas aprovadas.

Ainda se lembrava do Melek andando de um lado para o outro dentro do quarto, suando apesar do frio da noite de Outono, enquanto Ben agonizava na cama.

— *Ele vai morrer* — disse para o Melek, monitorando as funções vitais com a pedra curadora.

— *Sim* — respondeu Thamam. — *É tarde demais para ajudá-lo. O destino determinou a morte dele. El sabe o que faz. Precisamos nos conformar.*

— *Mas o senhor não pode deixá-lo morrer* — lembrava-se de haver insistido. — *Ele é...*

— *Ele não é ninguém!* — havia indisfarçada contrariedade na voz do Melek. — *É só alguém que já deveria estar morto. Se finalmente o destino resolveu completar a tarefa, devemos nos render a sua vontade.*

— *Ele manejou Herevel* — relembrou para o Melek, mesmo sabendo que era desnecessário. — *Talvez o destino o tenha mandado a nós para que o salvássemos, para que ao final, ele nos salve...*

Anamim sabia que quando falara aquelas palavras, havia tocado no ponto chave. Toda a indecisão do Melek residia justamente naquilo. Era evidente que Thamam enfrentava uma luta íntima por saber que, por um lado, *devia* deixá-lo morrer, mas, por outro, havia Herevel. Além disso havia a estranha pedra shoham carregada pelo jovem de Havilá. E, acima de tudo, a possibilidade de anular o tratado do mundo e do submundo...

Teria o Melek de Olam entendido tudo isso ainda naquela noite? Anamim desconfiava que não totalmente, pois, de certo modo, Thamam quis fechar os olhos para a realidade, em uma espécie de fuga, uma tola atitude para um homem tão sábio. Mas Anamim acreditava que, em algum momento, durante os dias em que os jovens de Havilá permaneceram em Olamir, o Melek finalmente compreendeu quem era Ben. Teria sido esse o motivo pelo qual ele se deixou condenar?

— *Mesmo assim, não há mais nada a ser feito por ele* — as palavras do Melek haviam sido em tom de decisão. — *As pedras curadoras já não o podem salvar.*

— *Pelas técnicas comuns não... mas...*

— *Você está sugerindo que eu, o Melek, que ajudei a proibir o uso das técnicas especiais, use-as para trazer este jovem de volta?* — Nunca antes Thamam havia sido tão ríspido ao despejar suas próprias dúvidas íntimas.

Diante do Conselho de Olamir, com a mão direita sobre a pedra que testava a verdade das palavras, foi obrigado a relatar que o Melek utilizara as técnicas proibidas para curar o jovem de Havilá. E isso havia reforçado a acusação de cashaph, pois se o Melek já havia quebrado certas leis da lapidação, por que não quebraria outras? Ao final, o argumento de Har Baesh foi decisivo. Todo o Conselho havia visto Thamam deter a espada do tartan durante o julgamento de Enosh, usando apenas as mãos. O que havia sido aquilo senão algum tipo de manipulação mágica? Só um cashaph poderia manipular os resquícios da magia antiga através das pedras shoham.

A luz da pedra sobre a haste enfraquecia, e Anamim a substituiu a fim de continuar a descida para as profundezas de Nod. A luz rosada iluminou outra vez as paredes antigas que suportavam o longo fosso.

Pensou mais uma vez nas palavras de seu pai chegadas naquela manhã. Sidom finalmente havia conseguido o título de Melek do Sol.

Venha para Ir-Shamesh, estou disposto a perdoar suas atitudes rebeldes. Você é meu único herdeiro. Ir-Shamesh tem muitas pedras acumuladas. Vamos formar um exército poderoso, tomar Bethok Hamaim e dominar Olam. Minha aliança com os vassalos está mais forte do que nunca. Eles estão dispostos a lutar contra Hoshek se for preciso. Precisamos de um lapidador...

Se fosse noutro tempo e se as condições fossem outras... Um exército poderoso, pedras shoham, ambições de conquistar cidades, todas essas coisas faziam sentido na guerra entre as cidades. Mas lutar contra Hoshek?

Ainda não sabia quais seriam os resultados daquela comunicação com o pai, mas esperava que, de alguma maneira, colaborasse para o plano. Sidom era colérico, porém recuava quando a situação era adversa. Todos aqueles anos no Conselho de Sacerdotes de Ir-Shamesh haviam provado essa fraqueza.

Anamim voltou a se concentrar em seu objetivo imediato. Era a primeira vez que descia para as profundezas de Nod, por isso precisava cuidar para não se perder. Os túneis e cavernas se ramificavam, e sem o velho mapa deixado por Enosh, jamais chegaria ao lugar determinado.

Quando Ben lhe relatara a lenda mencionada pelo garoto, Anamim não dera demonstração de já a conhecer e, muito menos, de Enosh a conhecer muito antes. Lembrava-se claramente da ordem do velho em não revelar certos segredos da cidade de Nod para Ben.

Cuide disso! — dissera-lhe o velho latash. — *Mantenha-o longe daquele lugar, até que ele esteja preparado... Se é que algum dia ele estará...*

Desconfiava que talvez o velho houvesse mudado de ideia depois, pois antes de morrer mandara Ben descer às profundezas de Nod.

O mais difícil fora acessar a passagem secreta para o lugar a partir da cidadela. Havia outra através das masmorras, mas por lá seria ainda mais complicado, a menos que arrumasse um jeito de ser preso como Ben. A passagem que ficava debaixo do trono de mármore era mais fácil de acessar. Um engenhoso mecanismo exigia que a pessoa se sentasse no trono e pisasse em duas pedras distanciadas uma da outra para abrir o alçapão. Até ali, nenhum problema, mas a questão era entrar na sala do trono de mármore sem ser percebido. Ainda não estava na hora de envolver Timna em todos os segredos da cidade dele. Por isso, Anamim esperara a madrugada chegar. Os guardas não sentiram mais do que um vento quando passou pelo meio deles oculto pela ilusão da pedra. Foram surpreendidos pelo ataque de um tannîn e saíram para se defenderem, porém, o dragão simplesmente desapareceu, quando eles se aproximaram.

Pobres soldados, pensou Anamim. *Devem acreditar que estão enlouquecendo por causa da batalha.*

Descendo os degraus, os pés suaves do latash habilmente procuravam os melhores pontos para se sustentarem, pois o caminho estava bastante depredado. A maioria dos degraus estava destruída, e havia grandes lapsos que ofereciam riscos de queda. Quanto mais para baixo, mais íngreme a escada se tornava e também mais estreita.

A julgar pelo estado, certamente não era muito frequentado, mesmo assim, Anamim sabia que alguém havia descido aquelas escadas não muito tempo antes. A razão foi as marcas de desmoronamento deixadas por botas que aparentemente passaram por ali com muita pressa. Eram as botas de Ben e de Enosh.

Anamim admitia que nunca houvera uma pessoa tão ousada quanto Enosh. Todo o segredo que ele queria esconder estava ali há poucos metros, mesmo assim, ele levou Ben praticamente para dentro do local, na noite em que fugiram da cidade.

Dentro da antessala, Anamim observou a frase dos kedoshins escrita na parede. Para ele, eram apenas riscos sem sentido, embora tentasse por vários minutos decifrá-los, ou aguardasse que se revelassem. Teve que conter a irritação e se conformar com o fato de não poder ler.

Aquela era a única parte da história que ele desconhecia completamente. Sabia que algumas palavras haviam sido reveladas para o guardião de livros ali, mas Enosh não disse quais. No entanto, independente do que fosse, haviam sido o motivo de Enosh não realizar a tarefa ainda naquela noite. Não haviam sido suficientes para que o guardião de livros compreendesse o que precisava fazer.

— *O senhor ia levá-lo até ele, naquela noite?* — Anamim lembrava-se de haver perguntado para o velho, enquanto voavam para o norte em busca de Leviathan. — *Tentaria realizar a tarefa, mesmo sem todas as etapas terem sido cumpridas?*

Apesar de Enosh não responder, Anamim concluiu que o velho pensou mesmo em antecipar tudo. Mas as palavras lidas por Ben na parede fizeram-no desistir e pegar o caminho da saída de Nod.

— *Ele só deve voltar lá quando estiver pronto.* — Foi a última recomendação do latash, antes de levar o dragão-rei para Nod. — *Você deve ajudá-lo a fazer o que precisa ser feito. Você promete?*

Anamim se perguntava se o velho teria mesmo coragem de fazer aquilo, caso ainda estivesse vivo. Afinal, criara-o como a um filho. Todos os lapidadores sabiam que ele amava o guardião de livros mais do que havia amado qualquer um dos outros. Por isso o escondera por tanto tempo.

Enquanto se aproximava da bifurcação do túnel, Anamim pensou mais uma vez em seu pai, em Har Baesh, em Thamam e em Enosh. Havia convivido com os homens mais poderosos de Olam. Para todos eles, ele não passava de um serviçal, até mesmo para seu pai. Seu jeito tímido de agir e falar, provavelmente, fosse responsável por isso. Há pouco tempo, tudo o que ele desejava era aprender mais e mais a lapidar as pedras shoham, especialmente as pedras curadoras. Quanto bem poderia fazer pelas pessoas ao descobrir os segredos das pedras! Havia tantas potencialidades ainda ocultas. Não entendia o porquê de os homens complicarem tanto as coisas.

O príncipe de Ir-Shamesh estava diante de uma encruzilhada. Não só por causa dos dois túneis que seguiam à sua frente, um na horizontal e outro na vertical, mas por que havia também dois caminhos bem mais significativos diante dele. Caminhos que definiriam a história de Olam. Luz e sombras, mundo e submundo se bifurcavam a sua frente.

A escadaria vertical desembocou em um salão de pedras escuras. No meio do salão, um fosso cercado por um parapeito mergulhava para as profundezas. Anamim aproximou-se e olhou por sobre o parapeito. Focalizou a luz da pedra shoham, mas não conseguiu enxergar nada. Bateu a pedra contra o muro de proteção, e a luz triplicou de intensidade. Então, enxergou as correntes e a plataforma elevada. E sobre ela, acorrentada, a criatura.

* * * * *
* * * *

Após três horas de caminhada silenciosa, escoltados pelos mercenários, Ben, Ooliabe e Oofeliah encontraram o acesso para as minas.

Ben só estivera lá com Enosh uma vez, há muito tempo, quando o velho quis ver com os próprios olhos a qualidade das pedras. Naquela ocasião também estavam disfarçados de mineiros.

Havia três grandes cavernas daquele lado da montanha, abandonadas há muito tempo e, mais acima, havia outras. A trilha que levava ao alto era marcada por sulcos escuros deixados pelas rodas das carroças que transportavam as pedras e cortavam o branco da neve.

Os soldados vassalos apontaram o local, e eles de maneira obediente seguiram para lá. A trilha era íngreme. As cordas grossas que ligavam as várias estações de subida eram úteis para ajudar na escalada, porém não evitavam alguns escorregões e até mesmo tombos. Logo os três se misturaram ao grupo de pessoas desesperadas que haviam atendido ao chamado dos vassalos, percebendo só depois que trabalhariam como escravos. Com as vilas destruídas e o inverno devastando os campos, a expectativa de sobrevivência era nula, por isso as pessoas se apinhavam subindo a montanha para depois mergulhar nas entranhas da terra.

Na região das minas ativadas, a visão era desoladora. A lateral inteira de uma montanha estava desfigurada, e o buraco que levava às profundezas descia em círculos até cem metros. Era incompreensível como homens podiam realizar um estrago tão grande. Mesmo assim, havia sido um trabalho praticamente perdido. As pedras shoham de qualidade estavam a quinhentos ou seiscentos metros de profundidade. Por isso, mais acima, na encosta do maior pico das Harim Adomim, dois túneis menores adentravam a rocha, ramificando-se quase infinitamente na montanha. Era para lá que as pessoas se dirigiam. Segurando-se à corda, Ben passou ao lado da cratera, em um espaço bem estreito e fácil de deslizar.

No alto, por sorte, os soldados vassalos que montavam guarda não se deram ao trabalho de revistar ninguém. Todos os mineiros encaminhados para os túneis recebiam uma picareta grande e outra pequena. A neve caía intensamente naquele lado da montanha, e os acúmulos no chão chegavam a quase um metro de altura. Isso tornou a movimentação ainda mais difícil.

Ooliabe e Oofeliah não levantaram suspeitas, pois não era incomum que homens dos povos da terra dos cavalos trabalhassem nas minas. E muitos de Reah, onde também havia negros, eram levados para as minas. Ben imaginou que a presença dos dois, inclusive, facilitara a entrada.

Ben observou prisioneiros em jaulas, provavelmente pessoas que se recusaram a trabalhar ou, de alguma forma, desagradaram aos vassalos. Viu também cães ferozes presos por correntes. Ao passar perto, um deles se lançou em sua direção. Em um reflexo, Ben quase sacou Herevel ali mesmo, porém a corrente o limitou antes.

De posse das duas picaretas, e sob ameaças de punição se não trabalhassem, os três entraram na caverna principal e começaram a descida. O grupo de mineiros recém-chegado foi conduzido por dois soldados armados com espadas e adagas. Deixar o mundo de neve para trás foi a única sensação boa, porém a escuridão e o abafamento do túnel logo a eliminaram.

Havia um sistema de iluminação através de pedras shoham colocadas em hastes nas paredes. As pedras precisavam ser alimentadas todos os dias, e o fato de a maioria estar apagada mostrava a despreocupação dos vassalos com as condições de trabalho dos mineiros.

A escuridão e o ar abafado dentro do túnel eram claustrofóbicos, e não poucas pessoas retornavam correndo. Isso lhes permitia perceber que a escuridão era menos cruel.

Vinte ou trinta metros após a abertura, onde o túnel se bifurcava, os soldados indicaram o da esquerda. Encontraram mais cinco encruzilhadas como aquela nos próximos metros e seguiram a quase extinta luz das poucas pedras shoham.

De quando em quando encontravam antros maiores, arredondados, e, no alto, abóbodas de rocha nua sustentadas por colunas naturais de pedra.

— É simplesmente inimaginável pensar que tudo isso tenha sido escavado com picaretas — sussurrou Oofeliah, não se contendo mais.

— Estes túneis têm milhares de anos — disse Ben. — O tempo explica. E isso aqui é só o começo. As minas ficam mais abaixo. Elas construíram a glória de Olamir, mas só quem passa por aqui percebe o quanto de suor e sangue foi preciso, e não apenas paz e justiça.

— Andem! — o soldado os cutucou. — Nada de conversas.

O labirinto ficava cada vez mais difícil de compreender. A única certeza era que estavam descendo, pois ficava menos frio, porém mais abafado, apesar de isso parecer impossível.

Algum tempo depois, viram as primeiras caixas de pedras subindo. O mecanismo puxava-as lentamente das profundezas arrastando-as sobre uma espécie de trilho.

Ben aproximou-se e olhou-as rapidamente, antes do soldado ordenar que continuasse andando.

— Baixa qualidade — sussurrou. — Acho que os vassalos estão tendo problemas em extrair boas pedras das minas.

De quando em quando, Ben dava uma olhada no cabo de Herevel para certificar-se se alguma pedra brilhava indicando o caminho. Mas a espada não dava qualquer sinal.

— Precisamos nos livrar destes soldados — disse Ben. — Não estamos no caminho certo. Talvez...

Ben nem teve tempo de concluir a frase quando viu Ooliabe e Oofeliah pararem e esperarem os guardas, atacando-os em seguida. Apesar de gesticular para que não fizessem aquilo, com agilidade, os irmãos tomaram as armas deles e os encurralaram contra a parede.

Instantes depois, os dois mercenários, amarrados e amordaçados, foram empurrados para uma câmara escura.

— Por que vocês fizeram isso? — perguntou Ben.

— O guardião de livros ordenou — respondeu Ooliabe confuso. — Disse que devíamos nos livrar dos soldados. Fizemos o que foi pedido.

Ao ver a imobilização dos soldados, as pessoas que seguiam com eles pararam sem saber o que fazer. Retornar para a superfície não adiantaria nada, pois seriam açoitados e enviados de volta. Sem saber como orientá-los, Ben e os irmãos apenas se afastaram.

Quando tiveram certeza de estar sozinhos no longo túnel, Ben pegou uma pedra shoham vermelha e bateu-a levemente. A luz rosada iluminou a câmara escura. Era uma luz fraca, porém suficiente para que enxergassem o caminho. Pendurou-a em volta do pescoço, a fim de deixar as mãos livres.

— Eu não lhes mandei atacar os soldados, disse apenas que precisávamos nos livrar deles.

— Mas, qual é a diferença? — Perguntou Ooliabe, confuso.

Ben compreendeu que não adiantava tentar explicar.

Desceram uma escadaria de pedra que circundava um fosso dentro da rocha. Não demorou até alcançarem o pavimento inferior com novos túneis que se bifurcavam.

Tentaram o túnel da direita, mas as pedras em Herevel não se iluminaram. O do centro igualmente manteve a espada apagada. Só restou o da esquerda. Dentro dele, uma pedra branca cintilou pela primeira vez. Foi um brilho tênue, que passaria despercebido se Ben não estivesse prestando muita atenção.

— É por aqui.

Ao final do longo corredor, havia outra daquelas aberturas e, no meio dela, uma cratera. Depararam-se com uma escadaria escavada na rocha formada por degraus bastante íngremes. Precisaram descer em fila, pois a passagem só permitia um por vez. A descida terminou em outro antro de onde partiam mais dois túneis. A segunda pedra brilhou quando adentraram o da esquerda. Mais animados, correram rumo à escuridão.

Depois disso, foram mais sete bifurcações e escadarias que levavam ora para baixo, ora para cima. Nenhuma nova pedra brilhou em Herevel, mas as duas acesas permaneceram brilhando.

Por fim, exaustos, pararam. Assentaram-se e viram a escuridão crescer, enquanto a pedra shoham vermelha se apagava lentamente. Ben podia batê-la para que se ascendesse, mas deixou que se apagasse, pois a energia precisava ser economizada.

— Estamos andando há horas — disse Oofeliah, na completa escuridão. — Como vamos encontrar a saída depois?

— Já é noite lá fora — disse Ben, ignorando a pergunta da garota, embora viesse pensando justamente naquilo.

— Aqui é sempre noite — disse Ooliabe. — Ninguém deveria passar muito tempo em um lugar assim, tão longe do sol. Não faz bem para a cabeça.

— As pedras em Herevel estão apontando o caminho. Estamos na direção certa. Isso é o que importa.

— Guardião de livros, já parou para pensar na insanidade desta busca? Estamos procurando um depósito de pedras dentro de uma mina. Se ele realmente existisse, como ainda não foi encontrado?

— Enosh acreditava que estava bem guardado...

Mas admitia que também já pensara naquilo.

Ben ouviu vozes no túnel e parou de falar. Percebeu que as pedras de Herevel se apagaram. O breu era total, mesmo assim, as vozes subiam na direção deles. Os três, espremidos na parede, esperavam não terem sido percebidos, pois as pessoas subiam na mais completa escuridão.

Quando as vozes se aproximaram, Ben reconheceu-as. Sentiu o sangue congelar quando se lembrou de onde já as havia ouvido em, pelo menos, duas ocasiões. A primeira fora no cânion de Midebar Hakadar, quando foram aprisionados pelos refains, e a última, no portal das Harim Keseph quando os lobos demoníacos atacaram.

Era uma língua primitiva, mas perceptivelmente as vozes diziam coisas malignas, blasfêmias e maldições. Eram oboths. Espíritos errantes que andavam desencarnados pelo sul de Olam.

Os oboths envolveram-nos como um vento quente subindo das profundezas. Mesmo na escuridão, Ben teve a impressão de ver rostos demoníacos que se esticavam nas trevas e desapareciam ao passar por eles.

Ooliabe e Oofeliah gritaram de pavor, e Ben os advertiu para que se calassem.

— Não podem nos fazer mal! Apenas fiquem quietos. Logo irão embora.

Para os irmãos, era difícil ficar calmos, pois a movimentação e as vozes tornavam os seres quase materiais. De algum modo, produziam pressão dentro do túnel e causavam sensação angustiante. As vozes terríveis, dentro da cabeça dos três, criavam neles uma vontade desesperada de fugir daquele lugar.

— Aguentem! — ordenou Ben. — Fechem os ouvidos! Eles logo irão embora.

Ao tapar os ouvidos com as mãos, Ben percebeu que as vozes diminuíram, porém ainda sentia forte pressão e angústia.

Tudo aquilo durou ainda vários tormentosos minutos.

— Fomos descobertos — alertou Ben, quando as vozes se distanciaram. — Logo haverá soldados atrás de nós.

— Este lugar é habitado por espíritos malignos! — Disse Ooliabe com voz apavorada. — Nunca devíamos ter entrado nestas cavernas.

— Eles não são daqui. São oboths. Espíritos desencarnados não podem nos fazer mal. Devemos seguir em diante imediatamente. Certamente vão nos denunciar.

Ben estranhou a presença dos oboths. Sabia que eles vinham de prisões antigas, lugares intermediários entre o mundo dos homens e o Abadom. Será que as Harim Adomim também eram uma passagem para que aqueles espíritos acessassem o mundo dos homens?

Percorreram o restante do túnel, porém Herevel não brilhou mais.

— Acho que perdemos a trilha — disse Ben, batendo mais uma vez na shoham, e sentindo o desespero crescer. — Eu não me lembro de termos encontrado alguma bifurcação desde a aparição dos oboths.

— O que faremos agora? — perguntou Oofeliah.

— Vamos retornar. Em algum ponto lá atrás encontraremos as pistas.

— Mas e os espíritos? — perguntou Ooliabe.

— Eles não podem fazer nada. Precisam de corpos de animais.

— Podem possuir homens?

— Não sei.

Retornaram à encruzilhada anterior que ficava um pouco antes do lugar onde haviam descansado antes dos oboths surgirem. Havia apenas dois túneis e somente em um deles ainda não haviam adentrado. Mas Herevel não deu qualquer sinal quando o acessaram.

— A pista sumiu — disse Ben sentindo o desespero cada vez maior. — Eu tenho a certeza de que as pedras brilharam antes, indicando o caminho, mas agora, nada.

— Talvez precisemos retornar pelo túnel até a encruzilhada anterior — supôs Ooliabe — acho que havia três.

Retornaram, porém antes passaram por um fosso e uma escadaria. E a espada continuou apagada.

— As pedras brilhavam enquanto descíamos estes degraus — lembrou Ben.

— Há algo errado.

— Talvez o mecanismo não esteja mais funcionando — disse Ooliabe.

— Precisamos retornar ao túnel que seguíamos quando os oboths nos encontraram. Foi lá que as pedras pararam de brilhar. Talvez, mais à frente, as pistas reapareçam.

Ben temia que a aparição dos oboths fosse a causa daquilo. Talvez, algum tipo de interferência maligna.

Ao final do túnel encontraram outro fosso. Subiram os estreitos degraus que levavam a um nível superior.

Fizeram isso mais três vezes até que pararam diante de uma encruzilhada com quatro túneis e nenhum indício em Herevel.

— Este local é imenso — disse Oofeliah. — Jamais conseguiremos retornar.

Então ouviram uivos.

— Lobos!? — perguntou Ooliabe, voltando-se e olhando para a escuridão.

— Cães — disse Ben, lembrando-se dos cães raivosos que vira na entrada das minas. — Os oboths devem ter possuído os cães!

— Agora podem nos fazer mal? — perguntou Ooliabe.

— Corram! — ordenou Ben, e se pôs à dianteira.

Ooliabe e Oofeliah obedeceram e o seguiram.

Porém enxergavam praticamente nada, pois a luz da pedra shoham estava muito fraca. Ben precisou batê-la mais uma vez, e a luz brilhou mais forte. Sabia que duraria pouco.

Os latidos e uivos ficavam cada vez mais próximos.

— A escuridão não é problema para eles — percebeu Ooliabe.

— Não adianta fugir — compreendeu Ben. — Eles nos alcançarão de qualquer modo. É melhor enfrentá-los, enquanto não estamos muito cansados, e ainda temos a luz das shoham.

Ben parou e colocou-se no meio do caminho esperando os cães o alcançarem. Ooliabe e Oofeliah também pararam um pouco atrás com os arcos em prontidão.

— São muitos! — gritou Oofeliah ao ver os olhos amarelados inundarem o túnel.

As primeiras setas iluminadas disparadas por Ooliabe e Oofeliah foram ao encontro dos cães detendo o avanço de vários deles. Porém, a matilha macabra avançou faminta.

Como nas outras vezes, os animais possuídos pelos oboths tornaram-se imensos e desproporcionais. As bocarras estavam cheias de dentes afiados, e os olhos amarelos pareciam de fogo.

Ben golpeou o primeiro que o alcançou. Herevel decepou a cabeça macabra, mas, com o avanço de tantos animais furiosos, Ben percebeu que dificilmente conseguiria detê-los por muito tempo.

— Corram! — gritou outra vez para Ooliabe e Oofeliah, lançando ao chão a pedra shoham praticamente apagada.

Os irmãos negros viram uma explosão de luz avermelhada atrás de si enquanto corriam pelo túnel. Ben saiu do meio da explosão, após atingir a pequena pedra com Herevel, e os seguiu em direção às profundezas. Esperava que a luz detivesse os cães por algum tempo.

Alcançaram outra escadaria em espiral e começaram a descer imaginando que aquilo também dificultaria o avanço dos oboths. Vários metros abaixo, desembocaram em outro túnel. Os uivos acima sumiram por alguns instantes, enquanto eles corriam por um novo e longo corredor.

Ben segurava Ieled cuja luz, que era mais forte, iluminava paredes de rocha lisa, repleta de desenhos e gravuras. Mesmo correndo, Ben percebeu que eram desenhos simétricos, uma espécie de decoração subterrânea.

— Vejam estes desenhos! — indicou Oofeliah, diminuindo o ritmo.

Os dois se aproximaram da parede para observar os riscos na pedra.

Ben observava os desenhos e, ao mesmo tempo, tentava ouvir os uivos para calcular a proximidade dos cães.

— Os dakh eram anões? — perguntou Ooliabe.

— Ou então conheceram um povo muito alto — disse Oofeliah apontando para a figura maior que andava entre os homens mais baixos.

— Parece que gostavam das pedras amarelas... — lembrou Ooliabe, apontando para um desenho onde as pedras brilhavam mais.

— Foi o que Anamim disse — confirmou Ben.

— O que aconteceu com eles? — insistiu Ooliabe.

— Ninguém sabe dizer. Na verdade, ninguém jamais viu um dakh. Deduz-se a existência deles por desenhos como estes e por muitos túneis já cavados antes da chegada dos homens. Alguns acham que eles foram dizimados por algum tipo de doença. De acordo com as lendas em Havilá, eles perderam-se nas cavernas e encontraram uma passagem para o Abadom, onde foram devorados pelos demônios.

— Vejam, eles conheciam Leviathan — disse Oofeliah indicando a figura de um grande dragão.

Ouviram latidos novamente.

— Os cães desceram as escadas! — alertou Ooliabe.

No fundo do corredor, os olhos amarelos inundaram outra vez o túnel.

— Corram!

Ben percebeu que pisavam em madeira e assustou-se ao compreender que era uma ponte. Agarrou-se às cordas enquanto a ponte balançava e por pouco não despencou para o vazio. Várias tábuas da ponte se quebraram enquanto ele e os irmãos tentavam atravessá-la.

Por um momento, os cães macabros se acumularam diante da passarela estreita. Mas, quando o primeiro seguiu em frente, os demais o seguiram, rosnando furiosos e equilibrando-se entre as cordas. Dois ou três despencaram pelos vãos das tábuas quebradas, porém a maioria continuava raivosa atrás deles.

Depois da ponte, Ben avistou um grande antro subterrâneo só parcialmente escavado. Era uma imensa mina abandonada, cheia de andaimes usados para extração de pedras.

Os cães haviam deixado a ponte e espremiam-se pelo corredor. Ben saltou sob o primeiro andaime, seguido por Ooliabe e Oofeliah, mas o peso dos irmãos fez o aparelhamento ceder, caindo até o próximo, três ou quatro metros abaixo, e levando toda a estrutura. Por sorte, o próximo andaime ficava sob uma plataforma de pedra. E quando as partes de madeira explodiram no chão, Ben e os irmãos conseguiram levantar-se e continuar correndo.

Três ou quatro cães saltaram daquela altura, enquanto os demais contornavam o salão pela lateral onde havia uma escadaria íngreme e estreita. Ben enfrentou três de uma única vez, golpeando-os com Herevel. As criaturas aberrantes, com olhos de fogo e corpos musculosos desprovidos de pelo, avançaram. Um dos animais saltou sobre Ben e foi detido por Herevel. Porém, outro o atacou por trás, derrubando-o. Quando a criatura saltou sobre ele para mordê-lo, Ben virou-se e Herevel atravessou-a. Ooliabe e Oofeliah lidaram com o terceiro cão possuído encravando diversas flechas no corpo da criatura. Ben finalizou o trabalho decepando-lhe a cabeça com Herevel.

Ao ver que muitos cães desciam pela lateral e logo alcançariam a plataforma, Ben cortou as cordas do andaime e o empurrou para fora da plataforma de pedra. Os três pularam sobre o objeto fazendo-o descer como se fosse um trenó deslizando pela parede. Passaram exatamente pela metade da fileira de cães, atingindo em cheio quatro ou cinco que despencaram para o fundo da mina. Porém, com o aumento vertiginoso da velocidade, o andaime desceu desgovernado para as profundezas.

Quando o andaime parou e explodiu na rocha, Ben, Ooliabe e Oofeliah foram arremessados e despencaram por uma abertura estreita. Desciam na vertical e tentavam se agarrar a alguma coisa que detivesse a queda. Por sorte, caíram sobre nova estrutura de madeira e atravessaram-na, diminuindo a velocidade da queda. Quando sentiram o último baque, dor e alívio misturavam-se.

Os uivos raivosos ficaram para cima e isso lhes deu condições de descerem com mais cuidado até alcançarem o solo.

Lá embaixo, estavam outra vez dentro de um túnel. Por certo era a interligação com outra mina. Correram percebendo que o teto estava abaixando, e o túnel afunilando-se. Na parte final, Ben já se encurvava para continuar. Então subitamente encontraram o fim. A rocha sólida permanecia no meio do caminho, como se tivesse sido um adversário forte demais para ser vencido pelas picaretas dos escavadores.

— É o fim! — apavorou-se Ooliabe passando as mãos sobre a rocha. — O túnel foi escavado só até aqui!

— Pode ter acontecido um desmoronamento — supôs Ooliabe. — Não há como passar.

— Vejam as pedras em Herevel! — apontou Ben. Estavam quase todas acesas.

Ben examinou com mais cuidado a rocha, indisposto a aceitar a derrota. Não parecia um desmoronamento. A pedra imensa bloqueava o túnel. Havia sido colocada ali.

— Alguém já tentou remover essa pedra — disse Ben. — Vejam as marcas de picaretas. E isso aqui parece também marca de explosão. Tentaram explodir a pedra.

Um som veio de cima, repercutindo demoradamente pelo longo corredor.

— Os soldados estão vindo! — disse Ooliabe.

— E os cães também — reconheceu Oofeliah, ao ouvir os latidos mais próximos. — Como conseguiram descer?

— Há uma inscrição aqui — notou Ben. — Algo esculpido nesta rocha.

Os irmãos negros aproximaram-se e viram pequenos desenhos.

— Parecem rabiscos de criança — percebeu Oofeliah, observando os desenhos.

De fato, pareciam. Eram desenhos de objetos. Ben notou que um deles parecia uma porta. O outro era uma chave. A chave tinha o formato de uma espada.

— Estamos encurralados! — exclamou Ooliabe.

Ben continuava olhando as inscrições, enquanto Ooliabe e Oofeliah, com arcos preparados, aguardavam a aproximação dos cães que desciam o túnel com olhos de fogo inundando o longo corredor.

Em um instante, os olhos amarelos estavam muito próximos. Eram tantos que quase não dava para acreditar que ocupassem o mesmo espaço. Parecia uma nuvem de flechas incandescidas cortando as trevas.

Os cães raivosos comprimiram-se cada vez mais no corredor que se estreitava. Ben sentiu o ar deslocando-se, a matilha empurrava o ar dentro do túnel sem saídas.

— A espada é a chave — disse Ben, encontrando o compartimento na rocha onde devia enfiar Herevel.

A espada adentrou a rocha como se estivesse adentrando uma bainha. Todas as pedras brilharam intensamente. Então, algo se moveu. A rocha inteira começou a se deslocar lentamente para o lado, abrindo uma estreita e comprida fenda.

— Atravessem! — Gritou para os companheiros, enquanto retirava Herevel do compartimento.

— Não vai dar tempo! — Disse Ooliabe ao ver que a fenda ainda não havia se aberto de maneira suficiente.

— Vão! — Ordenou Ben mesmo assim.

Os dois irmãos se espremeram na fenda e começaram a deslizar para o outro lado.

A fenda continuava se abrindo lentamente, porém não havia espaço para Ben adentrar.

Os cães alcançaram o fim do túnel no exato instante em que Ben conseguiu se enfiar dentro da fenda. Três ou quatro animais também se enfiaram pelo vão.

Sentindo-se comprimido, Ben tentava se defender do avanço dos cães com Herevel, mas o espaço para movimentação era muito apertado. Conseguiu espetar um dos animais que tentou abocanhá-lo, porém quase deixou a espada cair.

Subitamente, a fenda parou de se abrir. No mesmo instante, Ben percebeu que ela começou a se fechar. A abertura tinha sido muito pequena e agora seriam esmagados dentro da rocha.

Como precisava se defender do ataque dos cães que se amontoavam dentro da fenda, isso o estava atrasando. Quando imaginou que não conseguiria atravessar, sentiu os braços de Ooliabe puxando-o para fora da fenda.

A pedra rapidamente voltou à posição de antes, e vários animais foram esmagados dentro da fenda da rocha.

14 A Cidade Dourada

O barco aproximava-se lentamente do centro de Bethok Hamaim. Tzizah contemplou o brilho de Shamesh refletindo-se em ouro sobre os edifícios altos da mais rica cidade de Olam.

Bethok Hamaim já era a maior de Olam antes de Olamir cair. Quando era criança, Tzizah sempre perguntava a seu pai como era possível existir uma cidade maior do que Olamir.

Não temos mais espaço físico para crescer aqui entre a montanha e o precipício, Thamam sempre dizia. *Só nos resta crescer intelectual e espiritualmente. E nesse sentido, Bethok Hamaim levará milênios para nos alcançar.*

Quando pequena, Tzizah não compreendia o significado das palavras de seu pai. E mesmo, naquele momento, questionava-se até que ponto Olamir crescera intelectual e espiritualmente, se as próprias disputas internas haviam sido, de certo modo, a causa de seu fim. Também era doloroso tentar entender por que Bethok Hamaim recusara-se a ajudar Olamir.

A ganância é a responsável pela construção dos impérios, tanto quanto pelo fim deles, seu pai dissera uma vez. *Por incrível que pareça, só a cooperação e a amizade são capazes de sustentar um império por milênios. Foi o que manteve Olamir. Mas mesmo isso é incapaz de manter um império para sempre. Não devemos ter ilusões. Olamir um dia cairá também.*

Enquanto navegavam suavemente pelos círculos de água, os companheiros de viagem olhavam admirados a aparente tranquilidade da cidade das águas. Haviam acabado de sair de uma guerra tendo visto coisas horrendas, de modo que toda aquela calmaria, o comércio que ainda resistia, e o vai e vem de pessoas, parecia-lhes algo deslocado, fútil.

Essa era, na opinião da princesa de Olam, uma das poucas coisas boas que as guerras ensinavam: ver a futilidade da maioria das coisas valorizadas pelas pessoas em tempos de paz, e o valor das essenciais, nem sempre percebidas, como família e amizades.

O brilho dourado da cidade que imitava ouro contrastava com o estado desolado de Nod. Os imponentes edifícios que acompanhavam as voltas do rio se projetavam uns sobre os outros, como se todos quisessem ter uma vista do Perath.

Tzizah, ao ver pedras shoham sendo negociadas nas praças e nos pontos de comércio, perguntava-se como eles ainda tinham estoque de pedras, já que os vassalos dominavam as Harim Adomim e não havia mais lapidação em Olamir. Isso também devia ter uma explicação: o aumento do preço. Ela nem imaginava por quanto estava sendo vendida uma pedra shoham lapidada.

Bethok Hamaim é a grande inimiga de Olamir — certo dia seu pai afirmou. — *O ouro da cidade das águas faz com que os lapidadores se preocupem menos em descobrir técnicas para o progresso da humanidade, e mais em atender as necessidades imediatas de conforto e bem-estar... Os kedoshins nunca concordariam com a existência daquela cidade.*

O Melek queria dizer que os kedoshins haviam construído o templo no centro dos ciclos de água, porém os antigos sábios jamais quiseram que ali existisse uma cidade. Haviam erguido o templo no meio do rio, pois a circulação das águas era essencial para o funcionamento do Morada das Estrelas. Após a partida deles, os homens aproveitaram os canais e as faixas de terra para construir edifícios altos e imponentes. A ilha, então, ficara cravejada de edifícios em todas as faixas de terra.

Nós devíamos ter impedido — completara o Melek. — *Aquele templo pode ter sido no passado algo extraordinário, mas hoje desperta nos seres humanos uma ambição incontrolável. A simples aproximação dele torna as pessoas diferentes.*

Mesmo sem ignorar os riscos que correria na cidade, Tzizah visualizava as possibilidades. Sua presença como "hóspede" do recém coroado Melek das Águas garantia a segurança temporária de Nod e a possibilidade do conselho cinzento de terminar a rede dentro de Bethok Hamaim.

Os detalhes haviam sido combinados cuidadosamente com Anamim e os demais integrantes do Conselho. O plano de Anamim de introduzir os lapidadores disfarçados em Bethok Hamaim tinha boas chances de dar certo. Pela primeira vez, Tzizah começava a confiar no jovem latash. Talvez Ben estivesse certo. Anamim infiltrara-se em Olamir por ordem de Enosh, para cumprir a função dada pelo conselho cinzento. Certamente ele cometera erros, mas parecia disposto a repará-los. Além disso, Anamim trouxera-lhe a esperança de poder resgatar Thamam do Abadom.

Haviam demorado mais do que o planejado para chegar na cidade das águas. Um grupo pequeno como o que a acompanhava levaria menos de dois dias para percorrer a distância, porém os muitos desvios, para evitar confrontos com salteadores, lhes custou outros dois dias.

De dentro do barco, ela enxergou o antigo salão do conselho de sacerdotes de Bethok Hamaim. Passaram bem em frente dele. Era o prédio mais alto da cidade. Ocupava uma área que ia de margem a margem no último círculo de terra. O Melek das Águas passara a chamar o edifício dourado de seu Palácio Real. Atrás dele, no ponto central, o Morada das Estrelas continuava girando calmamente no meio das águas, alheio a todo o mal que o cercava.

O cais exclusivo do palácio era grande o suficiente para que barcos médios atracassem. Ela acreditou que atracariam ali mesmo, porém o barco seguiu em frente, em direção ao cais central.

Quando o barco completou a volta, o centro da cidade abriu-se para o último círculo de água. Embora o barco tenha passado longe dele, Tzizah contemplou o templo dos kedoshins, pois a construção dominava o círculo central. Lembrou-se do que Leannah dissera na última noite antes de atravessarem para Além-Mar. Havia poder naquela construção, mas um poder diferente.

É o poder do conhecimento, dissera Leannah, *antes de tudo, um conhecimento de nós mesmos, de nossas fraquezas, das verdadeiras intenções que nos movem e que frequentemente disfarçamos como rugas sob a maquiagem.*

Mas a cantora de Havilá havia visto algo mais dentro do templo.

Eu vi como nasceu o universo, a origem do mal e a tênue linha que, às vezes, parece separá-lo do bem.

Quando Leannah disse aquelas palavras, Tzizah não entendeu o que realmente significavam. Mesmo após todas as experiências e sofrimentos, ainda não as entendia plenamente.

Infelizmente eu pude ficar pouco tempo lá dentro, disse a jovem responsável pela reativação do Olho de Olam. *Mas há algo mais lá. Segredos profundos... E também propósitos... Um plano antigo dos kedoshins que eu não consegui entender.*

Tzizah lembrava-se que, depois daquelas palavras, Leannah adormecera. Ela ainda ficara olhando para a cantora de Havilá e admirando-se do quanto o destino era irônico. Leannah, praticamente uma jovem camponesa, era feita de material muito mais nobre do que uma princesa. E, de algum modo, aquele templo que parecia um gigantesco diamante invertido, flutuando misteriosamente no centro das águas, havia revelado as qualidades da cantora de Havilá.

Assim que o barco encostou no último círculo de terra, reservado para os edifícios mais suntuosos da cidade, a escolta foi recepcioná-la. Como já esperava, o sumo sacerdote não estava ali.

Não recebeu qualquer tratamento especial. Ninguém mencionou seu nome ou prestou-lhe reverência. Apenas a escoltaram do cais para o palácio, trajeto vencido em poucos minutos.

As pessoas da cidade paravam para olhar a comitiva que a conduzia, mas como a maioria jamais havia visto a princesa de Olamir, ela julgava que poucos a reconheciam. Teve a consciência de ser uma estranha sem qualquer direito ou reivindicação dentro da cidade, e, naquele momento, temeu que talvez sua atitude realmente tivesse sido infortuna.

O Melek das Águas, vestido com suntuosas roupas douradas, parcialmente revestidas de ouro, aguardava-a no alto da escadaria do palácio real.

A figura larga desceu as escadas e veio ao seu encontro na praça diante do pórtico. Por um momento, o corpo imenso balançou na escadaria, e Tzizah pressentiu que ele desceria rolando o restante dos degraus. Mas o homem equilibrou-se no braço de um serviçal e continuou a descida lentamente. Quando chegou na parte debaixo, as bochechas estavam rosadas, e os cabelos encaracolados em pura confusão.

Só naquele instante, Tzizah percebeu que o pátio era fechado para a cidade e que os soldados o rodeavam.

— Achou que poderia me enganar, criança? — Foi a primeira coisa que Sáris falou. Seu rosto estava fechado e duro como pedra.

Então Tzizah percebeu que algo estava errado, além de tudo o que já sabia.

— Fui informado de que há giborins de Olam em sua comitiva. Não posso admitir isso. O líder desses guerreiros praticamente destruiu nossa cidade.

Imediatamente, os soldados cercaram a comitiva. Merari e Icarel sacaram as armas. Merari posicionou-se à frente de Tzizah e barrou a aproximação do Melek ou de qualquer soldado. O tridente de Icarel incendiou-se subitamente fazendo os soldados da cidade recuarem assustados.

Tzizah percebeu que um combate seria iniciado ali mesmo. Os giborins certamente poderiam defendê-la dos soldados da cidade, mas isso poria fim a todo o plano de instalar a rede. Sem falar que alguns dos integrantes do conselho cinzento, que não eram guerreiros, poderiam ser feridos. Para a tarefa ser concluída, seria necessário que todos estivessem vivos.

Porém, em seguida, o Melek das Águas disse algo que a surpreendeu.

— Apesar desta traição, não queremos derramar sangue neste lugar.

Merari e Icarel continuaram protegendo Tzizah.

— Você pode voltar agora mesmo com seu grupo para Nod — disse Sáris. — Eu vou cumprir minha palavra, pois lhe dei salvo conduto. Embora você tenha tentado enganar-me, nada acontecerá a você nesta cidade. Mas não posso admitir que fique aqui com esses homens à solta. Se desconfia de minha hospitalidade, nossa aliança não tem valor algum. Se quiser ficar, será bem-vinda, mas eles serão detidos até eu ter certeza de que não são ameaça. A escolha é sua.

Tzizah não soube o que responder por vários segundos. Olhou em volta para a cidade, sentindo o desespero crescer, acreditando que não só havia caído em uma armadilha, como ficava cada vez mais difícil livrar-se dela.

Os olhares de Merari e Icarel insistiam que retornassem.

Ela sabia que eles estavam certos. Não podia ficar à mercê do voluptuoso Melek das Águas. Mas Tzizah também compreendia quais seriam as graves consequências se retornasse. Pensou outra vez em Enosh e no sacrifício do velho. Se não fosse por ela, naquele momento, a rede já teria sido instalada.

Só mais um passo. Mais um...

— Eu vou ficar — disse a princesa de Olam, dando um passo consciente para dentro da armadilha de Sáris. — Ordeno aos meus soldados que se entreguem. Eu confio na hospitalidade do Melek das Águas.

— Vejo que você tem muito de seu pai — disse o homem corpulento, claramente satisfeito. — Talvez você não acredite, mas eu o admirava...

— Poupe-me de sua condescendência — disse Tzizah. — Estou aqui por Olam.

— Mas é claro que está. E será bem tratada por causa disso. Até mesmo mais do que a uma princesa. Espere ser tratada como uma verdadeira rainha.

※ ※ ※ ※ ※
※ ※ ※ ※ ※

O corredor ainda abafado abria-se consideravelmente. Logo, o teto estava bastante longe da cabeça de Ben, e foi distanciando-se cada vez mais. Os uivos dos cães silenciaram-se com o distanciamento do lugar onde a pedra barrava o caminho.

A luz de Ieled revelou túneis cada vez mais sofisticados. Havia recortes formando desenhos harmoniosos nas paredes.

Ooliabe e Oofeliah admiravam as texturas e gravuras nas rochas com nítido assombro. Se a tarefa de abrir aqueles túneis já era algo monumental, o trabalho de decoração realizado era algo impensável naquelas profundezas.

— Estamos pisando um lugar onde provavelmente há milênios ninguém pisa — disse Ben.

— Há correntes de vento aqui em baixo — notou Oofeliah. — Como isso é possível?

No final do longo e alto corredor, encontraram uma abertura, um provável tipo de salão.

— A luz não alcança as paredes — disse Ben. — Este local deve ser imenso.

Ben bateu mais fortemente em Ieled, e a luz duplicou de tamanho, porém ainda assim as paredes continuavam na escuridão. Ele bateu mais uma vez, e o brilho pleno da pedra de Enosh obrigou-os a cobrir os olhos, mesmo assim, não viram o fim da câmara.

O modo como as vozes sumiam também apontava para o tamanho do local.

Todas as pedras de Herevel estavam iluminadas, mostrando ser aquele o local exato apontado pela espécie de mapa deixada na espada dos kedoshins. Mas o lugar parecia totalmente vazio.

— Que lugar é este? — perguntou Ooliabe.

Ben continuou andando pelo salão sem conseguir distinguir nada além do chão de pedras lisas que se iluminava enquanto passava com Ieled. A luz plena revelava cerca de vinte ou trinta metros de diâmetro, porém só havia o vazio.

Após andar uma distância considerável, algo entrou no campo de visão formado pelo círculo de luz. Era uma mesa ou altar. Ben caminhou na direção da mesa e, ao aproximar-se, percebeu uma pedra shoham encaixada nela.

— Uma pedra amarela! — reconheceu. — Anamim estava certo! Os dakh realmente encontraram pedras do sol aqui.

— Mas há apenas uma? — perguntou Ooliabe.

Segurando Herevel com as duas mãos, Ben encostou a lâmina sobre a pedra. Não conseguia explicar o que fazia, apenas atendia a um impulso, uma intuição. Quando a tocou, sentiu uma corrente de energia fluindo pelo corpo, passando pelos braços que seguravam Herevel. As pedras brancas da espada estavam acesas, e pequenas correntes iluminadas saltaram e foram absorvidas pela pedra amarela. Subitamente, o altar iluminou-se. O brilho foi tão forte que Ieled parecia apagada. Ben precisou afastar-se e cobrir os olhos. Os dois irmãos também recuaram assustados. Um brilho dourado partiu nas quatro direções da mesa, como se fosse uma trilha de fogo correndo pelo chão. Em um instante, a luz subiu pelas paredes distantes e alcançou o teto altíssimo.

Atônito, Ben entendeu o que acontecia. A pedra da mesa havia absorvido e potencializado a luz de Herevel, e compartilhava-a com outras pedras. Em segundos, o local tornou-se claro como o sol ao meio-dia.

Então, o assombro foi maior.

O teto formava uma cúpula esculpida com perfeição, como os mais belos palácios de Olamir. Mas era enorme. E havia centenas, talvez milhares de pedras shoham encravadas no chão e nas paredes. Todas as pedras eram amarelas.

Os três visitantes olhavam ao redor, tentando entender aquela estrutura, mas suas mentes recusavam-se a crer na existência de algo com aquela dimensão nas profundezas da terra.

Quando os olhos se acostumaram à intensa luminosidade, observaram dezenas de corredores que desembocavam naquele grande salão. O corredor, pelo qual haviam adentrado, era apenas um em muitos. Ben nem sabia mais qual era.

Por vários minutos, os três permaneceram olhando atordoados e incrédulos para a grandiosidade do salão.

— Todas estas pedras — disse Ben. — Isto aqui é o maior arsenal que existe. Há poder aqui para aniquilar impérios!

Um barulho forte ecoou das profundezas.

Imediatamente, Ben, Ooliabe e Oofeliah tentaram identificar a origem do som. Parecia o som de tambores, ou talvez a batida do solado de gigantes na rocha. Repercutia de todas as direções e aproximava-se cada vez mais.

Pela altura dos corredores que desembocavam naquele antro, Ben esperou algo monstruoso sair das profundezas. Ooliabe e Oofeliah seguraram as armas em posição defensiva, e Ben, Herevel.

Então os estranhos saíram dos túneis. Não eram gigantes, ao contrário, eram menores que anões, muito magros, quase insignificantes em comparação ao tamanho do local. Pálidos com cabelos cor de palha, a maioria segurava uma tocha em uma das mãos e uma espada curta ou adaga primitiva noutra. Por um momento, Ben acreditou que fossem fantasmas, ou algum tipo de zumbi e posicionou Herevel segurando-a com ambas as mãos.

Os pequenos, saindo de todos os corredores, enchiam ameaçadoramente o grande salão subterrâneo. Ao mesmo tempo, incomodavam-se com o excesso de luz no salão. Os visitantes viram-se encurralados no meio do palácio iluminado.

Os estranhos anões pálidos olhavam admirados para as pedras acesas e apontavam para a espada fazendo expressões esquisitas que iam do horror a mais pura admiração.

— Bahîr — os primeiros falaram.

A palavra foi se repercutindo nas fileiras atrás.

— Bahîr? — alguns perguntavam.

— Bahîr! — outros respondiam.

O espanto era geral dentro do salão subterrâneo, tanto nos visitantes quanto nos anões. Subitamente se prostraram diante de Ben.

— Bahîr — diziam. — O bahîr chegou! O bahîr chegou!

Em um instante, o local virou uma grande confusão. Alguns gritavam, outros choravam, uns comemoravam pulando de alegria, outros pranteavam batendo as mãozinhas no peito. Logo todos estavam dançando, tanto os que riam quanto os que choravam.

Ben entendeu ser aquilo uma espécie de celebração por sua causa, mas mais provavelmente por Herevel. Contudo a cena era assustadora. Os pequenos eram muito feios. Cheios de degenerações, pareciam mortos saindo do túmulo, ou melhor, ainda dentro do túmulo, nas profundezas da terra.

O guardião de livros viu um corredor abrindo-se entre os anões. Davam espaço para que alguém passasse entre eles. Enxergou de longe um ancião aproximando-se. Parecia mais pálido do que os outros; a barba comprida era inteiramente amarela e arrastava-se no chão por entre as pernas. Não tinha cabelos nem sobrancelhas. Os lábios, quase brancos, eram a coisa mais esquisita. Vestia um manto dourado e usava uma coroa dourada. Os enfeites só o tornavam ainda mais grotesco.

O anão parou diante de Ben, batendo abaixo da cintura dele, mas não disse nada. Fez um barulho gutural na garganta, impaciente, como se exigisse algo. Então, desajeitadamente, outro anão adiantou-se e o apresentou.

— Salve bahîr, aqui está o rei dos dakh, o mais antigo habitante do mundo, que já viveu três mil e trezentos ciclos da lua, e reina soberano sobre todo o povo dakh, sobre todo povo dakh, sobre todo o povo dakh. Litili é o seu nome.

Quando o arauto improvisado disse o nome do rei, todos os dakh fizeram três curvaturas diante dele e responderam uníssono "Litili é o seu nome, Litili é o seu nome, Litili é o seu nome". A frase ecoou assustadora pelas paredes distantes do imenso salão.

Ben entendia a língua deles. Era uma das antigas e primitivas línguas faladas em Olam, cheia de formalismos e expressões repetitivas. Sabia pelo conhecimento dos livros de Olamir que aquela era a língua mãe, da qual se derivou a língua falada posteriormente em Olam.

— Ó esperado do povo dakh — recitou o anão rei, como se dissesse algo há muito ensaiado. — Ele viveu três mil e trezentos ciclos completos da lua para ter o privilégio de ver-te com os próprios olhos. Ó esperança do submundo, vieste para redimir teu povo! Ele te dá as boas-vindas, ele te dá as boas-vindas, ele te dá as boas-vindas.

Em um primeiro momento, Ben achou que o dakh falasse de outra pessoa, mas logo entendeu que "ele" fazia referência a si mesmo.

Então, Litili retirou a coroa de ouro da cabeça e a depositou aos pés de Ben. E, mais uma vez, todos do povo dakh prostraram-se diante do guardião de livros e repetiram: "eles te dão as boas-vindas, eles te dão as boas-vindas, eles te dão as boas-vindas".

Em seguida se levantaram e aplaudiram freneticamente, dando vivas de júbilo. Ben não sabia se eram mais macabros e ameaçadores rindo ou chorando.

Estava atônito com tudo aquilo. Os dakh o confundiam com alguém. Lembrou-se de Anamim ter dito que eles esperavam um libertador.

— Recebe agora, ó esperado do submundo, as saudações das famílias dakh, pela ordem de importância.

Então, diversos anciãos formaram uma fila diante dele. E, um a um, fizeram-lhe saudações especiais.

— Ele é Vikili, trigésimo quarto chefe da família Kili — disse o primeiro a aproximar-se, apontando para si mesmo. — Em nome da família Kili, ele te dá as boas-vindas, ó esperado do submundo.

Após a curvatura até ao chão, o homenzinho afastou-se e outro tomou seu lugar.

— Ele é Nivili, trigésimo segundo chefe da família Vili. Em nome da família Vili, ele te dá as boas-vindas, ó esperado do submundo.

Ben olhou para a longa fila e percebeu que não ia ser rápido.

Ooliabe e Oofeliah olhavam-se admirados, sem entender o que acontecia. Porém, como não havia outra coisa a ser feita, esperaram que os dakh terminassem a saudação.

Quando a longa fila acabou, e o último chefe de família prostrou-se diante de Ben, o rei dakh fez sinal para que Ben e os dois guerreiros o acompanhassem.

Ao passar pelo meio dos anões, todos tentavam tocar nele. Ben sentiu mãozinhas frias apalpando-o por todo o percurso, até um dos corredores.

O rei dakh acessou um corredor e saiu apressadamente, quase saltitando sobre os pezinhos. Em pouco tempo, adentraram outro salão exatamente igual ao anterior. As tochas nas paredes iluminavam precariamente os túneis e as câmaras.

— Ó bahîr, que trouxeste a luz para o povo dakh, queira, por favor, iluminar este salão também — suplicou Litili.

Ben aproximou-se da mesa central bastante semelhante a anterior e, mais uma vez, segurando Herevel, transferiu a energia que iluminou o salão inteiro. Todos os dakh aplaudiram ao ver o novo salão iluminado, também inteiramente revestido de pedras amarelas.

Fizeram isso em seis salões semelhantes. Apesar de achar que já não se surpreenderia com coisa alguma, depois de tudo o que vira, a grandeza do local continuava sendo algo difícil para a mente assimilar.

Todos os salões eram cercados por dezenas de túneis. Era impossível imaginar quantos deles existiam naquele submundo.

Finalmente, adentraram um lugar, cujas paredes eram diferentes. Ben desconfiava que fosse o salão real.

— Ouro! — disse Ooliabe tirando as palavras da boca de Ben. — As paredes são revestidas de ouro!

— O chão e o teto também — complementou o guardião de livros.

O salão real não era tão grande quanto os antros que serviam como encontro dos túneis, mas era imenso o suficiente para fazer todos se sentirem pequenos como os dakh.

Litili adentrou o salão e com grande dificuldade escalou o trono de ouro maciço, que ficava bem no centro. Assim que conseguiu subir e assentar-se, ele olhou para Ben e suas bochechas pálidas ficaram instantaneamente vermelhas. Desajeitadamente, desceu do trono e apontou para que Ben tomasse seu lugar.

— Ele não é digno de se assentar no trono diante do bahîr. O trono é teu, o trono é teu, o trono é teu.

— Não — disse Ben constrangido. — Eu estou bem aqui.

— Nunca — disse Litili. — Bahîr deves sentar-te no trono como sinal de que perdoas Litili, ou então, ele precisará chamar verdugos para darem vinte e duas chibatadas nas costas dele, pela insolência de se assentar no trono diante de bahîr... pela insolência, pela insolência, pela insolência.

O rei já estava fazendo um gesto para que alguém se aproximasse, provavelmente para cumprir a ordem de espancá-lo, quando Ben subiu os degraus, assentando-se em seguida sobre o ouro gelado.

— Agora deves aceitar os presentes — disse aliviado o dakh. — Há muito tempo guardados para ti, guardados para ti, guardados para ti.

Litili fez sinal, e logo várias garotas dakh adentraram o salão real carregando pequenas caixas. As mulheres dakh eram praticamente idênticas aos homens. A única diferença eram as roupas, pois elas usavam calças, enquanto os homens, vestidos.

A primeira aproximou-se e abriu a caixa. Ben imaginava que haveria alguma joia ou pedra muito preciosa, mas o que viu foi um besouro. Evidentemente ele estava morto e seco há muito tempo.

— Besouro de estimação do rei Vitili, pai de Litili, que deixou em seu testamento como presente para bahîr, bendito sejas, bendito sejas, bendito sejas.

A garota fechou a caixa e a depositou sobre a escada do trono. Então a próxima se achegou.

— Tufo de cabelo do rei Nitili, avô de Litili, deixado para bahîr, bendito sejas, bendito sejas, bendito sejas.

Ben visualizou pelo menos umas duzentas caixas aguardando a entrega. E, nas próximas horas, recebeu presentes de reis, intérpretes dos desenhos, grandes generais do exército dakh e todos os chefes das famílias dakh. Entre as preciosidades havia inúmeros pentes, dezenas de escovões para os pés, tufos de cabelo de gerações inteiras, incontáveis unhas, oito olhos secos e, pelo menos, duzentos pares de sandálias bastante usadas.

— Grandes dakh do passado não tiveram a honra de viver para ver-te bahîr — disse Litili —, mas deixaram seus instrumentos e objetos preferidos para serem doados quando o bahîr viesse. Ele, quadragésimo nono rei dakh, viu bahîr com seus próprios olhos — e prostrou-se três vezes quando disse aquilo — e poderá entregar seu presente. Hoje, a coisa mais valiosa deste lugar... a mais preciosa, a mais preciosa, a mais preciosa...

Então, o rei dakh fez um sinal para que trouxessem a maior embalagem de todas. Dois jovens dakh adentraram o salão carregando cuidadosamente um saco amarrado com um cordão e depositaram-no aos pés de Ben. Litili adiantou-se fazendo uma curvatura a cada passo que dava e, com as mãos trêmulas e lágrimas nos olhos opacos, disse:

— Ó bahîr, aceites este humilde presente, a coisa mais preciosa do submundo, a mais preciosa, mais preciosa, mais preciosa...

Então desatou o laço e abriu o saco.

Um gato selvagem pulou de dentro do saco soltando um miado estridente. O bicho saltou no colo do guardião de livros e imediatamente todos os dakh prostraram-se repetindo "aceitaste, aceitaste, aceitaste".

Ben olhou com uma cara de total espanto para Ooliabe e Oofeliah. Os dois obrigados a subir até as laterais do trono de ouro eram chamados de "protetores de bahîr".

— Falta sol — declarou Ooliabe — Eu já disse. Cabeça não fica boa quando falta sol.

Ben olhou mais atentamente para o felino e percebeu que ele tinha algum tipo de deformidade. Dos seus lombos nasciam duas pequenas asas atrofiadas.

Após se certificarem que Ben havia ficado feliz com todos os presentes, o povo dakh começou a deixar o salão real.

Finalmente, Ben pôde descer do trono de ouro.

— Agora, o banquete de saudação de bahîr — anunciou o rei dakh.

Foram então conduzidos para outra sala menor, também revestida de dourado, na qual havia uma plataforma no chão. Estava cheia de comida. Comida do povo dakh.

O felino entendendo a mudança de dono, acompanhou Ben e começou a atacar a comida. Ninguém fez qualquer menção de enxotá-lo.

Quando viu os alimentos, Ben desejou que o gato comesse tudo. Viu larvas, minhocas, insetos variados, ovos de criaturas que Ben nem queria imaginar o que fossem.

— Eles oferecem o melhor de sua comida para bahîr — disse o rei dakh, fazendo um gesto para Ben comer.

Só olhar para a comida fazia seu estômago se embrulhar.

— Bahîr agradece sua comida — disse Ben. — Mas bahîr ainda não pode comer até cumprir a missão que veio realizar aqui.

Em um primeiro momento, Ben achou que sua resposta ofendera ao rei, mas logo o rosto dele se aliviou e ele deu um sorriso estranho.

— Bahîr não come. É verdade. Ele havia se esquecido. Perdoe-lhe. Nenhum desenho descreve bahîr comendo. Bahîr não come, não come, não come.

Ben respirou aliviado.

— Mas amigos de bahîr comem! — disse o dakh. — Acho que os desenhos mostram isso.

— Acho que eles podem comer se quiserem... — disse Ben, percebendo o olhar faminto dos irmãos negros.

— Comam protetores de bahîr! Deliciem-se com nossa comida!

O próprio Litili começou a devorar as larvas e minhocas, engolindo-as com indisfarçável prazer. Os pequenos nobres dakh também se deliciaram.

De canto de olho, Ben viu Ooliabe tentando pegar alguma coisa sobre a mesa que lhe escapava.

— Conte-me a história do povo dakh — pediu Ben, enquanto via uma minhoca escorregando da boca do rei. — Por que estão aqui há tanto tempo? E como sabiam que eu viria? Como sabem que eu sou o bahîr? É por causa da espada?

O rei olhou espantado para Ben. Uma sombra de desconfiança passou por seus olhos opacos, mas logo se dissipou.

— Ele está entendendo — disse o dakh. — queres testar conhecimentos de Litili. Ele fica feliz por responder, mas ao mesmo tempo apreensivo. Deves perdoar se ele esquecer alguma coisa.

— Isso mesmo — disse Ben, pensando em como fariam para ir embora, levando algumas pedras amarelas. — Conte-me tudo.

— Povo dakh vive aqui embaixo desde o início do mundo. Ajudam as almas perdidas a seguirem seu caminho de punição. Os guardiões da Garganta, guardiões da Garganta, guardiões da Garganta.

— Guardiões da Garganta? O que é a Garganta?

— O caminho pelo qual almas perdidas descem para os vários lugares de punição. Às vezes, algumas se perdem antes de acessar a Garganta, e eles as reconduzem para o lugar delas. Pensaram que vocês eram almas perdidas, por isso foram ao seu encontro, porém, quando viram as pedras amarelas acesas... — o pálido lábio inferior do rei dakh começou a tremer quando ele disse aquilo, e logo ele desabou num pranto incontido. — Perceberam que bahîr havia chegado — falou em meio a soluços.

— Quem colocou vocês aqui embaixo? — perguntou Ben atônito com aquelas revelações.

Claramente, os dakh alimentavam muitas lendas.

— Kedoshins. Para puni-los. Eles nunca os amaram. Colocaram-nos aqui embaixo para guardar a Garganta, escavar as montanhas, tirar pedras, tirar pedras, tirar pedras.

— Quando? Quando foi que eles fizeram isso?

— Mais de trinta mil ciclos completos da lua, primeiros dakh foram trazidos pelos kedoshins, muito antes dos homens, nomearam-nos guardiões da Garganta... Mas não gostavam deles, nunca gostaram, nunca gostaram... Só queriam as pedras, queriam as pedras, queriam as pedras...

— Está bem! Eu já entendi — disse Ben cansado das tríplices repetições que marcavam o final da maioria das frases. — Mas por que vocês ficaram aqui embaixo esse tempo todo?

O dakh rei o olhou com uma cara de completo espanto.

— Bahîr sabes disso! Eles esperavam a tua vinda! Não podiam partir antes disso. Sabiam que, lá em cima, o mundo está tomado pelos demônios que escravizam os homens... Só aqui é seguro, seguro, seguro.

— Olam ainda não está tomado pelos demônios — explicou Ben. — Há cidades livres; uma cidade dos homens, chamada Olamir, reinou por milênios... Com o poder do Olho de Olam, a pedra branca dos kedoshins, a escuridão foi detida até o presente momento.

— Não há cidades livres na superfície — disse o dakh, cada vez mais desconfortável. — Só escravidão. Abaixo demônios presos, acima demônios livres, só aqui é seguro, aqui é seguro, aqui é seguro... Bahîr sabes disso, só estás testando conhecimento de Litili, só testando conhecimento, testando conhecimento...

Ben percebeu que o povo dakh havia criado a própria realidade a fim de justificar o isolamento. Estavam aprisionados pelas próprias tradições.

— Por que esperam o bahîr?

— Antigos desenhos mostram que bahîr viria para trazer a luz! — disse quase indignado o dakh, como se fosse um absurdo não saber aquilo. — Hoje desenhos cumpriram-se.

— Desenhos?! Quais desenhos?

— Venha! Bahîr precisas ver isso, precisas ver isso, precisas ver isso...

O rei se levantou e Ooliabe e Oofeliah pareceram muito agradecidos com a ideia de deixar o salão. O gato pardo, entretanto, continuou saboreando as delícias dos dakh. Os outros nobres também permaneceram.

Do salão real revestido de ouro adentraram um corredor e, em seguida, outro salão ainda maior.

— Aqui, salão dos desenhos sagrados — informou Litili.

Antes de entrar, o rei dobrou o joelho e sussurrou uma prece. Sem opção, Ben, Ooliabe e Oofeliah também seguiram o ritual.

O salão inteiro estava repleto de desenhos. A maioria era em antigos pergaminhos os quais descreviam anões realizando as mais diversas tarefas. Havia também desenhos de animais que Ben nunca havia visto. Pareciam leões, mas tinham asas.

Litili parou diante de um desenho. Era o maior de todos. Ben aproximou-se. Viu, então, algo que fez seu coração dar um tropeção. Jamais estaria preparado para o que enxergou. Ben sentiu vertigem, e Ooliabe e Oofeliah fizeram as maiores caras de espanto que Ben já havia visto.

Então, entendeu que não era apenas a presença da espada que os convenceu de que ele era o bahîr.

Sobre um enorme pergaminho havia um desenho colorido. Mostrava praticamente em tamanho natural um homem branco alto, com cabelos castanhos compridos, usando uma armadura dourada. O homem empunhava uma espada com a mão direita e uma espécie de luz com a esquerda. Atrás dele, um casal de guerreiros negros estava posicionado.

— Antigo desenho cumpriu-se hoje — disse o dakh com a voz trêmula de emoção. — Bahîr chegaste. Há incontáveis luas o esperamos, incontáveis luas, incontáveis luas...

Ooliabe e Oofeliah aproximaram-se e examinaram bem de perto. Ben não se atreveu a se aproximar. Mas podia ver a semelhança entre o homem e a mulher negros, um de cada lado. Até as roupas que usavam eram parecidas.

Os rostos não pareciam idênticos, mas olhando para o desenho do guerreiro e para Ben, sim, acreditava-se que eram a mesma pessoa.

— Agora compreendes? Ó escolhido do povo dakh, esperado do submundo.

— O que o bahîr deve fazer? — perguntou Ben cada vez mais atônito. — O que esperam dele?

— Antigos estudiosos dos desenhos diziam que bahîr deves liderar exército dakh ao mundo exterior para expulsar os demônios da superfície.

— Quantos soldados há no seu exército? — perguntou Ben, pensando se, talvez, afinal os desenhos e lendas pudessem ser úteis. Ou mesmo, pudessem ser, de algum modo, verdadeiros.

— Cem mil soldados.

— Cem mil soldados! — repetiu Ben. — E todas essas pedras amarelas...

— Sim — disse o dakh. — E tudo isso é teu, para os liderar...

Ben olhou outra vez para o desenho e em seguida para Ooliabe e Oofeliah. Era difícil dizer quem estava mais espantado.

— Mas os estudiosos mais recentes encontraram outra interpretação — continuou o dakh. — Novos desenhos foram descobertos recentemente. Os intérpretes disseram que são antigos. A partir da comparação dos vários desenhos, os novos intérpretes entenderam que o bahîr deve liderar o povo dakh na escavação dos túneis ocidentais, até chegar a terra das bem-aventuranças, onde o povo dakh poderá construir suas cidades e viver em paz para sempre, viver em paz para sempre, viver em paz para sempre.

— Qual é a interpretação correta?

— Os antigos intérpretes foram todos mortos, pois enganavam povo dakh. E hoje se percebeu que isso foi certo, pois assim que todos os antigos intérpretes foram mortos, ó bahîr, chegaste, chegaste, chegaste... — E mais uma vez prostrou-se três vezes diante de Ben. — Hoje todo o povo se reunirá e tu bahîr dirás o que deve ser feito, o que deve ser feito, o que deve ser feito...

— Quem fez estes desenhos?

— Desenhistas dakh! Santos que tinham a visão, mensageiros de *El* para o submundo.

— Ainda existem desenhistas?

— O último desapareceu há mais de seiscentos ciclos da lua. Ele saiu a andar pelas cavernas e nunca mais voltou. Depois dele, nunca mais apareceu outro que tivesse a visão. Intérpretes dizem que não há mais necessidade, pois há desenhos suficientes. Apenas é preciso interpretá-los.

Ben continuou olhando o desenho que parecia retratá-lo.

— Este lugar, no desenho, no qual o bahîr está, onde fica? — perguntou para Litili.

Atrás do homem branco, que segurava a espada, estavam três altos portões quadrados.

— Intérpretes não têm certeza — explicou o rei dakh. — Antigos intérpretes diziam que eram os portais do Abadom. Mas os novos intérpretes pensam diferente.

— O Abadom? Então é verdade? Vocês encontraram uma passagem para o submundo?

— Dakh são os guardiões da Garganta! Construíram as câmaras que conduzem ao Abadom. Porém, jamais foram até lá, jamais, jamais.

— O que dizem os novos intérpretes sobre o desenho?

— Que são os portais para as câmaras gigantes do Ocidente, onde bahîr deve conduzir o povo dakh.

— São interpretações bem diferentes...

— As interpretações já não são mais necessárias, agora que tudo se cumpriu.

— O que é esta luz avermelhada que o bahîr segura com a mão esquerda. É uma pedra shoham?

— É o fogo tenebroso, a substância primordial. O presente dos irins para os dakh que bahîr deves trazer para eles.

Ben continuou olhando para o desenho.

Como era possível?

* * * * *
* * * *

Da janela do seu quarto em Bethok Hamaim, Tzizah contemplou o Morada das Estrelas girando tranquilamente sob o sol do entardecer. O último templo dos kedoshins estava tomado pelo dourado de Shamesh. A estrutura de cristal parecia preenchida pela água do Perath que se refletia límpida sobre a superfície semitransparente.

A calmaria em volta do templo se demonstrava irreal, como se fosse uma janela para outro mundo.

O templo parecia vazio. Uma grande pirâmide invertida flutuando inexplicavelmente no centro das águas profundas. Mas Tzizah sabia que a impressão de vazio era causada por uma ilusão de ótica. Havia um altar dentro dele e um compartimento no qual podia ser encaixada uma pedra do formato do Olho de Olam.

A princesa de Olamir notou que poucos habitantes de Bethok Hamaim contemplavam o espetáculo. Imaginou que, se morasse ali, gostaria de ver todos os dias o sol se pondo e espalhando cores sobre a construção magnífica. Era uma das cenas mais belas que já havia visto.

O entardecer em Olamir era bonito, porém sempre melancólico, com o sol vermelho afundando-se no horizonte seco do deserto. O entardecer em Bethok Hamaim, graças ao templo de cristal e ao rio, era alegre; as cores vibrantes testemunhavam a grandeza do mundo e de seu criador.

O primeiro dia havia passado. Estava sendo bem tratada, apesar de ser prisioneira. O quarto que ocupava no palácio real era imenso, tomava um vão inteiro, com vista direta para o templo. Haviam trazido comida na hora do almoço. Boa comida. Trutas assadas na brasa, com molho de alcaparras. Acompanhando uma porção de raízes e um saboroso vinho aromático; e, para sobremesa, uma coalhada deliciosa.

Quando deixaram a comida em seu quarto, por um momento, ela pensou em recusar-se a comer. Tentou lembrar-se da situação precária de Nod como um modo de resistir à tentação dourada das trutas. Porém, há meses não fazia uma boa refeição. No acampamento havia só aquele detestável guisado. Mesmo sentindo culpa, não resistiu e devorou avidamente os alimentos. Quando a fome foi embora, a culpa permaneceu.

Após a refeição, ela teve a indigesta visita de Sáris.

— Sua decisão de ficar foi acertada, muito embora você não tivesse realmente opção — dissera o homem, satisfeito ao ver que ela havia se alimentado. — Ou será que tinha?

O sorriso dele fazia Tzizah sentir calafrios.

— Talvez você com seu poder de controlar plantas, e seus giborins armados com armas potencializadas causassem um grande estrago lá fora. Admito que jamais imaginei que vocês fossem capazes de ajudar Nod. Foi ousado. Mas também foi tolice. Uma guerra não é vencida apenas com ousadia, mas com esperteza. E isso falta muito a vocês, *rebeldes*. Achou que alguma vez eu acreditei que teria a lealdade do guardião de livros? Herevel não pode ser usada para propósitos errados.

Tzizah se alarmou por ele saber de todas aquelas coisas.

— Sim, uma armadilha, é o que você está pensando — continuou o Melek claramente se divertindo com a situação. — É óbvio que você caiu em uma armadilha. Mas deixe-me tranquilizá-la. Não é a armadilha que você está imaginando. Ouça o que eu tenho a lhe dizer. É um segredo que eu sei que você vai guardar. Nunca pensei em contar com Nod. Não, Nod jamais estaria do meu lado, não com o homem que agora dita as regras lá. Também jamais pensei em contar com o guardião de livros. Eu a trouxe aqui por outra razão. Quer saber qual? Ora, mas é claro que você quer. Como poderia não querer? Você logo saberá. Só lhe peço que tenha um pouco de paciência. Logo você compreenderá meus planos para Olam. Eles incluem você.

Lembrar-se da conversa do meio-dia ainda lhe trazia inquietação e uma vontade de vomitar a comida do almoço. Se bem que não havia sido exatamente uma conversa, mas um monólogo. Parecia que Sáris sempre falava apenas consigo mesmo. O que ele queria dizer com "planos para Olam"? E o que ela tinha a ver com aquilo?

Algo terrível, sem dúvida, tramava o Melek das Águas. Porém, Tzizah tentou se conformar, dizendo para si que não havia opção. Precisava estar ali. Em algum momento, encontraria uma maneira de libertar o conselho cinzento e os giborins. As pedras amarelas da rede, escondidas entre suas coisas particulares, estavam, naquele instante, com ela dentro do quarto. E sabia que Merari, Icarel e os giborins permaneciam por perto. Haviam se entregado por ordem dela, mas a situação talvez mudasse. Além disso, Sáris não a assustava tanto assim. Percebia nele certa covardia, algo típico de pessoas que, ao disporem de muito poder, agem com crueldade, mas quando a situação se complica, revelam o que de fato são: ratazanas.

— Uma ratazana bem gorda é o que ele é — sussurrou para si, junto à janela.
— Os shedins são os verdadeiros inimigos.

Só mais um passo. Mais um...

Enquanto o templo se revestia do vermelho do entardecer, Tzizah sentia a angústia crescer incontrolavelmente dentro de si. Se ao menos pudesse compreender todos os acontecimentos que a rodeavam...

Por um momento, olhando para o templo, teve a sensação de que ele mudou de cor. Sim, podia ver uma aura de cores girando acima dele.

Então, uma imagem diferente surgiu. Ela logo compreendeu que era uma espécie de visão. As construções em volta dos círculos de água desapareceram. O templo era o único edifício em meio a toda a imensidão de água e terra jamais tocada pela mão humana. Tzizah sabia que via uma imagem do passado. Os kedoshins encontravam-se em volta dele. O povo luminoso contemplava o entardecer. Havia uma melodia. Um som sem origem, que parecia perpassar os corpos magros e altos. A música sem letra intuitivamente contava a história do mundo, a razão e os propósitos da existência.

Tzizah, junto à janela, foi tomada por uma sensação de perda irreparável, e por um anseio de ter feito parte daquela era passada, na qual as criaturas entendiam mais a si e o mundo à sua volta.

Aquele fenômeno não era algo totalmente desconhecido dela. Uma ilusão que, dizia-se, podia acontecer quando as pessoas olhavam fixamente para o templo durante o entardecer. Um resquício da antiga magia dos kedoshins que, às vezes, manifestava-se.

Uma vez Kenan lhe falara a respeito daquele tipo de visão. Ela era só uma garotinha e haviam visitado a cidade das águas com toda a comitiva real. Sua irmã já era uma jovem e deslumbrante princesa, e ambas estavam encantadas com as construções modernas e, principalmente, com o templo misterioso que se equilibrava magicamente girando sobre as águas.

— *As lendas dizem que se alguém olhar fixamente, desvendará mistérios* — Kenan lhe disse, abaixando-se e apontando para a construção. — *Toda a cidade desaparecerá e será possível ver como isso aqui era muito mais belo no tempo dos kedoshins.*

Ela lembrava-se de haver olhado para o templo e do grande esforço que fizera para ver algo diferente, mas nada aconteceu.

— *É só uma lenda* — Kenan disse zombeteiramente. — *Você não deve acreditar em tudo o que lhe dizem. Lendas não foram feitas para serem testadas, apenas admiradas. Não importa se são verdadeiras ou não.*

Lembrava-se de ter ficado um pouco brava com o giborim. Mas o sorriso dele era tão encantador que logo ela também estava rindo.

— *Não deixe Kenan zombar de você* — sua irmã disse também se aproximando com um sorriso que escondia uma pequena repreensão. — *E, acima de tudo, não deixe ele roubar sua fé. A lenda é verdadeira se você crer. Hoje você ainda não tem a concentração necessária para ver, mas algum dia, certamente terá. Eu já vi, e posso lhe dizer que é lindo. É algo mágico. De algum modo, o templo guardou imagens daqueles dias de glória em que os kedoshins reinavam neste mundo. Eu daria tudo para voltar àquele tempo...*

Tzizah lembrava-se de ter, na época, olhado ora para sua irmã ora para Kenan. Eram ambos tão lindos. Na avaliação de Tzizah, o mais perfeito casal que já existira... Um casal digno de ter vivido a era dourada dos kedoshins e não toda a tragédia que foi a vida deles.

A visão ainda não havia se desfeito. Ela olhou mais atentamente para o templo e percebeu que ocorria uma espécie de desfile ou homenagem. Logo compreendeu que havia sido um casamento. Não conseguiu ver os noivos, mas viu duas pessoas, um homem e um kedoshim, aproximarem-se da entrada do templo a fim de prestarem homenagem aos noivos. Ambos aparentavam ser jovens. O homem, apesar de alto, batia abaixo do ombro do companheiro kedoshim. Os dois estavam trazendo algo que todos admiravam. Sem dúvida, tratava-se de algum feito extraordinário. Ao que parecia, a razão era o presente que estava sobre uma carroça logo atrás deles. Um ovo gigante e cinzento. Um ovo de dragão. Percebeu que o jovem humano carregava uma espada. Mesmo de longe reconheceu Herevel.

Uma batida leve na porta fez com que perdesse aquele momento. A cerimônia dos kedoshins desapareceu e os prédios da cidade das águas se materializaram mais uma vez diante dela.

Ela virou-se e enxergou, parada na entrada, uma jovem com roupas esvoaçantes e cabelos cinzentos lisos. Era bonita. Os cabelos estavam parcialmente presos por uma pequena toca cheia de pedras cintilantes no alto da cabeça, como a maioria das jovens da cidade usava.

— Desculpe, princesa, estou aqui a fim de prepará-la.

Atrás da jovem, Tzizah viu dois guardas armados que carregavam uma grande arca. Instintivamente procurou por plantas nos arredores, mas não enxergou nenhuma.

— Não se preocupe — disse a jovem. — Eles não lhe farão mal. Apenas trouxeram a arca com roupas e enfeites enviados pelo Melek. Ficarão aí, do lado de fora, enquanto eu ajudo você a tomar banho e a vestir as roupas da festa.

Após os guardas empurrarem a arca para dentro do quarto, a camareira fechou a porta, e as duas ficaram sozinhas.

Olhando para a jovem, Tzizah lembrou-se do dia em que Ben a confundira com uma camareira em Olamir. Por um momento, sentiu vontade de ser apenas uma camareira. Então, não precisaria carregar a terrível responsabilidade... Não precisaria fazer o que seu pai havia lhe mandado fazer.

— Haverá uma festa? — perguntou com desinteresse, recusando-se a tentar compreender que tipo de loucura levava alguém a realizar uma festa em meio a uma guerra.

Ainda pensava na visão que tivera. Um vislumbre do passado ou uma profecia do futuro?

— Sim — respondeu a jovem revelando confusão nos olhos escuros. — Todo casamento tem uma festa. Três na verdade, segundo a tradição em Bethok Hamaim. Três noites de festa para que o casamento seja consumado e abençoado. Evidentemente está bem longe das sete noites de núpcias de Olamir, mas a maioria das jovens de Bethok Hamaim espera por isso a vida toda.

— E quem vai se casar? — perguntou apenas por educação.

— Você — respondeu ainda mais confusa a camareira. — Com o Melek.

15 As Câmaras do Abadom

A assembleia do povo dakh foi marcada para o início da noite daquele mesmo dia. Quando Ben questionou como eles sabiam quando era noite ou dia nas profundezas da montanha, disseram-lhe que um antigo intérprete de desenhos havia estabelecido os horários, bem como a duração dos ciclos da lua, e que eles contavam isso através de ampulhetas.

Os dakh estavam chamando aquele dia de: um do mês um do ano um. A referência era à vinda do bahîr.

Ben ficou sabendo que os escribas dakh passaram o dia todo fazendo cálculos sobre como contariam os meses dali em diante, e também discutindo o modo como contariam os ciclos da lua para trás. Por fim, decidiram designar tudo o que houvesse acontecido antes daquele dia, como "antes do um".

Toda a empolgação do povo dakh deixava Ben confuso e preocupado. Eles acreditavam que ele fosse um enviado celeste, um escolhido para libertar o povo. O mais intrigante eram os desenhos da sala sagrada. Especialmente o do homem branco alto segurando uma espada, no meio de dois guerreiros negros, diante de três altos portais. Será que aquilo também era obra de Enosh? Teria o latash planejado tudo e providenciado um desenho para iludir o povo dakh?

— Quando foi a última vez que vocês viram um homem lá de cima? — Ben colocou a dúvida em palavras, perguntando para Litili, ao seu lado, que se preparava para iniciar o discurso de abertura da assembleia dakh.

— Nenhum homem vivo jamais veio até aqui — respondeu Litili, tentando subir em uma rocha que o elevaria sobre as cabeças do povo dakh.

— Tem certeza? Um velho, um latash, não esteve por aqui recentemente?

— Se tivesse vindo, estaria no Abadom agora — explicou Litili. — As almas descem pela Garganta, mas homens vivos não podem vir, exceto o escolhido... Está nos desenhos!

Ben ofereceu o braço para que o velho rei subisse na saliência de rocha no centro do grande salão dos desenhos sagrados. Por um momento, o dakh se apoiou no braço de Ben. Foi uma esquisita sensação tocar aquele braço frio e rígido como de um cadáver. Imediatamente, o dakh recuou e afastou-se, fazendo um gesto de que não era digno de se apoiar no bahîr. Ben quase agradeceu.

Litili finalmente conseguiu subir sobre a saliência. Ben colocou-se ao lado dele e, mesmo estando com os pés no chão, ainda ficava mais alto do que o rei dakh.

A rocha sobre a qual o rei se elevava estava bastante gasta, como se já fosse pisada por outros pequenos pés dakh muitas vezes. Ben descobriu ser aquele o local onde os desenhistas e intérpretes faziam seus pronunciamentos ao povo. Quando uma autoridade dakh colocava os pés sobre aquele fragmento de rocha, o que falava era considerado infalível.

O imenso salão subterrâneo estava tomado. Devia haver dezenas, talvez até centenas de milhares de homenzinhos. E não paravam de chegar mais através dos túneis que desembocavam no grande salão iluminado por pedras amarelas e rodeado pelos mais sagrados desenhos dakh. A maioria deles tinha deformações no rosto e nas mãos. E a palidez ainda era a parte mais difícil de se acostumar a ver.

Ben não fazia ideia de como Litili ia se fazer ouvido em meio a toda a algazarra dos dakh.

Mais uma vez, admirou a quantidade de pedras do sol pelas paredes e teto. Ficou pensando se eles imaginavam o poder que possuíam. Mergulhados nas profundezas da terra, utilizavam para enfeitar as paredes um arsenal incalculável.

— Certamente não sentirão falta de quatro pedras — disse Ben para Ooliabe e Oofeliah, ao seu lado.

Os irmãos guerreiros olhavam desconfiados para aquele ajuntamento. Ben reparou que os dois estavam cada vez menos confortáveis debaixo da terra.

— Logo vocês voltarão a ver o sol — disse para tranquilizá-los. — Talvez, os dakh possam nos ajudar mais do que esperávamos.

— Povo dakh é estranho — disse Ooliabe. — Escuridão e falta de ar nas profundezas mexeram com os miolos deles. Ele são... são...

— Fanáticos — Ben mencionou a palavra que Ooliabe procurava.

— Melindrosos — disse Ooliabe. — Fanáticos melindrosos. O tipo mais perigoso de homens.

Ben sentiu vontade de rir, pois acreditou que Ooliabe não compreendia o significado da palavra "melindrosos".

— Eles realmente são estranhos, mas são inofensivos. Não nos fariam mal.

— Com todo este arsenal aqui embaixo?

— Eles não sabem o que estas pedras podem fazer...

— Valorizam coisas sem valor — continuou Ooliabe. — Mudam de opinião a cada momento. Não são confiáveis. Precisamos ir embora.

— Eu sou o bahîr deles — brincou Ben. — Farão tudo o que eu disser.

Litili ergueu a mão e instantaneamente a algazarra desapareceu. O silêncio estabeleceu-se de modo tão automático e inesperado, que Ben, Ooliabe e Oofeliah olharam-se espantados mais uma vez.

— Bendito e santo seja o criador do submundo! — começou a recitar o rei dakh.

— De eternidade a eternidade seja bendito aquele que criou o povo dakh! — respondeu a multidão dakh.

— Há trinta mil ciclos da lua quando se estabeleceram os fundamentos do mundo — retomou Litili.

— O criador fez o povo dakh para guardar o submundo — respondeu a multidão.

— Uma raça especial, um povo especial, foi isso o que o criador fez.

— Um povo especial, uma raça especial, foi o que ele fez.

Após mais diversos pronunciamentos sobre a importância da tradição dakh, a confiabilidade dos desenhos e a meritória fidelidade do povo, sempre ao estilo responsivo, Litili fez menção de descer da rocha sagrada.

— Ouçam agora a palavra do sumo intérprete dos desenhos dakh — disse o rei, antes de abandonar o posto de honra.

Um anão que parecia tão velho quanto Litili, trajando roupas púrpuras, cheias de pendentes, os quais adornavam os cabelos amarelos e a barba, subiu na pedra. Ben notou que a expressão dele parecia zangada como a de todos os intérpretes que vestiam roupas púrpuras.

— Ouça, povo dakh, a história da criação! Ainda não havia luz sobre a terra, nem plantas ou seres vivos. Então, o criador pegou uma rocha dura como ferro e a modelou.

— E assim nasceu o dakh, o primeiro ser vivo da terra! — recitou a multidão.

— Por isso são tão feios — disse Ooliabe, com uma cara séria, ao lado de Ben. — Foram feitos da rocha e mal modelados.

Ben segurou o riso.

— E o grande criador o colocou para habitar e dominar a terra — continuou a recitação o sumo intérprete.

— E foram felizes, foram felizes, foram felizes! — respondeu a multidão.

— Porém, os seres altos os expulsaram de sua terra e os lançaram no submundo. O grande criador, então, prometeu que enviaria um escolhido, um escolhido, um escolhido!

— Bahîr! Bahîr! Bahîr!

— Para nos libertar da opressão!

— Bahîr! Bahîr! Bahîr!

— E os levar até os campos de eterna luz primaveril. Onde os espíritos dos justos repousam em paz perene.

— Está nos desenhos! Está nos desenhos! Está nos desenhos! — retumbou a multidão.

A repetitiva recitação continuou por mais duas horas, enquanto boa parte da história do povo dakh foi relembrada. Ben entendeu que a história era recitada por eles toda vez que se reuniam. Era um modo de manter a própria identidade.

— Povo dakh — recomeçou o sumo intérprete, após recuperar o fôlego. — Por milênios foi esperado que este dia finalmente chegasse. Os desenhos se cumpriram. O bahîr chegou.

— O bahîr chegou! O bahîr chegou! O bahîr chegou! — A multidão repetiu a uma só voz. Foi tão forte que as paredes do salão pareceram tremer com o eco.

— Isso prova que os desenhos estavam certos. A longa espera não foi vã! Valeu a pena permanecer fiéis às tradições, permanecer fiéis, permanecer fiéis.

— Tradições! Tradições! Tradições!

— Sim! As tradições são verdadeiras. Olhem para aquele quadro! — o dakh apontou para o pergaminho aberto na parede com o desenho do bahîr, diante dos três portais. Todas as cabecinhas se voltaram. — Vejam as semelhanças! Ele cumpriu-se hoje!

— Cumpriu-se hoje! Cumpriu-se hoje! Cumpriu-se hoje!

— Os dakh são de fato um povo bem-aventurado. O criador não se esqueceu deles. Enviou seu bahîr!

— Não se esqueceu! Não se esqueceu! Não se esqueceu!

— Eis que ele diz isto — pronunciou-se o sumo intérprete a respeito de si mesmo, com uma voz ainda mais estridente. — Durante milênios, os velhos intérpretes os enganaram a respeito do bahîr. Disseram que deviam esperar um guerreiro, alguém que os liderasse para fora desta montanha, para enfrentar os inimigos lá em cima. Mas o que há para eles lá em cima? O submundo é seu verdadeiro lar. Nestes túneis eles e seus antepassados viveram por tantos séculos e foram felizes.

— Foram felizes! Foram felizes! Foram felizes! — repercutiu a assembleia.

— A prova de que os velhos intérpretes estavam errados se deu no exato instante em que todos eles foram mortos. O bahîr chegou!

— O bahîr chegou! O bahîr chegou! O bahîr chegou!

— Agora ouçam o que o bahîr tem a dizer, e o que eles devem fazer. Certamente ele dirá aquilo que eles já sabem e confirmará o que creem. Devem seguir para o Ocidente, cavar túneis até as câmaras gigantes, encontrar seu verdadeiro lar, nos campos primaveris. O bahîr não é um guerreiro, é um escavador!

— Escavador! Escavador! Escavador!

— O povo dakh é um povo escavador!

— Escavador! Escavador! Escavador!

O sumo intérprete dakh desceu da pedra sagrada e fez sinal para que Ben subisse nela.

Ooliabe adiantou-se e ajudou Ben a subir.

— Seja cauteloso — sussurrou em seus ouvidos. — Falta sol.

Ben acomodou-se precariamente na rocha que, apesar de alta, era bastante estreita. Imaginou que seria fácil escorregar e bastante engraçado o bahîr despencar da rocha sagrada em seu primeiro pronunciamento.

— Povo dakh — disse levantando a mão. A algazarra que havia iniciado, quando o sumo intérprete desceu da pedra, instantaneamente sumiu mais uma vez.

— Estou feliz em encontrá-los aqui — disse Ben, por um momento sem saber o que dizer ao ver todos aqueles rostinhos macabros fixos nele. — O título "escavador" anunciado pelo sumo intérprete o deixou desconsertado.

Algazarra foi a resposta às palavras de Ben.

— Bahîr feliz! Bahîr feliz! Bahîr feliz!

— Vocês construíram um belo lugar! Ninguém lá em cima imagina que exista uma cidade tão grande aqui embaixo. Vocês realmente escavaram muito!

A maioria dos dakh não pareceu entender as últimas palavras. Por um momento, todos ficaram silenciosos. Mas foi só alguém gritar outra vez "Bahîr feliz!", que logo todos gritaram "Bahîr feliz! Bahîr feliz! Bahîr feliz!"

— Eu quero contar para vocês uma história — fez um gesto para que silenciassem e foi atendido. — É a história do mundo lá de cima. Seus antigos intérpretes não estavam totalmente errados. Há uma guerra lá em cima. Os kedoshins retiraram-se de Olam há mais de dois mil anos. Nesse tempo, os shedins foram confinados a uma terra de escuridão, condenados a permanecer dentro dela ou então serem enviados para o Abadom. Os homens construíram grandes cidades, pois os kedoshins compartilharam com eles o segredo da lapidação das pedras shoham. Deram inclusive para os homens a grande pedra branca que vocês encontraram, após ter sido lapidada por eles. Os homens chamam-na de "o Olho de Olam". Porém o poder da pedra enfraqueceu possibilitando aos shedins invadir e destruir Olamir, a principal cidade dos homens. Agora, eles preparam-se para destruir as demais. O mundo livre está por um triz.

Um total silêncio se estabeleceu após aquelas palavras.

— Há uma batalha terrível lá em cima — repetiu Ben, sem saber se eles haviam entendido tudo o que dissera. — O reino dos homens está ameaçado pelo poder dos shedins. A cortina de trevas avança sobre Olam. O Olho de Olam se apagou e foi reativado. Eu mesmo participei da reativação dele, da pedra que vocês encontraram há muitos milênios. Mas infelizmente a pedra branca caiu nas mãos erradas...

— Pedra branca é amaldiçoada — gritou o sumo intérprete do meio da multidão.

— Pedra branca é amaldiçoada! Pedra branca é amaldiçoada! Pedra branca é amaldiçoada! — foi a resposta da multidão.

— Escutem, povo dakh! — insistiu Ben. — Olhem para suas pedras amarelas. Vocês acumularam um poder incrível. Com todas essas pedras vocês poderão subir à superfície e ajudar os homens a se libertarem das trevas.

A resposta foi novamente silêncio absoluto.

Os intérpretes autorizados vestidos de púrpura olhavam-se e mexiam-se desconfortavelmente. As expressões começavam a ficar mais sombrias do que já eram.

— O bahîr está testando o povo dakh! — disse um dos novos intérpretes. — Ele quer saber se realmente têm convicção a respeito do que creem. O bahîr sabe que os desenhos claramente indicam que ele os deve liderar para o oeste, através dos túneis nunca acessados, pois lá está a verdadeira terra, lá encontrarão a paz desejada por milênios.

— O bahîr está testando! O bahîr está testando! O bahîr está testando! — fez coro a multidão.

— Não! Eu não estou testando vocês! Não há nada ao oeste. Pelo menos nada que eu conheça. Acreditem, eu nem saberia para onde levá-los. Não sou um escavador. Nunca escavei nada além de uns túmulos. Meu caminho é lá para cima, onde a verdadeira batalha está acontecendo. Eu só estou aqui por causa disso! É para lá que eu retornarei!

O silêncio após aquelas palavras foi sepulcral. Ben percebia animosidade na maioria dos rostinhos pálidos. Os novos intérpretes expressavam-se pelos cenhos totalmente franzidos.

— Povo dakh esperou por milênios a vinda do bahîr — pronunciou-se o sumo intérprete. — Eles ansiaram pela libertação do sofrimento e das privações passadas. Agora que o bahîr chegou e finalmente poderiam ter a paz e a abundância, deveriam subir e envolver-se em uma guerra, onde só haverá morte, dor e sofrimento? É isso o que o bahîr deseja?

— Eu não desejo a morte ou o sofrimento de ninguém. Mas muitas pessoas estão, neste exato momento, sofrendo e morrendo. E se não fizermos nada, isso só vai aumentar.

— Eles olharão novamente os desenhos! — Disse o sumo intérprete. — Eis que ele diz isso: eles olharão outra vez e assim tirarão a prova!

— Tirarão a prova! Tirarão a prova! Tirarão a prova! — retumbou o povo dakh. Imediatamente todos os principais líderes passearam pelo salão.

— Eles vão fazer isso aqui e agora? — perguntou Ben.

— Todos os desenhos considerados verdadeiros estão neste salão — explicou Litili.

— Acho que já terminaram — disse Oofeliah, ao ver que os intérpretes já retornavam para diante da pedra sagrada.

— Eles fizeram como tu disseste — relatou o líder dos intérpretes. — Estudaram outra vez o antigo desenho, estudaram outra vez, estudaram outra vez.

— Foi rápido! Achei que fariam isso com mais cuidado... A qual conclusão chegaram?

— No desenho, o bahîr está segurando o fogo tenebroso com a mão esquerda. Se tu és o bahîr, cadê o fogo tenebroso?

O burburinho percorreu as fileiras de dakh.

— Eles pedem que entregues agora o fogo tenebroso, então, acreditarão que és o verdadeiro bahîr, o esperado, o esperado, o esperado.

— Eu... eu não sei do que se trata.

— Então não és o verdadeiro bahîr — sentenciou o sumo intérprete, fazendo gesto para que Ben descesse da pedra sagrada. Em seguida, ele a escalou. — Eis que ele diz isto: és um enviado dos demônios para os enganar, para que abandonem a fé. Tu és o falso bahîr que os antigos desenhos anunciaram que também viria. Além disso, tu disseste que não sabes como guiar povo dakh para as câmaras ocidentais, que não és um escavador, portanto confirmaste que não és o verdadeiro bahîr.

Por um momento, a multidão ficou com os olhos esbugalhados observando o sumo intérprete. Demoraram alguns instantes para entender as implicações do que ele dizia. Mas aos poucos os novos intérpretes começaram a gritar.

— Falso-bahîr! Falso-bahîr! Falso-bahîr!

A multidão seguiu o coro, para desespero do guardião de livros.

— Viva a fidelidade do povo dakh! — gritou o sumo intérprete.

A multidão eufórica gritou a mesma frase.

— E quanto ao falso-bahîr? — perguntou Litili.

— Seja morto! — ordenou o sumo intérprete. — Lançado com corpo e alma para dentro da Garganta!

— Mas é certo que ele é o falso-bahîr? — insistiu o rei.

— Para a Garganta! — gritaram os intérpretes dos desenhos sagrados.

— Para a Garganta! — retumbou a multidão dakh.

Imediatamente a turba moveu-se furiosa ao encontro do guardião de livros e dos guerreiros negros.

Herevel faiscou com a aproximação, e Ooliabe e Oofeliah também pegaram suas armas.

— Povo dakh! — bradou Ben. — Isso é um erro! Vocês estão sendo enganados!

— A interpretação é infalível — retrucou o sumo intérprete.

— E quanto ao lugar indicado no desenho? — apontou Ben. — O que são aqueles portais?

Todas as cabeças voltaram-se na direção em que Ben apontava.

— Os portais do Abadom — alguém disse.

— Sim, os portais do Abadom — Ben repetiu. — Para confirmar que eu sou o verdadeiro bahîr, exijo chegar aos portais do Abadom!

— Os antigos intérpretes acreditavam que o bahîr deveria chegar aos portões do Abadom — explicou o sumo intérprete. — Mas eles estavam errados. Por isso foram todos mortos. Os novos intérpretes sabem que aqueles portões são das câmaras gigantes do oeste. Quando o verdadeiro bahîr vier, levará eles para aquele lugar construído pelos kedoshins.

— Mas você disse que os antigos intérpretes estavam errados e isso foi confirmado, porque, ao serem mortos, eu cheguei. Então, como eu posso ser o falso bahîr, e os novos intérpretes estarem certos?

Por um momento, o sumo intérprete e os novos intérpretes ficaram sem resposta. Olhavam atônitos para Ben, enquanto todo o povo olhava para eles esperando a resposta.

— Eis que ele diz isso — pronunciou-se o sumo intérprete invocando a frase que reivindicava autoridade infalível — falso bahîr está tentando confundir povo dakh. Eles não devem dar atenção às suas palavras. Suas mentiras querem fazer eles abandonarem a fé. Aqueles portais são...

— Os portais do Abadom — disse uma voz velha saindo de uma das cavernas.

Todas as cabeças voltaram-se para a caverna. Um dakh que parecia mais velho do que Litili e do que o sumo intérprete surgiu da escuridão. Sua barba amarela arrastava-se por cerca de dois metros. Usava roupas esfarrapadas e conseguia ser ainda mais assustador do que os dois.

— O último desenhista! — algumas vozes começaram a sussurrar.

— O último desenhista! — confirmaram outras admiradas.

— O último desenhista? — perguntavam alguns.

— O último desenhista! — exclamavam outros.

O velho dakh aproximou-se apoiado em um pequeno cajado. Os dakh abriam caminho para que ele andasse. Todos faziam reverência diante dele.

— Após diversos ciclos da lua vagando nos túneis escuros, finalmente entendi que era o momento de retornar — pronunciou-se o desenhista. — Até porque, com todo esse barulho aqui em cima, quem conseguiria meditar?

Era a primeira vez que Ben ouvia um dakh falando em primeira pessoa.

— O senhor confirma que ele é o verdadeiro bahîr, ou concorda que é falso? — perguntou Litili.

O mais velho dos dakh olhou longamente para o guardião de livros.

— Se ele é o verdadeiro ou o falso, eu não sei. Minhas vistas estão fracas. Há semelhanças, sem dúvida, embora eu pessoalmente acreditasse que o bahîr fosse um pouco mais pálido, mais pálido, mais pálido.

— Falso bahîr! — gritou o sumo intérprete.

— Falso bahîr! Falso bahîr! Falso bahîr! — retumbaram os seguidores dele.

— Silêncio! — Ergueu a mão o último desenhista.

E mais uma vez a baderna se transformou num sepulcro. Por alguns instantes, nenhum som era ouvido.

O desenhista caminhou calmamente até a pedra elevada, e todos abriram passagem para ele. Ao ver que ele se aproximava, o sumo intérprete desceu contrariado.

— Para além da muralha de pedra e da grande Garganta — pronunciou-se o último desenhista, do alto do pedestal —, e para além das esquecidas cidades dakh, câmaras secretas abertas pelos mais poderosos antepassados conduzem aos três grandes portais do Abadom. Se o bahîr trouxer o fogo tenebroso prometido para o povo dakh no antigo tratado do mundo e do submundo, comprovará que é o verdadeiro, o verdadeiro, o verdadeiro.

— Fogo tenebroso! Fogo tenebroso! Fogo tenebroso! — explodiu outra vez a multidão.

*****
 ****

Os primeiros barcos chegaram ao amanhecer. As forças unidas dos vassalos e de Ir-Shamesh acumulavam-se através do Perath bloqueando a entrada de Bethok Hamaim. Até o meio-dia, havia tantas embarcações povoando o rio que não era possível ver o fim dele. Soldados a pé também ocupavam as margens. As pontes de acesso à cidade haviam sido levantadas.

As movimentações internas também eram intensas. Da janela do seu quarto, Tzizah viu Bethok Hamaim preparando-se para a guerra contra os rivais do oeste. Em um instante, todo o comércio estava fechado e não havia mais ninguém nas ruas.

A cidade confiava tanto em sua localização quanto no contingente de soldados para se defender. Situada no meio do rio, as águas do Perath eram sua grande defesa contra o ataque por terra, porém a constituição como ilha a tornava mais vulnerável em um ataque por embarcações. Por isso, as construções externas que rodeavam o rio foram transformadas em barricadas protetoras, pelas quais os soldados guarneciam a cidade.

Antes, Tzizah receberia a notícia da chegada dos exércitos do norte com apreensão, pois acabara de vivenciar os horrores de uma batalha. Ainda considerava um absurdo cidades de um mesmo reino, como Ir-Shamesh e Bethok Hamaim, lançarem-se à guerra, sabendo que todos estavam à mercê das trevas. Mas, naquele momento, era quase um alívio. Qualquer coisa que atrapalhasse a loucura daquele casamento poderia ser acolhida como uma quase salvação.

Sem dúvida, a primeira noite de festa do casamento havia sido a mais inusitada de todas em Bethok Hamaim. Toda a liderança da cidade estava lá como esperado. Mesmo com uma advertência para que ficasse quieta e fizesse tudo o que ele dissesse, Sáris era puro sorriso. Ela obedeceu para ganhar tempo, considerando que haveria três noites de festa até a consumação do casamento. Porém, quando ele tentou beijá-la na hora do brinde, uma planta que estava dentro do salão enlaçou o pescoço do Melek das Águas, e o homem só não foi enforcado, porque os soldados cortaram as ramas. Com o rosto vermelho de sangue, ele se vingou batendo-lhe no rosto com a palma da mão. Por muito tempo, os dedos gorduchos ficaram gravados em sua face para que se lembrasse de sua situação: prisioneira. Mas, pelo menos, ele não tentou mais beijá-la depois disso.

Já estavam no sexto dia desde a partida de Nod e Tzizah perguntava-se se Ben havia conseguido cumprir a missão. Também gostaria de saber a qual distância de Bethok Hamaim estava a cortina de trevas.

— Preciso ganhar tempo e, no entanto, não há mais tempo... — sussurrou perto da janela de vidro, vendo o vapor do seu hálito embaçá-la. Aquele era o único lugar em que conseguia ficar. Não podia sair do quarto, então a janela oferecia-lhe um pouco da liberdade desejada.

Tzizah começava a pensar que jamais conseguiria se livrar do sentimento de culpa. A condenação de seu pai, a loucura de Kenan, a morte de Enosh. Era impossível não se sentir responsável, pelo menos em parte, por todas aquelas tragédias.

Pensou mais uma vez no guardião de livros e nas coisas que seu pai havia dito sobre ele, na noite em que ela levou os instrumentos e a pedra do sol para os peregrinos que já haviam partido de Olamir.

Eu soube de seu passeio com Ben...

Havia contrariedade nos olhos e nas palavras dele. Ela imaginou que fosse pelo fato de Ben ser um forasteiro e ela a noiva de Kenan.

Eu não quero que você se aproxime dele... Se entendo suficientemente o modo como o destino trabalha, esse jovem poderá fazer algo muito grande por Olam. Mas o contrário também é verdadeiro. Prometa-me que manterá distância dele! Para o bem dele e para o seu próprio bem.

Aquelas palavras foram assustadoras para Tzizah. Mas ela sabia que seu pai jamais exigia ou proibia algo sem ter motivos consistentes. Não teve opção senão prometer que não se aproximaria mais do guardião de livros.

Antes que ela partisse, Thamam ainda lhe deu outras instruções: *O grupo de peregrinos será tomado por sentimentos contraditórios e enfrentará testes muito acima da possibilidade de homens, mas eu espero que sejam ajudados por El. Temo, por um lado, que sua presença no grupo só aumentará esses sentimentos contraditórios, porém aqui não há mais qualquer segurança. Você precisa guardar nosso segredo... Aconteça o que acontecer, você é o futuro de Olam. Nunca duvide disso. Você foi preparada para isso. Use o conhecimento que recebeu e também os dons. Mas seja cautelosa. E lembre-se, Kenan precisa de você. Não desista dele.*

Aquelas palavras alimentavam sentimentos conflituosos nela. Após tudo o que Kenan fizera, sentia ter diminuído sua ligação com o giborim. Era verdade que procurava não pensar muito nele, pois, quando fazia isso, sentia um grande vazio no peito, e as lágrimas desciam facilmente. Não podia esquecer que Kenan condenara Olamir. Sua sede de vingança o fez passar por cima de tudo e de todos... Até mesmo de seu pai...

Tzizah voltou-se e olhou para o vestido do segundo dia de festa deixado sobre a cama, e isso a fez pensar, mais uma vez, na grande tragédia que havia transtornado o giborim, e como a noite que era para ser a mais feliz de todas, se transformou na maior das tragédias.

Lembrava-se do casamento dele com sua irmã como se tivesse sido ontem. A bela Tzillá encantava a todos em Olamir por sua formosura e sabedoria. Lembrava-se especialmente do dia em que Kenan cumprira a última etapa do Néder. Estava, então, habilitado a apresentar-se em Olamir e reivindicar a mão da princesa. Havia sido a festa mais bela de todas. Ficara deslumbrada com as cores das bandeiras, os conjuntos musicais que celebravam a união do casal e os fogos coloridos sobre a cidade. As ruas brancas de Olamir, repletas de alimentos deliciosos, substituíam a sobriedade tradicional por festividade e, até mesmo, por um pouco de irreverência. A celebração durara sete dias.

Os noivos desfilaram pela cidade, provando um pouquinho de tudo o que os nobres lhes ofereciam nos palácios e nas praças. Kenan vestido com a Aderet sobre a armadura prateada era um verdadeiro príncipe. Naquela época, ele era o homem mais forte e belo de Olam. Todos diziam isso, e Tzizah concordava plenamente. Ela só não conseguia entender por que sua irmã não parecia tão feliz. No entendimento de Tzizah, ela deveria se sentir a mulher mais feliz do mundo. Tzizah imaginava que talvez fosse pelo excesso de festividades. Sua irmã tinha um estilo sóbrio e não gostava de extravagâncias. Na verdade, Tzizah havia percebido mudanças em sua irmã, especialmente no período anterior ao casamento, quando ela ficou fora de Olamir por vários meses. Sentia muita falta dela.

Seu pai lhe dizia que a futura rainha de Olam precisava viajar, conhecer outras terras e outros povos, estudar outras culturas. Tzillá havia ficado seis meses distante de Olamir, e nesse período, visitado Nod, Maor e até as terras de Além-Mar. Retornou às vésperas do casamento. E durante a festa, ela parecia um pouco distante, pensativa. Quase como se não quisesse mais se casar.

Na última noite do casamento, ocorrera a tragédia. Tzizah lembrava-se dos rostos preocupados, das palavras sussurradas que foram gerando cada vez mais apreensão em seu coração, principalmente por não a deixarem aproximar-se do quarto de Tzillá.

Ela só realmente entendeu o que aconteceu horas mais tarde. Homens disfarçados de convidados, entre a comitiva de Bethok Hamaim, tentaram sequestrar Tzillá. Uma luta havia acontecido dentro do quarto da princesa. Dois sequestradores estavam lá, mortos. E sua mãe também. Ela lutara com os invasores tentando impedir que a filha fosse levada.

Foi assim que Tzizah viu o conto de fadas virar uma história de horror.

Seu pai definhava e, ao mesmo tempo, tentava encontrar forças para resgatar sua filha. Kenan, praticamente enlouquecido, percorria Olam em busca de pistas. Tzizah só se lembrava de chorar de saudades dia e noite.

A situação ficou tão grave que, por pouco, Olamir e Bethok Hamaim não entraram em guerra. No final, concluiu-se que os sequestradores não eram de Bethok Hamaim, mas homens dos reinos vassalos.

As águias sentinelas varreram o território vassalo em busca da princesa de Olam, e o exército de Olamir invadiu o território de Bartzel. Apesar disso, não se achou qualquer sinal de Tzillá em Bartzel. Todas as pistas indicavam que ela estava em Salmavet, na terra de Hoshek.

Quando os meses passaram, ficou evidente que os sequestradores não pediriam resgate. Quando ninguém mais acreditava que ela pudesse estar viva, surgiram pistas dúbias do paradeiro da princesa. Ela estava em Schachat. Então, veio o supremo golpe de crueldade. Era só mais uma armadilha. O objetivo era que o Melek e os principais guerreiros de Olam saíssem de Olamir para facilitar o plano dos shedins de roubar o Olho de Olam.

Ao final daquela noite, sua irmã estava morta. Kenan, então, matou o rei do ferro e tornou-se um homem obcecado por vingança.

A guerra ainda durou três anos até que o Conselho de Olamir, a pedido do Melek, por razões nunca aceitas por Kenan, decidiu pela interrupção.

Um forte estrondo arrancou Tzizah daqueles pensamentos dolorosos. Por um momento, ela não entendeu o que acontecia até que observou um súbito e intenso brilho vermelho surgir em um edifício bem próximo ao centro da cidade. Ela não acreditou quando viu parte do edifício estilhaçar-se e descer ao chão, espalhando escombros e poeira em todas as direções.

Os gritos de assombro intensificaram-se dentro da cidade das águas.

Imediatamente ela olhou para a direção do poente, onde os exércitos se apinhavam nos barcos, e viu o que pareciam pequenas bolas vermelhas brilhantes cruzando o céu. Várias torres foram danificadas com os impactos e algumas desabaram inteiramente ao chão.

— Pedras shoham! Eles estão atacando a cidade com pedras shoham!

Uma pedra brilhante voou em direção ao Morada das Estrelas. Apavorada, Tzizah arregalou os olhos ao perceber que a estrutura seria atingida. Mas, quando a pedra se chocou com o templo, simplesmente desapareceu, como se tivesse sido absorvida por ele. No entanto, ao redor, torres continuavam sendo atingidas e demolidas.

A resposta da cidade não demorou. Pedras shoham foram arremessadas pelos soldados de Bethok Hamaim atingindo a região onde os barcos invasores estavam estacionados. Cada pedra fazia uma embarcação voar pelos ares, arremessando homens a dezenas de metros de distância.

— Eles vão destruir-se! — indignou-se a princesa de Olamir.

*****
****

A cidade dourada dos dakh era admirável pela grandeza dos túneis, mas Ben jamais imaginava o quanto ainda descobriria nas profundezas da terra.

Já caminhavam há um dia aproximadamente desde que deixaram o último portão que marcava o estágio final da habitação dos dakh. Dali para frente, era apenas escuridão e vazio. A cada quinhentos ou seiscentos metros encontravam alguma bifurcação e depois novos túneis levavam para onde só *El* podia imaginar.

Os túneis eram rústicos e sem iluminação. Não fosse a luz das pedras amarelas carregadas pelos dakh, seria o mesmo que estivessem cegos.

Litili seguia à frente da comitiva, ao lado do sumo intérprete. Os dois anões claramente descontentes cumpriam a tarefa que lhes fora incumbida pelo último e recém-reaparecido desenhista dos desenhos sagrados. Litili carregava uma sacola com algumas pedras do sol de reserva. Isso deixava Ben um pouco mais aliviado, pois teriam luz nas profundezas.

— Há quanto tempo vocês esperam o bahîr? — perguntou para o rei dakh.

— Há vinte mil ciclos da lua, bendito seja, desde que os primeiros desenhos foram encontrados no grande salão sagrado.

Ben desconfiava daquela contagem de tempo dos dakh. Se fosse verdade, eles viviam milhares de anos. Mas como contavam o tempo pelos ciclos da lua se não podiam vê-la? Até que ponto as ampulhetas eram confiáveis?

Ben não conseguia entender a incrível coincidência das ilustrações. Como um desenho tão antigo podia retratá-lo com tanta semelhança? A princípio pensou que aquilo fosse mais um dos estratagemas de Enosh, mas convencera-se de que o velho nunca havia pisado nos salões subterrâneos dos dakh. No entanto, sabia que prever o futuro não era algo tão improvável.

O futuro é apenas a soma dos eventos do passado e do presente — lembrou-se de uma explicação de Enosh, enquanto faziam experiências com Ieled em Havilá. *Veja o exemplo da chuva. Se pudéssemos compreender o modo como as nuvens se movem de um lugar para o outro e conseguíssemos calcular a velocidade do vento, poderíamos dizer quando choverá aqui ou ali. Do mesmo modo, se fosse possível ler todos os dados relacionados a um evento, descobriríamos o futuro mais provável daquele evento.*

Era isso o que tentavam fazer com Ieled. A pedra conectava-se com outras pedras, independente de lugar ou distância, possibilitando encaixar as peças do grande quebra-cabeças dos acontecimentos e, com base nisso, pintava um quadro do futuro. Mas havia dois problemas com a experiência: ela só fazia isso com uma grande dose de aleatoriedade, e as previsões eram apenas prováveis, pois eram por demais localizadas.

Um dia, conectando Ieled com a pedra que havia dado para Leannah, Ben previu por acaso a chegada de forasteiros ao templo de Havilá com sete dias de antecedência. Tratava-se de uma comitiva de Olamir que percorria Olam, implantando reformas ordenadas pelo Grande Templo. Sem revelar para Leannah a razão de suas previsões, ele a fez acreditar que era um bruxo que sabia adivinhar o futuro. Quando não conseguiu mais ocultar a verdade, ela exigiu que Ben tentasse, com Ieled, descobrir com quem ela se casaria. Mesmo contrariado, ele tentou visualizar algo, então viu o rosto aquilino de um jovem da cidade, o filho de um dos principais sacerdotes. Ben sabia que o jovem gostava de Leannah e de fato teve a sensação de ver o rosto dele dentro de Ieled. Entretanto, uma semana depois, o filho do sacerdote morreu de uma desconhecida enfermidade. Contrariada, Leannah exigiu que Ben tentasse descobrir com quem ele se casaria. Ben recusou-se, dizendo que seria um latash e, por isso, não se casaria com ninguém, mas ela não o deixou em paz até que tentasse ver. Foi então que viu uma garota com olhos cinzentos e cabelos escuros.

— *Se fosse possível conectar todas as pedras shoham do mundo* — Ben lembrava-se de ter perguntando para Enosh, após relatar a falha da previsão — *se pudéssemos colocar todas em uma grande rede, de modo a captar todos os eventos que acontecem no mundo, seria possível então conhecer o futuro de modo infalível?*

A resposta do velho não foi animadora.

— *Nenhuma pedra shoham, nem mesmo o Olho de Olam em sua capacidade máxima, é capaz de captar todos os acontecimentos que se relacionam a um evento. Nem todas as pedras shoham juntas conseguiriam. Sempre escaparia alguma coisa. Por isso, há exceções em toda previsão que fazemos; existem elementos não previstos, que adentram e interferem em uma história.*

— *Por que não é possível?* — Ben insistira. — *Se colocássemos pedras shoham em todos os lugares do mundo, cobrindo cada parte da terra, eu acredito que seria possível saber o futuro com perfeição.*

— *Nem mesmo assim, seria possível.*

— *Por que não?*

— *Só é possível saber o futuro com perfeição quando se tem o poder de fazê-lo acontecer. E se pudéssemos fazer isso, seríamos deus.*

Ben começava a imaginar que os antigos desenhistas dakh possuíam pedras capazes de prever o futuro. Por isso, antevendo a chegada dele ao submundo pintaram o quadro com tamanha semelhança. Restava saber se aquela previsão se confirmaria ou não. E, caso se cumprisse, qual seria o significado?

Porém, no final das contas, a semelhança não fora suficiente para ele ser reconhecido pelo povo dakh. Não fosse a aparição do último desenhista, as coisas teriam ficado bem complicadas dentro da montanha.

— Por que está tão descontente com esta missão? — perguntou Ooliabe para Litili. Ambos caminhavam lado a lado.

— Porque eles estão mergulhando no reino dos mortos. E Litili não está falando apenas de almas de homens.

— Todos os monstros e espíritos malignos estão presos no Abadom — disse Ben.

— Os da era anterior sim, mas os das outras eras podem estar fora, perdidos em dimensões paralelas que, às vezes, misteriosamente se encontram, se encontram, se encontram.

— Você está falando de demônios, como os shedins?

— Ou de coisa pior. Quem pode saber? Os desenhos dizem que muitos espíritos e monstros intermediários não puderam ser lançados no Abismo e permaneceram nas câmaras. Certamente não estão felizes após todo esse tempo, todo esse tempo, todo esse tempo.

— O Abadom julgará falso-bahîr — disse o sumo intérprete, caminhando ainda mais infeliz logo atrás de Litili e segurando o pergaminho onde o último desenhista riscara um mapa das cavernas até os portões. — Serás punido por tentar enganar povo dakh. Ao mesmo tempo, povo dakh será recompensado por ter permanecido fiel, por ter permanecido fiel, por ter permanecido fiel.

— Acho que vocês não acreditam nos antigos desenhos — disse Ben, já cansado de todo aquele fanatismo. — Preferem acreditar em suas próprias interpretações.

— Cala-te falso-bahîr! Tu já os tentaste o suficiente. As interpretações são a exata expressão dos antigos desenhos. Eles são fiéis. E tu não conseguirás desviar o povo dakh, não conseguirás desviar, não conseguirás desviar.

Ben desistiu de conversar com o sumo intérprete. Ooliabe estava certo. A falta de sol devia ter causado problemas cognitivos naquele povo. Eram obcecados. Diziam crer nos desenhos antigos, mas na verdade faziam os desenhos retratarem apenas o que eles queriam ver.

Por outro lado, aparentemente os objetivos da viagem seguiam melhor do que Ben imaginara. Estava marchando diretamente para o Abadom, se é que podia acreditar no último desenhista. Talvez, pudesse resgatar Thamam. Na pior das hipóteses, mesmo que tudo fosse uma grande alucinação do povo dakh, e também de Anamim, pelo menos as pedras do sol carregadas por Litili eram reais, e tentaria levar as necessárias para a rede.

Ooliabe e Oofeliah seguravam os arcos em prontidão. Não teria sido muito difícil livrar-se da escolta com pouco mais de trinta dakh, mas Ben jamais chegaria aos portais do Abadom sem a ajuda do sumo intérprete que detinha o mapa. Além disso, fora informado de que, se conseguisse chegar aos portais e resgatasse o fogo tenebroso, o povo dakh reconheceria que ele era o verdadeiro bahîr. Assim, talvez, conseguisse realizar três feitos extraordinários no submundo: libertar Thamam, conseguir as quatro pedras restantes para a rede, e voltar com um exército de cem mil dakh armados com pedras do sol.

O gato pardo também o acompanhava roçando algumas vezes em suas pernas. Quando as duas pequenas asas atrofiadas o tocavam, Ben sentia uma espécie de gastura. Outras vezes o enxergava ao longe, apenas os dois olhos amarelos flutuando na escuridão, como se fosse um monstro das profundezas.

Em alguns momentos passavam por lugares em que o teto parecia tão alto quanto o dos salões da cidade dourada, em outros precisavam abaixar-se para transitar através de grutas estreitas.

Os túneis abertos pelos dakh interligavam as câmaras subterrâneas naturais, mas não com a mesma ostentação da cidade dourada. Isso não era um grande problema. O problema eram as pontes. Algumas eram estreitas ligações de pedra, sem apoio ou parapeito, as quais se suspendiam sobre abismos de trevas. Ben não sabia o que era pior ao equilibrar-se sobre as precárias passarelas de pedra deixadas pelas centenas de milhares de anos de erosão: olhar para baixo e não ver o fundo, ou, às vezes, vê-lo cheio de pontas. E um problema ainda maior era a ausência das pontes sobre algumas fissuras no chão, obrigando-os a saltar. Algumas tinham quase dois metros de largura e, cada vez que precisavam saltar por elas, Ben ficava contando o número de soldados dakh que pulava, torcendo para que nenhum calculasse mal a distância.

Várias vezes a comitiva parou e descansou. Apesar do percurso ser todo de descida, a longa distância percorrida tornava a jornada muito desgastante.

Finalmente, o túnel acabou em uma rocha nua. A luz revelou que era um obstáculo semelhante ao que eles haviam encontrado quando acessaram as cidades dakh.

— Atrás desta barreira fica a grande Garganta que conduz às câmaras que antecedem os portões do Abadom — disse o sumo intérprete olhando para o desenho no pergaminho.

Ben tentou ver o que estava no desenho, mas os riscos indistinguíveis fizeram-no desistir. Parecia que um túnel descia absolutamente na vertical, foi quando imaginou ter olhado o desenho de cabeça para baixo.

— Quem construiu esta barreira? — perguntou Ben, passando a mão pela estrutura.

— Povo dakh — explicou Litili. — Para que ninguém tentasse seguir adiante, adiante, adiante. E também para que ninguém que já está lá retorne, retorne, retorne.

— E como se abre?

— Último desenhista disse que falso-bahîr sabia...

Ben compreendeu que a chave, mais uma vez, era Herevel. Por certo, só precisava encontrar a abertura onde deveria introduzi-la. Suas expectativas se confirmaram. Herevel deslizou para dentro de uma abertura na rocha e a parede recuou abrindo uma estreita fenda.

Ben ouviu um miado e enxergou os dois olhos amarelados atravessando o vão.

O guardião de livros foi o primeiro, após o felino, a atravessar. Segurava Herevel em punho, pois não fazia ideia do que encontraria do outro lado.

Atrás dele entraram Ooliabe e Oofeliah.

Um barulho fez com que todos se voltassem. Só então Ben percebeu que os cerca de trinta guerreiros dakh não haviam atravessado a passagem aberta, nem o sumo intérprete, nem Litili. A parede se moveu, e a passagem começou a se fechar. Ben entendeu que os dakh pretendiam abandoná-los no submundo. Pensou em voltar, mas não havia espaço suficiente para que atravessasse.

No último instante Litili se jogou para dentro da fenda e por muito pouco não foi esmagado.

— A passagem não pode ficar aberta — explicou o rei dakh apavorado quando a fenda se fechou atrás dele. — As almas que descem a Garganta podem perder-se. Não se preocupe, ele acompanhará falso-bahîr até o submundo.

— Pensei que o desenhista havia incumbido o sumo interprete de nos acompanhar também. Mas pelo jeito, ele interpretou as palavras dele de algum modo novo... Sem o mapa do desenhista, como saberemos o caminho?

— Não se preocupe, Litili cresceu ouvindo as histórias sobre as câmaras do Abadom. Litili pode guiá-los, pode guiá-los, pode guiá-los.

— Quem construiu este lugar? — perguntou Ben sem saber se devia se animar ou se preocupar com as palavras do dakh.

— Os túneis foram abertos pelas picaretas do povo dakh, mas quem construiu o que este lugar esconde foram os kedoshins. Eles fizeram-no com magia antiga, que não é mais permitido usar, da primeira Era deste mundo. Os irins confinaram aqui todo aquele poder, para ninguém os utilizar.

— Mas como um "poder" pode ser confinado?

— Litili não entende isso. Só sabe que poder é invocado através de palavras e gestos mágicos, mas os kedoshins foram proibidos de ensinar as técnicas para os dakh, proibidos, proibidos.

— Por que você resolveu nos dar a honra da companhia. — Ben mudou de assunto ao ver que o dakh não tinha muitas respostas, e as poucas que tinha provavelmente não eram confiáveis.

— Porque ele é o rei dakh — disse com uma expressão de arrependimento, enquanto alisava nervosamente a longa barba esbranquiçada. — E o último desenhista disse que ele deveria acompanhá-los até o fim. E que faria um desenho da história... um desenho, um desenho.

O rei dakh empertigou-se ao falar sobre o desenho, como se pousasse para o desenhista.

Ben passou por ele. Ooliabe e Oofeliah também. Ao ver que ficava para trás, o dakh desfez a pose e exercitou os pezinhos.

Mais à frente, o túnel parecia terminar outra vez. Mas não havia uma rocha bloqueando a passagem, e sim algo que fez o coração do guardião de livros quase parar.

— A Garganta — sussurrou Litili.

Havia um misto de pavor e orgulho na voz do rei dakh.

Ben aproximou-se e observou o fosso. Então entendeu os dois sentimentos. Descia na vertical. Parecia não ter fundo. Olhou para cima e teve a mesma sensação, pois o fosso subia.

— A maior de todas as obras do povo dakh — explicou Litili. — Levou milhares de ciclos da lua para ser concluída. Desce até as profundezas, até as câmaras. É assim que o Abadom engole as almas dos perversos.

— Como desceremos? — perguntou Ben percebendo que não havia degraus ou cordas, e o fosso largo mergulhava no submundo em pura escuridão.

— Pelas paredes — explicou Litili. — Quando os kedoshins exigiram que os dakh escavassem este fosso, ninguém acreditava que seria possível. Falso-bahîr, podes imaginar o trabalho que deu retirar a terra e as rochas? Nesta Garganta há muito sangue dakh.

Sangue dakh, sangue dakh — o eco do fosso repercutiu as palavras de Litili, como uma imitação não intencional das repetições que eles sempre faziam.

— As lendas lá fora revelam que vocês escavaram até chegar ao Abadom em busca das pedras amarelas. Isso é verdade?

— Povo dakh já possuía todas as pedras amarelas de que necessitava. Garganta foi aberta por exigência dos kedoshins. As pedras amarelas foram usadas para explodir as rochas.

— Eu não entendo. O que os kedoshins queriam lá embaixo?

— A pedra branca — respondeu Litili, como se falasse algo óbvio.

A largura daquele fosso monumental era inexplicável.

Os quatro exploradores prenderam pedras amarelas nas roupas e começaram a descer a Garganta. Imediatamente Ben sentiu correntes de vento descendo o fosso. Aquilo também era inexplicável.

A estrutura arredondada da Garganta formava algumas ondulações, nas quais havia contornos possibilitando que eles descessem através das paredes. Mesmo assim, o esforço da descida era quase insano. O fosso, além de imenso, descia na vertical, em várias camadas. Com isso, caso caíssem, não chegariam ao fim, mas parariam em alguma ondulação do caminho, o que significaria vinte ou trinta metros de queda livre. Portanto, dava na mesma.

— Percebem as almas? — perguntou Litili. — Almas de homens condenados descendo para o lugar das penas eternas, penas eternas, penas eternas. Há diversos estágios para elas, cada vez piores, cada vez piores, cada vez piores.

Então, Ben entendeu porque os dakh acreditavam que aquele fosso conduzia as almas. Era devido ao fluxo de vento que descia para as profundezas.

— Se as almas dos perversos descem a garganta — perguntou Ben, mesmo sem acreditar naquela história — para onde vão as almas dos justos?

— Para as câmaras ocidentais, por um caminho que eles jamais descobriram. Por isso novos intérpretes desejam que bahîr lideres povo dakh nas escavações para o Ocidente. Quando os kedoshins se retiraram do mundo, eles construíram as câmaras ocidentais, como um local de refúgio e descanso, um local intermediário para o paraíso do além.

— Cuidado com as pedras — orientou Ben, vendo que Litili agia com certa displicência ao descer pelas paredes da Garganta. — Se elas caírem, podem causar algum acidente bem grave.

Parecia que Ben previa um desastre. Foi só dizer aquilo, e Litili se atrapalhou e deixou escapar uma pedra amarela. Ben ainda tentou pegá-la, mas foi impossível, e ele próprio quase despencou junto com a pedra.

— Ai, ai! — disse Litili. — Pedra explodirá nas profundezas.

Ben viu a luz repicando nas paredes e acelerando em um primeiro momento, porém depois, enquanto continuava caindo, parecia diminuir a velocidade e pouco a pouco se apagou. A luz sumiu sem alcançar o final do fosso. Algum tempo depois, sentiram a explosão. O impacto trouxe o dia para o centro da terra. Eles sentiram o vento do impacto subindo a Garganta, como se a luz fosse material. Por diversos minutos, a claridade continuou inexplicável dentro do fosso.

— Ai, ai! — repetiu Litili assustado. — Isso irá acordá-los!

— Acordar quem?

— Os morcegos. Morcegos da Garganta, morcegos, morcegos!

Instantes depois, ouviram os ruídos causados pelos morcegos. Pelo farfalhar de asas subiam o fosso em grande quantidade.

— Protejam-se! — gritou Litili e jogou-se ao chão cobrindo as pedras amarelas para tentar ocultar a luz.

Ben sabia que um ataque numeroso de morcegos poderia oferecer algum perigo, mas não via motivo para todo aquele pavor. Provavelmente os morcegos apenas quisessem fugir da explosão nas profundezas e passassem por eles rumo ao final do fosso lá em cima. Só precisavam ficar quietos e imóveis. Ben confiava naquilo até os ver. Eram maiores que águias.

Subitamente se viu envolvido por garras e asas cheias de pontas afiadas.

— Protejam-se! — também gritou, imitando a atitude de Litili, e jogou-se ao chão sobre as pedras amarelas, tentando protegê-las.

O farfalhar de asas demorou vários minutos enquanto a multidão de morcegos subia. Ben sentiu várias vezes as garras riscarem as partes de metal de sua armadura, mas procurou ficar imóvel até que o turbilhão passasse.

Quando parecia que não havia mais morcegos por perto, eles recomeçaram a descida. E fizeram isso por muito tempo, até que a dor nas pernas, nas mãos e nas articulações tornou-se insuportável. Então cederam. Era preciso parar e descansar, talvez até dormir um pouco. Encontraram um local no paredão onde a ondulação fazia um sulco maior e se acomodaram praticamente suspensos sobre o vazio.

Sempre que paravam, eles deixavam as pedras se apagarem a fim de economizar a energia armazenada. Pela primeira vez, Ben não recusou a comida dakh. Não conseguiu saborear as larvas, porém um tipo de inseto semelhante a gafanhoto ele mastigou. Pelo menos nisso a escuridão era útil, pois impedia ver o que estava comendo.

O único consolo era que não faltava água. Frequentemente, nas fendas das rochas, encontravam algumas vertentes e enchiam os pequenos cantis. Mesmo assim, bebiam com cautela, atentos a todo possível gosto estranho, pois poderia haver fontes envenenadas com absinto naquelas profundezas.

O fluxo de vento para o abismo continuava constante. Em alguns momentos ficava mais quente, noutros mais frio.

— Ouçam as almas! — insistiu Litili. — Arrependidas de seus pecados, apesar de ser tarde demais, tarde demais, tarde demais.

Dava mesmo para ouvir algo parecido com um gemido agoniado, mas Ben sabia que era apenas o vento zunindo nas quinas de pedras pontiagudas do fosso.

— É só o vento — disse Ben, já cansado de tantas crendices.

— Alma e vento são a mesma coisa — lembrou Litili.

Ben ia replicar, mas lembrou-se de que na antiga língua de Olam, de fato vento e alma eram a mesma palavra.

A escuridão e o esgotamento conduziram Litili e os irmãos do oeste rapidamente ao sono. Ben ficou algum tempo ouvindo os roncos altos do rei dakh e pensando sobre o que encontraria caso chegasse aos portões do Abadom. Pensou outra vez no desenho dakh que havia previsto aquilo. De certo modo, o desenho era apenas mais um dos muitos mistérios encontrados por ele desde que partira de Havilá. Tinha uma forte sensação de que em breve estaria diante do maior desafio de sua vida e não fazia a mínima ideia do que seria, e muito menos o que deveria fazer. Isso era tão angustiante quanto aquela escuridão do submundo que não permitia ver um palmo na frente do nariz.

Esperava que Anamim estivesse certo com relação à possibilidade de resgatar Thamam do Abadom. Só isso compensaria aquela jornada. Se fosse possível trazer o pai de Tzizah de volta, a sabedoria do velho Melek seria de grande ajuda naquela guerra. Haviam perdido Enosh, mas talvez pudesse trazer Thamam. Sabia que uma coisa não compensava a outra, mas pelo menos confortava. Por outro lado, Ben temia descobrir que aquilo era só mais uma lenda, e que chegariam ao final do fosso para se deparar com o nada.

Pegou a pedra Ieled e pensou em se comunicar com Anamim em Nod. Gostaria de ter notícias de Bethok Hamaim também. Porém percebeu que a pedra estava sem energia para comunicação. Era estranho. A menos que houvesse algo naquele submundo bloqueando aquele tipo de potencialidade.

Quando acordou, não soube dizer se havia dormido minutos, horas ou dias. A sensação era de completo atordoamento. Ele precisou concentrar-se para lembrar onde estava e o que estavam fazendo.

Bateu uma das pedras do sol, e a luz acordou os companheiros e depois mostrou outra vez o longo percurso que ainda precisava ser descido.

Resignados, os quatro retomaram a trajetória.

Horas depois encontraram a cratera causada pela queda e explosão da pedra do sol. Ela não havia alcançado o fundo da Garganta, mas explodido em uma quina do fosso, onde uma rocha se projetava como parapeito. Havia restado apenas um pedaço pontiagudo da rocha onde um buraco enorme adentrava a lateral do fosso, como um resultado da explosão.

Aquilo causou grande dificuldade, pois a inclinação do túnel os obrigava a passar justamente pelo lugar onde a explosão abrira a cratera. Porém, sem os sulcos e as ondulações naturais, só lhes restou o terreno acidentado e perigoso, praticamente na vertical.

Após avaliar cuidadosamente a situação, Ben escolheu o trajeto que lhe pareceu menos arriscado. Tentou desviar ao máximo a cratera lateral, escalando a parede e se suspendendo nos pedaços de rocha que restaram da explosão. Ooliabe e Oofeliah seguiram-no e fizeram o mesmo percurso.

Litili parou assustado. Ele não tinha altura suficiente para se suspender.

— Salte! — Ben orientou. — Nós vamos segurá-lo.

— Ai, ai — gemeu o dakh. — Litili não quer cair no abismo. Litili não vai saltar, não vai saltar, não vai saltar.

— Não há outro caminho.

— Litili vai esperar aqui, até vocês voltarem.

— Talvez os morcegos desçam... — alertou Ben.

— Litili vai saltar — mudou de ideia o dakh imediatamente. — Desenhista disse que ia fazer um desenho da história de Litili. Rei dakh famoso por ser muito corajoso, corajoso, corajoso.

O homenzinho deu dois passos para trás e jogou-se. Fez aquilo de modo tão afoito que foi insuficiente para superar o vão. Ele despencaria para o vazio se Ben não se esticasse e o segurasse. Depois, Ooliabe e Oofeliah ajudaram a puxá-lo para a rocha.

— Litili é um dakh muito corajoso — disse outra vez o rei, com uma cara totalmente apavorada, ao ser trazido para a segurança. — Desenho ficará muito bom.

— Eu tenho certeza de que sim — disse Ben, aliviado, porém sentindo dor no ombro após o esforço de segurar e suspender o dakh, que apesar de baixo e magro era incompreensivelmente pesado.

No restante da descida não houve grandes percalços, exceto alguns escorregões, algumas pedras que rolaram, morcegos gigantes que bateram asas e subiram o fosso, e mais dois salvamentos de Litili em que Ben novamente segurou o rei dakh antes que ele despencasse para o abismo.

O vento continuou constante durante toda a descida, e os gemidos agoniados causados pelo zunido já quase faziam Ben crer que de fato eram almas.

Quando chegaram ao final da longa descida, após mais duas paradas para dormir, não acreditavam que haviam percorrido tudo aquilo.

— Subir é que será difícil — Litili fez questão de dizer o que Ben não queria ouvir.

Pelo menos, o túnel seguia outra vez quase na horizontal. Como passaram dois ou três dias descendo pelas paredes, andar sobre os dois pés sem precisar das mãos parecia estranho. As dores nas articulações permaneceram por muito tempo.

Dois olhos amarelados vieram ao encontro deles dentro do túnel enquanto caminhavam. Ben sentiu o gato roçando em suas pernas.

— Parece que você não teve dificuldades em descer a Garganta — disse Ben deixando o animal esfregar-se em suas botas. — Ou terá achado outro caminho?

À frente, o teto ficou impressionantemente alto, e as paredes se afastaram.

Uma névoa veio ao encontro deles. Em um primeiro momento, o guardião de livros até imaginou que fosse algum tipo de poeira, mas quando respirou percebeu que era úmido. Os companheiros também estranharam aquela névoa, e Litili fez menção de retornar ao labirinto escuro.

— Ai, ai — disse o rei dakh. — Que tipo de monstro é esse?

— É apenas névoa — explicou Ben, sem compreender o fato de haver umidade naquelas profundezas. Evidentemente o rei dakh nunca havia visto um nevoeiro antes.

— Névoa? — repetiu o dakh. — O que é névoa?

— Ela se forma por causa da umidade — Ben explicou, desejando que o dakh não fizesse mais perguntas.

Enquanto caminhavam, a névoa ficou menos densa, e a luz da shoham foi insuficiente para desafiar a escuridão que os rodeava.

A névoa deixou marcas na armadura dourada do guardião de livros, mas após algum tempo, dissipou-se. Então, encontraram uma gruta. A partir dela, formava-se uma espécie de rio subterrâneo. A luz das pedras mostrou que o rio se alargava e se tornava um lago considerável. As paredes no alto eram repletas de estalactites criadas pelo gotejar contínuo.

— Ai, ai — disse Litili causando arrepios nos três companheiros. Pois cada vez que o rei dakh gemia, algo ruim acontecia. — Como eles vão atravessar para o outro lado?

— Foram os dakh que abriram estas grutas? — perguntou Ben observando o tamanho do lugar. *Como podiam estar nas profundezas da terra?*

— Quando antepassados dakh chegaram aqui com as picaretas, encontraram esta enorme gruta desconhecida. Lugar imenso e cheio de monstros.

— E eles não explicaram como fizeram para atravessar o lago?

— Povo dakh entende que cada um deve encontrar seu próprio caminho — disse Litili orgulhoso.

— Suponho que esse seja um modo sábio de dizer que não sabe — satirizou Ben, batendo mais fortemente a pedra do sol a fim de multiplicar a luz. Mesmo assim, ela revelou pouco a respeito do lago. — Povo dakh sabe nadar?

— Povo dakh tem ossos pesados. Ossos feitos de ferro! Por isso muito resistentes. Mas, se entrar na água, vai direto para o fundo, direto para o fundo, direto para o fundo.

— Interessante... — brincou Ben.

Tentaram contornar o lago subterrâneo e descobriram uma estreita passagem pelo lado esquerdo. Tropeçando em pedras e frequentemente pisando dentro da água onde as paredes da gruta se tornavam muito inclinadas, eles seguiram em frente.

— Isso é uma loucura total — disse Ooliabe, já completamente extenuado de andar pelo mundo subterrâneo. — As profundezas da terra são para os mortos.

Espero não encontrarmos alguns por aí, Ben sentiu vontade de dizer, enquanto ouvia o gemido do estranho vento subterrâneo.

Compartilhava do sentimento de Ooliabe. Não havia garantia alguma de que se dirigiam a qualquer lugar significativo. Por mais impressionante que aquelas câmaras e grutas pudessem ser, provavelmente fossem apenas lugares formados por erosão e movimentação de lençóis subterrâneos. Corriam o risco de se perderem e jamais conseguirem voltar.

Ben teve a sensação de ver algo se movimentando sob a superfície escura do lago. Dirigiu a luz da shoham e viu a água movendo-se em forma de onda que foi até onde eles estavam. Tentou visualizar o teto a fim de ver se algo se soltara e causara a onda, porém a luz não foi suficiente para alcançá-lo. Além disso, não havia ouvido barulho de algo caindo dentro do lago. Depois não percebeu mais movimentação.

Mais à frente, Litili provou que de fato os ossos dakh eram pesados. Não havia mais espaço para continuar caminhando na margem, e o grupo pisou dentro do lago. Só então perceberam que não dava pé. O velho dakh, entretanto, afundou rapidamente nas águas. Por sorte, ele carregava uma shoham e, ao ver a luz afundando, Ben mergulhou atrás dele. Alcançou-o talvez dez ou doze metros abaixo, agarrou as roupas do dakh pelas costas e começou a puxá-lo para o alto. Ben fez muito esforço para içar o dakh que parecia carregar ferro nos bolsos. Ao emergir, percebeu que não estavam no mesmo lugar. Provavelmente, alguma corrente subterrânea os tivesse afastado. Sem querer, eles descobriram uma passagem.

Na margem, tremendo de frio, Litili permaneceu segurando a pedra shoham para facilitar a localização. Ben mergulhou outra vez em busca de Ooliabe e Oofeliah. Das profundezas, enxergou a luz que os gêmeos seguravam e nadou até eles. Então, teve a difícil tarefa de convencer os dois a entrarem na água para atravessar a passagem subterrânea até onde o dakh esperava-os. Foram necessários quase dois minutos de mergulho até que a luz amarela aparecesse nas águas sombrias, e eles soubessem onde precisavam subir.

Antes de emergirem, Ben teve novamente a sensação de que algo se mexia na água. Não ouviu som, apenas sentiu um movimento forte dentro da água, como uma onda subterrânea que os empurrava para cima. Focalizou a luz da shoham para as profundezas, mas ela estava longe de alcançar o fundo.

Na margem encontraram Litili, ainda tremendo de frio, com a mais infeliz das caras.

— Litili deseja voltar — pronunciou-se o dakh. — Desenho não vale a pena tudo isso.

Cansado, Ben seguiu em frente sem dar atenção às palavras dele. Não tinha dúvidas de que o dakh os seguiria.

Por aquele lado da gruta era possível caminhar sem precisar entrar na água o tempo todo. Apesar de ter mergulhado há pouco e nada ter acontecido, Ben tinha uma sensação ruim em relação ao lago, e desejava do fundo da alma não precisar entrar nele outra vez.

Mais à frente, parecia que estava chovendo. As gotículas caíam do teto alto, provavelmente fazendo a lenta transmigração de um lago superior para um inferior. As pedras lisas dificultavam a caminhada, e frequentemente os pés escorregavam causando arranhões e novos hematomas.

Os rostos escuros de Ooliabe e Oofeliah apareciam sisudos nas vezes que acidentalmente Ben dirigia a luz da shoham para eles. Só não eram mais aborrecidos do que o rosto de Litili, que pelo menos uma dúzia de vezes ameaçou retornar, e só não o fez, provavelmente, ao se lembrar do percurso que faria sozinho.

O calor tornava-se cada vez mais intenso à medida que desciam. O próprio Ben pensou muitas vezes em voltar. Não era só o risco de se perderem e nunca mais conseguirem sair daquele submundo que o assustava, mas o tempo. Àquela altura, a cortina de trevas talvez já tivesse abocanhado Bethok Hamaim, logo buscar as quatro pedras amarelas poderia ser uma completa perda de tempo. Mas então pensava em Thamam, no misterioso desenho dakh, na Garganta escavada por ordem dos kedoshins, e seguia em frente.

A certa altura, ele colocou metas. Decidiu contar mentalmente até quinhentos passos e, se não encontrasse nada, retornaria. Porém já havia contado dez mil passos, e a mesma gruta continuava infinita circundando o lago subterrâneo. Mesmo assim ele não conseguia tomar a decisão de voltar.

As movimentações na água do lago ao lado tornavam-se mais constantes deixando Ben apreensivo. Tentava convencer-se de que era apenas algum fenômeno natural, um borbulhar causado por alguma corrente subterrânea, porém quem poderia garantir se não existia algum tipo de crocodilo, serpente ou outro monstro naquelas profundezas?

Um túnel finalmente surgiu frente à luz da shoham. Ben aproximou-se e o examinou. Não parecia obra de erosão, mas de picaretas. Olhou para os companheiros procurando entender o estado de ânimo deles e, mesmo percebendo que não havia nenhum, adentrou o túnel. Os três, silenciosamente, seguiram-no. Pelo menos, o estranho lago ficou para trás.

Enquanto andavam pelo caminho seco, Ben tentava lembrar-se de tudo o que já havia ouvido falar sobre o Abadom. A principal informação era que se tratava de uma prisão.

— *Uma prisão onde estão as criaturas malignas das eras anteriores* — dizia Enosh. — *Embora seja um local subterrâneo, só acessado pelas profundezas, não fica exatamente nas profundezas.*

— *É mais uma esfera de existência do que um lugar* — dissera Gever uma vez.

Ben via buracos nas paredes interligando-se com o túnel principal que eles seguiam. Eram buracos grandes. Homens passariam facilmente por eles. Teve a sensação de pisar em algo escorregadio e temeu que outra vez estivessem se aproximando de água subterrânea, porém logo percebeu que o material era viscoso. Levou a mão às botas e apanhou um pouco da substância transparente e grudenta. Podia jurar que era material deixado por lesmas, entretanto as pedras seguintes, envoltas por aquele material, brilharam quando ele direcionou a shoham. Seriam necessárias incontáveis lesmas para deixar tudo aquilo revestido, ou então...

— O máximo de cuidado agora — sussurrou para os companheiros. — Eu sou capaz de jurar que estamos dentro do ninho de alguma coisa muito grande e pegajosa...

Ben ouviu sua própria voz sussurrada e ela soou estranha após todo aquele tempo em que caminharam silenciosos.

— Ai, ai! — pronunciou-se Litili em tom mais alto do que normalmente fazia. — Litili já ouviu falar. O perigo nestas profundezas é...

Um barulho de estalos interrompeu o que o dakh ia dizer. O barulho cresceu vertiginosamente e, em um instante, algo surgiu no túnel deslizando na direção deles.

— Ai, ai, tolaat!

Era grande como uma saraph e visguento como um verme. Não havia olhos na face, mas duas mandíbulas que não pareciam inofensivas. Ben entendeu que não eram mesmo, quando vieram em sua direção fechando-se em curtos e fortes estalos. Ele saltou para trás puxando Herevel, mas não teve tempo de atacar a criatura. Ela mergulhou em um dos muitos buracos e desapareceu instantaneamente.

Poucos segundos depois, ouviram o barulho crescente, e a criatura surgiu de outro buraco. Talvez, nem fosse a mesma, tal foi a rapidez com que apareceu. Ooliabe e Oofeliah dispararam setas contra ela, e os dardos iluminados ficaram grudados na superfície viscosa iluminando por alguns segundos o túnel onde a criatura escondeu-se mais uma vez.

Os quatro ficaram de costas uns para os outros, tentando cobrir todos os ângulos do túnel a fim de identificar de onde a criatura surgiria.

Ben empunhava Herevel, Ooliabe e Oofeliah os arcos, e Litili segurava a pedra amarela. O barulho de estalos surgiu outra vez das profundezas e aumentou rapidamente, mas era impossível saber de qual direção vinha. Parecia que vinha de todas as direções.

Ben viu o tolaat surgir na sua frente e o atacou com Herevel. A espada adentrou os tecidos visguentos e fez um profundo corte na criatura, porém o tolaat buscou refúgio outra vez nas tocas, e por pouco Ben não perdeu Herevel enterrada no corpo do monstro.

Nova espera angustiante se passou até que ouviram outra vez o barulho, indicando a proximidade da criatura. Quando o monstro surgiu da escuridão, o alvo foi Litili. Ao ver o tolaat deslizando em sua direção, o dakh tentou fugir e escorregou na superfície lisa deixando escapulir a pedra amarela. O monstro abocanhou a pedra, talvez devido ao movimento da luz. Já estava mergulhando outra vez nas tocas, quando

Ooliabe disparou a seta. Então, o subterrâneo tremeu, a luz iluminou cada buraco do submundo, e pedaços visguentos da criatura voaram brilhantes em todas as direções.

Uma parte do túnel desmoronou com a explosão da pedra amarela.

Coberto de destroços visguentos da criatura, o dakh tremia incontrolavelmente.

— Além de valente, Litili muito inteligente — gabou-se ao ver os três se aproximando. — Litili colocou a pedra amarela na boca do tolaat de propósito para explodi-lo.

Ooliabe, com uma expressão sisuda, ajudou o homenzinho a colocar-se em pé.

— A explosão interditou o caminho. — Oofeliah olhava desolada para o monturo de pedras que havia no local onde parte do túnel desabara.

Ben já havia reparado e sentia o desespero ficar ainda maior do que o desânimo.

Com esforço, conseguiu rolar um fragmento de rocha para o lado, apenas para constatar a dificuldade que seria abrir uma passagem. Ooliabe e Oofeliah afastaram outro, permitindo ver que o desmoronamento era muito maior do que parecia.

— Isso vai demorar muito tempo — avaliou Ben.

— Sim, o dakh tolo conseguiu impedir nossa jornada — disse Ooliabe carrancudo.

— Não foi Litili quem explodiu a pedra — defendeu-se o dakh.

— Se dakh tivesse ficado quieto, a criatura não teria aparecido.

— O tolaat apareceria de qualquer maneira. Litili salvou todos ao colocar a pedra na boca do monstro.

Ben fez sinal para que eles se calassem, pois havia ouvido algo. Os dois se calaram assustados, temendo que outra criatura saltasse de alguma toca.

Um miado conhecido os fez relaxar parcialmente a tensão. O gato pardo saltou de um buraco e veio roçar-se entre as botas do guardião de livros.

— Pelo menos você não virou comida de verme — disse Ben sentindo as deformações do animal cutucando suas pernas.

O gato dirigiu-se à toca de onde havia saído. O modo como miava e olhava para a toca fez Ben parar de tentar remover as pedras.

— Será que você descobriu outro caminho? — perguntou caminhando até a toca e apontando a luz da pedra amarela para dentro. Não conseguia enxergar nada, mas constatou que a abertura era larga o suficiente para ele passar.

Os rostos de Ooliabe e Oofeliah eram uma súplica para que não fizesse aquilo.

— Vamos perder muito tempo até conseguir retirar todas as pedras do caminho — justificou Ben. — Talvez isso nem seja possível, pois não sabemos o quanto a explosão danificou o túnel.

— Se houver outra criatura aí dentro, vai ser difícil fugir — alertou Ooliabe.

Ben sabia que ele tinha razão. Mas era aquilo ou voltar.

Seguiu o gato pardo pelo túnel. Rastejava onde o caminho se afunilava e engatinhava onde era possível. A pior parte era passar pelo muco deixado pela criatura. Também precisavam ter cuidado para não cair nos diversos buracos interligados com as tocas, criando caminhos imprevisíveis por onde o tolaat deslizava. Alguns ficavam nas laterais, outros em cima e vários embaixo. Ben torcia para que o gato soubesse o caminho, pois, após alguns instantes, já não fazia mais ideia de onde estava ou como voltar.

Nem o esforço feito para descer a garganta foi pior do que o de rastejar pelas tocas. Ben exigiu total silêncio dos companheiros, pois não queria ser surpreendido por algum verme gigante dentro do túnel. O medo fez até mesmo Litili ficar em silêncio.

De tempos em tempos, ouviam o barulho de tolaat em algum lugar das profundezas, mas, por sorte, em nenhum momento ele aumentou. Cerca de uma hora depois, o gato encontrou o corredor mais uma vez.

Ben olhou agradecido para o animal, acreditando pela primeira vez ter sido uma boa escolha aceitá-lo. Mais tarde, esse sentimento se reforçaria.

Ben investigou o túnel sem ter certeza se era o mesmo seguido antes do desmoronamento. Era o maior desde o lago subterrâneo. O vento continuava passando por eles com os mesmos zunidos.

Após o encontro com a criatura gigante, eles andavam muito mais cautelosos, imaginando os outros monstros que povoariam aquele submundo.

Continuavam descendo, e desceram por uma distância que para Ben era maior do que todo o percurso desde a cidade dourada dos dakh. Tudo parecia cada vez mais inacreditável e incompreensível.

Por fim, aquele corredor os deixou dentro de uma câmara gigante. Ben podia jurar que estavam em um lugar igual à cidade dourada dos dakh. Havia túneis e interligações semelhantes, e logo a luz da shoham não conseguiu mais alcançar as paredes, atestando a grandiosidade das câmaras.

— Isto aqui — começou Ben, vendo o que pareciam ruínas de casas. — Os dakh já habitaram aqui embaixo?

— Antepassados demoraram muito tempo até encontrar pedra branca — explicou Litili —, lendas dizem que construíram cidades maiores do que as de lá de cima, lá de cima, lá de cima — Litili apontou o dedo para o alto.

— Percebo que o local parece mesmo grande como a cidade dourada — observou Ben, sentindo-se atônito.

— Não. Maiores do que as do mundo lá de cima — corrigiu o dakh. — Quando foi encontrada, a pedra branca compartilhou a luz em todo o submundo. Havia plantações aqui embaixo, fontes de água cristalina e muito ouro, muito ouro, muito ouro.

— O Olho de Olam iluminava este lugar?

— O povo dakh era o mais forte e poderoso da terra — assentiu Litili. — Os reis das grandes cidades dos homens vinham até aqui para trazer presentes e ouvir a sabedoria do rei dakh. E é claro que também queriam dar uma olhada na pedra branca.

— E por que abandonaram este lugar? — perguntou Ben sem saber se devia acreditar no que o dakh falava. De fato, havia câmaras gigantes onde poderiam ter habitado milhares de dakh.

— Kedoshins levaram a pedra branca embora para lapidá-la — o dakh respondeu com um gesto de ombros. — Condenaram povo à ruína e à escuridão. Prometeram que em lugar dela dariam o fogo tenebroso, a substância primordial para iluminar o submundo, mas jamais cumpriram a palavra, jamais cumpriram, jamais cumpriram.

Ben percebeu que havia algum tipo de material poroso no chão. Em um primeiro momento, quase acreditou que houvesse gelo. Seria o cúmulo dos absurdos, mas a luz da shoham revelou que, apesar da cor do material ser branca, era visguento e grudava nas botas. Não podia ser gelo.

Enquanto andavam pelas câmaras gigantes repletas de ruínas, de quando em quando, Ben tinha a sensação de ver movimentação ao redor, mas, independentemente do que fosse, movia-se com leveza e absoluto silêncio por detrás dos escombros.

Ben não conseguia deixar de admirar as construções, ou o que havia restado delas. Sentia-se atordoado pela ideia de uma civilização grandiosa haver se desenvolvido naquelas profundezas. Enxergava restos do que pareciam ser grandes monumentos e espantava-se com paredões repletos de pequenas aberturas acessíveis através de escadas, então, deterioradas, mas que no passado conduziam às casas suspensas dos dakh. Em alguns lugares, quando o teto ficava tão alto e o brilho de pedras semipreciosas refletiam tão intensamente a luz da shoham, dava a impressão de que caminhavam sob um céu estrelado.

Enquanto Ooliabe e Oofeliah admiravam deslumbrados a ilusão de céu noturno, Ben abaixou-se e pegou um pouco do material que se tornava mais fofo e abundante. Depois teve dificuldades em se livrar do punhado parcialmente grudado em sua mão.

— Por *El* — disse para os companheiros, compreendendo o que era aquele material. — Isto é uma teia.

Os rostos negros assustados de Ooliabe e Oofeliah voltaram-se para ele, contrastando com o branco que dominava o ambiente.

— Ai, Ai! — disse Litili, tentando livrar-se do material que grudava em suas roupas escuras. A longa barba amarelada tornou-se mais volumosa pelos fios brancos que se uniram a ela. — Onde há teias há akkabis!

Subitamente, uma grande quantidade daquele material voou na direção do dakh e o envolveu. O homenzinho caiu com o peso, gritando e tentando livrar-se.

A akkabis, cujo ferrão preparado para o ataque parecia uma lâmina, moveu-se rapidamente em direção ao dakh. Era branca e imensa. Os oito longos tentáculos movimentavam-se silenciosamente.

Ben se pôs à frente de Litili com Herevel em punho. Ooliabe, Oofeliah dispararam seus arcos contra a akkabis. As explosões de luz fizeram o monstro parar, porém pouco ou nenhum efeito a mais causaram.

Relutante em desistir da presa, a akkabis investiu, porém Ben a golpeou com Herevel e a empurrou para trás. Novos disparos dos arcos dos gêmeos a fizeram recuar mais. Por um momento, Ben acreditou que ela os deixaria em paz, mas quando pressentiu outros tentáculos brancos movendo-se na escuridão, compreendeu aterrorizado que estavam cercados por dezenas de akkabis gigantes.

Os três guerreiros defenderam-se das investidas, mas as akkabis agiam com precaução, já tendo provado o poder de Herevel e dos arcos dos irmãos negros.

Elas atacavam e recuavam rapidamente, para não serem atingidas. Os ferrões brancos moviam-se silenciosamente tentando atingi-los. E o material grudento que parecia neve era lançado, numa tentativa de imobilizá-los.

Ben sentiu suas pernas presas ao chão, quando uma grande quantidade daquela teia envolveu seus pés. No mesmo instante, a akkabis avançou contra ele, tentando atingi-lo com o ferrão. Herevel golpeou e decepou um dos tentáculos, fazendo a akkabis recuar. O animal não soltou qualquer som. Nova quantidade de teia reforçou a prisão de seus pés, enquanto Ben se defendia de três que o atacavam e simultaneamente procurava livrar as pernas aprisionadas.

Herevel decepou vários tentáculos brancos, porém se tornava cada vez mais difícil manejar a espada com a quantidade de teias que as akkabis cuspiam sobre ele. Viu de relance que os dois companheiros sofriam o mesmo ataque. E uma bola de teias no chão envolvia totalmente Litili. Em desespero, Ben entendeu a tática dos monstros. Ainda tentou usar Herevel para cortar as teias que o imobilizavam da cintura para baixo, mas precisava se defender dos ataques das outras akkabis que incessantemente avançavam contra ele.

Não demorou até que perdesse o movimento dos braços e o rosto e a cabeça fossem envolvidos por aquela espécie de neve grudenta. Então, a escuridão branca o cegou.

*****
****

Os ataques à cidade das águas haviam cessado poucas horas antes do amanhecer. As pessoas diziam que uma trégua havia se estabelecido.

Logo pela manhã, Tzizah foi introduzida no antigo salão do Conselho de Bethok Hamaim, que agora era a sala do trono do Melek das Águas. Sua presença foi exigida e ela dirigiu-se para lá imediatamente. Nem teve tempo de se arrumar apropriadamente, pois a camareira disse que o Melek ordenara sua presença. Temia que o Melek houvesse antecipado a consumação do casamento, embora ainda faltasse uma noite.

A festa da noite anterior havia sido abreviada devido aos estrondos das pedras que explodiam edifícios da cidade, e também pelo medo de que alguma atingisse o palácio central com força suficiente para causar estragos. Mas, pelo menos, Sáris não tentou beijá-la, nem fez comentários sarcásticos. Limitou-se a ficar sentado ao lado dela, comendo de tudo o que os serviçais lhe traziam, mas sem demonstrar o prazer habitual enquanto saboreava as guloseimas. Estava distante, pensativo. De quando em quando, parecia voltar à realidade ao ouvir um estrondo mais próximo do palácio, ou quando alguém fazia um brinde aos noivos.

No meio da festa, o Melek das Águas chamou dois mensageiros e deu-lhes uma pedra shoham. Os dois homens deixaram o banquete e, minutos depois, Sáris encerrou a festa, mandando todos para suas casas, para alívio geral. Suas últimas palavras foram:

— Amanhã será um dia especial. Eu lhes oferecerei uma surpresa inesquecível.

Durante a noite, ao ouvir as incessantes explosões, Tzizah não conseguia dormir. Porém, mesmo que a noite estivesse silenciosa como costumava ser no

Caminho dos Reis em Olamir, seria difícil dormir. Só imaginar que aquele homem pudesse tocá-la, já era suficiente para ter calafrios e perder completamente o sono. E as últimas palavras dele soavam sombrias.

Algumas pessoas diziam que Sáris era um eunuco, pelo modo feminino de falar e agir. Mas um eunuco jamais se tornaria o sumo sacerdote da cidade, cargo ocupado por ele anteriormente. Por via das dúvidas, Tzizah achava melhor não esperar para descobrir a verdade quando fosse tarde demais. Ela planejava um modo de se antecipar à última noite de casamento, por isso ficou apreensiva quando a chamaram logo de manhã, pois precisava de tempo para realizar duas tarefas.

Haviam mudado o quarto dela. Estava agora hospedada em um local menor e mais simples, porém mais seguro por ser praticamente subterrâneo e rodeado por outras construções que serviam de proteção contra os ataques. Nenhuma planta havia no quarto.

Se tivesse imaginado o que a esperava na cidade das águas, jamais teria partido de Nod. Ben acertara no modo como se opôs inicialmente ao plano. Por outro lado, bem ou mal, o conselho cinzento estava dentro da cidade, e os giborins também. Havia chances de a rede ser estabelecida em breve se ela conseguisse colocar o plano em ação.

Ao atravessar as colunas revestidas de ouro, viu no salão real pessoas estranhas e logo percebeu que não eram de Bethok Hamaim. Um homem calvo de aparência assustadora usava uma armadura cor de cobre. Era muito grande, e o fato de estar acima do peso o destacava ainda mais. Ao lado dele, um homem magro com cabelos curtos loiros lhe pareceu familiar, mas não conseguiu reconhecê-lo. No entanto, o olhar de ódio lançado por ele, quando adentrou o salão, foi estranho.

— Aqui está minha esposa — foi logo dizendo o Melek das Águas, envolto em seda, descendo os degraus do trono. Pegou às mãos dela com suavidade. — Tecnicamente ainda falta uma noite para consumarmos nossa união, mas isso é só uma questão de horas. Vocês são meus convidados para presenciar este momento único da história de Bethok Hamaim, se aceitarem meus termos, é claro... Oh! Mas eu estou sendo indelicado — dirigiu-se a Tzizah. — Deixe-me apresentar nossos convidados, querida princesa de Olamir. Esses são Tubal e Sidom.

Tzizah arregalou os olhos ao compreender que aqueles homens eram os comandantes do exército inimigo. Por isso os ataques haviam cessado. Entendeu também que a pedra shoham, enviada pelos mensageiros durante a festa, havia sido destinada aos dois. Por certo, Sáris os havia convocado para discutir uma trégua.

O calvo era Tubal, o rei do bronze, e o loiro era Sidom, autoproclamado Melek do Sol. Tzizah, então, entendeu a razão de achar o último familiar. Estava diante do pai de Anamim.

— Se nos chamou aqui para nos ofender, era melhor que não o fizesse — disse Sidom, revelando a característica conhecida de ser um homem de pouca paciência. — Quanto tempo acha que sua cidade resistirá?

— Para sempre! — riu Sáris, divertindo-se mesmo com a falta de diplomacia do rival do oeste. — Na verdade, somos a única cidade com estrutura para isso, e vocês já deveriam implorar por refúgio, pois a cortina de trevas está aí.

— Pretende refugiar a cidade inteira dentro do templo? — riu sarcasticamente o Melek do Sol. — Pelo o que sei, aquele é o *único* lugar que os shedins não podem entrar. Sem falar que você ainda não descobriu *como* entrar nele... E pegou a jovem errada para isso. Quem sabe entrar no templo é a ruiva.

Apesar de Tubal apenas os observar, sem se manifestar, Tzizah achou-o mais assustador do que os outros dois juntos. Principalmente, pelo olhar que ele lhe lançou. Teve a impressão que seria o mesmo olhar que ele lançaria a uma montanha de ouro.

Começava a entender a razão da reunião. Se os três reis se unissem, aquela guerra tomaria um rumo ainda mais imprevisível. Mas a reunião não fazia sentido, principalmente por causa da presença do rei do bronze. Era impossível acreditar que ele lutaria ao lado de Olam. Era vassalo dos shedins, o braço humano de Hoshek.

— Acredito que vocês já tiveram uma noção da força de Bethok Hamaim — disse o Melek das Águas. — Temos um estoque de pedras shoham suficiente para destruir cada um dos seus barcos. E, hoje à noite, a adorável princesa de Olamir, única herdeira de Olam, conceder-me-á sua mão em casamento. Portanto eu serei, por direito, o Melek de Olam. Eu os chamei aqui para lhes dar uma oportunidade, como dei à cidade de Maor, poupando que fosse destruída. Vocês deveriam considerar isso!

— A oportunidade que você deu para Maor incluiu a morte do Melek do Delta — disse Sidom com sarcasmo.

— Aquilo foi lamentável — respondeu Sáris com uma expressão de sofrimento. — Mas não tive relação alguma com o caso. Não posso ser culpado se os conselheiros acharam que o jovem príncipe de Maor não tinha condições de liderar a cidade em um momento tão crucial.

— Quais são seus termos? — perguntou o rei do bronze. Ele tinha uma voz gutural, baixa, tão assustadora quanto a figura inteira.

— Sidom governa Ir-Shamesh e Nehará. Você fica com o oeste e o sul de Olam. Ambos pagam tributo para mim. As Harim Adomim ficam sob meu comando. Isso tudo se o que vocês disseram for verdade... Que têm um trunfo poderoso o bastante para resistir ao ataque dos shedins.

Um trunfo poderoso o bastante para resistir ao ataque dos shedins? Pensou Tzizah. *Que engodo é esse?*

O rei vassalo ficou pensativo, mas o Melek do Sol rechaçou:

— A antiga ordem de Olam não existe mais. Quanto a mim, se você casar-se com ela, com uma camponesa, ou mesmo com um cavalo, não fará a menor diferença. Queremos posições iguais, ou, então, não revelaremos nosso trunfo. E se o seu são pedras shoham, saiba que possuímos um estoque suficiente para derrubar cada um dos belos edifícios de Bethok Hamaim. Ou teremos direitos iguais, ou não haverá nenhum acordo.

O Melek das Águas riu sarcasticamente.

— Façam isso! Gastem todas as suas pedras shoham derrubando nossos prédios. Quando elas acabarem, ainda haverá muitos em pé. Porém, quando os shedins chegarem, o que vocês farão? Acreditam que há lugar para homens no reino da escuridão?

Então, Tzizah compreendeu que finalmente eles haviam entendido. A loucura e a ganância deram lugar a algum resquício de bom senso, ou, mais provavelmente, ao medo. O avanço da cortina de trevas era a causa disso.

Sáris levantou-se do trono e caminhou até a ampla janela de vidro. Olhou para o Morada das Estrelas girando lá embaixo.

— Eu sei por que vocês estão aqui — iniciou Sáris. — Atenderam ao meu chamado por causa dele. Sabem algo que eu não sei. Acham mesmo que eu não posso descobrir sozinho? Se querem continuar com a guerra, continuaremos.

— Deveríamos nos unir — disse Tubal para espanto de Tzizah. — Se continuarmos lutando, vamos destruir uns aos outros e, quando os shedins chegarem aqui, o trabalho deles estará feito.

— Para alguém que sempre foi um adversário de Olam, você está bem ansioso por se tornar um aliado — disse Tzizah mesmo sabendo que devia ficar calada. — O que o fez mudar de posição assim tão rapidamente?

— Um sobrinho morto — respondeu o vassalo. — E, mais recentemente, uma rede.

Mesmo sem querer, Tzizah deu dois passos para trás, sentindo o chão sumir debaixo dos pés.

Sidom soltou uma gargalhada nervosa ao ver o rosto assustado de Tzizah, e Sáris se voltou com uma expressão de incompreensão.

— Conte ao seu *marido* seu plano — disse Sidom. — Eu tenho certeza de que ele vai gostar muito.

— Do que vocês estão falando? — perguntou o Melek das Águas com desconfiança.

— A razão de termos atendido ao seu convite — respondeu Sidom. — Ou acha que viríamos apenas para ouvir suas vanglórias? Sua noiva é nosso trunfo. Sim, você poderia descobrir isso sozinho, mas não conseguirá implantar a rede sem nós, especialmente sem o que possuímos.

— Rede? Vocês estão querendo pescar alguma coisa?

— Só há um modo de enfrentarmos os shedins agora que o Olho de Olam caiu em mãos erradas e está se apagando mais uma vez — explicou Tubal. — Uma rede que o velho latash vinha planejando há muito tempo. Uma espécie de "plano B", caso não fosse possível utilizar o Olho de Olam. Uma rede de pedras amarelas. Sem dúvida, um projeto ambicioso.

— Ele é necessário para concretizar o plano — complementou Sidom, apontando para o templo das águas.

Tzizah olhou para os rostos zombeteiros dos dois reis e para o ódio que surgiu no rosto de Sáris. E levou instintivamente a mão à Yarok enquanto pensava em como fugir dali. *Como eles haviam descoberto a rede?*

— Sua maldita traidora! — disse Sáris compreendendo. — Esteve aqui desde o início por causa disso!

Tzizah buscou inutilmente por plantas.

— Não há plantas aqui, eu mandei retirar todas! — berrou o Melek das Águas.

— Não brigue com sua noiva — disse malignamente o rei do bronze. — Ela só nos ajudou. Trouxe o conselho cinzento para cá. Trouxe a rede.

A compreensão tornou o rosto do Melek das Águas ainda mais sombrio.

— Aqueles homens... a escolta...

— Sim, eles estão aqui. Vieram para instalar a rede... — confirmou o rei do bronze. — Tudo isso foi muito útil.

Tzizah viu todo tipo de emoção passar pelo rosto gorducho de Sáris, permanecendo afinal a mais assustadora: confiança.

O Melek das Águas caminhou calmamente e sentou-se outra vez em seu trono. Parecia ter recobrado o domínio da situação.

— Só há uma coisa que eu ainda não entendi — disse para os dois adversários. — Se os lapidadores estão aqui, se as pedras da rede foram trazidas por minha querida esposa, se o templo também está aqui, por que eu preciso de vocês dois?

Tzizah pensava justamente naquilo. Os dois reis haviam entregado o trunfo antes da hora.

— Faltam quatro pedras para o trabalho ficar completo — revelou Tubal. — O guardião de livros foi providenciá-las. Mas pelo o que sabemos, ele não retornou até agora... Provavelmente se perdeu nas montanhas. Ou talvez caiu no próprio Abadom.

Tzizah arregalou os olhos. *Como eles sabem disso?* Só havia um modo: *Anamim! Maldito traidor!*

— Mas não precisamos do guardião de livros — pronunciou-se Sidom. — Podemos usar estas aqui.

O Melek do Sol abriu uma caixa azul e revelou quatro pedras shoham amarelas.

O brilho das shoham carregadas fez com que ambos desviassem o olhar. Tzizah sentiu-se atordoada. Precisava fugir dali. Mas como?

— Senhores — disse Sáris, mudando totalmente o tom de voz mantido até então com os dois comandantes —, não é sempre que três reis podem se encontrar. Sentem-se. Vamos discutir os termos da nossa aliança. Quanto a você, minha querida — disse para Tzizah. — Os guardas a levarão aos seus confortáveis aposentos, e as camareiras a prepararão. Hoje à noite consumaremos nosso casamento. Não se preocupe, meu amor, tudo sairá exatamente como você planejou.

16 O Guardião do Submundo

Não faça isso! — suplicou Leannah, ao ver que Kenan adentrava o portal entre as árvores de Ganeden.

— Se quiser ficar, fique — disse o giborim sem se importar. Ele segurava o Olho de Olam para abrir o portal. Deu dois passos e desapareceu.

Durou só um segundo a indecisão da cantora de Havilá. Leannah correu atrás dele e acessou o portal antes que se fechasse.

Dentro da passagem, a sensação era angustiante. As mudanças drásticas de temperatura e a sobreposição de imagens causavam desorientação. Em alguns momentos as árvores pareciam se esticar, em outros se encolher, o tempo acelerava ou passava mais lentamente.

Ainda pisavam o chão da floresta, mas Leannah sabia que não estavam mais no mesmo lugar. Enquanto caminhavam, ela viu as árvores se encolhendo, e os velhos troncos rejuvenescendo, até que alguns se reduziram a pequenas plantas ao lado de árvores há muito desaparecidas. Isso a fez entender que voltavam ao passado.

Quando deixaram o túnel, ainda caminhavam debaixo de árvores, porém Leannah não fazia ideia de onde estavam. Não era Ganeden. Olhando mais atentamente, percebeu que era um bosque.

Ao enxergar tijolos rodeando as árvores, acreditou, então, ser um jardim. Logo percebeu que de fato era um jardim, porém ficava no alto de um palácio, uma espécie de jardim suspenso. Ao deixarem as árvores, ela visualizou uma varanda que se projetava sobre a cidade. As colunas arredondadas da varanda deixavam espaço para que as construções fossem vistas. Leannah olhou através delas e enxergou uma grande cidade repleta de torres quadradas alaranjadas. Abaixo, viu o branco das fontes quentes naturais que jorravam do solo criando diversos chafarizes. Sobre todas as construções havia jardins como aquele.

— Bem-vinda a Giom! — disse Kenan, — a cidade das fontes.

Leannah admirou-se ao perceber que de fato era a capital do antigo Império de Mayan, também conhecido como Império de Além-Mar. Kenan havia acessado algum tipo de túnel do tempo. Retornaram ao passado, pelo menos quatorze mil anos antes do estabelecimento do Olho de Olam.

— A cidade onde todos os peregrinos desejavam chegar — sussurrou Leannah com emoção, tocando as pedras alaranjadas do beiral e sentindo a textura áspera. Não era apenas uma visão. Estavam mesmo lá. Aquilo era excitante e, ao mesmo tempo, assustador. O que Kenan pretendia?

— Não se preocupe — disse o giborim. — Não mudaremos o passado. Isso nem é possível. Estamos aqui apenas para observar. Não podemos ser vistos nem interferir. Como você sabe, Giom foi uma das três grandes do mundo antigo, ao lado de Irkodesh, a cidade dos kedoshins, e de Beraká, a capital dos reinos abençoados do oeste, onde hoje fica o atrasado reino dos cavalos. A cidade foi construída sobre um grande lençol de águas quentes que jorrava por todo lugar, como você pode ver abaixo. Isso permitia às casas desfrutarem de água em uma temperatura agradabilíssima. As fontes na cidade eram consideradas medicinais e rejuvenescedoras. Os peregrinos que vinham do Ocidente, de Nod, Schachat e até mesmo dos reinos abençoados, testemunhavam as curas operadas pelas águas quentes.

Leannah assentiu, ainda tentando entender o que o giborim pretendia.

No início era um pouco difícil acostumar-se com o leve cheiro de enxofre, mas não demorava até que isso não incomodasse mais.

— Como você também sabe — continuou Kenan — Mayan era o maior império em extensão de toda a terra. Do Yam Kademony até as fronteiras orientais do mundo, os homens construíram cidades e monumentos. Mas, perto do final da era anterior, o império sofreu com as invasões bárbaras. E, ao final, foi condenado quando Giom derreteu com o fogo líquido jorrado no lugar das águas agradáveis.

Os bárbaros, então, dominaram toda a região ao leste do Raam. Posteriormente, as cidades menores do outro lado se uniram em torno de uma pequena cidade chamada Urim e formaram o que mais tarde viria a ser chamado de o Reino de Sinim, que, apesar de ter se tornado grande e importante, jamais se aproximou da glória de Mayan.

Leannah conhecia fragmentos da história desde quando morava em Havilá. Especialmente as lendas sobre as peregrinações.

— O que você deseja descobrir? — perguntou, vendo que Kenan observava a cidade com um olhar estranho.

— Descobrir? Não há segredos para mim. Eu a trouxe aqui para que você descubra.

— O quê?

— A razão pela qual Olam está condenada e o motivo pelo qual não adianta lutar por sua recuperação. Quero que você entenda um pouco dos meus planos para o futuro, pois você faz parte deles.

— Pensei que desejava livrar-se de mim...

— Eu desejo isso tanto quanto você, mas pode demorar mais do que eu e, principalmente, você, gostaria. Preciso que colabore... Acredito que, quando entender o que eu tenho para mostrar-lhe aqui, colaborará e me levará até ele.

Kenan retornou em direção ao bosque suspenso, porém, em seguida, desviou-se dele e se pôs a descer as escadas de uma torre. Leannah seguiu-o, sem deixar de admirar a suntuosidade do lugar. Foi uma caminhada considerável até alcançarem o interior do palácio. O local era tão grande a ponto de causar desorientação.

Era repleto de fontes. O barulho e os vapores da água esguichando e depois escorrendo sobre o mármore dominavam o ambiente, causando sensação de relaxamento. A temperatura agradável e as árvores bem podadas, oferecendo bancos de pedra para descanso sob um teto alto e parcialmente aberto, convidavam para meditação.

Leannah observou os peregrinos banhando-se nas águas ou lendo pergaminhos sob as árvores. Sabia que alguns deles haviam atravessado toda a terra de Olam em busca do conhecimento que exaltava a existência. Via nos olhares de muitos deles aquela mesma paz de espírito alcançada por ela através do caminho da iluminação. Todas aquelas pessoas haviam alcançado os mesmos dons que ela.

Enquanto atravessavam o local, desviando-se das fontes e das árvores, Leannah teve a certeza de que era o maior e mais extraordinário salão real já visto.

De longe, enxergaram três homens em pé diante de uma fonte que jorrava água a cinco ou seis metros de altura. Intuitivamente, soube quem eram.

Sentiu uma estranha emoção ao ver os três. As lendas diziam que os peregrinos vinham do mundo inteiro para Giom, não apenas para desfrutar das águas quentes medicinais e rejuvenescedoras, mas também pela sabedoria dos três imperadores, ou mashal, como eram chamados. Não havia assunto ou enigma que eles não soubessem resolver.

Cada um deles era responsável por uma área distinta no reino. Eram chamados de mashal da ciência, do conforto e da guerra. Eram autônomos em sua área, mas, quando os assuntos envolviam mais de uma, reuniam-se e tomavam decisões em conjunto.

Kenan e Leannah aproximaram-se e perceberam que todos mediam cerca de dois metros e meio de altura. Eram totalmente calvos.

— Os três reuniram-se a pedido do mashal da ciência — explicou Kenan, apontando para o mais jovem deles. De acordo com as lendas, tinha setecentos anos. Usava uma longa túnica brilhante com adereços azuis — Ouça o que eles conversaram.

— Os kedoshins renegados ameaçam dominar o mundo inteiro — relatou o mashal da ciência, e Leannah tratou de prestar atenção. — Parte dos kedoshins originais já abandonou Olam. Duas vezes foi apresentado, perante o Conselho dos Irins, o pedido de intervenção, mas foi negado. A resposta dada é que o mundo precisa seguir o curso misterioso que *El* estabeleceu para ele, e que, qualquer desvio, só faria adiar o inevitável com custos muito maiores. Os reinos abençoados estão sob intenso cerco, diversas cidades já caíram. O contingente de soldados que mandamos para lá não fará diferença. A guerra chegará aqui, e não irá demorar.

O mashal da guerra, ao ouvir aquilo, alarmou-se. Depois acenou tristemente com a cabeça em sinal de concordância. A túnica dele era vermelha.

— Até hoje acreditei que a guerra não chegaria aqui — disse com uma voz autoritária. — Porém, se chegar, precisamos estar preparados... e estamos.

— Sem querer duvidar da eficiência dos preparativos, acredito que não estamos prontos — contrariou o mashal da ciência. — Não para o que provavelmente enfrentaremos. Um cerco...

— Eles jamais conseguiriam impor um cerco a Mayan como impuseram a Beraká — rechaçou o mashal da guerra. — Nosso território é extenso demais. Na pior das hipóteses, devemos esperar longos anos de batalhas, muitas mortes e sofrimento. Porém, venceremos, como sempre.

— Se Giom cair, o império se esfacelará — disse o mashal da ciência. — Construímos uma cidade grande demais. Isso tornou nosso império vulnerável.

— Não seja pessimista, irmão. Um exército jamais conseguiria conquistar a cidade. Nossas muralhas têm trinta metros de altura!

O mashal do conforto, responsável pelo bem-estar espiritual do Império, apenas observava os dois irmãos mais novos discutirem. Dos três, era o que sempre desempatava as disputas, quando necessário, mas isso era raro. Ele vestia uma túnica dourada.

— Não temos armas, soldados ou muralhas suficientemente fortes para enfrentar um ataque dos shedins, se Irkodesh cair — insistiu o mashal da ciência — precisaremos de algo mais. Os shedins têm cem dragões-reis a seu serviço. Nem a magia que protege Irkodesh pode suportar isso, quanto mais muralhas.

— Cem dragões-reis? — questionou o mashal da guerra. — Você tem certeza?

— Neste exato momento, o exército shedim avança para Irkodesh.

— De qualquer modo, perdem tempo. Nunca chegarão lá! — interrompeu o mashal da guerra. — Os portões do norte são intransponíveis para visitantes mal-intencionados.

— Estão a menos de duzentas milhas da cidade.

— Impossível! Ninguém passa pelos portões do norte sem autorização de Irkodesh. Nem os dragões-reis poderiam passar. A cortina de luz alcança os céus.

— Já passaram. Em dois ou três dias, Irkodesh sofrerá o primeiro cerco de sua história.

— Traição! — Compreendeu o mashal da guerra. — Mas os irins não permitirão isso. Não permitirão! Certamente isso os fará agir.

— Há razões para crer que eles não intervirão, mesmo agora.

— Se Irkodesh cair, o mundo cairá com ela. Isso não faz sentido! Os irins não deixarão este mundo ser destruído. É função deles evitar isso.

— É possível que eles venham a intervir no final... — Concedeu o mashal da ciência. — Mas poderá ser muito tarde. No entanto, há um modo de garantirmos a segurança de Mayan.

— E o que isso quer dizer? — perguntou desconfiado o mashal da guerra.

— Amanhã receberemos a visita de dois mensageiros...

— Sem o nosso consenso? — pela primeira vez, manifestou-se o mashal do conforto com sua habitual sobriedade. — Você convidou kedoshins para uma reunião e não nos avisou?

— Os kedoshins nunca precisaram de nosso consenso para nos visitarem... Eu de fato solicitei a vinda oficial de kedoshins por assuntos da ciência — explicou, abaixando-se e pousando a mão dentro da água da fonte, sentindo sua temperatura. Leannah observou que a mão tinha dedos muito longos, e a pele era suave como pétalas. — As águas estão ficando cada vez mais quentes. Não poucos prenunciam uma grande catástrofe, dizem que a cidade será engolida por um lago de fogo. Mas Irkodesh recusou-se a enviar representantes, pois não considera isso prioridade no momento.

— E quando isso deixou de ser apenas assunto da ciência para tornar-se assunto do reino? — perguntou o mashal do conforto.

— Quando o risco de enfrentarmos uma guerra que não podemos vencer tornou-se real.

— Uma guerra que não podemos vencer?! — repudiou o mashal da guerra. — Irmão, você não deveria menosprezar nossos exércitos.

— Não os menosprezo. Mas, como disse, precisaremos de algo mais para vencer a guerra.

— E por que apenas dois kedoshins? Quem são eles? Por que tanto mistério? — O mashal da guerra soltou todas as perguntas.

— Não se trata de uma visita oficial. Como eu disse, Irkodesh recusou-se a mandar representantes. Não são kedoshins.

— Por *El*, o que você está tramando, jovem? — O mashal da guerra já estava sem paciência. — Você autorizou dois shedins a entrarem em Mayan?

— Eles ainda não entraram... Eu não pretendo passar por cima da decisão deste Conselho. Apenas espero que vocês entendam a gravidade da situação e, ao mesmo tempo, a oportunidade de termos "algo mais".

— O que você define como "algo mais"? — perguntou o mashal do conforto, antes que o da ciência respondesse.

— Magia — admitiu o mais jovem dos três.

O olhar atônito lançado pelos outros dois não fez o mashal da ciência recuar.

— Os shedins estão dispostos a ensinar-nos a magia antiga, da primeira era do mundo — completou. — Em troca de um favor...

— Isso é absolutamente proibido, isso sim poderia causar uma intervenção dos irins — rechaçou o mashal da guerra. — Contra nós!

— Pelo menos faria os irins agirem... Porém, eu acredito que eles não vão intervir. E sabem por quê? Entregaram Olam e Mayan à própria sorte. Recentemente, esse mesmo grupo de kedoshins passou a ensinar alguns homens uma técnica de lapidação capaz de revelar potencialidades de um tipo de pedra, conhecida em Olam como pedra shoham. Isso causou uma divisão nos kedoshins. E os irins não se manifestaram.

Aquela informação impôs um silêncio reflexivo sobre os outros dois.

— O que essas pedras fazem? — Perguntou, após algum tempo, o mashal da guerra. — Podem ser usadas como armas?

— Como armas, instrumentos para curar doenças, armazenar informações, comunicação instantânea, e muitas outras coisas. As pedras vermelhas são as mais comuns, as amarelas as mais poderosas, e as brancas — até agora só encontraram uma —, são capazes de fazer coisas que nenhum de nós imagina.

— Eles estariam dispostos a compartilhar conosco também o segredo da lapidação? — perguntou o mais velho dos três irmãos.

— Não há pedras shoham em Mayan. Seria inútil. Nossa única esperança é a magia.

— E por que os shedins compartilhariam a magia antiga conosco? — questionou o mashal do conforto. — O que eles ganhariam com isso?

— Boatos dizem que um filho foi gerado entre um kedoshim e uma mulher. As pedras foram usadas para que a mulher sobrevivesse, porém ela morreu. A magia antiga, entretanto, pode garantir a sobrevivência do filho, ou mantê-lo neste mundo, caso os irins venham a intervir no final.

— Um filho — repetiu o mashal do conforto. — A união de duas raças. Isso não pode ter acontecido.

— Mas aconteceu.

— É o fim — sentenciou o mashal da guerra. — Se isso de fato aconteceu, não há mais esperança para este mundo. Os irins vão intervir, porém com o juízo.

— Ainda há — insistiu o mashal da ciência. — A magia antiga...

— A magia antiga acabou — disse o mashal do conforto. — Foi banida. De nada adiantaria eles nos ensinarem as técnicas e as palavras, pois o poder não está mais disponível. Não há pedras shoham em Mayan e nem tampouco há magia!

— É possível resgatar um pouco daquele poder...

O olhar que os dois lançaram ao mashal da ciência foi de total assombro. Ambos sabiam o que aquilo significava. Só existia um lugar onde havia poder da primeira era.

— Você enlouqueceu! — Disse o mashal do conforto, pela primeira vez falando com o tom de voz acima do normal. — O Abadom está fechado, lacrado.

— Que permaneça assim — concordou o da guerra.

— Há três lugares neste mundo onde ainda é possível abri-lo. E nós estamos em cima de um deles. Helel apenas deseja que o ajudemos a manter o filho neste mundo. Ele quer que façamos correntes mágicas... E para isso nos ensinará magia antiga. Em troca, promete não atacar Mayan.

Leannah olhou assustada para Kenan ao ouvir aquilo.

— Então, foi isso? — Perguntou a cantora de Havilá. — Foi assim que a Era anterior acabou?

— Foi o começo do fim — assentiu Kenan. — E por isso eu lhe disse que Olam está condenada. De um jeito ou de outro, nós não conseguiremos impedir. É da natureza humana não respeitar os limites. Compreende agora? O que acontece em Olam hoje é apenas a continuação de algo iniciado muito tempo atrás. Por isso, você precisa me levar até ele e convencê-lo a me ensinar a manipular o Olho de Olam. Ou o fim virá.

* * * * *
* * * *

A escuridão já se manifestava no horizonte plano de Bethok Hamaim. A cortina de trevas parecia estar há cinco ou dez milhas ao sul, porém a imensidão da planície do Perath e do Hiddekel dificultava calcular com precisão a distância. Enquanto caminhava pelas ruas desertas do centro, Tzizah observava como a luz pouco a pouco se retirava da cidade das águas. O vento forte agitava seus cabelos negros e inquietava seus pensamentos. Hoshek chegara rápido demais, e a última noite do casamento também.

Claramente nada mais detinha o avanço das forças malignas. Kenan, Leannah, o Olho de Olam, ou o que quer que fosse, já não fazia mais efeito como outrora. E, no momento em que as trevas envolvessem a cidade, se a rede não estivesse instalada ou não funcionasse, os shedins poderiam movimentar-se em Bethok Hamaim como se estivessem em Irofel. Então, não haveria batalha, apenas um massacre.

Quatro soldados faziam sua escolta rumo ao palácio real para a noite de consumação das festividades do casamento. Após a última conversa, Sáris havia reforçado a vigilância em torno dela. As vestes de gala dos soldados eram estranhas e espalhafatosas. Os homens estavam claramente desconfortáveis com todas aquelas plumas e cores vibrantes, mas era exigência de Sáris. De qualquer modo, eles não deviam sentir a metade do desconforto dela, ou da apreensão...

O Melek das Águas queria que o último dia fosse o mais espetacular de todos, pois se casaria e estabeleceria a aliança com os dois reis. Ele queria uma grande festa sem imprevistos. Mas, se dependesse de Tzizah, ele teria pelo menos um... Havia convencido as camareiras a colocarem duas pequenas plantas dentro do salão real. Dissera que desejava fazer uma surpresa ao seu marido. Se tudo desse certo, seria uma surpresa, e tanto...

Numa atitude desesperada, após a conversa com os três usurpadores, ela tentou falar com Ben, pois sabia que ele carregava Ieled. Disse que estava em apuros na cidade e pediu que ele chegasse depressa. Porém, Ben não deu sinal de vida.

Já havia desistido de colocar o plano em ação quando sentiu um chamado através de Yarok. Era Anamim. Mesmo relutante, atendeu. Mais do que nunca desconfiava do latash. Era difícil esquecer que o pai dele era um dos comandantes inimigos. E que tinha conhecimento da rede...

Fui eu quem contou para ele — revelou Anamim, sem titubear. — *Talvez eu tenha cometido um erro, mas sabia que você estava sem ação, e, ao menos, isso ajudou a interromper a guerra entre as cidades, a qual só ajudaria os shedins. E, de qualquer modo, os vassalos vasculharam Havilá e o que restou da casa de Enosh. Muito provavelmente, Tubal já soubesse da rede antes disso. Estamos em um momento imprevisível. Não sabemos quais ações boas terão efeitos maus, ou quais ações aparentemente más, podem tornar-se em bem. O estabelecimento da rede é a prioridade, acima das disputas pessoais ou do nosso próprio conforto.*

Ela, então, contou ao latash a respeito do casamento e disse o que pretendia fazer. Era um plano ousado, mas, àquela altura, bom senso era algo dispensável. Os três comandantes estariam sob o mesmo teto naquela noite. Que outra oportunidade teria? Sem falar que as quatro pedras amarelas, de que tanto precisavam, também estavam ali. Tzizah havia entendido todas aquelas coisas durante a madrugada enquanto o sono lhe fugia. Mas, para fazer o que pretendia, precisava dos giborins. E eles estavam ali... E também precisava de Anamim. Na verdade, o plano dependia inteiramente da participação dele. E isso a inquietava ainda mais.

O latash informou que Evrá havia retornado para Nod, mas sem informações sobre o guardião de livros. Disse que enviaria a águia dourada, apesar de achar que o plano dela era um equívoco. *A rede é a prioridade*, disse mais uma vez. *Não importa quem a instale.*

Foi difícil para Tzizah controlar a ansiedade durante todo o dia, enquanto se recuperava do desgaste físico causado pela comunicação com o latash. Boa parte das dúvidas ainda alimentadas a respeito de Anamim, entretanto, dissiparam-se quando, no meio da tarde, viu o reflexo dourado da águia sobrevoando a cidade. Era Evrá. Anamim atendera o pedido dela. Isso possibilitaria o plano ser posto em prática.

A princesa de Olam encontrou o luxuoso salão tomado de nobres de Bethok Hamaim, Maor e Ir-Shamesh. Também havia muitos soldados dos reinos vassalos. Quase não acreditou quando viu inimigos históricos lado a lado, compartilhando do mesmo vinho.

Enquanto o mundo está acabando, eles se banqueteiam, pensou Tzizah. *Mas terão uma surpresa.*

O Melek das Águas assentava-se na cadeira de ouro. Sobre o colo, o homem acariciava a pequena caixa de veludo azul, onde guardava as quatro pedras do sol trazidas por Sidom, como se fosse seu maior tesouro.

Quando ela adentrou o salão, Sáris colocou-se em pé, e a música subitamente parou. Todos os convidados voltaram-se para olhá-la. Sabia que estava elegante no vestido azul adornado com fios de prata. A cabeleira preta estava parcialmente controlada pela tiara reluzente cheia de pequenos diamantes. Os olhos cinzentos destacavam-se pelo contraste com a maquiagem escura. Mesmo assim, Tzizah percebeu diferentes tipos de expressão nos rostos que a contemplavam. Além de admiração, notou também ironia e sarcasmo.

Sáris pediu que ela se assentasse em um trono menor ao lado dele. Aparentando submissão, ela obedeceu. Ele dificilmente lhe dirigia a palavra e isso não a desagradava. Tzizah viu as duas plantas, que por sorte o Melek das Águas não notara, colocadas em um dos cantos do salão real.

Aguardavam a chegada de Tubal e Sidom para formalizar oficialmente a aliança. Os dois fariam uma espécie de entrada triunfal e seriam recebidos por Sáris e Tzizah. Assim, diante de todos, a aliança seria formalmente estabelecida entre os reinos rivais. Em seguida, aconteceria o terceiro e último banquete do casamento.

Tzizah percebeu que o sistema antigo de aliança seria praticado, pois viu o preparo de bois e carneiros. Os antigos sacerdotes de *El* só consideravam uma aliança válida, quando os proponentes "cortavam" aliança fazendo o caminho lado a lado por entre os pedaços dos animais.

Apesar de não haver mais sacerdotes de *El* em Olam, Sáris pretendia seguir o modelo antigo. Certamente, com isso, a velha ratazana pretendia estabelecer legitimidade para aquele ato. O casal de noivos também passaria entre os pedaços.

Geralmente, para formar o caminho, três espécies de animais eram cortadas ao meio: touros, carneiros e pássaros.

As risadas e bebidas que circulavam pelo grande salão lhe causavam enjoo, tanto quanto a comida. Coalhadas, manjares, saladas de ervilha, diversos tipos de ensopados de lentilhas, grãos torrados, mel, queijo de cabra, frutas variadas, uvas, damascos frescos e em calda, castanhas de variados tipos, amêndoas e avelãs, além de pratos quentes, carneiro assado, ensopado e recheado, codornizes feitas em óleo recheadas com mel, e uma infinidade de outros pratos apreciados pelos nobres despertavam a alegria de todos.

Só olhar para toda aquela comida causava repugnância à princesa de Olamir.

Como as pessoas conseguiam entregar-se à frivolidade em meio a uma guerra? Boa comida, bebidas inebriantes e músicas grosseiras pareciam ingredientes úteis para unir inimigos, além dos feitos contados exageradamente. Ou tudo aquilo seria apenas uma grande farsa?

Sua vontade era sair correndo daquele lugar. Mas precisava se controlar.

Só mais um passo. Não posso desistir. Não posso.

Sidom e Tubal foram introduzidos no salão pelos arautos que pronunciaram os nomes deles com grande pompa. Duas cadeiras imponentes foram postas, uma ao lado de Sáris, outra ao lado de Tzizah, para que os dois se assentassem.

Tzizah poderia rir do esforço deles em criar uma aura de majestade, mas nem o sarcasmo alimentaria seu humor naquele instante. Lembrou-se de seu pai, que costumava vestir-se como um cidadão comum em Olamir, dispensando coroas ou joias. A majestade do décimo-sexto Melek de Olam, definitivamente, não estava na aparência.

Além disso, a pretensa aliança de Olam com Bartzel não lhe permitia qualquer senso de humor. Jamais se esqueceria do que os vassalos haviam feito com sua irmã. Jamais.

— Como vocês sabem — começou a discursar Sáris para os nobres de Bethok Hamaim, de Maor e Ir-Shamesh. — A antiga grande cidade de Giom, capital do Império de Mayan, foi por séculos governada por três imperadores. Por tudo o que nos contam os livros de história, aquela maneira de reinar foi sábia e benéfica para o Império. Hoje iniciaremos uma nova dinastia tríplice em Olam. Apresento-lhes o Melek do Sol, o Melek do Bronze e, eu próprio, o Melek das Águas. Governaremos conjuntamente toda Olam, e assim a uniremos outra vez. Diante da terrível ameaça da cortina de trevas, os homens devem lutar sob um único estandarte, e, pela primeira vez, Bartzel também fará parte dessa união, situação que nem nos tempos áureos, em que o Olho de Olam fulgurava em Olamir, foi possível, devido ao orgulho e à prepotência dos líderes daquela cidade.

A declaração foi seguida de esfuziante aplauso por parte de todos os presentes.

Não foi possível justamente porque o Olho brilhava em Olamir, pensou Tzizah —, *e os inimigos não tinham coragem de se aproximar, muito menos de se banquetear em nossos palácios.*

Quando os outros dois assentaram-se, Sáris pronunciou-se mais uma vez.

— Entretanto, assim como o antigo mashal do conforto em Giom tinha a palavra final sobre certos assuntos, eu desempenharei a mesma função agora em Olam. Mas asseguro-lhes que isso será muito mais formal do que prático. Tenho a certeza de que nós três temos os mesmos objetivos agora. Proteger Olam, expulsar as trevas e levantar um reino de justiça e fraternidade para durar milhares de anos!

— Pensei que Bartzel fosse um reino vassalo de Hoshek — disse Tzizah para o rei do bronze, sentado ao seu lado, sem conter o desprezo. Os nobres e capitães dos exércitos vinham um a um jurar obediência aos três reis. — Naphal perdoará essa traição? Ou será que ele está interessado nessa aliança?

— Hoshek não tem aliados — disse o rei do bronze, observando os homens levarem um touro para dentro do salão. O enorme animal havia sido cortado ao meio e o rastro de sangue inevitavelmente ficou para trás quando empurraram as duas metades até o centro, bem diante dos tronos. — Lutamos ao lado deles e por eles durante muito tempo, e a única coisa que conseguimos foi perder mais da metade de nosso exército. Príncipes ou reis são todos serviçais para Naphal. E agora, que a cortina de trevas já cobre metade de Olam, eles não precisam mais dos nossos serviços. Não há espaço para homens no domínio que pretendem estabelecer em todo o mundo, especialmente se o antigo senhor deles retornar... Na verdade até há, mas eu não gostaria de me tornar algo parecido a um refaim ou um cavaleiro--cadáver. Quando os leões se enfrentam, os chacais ganham alguma coisa, mas agora nós todos somos gatinhos diante do poderio de Hoshek.

— Gatinhos convenientemente unidos por uma rede — ironizou Tzizah. — O que Arafel, seu sobrinho, pensaria disso?

— Meu sobrinho nunca soube fazer o jogo da guerra. E agora ele está morto, graças a Naphal e Mashchit. Serviu de petisco para o dragão-rei. Eu sou o único que responde por Bartzel. E, nas atuais circunstâncias, Olam é um aliado melhor do que Hoshek. Graças a você.

Aquelas palavras soaram mais dolorosas para Tzizah do que adagas. *Não sabemos quais ações boas podem tornar-se más, ou quais ações, aparentemente, más podem tornar-se boas.* Lembrou-se das palavras de Anamim. Tentou encontrar nelas forças para continuar representando seu papel, até que pudesse agir.

— Talvez agora vocês percebam o erro que cometeram ao combater Olamir — disse tentando manter a compostura, ao mesmo tempo em que sentia náuseas pelo forte cheiro do sangue do touro partido ao meio. — Ajudaram os shedins a destruir a única proteção que tinham neste mundo contra as trevas. Agora sofrerão o mesmo dano.

— Engana-se, rainha de Olam — interveio o Melek das Águas, mordiscando um grão de uva, e mostrando que havia prestado atenção à conversa. Ele divertia-se ao olhar para as pessoas que dançavam em volta dos dois pedaços do animal. — Quem destruiu Olamir foi seu ex-noivo. E também seu pai. Não tivemos nada a ver com o enfraquecimento do Olho e muito menos com os planos sinistros deles. Nós tentamos apenas consertar o estrago causado por eles. E, graças a você e ao seu plano de trazer o conselho cinzento para cá, não sofreremos as mesmas consequências.

— E como pretende convencer o conselho cinzento a terminar a rede? Eles jamais trabalharão para vocês!

— Eu não preciso convencê-los! Eles continuarão trabalhando para você. É seu plano, lembra-se? Eu sou apenas seu marido. E minha intenção é satisfazer todos os seus desejos.

Tzizah não conseguiu disfarçar o nojo que aquelas palavras lhe causaram. Sua vontade era sair correndo daquele lugar, mas não havia refúgio em Bethok Hamaim. Suas mãos estavam geladas. Tentava encontrar coragem para fazer o que precisava.

— Se pensam que eu vou colaborar com isso, estão muito enganados — disse levando a mão trêmula até onde Yarok estava escondida. Podia sentir as duas plantas crescendo dentro do salão. Só precisaria de um pouco de tempo até que elas estivessem grandes e grossas o suficiente. Àquela altura, Evrá já devia ter lançado a pedra para dentro da cela onde os giborins estavam aprisionados. A pedra passaria as instruções e, depois, poderia ser utilizada para explodir a porta. Ela havia visto a águia voando sobre a cidade ao meio dia.

— Se você não fizer isso, condenará Olam — disse Sáris com cinismo. — Esse é o único modo de deter as trevas. Se não mantiver seus giborins quietos e não ordenar que o conselho cinzento complete e instale a rede, dentro de alguns dias todos nós seremos refains ou cavaleiros-cadáveres. Você pode não acreditar, mas, no momento, eu sou a única esperança de Olam.

As plantas já se moviam sorrateiramente por baixo da cadeira de Sáris. Tzizah concentrava toda a sua força em alimentá-las e fortalecê-las. Sabia que fazia algo arriscado, porém não se importava. Mesmo que precisasse pagar por isso, não suportava a ideia de colaborar com os planos maníacos daquele homem e muito menos com a ideia de se deitar com ele ainda naquela noite.

Contudo precisava esperar o momento exato de atacar. Da outra vez, os soldados cortaram as ramagens, por isso só agiria quando pudesse terminar o serviço sem ser impedida. O plano era simples: quando a confusão se estabelecesse dentro do salão, os giborins o invadiriam, e os três comandantes seriam detidos. Tzizah não estava certa se libertaria o Melek das Águas após as plantas enlaçarem o pescoço dele.

Subitamente sentiu uma mão de ferro detendo a ação da mão dela, ou melhor, uma mão de bronze. Com um sorriso estranho no rosto, o rei do bronze a fez soltar a pedra Yarok.

— Acho que mereço uma dança com a princesa de Olam, agora que traí meu antigo senhor — disse Tubal.

Tzizah viu as plantas pararem de avançar e lentamente retornarem, encolhendo-se.

Compreendeu que o homem não havia percebido o que ela tentava fazer, apenas desejava dançar com ela. Torceu para que suas mãos geladas não a denunciassem, se bem que, ele poderia pensar o quanto era normal uma noiva ter as mãos geladas antes da consumação do casamento. Respirou fundo e deixou-se levar para o meio do salão. Ainda havia tempo. Poderia manipular as plantas depois.

Diversos instrumentos musicais embalavam os convidados. Além de harpas e cítaras, havia um saltério e uma gaita de foles. Pífaros e trombetas eram usados nas músicas mais animadas. Porém a única coisa que animava Tzizah era a expectativa de agir, de acabar com aquela festa.

— Você está sendo inteligente em colaborar, doutra sorte jogaria fora tudo o que planejou — ele falou com sua voz baixa e maligna no ouvido dela enquanto deslizavam pesadamente pelo salão. O modo como ele a aproximou de seu corpo imenso a fez ter um estremecimento. — Se recusasse, começaria uma guerra entre Bethok Hamaim e Nod, o conselho cinzento seria executado, e a rede jamais seria estabelecida. Mas está agindo da maneira que uma princesa deve agir, como uma verdadeira filha de Thamam, o Sábio. Além disso, não se preocupe, se ele não for um bom marido para você, eu posso ajudar.

Tzizah endureceu-se ainda mais quando ele mencionou o nome do pai dela. Já estava farta daqueles usurpadores mencionarem o nome dele, como se o admirassem. Ou talvez, tivessem sido as últimas palavras dele, tão repletas de ironia. Desvencilhou-se dos braços do rei do bronze e caminhou para o outro lado do salão. Tubal continuou observando-a com um meio sorriso cínico.

Nervosamente, Tzizah olhou para a noite lá fora. *Onde os giborins estariam escondidos aguardando o momento de invadir o palácio? Será que transformarei esta noite em um banho de sangue?* — Pensou vendo os serviçais enxugarem o sangue que ainda escorria do touro.

Só mais um passo. Mais um.

Na noite em que deixara Olamir, seu pai dissera que as circunstâncias o forçara a ir longe demais para retornar. Do mesmo modo, naquele momento não havia mais retorno. Procurou Yarok mais uma vez. Sentiu as ramagens vivas dentro do salão. Por um momento, as plantas deram-lhe força e coragem, depois ela passou isso para elas de volta.

Homens adentraram o salão carregando dois carneiros. Por se tratar de animais menores, levavam-nos erguidos. Tzizah virou o rosto para não ver as entranhas dos pobres animais partidos ao meio.

O próximo a falar com ela foi Sidom. Tzizah tentava encontrar o último rompante de coragem para mandar as plantas fazerem o que precisava quando o homem se aproximou, e novamente precisou recuar. Pelo menos ele não fez menção de tirá-la para uma dança.

— Sinceramente não posso dar-lhe os parabéns por este casamento — disse o homem com seu habitual modo áspero. — Houve um tempo em que desejei e tentei algo muito melhor para você. Uma princesa deveria se casar com um verdadeiro príncipe e não com um usurpador — disse olhando para Sáris.

O olhar de incompreensão que ela lhe lançou só fez o rosto dele ficar ainda mais sobrecarregado.

— Mas é claro que seu pai não deve ter-lhe dito nada a respeito... Era da natureza dele ser altivo e considerar as outras cidades inferiores, mesmo os legítimos príncipes.

— A respeito do quê?

— Da proposta de casamento que eu enviei a ele.

— O senhor queria se casar comigo? — perguntou assustada.

— Estou velho demais para isso, e ainda tenho noção da realidade — disse olhando para Sáris com total desprezo. — A proposta era do meu filho. Eu queria que você se casasse com o legítimo príncipe de Ir-Shamesh.

— Anamim?!

— E eu tenho outro filho, por acaso? É claro que era com Anamim. Mas isso foi antes de ele se tornar um traidor, de se envolver com os feiticeiros das pedras, e de se tornar um...

— Um latash! — completou Tzizah.

— Um feiticeiro das pedras — repetiu com repulsa o Melek do Sol.

A revelação deixou Tzizah sem ação por alguns instantes. Anamim jamais havia mencionado o fato durante o tempo em que permaneceu em Olamir. Tentou entender o que isso poderia significar na atual conjuntura das coisas.

— Tudo poderia ter sido diferente — continuou Sidom. — Se você tivesse se casado com Anamim, nossas cidades teriam resistido juntas ao ataque dos shedins. O exército de Ir-Shamesh poderia ter feito diferença naquela noite. Olamir ainda estaria em pé, e eu não teria perdido um filho...

Sidom disse aquilo e afastou-se olhando com repulsa para o ritual de aliança que já estava quase preparado.

Tzizah sentiu-se atordoada com a revelação. Não podia negar que várias vezes havia achado um pouco estranho o olhar insistente de Anamim em Olamir. Será que o latash alimentava sentimentos a seu respeito? A recusa de Thamam ao pedido teria sido uma das razões de ele ter se tornado um latash?

Por outro lado, saber aquelas coisas renovou a convicção a respeito do plano. Se havia ainda algum resquício de dúvidas sobre a confiabilidade do jovem latash, acabara de evaporar. Antes de ver a águia dourada sobrevoando a cidade, Tzizah chegou a temer que Anamim trabalhasse para a causa do pai. Mas não havia mais razão para acreditar nisso. O ódio transparecido nas palavras de Sidom era bastante convincente.

Os giborins estão por perto — pensou, apertando Yarok. — *Evrá também. Chegou a hora. Vai funcionar.*

— Chegou o momento de consumarmos a dupla aliança desta noite — disse Sáris, colocando-se em pé e fazendo todos pararem de dançar e olharem para ele.

— Agora os serviçais trarão o pássaro e, em seguida, eu e minha querida noiva passaremos pelo meio dos pedaços oficializando o casamento. Depois, nós, os três reis de Olam, também faremos isso, e a Aliança perpétua será estabelecida.

Tzizah preparou-se. Quando os serviçais entrassem com o pássaro, todas as atenções se voltariam para eles. Então, poderia movimentar as plantas. Os giborins invadiriam o local quando ouvissem o barulho. Esse seria o sinal.

Só mais um passo. Só mais um...

Sua mão apertava Yarok com todas as forças. Sentia as ramagens grossas e fortes o suficiente para quebrar o pescoço do Melek das Águas. Já não desejava limitá-las.

Viu a movimentação na entrada e soube que não teria outra oportunidade. As pessoas abriram passagem para que os serviçais entrassem com o pássaro partido ao meio. As plantas correram por trás do trono. Só precisava de um impulso em Yarok, e elas saltariam como serpentes sobre o Melek. Em segundos, o homem estaria morto.

Quando os homens se aproximaram do trono com o pássaro, Tzizah deu a ordem para as plantas. Então, no mesmo instante as ramagens caíram inertes no chão. O desespero tomou conta do coração dela e as pernas fraquejaram. O grito de horror ficou preso na garganta.

O pássaro partido era uma grande águia. A penugem era dourada.

* * * * *
* * * *

Envolto em teias, Ben começou a ouvir rugidos. Então, pensou que o que estava ruim podia ficar pior. Em um primeiro momento, Ben chegou a pensar que fossem as próprias akkabis, mas depois se lembrou de que elas eram silenciosas. Os rugidos aumentaram, e as akkabis pararam de jogar teias sobre eles.

Alguma coisa estava acontecendo, pois Ben ouvia outros estranhos sons à sua volta, além do barulho feito pelas teias quando, ao serem lançadas pelas akkabis, atingiam alguma coisa. Sentia movimentações e deslocamentos de ar, quase como se asas estivessem batendo acima deles. E, principalmente, ouvia os rugidos de algum tipo de animal feroz. Sem dúvida, as akkabis estavam sendo atacadas. Talvez, alguém tentasse roubar as presas delas. Poderiam ser tannînins. Lembrou-se de Midebar Hakadar e do modo como a saraph havia destroçado o abutre gigante a fim de ficar com as presas dele. Naquele caso, o inimigo do inimigo não era amigo.

Esforçou-se por se libertar enquanto as akkabis estavam ocupadas. A pressão das teias era forte, mas ele conseguiu mexer uma das mãos. Fez força com o braço em direção de Herevel que continuava presa ao corpo também envolta pelas teias. Ao alcançar o cabo da espada, rasgou a teia com a lâmina e libertou a ponta. Com um pouco mais de esforço, a lâmina rasgou parte da teia e ele sentiu a perna mais livre. Em seguida conseguiu libertar o braço e depois o restante do corpo. Ao livrar a cabeça, contemplou uma cena assustadora.

Várias akkabis estavam destroçadas, e os tentáculos brancos, espalhados pelo chão. De fato, acontecia uma batalha, mas estava longe de terminar. Ben viu seis ou sete leões. Eles eram enormes e tinham asas. As akkabis haviam conseguido derrubar um dos leões, pois o monte de teias no chão identificava isso, especialmente por causa das asas que apareciam. Porém, claramente, os leões alados levavam vantagem. Ben viu quando um deles moveu-se e desviou-se das teias lançadas por uma akkabis e, em seguida, avançou furioso contra o monstro decepando diversos tentáculos. A akkabis perdeu movimentação, e outro leão a atacou decepando mais tentáculos.

Uma das akkabis, ao perceber que Ben havia se libertado, voltou-se contra ele. O ferrão passou perigosamente perto de sua cabeça. No mesmo instante, Ben cravou Herevel no corpo da criatura, de baixo para cima. Os tentáculos moveram-se enlouquecidos, porém Ben empurrou Herevel ainda mais fundo, e a akkabis ficou imóvel. Então, Ben a tombou de lado.

O guardião de livros correu até Ooliabe e Oofeliah e os ajudou a libertar-se das teias. Os guerreiros negros também contemplaram a cena apavorante, e logo atacaram as akkabis com os arcos. Ben não tinha certeza se ajudar os leões era a melhor atitude e continuou investindo contra elas mesmo assim.

Quando os leões consumaram a vitória, Ben preparou-se para possivelmente enfrentar uma batalha ainda pior. Foi quando eles pousaram.

— Viajantes do submundo não devem seguir adiante — disse um deles, surpreendendo o guardião de livros por falar.

Era um leão imenso, mais alto do que Ben, porém bastante envelhecido. Uma das presas frontais estava quebrada. Ele possuía uma volumosa juba dourada. As asas também eram douradas.

O leão era uma espécie de líder do grupo.

Perto dali, Ben enxergou o pequeno gato pardo com as asas atrofiadas. O felino caminhou até Ben e roçou outra vez as pernas dele.

— Quem são vocês? Por que nos ajudaram.

— Quatro pessoas, que carregam um felino, devem ser boas pessoas — disse o leão alado.

Ben olhou mais uma vez para o gato e entendeu tudo.

— Eu sou Ariel, o guardião do submundo. Fui enviado para impedir que vocês sigam em frente.

— Impedir? — aquilo surpreendeu Ben. — Por quê?

— Porque é um erro. O Abadom foi lacrado há muito tempo. Deve permanecer assim, para o bem de todos.

— Vocês são prisioneiros nestas câmaras? — Perguntou Ben, tentando ganhar tempo. Os leões alados pareciam criaturas boas, apesar de ferozes. Eram poderosos, afinal destroçaram as akkabis com alguma facilidade. Ben não queria enfrentá-los. Ao mesmo tempo, não pensava em recuar.

— Somos prisioneiros, mas não como as criaturas que se encontram no Abadom. Não é permitido mais voltarmos para o mundo lá em cima. Porém, como eu disse, desempenhamos uma função de guardar as portas do submundo. E por isso, não podemos deixá-los passar.

— Então, vocês eram lá de cima?

— Sim, houve um tempo em que nós habitamos com os homens — pronunciou-se o leão.

— Eu nunca ouvi falar que havia leões alados em Olam.

— Infelizmente, a maior parte da história antiga está perdida até para os maiores sábios. Nosso tempo passou. Cometemos erros. Alguns por acreditar em criaturas indignas de nossa confiança. Mas de que adianta lembrar esses fatos? Não se pode mudar o passado.

— Vocês também foram julgados pelos irins?

— Pelo que percebo, esse engano ainda permanece entre os homens.

— Qual engano?

— Pensar que as criaturas daqui, ou mesmo as do Abadom, foram julgadas. Não houve julgamento. O mundo antigo foi interrompido. Limites foram impostos. Mas todos no submundo aguardam o dia do acerto de contas. As profundezas clamam por justiça.

— Mesmo para os que estão no Abadom?

— Acredito que a maioria dos que estão no abismo saiba que não há esperança de absolvição. Porém, em tese, mesmo os prisioneiros do Abadom podem ser absolvidos enquanto o juízo final não for consumado, caso contrário não haveria esperança de resgatar o homem que você busca.

— Como você sabe disso?

— Os acontecimentos dos homens raramente chegam aqui. Mas, nesse caso, todos ficaram sabendo quando o Melek de Olam foi lançado para o Abadom.

— Por que você disse que não devemos seguir adiante? Pretende mesmo nos impedir?

— A sua jornada esconde perigos e segredos maiores do que você possa compreender. Nenhum homem vivo jamais atravessou estas câmaras. Embora você tenha legitimidade para estar aqui, pois um peregrino do caminho da iluminação pode vencer as trevas, não está fazendo a coisa certa. Haverá consequências. E, no submundo, às vezes, a luz impede de ver... Sou favorável à sua missão, mas devo dizer que ela é um erro. E, por isso, não posso permiti-la.

— Você é favorável? — perguntou confuso. — E pretende impedir que eu siga em frente? Eu não entendo...

— Às vezes, a coisa errada a ser feita é a certa... Porém este não é um lugar de respostas. Se veio em busca delas, está no lugar errado. Aliás, você já chegou longe demais. Mais do que alguém poderia supor. Volte para Olam. Sua batalha é lá em cima.

— Minha missão leva-me até os portais do Abadom — insistiu Ben —, se eles realmente existem, lá resgatarei o Melek de Olam, condenado injustamente. Não pode ser errado fazer isso.

— Ninguém no Abadom foi condenado injustamente. As leis do submundo são complexas. Resgatar um condenado causaria desequilíbrios na ordem atual de seu mundo, a qual repousa sobre um decreto antigo, considerado por muitos como já sem qualquer legitimidade.

— Mesmo assim, preciso seguir adiante.

— Eu já disse, não posso permitir.

— Então, precisará impedir-me — disse Ben segurando Herevel de forma desafiadora. Ooliabe e Oofeliah também apontaram os arcos para os leões. Mas Ben via que os arcos tremiam levemente. E a bola de teias onde Litili ainda estava tremeu inteira.

Um dos leões aproximou-se e soltou as teias que envolviam o dakh.

Ariel olhou demoradamente para a espada.

— Você carrega uma arma poderosa — disse o velho leão. — Uma das mais poderosas desde que Lahat-Herev foi quebrada na queda de Irkodesh. No submundo e mesmo nos lugares muito acima do mundo, ninguém jamais compreendeu por que uma arma assim foi dada aos homens. Eu me lembro de quando os dakh encontraram a pedra perfeita. Poucos kedoshins concordaram em extrair fragmentos dela para a espada. Temiam que os homens não fossem dignos de usá-la.

Ao ouvir sobre seu povo, Litili adiantou-se orgulhoso, ainda parcialmente coberto por teias.

— Litili disse para falso-bahîr. Povo dakh encontrou o Olho de Olam. Povo dakh muito digno e poderoso.

— Isso foi em um tempo em que os dakh eram de fato um povo poderoso e não débeis como se tornaram — disse Ariel, fazendo Litili encolher-se mais uma vez. — Foi antes de se tornarem fanáticos e medrosos... Eram altivos e destemidos como os rions... Mas se acovardaram diante dos desafios de um mundo em transformação, por isso, até agora, foi-lhes negado o direito ao fogo tenebroso.

Envergonhado, o rei dakh recuou e escondeu-se nas sombras.

— Quando a pedra foi encontrada — continuou Ariel —, os kedoshins desejavam utilizá-la para construir um mundo de luz... As coisas não saíram desse modo. Irkodesh caiu diante dos shedins e isso forçou a intervenção dos irins. Milênios depois, nas novas batalhas, eu vi essa espada ser forjada e os fragmentos da pedra branca serem postos nela, conferindo-lhe todo o poder.

— Você? Viu Herevel ser forjada?

— Foi um trabalho de quase setenta anos. Salatiel, meu mestre, era o maior forjador de espadas dentre todos os kedoshins. Ele era também um guerreiro formidável. Forjou a espada como um presente aos homens, uma arma capaz de fazer diferença nas batalhas. Parte dos kedoshins, incluindo meu mestre Salatiel, entendia que somente se os homens fossem fortalecidos haveria chances para Olam, uma vez que o poder dos shedins crescia rapidamente após a intervenção parcial dos irins. Porém a maioria dos kedoshins foi contrária a essa ideia, pois, com a intervenção dos irins, aos kedoshins foram impostas muitas limitações, e os grandes líderes queriam evitar que isso piorasse. Por isso, por quase quinhentos anos os shedins atacaram Olamir. Vimos o sofrimento da cidade branca e o mundo ser pouco a pouco tomado pelas trevas. Os shedins não conseguiram transpor as muralhas, mas causaram muita dor e morte. Ocasionalmente nos envolvíamos na batalha, mas, a maior parte do tempo, apenas monitorávamos, não fazendo mais do que ajudar os homens indiretamente. Eu estava cansado de toda aquela omissão. Então, fiz algo que decidiu a guerra. Fiz o que meu mestre desejava. Entreguei Herevel para um homem.

— Você entregou Herevel aos homens? — repetiu Ben.

— E por isso fui banido de Olam. Eu e meus irmãos. E por isso, também, o tempo dos kedoshins em Olam acabou.

— Então, o que as lendas dizem sobre os kedoshins terem dado Herevel para os homens...

— Eles de fato fizeram isso, mas somente após eu a ter entregado a Omer para que ele realizasse o maior feito da história dos homens e dos kedoshins. Então, não puderam retomá-la. Não tiveram outra opção senão a entregar formalmente.

Ben não conseguiu evitar a admiração por estar diante de Ariel. Sabia que estava perante uma das mais formidáveis criaturas da antiguidade. Os fatos do passado também eram assustadores.

— Por isso você foi condenado? Por isso é um prisioneiro do submundo?

Ariel acenou tristemente.

— Eu e meus irmãos fomos aprisionados aqui. O Abadom não se abriria para nós, porém fomos proibidos de seguir com os kedoshins para os campos primaveris, e proibidos de viver em Olam. Aqui embaixo, durante todos esses milênios, temos experimentado o envelhecimento gradual e o vazio. É tudo o que nos resta.

Era impossível não sentir tristeza diante do revelado. Mesmo assim, Ben sabia que não podia recuar.

— Então, você conhece o poder desta espada — o jovem o desafiou, sem exibir a convicção que deveria. — Exijo que se afaste e deixe-me passar. Eu preciso chegar ao Abadom. É minha missão.

— Sim, eu a conheço — falou calmamente Ariel. — E posso ver que ela é agora pouco mais do que uma espada comum. O antigo poder está adormecido, aguardando que seu manejador seja digno de revelá-lo. Ou, talvez, o verdadeiro manejador ainda não tenha se revelado...

Ben sentiu as palavras de Ariel como lanças, principalmente por serem verdadeiras. Não era digno de utilizar Herevel. De algum modo, algo nele impedia que o grande poder da espada fosse manifestado.

Percebeu que os olhos experientes de Ariel fitavam-no atentamente e transpareciam certa curiosidade, como se procurassem algo nele.

Ben não se lembrava de ter estado, em algum momento de sua vida, diante de uma criatura tão digna e majestosa. Sentiu-se pequeno diante dele. Era um homem, um caído, um tocado pelo mal. Que direito tinha de afrontar o guardião do submundo?

Ben baixou a espada. Ooliabe e Oofeliah aliviados também baixaram os arcos. Litili, livre das teias, parou de tremer.

— Jamais reivindiquei esta espada. Nunca desejei o posto em que me encontro. Sou só um jovem de Havilá. Eu cuidava dos livros do meu mestre... Sonhava com aventuras... Mas jamais pensei que...

— Os sonhos às vezes se realizam — disse Ariel. — O mundo é um lugar mágico...

Ben levantou os olhos ao ouvir aquilo. Pareceu ter ouvido a voz de Enosh. Era sua frase favorita.

— Seu mestre aprendeu essa frase do meu mestre — explicou Ariel. — Por isso ela lhe é familiar. É a mais verdadeira das frases.

— Eu nunca entendi o significado dela. Acho que Enosh estava enganado. Ele queria dizer "trágico" em vez de "mágico". É isso o que o mundo é.

— Talvez só seja "mágico", porque também é "trágico". Só no mundo dos homens, as tragédias podem ser revertidas em bem.

Ben olhou para Herevel outra vez. A Espada de El. *Forjada pelo maior dos kedoshins, manejada pelo maior dos homens*, dissera Leviathan. E, naquele momento, estava em sua mão. A mão de um indigno.

— Obrigado por me libertar — disse Ben, olhando para as akkabis destroçadas.

— Vão retornar agora? — Ariel perguntou.

Ben olhou para o caminho que o levaria de volta às cidades dos dakh. Era um longo caminho. Sentiu o desânimo bater forte e uma vontade quase irresistível de voltar, abandonar tudo, ser outra vez alguém sem responsabilidades tão grandes. Talvez, Thamam devesse realmente pagar pelos seus erros. Algo, sem dúvida, ele havia feito para merecer a condenação. Talvez estivesse perdendo tempo nas profundezas da terra. A batalha verdadeira era lá em cima.

— Mesmo quando desejamos muito fazer algo, nem sempre é possível — Ben se viu dizendo ao ter subitamente consciência do caminho sem volta que havia tomado. De certo modo, isso havia acontecido desde o dia em que subira a montanha em Olamir ou, talvez antes mesmo disso, quando descera o Yarden ao partir de Havilá. — Há caminhos que uma vez percorridos, ainda que retornemos, não possibilitam voltar ao ponto de partida... Simplesmente não dá.

Ariel permaneceu imóvel, barrando o caminho para o Abadom.

— Vim longe demais para desistir — disse Ben, virando-se decididamente e levantando Herevel mais uma vez. A espada se revestiu de brilho. Ouviu aumentar o barulho dos dentes de Litili batendo.

— Você só tem uma maneira de seguir adiante — disse o leão. — Matando-me.

Os dentes de Litili, então, bateram incontrolavelmente.

Ben não fez menção de recuar.

Por um momento, o guardião de livros teve a impressão de ver tristeza nos olhos de Ariel. Mas, instantaneamente, o rosto bondoso tornou-se furioso. Ele rugiu e avançou. As garras e os dentes terríveis estavam à mostra. Ben tentou aguentar firme, mas, no último instante, fraquejou e se desviou do ataque do leão. Jogou-se ao chão e rolou enquanto Ariel tentava atingi-lo com as garras.

Ariel se elevou dentro da gruta e contornou, preparando-se para outro ataque. Ooliabe e Oofeliah dispararam com os arcos, mas as setas iluminadas se apagaram quando atingiram o leão, sem qualquer resultado.

Os outros leões apenas observavam.

Ariel pousou mais uma vez.

— É meu último aviso. Retorne.

Ben colocou-se em pé. Sentiu Herevel soltando descargas, como naquele dia em Midebar Hakadar. Porém, não conseguia entender o significado. Tentava movê-la, mas ela parecia ter vontade própria. Não correspondia. Ele sentia que mal conseguiria segurá-la por muito tempo.

A tristeza nos olhos de Ariel continuava lá, mas também havia certa satisfação. Ben percebeu os sentimentos, mas não os entendeu. Talvez, o leão estivesse entristecido ao ver o destino daquela espada, manejada por alguém que mal conseguia segurá-la.

— A dor faz parte do caminho — disse o leão. — E, às vezes, é o próprio caminho.

Então, Ariel avançou. Agiu de maneira diferente, pois em vez de decolar, foi com ímpeto contra o guardião de livros. Ben percebeu que ia ser despedaçado e tentou controlar Herevel, mas a espada, mais uma vez, não o obedeceu.

Em um último instante, Ben entendeu. Compreendeu a tristeza de Ariel, e a rebeldia de Herevel.

Ben não se moveu mais. Esperou. Misteriosamente, toda a cena estava em sua mente antes de acontecer. Ele sabia o que ia acontecer.

O leão partiu furioso na direção do guardião de livros. Ben aguardou o momento em que a espada quisesse agir. Não se antecipou. Estava disposto a morrer se esse fosse seu destino. Mas sabia que não era. Ainda não. Quando Herevel moveu-se, nem parecia que ele a manejava. Revestida de uma intensa luz, Herevel afundou-se no peito dourado do guardião do submundo.

O imenso leão parou e, depois, tombou de lado.

— Obrigado por me libertar — foram as últimas palavras dele.

17 O Caminho dos Mortos

As correntes que prendiam seus braços eram pesadas, mas Adin nem as sentia mais. Todo o corpo clamava por água e isso abafava as outras vozes. Os bárbaros haviam-no acorrentado a uma grande rocha. A sensação era que nem um anaquim conseguiria livrar-se daquelas correntes.

Lembrava indistintamente das imagens da trágica batalha. Haviam alcançado o lago de fogo, após a cavalgada morro acima atrás do grupo de bárbaros fugitivos. Era uma armadilha. Por um momento, ficaram sem ação ao ver a superfície de lava que brotava da terra e escorria formando rios ardentes em várias direções. O calor, o cheiro de enxofre, os gases, tudo testemunhava um verdadeiro inferno a céu aberto. O horror dos guerreiros de Sinim, ao observarem o Lago de Fogo, só não foi maior do que o da sequência dos eventos. Ele se lembrava do som das trombetas, rasgando da retaguarda na qual a maior parte da cavalaria havia permanecido. Era um aviso de ataque. O maior exército de bárbaros já visto por eles atacava a cavalaria de Sinim pelas costas. Enquanto retornava vendo seu contingente ser engolido, Adin perguntava-se de onde haviam surgido tantos bárbaros. Como conseguiram ocultar-se naquele lugar aparentemente sem esconderijos?

Em campo aberto, a força de Sinim foi insignificante diante do número de adversários.

Adin entendeu que havia cometido um erro. O primeiro, porém, fatal. Nunca antes se lançaram em ataque direto contra os bárbaros. Todas as vezes, defenderam-se fazendo uso do terreno, e assim a força do adversário voltava-se contra ele próprio. Quando Adin finalmente conseguiu alcançar a cavalaria com os cavaleiros remanescentes, boa parte já havia sido dizimada. Ainda lutaram sem qualquer organização, apenas defendendo-se das investidas impiedosas dos bárbaros, caindo um a um. Dez inimigos que um cavaleiro derrubava não significava nada. Outros avançavam infinitamente. Viu e abateu muitas faces pintadas de laranja. Algumas pareciam demoníacas.

Ao final, todos os cavalos e cavaleiros de Sinim foram mortos. O corpo de Tzvan estava atravessado por tantas lanças que parecia não haver espaço suficiente.

A última cena de que se lembrava, quando o impacto de uma lança o derrubou do cavalo, foi um rosto velho pintado de laranja, com longas tranças e olhos verdes. Quando o bárbaro o acertou na cabeça com algum instrumento pesado, ele pensou que havia morrido, e agradeceu por isso.

Porém, por alguma razão, haviam-no poupado. Talvez para que enlouquecesse pensando nos erros que cometera, ou para que morresse aos poucos de sede ou de tristeza. Só esperava que a morte não o recusasse mais por muito tempo. Só esse anseio era comparável à sede que sentia.

Apesar de acorrentado, os bárbaros continuavam vigiando-o. Observavam-no de longe. Algumas vezes riam de seu sofrimento, outras o olhavam curiosos, talvez pensando até quando um garoto poderia aguentar. Eram malignos, impiedosos, sem qualquer senso de honra ou respeito pelos inimigos de guerra.

Mas não queriam que ele morresse. A prova disso era que a cada dois dias traziam um pouco de água suja e derramavam em sua garganta. Talvez quisessem prolongar seu sofrimento. Não traziam comida.

Preso às rochas, Adin percebia que a loucura o dominava. Tinha visões, sonhos conturbados, e pesadelos terríveis. Via monstros com várias cabeças, dragões, lobos desfigurados, criaturas híbridas compostas de duas ou três espécies de animais. Elas lutavam entre si. Mas também via criaturas mais dignas, leões alados voavam ao seu redor, ya'anas capazes de atingir velocidades impressionantes paravam diante dele e depois disparavam sobre o deserto. Às vezes, nos pesadelos, caminhava descalço sobre o lago de fogo. Sentia a dor real, implorava pela morte, mas ela ria dele.

O passado, o presente, e talvez o futuro, confundiam-se em suas visões e sonhos. Às vezes, ele estava em Ganeden como se fosse Ben, andando sob as árvores eternas, sentindo a chuva cair sobre sua face, lavando-o de toda a sujeira de sua alma. Ou então Yareah iluminava seu caminho nas noites gloriosas conduzindo-o para os portões da eternidade. Outras vezes estava no palácio de gelo desafiando os tannînins e fugindo deles, sentindo o gelo dos dragões do inverno congelando-o, e a dor percorrendo cada centímetro do seu corpo. Uma dor que só não era pior do que a dor de sua alma. Mas também havia alívio, quando sonhava que estava sobre a cama em Urim, sentindo as mãos suaves de Choseh curando seu corpo. Ela passava unguento sobre os ferimentos dele e o observava com seus grandes e bondosos olhos verdes. Depois sorria. Então, momentaneamente toda dor desaparecia, e o mundo deixava de ser só agonia.

Não atravesse o Raam, ela havia dito, *não siga para as terras brasas. São amaldiçoadas. Algo terrível aconteceu no passado e, se for trazido de volta, poderá destruir o presente. Não vá. Meus olhos não o acompanharão. Não vá!*

Mas havia aquela intuição, aquele estranho chamado para o Oriente... Uma sensação de que descobriria segredos. A mesma intuição lhe dizia que seriam segredos perigosos, porém, que de alguma forma, iriam ajudá-lo a entender aquela guerra. E havia o sonho sobre Ben, em uma das noites em que estava em Urim, que o convencera a não voltar para Olam. Viu o guardião de livros dominado por uma força maligna. Ele estava muito diferente, obcecado, decidido a colaborar com os shedins. No sonho, uma criatura celeste lhe disse: "A salvação de Olam e do guardião de livros está no Oriente".

Mas, após todos os acontecimentos trágicos, Adin tinha certeza de que o sonho e as intuições eram falsos, manipulados pelo mal.

Em um delírio, viu Leannah, porém não a reconheceu na primeira vez que a viu. Ela estava bela e amadurecida. Não era mais a menina magra e desajeitada de Havilá, que, apesar de todas as dificuldades e da pequena diferença de idade, fora uma espécie de mãe para ele. Havia esplendor em volta dela. Estava em uma floresta, rodeada por criaturas luminosas.

Meu querido irmãozinho — ela disse, tocando-lhe a face afogueada. O toque dela trouxe frescor, como brisa suave. — *Você jamais deveria ter ido tão longe. Ainda não aprendeu a domar o conhecimento. Deixou-se atrair e consumir por algo que está além de suas forças. Mas agora que foi, deve resistir... Não pode fazer o que eles querem. Não faça! Não faça!... A morte virá buscá-lo. Não tema. Ela será boa para você. Ela será boa...*

Em algum momento, teve a impressão de que havia um homem à sua frente. Abriu os olhos com dificuldade devido à claridade e ao calor insuportável. Então, distinguiu o bárbaro que o espreitava. Viu a capa de peles de lobo e as sandálias com sola de madeira.

— Sei que você me entende — disse, abaixando-se, o velho bárbaro que os enganara no desfiladeiro. — Você conhece muitas línguas. Eu não preciso falar a sua.

Surpreendentemente Adin o entendia, apesar de haver algumas palavras diferentes e entonações estranhas. Mesmo não dominando o idioma deles, discernira boa parte das palavras usadas pelos bárbaros aprisionados pelos soldados de Sinim durante a campanha. Graças a isso e pelo fato de os bárbaros ignorarem que ele os entendia, descobrira alguns dos planos dos inimigos, o modo como atacavam e o que consideravam certo e errado. Era mais um dos dons do caminho da iluminação, embora não soubesse como aquela língua poderia fazer parte do caminho preparado pelos kedoshins.

— Os bárbaros falam a língua da antiga Mayan — explicou o rei dos bárbaros. — Lutaram contra o grande império no passado e ajudaram a derrubá-lo, mas não conseguiram abandonar a língua falada por eles. Nem tudo pode ser vencido.

Então Adin entendeu. Os bárbaros haviam adaptado a língua falada no tempo dos kedoshins a seus costumes e modos próprios.

Olhou para a face do inimigo e teve uma estranha sensação. Apesar do intenso calor e da capa de lobo que ele usava, vestimenta imprópria devido à proximidade do lago de fogo, o homem não suava. Tinha a impressão de que a pele dele era gelada.

— Se você não se alimentar, morrerá antes da hora — disse o bárbaro. — E a maioria das pessoas quando morrem, morrem mesmo.

Adin olhou para a comida ao seu lado. Era a primeira vez que traziam, mas o calor já a havia estragado.

Olhou mais uma vez para o lago de fogo. Não conseguia ver o fim. Era realmente tão grande e terrível quanto Tzvan afirmara, ou talvez pior. Mas não enxergou monstros ou criaturas do passado. Havia apenas lava e calor, muito calor. Já sentia as queimaduras arderem por todo o corpo.

Sentia dificuldades em raciocinar. Só queria que o calor diminuísse e que a dor fosse embora, tanto a física quanto a mental.

— O que querem de mim? — Perguntou com o resto de forças que possuía. — Por que não me mataram com os outros?

— Ajudou-nos a conquistar a maior vitória dos últimos tempos. Mas isso foi só o começo. Você ainda será mais útil. Temos uma tarefa que só você pode realizar.

Por isso o atraímos até aqui. Chegou a hora de cumprir a parte que o destino lhe reservou nesta história.

Adin acreditou que delirava outra vez.

* * * * *
* * * *

— Litili achou que já havia se tornado comida de akkabis — disse o dakh. — Não há sensação mais terrível do que virar comida da própria comida.

Ainda apavorado, Litili batia nas próprias roupas tentando retirar o resto de teias. As misturadas com a barba seriam mais difíceis de remover.

— Provavelmente as akkabis não achariam sua carne muito saborosa — disse Ben, e logo se arrependeu da ironia, pois o dakh não compreendia aquilo.

— Carne dakh muito saborosa — contrariou Litili. — Falso-bahîr nada sabe a respeito deles.

— Carne dakh deve ser horrorosa — disse Ooliabe que também não entendia aquele tipo de ironia. — Tão horrorosa quanto a comida de vocês. Nem cães comeriam aquilo!

E uma longa discussão foi iniciada sobre o quanto os dakh, ou a comida deles, eram apetitosos ou não.

— Já chega! — interrompeu. — Vocês parecem crianças.

Os três olharam confusos para ele.

— Crianças são menores — disse Oofeliah.

Litili e Ooliabe concordaram com gestos vigorosos de cabeça.

— Bem menores — reforçou o dakh.

— Não menores do que você — acusou Ooliabe. — Dakh parecem crianças, porém menos inteligentes do que crianças.

E recomeçaram a discussão sobre o tamanho das crianças e a altura do povo dakh.

Ben desistiu. Deixou-os discutindo enquanto avançava pelo túnel. Após alguns instantes, ao se verem sozinhos, os três correram atrás dele.

Seguiam pelo corredor escuro em direção aos portais do Abadom. Haviam deixado para trás as câmaras da antiga e abandonada cidade dakh. Após a destruição de Ariel, os leões alados não mais os impediram de seguir adiante. Apesar da vitória e do direito de prosseguir, Ben sentia-se desolado. Ariel havia sido um dos grandes do mundo antigo. Não queria ter lutado com ele.

Após ter ferido o leão com Herevel, estranhas percepções de um passado remoto vinham à mente do guardião de livros. Eram lembranças esquisitas, quase como se os pensamentos de Ariel o acompanhassem pelo submundo. Cidades e lugares que Ben jamais viu, nem podia imaginar que existissem, surgiam em sua mente através de imagens espontâneas. Ariel havia conhecido um mundo muito mais digno e extraordinário. Um mundo que havia acabado.

Cometemos erros, dissera o leão alado.

Era triste pensar que um ser como aquele havia ficado aprisionado no submundo por tantos milênios. Onde ele estaria agora? No Abadom? Em algum paraíso? Ou simplesmente deixara de existir?

À frente, fissuras apareceram no solo.

Será que as dificuldades nunca acabam? — pensou Ben ao observá-las.

Como imaginava estar perto do Abadom, de certo modo, era esperado encontrar problemas, mas por outro lado, após o doloroso encontro com Ariel, Ben gostaria de crer que os piores obstáculos tivessem ficado para trás. Mas estava enganado.

Os quatro pularam as primeiras fissuras sem dificuldades, mas, aos poucos, perceberam que a parte transitável ficava estreita, e os fossos aumentavam em largura e profundidade. Logo se encontravam em um verdadeiro labirinto de fissuras cada vez maiores e profundas.

Ben parou diante de uma rachadura impossível de pular. Investigou atentamente o local espargindo a luz da shoham em todas as direções. Identificou um caminho sinuoso através de uma trilha estreita em ziguezague dentro da câmara. Percebeu que podia seguir o caminho natural sem pular as rachaduras do terreno. Porém, como este se ramificava, tornava-se impossível saber para onde ia cada uma das partes. Logo descobriu que várias terminavam em lugar nenhum, obrigando-os a retornar e, após várias tentativas frustradas, voltavam sempre ao mesmo ponto.

Ben compreendeu que seria muito difícil seguir adiante através do labirinto de fissuras.

— Provavelmente, apenas um caminho conduz ao final desta câmara — disse para os companheiros. — Isto é uma espécie de labirinto.

Não havia outro modo de descobrir as possibilidades senão testando-as. Seguiu-se, então, um cansativo exercício de tentativa e erro que durou horas. Quanto mais avançavam, mais as ramificações pareciam infinitas.

Ben começou a fazer marcas no chão com a ponta de Herevel para não repetir os mesmos caminhos já testados.

Quando já não sabiam mais como seguir adiante nem como voltar, pois viam riscos em todos os caminhos, e o desânimo superava todos os demais sentimentos, de longe enxergaram um arco. Era de pedra e formava uma espécie de divisão na câmara do submundo. Ben entendeu que provavelmente precisariam passar por baixo dele, porém cada caminho que escolhia levava-os para longe do arco, obrigando-os a retornar e, depois de tantas tentativas, já não lembravam mais qual era o ponto de partida.

Após mais algumas horas dando voltas, encontraram um caminho que aparentemente ainda não haviam testado. À medida que se aproximavam do arco, Ben percebeu que a luz das pedras do sol não passava para o outro lado, mas acreditou que isso certamente mudaria no momento em que estivessem perto do local.

Mais duas ou três voltas pela trilha entre as fissuras e aproximaram-se do arco. Era uma espécie de portal divisório na câmara das fissuras. Sustentava-se sobre uma plataforma redonda com pouco mais de trinta metros de diâmetro. A luz da shoham iluminava apenas metade da plataforma, pois era detida por uma espécie de barreira de escuridão embaixo do arco. Pelas laterais dele, a luz furava as trevas.

Ben parou diante do arco e investigou sua estrutura imponente. Era de pedra, sem qualquer ornamentação. Assemelhava-se a um trabalho da natureza, porém um trabalho monumental. As colunas iam do chão ao teto e deviam medir cinco metros de largura.

Ooliabe aproximou-se e apontou a luz da shoham para a barreira de escuridão. O rosto negro do guerreiro exibia toda a incompreensão por causa daquele fenômeno.

— Não atravesse — orientou Ben, ao perceber que Ooliabe fazia menção de passar para o outro lado.

O guerreiro negro recuou. Então, foi a vez de Ben aproximar-se. Apontou a luz da shoham para a estrutura. O topo curvo ficava a trinta ou quarenta metros acima de sua cabeça, por isso era difícil enxergar alguma coisa.

O guardião de livros concentrou-se na escuridão sob o arco. Bateu a shoham e a luz duplicou de intensidade, mas nada do interior se revelou. Parecia uma parede, mas sua mão a atravessou quando ele a tocou. Viu seus dedos se afundarem e desaparecerem dentro das trevas, e num reflexo assustado, puxou a mão, lembrando-se da doce morte em Ganeden.

Voltou a focalizar a luz na direção do arco. Analisou atentamente a coluna da direita e foi subindo o olhar até alcançar o topo. Seu coração deu um pulo quando conseguiu enxergar os estranhos riscos. Eram os mesmos de Nod.

Apontou para os companheiros, mas eles, apesar de olharem, nada compreenderam.

Ben sabia que não adiantava explicar. A pergunta era: a língua se revelaria outra vez?

Continuou olhando fixamente para a extraordinária linguagem, sem saber que tipo de sentimento ou sensação poderia facilitar a revelação. Enosh dissera que o estado de espírito do leitor influenciava na leitura. Eram palavras que se encaixavam na frase da vida. Ben acreditava que nessa frase, já havia acrescentado algumas palavras desde que deixara Nod. Talvez, se a língua se revelasse outra vez, os pontos obscuros de seu passado e também da missão que precisava realizar fossem esclarecidos. Esta ideia acelerou ainda mais os batimentos de seu coração.

Na Velha Montanha, como não sabia do funcionamento daquela língua, fora surpreendido pela formação das palavras, mas no labirinto das fissuras, não podia contar com esse elemento de surpresa, e talvez isso atrapalhasse.

Permaneceu vários instantes olhando para os riscos esperando que eles se transformassem em palavras, mas eles continuaram exatamente iguais. A ansiedade turbava seus pensamentos. Por um momento, Ben chegou a pensar que talvez fossem apenas riscos sem sentido.

Litili e os irmãos negros moviam-se impacientes, sem compreender aquela imobilidade do guardião de livros. Mas nenhum deles se atreveu a questioná-lo. O dakh, mais do que os dois, parecia desconfortável e soltava grunhidos baixos.

— É uma espécie de língua mágica — explicou Ben, após várias tentativas infrutíferas de ler a inscrição. — A língua dos kedoshins. Ela se parece apenas com riscos indistintos, mas transforma-se em palavras em certas situações. Em Nod, eu consegui entender algumas palavras. Se eu pudesse lê-la mais uma vez, talvez, muitos mistérios seriam esclarecidos.

Litili fez menção de dizer algo, mas Ben fez sinal para que ele ficasse calado. Precisava se concentrar, e as tolices normalmente ditas pelo rei dakh não o ajudariam.

Levantou outra vez a forte luz da shoham na direção dos riscos e tentou se lembrar do que havia pensado ou sentido em Nod, diante da inscrição dentro do túnel. Talvez isso ajudasse, mas era difícil se lembrar de tudo. Ele e Enosh haviam fugido da masmorra das "celas celestes", atravessado o portão de ferro e descido bastante para dentro da Velha Montanha. Enquanto desciam, conversaram a respeito do primeiro nephilim, gerado pelo amor entre um kedoshim e uma princesa de Nod. Lembrava-se dos seus sentimentos contraditórios ao ouvir aquela história e também do modo contido como Enosh a relatou. Nunca entendeu o objetivo do velho em lhe contar aquilo. Depois, havia ficado com piedade do latash, ao vê-lo respirando com dificuldades, exausto pela longa descida, enquanto olhava indeciso para os dois caminhos que se bifurcavam diante dele. Foi então que, o velho lhe apontou a inscrição e pediu que tentasse ler. Se deparou com os riscos e compreendeu as palavras *covardia trará a escuridão*. Porém, não o significado delas.

Ben sussurrou as palavras lidas em Nod, enquanto tentava mais uma vez ler a inscrição no arco. Conscientizou-se de que não havia feito ou sentido nada especial em Nod. Provavelmente, a língua simplesmente havia se revelado para ele, por estar no lugar certo e na hora certa. O estágio vivido por Ben devia ter sido o responsável pela revelação das palavras.

Apesar de tentar manter a concentração, notou que Litili movia-se inquieto, e gesticulava, por isso fixou a luz da shoham e também um olhar impaciente nele.

— Fale logo! — ordenou.

O dakh encolheu-se, ameaçado.

— A luz — disse Litili, protegendo os olhos. — A luz da pedra de falso--bahîr é muito forte, machuca os olhos de Litili, machuca os olhos, machuca os olhos. Ele não consegue ver nada, não consegue ver, não consegue ver.

— Será que algum dia você vai falar alguma coisa que não reflita seus próprios interesses? — descarregou Ben. — Se está incomodado com a luz, olhe para o outro lado, ou retorne para a escuridão. Se a luz o impede de ver...

Subitamente Ben interrompeu a repreensão. Ariel dissera algo semelhante. *No submundo a luz impede de ver.*

A shoham que Ben segurava estava no auge do brilho, devido às duas batidas. Lembrou-se de Enosh ter enfraquecido a luz da shoham no túnel em Nod. Estavam quase na penumbra quando os riscos se revelaram lá. Provavelmente, além do estado interior do observador, pouca luminosidade também era necessária.

Imediatamente, Ben escondeu a pedra sob a capa, abafando parcialmente a luz.

— Ele agradece — disse Litili. — Ele agradece.

— Eu é que agradeço — disse Ben. — Você está certo. A luz impede de ver.

— Litili sempre certo — gabou-se o dakh, porém o olhar dizia que não estava entendendo nada.

— Esconda sua pedra também — orientou para Ooliabe.

— Não é necessário ficar no escuro — gesticulou Litili. — Assim já está bem melhor. Não precisa apagar tudo.

— Guarde a pedra! — insistiu Ben.

Ooliabe a ocultou, mesmo sem entender o motivo.

— Litili agradece, mas não precisa apagar... Olhos de Litili já estão vendo.
— Não é por sua causa — disse Ben. — É por aquilo.

O guardião de livros voltou a se fixar nos riscos sobre o arco. Na quase penumbra, Ben viu palavras se formando.

Sacrifício trará o juízo

Sentimentos se debateram dentro dele ao distinguir as palavras. Por um lado, havia satisfação por ter conseguido ler, mas, por outro, o significado sombrio não era animador.

Os companheiros o olhavam com insistência, desejando entender, pois para eles os riscos continuavam exatamente iguais.

— Precisamos seguir em frente — orientou Ben, sem lhes dizer o que havia lido. Retirou a shoham de debaixo da capa e adentrou a barreira de escuridão.

Litili voltou a reclamar da luminosidade, porém, assim que atravessaram o arco, as pedras do sol apagaram-se completamente. Os quatro pararam. Imediatamente, Litili retirou da sacola outra e bateu, mas ela não acendeu.

— Ai, ai — lamentou Litili. — A luz não funciona aqui, não funciona, não funciona.

Incrédulo, Ben bateu sua pedra do sol várias vezes, sem resultado. Até mesmo as pedras de Herevel, quando ele a retirou da bainha, não brilharam.

— É melhor voltarmos — opinou Ooliabe. — Ou vamos cair nos vãos das fissuras.

Ben quase atendeu à lógica de Ooliabe. Se com luz era quase impossível encontrar o caminho no labirinto, sem luz não havia a mínima chance.

— Segurem-se um na cintura do outro — orientou Ben, recusando-se desistir. — Precisaremos andar em fila. Tentem imitar meus movimentos. Viemos longe demais para desistir.

— Falso-bahîr estás enxergando o caminho? — perguntou Litili.

— Absolutamente nada. Mas, com cuidado, talvez consigamos seguir adiante. Talvez, a escuridão não dure muito.

Ben desejou que o gato pardo estivesse ali, pois talvez os guiasse. Mas o animal havia ficado com os leões alados.

Pé por pé, eles seguiram em fila. Ben tentava mapear com a ponta da bota o caminho estreito. Sempre que sentia o vazio, mudava a direção. O progresso era irremediavelmente lento e não adiantava fazer marcas no chão.

A escuridão havia sido uma realidade desde o momento em que adentraram no alto das Harim Adomim, mesmo assim, Ben jamais experimentara uma escuridão como aquela do labirinto das fissuras. Era completa e absoluta. Por isso, andavam como cegos, com passos curtos e cuidadosos.

A sensação era de angústia por não saber o que poderia estar à frente, um passo em falso e o abismo os engoliria. Para piorar, sentiam-se observados.

O guardião de livros calculou que havia andado poucos metros nas trevas absolutas, mas o esforço era o mesmo de ter andado diversas milhas. Não havia sons ou movimentação, apenas silêncio. Porém, o local estava repleto de algum tipo de energia. Isso era perceptível.

— Almas estão semiadormecidas neste lugar — sussurrou Litili com a voz trêmula. — Em estado de letargia, aguardando a condenação. Foram pessoas inquietas no mundo, corriam atrás de vícios e prazeres. Aqui, permanecerão longo tempo no mais completo tédio, sem qualquer boa sensação, apenas uma espera longa e vazia na escuridão, longa e vazia na escuridão, longa e vazia na escuridão.

— Igual a vida do povo dakh? — perguntou Ooliabe.

— Quem está aqui? — perguntou Ben, sem dar importância às palavras de Ooliabe e sem acreditar nas explicações de Litili.

— Almas, ele já disse. Enxergam, porém não se importam, desde que eles não façam barulho.

— Como você sabe?

— Antigos desenhistas explicaram — sussurrou Litili. — Almas estão aqui apenas para cumprir um estágio para o pior que está por vir. Trevas são só um estágio.

— Podem nos fazer mal? — perguntou Oofeliah.

— Desenhos dakh dizem que são inofensivos, desde que não sejam acordados.

— Até Leviathan é inofensivo quando está dormindo — disse Ben, sentindo-se oprimido pela escuridão e angustiado pela estranha presença.

As correntes de ar continuavam. Ben podia senti-las, ora mais frias ora mais quentes, como se partissem de lugares diferentes, porém sempre seguindo para frente e para baixo.

A certa altura, Litili pisou em falso e escorregou para o abismo. O dakh soltou um urro de pavor enquanto Ben segurava-o na escuridão. Com esforço, Ben puxou-o para cima mais uma vez.

Imediatamente perceberam mais movimentações ao redor. Os deslocamentos de ar moviam-se para frente e para trás. O guardião de livros acreditou que talvez fossem morcegos como os da Garganta.

— Ai, ai — gemeu Litili. — Espíritos acordaram. Ai, ai, ai.

Mas, exceto o aumento estranho do vento, nada mais aconteceu.

Ben sentiu o vazio com a ponta da bota e percebeu que a trilha fazia uma curva. Dirigiu-se para o outro lado e também sentiu o vazio. Então, notou que a trilha ficava muito estreita naquele ponto. Temeu que ela se estreitasse até desaparecer, como já acontecera em outros momentos antes de adentrarem o arco. Também sentia as bordas do caminho desmoronando. Andou mais um pouco e percebeu que dois caminhos ainda mais estreitos bifurcavam. Parou na escuridão, sem coragem de dar um passo adiante.

Era óbvio que aquela escuridão não era natural. O fato de a luz não funcionar indicava isso. Havia algo mágico naquele lugar.

A dor faz parte do caminho. E, às vezes, é o próprio caminho.

Se ao menos Ariel tivesse explicado o significado dessas palavras ditas por ele... Por que precisava haver tantos enigmas?

— Litili cansado de andar na escuridão — disse o dakh. — Falso bahîr devias saber como acender a luz.

— Cale-se! — Ben ordenou, tendo consciência de ser mais ríspido do que devia. Já estava cansado das reclamações do pequeno dakh.

Soltando alguns grunhidos que indicavam toda sua revolta, o dakh tratou de ficar quieto, porém não antes sem reclamar.

— Após tudo o que Litili fez, é isso que Litili recebe? Cale-se!?

Em Ganeden, Ben havia criado o hábito de caminhar sob as árvores ancestrais quando queria pensar nas coisas que Gever lhe dizia ou tentar entender os enigmas das próprias árvores. Os períodos de meditação faziam parte do treinamento que o transformou em um guerreiro. Porém às vezes Ben questionava tudo aquilo. Afinal o que havia mudado em sua vida após todo aquele período? Por vezes sentia-se o mesmo afoito e inexperiente jovem de Havilá.

Tentou imaginar-se caminhando outra vez sob a panóplia verde luminosa de Ganeden e, ao mesmo tempo, meditar no enigma do arco e no significado do caminho da iluminação.

Procurou livrar-se de toda influência inútil dos sentidos naturais, como audição ou olfato. Fechou os olhos buscando os recursos da intuição. As experiências do caminho da iluminação deram-lhe condições de ler a língua dos kedoshins, talvez o ajudassem a descobrir o caminho a seguir no labirinto das fissuras.

De olhos fechados, Ben teve a impressão de ver um rosto diante de si. Não era semelhante aos formatos tenebrosos assumidos pelos oboths. Era um rosto bonito de alguém que ele não sabia dizer se era um homem ou uma mulher. O rosto flutuava indefinido à sua frente. Em alguns momentos, parecia sorrir, em outros olhava com enfado, e em outros parecia irado. Sem dúvida, tentava comunicar-se. Ou talvez, quisesse guiá-lo.

Ben levantou-se. Sentiu as mãozinhas frias de Litili em sua cintura e percebeu que os companheiros estavam dispostos a segui-lo. Confiavam nele. Mas será que ele poderia confiar no rosto? Um passo em falso e despencariam no abismo.

Em quem eu confiaria para me guiar? — Ben perguntou-se.

O rosto começou a assumir outra forma. Ben viu a face de Enosh materializando-se diante de si.

Por um momento, alegrou-se ao ver o velho mestre pairando à sua frente. Talvez ele tivesse voltado da morte para aconselhá-lo. Desejava tanto poder conversar com o latash, ouvir suas histórias sobre o mundo antigo e sua sabedoria nada convencional. Até mesmo a impaciência e as explosões de ira seriam aceitáveis. Certamente ele poderia explicar-lhe coisas que não entendia. Ben tomou confiança e deu passos mais seguros. Sim, Enosh podia guiá-lo. Confiara nele a vida inteira. Ele o criara, resgatara-o de uma vida vazia. Sim, Enosh era o homem mais inteligente que existia. Mas, também era o mais misterioso de todos, e muitas das suas motivações eram obscuras. Ben sentiu a insegurança tomando conta de seu coração. Sentiu parte do caminho desmoronando. Enosh era o cashaph, o feiticeiro das pedras. Ele o usara para o propósito de retomar o poder do Olho. Ben parou. Não podia dar mais um passo, pois sabia que despencaria para o abismo.

O próximo rosto foi o de Thamam. O sábio rei de Olamir surgiu diante dele com os olhos brincalhões que pareciam enxergar muito mais do que era possível. Sentiu que podia confiar em Thamam. Ele o trouxera praticamente da morte, após o embate com a saraph. Usara as pedras curadoras para resgatá-lo. Ben voltou a caminhar. Thamam podia guiá-lo. Esse pensamento fez o chão parecer mais firme e mais seguro, porém Ben não tinha coragem de se soltar e continuava tateando o chão com a ponta do pé. Mas havia algo diferente na face de Thamam. Então, Ben compreendeu que não estava vendo Thamam, mas o antigo rei que libertou Olamir do domínio shedim, o mestre de Enosh: Tutham, o Nobre. A semelhança entre os dois era notável. O antigo manejador de Herevel pairava diante dele. Ben levou a mão ao cabo da espada sentindo orgulho de poder usá-la. Mas, então, a dúvida voltou ao seu coração. Como dois homens podiam ser tão parecidos? O caminho voltou a desmoronar, e Ben parou.

Provavelmente, aqueles rostos fossem apenas projeções de sua mente. Não eram reais, eram suas certezas e dúvidas que afloravam.

Mais à frente viu um rosto bonito de uma mulher pairar na imensidão escura. Em um primeiro momento pensou que fosse Tzizah e sentiu seu coração acelerar, pensando que ela estivesse morta, mas depois compreendeu ser a irmã dela: Tzillá, a princesa raptada pelos shedins. Sentiu algo estranho ao ver aquele rosto, quase como se a conhecesse há muito tempo. Havia visto imagens dela através das pedras nas Harim Keseph. Lá também descobrira a tragédia de Kenan e a razão de todo o ódio que dominava o giborim. Mas nada mais sabia a respeito da filha mais velha de Thamam. No entanto, a bela princesa estava diante dele. Ela estendeu-lhe a mão. Ben estranhou o gesto. Então viu lágrimas nos olhos dela. E, por alguma razão incompreensível, aquelas lágrimas despertaram o pranto dentro dele também. Sentiu uma dor aguda e incompreensível. Foi tão forte que precisou dobrar-se. Não sabia porque olhar para ela causava tanta dor.

Então, subitamente havia muitos rostos pairando à sua volta. Viu Har Baesh e todo o fanatismo que fuzilava em seus olhos. Viu o estalajadeiro ardendo e o filho morto ao lado. Viu Arafel tomado pelas chamas de Leviathan. Parecia que todos os mortos que conhecera estavam ali, ao seu redor, prontos para se vingar dele ou puni-lo.

O rosto que pairava à sua frente havia voltado a assumir a forma indefinida do começo. Porém, a face agora estava furiosa. Em um instante, o rosto abriu uma boca tenebrosa e grudou-se à face de Ben. O guardião de livros levou as mãos a face tentando inutilmente livrar-se daquela estranha sensação. O rosto sombrio tentava sobrepor-se sobre sua face, para dominá-lo. Ben lutou para expulsá-lo, mas uma vontade mais forte sobrepujava-o. Sentiu-se tomado por desejos incontroláveis. A primeira sensação foi sede. Uma sede jamais experimentada, como se estivesse atravessando um deserto escaldante sem uma única gota de água. Depois veio a fome. Ele pensou em todos os tipos possíveis de comida e parecia que não provava aquilo há centenas de anos. Cada parte do seu corpo desejava ansiosamente satisfazer aquelas necessidades. Os anseios multiplicaram-se. A maioria era por coisas básicas da vida, mas que, naquele lugar, jamais seriam saciadas. Lá só havia o vazio, o tédio, a sensação de insignificância, o desespero e a escuridão.

Sem saber o que fazer para livrar-se daqueles anseios, Ben sacou Herevel da bainha. A espada dos kedoshins não brilhou, porém assustou o espectro e Ben sentiu o rosto tenebroso desgrudando do seu. À sua volta, na escuridão, percebia centenas, provavelmente milhares, talvez milhões de espectros vagando no vazio, furiosos.

Ben deu um passo adiante e imediatamente sentiu um turbilhão em volta de si, como se o vento tivesse formado um rodamoinho. Estavam sendo atacados. Deu-se conta de que ia pisar no vazio. Desequilibrou-se e empurrou a fila para trás. Todos caíram assustados sobre a trilha estreita.

— Levantem-se e continuem andando! — Ben ordenou para os companheiros. De olhos fechados, ele continuou tentando encontrar o caminho.

O turbilhão de faces espectrais girava ao redor, e Ben via rostos de outras pessoas mortas que já havia conhecido. Avançavam contra ele, tentando derrubá-lo para o abismo. Viu os rostos dos quatro mercenários que ele e Enosh haviam enfrentado quando se dirigiram para Ellâh, e depois os rostos dos incontáveis soldados mortos durante a batalha de Nod, postando-se como um exército diante dele, vestindo armaduras e portando espadas, lanças e tridentes.

Quando o primeiro soldado o atacou, o golpe da espada detido por Herevel parecia bem real. O instinto de guerreiro o fez revidar, e Herevel atravessou a armadura do oponente. Ouviu um riso sinistro.

Você não pode matar alguém duas vezes.

Em desespero, Ben o atravessou diversas vezes com Herevel, mas o riso sinistro aumentava.

Então, a espada do mercenário o atravessou. Ben sentiu a dor terrível da lâmina adentrando seu abdome. Em um instante, todos os inimigos estavam ali, cravando as espadas e lanças em seu corpo. Setas perfuravam seus braços e pernas, e ele sentia toda a dor que havia causado naqueles inimigos.

Um instante antes de se deixar cair para o abismo, Ben compreendeu. De fato, não podia matá-los duas vezes, mas eles também não podiam matá-lo. Conseguiam apenas fazê-lo sentir toda a dor que sentiram.

Se o seu destino se revelar um destino de sofrimento, você precisa estar preparado. Pode haver alguma razão para isso. Dissera Enosh.

Aceitou o sofrimento. A vida era sofrimento. Era inútil tentar fugir.

Os espectros continuavam atacando-o. Os golpes cortavam sua carne, a dor era real. Mesmo assim, Ben levantou-se outra vez. Sentiu as mãos pequenas e trêmulas de Litili em sua cintura. Oofeliah e Ooliabe vieram em seguida. Ben não sabia se eles sentiam as mesmas coisas. Provavelmente não. E por isso, os três jamais encontrariam o caminho entre as fissuras se não o seguissem.

As correntes de vento continuavam passando pela câmara, e a estranha energia ainda se movimentava diante dele, formando rostos de mortos e vozes de maldições. Aguentou todo tipo de golpes e sentiu a dor de inúmeros ferimentos a cada passo que dava, porém seguiu em frente, concentrando-se apenas no caminho.

Os primeiros passos ainda foram bastante cautelosos, mas, quando conseguiu aceitar a dor e também o fato de que homem algum poderia guiá-lo, pois o sofrimento tinha um papel como parte do caminho, a segurança aumentou, e os pés pareciam acertar apenas terreno sólido.

Após o que pareceram horas do mais absoluto tormento, de um momento para o outro, ainda de olhos fechados, Ben percebeu que a luz surgiu. Um passo atrás e estavam nas trevas, um passo adiante e fez-se dia, com as pedras do sol subitamente brilhando e iluminando as paredes. Ben abriu os olhos e viu um enorme arco semelhante ao primeiro. Haviam passado por baixo dele. Não havia mais fissuras no chão, nem espectros.

A sensação de alívio ao atravessar o arco foi a maior já experimentada pelo guardião de livros. Ben caiu sem forças no chão, chorando copiosamente.

Os três companheiros em pé, jamais conseguiriam imaginar o que o guardião de livros enfrentara no labirinto das fissuras. Nenhum teste havia sido mais difícil para ele em toda a sua vida.

Após um bom tempo, Ben fez um esforço e levantou a shoham. A luz trêmula revelou ao longe, no final do caminho, três altíssimos portões. Eram semelhantes aos portões do desenho dakh.

*****
****

Leannah nunca imaginou cooperar com Kenan de livre vontade. Mas o que vira em Giom, através do túnel do tempo, mudara completamente sua opinião. Ou, talvez, ela já soubesse o que fazer antes mesmo disso, desde que pisaram em Ganeden.

Já haviam acessado diversas passagens misteriosas, mas sempre voltavam ao mesmo lugar. Leannah tocava as árvores tentando comunicar-se com elas, desejando que lhes apontassem o caminho para a habitação do povo alto da floresta. Porém, Leannah sabia que só se chegava ao povo alto depois de passar...

Uma seta viajou entre as árvores. Ela a pressentiu antes que se aproximasse de onde estavam. Moveu-se na direção da seta e deteve o voo dela com a palma da mão. A pequena seta caiu inerte no chão da floresta.

Então, outras surgiram. Kenan tocou o Olho de Olam, mas Leannah sabia que seria um erro. Não podia usar o poder da floresta contra ela mesma. Gesticulou para que não o ativasse e adiantou-se entre as árvores tocando uma a uma as setas que se aproximavam. Seus movimentos pareciam passos de uma dança.

As setas pararam de voar.

Então, os arqueiros se aproximaram. Ainda seguravam os arcos apontados, mas sem efetuar mais disparos.

— Jovem bem dançar bela sabe — disse o homenzinho colocando as palavras de forma confusa na frase. — Gostamos bem pessoas dançar sabem. Mundo grande dança é.

Leannah aproximou-se do homenzinho gorducho. Ele batia abaixo da cintura dela. Os pés eram peludos, o rostinho redondo, alegre, mas ao mesmo tempo, desconfiado.

— Eu Zamar — apresentou-se o homenzinho com uma curvatura respeitosa. — Reconheço você iluminada honra tê-la aqui nossa. — Desculpe recepção nossa. Achamos floresta já não protege totalmente escuridão.

— A honra é toda minha — disse Leannah com um sorriso, ao mesmo tempo preocupada com o que ele havia dito. Será que o crescimento de Hoshek poderia ameaçar Ganeden?

— Quem ele guerreiro é? — apontou Zamar, sem parecer satisfeito com a presença de Kenan.

— Eu sou Kenan — adiantou-se o giborim antes que Leannah o apresentasse. — Estou procurando o povo alto da floresta.

— Povo alto segundo, povo baixo primeiro. Ordem esta.

— Só se chega ao povo alto após passar pelo baixo — explicou Leannah para Kenan.

— Ele também dançar gostar de? — perguntou Zamar desconfiado.

— Acho que ele gosta sim — disse Leannah, com um olhar zombeteiro para Kenan. — Mas, ainda precisa descobrir isso.

— Então, vocês bem-vindos acampamento são nosso. Convidados muitos dias passar são para.

Kenan olhou para Leannah com uma expressão de contrariedade. Ainda parecia querer tocar o Olho de Olam.

— Não temos muitos dias! — Disse o giborim, deduzindo o que Zamar estava dizendo. — Precisamos encontrar o povo alto imediatamente.

— É o único modo de chegarmos até ele — explicou Leannah. — Não se preocupe com o tempo, aqui ele nunca falta. E você vai, sim, precisar aprender a dançar.

Zamar os conduziu até a escadaria no meio da floresta. Após subir os degraus imponentes de mármore branco, escoltados por corrimões dignos de um palácio, encontraram um acampamento singelo, repleto de tendas feitas de folhas de árvore e uma fogueira que crepitava no meio, lançando fuligem incandescida pelo ar. O lugar parecia uma tribo primitiva. Mas Leannah não se deixava enganar. Estava diante de um dos povos mais sábios da história. No entanto, era um povo que havia escolhido a simplicidade como estilo de vida.

O povo de Zamar rendeu todas as honrarias possíveis a Leannah. Chamavam-na de "iluminada", ofereciam frutas, queriam pegar nas mãos dela e, principalmente, insistiam para que ela dançasse com eles em volta da fogueira. Leannah sempre os atendia e parecia divertir-se muito com isso. Porém olhavam desconfiados para Kenan. E o giborim devolvia um olhar carrancudo, sem jamais se aproximar da fogueira. Todas as vezes que eles o convidavam para dançar, ele olhava-os com desprezo e afastava-se.

— Há uma guerra lá fora! — Despejou Kenan, certa manhã. Uma semana já devia ter passado. — Outra pior está a caminho! Nós não podemos ficar aqui dançando. Você não devia ter-nos trazido para cá. Eu vou dar-lhe um aviso, menina. Não tente enganar-me. Minha paciência é curta.

— Eu não estou tentando enganá-lo. Compreendi o que você quis me mostrar em Giom. Mas, não há outro modo. Não podemos forçá-los. Eles só nos mostrarão o caminho no tempo deles. E, se formos dignos, se aprendermos as lições, voltaremos para nosso tempo na hora certa.

— Lições? Que lições eles podem nos ensinar exceto como engordar rapidamente ou falar de modo completamente caótico? Eu não vou esperar. Se eles não mostrarem logo o caminho para o povo alto, vou acabar com a festinha deles.

— Se usar o Olho de Olam aqui dentro, pode ser que a floresta o reivindique para si. Você sabe... O último conselho dos kedoshins foi aqui. Ele impôs limitações ao uso do Olho. Definitivamente isso não é uma boa ideia.

Zamar aproximou-se e interrompeu a discussão deles.

— Quando ele dançar? — apontou o dedo gorducho para o giborim. — Árvores já estão impacientes. Tocam música, mas não dançar ele!

— Quando poderemos partir? — perguntou Kenan, ignorando o que Zamar dissera. — Não temos mais tempo!

— Quem não ter tempo tempo não ter — respondeu Zamar.

— Quando? Quando nos mostrarão o caminho? — O giborim nem tentou entender o que Zamar pretendia dizer.

— Antes nem depois nem — disse Zamar. — Só hora floresta saber visitantes partirem de. E só podem visitantes descobrir caminho. Agora dançar hora de!

Kenan virou o rosto e foi andar pela floresta.

— Guerreiro amargura carregado de — disse Zamar. — Iluminada andar não com devia ele.

— Eu espero que ele ainda se redima — disse Leannah com tristeza, vendo Kenan afastar-se. — Todas as pessoas merecem a oportunidade de redenção. Ele é um grande guerreiro e fará muita falta na guerra lá fora, principalmente quando a maior de todas as batalhas acontecer, como está previsto.

— Palavra redenção palavra grande combinam não. Uma ou outra.

Zamar afastou-se, e Leannah entendeu que ele havia falado aquilo por ela ter dito que Kenan era um grande guerreiro.

Os dias transcorreram na simplicidade da rotina diária do povo baixo. Leannah sentia que havia encontrado um lugar para descansar e recuperar as forças. Desde a partida de Havilá, sua vida fora um turbilhão. Embora houvesse crescido interiormente, fisicamente ela sentia-se debilitada. Porém, com o povo de Zamar, finalmente ela descansou tanto física, quanto mentalmente, e se preparou para o que estava por vir.

Sob as árvores eternas de Ganeden, aos poucos a situação foi ficando clara para a cantora de Havilá, e o que devia fazer começou a delinear-se de um modo cada vez mais preciso. Aprendera que havia consequência em cada escolha feita na vida. Por isso, não agia mais por impulso. Ouvia sua intuição, pois entre os dons dos kedoshins estava a capacidade de intuir. Porém, jamais desprezava a razão. A realidade era composta de fatos em grande parte verificáveis. Entre as leis do criador para o mundo estava a lógica, mas só ela não era suficiente. Alguns homens a haviam elevado como única lei do mundo e, por isso, falhavam em compreender o mundo. Mente e coração. Os dois juntos podiam produzir grandes resultados.

Naquele momento, saber que lá fora o tempo passava devagar era muito reconfortante. Podia descansar sem a preocupação de estar perdendo algo jamais recuperável. Assim, decidiu viver todos os momentos com o povo de Zamar; crescer, progredir, sabendo que, ao sair, o mundo ainda estaria praticamente no mesmo lugar. Um ano em Ganeden equivalia a um dia lá fora.

Apesar de também saber disso, Kenan não conseguia descansar. Leannah percebia que tempo demais para pessoas aflitas só aumentava a aflição. Durante os muitos dias que se passaram, o guerreiro só pensava em ir embora. A ansiedade e o desejo incontrolável de agir, de impor sua vontade sobre os acontecimentos do mundo, consumiam suas forças. E, não poucas vezes, ele fez menção de usar o Olho para obrigar Zamar a indicar-lhe o caminho para o povo alto. Manipular o Olho não lhe dava sabedoria.

— Nem mesmo Zamar sabe o caminho para o povo alto — Leannah tentou fazê-lo entender, convidando-o a assentar-se ao seu lado, enquanto observava os homenzinhos dançarem.

— Então estamos perdendo tempo? — Descarregou o giborim. — Eu disse a você para não tentar me enganar!

— Só se chega ao povo alto após passar pelo povo baixo. É um estágio. Quando tivermos aprendido o que eles podem nos ensinar, nós mesmos encontraremos o caminho. É assim que funciona. Por que você não experimenta dançar? Talvez seja um estágio necessário...

O guerreiro olhou indignado para Leannah, e depois com desprezo para os homenzinhos em volta da fogueira. Porém, após algum tempo ele perguntou com uma voz mais calma:

— Naquele dia, quando chegamos aqui, como você anteviu as flechas que os baixinhos atiraram contra nós? — Perguntou Kenan. — E como conseguiu detê-las, sem usar o Olho de Olam?

— A música da floresta. Ela conduziu-me para os lugares onde pude deter as flechas.

— Música da floresta? — Os olhos escuros do giborim revelavam sua incompreensão.

— Sim, ela está em todo lugar. Por isso eles dançam. Você fechou-se ao conhecimento. Tem medo de que ele mostre o quanto está errado, pois não quer mudar... Deixou seu coração se endurecer. Por isso, tornou-se cego para tantas coisas...

— Eu não ouço nada! Apenas chilreios, barulho de grilos, passarinhos e restolhar de folhas.

— E surdo também — completou Leannah. — Isso pode ser a música da floresta. Cada um a ouve de uma maneira.

Novo silêncio se impôs. Leannah tentou adivinhar se ele estava procurando ouvir a floresta, mas pelas expressões do giborim, isso parecia impossível. Mesmo assim, ela insistiu.

— Se você não renunciar ao mal e ao sentimento de vingança que deixou se instalar em seu coração, e que agora o domina, jamais compreenderá os mistérios da vida e da existência. Está se condenando a uma vida miserável. E não precisa fazer isso.

— Alguma vez já lhe ocorreu que eu posso compreender esses mistérios melhor do que você, Iluminada? — Perguntou com sarcasmo. — Já se perguntou por que *El* permitiu o mal neste mundo? Foi um acidente? Ou algo proposital? Eu digo para você: não foi um acidente. O mal é uma realidade que *El* deseja que as pessoas experimentem. Você acha mesmo que luz e sombras são tão opostos assim? Um não existe sem o outro. O mal é necessário. Thamam estava errado. Compreendo isso agora. No fundo não há bem ou mal, mas apenas aspectos complementares de uma só realidade.

Leannah olhou espantada para o giborim.

— Não deixe essa loucura dominar seus pensamentos! Este mundo é feito de opostos. São os opostos que dão sentido à existência! A guerra é real. A maior vitória da escuridão é fazer você desacreditar da luz.

— Você ainda o ama? — Perguntou Kenan, surpreendendo-a, mais uma vez ao mudar de assunto.

Por um momento, ela ficou sem resposta.

— Sim — disse por fim, sem saber o que ele pretendia com isso.

— Isso não é curioso? Você ainda o ama, mesmo sabendo de tudo. Não é uma prova de que os opostos se atraem? De que no fundo não há diferença?

— Do que você está falando?

— Você sabe. O garoto. Há algo errado com ele. Você não acha muito misterioso o fato de Enosh o ter criado e escondido todo esse tempo?

— Os latash criam filhos para os sucederem.

— Mas ele não se tornou um latash. Foi por outra razão que Enosh o criou... Thamam descobriu isso quando o trouxe de volta, restaurando-o com a pedra curadora. Por isso o enviou para percorrer o caminho da iluminação. O caminho da iluminação levanta os caídos...

— Você está sugerindo que ele... — Leannah lutou com a dúvida que já vinha martelando seus pensamentos.

— Não é interessante? Eu não sugeri nada. Mas você juntou os fatos. Faz muito sentido, não faz?

Leannah permaneceu em silêncio. A dúvida a corroía profundamente. *Será que Ben é um amaldiçoado? Um caído?*

— Você... é a iluminada, como os baixinhos dizem... E é também a mulher mais bela que eu já vi... E a mais impressionante... Ele não a merece.

Leannah surpreendeu-se mais uma vez com as palavras do giborim. Ao mesmo tempo lutou contra um leve rubor que insistiu em subir pela face depois de ele haver dito que ela era bela.

— Ben fará a diferença nesta guerra — disse Leannah tentando encontrar convicção. — Ele foi preparado para isso.

— Ou talvez, ele tenha sido preparado para trazer o fim. Você não pode amá-lo — avançou o giborim. — Ele não é digno de você. Você está destinada para coisas grandiosas, e ele, para a perdição.

Leannah continuou enfrentando os próprios sentimentos e também uma lágrima que insistia em descer. Se o giborim estivesse dizendo a verdade, então, de fato estava tudo perdido. Não havia razão para crer ou para ter esperança.

O povo de Zamar continuava dançando em volta da fogueira. Os homenzinhos batiam palmas, colocavam a mão na cintura, batiam os pés peludos no chão e giravam em torno de si. Então, davam uma volta completa ao redor da fogueira e repetiam tudo outra vez. Havia uma alegria singela no modo como se divertiam e isso fez as lágrimas descerem incontidas pelo rosto de Leannah. Se não havia qualquer sentido para a vida, se bem e mal eram apenas aspectos da mesma realidade, talvez, viver, dançar e sorrir fossem as únicas recompensas de uma vida sem propósito. Mas então tudo não seria uma cruel ilusão?

Leannah lutou com o sentimento de dúvida e incredulidade que tentou tomar conta de seu coração. Mesmo não tendo as respostas, mesmo parecendo que o giborim estava certo, e ainda que não houvesse esperança para Ben, ela entendeu que precisava continuar crendo.

— Tudo o que precisamos é uma fé simples — apontou Leannah para o povo de Zamar. — Uma fé semelhante à fé que eles possuem. Eles vivem essa felicidade singela não porque não tenham esperança, ao contrário, porque sabem que o destino deles está nas mãos daquele que os criou. Do alto vem o sentido da vida.

Kenan levantou a cabeça para o alto e fixou os olhos nas estrelas infinitas. Depois voltou a olhar para a fogueira amarela em volta da qual o povo de Zamar continuava dançando. Ficou em silêncio, porém dessa vez por muito tempo. Leannah percebeu que os observava de verdade. Era a primeira vez que ele fazia isso.

O giborim pegou o Olho de Olam. Leannah sentiu seu coração acelerar.

Ele segurou-o por alguns instantes entre as mãos. A pedra branca exibia uma cor acinzentada.

Leannah fez uma prece silenciosa. Se ele entregasse o Olho naquele momento, tudo seria diferente. Não precisariam dar o próximo e doloroso passo. Poderiam retornar imediatamente, e ela ajudaria o guardião de livros a libertar Olam das trevas, ou o impediria de fazer o que não devia ser feito...

Mas, após alguns instantes, Kenan o escondeu sob a capa e voltou a olhar para os baixinhos.

Leannah sentiu o peso da frustração mais uma vez.

Para sua surpresa, entretanto, Kenan levantou-se e caminhou até o círculo.

Ainda havia lágrimas nos olhos da cantora de Havilá, no entanto, ao mesmo tempo Leannah precisou segurar o riso quando viu o giborim desajeitadamente imitá-los.

Fé gera fé — ela pensou.

* * * * *
* * * *

Os portões do Abadom estavam a menos de cinco metros à sua frente, mas Ben não tinha coragem de caminhar até eles. Após aquele percurso e todos os assaltos mentais, os testes que passara, a dor e o sofrimento vivenciados, simplesmente não sabia o que esperar. As dúvidas o corroíam. Estaria fazendo a coisa errada? Dava-se conta de que mal conhecia Thamam. Havia confiado nele como por instinto em Olamir. Porém, percebia que havia algo muito obscuro na vida do Melek de Olam.

As palavras enigmáticas de Ariel ainda causavam reboliço dentro dele. *Sou favorável à sua missão, mas devo dizer que ela é um erro.*

Preocupava-o também as palavras de Litili. O dakh insistia que o salão das fissuras era apenas um estágio intermediário, que o sofrimento vivenciado lá era uma etapa pela qual as almas deviam passar até chegar à definitiva. Ben havia provado a dor como jamais antes na vida. Angustiava-se em pensar que algo pior ainda estava por vir.

E para completar, as palavras da língua dos kedoshins continuavam martelando os pensamentos dele. *Sacrifício trará o juízo.*

Os portais do Abadom estavam encravados em um paredão que se elevava a cinquenta metros de altura no coração da terra. Havia três portões quadrados com uma moldura de fogo que os delineava. Eram assustadores e tornavam ainda mais apavorante imaginar o que estaria atrás deles.

Ooliabe e Oofeliah estavam dois passos atrás de Ben, e Litili cinco e recuando. A visão dos três portões circundados em fogo roubou o resto de coragem que havia no pequeno dakh.

— Acho que não adianta tentar estourá-los — disse Ben.

— As lendas dizem que cada portal tem cinco metros de espessura — revelou Litili com uma voz sumida. — Camadas de pedra bruta e metal fundido, e no meio uma camada de pedras shoham formando um escudo intransponível. Nem o fogo de Leviathan seria capaz de derrubar estas portas, nem Leviathan, nem Leviathan.

— Quem construiu isso?

— Os kedoshins construíram, construíram, construíram.

— Os kedoshins... — repetiu Ben, já sem saber o que pensar a respeito do povo alto. — Qual seria o interesse deles no Abadom?

— Falso bahîr nada sabes a respeito dos kedoshins — recriminou Litili. — Eles tinham propósitos perversos, queriam controlar tudo, não havia lugar neste mundo em que não quisessem colocar o nariz. Só há três lugares como este. Passagens para o Abadom. Os kedoshins sabiam como tirar poder de lá. Mas quando chegaram aqui, tiveram uma grande surpresa, uma grande surpresa, uma grande surpresa.

— O que eles encontraram?

— Se Litili soubesse, estes portões intransponíveis não estariam aí. Intérpretes de desenhos dizem que eram mistérios, segredos das eras anteriores. Kedoshins não gostaram do que encontraram, por isso mandaram construir estes portais de pedra.

— Então, como entraremos?

— Quando ele quer entrar em uma casa, geralmente ele bate, e, se for bem-vindo, a porta se abre.

Ben olhou incrédulo para o dakh. — Você está dizendo que se eu bater em uma das portas ela se abrirá?

O dakh respondeu com um subir e baixar de ombros.

Por via das dúvidas, Ben aproximou-se dos portais de pedra. Passou a mão pela superfície do portal central. Fechou o punho e bateu. Três batidas firmes. Mas a espessura e o tamanho do portal abafaram o som.

— Outro meio de abrir uma porta é ter uma chave — disse Litili.

Ben olhou exasperado para o rei dakh.

— Litili só está tentando ajudar, tentando ajudar, tentando ajudar. — Respondeu o dakh com seu estilo magoado de falar.

— Se o portal tivesse uma chave, você não acha que haveria um tipo de fechadura? — perguntou Ooliabe.

— A menos que seja bem mais óbvio do que parece — supôs Ben. — Talvez Litili esteja certo...

— Litili está sempre certo. Ele sábio, já viu muitas coisas, muitas coisas...

A lâmina de Herevel refletiu a luz quase branca da pedra do sol, quando abandonou a bainha, e fez Litili interromper a tríplice repetição. Segurando a espada dos kedoshins, Ben procurou algum lugar entre os portais onde talvez a encaixasse.

Ooliabe e Oofeliah entenderam o que ele fazia e também se aproximaram investigando as altas portas metálicas. A espada havia sido a chave por duas vezes naqueles túneis. Talvez, também fosse para abrir o Abadom.

— São maciças. Não há compartimentos — disse Ben desanimado, após a minuciosa análise.

— Ora, falso-bahîr pretendes ser o bahîr — disse Litili. — Bahîr deves saber como abrir. Está nos desenhos! Está nos desenhos! Está nos desenhos! Deves trazer o fogo tenebroso para o povo dakh!

— Essa história de bahîr é uma grande tolice. Eu jamais quis ser o escolhido... — Ben começou a dizer, mas interrompeu mais uma vez. Lembrou-se dos desenhos nas cavernas e também das palavras de Anamim sobre ele ser a maior autoridade de Olam. Talvez...

Fez sinal para que os três se afastassem. Levantou a espada mais uma vez. As doze pedras estavam todas acesas.

Aproximou-se dos portões.

— Eu sou Ben, o Guardião de Livros, discípulo de Enosh, o Velho. Sou o portador de Herevel. A maior autoridade de Olam. Ordeno que abram os portões.

Um vento estranho percorreu o submundo, mas os portões não se abriram. Ben acreditou ter-lhe faltado convicção ao pronunciar as palavras. Por isso as repetiu e completou:

— Eu venho do mundo dos homens. Através da dor e do sofrimento, caminhei pela escuridão, sobre abismos do mal, atravessei as trevas para exigir a libertação de um prisioneiro condenado injustamente. Exijo que minha solicitação seja atendida!

O vento aumentou, mas os portões continuaram fechados.

Ben percebia que algo acontecia enquanto ele falava. O estranho vento era uma evidência disso, porém faltava algo. E Litili fê-lo ver o que era, pela primeira vez sem ter dito nada.

— Sou o escolhido do submundo — bradou Ben. — O portador de Herevel. Vim buscar o fogo tenebroso para o povo dakh. Abra-se o Abadom!

Herevel explodiu em luz, obrigando os companheiros a cobrir os olhos.

Então, lentamente, os três pesados portões moveram-se. As molduras de fogo revelaram um corredor escuro.

Um vento quente soprou das profundezas. Uma chama brilhou em algum lugar. Então, aos poucos, o fogo foi subindo.

Perceberam que era uma coluna de chamas avermelhadas que se movia. Ela ia do chão ao teto. Era fogo e trevas ao mesmo tempo.

— Fogo tenebroso! — Reconheceu Litili, caindo de joelhos. — O direito do povo dakh. O direito do povo dakh! O direito do povo dakh!

O anão levantou-se e correu em direção do fogo, apesar de Ben gritar para que ele parasse. Quando o dakh adentrou os portões, algo saiu do meio das chamas avermelhadas. Era uma criatura com pelo menos cinco metros de altura. Usava uma armadura incandescente e por dentro parecia haver apenas fogo e trevas. Manejava um grande machado de fogo.

Litili parou diante da criatura em completo pavor.

O machado incandescente desceu e o teria partido ao meio, se Ben não se adiantasse e puxasse o anão para trás. Ben recuou para fora dos portões e percebeu que a criatura não os ultrapassou.

Então, arrastou Litili para longe.

Após alguns instantes, a criatura retornou para a coluna de fogo.

— Fique aqui! — Ben ordenou. — E fique quieto!

O olhar apavorado do dakh indicava que ele estava convencido a obedecer.

Ben aproximou-se outra vez dos portões abertos.

Três figuras espectrais surgiram lentamente do longo corredor escuro, uma de cada portal. Eram muito altas. Compartilhavam o mesmo rosto. Havia um reflexo ora dourado ora prateado nos rostos, como se mesclasse luz e sombras, gelo e fogo.

— *Queemmm ééé vooocêêê?* — A voz longa e tríplice veio do submundo.

— Eu sou o guardião de livros! — Pronunciou-se mais uma vez, porém sem a mesma convicção de antes. — Eu sou uma autoridade de Olam. Exijo a revisão de um julgamento.

— *Queemmm ééé vooocêêê?* — A voz tríplice repetiu. A voz inundava o submundo como um oceano subterrâneo. Parecia quase material. Causava uma sensação de desespero ouvi-la.

Ben não soube o que responder. Os juízes do Abadom não queriam saber o nome ou os feitos dele. Perguntavam por algo mais. Desejavam conhecer sua identidade verdadeira. Ben pensou em toda sua trajetória e uma resposta, então, veio aos seus lábios.

— Sou o caído a se levantar, o escolhido que não se escolheu, o matador de saraph, o desviado do caminho da iluminação, o matador de moribundo, o libertador de Ariel, sou o homem que brande a espada de *El*.

— *O queee fazzz aquiii?*

As três vozes surgiam de todos os lados. Ben sentiu seu coração comprimir-se enquanto aquela voz falava. Um medo incontrolável dominou-o mais uma vez. Tinha consciência de que a voz poderia destruí-lo com uma só palavra. O vento quente do submundo dificultava se manter em pé.

Ooliabe, Oofeliah e Litili ajoelhados, tentavam cobrir os ouvidos.

— Exijo justiça. Tenho uma causa justa para pleitear — declarou.

— *Leve o que já conquistou!*

— *Volte para seu mundo!*

— *Deixe os pecadores pagarem!*

As três declarações foram feitas ao mesmo tempo. Cada uma por uma voz.

Ben olhou para o fogo tenebroso. Os juízes do Abadom referiam-se à substância primordial, o direito do povo dakh, que, não obstante, havia sido negado até aquele dia.

Entendia, então, as razões pelas quais o povo dakh fora privado daquele poder, apesar do tratado do mundo e do submundo assegurar-lhes o direito. Segundo Ariel, por terem se acovardado diante dos desafios de um mundo em transformação e se escondido nas profundezas, armando-se de lendas e mitos para se proteger da realidade.

Por certo, os juízes do Abadom os consideraram imaturos e egoístas demais para guardar o fogo tenebroso. A substância era muito poderosa e, se fosse utilizada de forma errada, causaria uma catástrofe.

Naquele momento, Ben entendeu também a função do desenho do escolhido. Foi determinado que somente quando o escolhido do povo dakh fosse ao submundo reivindicar em nome deles, a substância primordial seria entregue. Por isso também o Abadom abriu-se quando ele exigiu.

— Não quero apenas o fogo tenebroso — disse Ben para a tríplice figura. — Exijo a revisão de um julgamento injusto — disse tentando controlar o pavor.

— *Não há julgamento injusto.*

— *O Abadom não se abre para inocentes.*

— *Todos são culpados.*

Novamente as três vozes aterrorizantes pronunciaram individualmente e simultaneamente as três declarações.

— O homem que busco não é culpado da acusação que recebeu. Ele não era o cashaph. O Conselho de Olamir manipulou o julgamento, e ele foi condenado por algo que não fez.

— *O abismooo não se abreee para inocenteeesss* — repetiu a tríplice voz.

— Ainda assim, eu exijo que o julgamento seja revisto. Segundo as leis do Abadom, a pena deve ser revogada.

— *Digaaa o nomeee do condenadooo.*

— Thamam, o Sábio, décimo sexto Melek de Olam.

As três figuras espectrais permaneceram em silêncio durante algum tempo. A coluna de fogo tenebroso continuava ardendo. Ben segurava Herevel alta e iluminada, esperando a resposta.

— *Thamam, o Sábio*

— *Foi o décimo quarto*

— *Melek de Olam*

As três vozes responderam.

— Décimo quarto?

Ben estava confuso. Todos em Olamir afirmavam que ele era o décimo sexto Melek. Mesmo que os juízes não considerassem o Usurpador, ainda assim ele deveria ser o décimo quinto. A menos que outro rei antes dele também não figurasse nas contas dos juízes do Abadom. De qualquer modo, Ben entendeu que isso não fazia diferença.

— Exijo a libertação de Thamam, o Sábio, o décimo quarto Melek de Olam.

— *O maior ofendido tem o direito*

— *de reivindicar a libertação de um condenado.*

— *Essa é uma das leis do Abadom.*

Finalmente disse a voz tríplice.

— *Porémmm, haverááá uuummm preçooo.*

Maior ofendido? Ben titubeou. *O que Thamam fez contra mim?*

O guardião de livros sabia que poderia conseguir as quatro pedras amarelas para completar a rede e voltar. Havia quatro delas na bolsa de Litili. Talvez, os juízes do Abadom estivessem certos. Os condenados mereciam pagar por seus pecados. Thamam tinha alguma culpa. Enosh também dissera isso. O Abadom não recebia inocentes. Porém, pensou em Tzizah e na esperança que viu nos olhos dela na despedida de Nod. Devia isso a ela. Do contrário, o que lhe diria? Cheguei aos portões do Inferno, mas desisti? Desisti de trazer seu pai de volta, mesmo tendo condições de fazer isso?

Lembrou-se de Gever. *Todos os homens têm direito à redenção*, ele dissera uma vez. *Apesar de nem todos serem redimíveis.*

Precisava acreditar que o pecado de Thamam seria perdoado. Afinal, qual atitude seria tão grave a ponto de impossibilitar o perdão? Ben não conseguia entender o que Thamam poderia ter feito de tão terrível contra ele próprio.

— Qual é o preço? — perguntou Ben.
— *Olho por olho.*
— *Mão por mão.*
— *Pé por pé.*

As três vozes retumbaram simultaneamente.

Ben recuou, pois não tinha certeza se entendia o que os juízes do Abadom diziam. Parecia que exigiam algum tipo de reparação.

Olhou outra vez para Herevel. A pedra vermelha que se destacava qual um coração apresentava um brilho estranho, quase líquido. Parecia sangue.

— Exijo que minha reivindicação seja atendida — disse por fim.
— *Os juízes do Abadom*
— *têm considerado*
— *seu pedido aceito.*

18 A Luz no Fim do Túnel

A noite terrível não queria acabar. Através das janelas do quarto real, Tzizah viu os oito homens sendo conduzidos para algum lugar no palácio. A madrugada lhe deixava um gosto amargo na boca. Era o gosto de suas próprias lágrimas, resultado da cerimônia de seu casamento.

As quatro pedras restantes foram fornecidas, e o conselho cinzento foi incumbido de terminar a rede dentro de Bethok Hamaim. Se, por um lado, isso parecia ter saído como ela desejara, a verdade é que nada havia saído como planejado. Jamais poderia imaginar terminar a noite casada com o Melek das Águas...

Agora ele é meu marido, pensou a princesa de Olam. *Perante a lei de Olam e também perante milhares de testemunhas.*

Sabia que isso, talvez, pudesse ser mudado depois, pois ela havia sido forçada a se casar com ele. Mas certas coisas não podiam ser mudadas. Uma delas era Evrá. A grande águia dourada fora capturada e sacrificada. Sabia o quanto a águia era importante para Kenan e mais recentemente para Ben. Ainda desejava gritar ao se lembrar do olhar cínico do rei do bronze, quando os homens trouxeram o pássaro partido ao meio para completar os preparativos da cerimônia. Soube de imediato ser ele o responsável pela captura e morte da grande águia.

As palavras de Sáris, no momento em que carregavam o pássaro morto era algo que ela desejava esquecer: *Hoje temos o privilégio de celebrar a Aliança usando uma águia de giborim enviada pelos tolos inimigos contra nossa cidade para nos espionar. Mas agora temos certeza de que eles não usarão esse artifício outra vez.*

Ele olhava fixamente para Tzizah ao pronunciar as últimas palavras. Ela estivera pronta para acionar a pedra shoham e mover as plantas dentro do salão, quando ele dissera aquilo. Então, percebeu que eles sabiam do plano e entendeu que os giborins não estavam do lado de fora, continuavam presos. O horror foi ainda maior quando o rei do bronze ordenou a retirada das duas plantas do salão.

Agora você tem duas opções — dissera o Melek das Águas aproximando-se dela e indicando o caminho por entre os pedaços. — *Segurar meu braço e desfilar comigo entre os animais sacrificados, ou negar-se e condenar seus oito giborins e também todo o conselho cinzento à morte. E ainda garanto que usarei as mesmas plantas para enrolar seu lindo pescoço, como você havia planejado fazer comigo.*

E foi assim que, mesmo desejando ser mais forte, e sabendo que outra pessoa, talvez, enfrentasse a morte para não fazer o que eles queriam, ela segurou o braço do Melek das Águas e passou entre os pedaços de animais, selando o casamento e a aliança. Sem coragem de olhar para o corpo destroçado de Evrá, fechou os olhos ao passar perto.

Sáris tinha pressa, por isso, logo após a cerimônia, exigiu que ela o acompanhasse até o local onde o conselho cinzento estava a fim de instruí-los sobre o estabelecimento da rede. Depois, enquanto ela retornava ao palácio real, ele foi tratar de assuntos urgentes com Tubal e Sidom, prometendo que a visitaria ainda naquela noite. Tzizah sabia que o pior da noite provavelmente ainda não havia passado.

Pensou mais uma vez em Kenan e em tudo o que ele havia renegado por causa de uma vingança. Precisava reconhecer que o giborim jamais havia sentido o mesmo amor que ela sentia por ele. Mesmo sabendo isso, ela havia desejado praticamente cada um de seus dias que o casamento acontecesse. E, no fundo, ainda acreditava que ele pudesse surgir do nada, e mudar toda aquela situação. Era doloroso pensar que a solução para todos os problemas sempre esteve tão perto e, ao mesmo tempo, tão distante. Naquele momento, precisava aceitar que Kenan jamais seria seu marido. E isso lhe causava um vazio infinito no peito e alimentava em mesma proporção suas lágrimas.

Pensou também em Ben. Compreendeu a paixão nos olhos dele desde o início, ainda naquela manhã em Olamir. Não podia negar que se sentira lisonjeada pelo desejo incondicional expressado por ele. No fundo sentia saudades daquele dia sob as bétulas em que a ingenuidade ainda era a marca dos dois. Depois, manipulara os sentimentos dele de um modo que jamais deveria ter feito. E, por causa disso, Enosh estava morto. E, depois de tudo, o que mais desejava era voltar ao tempo da inocência, mesmo sabendo ser impossível...

Enquanto as lágrimas que mesclavam sentimentos de angústia, impotência, melancolia e perda desciam pela face, ela desejou do fundo do coração que seu pai estivesse ali, e ela pudesse se aninhar em seu colo, como fazia quando pequena, e sentir o mundo acalmar-se ao seu redor. Sentia tanta falta daquele olhar bondoso e carregado de sabedoria. A palavra certa em todos os momentos, capaz de abrandar a fúria, ou de espantar o desânimo.

Não entendia por que ele havia se deixado julgar e condenar daquele modo...

O Olho de Olam enfraqueceu-se por minha culpa — ele afirmou na noite em que partiu de Olamir, a última em que ela sentiu o abraço que tanto desejava. — *Mais cedo ou mais tarde pagarei por isso.*

A conversa aconteceu nas proximidades dos túmulos dos reis e rainhas de Olam, onde sua mãe e irmã estavam sepultadas, e onde também estava o túmulo vazio de Tutham.

— *O senhor já pagou por isso... Todos esses anos, negando-se, escondendo-se, renunciando seus direitos...*

— *Eu faria tudo de novo só pela oportunidade de ver você crescer, de poder estar ao seu lado e de apreciar os anos de paz que desfrutamos, pelo menos até aquela noite...*

— *Mas eles entregaram a pedra para o senhor* — lembrava-se de ter argumentado. — *Ela é sua por direito. Se o senhor não tivesse marchado para Ganeden atrás deles, os kedoshins teriam levado o Olho para o outro lado. Só o deixaram por sua causa.*

— *Eu perdi o direito de usá-lo quando cedi aos meus próprios desejos. Quando me esqueci da razão pela qual os poderes me foram confiados. Esse túmulo vazio* — disse olhando para o túmulo de Tutham — *é só a menor das minhas vergonhas. Quando me foi negado o direito de percorrer o caminho da iluminação, só me restou esperar o dia em que El tivesse misericórdia e possibilitasse outra forma. Mas eu nunca acreditei que seria desse modo... Eu jamais imaginaria que meu pecado voltaria a bater em minha porta...*

— *Não existe ninguém mais justo do que o senhor, e ninguém que tenha pagado mais por seus pecados.* — Ela havia respondido, mesmo sem entender o que ele estava dizendo por "pecado". Lembrava-se de ter sentido um estremecimento. O que seu pai havia feito além de esconder sua verdadeira identidade todos aqueles anos?

— *Alguns pecados jamais serão perdoados, a menos que sejam de fato pagos* — ele disse. — *Certas leis da existência não podem ser burladas. Por outro lado, quando cumpridas, abrem caminho para a realização de feitos extraordinários que, de outra sorte, jamais poderiam acontecer.*

— *O mundo precisa saber que Tutham está vivo.* — Lembrava-se de ter colocado em palavras o grande segredo dos dois. O senhor precisa se revelar ao mundo, assumir o direito de usar o Olho de Olam...

Ele colocou o dedo envelhecido nos lábios dela.

— *Aquele Tutham está morto. A doce morte em Ganeden não destruiu meu corpo, mas sugou tudo que eu era. Eu estou satisfeito em ser Thamam, e meu maior orgulho é ser seu pai. Aprendi que usar o poder, principalmente quando se tem muito, é uma das coisas mais difíceis que existe. Ninguém está preparado. Por outro lado, aprendi que não há maior virtude nesta vida do que saber controlar-se. A grandeza de uma pessoa não está nas demonstrações de força que ela dá, mas em todas as vezes que consegue controlar a própria força.*

— *Então, o senhor já demonstrou toda a grandeza do mundo. Agora, Olam precisa do seu poder, precisa do retorno de Tutham. Se o Olho de Olam for reativado, o senhor poderá espantar as trevas mais uma vez.*

— *Não, minha querida. Ainda não. Antes, precisarei seguir o caminho do sacrifício. Aguarda-me a pior das veredas e, somente se eu perder, talvez vença.*

Após aquelas palavras incompreensíveis, seu pai a ajudou a montar Boker, e ela deixou Olamir para sempre. Sua missão era garantir que o segredo de sua família fosse guardado. Porém, ela já não sabia se conhecia todos os segredos de sua casa.

Tzizah não estava preparada para agir com a mesma temperança e resignação do pai. Só de imaginar que Sáris pudesse tocá-la, fazia com que todos os seus instintos se agitassem descontrolados. Sentia-se capaz de matar...

E transmitia todos aqueles sentimentos para a pedra Yarok que ela segurava cada vez com mais força. Talvez, se concentrasse todos os seus pensamentos, conseguiria comunicar-se com árvores e plantas mais distantes. Talvez, elas viessem em seu socorro. Mas não conseguia senti-las...

As próximas horas passaram-se em constantes sobressaltos. Cada movimentação lá fora despertava sensações de angústia. As velhas dúvidas voltavam incessantemente. Especialmente as lembranças daquela reunião em Ellâh, quando ela se opôs a Enosh e selou o destino de todos eles. Sentia-se como uma criança que havia movimentado coisas acima de sua compreensão e precisava arcar com as consequências; tudo o que mais desejava era fugir, mas isso era impossível.

Alta madrugada, o vulto volumoso de Sáris adentrou seu quarto.

Será que ele exigirá seus direitos de marido agora?

A mão foi por instinto para a pedra Yarok.

— Como você deve ter visto, seus homens já estão dentro do palácio, minha querida — foi logo dizendo, enquanto se sentava na cama.

Parecia cansado. Ainda usava as roupas da festa. Um traje extravagante todo dourado repleto de pendentes feitos com pedras preciosas de várias tonalidades, mas com destaque para a cor vermelha.

— Eles terminarão a rede, e logo eu serei o homem mais poderoso da terra, o único capaz de enfrentar os shedins. Assim que possível, eu me livrarei dos dois concorrentes. Por enquanto eles me são úteis.

Tzizah não se surpreendeu com aquelas palavras. Imaginava que os outros dois alimentassem sentimentos parecidos.

— A rede foi idealizada por Enosh, mas ninguém sabe se ela realmente funcionará — alertou como quem falava uma infantilidade, principalmente por saber que era quase impossível fazê-lo mudar de ideia.

— Ora não seja pessimista, minha amada esposa. É claro que nossos planos funcionarão. Aliás, eu e você, juntos, nos completamos... Você não acha?

Tzizah engoliu em seco ao ouvir aquelas palavras. O homem falava com tanta confiança, como se ela não tivesse tentado matá-lo dentro do salão real. Porém, Tzizah sabia que devia andar por aquele terreno com cuidado. Já havia provado um pouco dos ardis do Melek das Águas. Desejou do fundo do coração que as plantas lá fora a ouvissem.

— Acredito que eu já lhe dei bastante tempo para acostumar-se com a situação — continuou Sáris aproximando-se. — Agora é o momento de você retribuir... Um casamento exige certas obrigações. Acho que você entende isso.

A mão dele tocou no ombro dela. O forte perfume de lavanda causava-lhe náuseas.

— Eu nunca farei isso — respondeu num impulso, afastando a mão de seu ombro. — Você nunca vai encostar um dedo em mim! Eu concordei com aquela farsa lá embaixo por causa da rede, pois quero salvar Olam, mas isso é tudo o que você terá de mim.

— Eu não sou belo o suficiente para você? — A voz dele era puro sarcasmo. — Sou mais jovem que o homem que você amou por tanto tempo, mas que a abandonou por causa de uma vingança. Pode ter coisa mais inútil do que isso? Uma vingança? Ou será que a bela princesa de Olam agora anda apaixonada por um camponês que achou uma espada e pensa ser um príncipe?

— Você não tem esse direito!

— Eu tenho todos os direitos, esqueceu-se? Você agora é minha rainha, pelo sistema antigo, e diante de todas as testemunhas.

— Nada lhe será útil uma rainha morta — disse entre os dentes, implorando às plantas para que viessem, invadissem aquele quarto e livrassem-na das mãos daquele homem repugnante.

— Talvez, seja útil sim — riu sarcasticamente. — Se a rainha morresse, agora que se casou legitimamente, sem deixar filhos, o marido torna-se o legítimo herdeiro do trono de Olam. Evidentemente que nosso belo casamento não resultará em filho algum. Até por que, como você deve saber, eu sou um eunuco.

Tzizah olhou atônita para o homem.

Então, a verdade finalmente.

— Oh, não, não tenha pena de mim — defendeu-se com um gesto de mãos.

Ele se aproximou e tocou o rosto dela com suavidade.

— É uma pena não podermos consumar nosso casamento no sentido tradicional. Mas isso não importa. Preciso saber se você continuará cumprindo seus deveres de esposa e rainha. Precisamos mandar um pedido formal de ajuda para a rainha de Sinim para que mande seus exércitos. Eu lhe darei meu selo. Você fará essa carta, não fará, belos olhos cinzentos? Como eu disse, um casamento exige que se cumpram certas obrigações.

— Sim — disse Tzizah, sem saber se estava mais aliviada ou assustada. — Se isso puder salvar Olam.

— Mas é claro que salvará!

* * * * *
* * * *

O lago de fogo fazia por merecer a superstição e o temor devotados pelas pessoas em Sinim. Adin já conhecera lugares terríveis como o Midebar Hakadar e a torre de Schachat, mas nada se comparava ao que se tornara o lugar onde outrora foi elevada uma das cidades mais belas e poderosas da terra, a grande Giom, a cidade das fontes quentes.

O fogo líquido ainda escorria pelo vale borbulhante liberando um cheiro insuportável. Algumas pedras que restavam talvez tivessem feito parte das construções alaranjadas da antiga cidade, mas, somente com esforço e imaginação era possível ver isso.

Os bárbaros conduziram-no até o mais próximo possível do local onde ficava a antiga cidade. Ao lado do rapaz, o rei bárbaro, que não suava mesmo sob uma pele de lobo, contemplava com um olhar de cobiça o lago de fogo.

Após a chegada do rei, Adin foi levado para um lugar onde tomou banho e teve as queimaduras tratadas. Ainda sentia muita dor, porém recuperava-se.

— Conhece as razões pelas quais a cidade foi devorada pelo fogo? — Perguntou o bárbaro.

Adin buscou na memória alguma lembrança daqueles fatos. Os livros da biblioteca de Olamir revelavam que os líderes haviam cometido um ato de traição, mas, até onde sabia, a cidade fora destruída por uma catástrofe natural. A lava do mundo subterrâneo encontrou caminho através das fontes de água quente e esguichou pela cidade, queimando seus moradores e, aos poucos, inundou o vale com fogo. A lava ainda subia das profundezas e, provavelmente, continuaria assim por milênios.

— Foi uma catástrofe natural — disse Adin — uma espécie de erupção vulcânica que subiu pela área mais porosa da terra.

— Meu povo ficaria satisfeito se fosse isso; consideraria que os deuses haviam julgado o Império e o destruído. Não, jovem do poente, o que aconteceu aqui foi outra coisa.

Adin olhou sem expressão para o rei bárbaro. Não entendia aquele interesse por acontecimentos tão antigos e sem importância. Era evidente que a cidade fora destruída por uma catástrofe natural, porém, com o passar do tempo, as pessoas atribuíam a outros fatores, como o julgamento divino, para explicar o inexplicável. Para Adin não fazia diferença. Apesar de hidratado, parcialmente recuperado dos ferimentos e mantido um pouco a salvo do intenso calor, sentia-se terrivelmente culpado. Julgava-se responsável pela morte de quase quinhentos cavaleiros. Sua curiosidade levara-o a embrenhar-se, cada vez mais, naquelas regiões ermas das terras brasas.

Não entendia por que os bárbaros o mantinham vivo. Lembrava-se vagamente de o rei ter mencionado uma tarefa, mas estava tão desidratado naquele momento que bem poderia ter sido mais alguma ilusão.

— O que aconteceu aqui foi o resultado do uso errado da magia antiga — continuou o bárbaro.

Adin olhou espantado para o rei bárbaro.

— O que você quer dizer com "magia antiga"?

— Magia da primeira era do mundo, responsável pela própria criação. A que deu origem a Leviathan, aos behemots e a todas as criaturas extraordinárias do mundo antigo. Sim, meu caro jovem do poente — riu malignamente mais uma vez o homem — você deve pensar como um bárbaro como eu sabe essas coisas... Deixe-me explicar o que de fato aconteceu aqui. Antes do fim daquela era, um grupo de kedoshins, mais tarde denominados de shedins, veio até Mayan e secretamente ensinou aos imperadores as antigas técnicas mágicas.

— Como, como você sabe todas essas coisas?

— Logo você entenderá, riu mais uma vez o bárbaro, fechando a pele de lobo como se sentisse frio.

Havia algo muito maligno naquele homem, apesar de todo o conhecimento que demonstrava possuir.

— Pouco adianta conhecer as técnicas de lapidação se não houver pedras shoham, lembrou o homem — do mesmo modo, é inútil conhecer as técnicas mágicas, se o poder não está disponível. Então, os imperadores precisaram encontrar um modo de extrair o poder do único lugar onde ele esteve confinado desde a criação.

— O Abadom — deduziu Adin.

— E há apenas três lugares fora de Hoshek de onde é possível acessar esse poder. Um deles causou isso que você está vendo agora.

— Giom foi destruída devido à tentativa dos imperadores em manipular a magia antiga?

— Eles precisavam do poder do fogo tenebroso que está no Abadom, e para isso foi necessário abrir o portal, a fim de que a energia fluísse para a superfície. Assim, com as palavras e técnicas apropriadas, eles manipulariam um poder semelhante ao que criou o mundo. Algo que, provavelmente, faria seu Olho de Olam parecer um brinquedo de criança.

Adin olhou mais uma vez para o lago de fogo. Se o bárbaro estivesse falando a verdade...

— Sabe qual foi o problema, jovem do poente? Ambição. Os imperadores já conseguiam extrair boa quantidade de poder do Abadom e realizavam coisas extraordinárias. Mas quando se tem muito, é normal querer mais. Justiça seja feita, não se deve culpar aos três igualitariamente, pois o mashal do conforto foi o mais comedido de todos, mas o da ciência agiu por conta própria. Dá para ver que, afinal, ele conseguiu extrair bastante poder do Abadom — riu o bárbaro, olhando para o lago de fogo.

Ambição. O maior problema do ser humano. Adin já havia sentido isso na pele, durante o caminho da iluminação.

— Quando a lava veio das profundezas, dizem que a força seria capaz de explodir a cidade e quase todo o império. Então, os três utilizaram a magia que já dispunham para detê-la. Eles se sacrificaram por isso, mas tudo o que conseguiram foi fazer com que ela saísse mais calmamente, como as fontes de água antigas, até formar esse grande lago de fogo. Não é irônico? Morreram para defender a cidade! E aí está a cidade! Não sobrou nada.

— O que você quer de mim? — insistiu Adin.

— Eu imaginava que alguém tão sábio como você já teria descoberto... Contarei mais uma parte da história a fim de que você descubra. A queda de Irkodesh, a conquista dos reinos abençoados pelos shedins e a catástrofe de Giom forçaram a intervenção dos irins. Os juízes do mundo antigo levantaram-se para tentar pôr ordem no caos e deter o avanço e o domínio da escuridão. Então, houve aquele antigo arremedo de juízo final. Já que *El* não concedeu plenos poderes aos irins, eles dominaram, apenas parcialmente, a situação. Como você sabe, eles estabeleceram o tratado do mundo e do submundo. Foram impostas restrições a todos. Porém, não foi um tratado muito justo, eu posso dizer. Não agradou a nenhum dos lados. Os shedins mais poderosos foram confinados ao Abadom e os que permaneceram neste mundo foram limitados à cortina de trevas estabelecida sobre o lugar onde outrora ficava Irkodesh e as demais cidades dos kedoshins. Os kedoshins que haviam compartilhado a técnica de lapidação e a magia com os homens foram confinados às câmaras intermediárias do Abadom. Os outros, os quais haviam sobrevivido à invasão de Irkodesh, receberam permissão para ficar em Olam por mais alguns milênios, até que cumprissem sua missão em relação aos homens, então deveriam partir. O conselho dos irins concedeu aos homens do Ocidente continuar com a técnica de lapidação das pedras shoham, pois progrediam com a construção de Schachat e, aparentemente, não faziam nada errado com o dom. Já os homens do Oriente foram privados da magia antiga.

— Como você sabe de todas essas coisas? — repetiu Adin.

— Após a intervenção, não era ilegal compartilhar a lapidação das pedras com o Ocidente — continuou o homem ignorando a pergunta de Adin —, pois, de certo modo, lapidar e extrair o poder das pedras é algo considerado natural, é apenas a extração das potencialidades da natureza. Mas com a magia é diferente. Trata-se de utilizar algo que não faz parte da ordem natural. E *El* proibiu isso, pois, segundo se diz, desejava que as criaturas vivessem e se desenvolvessem apenas com o que é inerente à criação. Leis incompreensíveis, sem dúvida. Por isso, o ato de compartilhar a magia antiga com o Oriente foi considerado errado e negado. Mesmo assim, após o Abadom ser aberto restaram vestígios da magia. Foi algo bem insignificante em relação ao que havia antes. Alguns homens, que tiveram acesso a ela, fugiram para além do Raam, principalmente porque sabiam que nós, os bárbaros, dominaríamos tudo. Mas, ao fugir, eles levaram as antigas técnicas mágicas aprendidas com os kedoshins e aprenderam a encontrar os resquícios do poder que fluiu do Abadom.

— Esses homens foram para Urim?

— A capital de Sinim, que não existia naquele tempo, foi fundada por eles, quando chegaram lá.

Então, é por isso que Choseh tem o dom da visão e o da cura. Magia antiga. Por que ela não me contou?

— Como você acha que eu o ajudaria a invocar o poder da magia antiga? — perguntou Adin, deduzindo as intenções do homem. Elas pareciam tão loucas quanto as atitudes por ele relatadas.

— Com isso — disse o rei bárbaro, retirando um pergaminho de dentro da pele de lobo. — Mas a questão mais importante para mim não é manipular a magia antiga. É libertar alguns prisioneiros.

Adin visualizou o pergaminho e percebeu que era muito antigo.

— Antepassados encontraram diversos pergaminhos escritos em Mayan com explicações do que aconteceu. Mas recentemente nos foi dado este pergaminho, o maior de todos os tesouros encontrados, com as inscrições e as palavras mágicas que liberam o poder do Abadom. Pertenceu ao Melek de Olam. Ele o guardou até muito recentemente.

— Se você tem as inscrições, por que precisa de mim? — Perguntou sem entender as implicações das palavras do estranho homem.

— Para abrir o Abadom mais uma vez.

— Por que você acha que eu poderia fazer isso?

A risada sarcástica do rei bárbaro repercutiu pelo vale do fogo. Ele não parecia um homem, mas um ser possuído por algum poder desconhecido.

— Só você pode ler a inscrição. Você percorreu o caminho da iluminação. Por isso o atraímos.

— Quem é você?

A risada sarcástica e maligna foi a única resposta.

*****
****

— Uma cidade relativamente nova como Bethok Hamaim precisou encontrar maneiras de se sobressair diante das antigas como as que a cercam — explicou Sáris com uma expressão satisfeita. — De outro modo, quais chances teria uma cidade com apenas mil e seiscentos anos de fazer frente a Olamir com dez mil anos, ou mesmo Ir-Shamesh que deve ter uns quatro mil anos? Até mesmo Maor é mais antiga que Bethok Hamaim.

Conversavam diante da sala onde os lapidadores trabalhavam. Benin liderava o grupo na função outrora ocupada por Enosh, fazendo as marcas de lapidação simultâneas nas quatro pedras restantes. Quatro latash trabalhavam e quatro descansavam, assim, o processo era contínuo, dia e noite.

Os lapidadores faziam o melhor que podiam, mas todos sabiam que não era suficiente. O tempo era o primeiro inimigo a ser enfrentado.

— A resposta é: simplificação, comércio ágil, preocupação com o lucro acima de tudo, mesmo que oriundo de negócios não tão dignos — continuou Sáris fascinado com a própria história, sem se importar se Tzizah prestava atenção. — É por isso que neste último milênio nossos barcos foram além do que quaisquer outros em Olam e descobriram riquezas onde ninguém imaginava encontrar. Dos bárbaros do extremo leste aos criadores de cavalo do oeste, levamos e trazemos mercadorias. Muitos desses povos não conhecem o valor do ouro, e de bom grado o trocam por coisas bem menos valiosas, como açúcar ou temperos. Mas algo sempre faltou para nós...

— Pedras shoham... — deduziu Tzizah.

O Melek das Águas voltou-se para ela com um sorriso matreiro e apontou para a imponência do círculo central, no lado de fora, onde lojas e pontos de comércio multiplicavam-se.

— Olamir sempre ofereceu pedras para nós, pois os mestres-lapidadores lucravam com isso e de bom grado lapidavam as pedras que nós precisávamos, porém...

— Não era suficiente para as ambições dos líderes da cidade — complementou Tzizah.

— Todos sabemos que as pedras shoham podem fazer muito mais... — justificou-se Sáris. — Se pudéssemos lapidar nossas próprias pedras, não haveria limites para a grandeza da cidade. Não teríamos os mesmos tolos temores de Olamir, que limitou a exploração e a lapidação. Por isso, há bastante tempo, apoiamos um grupo de lapidadores para que descubram técnicas especiais de lapidação.

Tzizah espantou-se com aquela revelação.

— Bethok Hamaim? Apoiando lapidadores? Onde? Quem?

Sáris riu satisfeito com a surpresa dela.

— Não exatamente lapidadores convencionais, pois estes estavam todos sob o rígido controle de Olamir, mas há outros... — disse olhando para o grupo de latash. — Sempre há outros...

— O conselho cinzento? — Perguntou Tzizah, sem acreditar que os lapidadores pudessem trabalhar para Bethok Hamaim. Não fazia sentido.

— O conselho cinzento já foi importante para nós no passado, mas recentemente havia um grande empecilho nele...

— Enosh — deduziu Tzizah.

— O velho era osso duro de roer. Conseguimos que fizesse alguns trabalhos para nós durante um bom tempo, mas recentemente ele recusou-se a produzir mais pedras.

Tzizah compreendia que não devia ficar surpresa com a revelação, pois o conselho cinzento era um grupo clandestino de lapidadores. Evidentemente lapidavam e vendiam pedras para sobreviver. E, de fato, qual cidade tinha mais interesse e condições para comprar do que Bethok Hamaim? Mesmo assim, não conseguiu evitar um sentimento de traição.

— Tentamos usar testas de ferro para que ele continuasse lapidando, mas, quando o latash descobriu, desistiu de fornecer as pedras encomendadas.

Tzizah tentou entender o motivo pelo qual Enosh parara de lapidar pedras para Bethok Hamaim, mas não o encontrou.

— Foi uma grande ingratidão da parte dele — continuou Sáris. — De certo modo, o conselho cinzento só existiu durante todos estes séculos graças a Bethok Hamaim. Os lapidadores clandestinos já foram realmente úteis para nós no passado. Acho que você não sabe, mas a tentativa de estabelecer a rede já aconteceu antes, por intermédio do único lapidador que provavelmente esteve à altura de Enosh, embora tenha sido morto por ele, segundo se diz, em uma batalha por causa de uma mulher. O nome dele era Télom. Ele prestou valiosos serviços para nossa cidade... Infelizmente, a intransigência do líder atual levou-nos a procurar alguém que estivesse disposto a ajudar. Por sorte, havia.

— O que você quer dizer com isso? Quem estava disposto? Quem mais sabe lapidar?

— As pedras vermelhas são muito necessárias para nosso estilo de vida — continuou Sáris, que se divertia em revelar aquelas coisas e, ao mesmo tempo, em protelar as respostas. — Confortos, segurança, tratamentos de saúde, quem pode viver sem isso? Mas, por outro lado, não vão além disso. As pedras amarelas são muito mais poderosas, entretanto, além de explosões, até hoje ninguém descobriu muitas funções para elas, exceto essa rede que nossos amigos estão lapidando. Mas há outro tipo de pedra...

— Só há uma pedra branca! — disse Tzizah sentindo-se cada vez mais incomodada com aquela conversa. — Ou melhor, duas... — corrigiu-se lembrando do falso Olho sobre a torre. — Vocês nunca achariam outra.

— Não estou falando das pedras brancas, as quais, de qualquer modo, ninguém saberia lapidar. Estou falando das escuras.

— Pedras escuras! — admirou-se Tzizah lembrando-se das que vira na alabarda do tartan e também da pedra no cetro do conselheiro da rainha de Sinim. O homem conseguiu imobilizá-los apenas apontando o cetro na direção deles.

— Elas são capazes de realizar prodígios. Mas infelizmente só existem na terra de Hoshek. Contudo, você ficaria admirada do que os mercenários são capazes de fazer por uma boa quantia de ouro... De certa forma, é uma pena que esta guerra tenha começado justamente agora. Estávamos muito perto de produzir algo grandioso com as pedras escuras...

— Bethok Hamaim apoiando a lapidação de pedras escuras? — indignou-se Tzizah. Parece que vocês namoram a traição há muito tempo.

— Traição é impedir o progresso. Isso foi Olamir quem fez. Mas, de qualquer modo, tudo isso ficará para depois... Agora é a vez da rede. O conselho cinzento precisa completá-la. Se funcionar, colocará Bethok Hamaim na posição que lhe é de direito. Se a rainha de Sinim atender ao seu pedido e mandar os soldados, talvez ainda haja esperança para Olam.

O Melek das Águas disse aquelas palavras e retirou-se, claramente, satisfeito em deixá-la confusa. Ela percebia que o homem lidava facilmente com mentiras, por isso não sabia até que ponto podia acreditar no que ele dizia.

Porém, se aquilo fosse de fato verdade... Haveria um terceiro conselho lapidador em Olam? Um conselho sombrio?

Sáris não se importava mais que ela ficasse sozinha com os lapidadores. De certo modo, percebia que ela estava inteiramente nas mãos dele. Além disso, apesar de passar muito tempo vendo os lapidadores trabalharem, não era muito útil ficar ali, pois exceto Benin, os demais não conversavam.

Benin tinha um temperamento amistoso, bastante diferente de Enosh, porém era muito comedido no falar. Talvez, por ficar tanto tempo lapidando as pedras, os lapidadores se desligavam da realidade. Eram silenciosos, pareciam viver em outro mundo.

Os oito trabalhavam em mesas improvisadas, sem o encaixe necessário para as pedras shoham. Apesar de todo o esforço em providenciar o melhor ambiente possível, a oficina ainda podia ser chamada de improvisada. Porém, certamente estavam mais confortáveis do que na vila de pescadores ou no estábulo em Nod.

A sala, usada anteriormente para a avaliação das pedras que vinham de Olamir, era ampla e bem iluminada. Ficava na última faixa de terra antes do círculo central da cidade onde estava o templo. Portanto, no local mais nobre e protegido de Bethok Hamaim.

Serviçais permaneciam o tempo todo do lado de fora, preparados para atender qualquer ordem dos lapidadores, que dificilmente pediam alguma coisa. Dia e noite, eles concentravam-se em uma única atividade: fazer marcas de lapidação nas pedras amarelas. Às vezes, ficavam horas completamente desligados do mundo. Além disso, Tzizah desconfiava que toda aquela exposição e conforto deveriam ser meio estranhos para pessoas que passaram suas vidas lapidando pedras em segredo.

Lá fora, a cidade fazia preparativos para se defender da invasão. Os três exércitos que antes se enfrentavam, passaram a trabalhar conjuntamente. Mas a única esperança verdadeira era a rede. Quando as trevas abocanhassem a cidade, e isso provavelmente aconteceria em menos de um dia, como soldados lutariam contra demônios? Dentro das trevas de Hoshek, os shedins não precisavam de corpos, e não corriam o risco de serem enviados para o Abadom caso fossem atingidos.

Enquanto observava os lapidadores fazendo as marcas de lapidação, Tzizah pensou no que Sáris havia falado sobre eles terem contribuído com as necessidades de pedras de Bethok Hamaim no passado. Estava diante de uma das organizações mais antigas e misteriosas do mundo. Os homens pareciam bastante empenhados em terminar a rede, mas, por um momento, Tzizah perguntou-se qual seria a intenção deles com tudo aquilo? Seria mesmo salvar Olam das trevas?

Lembrou-se do período mais obscuro da história recente de Olamir. Na cidade branca, os historiadores chamavam-no de ascensão e queda do usurpador. Havia acontecido há cerca de seiscentos anos. O grão-mestre-lapidador de Olamir autoproclamou-se décimo quinto Melek de Olam, após o longo período em que Olamir fora governada apenas pelos Conselhos. O usurpador havia formado um pequeno exército apoiado pelos giborins com armas potencializadas com pedras amarelas, e assim impôs seu domínio sobre os sacerdotes. Aquele havia sido um tempo de grande tirania, mas que, graças a *El*, durara pouco. A primeira decisão do Conselho, após a queda do usurpador, foi desativar a Ordem dos Giborins de Olam e proibir a lapidação das pedras amarelas. Por isso, só recentemente os giborins haviam sido reativados. Um dia, falando sobre aquele assunto, Thamam disse-lhe que o grupo do usurpador havia lapidado algumas pedras escuras.

Tzizah mais uma vez teve aquela sensação de ser uma criança inexperiente em meio a um jogo de adultos. Interesses contraditórios, incompreensíveis para ela, digladiavam-se. Temia, no final, descobrir que havia ajudado o lado errado. Já aprendera que apenas boas intenções não eram suficientes naquela guerra.

Já estava estabelecido que, no final daquele dia, fariam a primeira experiência com a rede. Benin prometera, mesmo admitindo que não estava finalizada. As palavras dele não haviam sido muito animadoras:

Todo o trabalho foi feito às pressas. As últimas quatro pedras estão muito abaixo do padrão das outras. São menores... Um trabalho como esse... Para ser perfeito, levaria anos. Nós estamos fazendo o possível, mas, sem Enosh, não posso garantir nada.

Se não funcionar, amanhã a essas horas, Bethok Hamaim não existirá mais — pensou Tzizah, olhando para as duas cartas com o selo de Sáris em sua mão. Ainda não compreendia onde havia encontrado coragem para fazer aquilo. Mal havia se recuperado do golpe da descoberta do plano anterior, e já estava outra vez pondo em prática um novo e ousado plano. Havia conseguido escrevê-las escondido do Melek das Águas, aproveitando o selo dele da carta para Sinim. O plano era ainda mais arriscado do que o anterior, mas ela confiava que aquelas duas ordens escritas como se procedessem de Sáris mudariam o rumo da história. Precisavam mudar.

Tzizah deixou a oficina dos lapidadores e tentou achar coragem para fazer o que precisava, ao mesmo tempo em que evitava pensar nas consequências de entregar uma das ordens para o capitão da cidade.

Só mais um passo. Só mais um.

* * * * *
* * * *

O retorno dos portais do Abadom fez Ben achar que a sofrida descida havia sido fácil. Eles caminharam cerca de dois dias pelas câmaras, sempre subindo, procurando a saída daquele lugar.

Ben sentia uma mescla de alívio e decepção. Conseguira alcançar os portais do Abadom e feito sua reivindicação. Também retornavam incólumes, porém o resultado não foi o esperado. Imaginava retornar ao lado de Thamam. Porém, se o velho Melek pudesse deixar o Abadom, seria por outro lugar.

Ele retornará ao lugar de onde foi enviado para o Abadom, dissera a tríplice voz antes que os portões se fechassem. Ou seja, Olamir. Do alto das muralhas brancas, Thamam fora enviado ao Abadom. Para lá ele retornaria. Mas quem seria Thamam agora? Como retornaria do Abadom? Essas perguntas permaneceriam sem respostas por mais tempo.

Ben pensou em se comunicar com Anamim em Nod, informando-o da situação. Talvez o latash providenciasse um meio de alguém resgatar Thamam nas ruínas de Olamir, quando ele aparecesse. Porém não estava certo se isso não traria mais problemas, já que todas as comunicações provavelmente fossem monitoradas. Seria prudente os inimigos não saberem a respeito de Thamam, pelo menos por enquanto, pois Olamir já estava coberta pelas trevas de Hoshek.

As outras dúvidas de Ben incluíam Bethok Hamaim, Tzizah e o conselho cinzento. Àquela altura, se os planos tivessem dado certo, Tzizah teria arranjado uma maneira de estabelecer a rede na cidade das águas. Entretanto, as quatro pedras faltantes inviabilizariam o trabalho dos lapidadores. Ben planejava voar com Layelá diretamente para Bethok Hamaim quando saísse das Harim Adomim. Esperava ainda chegar a tempo. O problema era justamente sair daquele lugar. Litili mal sabia conduzi-los de volta à cidade dourada dos dakh, e, depois, ainda precisariam subir por dentro das minas dominadas pelos vassalos.

O rei dos dakh seguia à frente com a luz da pedra amarela iluminando o caminho e um rosto indecifrável. A face do pequeno se mostrava ainda mais macabra sob o efeito estranho da luz. Será que finalmente acreditava que ele era o bahîr? Será que permitiria que eles fossem embora? Havia informado ao rei dakh que precisava de quatro pedras amarelas para concluir a rede, e esperava que ele as fornecesse, mas na verdade Ben esperava mais. Desejava que os dakh deixassem o submundo e voltassem à superfície armados com milhares de pedras do sol para enfrentar as trevas crescentes em Olam. Mas o antigo povo era instável e cheio de tradições que os aprisionavam mais do que a própria montanha.

Além disso, o dakh estava zangado, pois Ben recusara-se a trazer o fogo tenebroso. Apesar de ter conquistado o direito de conduzir a substância primordial até a cidade dourada, Ben compreendeu que o povo dakh ainda não estava preparado para recebê-la.

— *Bahîr, precisas levar o fogo tenebroso* — dissera o dakh quando compreendeu que Ben não cumpriria aquela profecia. — *Último desenhista disse que isso comprovaria a veracidade de bahîr.*

— Os dakh não estão preparados para lidar com esse poder — respondera para um Litili estarrecido. — *Não posso fazer isso. Ainda não.*

Lembrava-se daqueles olhinhos opacos olhando para a coluna de fogo avermelhada. Por um momento, Ben até acreditou que o pequeno rei se lançaria outra vez na direção do fogo tenebroso, mas provavelmente a lembrança da figura gigante incandescente o reprimiu. No retorno, o dakh se manteve silencioso. Isso chegava a ser estranho para os companheiros.

Deixaram para trás o labirinto das fissuras com inesperada facilidade. No retorno, a luz das pedras funcionou normalmente entre os arcos. Isso fez Ben entender que aqueles testes haviam acabado. Demoraram em encontrar o caminho seguro por entre as fissuras, porém sem assombros ou rostos malignos, a tarefa não foi tão difícil.

Apesar de já estar há vários dias nas profundezas da terra, o guardião de livros sentia-se outra vez como em Ganeden, pois perdera a noção do tempo. A diferença é que lá fora as horas acompanhavam o mesmo ritmo das daquele local.

Ben supôs que eles tivessem caminhado mais um dia inteiro até encontrarem a antiga e abandonada cidade dakh, onde os leões de Ariel os livraram das akkabis.

Não havia leões ou akkabis, apenas o gato pardo. O pequeno animal, que um dia provavelmente se tornaria um leão alado, aguardava-os. Ele acompanhou-os daquele ponto em diante.

No local onde o túnel havia desmoronado, quando a pedra do sol explodiu o tolaat, o gato pardo mais uma vez os guiou até reencontrarem o caminho.

Quando chegaram ao grande lago subterrâneo, Ben teve a impressão de que passara por aquele local há muitos anos. Mergulharam e outra vez teve a sensação de que algo monstruoso mexia-se nas profundezas. Mas, independentemente do que fosse, deixou-os em paz mais uma vez.

O maior ofendido tem o direito de reivindicar a libertação de um condenado — dissera a voz tríplice. — *Essa é uma das leis do Abadom. Porém haverá um preço. Olho por olho, mão por mão, pé por pé.*

Aquelas palavras seguiam martelando sua cabeça como outrora as picaretas e martelos dos dakh abriram aquelas minas. Tentava livrar-se delas, dizer para si que fizera o que era preciso, mas era impossível não pensar que agora carregava uma dívida.

Quando alcançaram a Garganta, sentiam-se totalmente sem forças. De certo modo, a parte mais difícil do retorno começaria naquele momento.

Ben viu o gato pardo parado aos pés da Garganta. Sem dúvida, ele conhecia muitos caminhos pelas profundezas, pois havia chegado ali sem passar pelo lago subterrâneo. Ben recriminou-se por não ter prestado mais atenção nele. Se tivesse feito isso, talvez todo o caminho tivesse sido mais fácil.

Quando Ben aproximou-se, o animal ficou imóvel, não correu na frente, como sempre fazia.

— Não vai subir? — Perguntou Ben, acreditando que ele o entendesse, afinal Ariel falava. O gato pardo não respondeu e continuou imóvel, como se fosse um guardião da Garganta.

Ben compreendeu que ele não retornaria. E, de fato, o gato pardo, permaneceu ali enquanto eles iniciaram a escalada.

— Obrigado por tudo — despediu-se o guardião de livros, imaginando que jamais o veria outra vez.

Foram mais três dias de subida pela Garganta, passando por morcegos gigantes, intercalando curtos momentos de descanso com longas e desgastantes escaladas. Quando as forças há muito haviam esgotado, encontraram o ponto onde a escolta dakh os deixara.

Ben procurou e encontrou facilmente o encaixe para Herevel. Quando o caminho se abriu, Litili foi o primeiro a atravessar a fenda.

— Daqui para frente, Litili conhece muito bem o caminho — disse o dakh com uma voz que mesclava tristeza e resignação.

Ooliabe, Oofeliah e o guardião de livros olharam-se desconfiados, mas, sem opção, seguiram o dakh, após constatarem que a rocha havia voltado ao lugar.

Após algumas milhas no emaranhado de túneis, Litili parecia completamente perdido. Haviam deixado a antecâmara da Garganta e subido pelas velhas minas abertas pelo povo dakh. A luz amarelada da shoham refletia frequentemente nas paredes antigas, mostrando que ainda havia muitas pedras não extraídas naquelas minas.

— Não me lembro de ter passado por aqui quando descemos — disse Ben.

— Bahîr, deves confiar em Litili — disse o dakh. — Ele sabe muito bem o caminho, o caminho, o caminho.

Desde que deixaram os portais do Abadom, o dakh não o chamava mais de falso-bahîr. Provavelmente, havia se convencido de que ele era o "esperado". Era difícil saber se isso era boa ou má notícia.

— Estamos perdidos — sussurrou Ooliabe aproximando-se de Ben. — Sem o mapa que ficou com o sumo-sacerdote, vagaremos por estes túneis até morrermos.

— Vamos dar um voto de confiança para ele — disse Ben. Mas sabia que Ooliabe podia ter razão. Só não haviam morrido de sede, porque havia minas de água nas profundezas, e a fome era saciada com as detestáveis larvas e besouros que Litili encontrava.

Enquanto o dakh tentava decidir qual dos túneis deviam seguir, Ben pegou Ieled. Notou que a pedra recuperara a energia, e parecia em condições de fazer comunicações outra vez. Ben percebeu que havia uma comunicação nela. Acessou-a e ouviu um pedido de socorro de Tzizah. Ela não dava detalhes, apenas dizia que estava em apuros e pedia que ele fosse logo para a cidade das águas.

Chamou por ela diversas vezes, porém não houve resposta.

— Isso já faz dias — disse Ben desolado. — Provavelmente Tzizah mandou o pedido de socorro, enquanto nós descíamos a Garganta.

Ben tentou comunicar-se com Anamim também e, novamente, não obteve resposta.

— Talvez alguma coisa ainda esteja bloqueando as comunicações diretas — consolou-se.

— Amigos do guardião de livros precisam dele e estamos perdidos nestas profundezas — censurou Ooliabe olhando para Litili.

— Litili está fazendo o melhor que pode. Precisam confiar nele. O caminho é longo, mas chegaremos lá, chegaremos lá, chegaremos lá.

Horas depois, quando Litili deparou-se com um paredão sem saídas, Ben confirmou aquilo que há muito já devia saber: o dakh estava totalmente perdido. O túnel acabava bruscamente. Só havia uma alternativa: retornar. Isso significaria caminhar pelo menos mais um dia inteiro até encontrar a última bifurcação onde Litili escolhera o caminho errado.

— Dói coração de Litili precisar fazer isso — disse o rei dakh. — Mas ele precisa fazer, precisa fazer, precisa fazer.

As minhas pernas doem mais, Ben sentiu vontade de dizer. *Especialmente agora que teremos que caminhar tudo isso de volta.*

— Litili sabe que falso-bahîr na verdade é verdadeiro-bahîr, mas povo dakh não está preparado para mudanças tão radicais. Antigos desenhos são claros, mas os intérpretes estão convencidos de outra interpretação. Infelizmente, nem sempre as pessoas podem saber a verdade. Viver a ilusão de sua própria segurança pode ser o modo menos doloroso de viver. Ele gostaria que tudo fosse diferente, mas ele sabe que certas coisas não mudam rapidamente, não mudam, não mudam.

Ben achou que aquele não era um bom momento para discutir as interpretações dos desenhos dakh, ou as filosofias de vida dos anões. Seria melhor voltar, antes que não tivessem mais forças para fazer isso. E Ben já nem sabia se isso ainda era possível.

— Bahîr está certo em não trazer fogo tenebroso para povo dakh — continuou Litili. — Eles não estão preparados para manusear substância primordial.

— Pela primeira vez, há lucidez em suas palavras — disse Oofeliah. — Por que não a utilizou para escolher o caminho certo?

— Um rei precisa escolher o que é melhor para seu povo — continuou Litili, sem se importar com a reprimenda de Oofeliah — mesmo que isso contrarie aquilo que ele acredita. Ai, ai, ele sente tanto. Oh! Bahîr, abençoado sejas, abençoado sejas, abençoado sejas.

Então, jogou-se aos pés de Ben. O pranto durou vários minutos, enquanto Ben, Ooliabe e Oofeliah olhavam-se constrangidos. Ben não precisava que Ooliabe falasse o que pensava, no rosto dele estava expressa a frase "falta sol".

Finalmente, o rei dakh levantou-se e se recompôs, enxugando as lágrimas com a longa barba amarelada que ainda tinha fios brancos das teias das akkabis. Então apontou para o paredão.

— Do outro lado, vocês estarão fora da montanha. Bahîr poderás deixar submundo, socorrer cidade dos homens, salvar teu povo. Povo dakh não está preparado para deixar as montanhas. Ainda não, ainda não, ainda não.

Novo ataque de pranto se seguiu às palavras.

Ben olhou para o lugar onde ele apontou, mas viu apenas a rocha não escavada, onde as picaretas dakh pararam de bater. Acreditou não ter entendido o que o dakh dissera.

Então, Litili tirou quatro pedras do sol da bolsa e entregou-as para Ben.

— Leve isso como um presente de Litili e do povo dakh. Ele sabe que é muito pouco, diante de tudo aquilo que bahîr destes para Litili, mas aceites, por favor, por favor, por favor. Um dia, povo dakh entenderá que bahîr já veio, entenderá que o abençoado esteve entre eles, então, talvez, povo dakh compreenda que não precisa ter medo do que está lá em cima.

Quando o dakh voltou a dar alguns passos em direção à parede, agiu com mais determinação.

Ben o viu indicando um local onde havia um compartimento semelhante ao que já abrira duas vezes a rocha dentro daquela montanha. Quando Ben inseriu Herevel e a fenda se abriu, o dia adentrou o túnel. A luz fez com que todos ficassem momentaneamente cegos. Foi tão forte que Ben sentiu seu estômago vazio revirar-se. Se não estivesse tão vazio, vomitaria.

Instantes depois, após recuperar a visão, ele atravessou o vão e encontrou um lugar que jamais imaginou pisar outra vez. Era um dos mirantes. O mesmo em que ele, Leannah e Adin estiveram no dia em que partiram de Havilá. Enxergou, à sua frente, a vila destruída. Abaixo, à esquerda, a pequena mata onde as nascentes do Yarden corriam, era o local onde toda a aventura havia começado. E, mais abaixo, a cortina de trevas continuava avançando.

Ao ouvir um novo soluço, virou-se e viu Litili do outro lado enquanto a passagem fechava. As lágrimas corriam sem parar e pulavam pela longa barba impermeável, tal como as corredeiras do Yarden desciam a floresta.

— Adeus, bahîr — foi a última frase do rei dakh. — Ele aguardará tua volta, tua volta, tua volta.

19 A Batalha da Água

Tzizah não sabia mais contar quantas vezes, nos últimos dias, tivera que adentrar o salão real de Bethok Hamaim, após ser chamada. E, cada vez, havia sido uma nova e inusitada experiência desagradável. Ficou imaginando o que seria daquela vez.

Imaginava que os três reis novamente tivessem descoberto os planos dela. Certamente havia pedras sentinelas em lugares ocultos na cidade. Essa devia ter sido a razão pela qual eles haviam tomado conhecimento do plano anterior, de trazer Evrá para tentar libertar os giborins. De qualquer modo, agora já havia entregado a carta com o selo de Sáris para o capitão da cidade... Precisava preparar-se para enfrentar o que viria.

O fato de tantos mercenários fazerem a guarda em volta do palácio era estranho, mas talvez cada um dos três reis, que estava dentro do palácio, exigisse seus próprios soldados por perto. Já o fato de a porta interior estar fechada era de causar ainda mais estranheza. Geralmente, ela ficava aberta, vigiada pelos guardas, porém os soldados presumiam que os três reis quisessem proteger-se do ataque dos shedins, caso a rede não funcionasse. Como se portas ou paredes significassem alguma coisa...

Os guardas vestidos com armaduras observaram-na aproximar-se. Reparou os olhares assustados deles, pois sabiam de fato o que enfrentariam em breve. As histórias contadas sobre o Eclipse de Olamir eram abundantes em Bethok Hamaim. Corriam relatos sobre o cerco, sobre o feito dos gigantes que carregaram a ponte para o alto da montanha vizinha e arrombaram o portão secundário com o aríete. Também sobre a invasão dos sa'irins, e o morticínio comandado por Mashchit que não deixou um único sobrevivente na cidade. Aquelas histórias não deixavam ilusões sobre a natureza da batalha iminente.

Ao reconhecerem a rainha, os guardas abriram as duas portas. Um cheiro ruim saiu lá de dentro.

De longe ela enxergou os três tronos em meia lua. O de Sáris, no meio, recebia algum destaque. Percebeu que dois estavam ocupados, mas um, vazio. O rei do bronze permanecia em pé, de costas, ao lado da grande janela, olhando para o Morada das Estrelas. Havia um estranho silêncio dentro daquela sala. Um silêncio que Tzizah não imaginava encontrar ali, pois os três reis discutiam muito, quase sempre falando em voz alta. A réstia de luz do dia, que entrava pelas amplas janelas, tornava o ambiente claro demais, quase irreal. Porém, do lado sul, a escuridão também se infiltrava, e o contraste era gritante.

Então, Tzizah viu o sangue escorrendo pelo chão. Uma corrente vermelha deslizou pelo piso dourado e tocou a ponta de seu sapato. Em um instante, ela compreendeu a situação, embora fosse difícil acreditar. Viu, no trono da direita, Sidom assentado. A marca do punhal em sua testa ainda fazia brotar sangue que escorria por entre os grandes olhos azuis abertos, arregalados e incrédulos. Na hora da morte, ele ainda parecia nervoso e desconfortável. No trono do meio, Sáris com toda a sua gordura estava afundado. Do punhal, inteiramente enfiado em seu ventre, só dava para ver o cabo rodeado pela gordura. O homem havia defecado, e o rosto relaxado exibia um estranho sorriso macabro.

Ela levou a mão ao rosto, tomada pelo horror, e pensou em fugir dali, mas as portas atrás estavam fechadas.

— Essa história de três reis nunca daria certo — disse Tubal, sem se virar.

— Você os matou... — foi tudo o que ela conseguiu dizer.

— Não diga que está magoada por causa disso? — O homem virou-se e a encarou. — Esses dois inúteis não farão falta para nós. Um só sabia reclamar e o outro tagarelar. Devem estar no mesmo lugar, no inferno, agora.

Percebeu que ainda havia sangue respingado na armadura dele. Subitamente, ela teve a consciência de que estava diante do maior inimigo humano de Olam. Sáris nunca devia ter permitido que aquele homem adentrasse a cidade.

Tzizah sentiu-se um passarinho diante de uma serpente, quando o rei do bronze contornou os tronos e aproximou-se dela. Não podia enfrentá-lo, pois o homem era um guerreiro. O modo como havia assassinado os dois rivais atestava isso, e não havia plantas no salão real...

Ele assentou-se pesadamente no seu próprio trono, ao lado dos companheiros mortos. Após olhá-los, certificando-se de que estavam mesmo mortos, voltou a se concentrar em Tzizah.

Ela estava trêmula diante dele.

— Este eunuco não tinha condições de admirar sua beleza — disse com um sorriso cínico. — Você deve me agradecer por eu a ter livrado das mãos pegajosas dele... Mas que fedor insuportável! — fez um gesto brusco, olhando com nojo para Sáris. — Alguém precisa limpar essa sujeira! O homem defecou!

Tzizah limitou-se a olhar para ele. Não tinha palavras. A cena era grotesca demais.

— Sim, é o que você está pensando — continuou Tubal — não se pode acolher um chacal dentro de casa. É a natureza de carniceiro. Ela é mais forte. Eu cansei desses dois.

— Eu... Eu posso retirar-me? — perguntou Tzizah, percebendo que o homem estava fora de si.

— É claro que não! Eu não a chamei aqui só para que visse essa bela cena. Nem mesmo para mostrar o favor que lhe fiz ao livrá-la dele. Eu quero contar-lhe o que pretendo fazer agora... Sabe, uma vez, eu tive uma princesa como você. Ela era até mesmo muito parecida com você. Afinal, ela era sua irmã! Nós a tiramos de Olamir bem diante do nariz do Melek e dos giborins de Olam e a levamos para Bartzel. Na época, eu pretendia receber um belo de um resgate para devolvê-la. Talvez um carregamento especial de pedras shoham... Mas os shedins tinham outros planos. Aqueles malditos sempre têm outros planos. Não permitiram que pedíssemos resgate. Nós não podíamos ficar no prejuízo. Havia sido uma ação muito arriscada: infiltrar-se em Olamir durante a festa do casamento. Precisava haver uma compensação. Então, a princesa foi a compensação, pelo menos por algum tempo.

Tzizah sentiu as lágrimas amargas descerem pelo rosto e um desejo ardente de ter uma espada ou uma adaga.

— Foi uma pena que os shedins a deixaram tão pouco tempo conosco. Por mim, ela teria ficado lá para sempre... Mas desta vez, tudo será diferente. Os shedins não roubarão a minha princesa de Olamir. Eles não precisam de você. Eles só querem esta cidade.

— Então, esse foi o plano desde o início? — Perguntou tentando deter o vômito que teimava em subir pela garganta e, ao mesmo tempo, ganhar tempo. — Fingir uma aliança para ganhar a confiança e entrar aqui para entregar a cidade para os shedins?

— Ah! Minha querida, nas guerras as coisas não funcionam assim. Ninguém tem "um plano desde o início". Ganha quem aproveita as oportunidades que surgem. Eu aproveitei uma.

— E o que você vai ganhar entregando a cidade para os shedins? Você mesmo disse que não há lugar para homens no reino das trevas.

— Pretendo partir para o norte. Naphal disse-me uma vez que a cortina de trevas jamais poderá subir até o extremo norte, por causa do gelo luminoso dos rions. Lá poderei erguer outro reino vassalo.

Covarde, ela sentiu vontade de dizer.

— Infelizmente, algumas pessoas não são tão espertas — continuou Tubal, olhando outra vez para os dois rivais mortos. — Outras, insistem em cometer os mesmos erros — voltou a olhar para Tzizah. — Sabe, a coisa mais difícil nesta cidade é manter os segredos. Há pedras shoham por toda parte. E elas, frequentemente, mostram acontecimentos muito interessantes.

Tzizah deu dois passos para trás.

— Você achou mesmo que conseguiria nos enganar? Acreditou que um selo faria com que os soldados se voltassem contra nós? Pensei que fosse mais inteligente!

Tubal mostrou um pergaminho parcialmente empapado em sangue.

— O capitão da cidade trouxe isso para Sáris, logo após você entregá-lo para ele. Claramente desconfiou das ordens. Nós nem precisaríamos das imagens das pedras shoham para descobrir suas intenções. Deixe eu ler o que está escrito aqui: "O Melek das Águas ordena que os dois reis rivais sejam imediatamente executados". — Fechou o pergaminho. — Eu jamais desconfiaria que esse eunuco tivesse roubado seu coração. Você imagina a surpresa dele quando nós vimos o conteúdo? A pobre criatura guinchou como um porco tentando se explicar, dizendo que não havia escrito isso e colocou a culpa em você. É claro que eu já havia entendido seu plano de colocar uns contra os outros. Para sorte dele, as pedras shoham de fato revelaram você escrevendo uma carta com o selo de Sáris. O curioso é que, ao ler a ordem escrita por você, eu a achei uma boa ideia — apontou para os dois reis. — Era o que você queria, não era? Eliminar dois reis?

Tzizah permaneceu calada. Pressionava Yarok tentando chamar plantas. Mas não havia nenhuma nas redondezas.

— Essa não foi a primeira vez que você me ajudou — disse com sarcasmo o rei do bronze. — E por isso, eu pretendo levá-la comigo para o norte.

— Eu não vou com você a lugar algum! — disse, transparecendo todo o seu ódio. Já não se importava mais em ser comedida. Não havia motivos.

— Acredito que você não esteja em condições de discutir. Mais uma vez seu plano fracassou. E não há plantas aqui dentro. Aliás, outra loucura de Sáris, deixar você com essa pedra. Mas vamos resolver isso agora mesmo. Você pode entregar-me ou dar-me o prazer de arrancá-la de você, junto com outras coisas. Não se engane, eu não sou Sáris. É um pecado uma jovem continuar virgem após a noite de núpcias. Se é que você é virgem mesmo! Algumas princesas nem sempre são tão castas.

Tubal levantou-se e caminhou ameaçadoramente na direção de Tzizah. Ela até começou a recuar, mas parou. Não adiantava fugir. As portas estavam trancadas, e o homem tinha uma espada na cintura.

O sorriso macabro no rosto de Sáris parecia ser por causa dela. Mas a adaga enfiada na gordura despertou-lhe um pensamento louco. Ela fez menção de correr até o homem, porém Tubal anteviu e colocou-se diante dela.

— Acredite, você não conseguiria retirar a adaga de lá. E não aguentaria o cheiro também. Venha até aqui! Entregue-me a pedra. Seja boazinha e não vou machucá-la. Talvez, você até goste.

— Se encostar um dedo em mim vai se arrepender. Eu juro. Juro por tudo o que amo ou por tudo o que odeio. Juro pelo Abadom!

— Não faça juramentos que não pode cumprir. E saiba que só há uma coisa que me excita mais do que derramar sangue, é ver a impetuosidade de uma jovem tão bela. Entenda uma coisa: eu posso fazer com você o que eu quiser. Sou o único Melek aqui, agora. Você é propriedade minha.

Tzizah correu. Sabia que era tolice, pois não havia por onde fugir. Pensou em bater na porta, implorar que os soldados a abrissem, mas eles jamais fariam isso. Pensou até mesmo em se jogar da janela. O vão era grande o bastante para ela passar. Despencaria sobre as calçadas do último círculo, perante o majestoso Morada das Estrelas, ou mesmo dentro do Perath, mas pelo menos não seria tocada por aquele homem terrível.

Porém, o pânico ou as roupas que usava dificultaram sua fuga. O rei do bronze moveu-se com a agilidade de uma fera e segurou-lhe o braço. A mão forte esmagou o pulso e a outra arrancou a pedra do pescoço da jovem. O homem jogou Yarok para longe, enquanto Tzizah debatia-se, tentando inutilmente se livrar.

Ele apertou-lhe os braços ainda com mais força e tentou puxá-la para si. Tzizah se debatia, mas a força do guerreiro era muito maior. Tentou chutá-lo, arranhá-lo, mordê-lo, mas nada fazia aquelas mãos de ferro afrouxarem a pressão.

Ele rasgou parte do vestido, revelando a pele alva das costas da princesa e puxou o rosto dela para perto, tentando beijá-la. Tzizah conseguiu libertar o joelho e acertou o homem nas partes íntimas. Apesar da dor, ele não a soltou. Tzizah viu o mundo perder o sentido quando, em resposta, ele a golpeou na face. O golpe foi tão forte que ela acreditou que alguma parte no rosto havia sido quebrada. Ela caiu e deslizou no chão liso do grande salão, sentindo gosto de sangue na boca. Não conseguia encontrar forças para reagir.

Então, Tubal aproximou-se e a ergueu outra vez. Ela parecia não ter peso nas mãos dele. Seus gritos ou reações eram totalmente inúteis.

— Se resistir eu vou bater mais! — esbravejou o vassalo. — Eu já disse. Você é minha!

Foi quando um estrondo rompeu o salão real, e as duas portas foram arrombadas. Tzizah olhou para trás e quase pensou que fosse uma visão ou um sonho. Viu o alto Merari, o fazendeiro Icarel e os giborins de Olam com armas. Nas mãos de Merari havia outro pergaminho com o selo de Sáris. Era a ordem dada ao carcereiro para que liberasse os giborins para a batalha.

Tzizah ouviu um zunido, e Tubal soltou um "ufh", ao mesmo tempo em que a pressão em seus pulsos se afrouxava e ela caía mais uma vez no chão gelado. Então, viu uma flecha de um arco giborim encravada nas costas dele.

O sangue saiu pela boca do rei do bronze, quando ele recuou tentando manter-se em pé aos tropeções.

— Sua maldita! — ele cuspiu as palavras com sangue, ao compreender o verdadeiro plano dela com a outra carta e o estratagema utilizado para disfarçá-la, ao enviar uma das cartas para que os três a lessem.

Mais duas flechas atingiram-no.

Sem conseguir controlar o corpanzil, o rei do bronze cambaleou dentro do salão e atravessou o vão da ampla janela. Mais duas flechas atingiram-no antes que ele despencasse das alturas, garantindo que caísse morto nas águas do Perath.

* * * * *
* * * *

— Por que acha que eu faria isso? — perguntou Adin para o bárbaro.

— Você não tem opção — respondeu o gelado rei. — Se não ler o pergaminho, se não invocar o poder do Abadom, farei algo muito ruim com você.

— Nunca me convencerá. Mesmo que me torture, ou ainda que me mate...

— Matá-lo? Não! Você fará isso, porque é seu destino... — Respondeu enigmaticamente o rei bárbaro. — Por que acha que veio até aqui? Você sente isso, não sente? Sempre soube que tinha uma missão a desempenhar no extremo Oriente, não soube?

— Você já dizimou toda a cavalaria de Sinim — respondeu Adin, tentando entender como o bárbaro compreendia aquelas coisas. — Eu sou o último. Complete o serviço. Jamais lerei a inscrição para você. Eu não condenarei Olam e Sinim.

O rei gargalhou novamente.

Aquela reação deixava o jovem desconfortável. Preferia que ele fosse descontrolado ou cruel, pressionando-o com tortura ou, até mesmo, matando-o. Adin estava disposto a aguentar as duas situações. Mas aquele homem era muito estranho. Às vezes, Adin via escoriações nas mãos geladas. E o rosto, em alguns momentos, exibia uma sombra maligna. Sem dúvida, o homem estava muito doente.

— Quem disse que você condenará Olam? Salvaremos Olam. Vamos torná-la aquilo que sempre deveria ter sido. E Sinim também.

— Faça o que quiser, você não me obrigará a ler a inscrição.

— Nem mesmo se o suspendêssemos por um guincho e o fizéssemos descer lentamente para dentro do lago de fogo?

Olhando para a lava que escorria pela terra, Adin imaginou que seria uma morte dolorosa, porém, até certo ponto, rápida. Mas algo lhe dizia que o cruel rei bárbaro usaria outros métodos. Adin clamava a *El* por forças para resistir, fosse o que fosse.

— Você não está nem um pouco curioso em ler a inscrição? — Perguntou o bárbaro. — Estou lhe oferecendo algo precioso acima de tudo o que você já viu ou imaginou. Um presente. O maior de todos. Maior até mesmo do que o Olho de Olam. Já pensou nisso? Que talvez você tenha sido escolhido para percorrer o caminho da iluminação com esse propósito? Você controlará o poder que fluirá do Abadom. Será o homem mais poderoso da terra. Estou lhe oferecendo isso em troca de um pequeno favor.

— Eu não completei todo o caminho da iluminação. Apenas minha irmã fez isso.
— Mas as etapas percorridas são suficientes para que leia a inscrição.

Mas provavelmente não para que eu tenha a sabedoria para controlar esse poder, pensou Adin, entendendo um pouco de toda aquela história. Caso lesse a inscrição e liberasse o poder do Abadom, possivelmente seria dominado por ele. Não teria forças para controlá-lo, como por certo Leannah teria, e, assim, ele serviria aos propósitos dos shedins.

— Eu não posso controlar isso... E não o farei.
— Você se subestima, jovem do poente. Foi o inimigo mais poderoso que os bárbaros já enfrentaram. Compreenda uma coisa: Olam está condenada. Neste momento, as trevas cobrem mais da metade da terra. A rede em Bethok Hamaim não funcionará e o templo será destruído. O guardião de livros cumpriu o esperado nas Harim Adomim, porém voa ao encontro do destino dele. Ele fará aquilo que sempre desejamos. Mas antes você precisa fazer sua parte. Eu estou lhe dando a oportunidade de participar disso tudo. Só o que desejamos é retornar ao mundo que tínhamos. Queremos redimir nossa raça. Libertar aqueles que foram aprisionados sem um julgamento justo. Explorar todas as potencialidades que foram proibidas pelos irins. Você fará parte do novo mundo. Só precisa ler a inscrição e abrir o portal.

Adin arregalou os olhos diante das palavras do rei bárbaro. Era incrível como não havia percebido antes. Não estava diante de um homem. Percebia que o corpo do bárbaro sofria mutações, ao suportar um poder imenso que, na verdade, não comportava. A face tornara-se demoníaca.

— Quem é você, demônio?
— Antigamente me chamavam de Helel — riu o bárbaro. — Este agora é o único lugar em que meus pensamentos podem subir do Abadom. Mas meu hospedeiro não suportará por muito tempo meus pensamentos. Por isso tenho pressa. Hoje me chamam Senhor das Trevas. Um título, sem dúvida, curioso, considerando que fui eu quem compartilhou a luz com os homens. Eu fui o primeiro a lhes abrir os olhos, porém em outra Era, da qual não há mais qualquer resquício de lembrança em Olam. Eu nunca desisti de conceder aos homens todos os conhecimentos negados pelo Criador. E fui punido por isso. Rebaixado, humilhado, condenado a uma vida de trevas, mesmo sem nunca ter sido julgado. Agora chegou a hora de reverter tudo isso. Os kedoshins foram embora. Nunca mais retornarão. Os irins aposentaram-se, e eu farei que continuem assim. Este mundo está aban-

donado a si mesmo. Os homens só sabem destruir-se. Nós vamos reconstruir uma Era. Leia a inscrição e faça parte disso, ou...

— Não temo a morte — repetiu Adin com firmeza e, ao mesmo tempo, com um medo incontrolável. Estava diante do mais poderoso kedoshim que já existira. O mais terrível prisioneiro do Abadom.

Não! Eram só os pensamentos dele que estavam ali. Mesmo assim, sentia-se dominado, atraído.

Ouviu outra vez a voz de Leannah. *Você jamais deveria ter ido tão longe, meu querido irmãozinho. Mas agora que foi, precisa resistir. Não pode fazer o que eles querem. Não pode. A morte virá. Ela será gentil.*

Compreendia, naquele momento, que havia sido atraído para o Oriente por uma força maligna. O próprio sonho devia ter sido enviado pelos shedins.

— Mate-me, então. — Desafiou Adin.

— Você é valente. Não teme a morte, mas devia temer o que acontece depois dela e, no seu caso, antes dela também.

— Queime-me no lago de fogo, ou corte-me em pedaços. Faça o que quiser, eu não vou ajudá-lo.

— Eu não vou cortar você em pedaços — riu o demônio do Abadom — eu preciso de você, especialmente de sua língua. Mas outras pessoas podem não ter a mesma sorte.

O rei bárbaro apontou para baixo. Como se tivesse levado um golpe, Adin identificou as cerca de quarenta mulheres restantes que haviam sido raptadas. Estavam todas amarradas e obrigadas a ficar de joelhos.

— A escolha é sua, jovem do poente. Você pode salvá-las ou condená-las. Não é irônico? Você veio de tão longe por causa delas e, agora, escolherá se morrerão ou retornarão para suas casas.

Adin sentiu gosto de bílis ao olhar para as mulheres. Sabia que não havia a mínima chance de aquilo ser uma chantagem vazia.

— Então, o que me diz? Devo mandar libertá-las ou não?

— Elas morrerão de qualquer maneira — consolou-se Adin, sentindo as próprias palavras como ferrões.

— Há quarenta mulheres lá embaixo. Portanto, eu lhe darei quarenta chances de você mudar de opinião. Ninguém poderá dizer que não fui paciente.

Adin não entendeu o que ele queria dizer com aquilo até que viu dois homens levando uma das mulheres montanha acima. Eles a posicionaram diante dele. Os cabelos escuros estavam sujos, e as queimaduras se espalhavam por todo o corpo. O olhar era puro desespero.

— Esta é a primeira — disse Helel através do rei bárbaro. — Você não acha que é um contrassenso deixá-la morrer? Você atravessou o Raam por ela. Sacrificou todo o seu exército para tentar resgatá-la. Agora vai se limitar a assistir a sua morte?

— Perdoe-me! — implorou Adin para a mulher. — Perdoe-me...

Mas ela provavelmente não entendeu as palavras dele, pois a lâmina cortou-lhe o pescoço fazendo um fio de sangue aumentar tão rapidamente quanto as lágrimas que desceram pelo rosto de Adin.

Em seguida, o corpo foi lançado para dentro do lago de fogo.

A segunda mulher foi levada aos gritos até o alto. Adin desesperou-se ao vê-la. Não tinha mais do que treze anos. Os olhos ainda infantis estavam carregados de tamanho terror que fizeram as entranhas de Adin contorcerem-se vazias.

— Basta ler a inscrição — disse o shedim. — Ninguém mais precisa morrer.

— Por favor! Por favor! — a jovem jogou-se aos pés de Adin. — O que puder fazer para nos salvar, faça! Por favor! Por favor!

— Eu não posso! — Adin chorava tanto quanto ela. — Se eu ler, milhões morrerão! Perdoe-me! Perdoe-me!

Em um instante, os olhos dela ficaram paralisados. A lâmina a atravessou pelas costas saindo no meio dos seios. Os olhos abertos ainda imploravam, mas era tarde demais.

Quando a terceira mulher chegou ao alto, Adin sentia que não havia mais lágrimas. Era uma idosa. Já estava praticamente morta pela longa jornada através das terras brasas. Pelo menos aquela causou menos sofrimento, apenas por ser mais rápido.

— Mais cedo ou mais tarde você fará o que desejo — disse Helel, após decapitar a velha com um golpe de espada. — E nos pouparia todo esse trabalho incômodo e essa perda de tempo.

Uma a uma as mulheres foram levadas até o alto da montanha. De todos os modos possíveis, foram mortas diante dele. Com golpes de espada, degoladas, tendo a cabeça esmagada com rocha, ou simplesmente o pescoço torcido pelas mãos dos algozes. Algumas recebiam uma faca e se matavam diante dele, amaldiçoando-o, por não as salvar. Independentemente da forma como foram mortas, todas tiveram o mesmo destino: o lago de fogo.

Apesar da diferença de idade entre as mulheres — várias eram bastante jovens, e outras aparentavam meia idade — o olhar de desespero e súplica era o mesmo. Adin sabia que, se continuasse vivo, lembraria daqueles olhares por toda a sua vida. Mas não tinha esperança de continuar vivo, após aquele triste espetáculo de crueldade.

Quando a última das quarenta mulheres tombou diante dele, o shedim aproximou-se mais uma vez.

— Você surpreende-me, jovem do poente. Jamais imaginei que fosse tão cruel. Pelo visto temos algo em comum.

— Não confunda, seu maldito. Você as matou. Eu não pude salvá-las. De nada adiantaria salvá-las se elas morreriam depois.

— Maldito? O que você sabe a respeito disso? O que sabe realmente sobre o bem e o mal? Você não passa de uma criança. Uma criança teimosa que acha que entende os jogos dos adultos. Bem e mal não são opostos. Eu sou tão mau, quanto bom. Vire o ângulo da visão e verá isso.

— Se já terminou, pode matar-me — voltou a desafiar Adin. — Use sua espada! Atravesse-me como fez com as pobres mulheres.

— Espada? Você acha que preciso disso?

O homem olhou para o grupo de bárbaros que estava perto dali, observando-os. Adin olhou na direção deles, sem entender o que o homem pretendia.

Em um instante, o jovem percebeu que algo acontecia com eles. Pareciam estar sob efeito de algum poder ou magia. Adin se horrorizou quando viu escoriações surgindo sobre a pele dos bárbaros. Eles começaram a gritar desesperados enquanto a pele ia sendo tomada de úlceras, tumores e escoriações.

Sem acreditar no que via, Adin compreendeu que com apenas um olhar o ser maligno causava aquilo.

Os bárbaros clamavam por misericórdia, enquanto os tumores e úlceras os corroíam. Mas o olhar implacável do senhor das trevas continuou infligindo neles os males. Adin viu um a um os homens ficando irreconhecíveis, até que os corpos, destroçados e comidos por tumores, caíram mortos.

Então, aqueles olhos perversos se voltaram para ele. O rosto do velho bárbaro também já estava irreconhecível. A força maligna parecia extrair toda a vitalidade dele. Estava enrugado e seco.

— Percebe? — Disse a voz do espírito do Abadom. — Eu não tenho dificuldades em matar.

— Eu não farei o que você quer! — Resistiu Adin, mesmo sentindo um pavor incontrolável. Reconhecia o poder avassalador do homem. Como lutar contra alguém assim? — Termine sua obra! — Desafiou Adin mais uma vez, lembrando-se do sonho com Leannah. *A morte vai chegar depressa,* — ela disse. — *Ela será boa com você.*

Ele já duvidava disso.

— Ainda não terminei — disse o rei bárbaro. — Resta uma mulher.

Adin olhou para baixo na montanha tentando ver se restara alguma, pois contara quarenta mulheres que haviam subido. Não avistou ninguém. A não ser que ele pretendesse matar as mulheres dos bárbaros. Então teria muitas...

— Essa é especial — disse com malignidade o senhor das trevas.

Os bárbaros escoltavam alguém com um saco na cabeça. Viu o vulto esguio e frágil. Adin sentiu uma dor em seu peito antes mesmo de enxergar o que já sabia que veria. Quando retiraram o pano que a cobria, reconheceu Choseh amarrada e amordaçada. Ela foi obrigada a se ajoelhar diante do bárbaro possuído pelo senhor das trevas. Os olhos verdes eram puro desespero.

Ele não entendia como os bárbaros a haviam trazido até aquele local. Mas então se lembrou de que os shedins possuíam cavalos alados, como Tehom.

— Foi-lhe dito que não nos traísse, que ficasse fora desta guerra — explicou Helel. — Mas ela insiste em ajudar Olam. Entenda uma coisa. Se não ler a inscrição, eu não vou matá-la rapidamente. Vou torturá-la primeiro, bem diante dos seus olhos. Todos os bárbaros que poupei adorarão estar com a bela rainha de Sinim. Por bastante tempo. Até que ela não aguente mais. E, depois que ela morrer, não se engane pensando que eu vou matá-lo. Vou mantê-lo aqui, por muito tempo, anos talvez, para que se lembre, cada dia da sua vida, de ser o responsável pelo sofrimento e pela morte de quem você tanto ama. Então, o que me diz? É sua última chance. Vai ler a inscrição agora?

Naquele momento, Adin soube que os shedins haviam vencido.

* * * * *
* * * *

Bethok Hamaim estava em pura confusão. A notícia da morte dos três reis começava a espalhar-se. Tzizah mal podia acreditar no êxito do seu plano. Dessa vez, tudo havia saído como ela planejara. Escrevera duas cartas, pois sabia que Sáris tinha como descobrir que ela havia ficado mais tempo do que o necessário escrevendo, pois as pedras a vigiavam. Então, enviara uma delas diretamente para o capitão, com a ordem para matar os outros dois reis, pois imaginava que o capitão iria entregar a carta para Sáris. Aquela carta disfarçaria a outra, a que ela enviou para o carcereiro com a ordem expressa de libertar os giborins. Mas nem ela poderia supor que o rei do bronze mataria os dois rivais. Contudo, ao final, isso só facilitou as coisas...

Os três usurpadores não representavam mais preocupação para Tzizah. Havia outra muito maior. Hoshek havia chegado. Os torvelinhos de trevas começavam a adentrar o rio. A barreira de escuridão parecia uma grande tempestade de areia que disparava raios em todas as direções.

— Não temos mais tempo — alertou Tzizah, entrando na oficina e interrompendo o trabalho dos lapidadores. A dor na face ainda lancinava, mas ela tentava ignorá-la.

Sabia que os lapidadores poderiam ficar horas absortos na tarefa de imprimir marcas de lapidação nas quatro pedras, porém não dispunham mais de horas, talvez nem de minutos.

Enquanto Tzizah corria para a oficina, Merari e os giborins tentavam estabelecer alguma ordem nas defesas da cidade. Tzizah esperava que a fama dos giborins impusesse respeito sobre os soldados de Bethok Hamaim e Maor, pois precisavam expulsar os vassalos urgentemente, ou eles facilitariam a invasão dos shedins.

Benin interrompeu a última marca e levantou os olhos cansados sob espessas sobrancelhas cinzentas.

— Não está pronta... — repetiu a frase que Tzizah mais ouvira nos últimos dias.

— Vai ter que funcionar assim mesmo — declarou Tzizah, apontando para o sul. — Nosso tempo acabou. Se a rede não for instalada agora, de nada adiantará. Hoshek chegou!

Os lapidadores levantaram sincronicamente os olhos na direção apontada e espantaram-se ao ver as trevas espessas tão perto.

— Uma parte da cidade já está imersa na escuridão? — perguntou Benin, com visível preocupação. Tzizah sabia que se a escuridão tocasse a cidade, seria muito difícil instalar a rede, por isso o olhar assustado deles.

— Ainda não. Mas já avança sobre as águas do Perath. É uma questão de horas, ou talvez minutos.

Benin olhou demoradamente para a pedra shoham em sua mão. Havia milhares de incisões nela, exatamente iguais às que estavam nas mãos dos outros três latashim.

— Talvez só tenhamos perdido tempo lapidando estas quatro — disse Benin tão cansado quanto desanimado.

Tzizah entendia um pouco as razões do cansaço deles. Além de terem ficado quase três meses fazendo aquele minucioso trabalho, era sabido que as pedras amarelas roubavam a energia de quem as lapidava.

— Há pouca chance de que funcionem — continuou Benin. — Conseguimos imprimir mais marcas nas anteriores. E mesmo aquelas foram feitas às pressas... Existe o risco de a corrente desestabilizar. Se uma das pedras falhar, uma reação em cadeia pode causar estímulos inversos, o poder não será suportado e se voltará para o núcleo das pedras...

Tzizah não entendia muito o que ele dizia, apesar dos gestos com o estilete que o latash fazia para explicar os perigos. Mas algo estava claro há um bom tempo: não havia garantia alguma de que a rede funcionaria.

— Foi isso o que desestabilizou a rede mil anos atrás. Talvez, não seja uma boa ideia implementá-la... — concluiu o latash.

Tzizah percebeu a insegurança dele, mas esforçou-se por manter o otimismo.

— Precisamos acreditar. É nossa única esperança. Sem a rede, seremos engolidos de qualquer maneira!

O latash lhe devolveu um olhar preocupado. O novo líder do conselho cinzento era dócil se comparado ao estilo amargo de Enosh. Mas, por outro lado, Tzizah preferia o jeito intempestivo, porém seguro do velho latash, pelo menos naquele momento.

Por alguns instantes, os olhos escuros de Benin fixaram-se na barreira irregular de escuridão que avançava contra Bethok Hamaim. Ela já havia coberto metade de Olam. Parecia impossível detê-la.

— Chegou a hora meus irmãos — disse com um suspiro o homem que tinha a difícil tarefa de substituir Enosh. — A longa história do conselho cinzento está em seu momento crucial. Vocês estão preparados para fazer o que deve ser feito?

Os outros sete assentiram silenciosamente.

— É claro que estão — continuou Benin, com seu jeito calmo de falar. — Vamos honrar a memória de Enosh e justificar a existência do conselho cinzento.

Tzizah percebia que eles estavam atemorizados. Era normal. Se falhassem, o mundo acabaria. E a ausência de Enosh não podia ser ignorada.

As dezesseis pedras do sol lapidadas, depois de enroladas em grossos panos azuis, foram colocadas em caixas escuras de madeira. Duas em cada caixa. Apesar do sol já não brilhar sobre Bethok Hamaim, não podiam correr o risco. As pedras precisavam estar completamente descarregadas para absorverem a energia do templo e a espargirem no momento da ativação.

O conselho cinzento deixou o salão e marchou para o templo. Tzizah corria ao lado deles. Sentindo o vento quente que vinha do sul, desceram as escadarias do antigo palácio do Conselho de Bethok Hamaim e acessaram as calçadas de pedras polidas que não brilhavam mais como outrora. O esplendor da cidade se apagava a cada dia. Foi inevitável para Tzizah pensar que era um esplendor falso, fabricado, do tipo que realmente não duraria. Tão diferente de Olamir e da glória da cidade branca... Porém, considerar aquilo abriu nova ferida em seu peito, pois a glória legítima de Olamir, por fim, também havia se eclipsado.

Lutou contra a sensação de que era tudo inútil, de que todos os esforços e aspirações humanas estavam destinados à ruína, e continuou correndo ao lado dos lapidadores teimando em não aceitar que seu esforço era em vão. Talvez, finalmente, a rede oferecesse o verdadeiro esplendor à cidade das águas. Ela apegou-se a esse pensamento. Se as pedras amarelas lapidadas pelo conselho cinzento fossem capazes de absorver o poder do templo dos kedoshins, talvez, mais uma vez, a luz pudesse vencer as trevas. Ou então... era melhor nem pensar...

Tzizah percebeu que os shedins ainda não haviam chegado, mas a guerra já. Com a morte dos reis, muitos mercenários, soldados vassalos e soldados de Ir-Shamesh tentavam fugir da cidade. Outros atacavam os soldados de Bethok Hamaim e realizavam saques. A cidade, que outrora estivera razoavelmente preparada para o ataque, mergulhava no caos e facilitava o trabalho dos shedins.

Quando soldados mercenários lhes barraram o caminho, a própria Tzizah estava disposta a lutar com eles. Merari havia lhe dado uma espada, mas foi desnecessária naquele momento. Os lapidadores tinham recursos mais sofisticados. Uma energia avermelhada atingiu os homens, e eles caíram como que fulminados por descargas elétricas. Os corpos ainda ficaram sofrendo estertores no chão.

— Sempre fomos temidos — disse Benin com uma voz estranha ao passar pelos homens caídos. — Por tanto tempo, os latashim foram odiados, desprezados, mas jamais fizemos por merecer... Agora, no entanto...

— Todas as esperanças de Olam estão sobre o conselho cinzento — completou Tzizah. — Se vocês conseguirem, salvarão Olam, e o conselho cinzento jamais será considerado clandestino ou subversivo. Todos saberão que vocês nos salvaram. A memória de Enosh será honrada. Eu lhes prometo isso!

— Para o conselho cinzento, a vitória ou a derrota significa a mesma coisa...

Por um momento, Tzizah não entendeu o que ele quis dizer. Já ia falar que faria de tudo para que os latashim fossem reconhecidos após aquele feito, mas, então, tudo fez sentido. Entendeu por que havia tanto pesar no modo como eles agiam, e o sentimento de resignação que deixavam transparecer enquanto lapidavam as pedras da rede.

— Vocês não vão...

— A rede precisa de conexão com o templo. Nós somos a conexão. Há dezesseis pedras. Duas para cada um de nós. Quando tocarmos o templo, o poder fluirá muito forte através de nós. Eu espero que o suficiente para afugentar as trevas... Caso contrário, nossa morte terá sido em vão.

— Vocês sempre souberam disso? — Perguntou chocada. — Sempre souberam que acabaria aqui?

— Quando fizemos o juramento de latash, prometemos viver e morrer pelo direito de lapidar livremente as pedras shoham. Portanto, de certo modo, um latash sempre sabe como será sua morte... Mas, sim. Enosh revelou desde o início que apenas nós poderíamos estabelecer a rede, pois só os lapidadores juramentados têm as mentes suficientemente preparadas para servir de canal do poder.

— Então, será o fim do conselho cinzento... — disse Tzizah com amargura, pensando mais uma vez no quanto havia interpretado mal as intenções de Enosh. Ele estivera disposto a sacrificar-se pelo bem de Olam, desde o início.

— Restará pelo menos um latash — disse Benin. — Mas levará muito tempo para formar um novo Conselho.

— Anamim — reconheceu Tzizah.

— Enosh o escolheu para continuar. Isso foi honroso para mim, afinal eu o treinei durante o período em que residi em Ir-Shamesh.

Tzizah, então, entendia a principal razão de Anamim ter permanecido em Nod.

A caminhada até o círculo central não levou mais do que alguns minutos, mesmo assim, pareceu muito longa para Tzizah ao entender as implicações do feito dos lapidadores.

O grupo acessou a região do pequeno cais que, em outros tempos, pelo que Tzizah lembrava, fervilhava de pessoas, mas naquele momento estava absolutamente vazio. Os torvelinhos de escuridão na cortina de trevas pareciam avançar mais rapidamente, como se subitamente percebessem o que eles tentavam fazer. Ou, talvez, Naphal já soubesse da morte do rei do bronze.

Tzizah agradeceu aos céus ao perceber os oito pequenos barcos a espera deles. Tudo já estava preparado. Dois remadores se encarregariam de fazer a aproximação de cada barco do templo. Seria uma tarefa difícil, porque a base do Morada das

Estrelas afunilava-se para dentro do rio, e as águas giravam em torno dele, fazendo a própria estrutura girar. Por isso a tarefa precisaria ser sincrônica.

Após Benin ter explicado como seria o procedimento, o Melek das Águas autorizou que os barqueiros ensaiassem o movimento. No dia anterior, Tzizah os observou tentando fazer a aproximação. A dificuldade era muito grande, pois qualquer movimento errado do remo afastava o barco ou o fazia se chocar com o templo. Pelo menos dez barcos afundaram durante o treinamento, esmagados pela colossal estrutura de cristal.

— Como saberemos se funcionará? — Perguntou, enquanto Benin e os outros sete latashim entravam nos barcos. Cada latash seguiria individualmente. Precisariam dar uma espécie de abraço no templo.

— Quando encostarmos as dezesseis pedras no templo, a energia, em um primeiro momento, absorverá o que há nelas, porém, como não há nada, elas grudarão na estrutura. Esse será o momento mais crítico, pois precisaremos bloquear por alguns segundos o fluxo de energia do templo. Ele ficará momentaneamente vulnerável, logo vocês não deverão permitir que ninguém se aproxime dele. Então, nós reverteremos o processo, fazendo a última marca em cada uma das pedras. Se você enxergar um forte brilho quase branco emanar, saberá que funcionou.

Tzizah lembrou-se de que Enosh mencionara o ponto vulnerável da rede durante a reunião em Ellâh. Esperava que Benin soubesse como anulá-lo.

— E depois? — Ela insistiu. — O que vai acontecer?

— Não sabemos. Enosh acreditava que a luz faria as trevas recuarem, mas é impossível saber o quanto. Gostaríamos de dizer que recuarão até a terra de Hoshek, ou que serão extirpadas deste mundo, mas não podemos garantir. Talvez recuem menos. Talvez quase nada. Mas se forem bloqueadas, já terá sido uma vitória.

— E se não brilhar?

— Espero que nos encontremos no paraíso, se ele existir — disse entrando no barco. — Pelo menos nós chegaremos lá primeiro.

Os demais latashim também entraram nos barcos carregando as pequenas caixas de madeira contendo as pedras da rede. Era irônico saber que carregavam o mais ambicioso projeto dos integrantes do conselho cinzento. Um projeto que, se funcionasse, significaria o fim deles.

Mas também significará a salvação de Olam, pensou Tzizah.

A princesa de Olam observou os remadores dirigindo-os para as posições apropriadas. Em seu coração implorava a *El* que conseguissem.

Então, voltou-se para a cidade e viu a confusão. Uma batalha entre vassalos e soldados de Bethok Hamaim acontecia no segundo e no terceiro círculo. Liderados pelos giborins, as defesas da cidade tentavam expulsar os inimigos infiltrados para os círculos exteriores. Aquela ação era necessária para garantir pelo máximo de tempo possível a tomada do círculo central. Pois, levantando as pontes entre os círculos, dificultariam o acesso ao centro. Isso daria tempo aos latashim.

Grupos digladiavam-se com espadas, e arqueiros atiravam setas uns contra os outros de maneira tão indistinta que não dava para saber quem era quem. Tzizah viu os giborins atravessando uma das pontes e caindo sobre um grande grupo de mercenários. Parecia loucura que apenas oito homens ameaçassem talvez trezentos guerreiros, mas logo a fama da ordem sagrada foi justificada. As espadas potencializadas atravessavam escudos, furavam armaduras e derrubavam homens como se fosse um grupo de lenhadores derrubando uma pequena floresta. Isso fez os mercenários baterem em retirada.

Várias trombetas soaram do lado sul do Perath. Tzizah olhou para as margens distantes e viu uma cena que fez seu coração parar. Um exército emergiu das sombras. Cavaleiros-cadáveres, chacais possuídos por oboths, refains, sa'irins e gigantes. As hostes de Hoshek apenas aguardavam as pontes serem baixadas para invadir a cidade. Como os vassalos haviam sido empurrados para o terceiro círculo, isso não demoraria a acontecer, pois o número de soldados fiéis à cidade era menor no círculo externo.

— Os shedins estão chegando! — Gritou Merari, retornando à última faixa de terra antes do templo. — Quanto tempo os lapidadores precisam?

Tzizah não sabia dizer. Olhou aturdida outra vez para os barcos aproximando-se do alvo.

— Precisamos detê-los o máximo possível! — Ordenou.

— Então, faremos isso! — Bradou Icarel movimentando o tridente. — Até que o último de nós esteja em pé.

Por instinto, Tzizah buscou Yarok. Por sorte havia muitas plantas por perto. Mas nada era mais confortador do que a presença dos giborins, a não ser que Ben e seu pai também aparecessem subitamente. Ela olhou para o alto diversas vezes na esperança de vê-los se aproximando com os re'ims.

Então, os gritos surgiram do lado leste da cidade de onde não se esperava um ataque.

— Algo está subindo o rio! — Apontou Icarel.

Mesmo de longe, viram um tipo de criatura que saía das águas e andava sobre a terra atacando os soldados com extrema violência e rapidez.

— Por *El*! O que são aquelas coisas? — Assustou-se o fazendeiro apertando as vistas para enxergar melhor.

— Acredito que logo conheceremos uma nova geração de sa'irins — disse Merari. — Kenan dizia que os shedins trabalhavam em uma versão aquática para os espíritos sombrios... Ninguém em Olamir acreditou nisso.

— Infelizmente, Olamir deixou de acreditar em muitas coisas — lamentou Tzizah. — E por isso só há pó e cinzas lá.

Quando as criaturas se aproximaram, perceberam que de fato eram híbridos. Uma macabra mistura de arraia, polvo e dentes de tubarão. Mas os rostos desfigurados eram de homens.

— Precisamos fechar as comportas do último círculo! — Gritou Icarel, ao ver a rapidez com que subiam os canais.

— Não! — Orientou Tzizah. — Se fecharmos, a água deixará de circular. Se o templo parar, a rede não funcionará!

— Então precisaremos deter as criaturas antes que cheguem aqui — bradou Merari.

Um grupo de giborins correu para as margens do segundo círculo. Os soldados de Bethok Hamaim em grande número, liderados pelo capitão da cidade, e os remanescentes de Ir-Shamesh decididos a ajudar Bethok Hamaim guardavam o círculo.

As barbatanas multiplicaram-se rio abaixo, e os gritos de desespero também. Tzizah viu um homem ser atacado. Uma das criaturas subitamente saltou da água e o atingiu, envolvendo-o e arrancando-lhe facilmente a cabeça com uma abocanhada. No mesmo instante, o sa'irim estava outra vez dentro das águas.

— Alguns já estão aqui! — apontou Merari para o canal que interligava os dois círculos centrais onde barbatanas eram vistas.

Uma criatura saltou da água em direção do giborim negro, mas o escudo subiu detendo-a. Enquanto o giborim caía com o peso do monstro, a espada perfurava a criatura.

— Pelo menos podem ser destruídos — disse Tzizah com um pouco de alívio.

O tridente de Icarel cortou as águas com sua energia amarelada, mas Tzizah não conseguiu ver o efeito produzido nas criaturas. Desesperou-se, entretanto, ao ver as infindáveis barbatanas tentando acessar o canal para o segundo círculo de água.

Olhou para os lapidadores e percebeu a dificuldade que estavam tendo em encostar as pedras amarelas na parede do templo. Já haviam se aproximado o suficiente, porém a tarefa que já era difícil por si mesma, com o ataque dos sa'irins, tornava-se praticamente impossível. Se um único sa'irim invadisse o círculo central, o trabalho estaria encerrado.

Segurando Yarok, Tzizah aproximou-se do canal e mergulhou a mão direita nas águas. Imediatamente sentiu a conexão com as plantas. Havia diversas espécies de algas e plantas aquáticas que revestiam as paredes de pedra dos canais, mas não tinha certeza se conseguiria movê-las o suficiente para o que pretendia fazer.

Percebeu-as como se fossem braços e dedos. Esticou-as e as entrecruzou, como se juntasse os dedos das mãos e formasse uma barreira de proteção. Ao seu comando, as plantas deslocaram-se das profundezas e bloquearam o canal de acesso do terceiro círculo para o segundo.

Logo veio o primeiro impacto, quando uma das criaturas foi enlaçada pela rede de plantas. Sentiu a força do animal enquanto ele se debatia e os poderosos dentes tentavam despedaçar a barreira. Mais duas criaturas foram detidas em seguida, e o peso e a pressão tornaram-se insuportáveis. Os soldados dispararam setas contra os sa'irins detidos pela rede de Tzizah, porém os monstros ainda se debatiam.

Então, um feixe de energia do tridente de Icarel atravessou os sa'irins cortando-os ao meio, e também as ramagens das plantas aquáticas. A pressão se soltou. Porém, a rede também se desfez. Novamente Tzizah comandou as plantas para que formassem outra rede de proteção e fechou o caminho aquático para o segundo círculo.

Impedidos de continuar e ameaçados pelo poder do tridente, os sa'irins começaram a sair do canal para a faixa de terra intermediária. Tzizah viu as criaturas híbridas movendo-se na direção dos soldados de Bethok Hamaim. Os homens foram engolfados por uma força sobrepujante: tentáculos enlaçavam-nos, dentes terríveis despedaçavam escudos e transpunham armaduras, e descargas elétricas soltas pelas arraias deixavam um rastro de morte. As armas comuns não produziam efeito algum nas couraças naturais dos monstros.

No ponto central da cidade, os lapidadores tentavam alcançar posição apropriada. Os remadores lutavam para estabilizar os barcos e possibilitar o movimento sincrônico dos lapidadores. A parte mais difícil era justamente acompanhar a velocidade de giro do templo. Tzizah viu quando o primeiro latash conseguiu colar a pedra na parede de vidro e em seguida cair dentro da água. O barqueiro o socorreu e trouxe-o de volta para o barco, mas o custo foi afastar-se do templo, obrigando-o a recomeçar a tarefa.

Durante o planejamento da rede, haviam cogitado construir uma espécie de plataforma em volta do templo para facilitar o acesso, mas desistiram por falta de tempo. De qualquer modo, a passarela que conduzia até o local não suportaria uma estrutura pesada, além disso a parte de cima era mais larga que a de baixo. Por isso, os barcos foram a única opção. Só não imaginavam que seriam atacados por criaturas aquáticas.

— As pontes externas estão baixando! — Ouviu alguém gritar.

A notícia, apesar de esperada, era terrível. Os vassalos que haviam recuado para o círculo externo conseguiram dominar o local. Então baixaram as pontes. Assim, o exército dos shedins começou a adentrar a cidade, porém, ainda havia duas faixas de água separando-o do Morada das Estrelas.

Tzizah sentiu a rede de plantas pressionada mais uma vez. Os sa'irins aquáticos investiram com mais ímpeto em direção a faixa central. Era óbvia a intenção deles de impedir que os lapidadores concluíssem o trabalho e, mais óbvio ainda, o fato de que os soldados da cidade não os deteriam por muito tempo.

— Eles estão descendo pelo lado contrário! — Alguém gritou. Então, Tzizah lembrou-se do canal ocidental que conduzia as águas para dentro do segundo círculo. Mas era tarde demais para bloqueá-lo. Por terra e por água, os sa'irins tomaram o segundo círculo.

— Proteger o círculo central! — Ordenou Merari.

Isso significava recuar. Tzizah sabia que não havia outra coisa a ser feita.

Os oito giborins recuaram atravessando a ponte e posicionaram-se em volta da última faixa de terra. Em seguida, as duas pontes foram erguidas. Tzizah também reposicionou a rede de plantas para a comporta central. Logo sentiu o peso das criaturas debatendo-se outra vez contra as plantas, porém estava decidida a aguentar, mesmo que todas as suas forças se esvaíssem através da pedra. Chamou mais plantas das profundezas para reforçar a rede, pois aquela era a última barreira para o círculo central. A estrutura ficou tão reforçada que quase formou uma ponte sobre a comporta. Porém, entre as ramas, a água passava.

Quatro pedras já estavam fixadas na parede do templo. Faltavam doze. A demora também se dava pela necessidade de cumprir uma sequência. O procedimento ainda estava longe de terminar. Após conseguirem fixar as dezesseis pedras, os lapidadores precisavam aproximar-se outra vez e fazer uma marca de lapidação sobre cada pedra para inverter o fluxo da luz. E esse último movimento precisaria ser absolutamente simultâneo. Mais do que nunca, parecia impossível realizar o procedimento.

— Tannînins! — Tzizah ouviu alguém gritar. Então o desespero tornou-se total.

A princesa de Olam olhou para a cortina de trevas e viu as asas negras dos dragões surgindo da escuridão. Não quis acreditar na quantidade de tannînins que se materializava diante das trevas.

A cidade estava sendo invadida por água, por terra e pelo ar. Por água e por terra era até certo ponto possível se defender, mas por ar...

Àquela altura, a primeira linha de defesa, na faixa exterior de terra, estava totalmente tomada. Isso significava que apenas duas faixas de edifícios ainda resistiam, e a central era a única que ainda se mantinha inteiramente.

Tzizah ouviu a trombeta do capitão de Bethok Hamaim ordenando aos operadores das catapultas que atirassem nos dragões.

Lanças subiram imediatamente em meio à fumaça e aos prédios altos, mas nenhuma delas conseguiu atingir algum dragão. Das construções altas, que se apinhavam naquela faixa de terra, os soldados também disparavam flechas contra os dragões, porém, ainda assim, Tzizah não viu nenhum ser derrubado.

— Ataquem com pedras! — Ordenou o capitão da cidade.

As shoham subiram e, após diversas explosões, os primeiros dragões caíram. Mas era muito pouco, apesar dos soldados de Bethok Hamaim usarem largamente o arsenal para deter o avanço das criaturas de fogo.

Tzizah via incontáveis lanças potencializadas por pedras shoham subindo como riscos brilhantes. E também pedras shoham que se moviam como estrelas, causando explosões no céu da cidade como se fossem fogos de artifício. Em contrapartida, o fogo dos dragões descia incessantemente.

Pelo menos, eles estão detendo o avanço dos tannînins — pensou Tzizah. — *Mas a que preço? E por quanto tempo? E os shedins ainda não chegaram.*

Oito pedras estavam afixadas na superfície do templo. Faltava a metade. Os remadores quase esgotados ainda lutavam com a correnteza para posicionar os quatro latashim restantes.

Vários dragões conseguiram furar o bloqueio e aproximar-se do círculo central apesar do esforço dos soldados de tentar impedi-los com as catapultas. Então, despejaram fogo.

Tzizah gritou horrorizada ao ver o fogo descendo. Porém, percebeu que o alvo deles não era os lapidadores, mas o próprio templo.

E, surpreendeu-se quando viu o templo absorver o fogo dos dragões e, no mesmo instante, devolvê-lo. Os jatos de fogo subiram parecendo ainda mais intensos e derrubaram os dragões.

— O templo defende-se! — Entendeu Tzizah, vendo os tannînins caírem dentro do círculo central.

Tarde demais, ela viu um sa'irim vindo em sua direção. As plantas sob seu comando não puderam enlaçá-lo antes que saltasse da água, pois Tzizah as mantinha presas bloqueando a passagem pela comporta. A criatura emergiu e voou para cima dela debatendo-se com os tentáculos e barbatanas prontos para envolvê-la.

Merari estava distante lutando com três sa'irins ao mesmo tempo. Icarel ainda tentou correr em sua direção, mas as cordas de fogo do tridente não foram longas o bastante para deter o monstro. Só lhe restou soltar as plantas que bloqueavam a última comporta e dirigir a energia de Yarok contra a criatura. Sabia que, com a presença do espírito sa'irim, não controlaria o monstro, mas talvez o confundisse. E foi o que aconteceu. De algum modo bloqueou o movimento do híbrido, apenas o suficiente para desviar-se da mordida certeira. A criatura passou por ela e debateu-se no chão da última faixa de terra.

Imediatamente, Tzizah voltou a concentrar-se nas plantas para reconstruir a rede, ou então, dezenas de sa'irins atravessariam, e o trabalho dos lapidadores estaria condenado. Pressentiu o monstro demoníaco deslizando em sua direção mais uma vez, enquanto suportava a pressão dos outros sa'irins que investiam contra a malha de plantas. Quando a criatura lançou-se, as cordas de fogo do tridente de Icarel atingiram o híbrido.

— Não vai dar tempo! — disse Icarel despedaçando a criatura com o tridente. — O segundo círculo foi tomado!

De fato, Tzizah viu as margens do segundo círculo repletas de sa'irins terrestres, cavaleiros-cadáveres, soldados vassalos e gigantes.

Os anaquins movimentavam seus manguais por entre os prédios, despedaçando colunas e reduzindo a monturos de pedras as belíssimas construções da cidade dourada.

Os dragões incendiavam os edifícios e esmagavam o que restava da resistência da cidade naquela parte. Mas, pelo menos, não se atreviam mais a atacar diretamente o templo.

Os rosnados assustadores dos oboths investindo contra os soldados e o restante da população da cidade chegavam até ali, mesclados com os gritos de desespero.

Tzizah olhou para o que havia restado das defesas de Bethok Hamaim. Devia haver menos de cinquenta homens na faixa central além dos giborins. E ainda faltavam quatro pedras para afixar. A cortina de trevas nem havia avançado sobre a cidade, e eles já estavam praticamente destruídos.

Ela lutou, mais uma vez, contra o desânimo. Não parecia haver a mínima chance de resistir pelo tempo suficiente a fim de que os lapidadores conseguissem afixar as pedras e instalar a rede.

— Detenham os sa'irins — ela se viu gritando para os soldados, mesmo sem saber de onde vinha aquela determinação. — A água deterá o resto do exército dos shedins. Não deixem ninguém se aproximar das alavancas das pontes!

Os giborins enfrentaram dezenas de sa'irins aquáticos que tentaram invadir o círculo central, e, quando os tannînins completaram a calcificação do segundo círculo e voltaram-se para os soldados do círculo central, lanças e pedras subiram outra vez arremessadas pelas últimas catapultas da cidade.

— Resistam! — Ordenou a princesa de Olam, vendo um a um os soldados sendo atingidos pelo fogo dos dragões, por flechas lançadas do segundo círculo, ou mesmo por sa'irins que saltavam das águas e abocanhavam cabeças. — Lutem por minutos! Um instante que ganharmos será nossa vitória! Eles não podem passar! Os lapidadores precisavam completar a rede!

Ela sentia a pressão, cada vez mais insuportável, na sua rede de plantas, porém mesmo assim encontrou forças para mover outras plantas e segurar três sa'irins que haviam furado o bloqueio dos soldados e estavam prestes a mergulhar no círculo central. Ela os enlaçou só por alguns segundos, mas foi suficiente para que Merari e Icarel os despedaçassem.

Tzizah levantou os olhos e viu Bethok Hamaim destruída. O fogo dos dragões derretera as cúpulas da maioria dos prédios. Era atordoante o número de mortos pelo ataque simultâneo dos sa'irins, dos cavaleiros-cadáveres e dos oboths. O orgulho da maior cidade de Olam estava prostrado.

Quando os primeiros gigantes atravessaram o canal que separava a última faixa de terra de Bethok Hamaim do templo, os soldados ainda os detiveram, graças à ajuda do tridente de Icarel e à espada de Merari. Mas logo incontáveis gigantes nadavam através do canal, quebrando a resistência da última faixa de cidade. Então, as levas de soldados malignos cruzaram o canal usando os barcos da própria cidade.

A batalha estava perdida. Tzizah teve essa dolorosa consciência. A rede não seria instalada. Não havia tempo.

Tzizah ouviu uma trombeta soando do leste, porém não conseguiu discernir o que se tratava. Imaginou que fosse uma nova onda de sa'irins ou que talvez os inimigos tivessem achado uma maneira de baixar as pontes para o círculo central. Sentia que o mundo escurecia à sua volta, e não era só pela aproximação da cortina de trevas, mas pela quase extinção de suas forças. A pedra já havia sugado tudo. Se não soltasse as plantas, a morte chegaria com a suavidade do sono, porém de forma irresistível. Ainda assim, estava decidida a não soltar.

Então, a trombeta soou outra vez.

Como se fosse um sonho, ela viu barcos subindo o rio. E sobre os barcos, soldados vestindo armaduras azuladas.

— Sinim! — Ouviu alguém gritar. — É o exército de Sinim!

Ela ainda pensou que fosse um sonho. Um sonho que a conduzia para a morte. Porém, quando viu os arqueiros de elite disparando de dentro dos barcos contra o exército shedim, compreendeu que havia chegado ajuda. Não era um grande exército, mas ela esperava que fosse suficiente para retardar o avanço dos inimigos.

Os tannînins voltaram-se contra os barcos e conseguiram afundar dois, incendiando-os. Das naus equipadas com catapultas foram arremessadas lanças que atravessaram três dragões. Soldados de Sinim começaram a saltar para as faixas de terra, a fim de oferecer combate aos invasores e reforçar a última linha de defesa. Em um instante, a batalha havia recomeçado.

Tzizah sentiu até mesmo a pressão na rede afrouxar-se, pois os sa'irins recuaram para atacar as embarcações.

— Ganhamos mais tempo! — Pensou Tzizah. — Talvez isso nos dê a vitória.

Uma olhada para trás foi suficiente para perceber que os lapidadores haviam conseguido afixar todas as pedras. Finalmente sincronizavam os barcos para realizarem a marca de lapidação.

Com a chegada de Sinim, parecia a Tzizah que eles conseguiriam.

— Os shedins! — Alertou Merari. — Eles estão vindo para a batalha!

Tzizah olhou para o horizonte e os viu. Alguns montavam cavalos alados monstruosos como Tehom. Ela percebeu que outros...

— Eles estão... cavalgando os dragões?

Os demônios usavam corpos. Isso significava que não estavam dispostos a esperar que as trevas abocanhassem a cidade para agir livremente. A chegada de Sinim os obrigara a ir para a batalha. E, sim, montavam os dragões.

Só outro milagre poderá nos salvar agora — pensou Tzizah.

— Atenção latashim! — ouviu a voz de comando de Benin atrás de si, surpreendendo-a. — Vamos ativar a rede!

Aquilo parecia um milagre.

20 A Batalha do Fogo

Ao se afastarem do povo de Zamar, Leannah sentiu tristeza em seu coração. Imaginou que Ben tivesse o mesmo sentimento quando partiu dali. Olhou para Kenan, um pouco atrás, e, surpreendentemente, o giborim também parecia triste.

Haviam passado um ano com eles. Leannah não tinha dúvidas de que havia sido o melhor ano de sua vida. Não tinha certeza, entretanto, se o giborim pensava da mesma maneira, pois, apesar de no final ele ter uma aparência um pouco menos sisuda, batalhas muito grandes aconteciam dentro dele. E, Leannah, definitivamente, não sabia quais seriam os resultados delas.

Caminhavam pela passagem que curiosamente sempre estivera ali, nos arredores do acampamento. Por certo, haviam passado por ela incontáveis vezes durante todos aqueles dias. Porém, em nenhum deles, ela os conduziria para onde precisavam ir. Leannah, finalmente, compreendia que as passagens não eram estáticas. Elas não levavam a lugares fixos, antes conduziam para onde o estado de espírito dos viajantes determinava. Não era apenas uma questão de querer ir para algum lugar, mas da necessidade, e, às vezes, do merecimento.

Por isso, Leannah seguia à frente. Kenan jamais encontraria o caminho para o povo alto da floresta, mas ela o conduziria até eles. Mesmo Leannah não sabendo como eles reagiriam quando vissem o usurpador do Olho, precisava seguir em frente. Kenan precisava encontrar-se com Gever. Devia isso ao giborim, ainda que no final, as consequências talvez fossem mais para o mal do que para o bem. Além disso, ela também desejava se encontrar com o irin. Talvez, ele ajudasse a esclarecer as dúvidas sobre Ben...

A passagem entregou-os exatamente no mesmo lugar: aos pés da grande escadaria de mármore branco.

Kenan, ao perceber isso, revoltou-se.

— Um ano jogado fora! — Disse o giborim. — Eu não vou esperar mais!

— Não é o mesmo lugar — explicou Leannah. — Você não percebe? A música é diferente.

Ela olhava com preocupação para a escadaria. Não sabia qual seria a reação deles ao vê-los ali. Zamar os recebera com flechas. Mas o povo alto tinha armas mais sofisticadas.

Leannah começou a subir cautelosamente a imponente escadaria. Segurava seu longo vestido ornamentado com flores brancas, presente do povo de Zamar, para que não se arrastasse nos degraus.

Kenan a seguiu, porém parou alguns instantes no meio da escadaria para ouvir se havia alguma música. Depois balançou a cabeça negativamente.

— Zamar terá que me dar explicações! Se aquele baixinho pensa que pode me enganar, ele vai ver... Minha paciência definitivamente acabou.

O giborim interrompeu a fala quando enxergou. No final da escadaria não havia um acampamento baixo no meio das árvores. Diante de Leannah havia um palácio. As torres arredondadas e pontiagudas sobressaíam-se às arvores altas. Era inteiramente branco e reluzia sob o sol da manhã.

— Chegamos — disse Leannah. — Agora seja o que *El* quiser.

Kenan parou atônito.

— Mas como é possível? É o mesmo lugar! Onde estão as cabanas e a fogueira?

— Estão aqui, mas agora vemos as coisas de outra perspectiva.

Uma escolta formada por três homens foi na direção deles. Mediam entre dois e meio e três metros. Rapidamente, dois deles renderam Kenan, segurando-o pelos braços antes que pudesse tocar o Olho ou fazer qualquer coisa.

O giborim tentou soltar-se dos braços poderosos que o dominavam.

— Traidora! — Bradou Kenan, ao perceber que Leannah não havia sido aprisionada.

— Eu não o estou traindo — disse com serenidade. — Eles estão apenas o protegendo de si mesmo.

Leannah viu o terceiro homem aproximar-se. Sem dúvida, podia dizer que era um homem, embora houvesse diferenças. Era difícil explicar quais eram exatamente essas diferenças, exceto o fato de ser mais alto e mover-se com leveza. Ele usava um manto longo e branco e, sobre os cabelos dourados, uma coroa feita de ramos.

Os olhos cinzentos quase prateados observaram-na demoradamente antes que falasse qualquer coisa. Ela procurou algum resquício dos olhos brincalhões de Zamar na figura sóbria, mas não o encontrou. Leannah também esperou algum tipo de saudação ou cumprimento, porém ouviu duas perguntas:

— Finalmente, você veio, ocaso dos homens? — A voz era gentil e, ao mesmo tempo, séria. — Podemos conhecer a razão de sua visita?

— Viemos em busca de sabedoria, de conhecimento e de respostas.

— A primeira você já tem, o segundo nunca é suficiente, e as últimas nem sempre decorrem dos dois anteriores. Nem são tão necessárias. E, às vezes, tê-las, estraga tudo. Você é bem-vinda em nosso meio.

As últimas palavras trouxeram alívio. Apesar de saber que, desde o final do caminho da iluminação, eles a esperavam, não tinha certeza se chegara antes da hora ou tarde demais.

— E quanto a ele? — Apontou para o giborim. Kenan desistira de tentar livrar-se das mãos dos captores. Ele era pouco maior do que uma criança diante deles. Porém, havia ira em seu olhar.

— Acredito que precisarei suportá-lo — respondeu. — Mas por pouco tempo.

— Seu nome é Gever? — Perguntou Kenan transtornado.

— Sim, embora isso não seja exatamente um nome...

— Você deve ensinar-me a usar o Olho de Olam! — Ignorou o giborim. — Eu vim aqui para isso. Eu sou a única esperança do mundo.

Gever, impassível, aproximou-se de Kenan e olhou para a pedra que ele carregava dependurada no peito. O coração de Leannah disparou. Por um momento quis suplicar para que o irin não fizesse aquilo. Mas sabia ser inútil.

— Foi bom você trazê-lo de volta — disser Gever. — Ele jamais deveria ter saído daqui. E, agora, jamais sairá.

— Ele é meu! — Desafiou Kenan. — Vocês não vão tocar nele!

Gever aproximou-se ainda mais. Então, enquanto os irins o imobilizavam, retirou o colar do pescoço do guerreiro.

— Levem-no! — Disse para os captores, olhando fixamente para a pedra branca. — Lancem-no na floresta! Será bom para ele vagar algum tempo por aí.

— O Olho de Olam é meu! — Gritou Kenan, enquanto os irins conduziam-no de volta para a escadaria branca. — Eu sou o portador do Olho! Vocês precisam de mim! O garoto vai libertar os monstros. Se eu não estiver lá para detê-los, ninguém poderá fazer isso. Traidora! Você pagará por isso!

— Você acha que ele tem alguma chance? — Perguntou Leannah com tristeza, ouvindo o som das ameaças de Kenan diminuir enquanto se afastava.

— Todos os homens merecem redenção, mas alguns pecados são imperdoáveis. E algumas pessoas nunca aprendem, por mais que a vida lhes ensine.

— Quanto tempo permitirão que eu fique aqui?

— Você pode ficar para sempre. Aqui é seu lugar. Se ficar será poupada da grande tentação que está no seu caminho.

— Não há lugar que eu mais tenha desejado estar...

— Então, fique conosco, bela luz do entardecer, ocaso dos homens, estrela vespertina.

— Por que me chama desse modo? Sou apenas uma garota de Havilá. Costumava ser uma cantora no templo...

— Você é a última canção dos homens. O ocaso desta Era. A última e derradeira colheita da terra. A luz dourada que deixa o mundo antes que as trevas a dominem.

— Ainda não é plenamente noite lá fora...

— Por que você voltaria? Lá só há morte, sofrimento e mal... Consequências das escolhas dos homens... Você não precisa mais pagar por elas.

Leannah tentou encontrar alguma resposta satisfatória, mas não havia nenhuma. Lembrou-se do olhar de Naphal observando-a detrás das trevas. Seria a tentação tão forte assim?

— Eu preciso voltar. Precisam de mim. Ainda não posso abandoná-los.

— Seu lugar é aqui — disse com firmeza o irin. — Não podemos concordar que parta. Agora venha comigo. Nosso povo deseja conhecer aquela que completou o caminho, a prova viva de que é possível levantar os caídos, e de que os antigos kedoshins estavam certos.

— Permita que o giborim fique alguns dias — suplicou Leannah, sem se mover. — Dê-lhe uma chance! Não o lance na floresta. Ele enlouqueceria totalmente. Se ele ficar, eu ficarei também.

Gever não respondeu e continuou caminhando em direção à entrada do palácio. Mas Leannah acreditou que ele havia concordado.

Durante os dias seguintes, Leannah não viu Kenan nem o Olho de Olam. Não sabia em que estado estava o giborim, se era bem tratado ou não. Mas esperava que os irins estivessem cuidando das feridas da alma dele. Porém não podia esperar uma cura rápida, pois eram feridas antigas e profundas.

Nos muitos dias posteriores, Leannah confirmou que, de fato, não havia lugar mais desejável para se viver do que entre os irins em Ganeden. Se com o povo de Zamar ela havia encontrado um lugar de descanso e alegria singela, com o povo de Gever encontrou a plenitude da paz e do conhecimento que sua alma tanto ansiava.

Eles chamavam-na de "bela luz do entardecer" e "estrela vespertina", e insistiam que devia ficar ali para sempre onde seria uma rainha.

Por outro lado, os temores de Leannah se confirmaram. Os irins não permitiriam que o Olho de Olam voltasse para o mundo.

Ao entardecer do vigésimo oitavo dia do quarto mês, logo após a celebração do pôr do sol, durante a época em que as árvores voltavam a florir, os irins reuniram-se dentro do palácio branco para a cerimônia de coroação.

Leannah foi convidada a subir e assentar-se no imponente trono branco. Uma coroa de folhas foi posta em sua cabeça.

Após diversos cânticos que exaltavam a grandeza de *El*, Gever aproximou-se com o Olho de Olam, e entoou:

Salve, ocaso dos homens, filha da tarde
Pois trouxeste o fogo que eternamente arde
A prova de que a sabedoria levanta os caídos
E a luz de *El* ainda pode guiar os perdidos.

Tomas agora o lugar que por direito é teu
E guia-nos ao infinito longe de todo o breu.
Um novo mundo se abre diante da que nos conduz
Das veredas antigas ao novo caminho da luz.

Gever dependurou o colar com o Olho de Olam no pescoço de Leannah e depois o prendeu. Quando a pedra branca acomodou-se entre os seios da cantora de Havilá, os irins entoaram.

— Salve, rainha da floresta! Salve, rainha da floresta!

O coro repetiu-se por vários minutos e parecia alongar-se alcançando as árvores mais distantes. Ao longe, Leannah tinha a impressão de que a floresta o repercutia, enquanto as árvores balançavam, e os animais corriam.

A jovem levantou-se e tocou a pedra. O Olho ativou-se e sua luz resplandeceu. Então, foi a vez de ela cantar. A melodia espalhou-se como a brisa, embalando as árvores e conduzindo os pássaros. Um poder renovador percorreu a floresta, um sopro de vida cheio de paz e esperança trouxe vigor às raízes enfraquecidas. Sentiu-se comandando a música da floresta.

Pela primeira vez, desde que completara o caminho da iluminação, ela experimentou todas as potencialidades do Olho. Não havia mais a sombra de Kenan, nem as restrições do mundo, onde o antigo tratado impedia a manifestação plena da magia. Por um lado, Leannah sentia que realmente podia ficar ali para sempre e desejava isso mais do que tudo. Percebia que fora incluída nos grandes projetos dos irins. Por outro lado, havia Ben, seu irmão e Olam. E ela não sabia se já estava preparada para abandoná-los.

Por um momento, teve a impressão de ver Gever e Zamar lado a lado diante do trono, olhando para ela. Zamar sorria, e Gever estava sereno.

Os meses seguintes passaram muito rapidamente. Entre viagens pelas infindáveis passagens e conversas com os irins, ela descobriu um mundo novo, ou melhor, vários. Soube então que havia planos inimagináveis para a existência de todos os seres iluminados.

— O universo ainda está na infância — explicou Gever apontando para as estrelas incontáveis. — Ele está expandindo-se e um dia será algo de fato grandioso. Há tantos projetos, tantas possibilidades... O futuro será glorioso.

— Eu já acho o presente grandioso — confessou Leannah.

— O presente é uma semente. O futuro será uma árvore.

Um dia, ela observou Kenan ao lado de um jovem irin. Ambos raspavam as cascas das árvores e tocavam-nas, como se falassem com elas.

Os cabelos do giborim estavam mais compridos e, sem a influência do Olho, haviam voltado a ficar grisalhos. Ele estava mais magro e não aparentava a altivez de outrora. Usava roupas simples que poderiam ser confundidas com as de um camponês. Não obstante, parecia haver dignidade outra vez nele, e também estava lá o antigo reflexo de heroísmo que fez uma princesa se casar com ele, e outra o amar perdidamente.

Quando ele a viu, parou a tarefa. O olhar cansado fixou-se na pedra que ela carregava no peito.

Então, ele se levantou e foi ao encontro de Leannah.

Por instinto, ela levou a mão ao Olho de Olam, temendo que ele tentasse alguma coisa. Não queria fazer mal ao giborim, mas não teria escolha se ele tentasse usurpá-lo mais uma vez.

Os dois irins que a acompanhavam também se colocaram em prontidão.

Entretanto, o giborim parou respeitosamente a cerca de dois metros.

— Eu tenho mais uma coisa sua — ele disse com uma voz indecifrável.

Leannah viu o espelho ornamentado com pedras amarelas recebido das mãos de Thamam na noite em que partiram de Olamir.

Kenan o ofereceu, esticando o braço, porém não se aproximou.

Leannah deu dois passos e pegou o instrumento das mãos do giborim.

Após alguns instantes, o guerreiro baixou o olhar e voltou ao lugar onde o jovem irin explicava-lhe a respeito das árvores.

Leannah ainda o observou por algum tempo enquanto ele tocava as árvores, e ouvia atentamente as explicações, mas Kenan não voltou a olhar para ela, embora intimamente ela tivesse desejado isso.

Já não havia mais ligação entre os dois. Por um lado, isso era um alívio para Leannah, pois não precisava lidar com tantos sentimentos conturbados. Orgulho, dor, senso de inadequação, honra, dever, loucura, determinação. Ela jamais imaginou que tudo isso pudesse se misturar dentro de uma pessoa. Mas por outro, poucas vezes na vida ela havia desejado tanto ajudar alguém. Lembrava-se do modo como a música diante do Morada das Estrelas havia colocado em ordem todos os seus próprios sentimentos antes que o templo fosse aberto. Desejava do fundo do coração trazer ordem e paz ao íntimo do giborim. Fazê-lo aceitar o que não podia ser mudado. Ele havia amado enlouquecidamente uma mulher. Porém sempre soube, lá no fundo do coração, que ela jamais retribuiria o amor dele com a mesma intensidade. E, finalmente, quando ela se tornaria sua esposa, e o antigo sonho se realizaria, então, perdeu-a definitivamente. Aquilo havia sido um golpe terrível. Depois, sua vida foi conviver com a culpa por tê-la deixado sozinha na noite em que os vassalos a raptaram, quando ela lhe disse toda a verdade.

Será que você ainda será salvo? — Leannah perguntou para as árvores. — Será que ainda terá alguma participação direta nesta guerra, que, de certo modo, você iniciou?

Depois disso, passou-se muito tempo até que ela encontrasse outra vez o giborim, mesmo tendo-o procurado algumas vezes entre as árvores de Ganeden.

Finalmente, compreendeu que não podia de fato ajudá-lo. A presença dela só despertava emoções destrutivas nele. Corria o risco de que ele tentasse fazê-la ocupar a imagem idealizada de Tzillá.

Certa manhã, após a celebração do nascer do sol, Leannah aproximou-se de Gever. Ele havia liderado a recitação. As palavras ditas, naquele dia, ainda estavam vivas na memória dela. De certo modo, elas a despertaram após todo aquele tempo.

O sol que se levanta para inutilizar as trevas
Ainda precisa se levantar no coração dos homens
Quando muitas criaturas de *El* entenderem o plano
Caminharão rumo Àquele que as aguarda desde o início.

— Seu lugar é aqui — ele respondeu, antes que ela falasse. Ele quase nunca precisava de palavras para entender a situação.

— Tudo o que eu amo ainda está lá.

— Pensei que amasse este lugar...

— Com cada batida do meu coração. Mas não se pode sacrificar um amor por outro.

— O mundo dos homens se equilibra sobre um fio cada vez mais instável. Não vale a pena sacrificar uma existência exuberante e gloriosa por algo precário e imprevisível. De um jeito ou de outro, pode não ser mais possível fazer algo pelo mundo lá fora. De certo modo, é tolice acreditar que ele durará mais, pois já durou mais do que a maioria de nós previa.

As palavras causaram um estremecimento na cantora de Havilá. Aquilo era o que Kenan sempre falava desde que assumira o controle sobre o Olho de Olam. Mesmo assim, ela acreditava que havia esperança.

— Não há mesmo chance? Esta Era está condenada?

— Na melhor das hipóteses, sim.

— Na melhor das hipóteses? — Perguntou Leannah espantada, sem compreender o sentido das palavras dele.

— O silêncio já durou tempo demais — disse ele olhando para as árvores. Ela sabia que ele não se referia ao silêncio que, naquele momento, dominava a floresta.

— Há muito o poder que rege a existência não se pronuncia. Entre os irins fala-se que ele espera por algo inusitado. Um grande ato de bravura, uma demonstração definitiva de que ainda há honra nos caídos, a qual o motivaria a intervir outra vez, trazendo o juízo final sobre o mundo. Mas, se isso não acontecer, provavelmente a escuridão tomará conta da terra e todo o bem desaparecerá ou migrará para outras esferas. Sim, bela luz do entardecer, na melhor das hipóteses, o mundo está condenado, e a execução do juízo virá. Ou então será abandonado na escuridão como despojo dos malfeitores.

— Eu preciso voltar! — As palavras de Gever incutiram a determinação que faltava em Leannah. — Eu posso ajudar!

— Não posso obrigá-la a ficar — continuou Gever. — Mas precisa entender que se permanecesse, ajudaria a construir um novo tempo. Com você aqui e o Olho, a floresta jamais seria ameaçada, e nós poderíamos construir aquilo que sempre desejamos. Povoar as estrelas. Expandir rumo ao infinito. Sua partida, provavelmente, significará o fim de tudo isso, ou no mínimo um adiamento. Se você não conseguir deter as trevas lá fora, elas destruirão este lugar. E só nos restará partir e recomeçar, perdendo, talvez, milhares de anos.

— Então, ajude-me a deter as trevas!

— Não posso.

— Quem enfrentou cem dragões-reis sozinho, pode enfrentar os shedins.

— Eu só queria salvar meu povo.

— É só isso o que eu quero também.

— Não posso ajudá-la. É tarde demais para *seu* povo.

— Então, não me impeça.

— Eu já disse que não a impedirei.

— Se não permitir que eu leve o Olho, estará me impedindo.

— Agora que o Olho voltou para Ganeden, não deve retornar ao mundo dos homens. Se este mundo for destruído, ele seguirá conosco para as terras imortais, como já devia ter ido com os kedoshins há dois mil anos.

— Pensei que eu havia conquistado o direito de usá-lo.

— Ele é seu, enquanto estiver conosco.

— Como um príncipe kedoshim tornou-se um irin? — Leannah mudou de assunto, porém não totalmente.

— Suponho que fui promovido — respondeu Gever, parecendo não desejar falar sobre aquilo.

— Uma promoção que o impede de agir.

— Os irins abdicaram da função de juízes do mundo, conforme foi estabelecido.
— No tratado do mundo e do submundo?
— As regras foram estabelecidas lá. Agora, todos devem respeitá-las.

— Eu não entendo — desabafou Leannah — o tratado parece ser o responsável por tudo o que há de ruim neste mundo. Ele garantiu a presença dos shedins em Olam, obrigou os kedoshins a partirem, impediu novas intervenções dos irins. Como pode ser algo bom?

— Ele garantiu a sobrevivência dos homens.

— E agora garantirá a destruição deles...

— O tratado do mundo e do submundo fez concessões e exigências aos dois lados — disse Gever. — Foi provisório, porém limitou o poder da magia antiga ao Abadom e também confinou lá os piores demônios. Isso garantiu a sobrevivência dos homens. Mas eles não fizeram bom uso da benevolência de *El*. Agora a força do tratado já não é a mesma. Muitas das antigas restrições não existem mais. Os irins acreditam que o tratado deixará de ter qualquer legitimidade em breve. Se o silêncio daquele que rege a existência não se romper, as trevas abocanharão o mundo dos homens, provavelmente para sempre.

— Eu não entendo o porquê desta aparente igualdade. Os shedins não deveriam ser tratados como são? Ou seja, demônios?

— Eu não fui o primeiro príncipe dos kedoshins — revelou Gever. — Houve outro maior do que eu. Seu nome era Helel. Ele cobiçou a glória de *El*. Convenceu parte dos kedoshins a segui-lo. Por muito tempo, continuou sendo o principal kedoshim, pois *El* tolerava sua rebelião, de modo absolutamente incompreensível para muitos, inclusive eu...

Leannah se atemorizou com aquelas palavras, porém permaneceu calada. Esperou que ele falasse tudo para compreender aquela história e, talvez, entender quem era o guardião de livros.

— Um grupo de kedoshins lutou pela condenação e maldição de Helel — continuou Gever. — Esse mesmo grupo, ao perceber o crescimento do mais poderoso dos kedoshins, tentou forçar a ação dos irins. Os irins não se apressaram em condená-lo, porque o próprio *El* não dava sinalização de que deviam fazer isso. *El* age com base nas leis do universo. Leis que ele estabeleceu, e que não pode quebrar.

— Ele tem um propósito com tudo isso?

— É possível que sim. Mas nem todas as criaturas conseguem crer nisso. A geração do primeiro nephilim, a queda de Irkodesh, a destruição dos reinos abençoados e a catástrofe de Mayan resultaram na intervenção dos irins. Então, Helel foi lançado para o Abadom junto com a maioria de seus seguidores mais poderosos. Essa foi a maior conquista dos irins para o bem dos homens. O tratado do mundo e do submundo foi estabelecido com os kedoshins remanescentes que conseguiram fugir de Irkodesh, e com os shedins não lançados no Abadom. Os irins permitiram a lapidação das pedras shoham em Olam. Delimitaram Hoshek, confinaram Ganeden, dividiram Ellâh e estabeleceram o lugar dos dragões-reis e dos behemots. Além disso, estabeleceram a data para a saída definitiva dos kedoshins. Assim, permitiram que os homens fossem, aos poucos, assumindo o posto de senhores de seu mundo...

— Qual é o verdadeiro papel de Ben nesta história? Por que você o treinou? — Leannah entendeu que era a hora de fazer aquelas perguntas.

Novamente precisou esperar pela resposta de Gever. O irin permanecia longos momentos em silêncio antes de responder. Talvez, avaliasse o que podia ou não contar para ela.

— Como você sabe, os irins não puderam julgar definitivamente o mundo antigo, apenas intervieram quando Irkodesh caiu. Porém, há algo que você ainda não sabe, pelo menos não totalmente. Antes de ser lançado para o Abadom, o senhor das trevas providenciou uma maneira de manter o primeiro nephilim neste mundo. Sabendo que a intervenção dos irins lançaria todos os nephilins no Abadom, Helel compartilhou a magia antiga com os mashal em Mayan, e eles fizeram correntes mágicas, capazes de manter os nephilins neste mundo.

— O primeiro nephilim era filho de Helel?

— Sim.

— E ele ainda está neste mundo?

— Está. Quando o tratado foi impetrado, e todas as criaturas condenadas desceram ao Abadom, inclusive Helel, o primeiro Nephilim foi mantido em Olam. O primeiro Nephilim é uma criatura do mundo anterior, gerado antes do tratado. Foi concedido então que ele permanecesse nesse mundo. Se ele descer ao abismo agora, criará um desequilíbrio, uma abertura grande demais no Abadom, a qual poderá ser suficiente para que os shedins retornem de lá, inclusive o senhor das trevas. Isso anularia definitivamente o tratado do mundo e do submundo.

— Então... Ben... — alarmou-se Leannah.

Leannah aguardou que Gever respondesse, mas sentia seu coração batendo descompassadamente. Finalmente, tudo fazia sentido. Mas era um doloroso sentido.

— De um jeito ou de outro, bela luz do entardecer, o mundo dos homens está chegando à sua encruzilhada. E o jovem que você ama estará lá. Ele está destinado para isso. Um grande ato de bravura trará o juízo que os irins não puderam executar. Um ato de covardia trará a escuridão. Resta saber o que ele fará.

— Há algum modo de ajudá-lo?

O olhar de Gever fez Leannah compreender que nem mesmo ele tinha uma resposta.

— Eu tentei fazer isto enquanto ele esteve aqui — finalmente respondeu o irin. — Porém ninguém pode dizer quais são os obstáculos que se colocarão no caminho dele.

* * * * *
* * * *

Layelá parecia entender os pensamentos de Ben, pois se esforçava por voar o mais rapidamente possível, embora ela já estivesse exausta pela longa viagem desde as Harim Adomim. Mesmo assim, a re'im valentemente cortava as correntes, mergulhando nas pesadas nuvens. Em alguns momentos, passava muito próximo dos picos das montanhas.

A re'im o conduzia para um lugar ainda desconhecido do guardião de livros. Não era para Bethok Hamaim, como ele planejara. Ben deixava-se levar. Talvez, a re'im o levasse ao encontro do destino dele.

Entre as muitas preocupações, Ben tinha mais uma: Evrá. Invocou a águia diversas vezes da plataforma das Harim Adomim, mas não obteve resposta. Quando Boker e Layelá chegaram, após chamá-los com Ieled, Ben compreendeu que a águia havia desaparecido.

Ainda não compreendia tudo o que estava acontecendo. Porém, quando viu a luz do dia através da passagem para o mirante nas Harim Adomim, foi como se finalmente a claridade lhe desse o entendimento de algumas partes obscuras daquela história. Diversas peças do quebra-cabeça finalmente se encaixaram. As palavras da língua dos kedoshins em Nod e na câmara das fissuras, as experiências do caminho da iluminação, a convivência com os dakh e os desafios para chegar aos portais do Abadom uniram-se aos ensinamentos de Zamar e de Gever. Tudo isso cooperou para fazê-lo compreender que, de algum modo misterioso, ele havia sido preparado para algo de singular importância. Imaginava ter chegado o momento de descobrir o que era.

Lembrou-se das palavras de Enosh antes de sua morte diante das muralhas de Nod.

Está tudo interligado — dissera o latash. — *O passado e o presente, a luz e as sombras, o mundo e o submundo.*

— Sim, está tudo interligado... — repetiu, sentindo o vento gelado na face.

Lembrou-se outra vez da doce morte. A sensação de poder tocar os confins da terra com seus milhões de braços e tentáculos, de sentir a complexidade da vida compartilhada na rede da existência. Compreendia também a vontade de deixar-se consumir lá. Não era apenas devido ao prazer causado pelas toxinas, mas pela sensação de fazer parte de tudo, o oposto do isolamento, da indiferença, da falta de sentido. Sua visão fragmentada das coisas o enganara todos aqueles dias.

Gostaria de ter trazido Ooliabe e Oofeliah, porém não podia mais contar com ninguém, por isso enviou-os com Boker para resgatar Thamam em Olamir, enquanto Layelá o conduzia para o leste.

Pelo menos, aquela parte da missão estava cumprida. Se de fato Thamam voltaria do Abadom, e em quais condições isso aconteceria, já não era mais algo com que devesse se preocupar.

Compreendia naquele momento que havia sido manipulado de todas as formas possíveis. Talvez ainda estivesse sendo. Ou talvez, o destino fosse construído de pequenas escolhas feitas, detalhes aparentemente insignificantes, que se uniam para compor um grande quadro, como o grande desenho dakh a respeito do bahîr.

Ainda de longe, enxergou o grande cone que brotava cinzento da terra, e não se sentiu surpreso. De certo modo, já esperava. A velha montanha erguia-se vazia e solitária. Era difícil acreditar que ali aconteceria a decisão, enquanto todas as atenções voltavam-se para Bethok Hamaim.

As aparências enganam — dissera em Nod a bruxa cega. — *É como esta cidade. Quem olha para a aparência dela, jamais entenderá os segredos profundos que aqui se escondem.*

Enosh também falara a respeito daquilo. *Nas profundezas de Nod*, dissera o latash, havia algo que Ben deveria realizar.

Estou falando do filho da cidade esperando libertação — também dissera o garoto no funeral de Enosh.

Layelá subitamente diminuiu a velocidade do voo. Ben assustou-se quando reconheceu uma sombra gigante à sua frente. Por um momento quis acreditar que fosse apenas mais uma nuvem espessa que a re'im tentava evitar, mas, quando ouviu o rugido ensurdecedor e viu a mortífera coluna de fogo vindo em sua direção, soube que era outra coisa, e temeu.

A re'im, ao desviar-se do jato, perdeu bastante altitude. Ben até pressentiu que se chocariam com o topo de um monte, mas, encontrando forças, ela se elevou mais uma vez.

O dragão-rei pairava gigantesco não muito longe dali, como que barrando o caminho para Nod.

— Você encontrou seu fim, guardião de livros — disse o dragão com sua voz de trovão.

Então, Ben percebeu que a batalha adiada voltava a se apresentar no momento em que menos tinha tempo para isso.

— Você resolveu assumir o lado dos shedins? — Bradou Ben, segurando Herevel firmemente. Do lugar em que estava, não tinha condições de fugir ou se esquivar do fogo do dragão-rei, por isso só lhe restava torcer que Herevel detivesse o jato que, a qualquer momento, Leviathan dispararia em sua direção.

— Você é um tolo, guardião de livros — vociferou o monstro de fogo. — Eu estou apenas do meu lado.

Então, Ben viu as palavras virarem chamas. A coluna ardente jorrou da boca do dragão. Layelá se empinou no ar em completo desespero, provavelmente se lembrando que Erev havia sido morto por aquele mesmo fogo. Ben não podia deixar de lembrar que Enosh também.

O guardião de livros apertou as botas nas ancas da re'im tentando mantê-la na posição, enquanto segurava Herevel com as duas mãos.

— *Neteh lekha al-ieminekha ô al-semolekha*[3] — ordenou.

Viu, então, o rio de fogo dividir-se ao aproximar-se da ponta da espada.

Pareceu-lhe que ficou, por vários minutos, no meio do fogaréu, sentindo o calor intenso, mas, ao mesmo tempo, nem ele nem Layelá foram atingidos, enquanto Leviathan vomitava suas chamas.

Quando o jato cessou, escutou a risada grossa do dragão-rei.

— Você se saiu bem, mais uma vez. A espada é boa. Cheia de oráculos. Mas quantos jatos desses aguentará? E se eu aumentar um pouco? O que me diz? Algum oráculo resistirá?

— Eu preciso chegar a Nod — suplicou Ben. — Os shedins estão tentando trazer o senhor das trevas do Abadom. Você precisa me deixar passar! Ou será tarde demais!

---

3 Desvia-te para a direita ou para a esquerda!

— Você é um tolo, guardião de livros — repetiu o dragão. — Não entende nada sobre Olam. Por que acha que pode fazer alguma coisa?

Suas últimas palavras foram transformadas em novo jato de fogo. Dessa vez, mesmo segurando Herevel, Ben foi arremessado para trás. O escudo de luz criado pela espada dos kedoshins parecia a ponto de ceder diante da pressão das chamas que o envolviam.

O dragão-rei interrompeu o jato de fogo, mesmo Ben tendo a impressão de que ele poderia sustentá-lo por mais tempo.

— Ficou um pouco quente? — Escarneceu o dragão. — Vai ficar mais.

Ben sabia que o dragão não estava usando todo o seu poder. Lembrava-se do espetáculo de destruição diante das muralhas de Nod. Ele podia fazer mais, entretanto, por alguma razão, estava se detendo. *Talvez, ele tema o antigo oráculo. Ou talvez, esteja apenas curioso em saber o quanto a espada pode aguentar.*

— Você sabe que eu preciso passar — insistiu Ben. — Já nos ajudou antes, destruindo o exército shedim diante das muralhas de Nod. Deixe-me passar! Minha luta não é com você!

— Eu ajudei apenas a mim — retrucou a criatura. — E você ousou desafiar-me!

Ben fez menção de incitar Layelá, mas o dragão moveu-se no ar, preparando-se para jorrar fogo mais uma vez.

— Esse foi o último aviso — trovejou o dragão. — Retorne agora, ou será consumido.

— Por que quer me impedir de chegar a Nod? Sabe o que eu preciso fazer lá? Quem o enviou? Foram os shedins? Está sendo manipulado por eles!

— Você é petulante guardião de livros. Ninguém manipula Leviathan. Você pagará pela audácia de usar o gelo luminoso contra mim.

— Você ia destruir Nod!

— Eu vou destruir Nod.

— Por quê?

— Porque eu sou Leviathan. Ninguém me dá ordens! E decidi que esta Era não terminará agora.

Percebendo que não poderia enfrentá-lo no ar, Ben fez Layelá mergulhar em direção ao solo. Por um momento, deu a impressão de que retornaria, porém, em um instante, Layelá tomou a direção norte, voando muito baixo, na esperança de que o dragão o confundisse com o solo escuro.

Voando naquela direção, não se afastaria muito da rota para Nod e, talvez, mais a frente, conseguisse contornar e voltar, mesmo que fosse pelo lado do Yam Kademony.

O rugido distante, entretanto, deu-lhe a certeza de que o dragão não se deixara enganar e estava ainda mais furioso.

Layelá voou o mais rápido que conseguia, mesmo assim Ben viu uma coluna de fogo passar muito perto e incendiar a floresta de pinheiros abaixo. Não adiantaria voltar atrás. Leviathan estava furioso e fora de controle, como sempre ficava quando era enganado.

Ben ouvia os rugidos cada vez mais próximos, enquanto Layelá esforçava-se por fugir. Pressentiu que nova coluna de fogo o alcançaria e mergulhou outra vez a re'im. Foi só uma fração de segundo antes do fogo passar sobre ele.

Uma elevação surgiu adiante, e a re'im empinou o corpo para tentar superá-la. Leviathan despedaçou o cume da montanha e continuou em seu encalço. Foi quando a superfície de um lago abriu-se sob as patas de Layelá. Ben viu o reflexo da imagem monstruosa do dragão-rei atrás de si e não acreditou quando as águas do lago ficaram subitamente douradas. Os vapores subiram verticalmente quando o fogo entrou em contato com a água. Layelá desviou-se dando uma guinada para o leste, aproveitando a nebulosidade que dificultava a visão, e depois tomou o sentido norte. Por um instante o desvio funcionou, e o dragão-rei não os localizou no meio da névoa intensa que ele mesmo havia criado.

A re'im subiu para as nuvens, onde talvez pudesse ocultar-se em meio às montanhas cinzentas gigantes que cobriam aquela parte de Olam.

Ben continuava escutando os trovões e vendo os clarões liberados pelos jatos de fogo do dragão-rei, lançados aleatoriamente contra as nuvens. Não tinha certeza sobre qual parte de Olam estava, mas sabia que havia voado para o norte, pois enxergou abaixo picos gelados se formando. Provavelmente, estava próximo das Harim Keseph. Era uma região bastante perigosa para sobrevoar, pois havia tempestades sobre as montanhas. Uma queda naquela região inabitada poderia ser fatal. Mas por ora, a preocupação com Leviathan no encalço dele superava todas as demais.

Quando acreditou que tivesse despistado o dragão, outra vez a coluna de fogo passou muito perto e dourou as nuvens, obrigando Layelá a descer e sair do meio delas. Havia sido descoberto. O dragão também saiu das nuvens, dessa vez voando muito próximo. Ben percebia que estavam muito ao norte de Olam.

Layelá mergulhou, e Ben sentiu a neve atingindo seu rosto. O gelo se apegava às asas dificultando ainda mais o voo da já enfraquecida re'im.

Talvez o reflexo cinzento das montanhas escuras cobertas de neve oferecesse um esconderijo natural para a re'im negra com asas prateadas. Porém Ben não queria contar com isso e pensava em um modo de enfrentar o dragão. Lamentou não estar com as quatro pedras amarelas de Litili. Deixara-as com os gêmeos, que deveriam posteriormente levá-las para Bethok Hamaim.

Ben pressentiu mais uma vez que o fogaréu o atingiria. Só lhe restava torcer para que o dragão já tivesse consumido bastante de seu poder com os sucessivos jatos. Porém, a quantidade de fogo que mais uma vez passou perto de Layelá fez evaporar essa ilusão como as águas do lago haviam evaporado há pouco.

O novo fogaréu que o atingiu pelas costas foi mais do que ele poderia desviar. Mesmo tendo se virado sobre Layelá e brandido a espada contra o fogo, Ben sentiu o terrível calor abrasando-os. Layelá caiu. A re'im desceu praticamente na vertical enquanto o dragão-rei mergulhava outra vez atrás deles. Ben compreendeu que se chocariam com o chão das montanhas. A re'im ferida não encontrava forças para subir. E, talvez, o dragão os atingisse antes mesmo disso, pondo um fim a tudo.

Então, algo estranho aconteceu. Ele viu o que parecia ser gelo subindo do chão em sua direção. O estranho material passou perto, porém avançou em direção do dragão-rei. Abaixo, em meio à nevasca intensa, cinco behemots cuspiam gelo em um ataque conjunto ao dragão.

Encontrando um último resquício de forças, Layelá equilibrou-se e passou pelo meio dos monstros, mas não evitou totalmente a queda. O chão aproximou-se vertiginosamente e, após duas tentativas de pouso, a re'im chocou-se dolorosamente com a neve.

Enquanto as ancas poderosas tentavam amaciar a queda, Ben foi arremessado e afundou na neve ainda fofa, sentindo o gelo como farpas em seu rosto e mãos desprotegidos.

Quando conseguiu se levantar, Ben percebeu que estava relativamente distante da batalha. Mas não sabia se era o suficiente para ser considerado seguro.

Leviathan viu os behemots e os enfrentou. Gelo e fogo bateram-se em explosões sucessivas, na cena mais assustadora já presenciada pelo guardião de livros.

Ben sabia que devia partir para Nod, enquanto Leviathan estava ocupado com os behemots. Layelá, entretanto, não tinha condições de voar. Havia ferimentos e queimaduras em uma das laterais da re'im.

Ao longe, as explosões dos confrontos entre os mais antigos inimigos do mundo intensificavam-se. Finalmente Leviathan havia encontrado um desafio à sua altura.

Ben tentou ajudar Layelá a levantar-se, porém a re'im não conseguiu colocar-se em pé. Além de ferida, estava cansada até o limite. Sabia que, se insistisse, poderia sacrificá-la. Por isso não teve opção senão esperar que ela recuperasse as forças.

Com dificuldades, também sentindo dor por todo o corpo, ele caminhou de volta e subiu em uma rocha para enxergar a batalha. Protegeu-se da nevasca sob um parapeito natural. Então, assistiu ao maior confronto de sua vida. Dois behemots já estavam tombados sobre a neve, porém três ainda enfrentavam Leviathan. Havia gelo nas asas do dragão e também nas protuberâncias de suas costas, e uma das asas parecia bastante ferida.

A tática dos behemots era justamente prendê-lo ao chão, por isso cuspiam gelo em suas asas. Mas, mesmo no chão, o dragão era maior que os behemots e o fogo lançado por ele os atingia impiedosamente.

Os behemots atacavam e recuavam sistematicamente, cercando o dragão, e obrigando-o a dividir seu poder de fogo. Pretendiam exaurir as forças dele naquelas regiões geladas. Pareciam estar obtendo êxito. O dragão havia cometido um erro ao ter voado tanto para o norte. Mesmo assim, era um inimigo imprevisível.

Outro behemot não suportou as chamas e caiu; porém, Ben viu ao longe mais quatro ou cinco monstros aproximando-se velozmente. O dragão-rei também os viu e, talvez, pela primeira vez, tenha se sentido em desvantagem. Lutava no território deles e a nevasca ficava cada vez mais intensa.

Leviathan tentou espantar o gelo de suas asas e lançar-se ao alto com um movimento a fim de diminuir sua vulnerabilidade no chão. As escamas do ventre se moveram quando ele se lançou sobre o gelo, mas não lhe deram força suficiente para decolar em um só impulso. Os behemots tentaram impedi-lo, e nova camada recobriu as asas imensas. O dragão não interrompeu o movimento e decolou. Foi insuficiente. O imenso corpo despencou sobre as montanhas, lançando neve e rochas em todas as direções.

Os behemots foram atrás dele e o atacaram em solo num verdadeiro corpo a corpo colossal. Garras e dentes se atracaram, e os urros foram aterrorizantes.

Com uma mordida o dragão-rei decepou a cabeça de um dos adversários, mas os dentes de outro o atingiram no flanco. O dragão urrou e mais uma vez tentou se desvencilhar e se elevar. As asas feridas se agitaram, e as garras tentaram impulsioná-lo sobre as rochas. O corpanzil subiu, livrando-se temporariamente das garras inimigas, porém os behemots despejaram todo o seu gelo.

Ben viu que Leviathan ia despencar outra vez e se aterrorizou ao perceber que o dragão vinha em sua direção. Sem conseguir subir, a criatura gigante despedaçava as rochas e espalhava neve e fogo a alturas impressionantes.

O guardião de livros percebeu que não havia tempo para escapar. Encurralado entre as montanhas, viu as explosões de fogo se aproximarem vertiginosamente do lugar onde ele estava.

Como naquele dia diante da saraph, Herevel aqueceu-se em sua mão, porém dessa vez muito mais. Quando o monstro surgiu à sua frente, envolto em fogo e trevas, com as asas enchendo o céu e a cauda cobrindo a montanha, a Espada de *El* carregou-se do poder dos elementos — gelo e fogo, luz e sombras. A energia do mundo e do submundo a percorreu, e ela resplandeceu.

Talvez, ao ver Herevel tão próxima brilhando como o sol, o dragão-rei lembrou-se do antigo oráculo, então abriu suas mandíbulas destruidoras e despejou o resto de seu poder. Herevel absorveu a energia do dragão. Então Ben rebateu as chamas com um golpe, e o mundo perdeu toda lógica. Um poder incompreensível deteve o avanço de Leviathan. No mesmo instante, como se todas as leis da gravidade tivessem se invertido, o corpo colossal flutuou no ar, e depois recuou, arremessado para trás.

O corpanzil chocou-se com as rochas pontiagudas recobertas de gelo, e várias asas se feriram ainda mais com o impacto.

Ben viu que o dragão-rei estava bastante debilitado. As forças da criatura esgotavam-se no norte gelado.

O guardião de livros correu até ele. Herevel soltava descargas e dava trancos em sua mão. Havia alcançado o auge de seu poder.

Ben segurou a espada diante dos olhos de fogo que se apagavam. Viu-se refletido naqueles olhos terríveis. Seu rosto também parecia em chamas e ardia por causa do choque com o gelo.

E foi assim, que, em um instante, o guardião de livros viu-se diante da possibilidade de realizar o maior feito da história de Olam.

Ele relutou no último instante. O oráculo falava que a destruição de Leviathan traria o fim da Era dos homens.

Percebeu que ao longe, os behemots sobreviventes apenas o observavam. Se ele não completasse o trabalho, os monstros completariam.

Foi apenas um golpe. A espada de *El* liberou todo o seu poder iluminando as nuvens escuras que cobriam o norte de Olam.

— Você é um tolo, guardião de livros — disse Leviathan, antes de fechar os olhos de fogo.

21 A Encruzilhada do Mundo

Um sa'irim conseguiu furar o bloqueio de plantas e adentrou o círculo central onde os latashim concluíam a rede.
— Cuidado! — Gritou Tzizah sem conseguir deter a criatura. Viu a barbatana rasgar a água em direção ao templo. Suas plantas não podiam mais alcançá-la.

Tzizah apavorada viu o sa'irim nadando na direção do barco onde estava Benin. Se a criatura desestabilizasse o latash, a rede se perderia. Então, viu Merari saltando do alto da passarela para dentro do rio. Ele se atracou e lutou com a criatura dentro da água. Instantes depois, Merari nadou para a margem. Havia um ferimento horrível em uma das pernas dele, mas o sa'irim estava abatido.

— Todos juntos! — Bradou Benin, ao observar que o giborim havia conseguido deter o sa'irim.

Tzizah observou os oito latash encostando os estiletes nas pedras enquanto os barqueiros se esforçavam por manter os barcos nas posições. Todos estavam claramente apavorados. A pressão era injusta.

Em seguida, moveram o pequeno martelinho, encostando-o na cabeça do estilete.

— Preparar! — Repetiu o líder dos lapidadores, e todos afastaram o martelinho poucos centímetros da cabeça do estilete.

— Agora! — Decretou o latash, e Tzizah ouviu o barulho do que parecia ser uma única batida de martelo sobre o estilete.

Em seguida, refizeram semelhante procedimento nas oito pedras restantes. Quando o novo clique foi ouvido, Tzizah entendeu que eles haviam completado a rede. Ainda faltava fazer a reversão do fluxo de energia, mas parecia haver tempo.

A batalha continuava ao redor. As forças recém-chegadas de Sinim, compostas de dois ou três mil homens, esforçavam-se por proteger o círculo central. Por sua vez, os shedins atacavam maciçamente. Cavalgando os dragões, os demônios tentavam alcançar o círculo central.

Um gigante saiu da água e atravessou estrondosamente a última faixa de terra. Medindo três vezes a altura de um homem, ele abriu caminho girando o pesado mangual e arremessando para longe os soldados que tentavam detê-lo.

A força do anaquim estraçalhou as construções que ficavam em seu caminho. Tzizah percebeu que ele logo alcançaria o ciclo central onde as águas giravam.

Icarel colocou-se no caminho dele segurando o tridente. O velho fazendeiro-profeta, apesar de enorme para um homem, era insignificante diante do anaquim que avançava furioso em sua direção. Mesmo assim, Icarel não se moveu. A estrela de ferro do mangual viajou pesada o suficiente para esmagar o fazendeiro, porém afundou o chão ao lado do canal. Icarel saltou antes de ser atingido.

— Você não vai passar! — Bradou Icarel, segurando o tridente em chamas.

O gigante movimentou o mangual, e a bola de ferro explodiu outra vez o chão, sem, contudo, atingir o fazendeiro.

— Isso é tudo o que pode fazer? — Desafiou Icarel.

Mais dois gigantes seguiram a trilha aberta pelo primeiro e posicionaram-se atrás com os manguais.

Por um momento, o fazendeiro assustou-se com o desafio triplo. Mas logo, seu rosto se endureceu.

— Só três? Venham quantos quiserem! Não passarão!

Então, moveu o tridente, e as cordas de fogo agarraram a corrente do mangual do primeiro gigante. Quando o anaquim puxou o instrumento, as correntes se partiram e as estrelas de ferro caíram. Com novo movimento, as cordas de fogo enlaçaram uma das pernas do gigante. O anaquim urrou quando sentiu o fogo comendo sua carne. Icarel puxou o tridente, e o gigante caiu com grande estrondo sobre as tábuas do cais. A perna dele havia sido partida.

— Aqui não é Olamir! — Bradou outra vez Icarel. — Vocês não passarão!

Enquanto Icarel detinha os gigantes, Tzizah olhou outra vez para os lapidadores. Percebeu que faltava pouco.

Porém, naquele momento, as pontes do círculo central foram baixadas e todo o exército shedim o invadiu. Tzizah viu uma invasão de chacais possuídos. Os animais estraçalharam soldados de Sinim que tentavam impedir o acesso ao templo. Os sa'irins aquáticos invadiram as embarcações e devoraram os soldados que ainda tentavam acertar os dragões com lanças.

Os próprios shedins voaram para o círculo central. Não eram muitos. Talvez uns dez ou quinze, porém ninguém conseguia detê-los.

Montando um dragão vermelho, liderando a invasão, vinha um shedim que Tzizah não conhecia. Não era Mashchit nem Naphal, porém parecia tão terrível quanto os dois. O rosto era descarnado, e ele não tinha orelhas. Ela lembrou-se de uma descrição feita por Kenan. Se estivesse correta, aquele era Rum, o príncipe de Ofel, o terceiro na hierarquia de Hoshek. O shedim estalava um chicote revestido de fogo.

Tzizah viu os shedins matando giborins como se fossem soldados comuns, e soldados comuns como se fossem crianças. O grupo de guerreiros das trevas avançou decididamente para a passarela. Abaixo deles, os lapidadores faziam os últimos procedimentos.

Merari e três giborins restantes fecharam a passagem. Mesmo ferido, o guerreiro negro enfrentou os shedins. Protegendo-se com um grande escudo e portando uma comprida lança, ele atraiu a atenção de Rum. Os três companheiros do giborim, porém, duraram pouco. Dois foram mortos por Rum, e o terceiro precisou enfrentar dois shedins de uma só vez.

Enquanto isso, Merari duelava com um guerreiro das trevas.

O giborim conseguiu desferir um golpe rápido o suficiente para ferir o dragão de seu atacante. O shedim despencou furioso vendo uma espécie de sangue preto escorrer através da armadura.

Em solo, a lança do giborim não era útil, porém sua espada potencializada com pedras shoham desferiu diversos ataques no shedim. A lâmina do giborim acertou o inimigo, e a cabeça do shedim se desprendeu do corpo. Era o primeiro shedim abatido em campo de batalha.

Rum, cavalgando o dragão vermelho, tomou o lugar do companheiro destruído. Ele não queria um duelo, queria passar a fim de deter a rede. Porém, Merari o impediu de avançar, e por isso o shedim o atacou impiedosamente desferindo golpes com um chicote com cordas de fogo. Os golpes poderosos empurraram o giborim para trás. Então, foi a vez do dragão despejar fogo contra o escudo de Merari. O giborim tentava se proteger do fogo e dos estalos do chicote. Por sorte os escombros que se espalhavam por toda a região central foram usados como abrigo, possibilitando a Merari abrigar-se detrás de uma coluna caída e livrar-se dos vários jatos lançados pelo tannîn.

Tzizah viu o guerreiro de Olam apontar a lança para o inimigo. O objeto subiu velozmente e acertou o pescoço do dragão. Fogo saiu pela boca e pela abertura onde a lança se encravou. Em seguida, o tannîn despencou.

Rum abandonou a montaria e enfrentou o giborim em solo. Seguiu-se um duelo de golpes e contragolpes. Merari defendia-se e tentava contra-atacar, mas seus ataques pareciam fracos diante do poder do inimigo. O chicote do shedim estalava, e os golpes no escudo empurravam o giborim para trás. Um estalo poderoso partiu o escudo.

Mesmo de longe, Tzizah soltou um grito de horror quando viu a cabeça do giborim desprender-se do corpo e mergulhar para dentro do Perath. O guerreiro caiu de joelhos, e, em seguida, o corpo mergulhou atrás da cabeça.

Não havia mais barreira entre os shedins e o templo das águas.

— Conectem-se! — Ordenou Benin para os latash.

Ao ver os lapidadores com as mãos sobre as dezesseis pedras, Tzizah percebeu que o esforço de Merari retardara o avanço dos shedins por tempo suficiente.

Naquele instante, o templo parou de girar. Os barqueiros travaram os remos a fim de manter os lapidadores em posição. Então, o Morada das Estrelas encheu-se de luz, como quando absorvia a luz do sol, porém a intensidade foi assustadora. Parecia que ele estava sugando toda a luminosidade do mundo.

O templo brilhou embora o céu estivesse encoberto, e a cortina de trevas lançasse suas sombras sobre o mundo. Uma luz furou a escuridão descendo do céu e sendo absorvida pelo templo. Os soldados malignos recuaram, e Tzizah acreditou que a rede havia sido estabelecida.

Observou que os raios de energia pulavam de pedra em pedra em volta do templo, atravessando os latashim que se seguravam a elas. Tzizah viu a energia atravessar o corpo de um deles e depois incendiar o barco aos seus pés. Observou os oito lapidadores tornarem-se luminosos, como se tivessem se revestido de glória.

O esplendor durou alguns segundos. Em um instante, a luz parou de descer das alturas e se confinou dentro da estrutura.

— Inverter o fluxo! — Ordenou Benin.

Com a ação dos latashim, a base invertida do grande diamante canalizou os raios de luz para o alto. O brilho subiu e se abriu em forma de um grande triângulo, alcançando o céu e furando as nuvens escuras que cobriam a cidade. Mais da metade da abóboda celeste foi iluminada com a luz do templo.

Imediatamente os shedins incitaram os dragões contra o templo, e as feras despejaram fogo sobre a estrutura de cristal.

Todas as forças malignas avançaram contra o Morada das Estrelas. Onde o fogo atingia, o vidro ficava escurecido e trincava. Dessa vez, o fogo não retornou para os tannînins.

Usando as próprias catapultas da cidade, os soldados malignos arremessavam tudo o que podiam contra o Morada das Estrelas.

Tzizah viu os gigantes lançando grandes pedaços de entulhos que se chocavam com o vidro com grandes estrondos e estilhaços.

— O ponto de vulnerabilidade! — Compreendeu Tzizah. — Eles sabem sobre o ponto de vulnerabilidade! Benin não conseguiu anulá-lo.

Não demorou até que o vidro começasse a se derreter e placas imensas despencassem para dentro do Perath.

Os corpos dos lapidadores soltaram-se e caíram inertes dentro da água. A luz do Morada das Estrelas apagou-se e o templo não voltou a girar.

— A rede falhou! — Tzizah levou as mãos ao rosto em desespero.

O templo não girava mais, nem se defendia dos ataques.

A princesa de Olamir chorava em desespero, enquanto a estrutura magnífica era demolida. Os estrondos do vidro se partindo eram altos como trovões.

Quando o templo começou a afundar, a água invadiu a calçada do segundo círculo. Logo toda a estrutura despedaçou-se e desapareceu nas águas agitadas. Uma onda varreu o círculo de terra carregando corpos e entulhos.

Então, ela compreendeu dolorosamente que essa sempre havia sido a intenção dos inimigos. Eles não queriam impedir que a rede fosse instalada, mas apenas destruir a cidade e, no momento da instalação da rede, aproveitar o ponto de vulnerabilidade, para destruir o templo. E ela havia colaborado para que isso acontecesse.

Tzizah sentiu suas mãos sendo imobilizadas. Não teve forças para lutar. A derrota era irreversível. Alguém arrancou a pedra shoham de seu pescoço e jogou-a dentro das águas.

Perto dali viu dez ou doze soldados de Bethok Hamaim ajoelhados. Entre eles encontrava-se Icarel. O fazendeiro estava sem o tridente e seu olhar era um pedido de desculpas, um lamento pela derrota.

Ela viu Rum aproximar-se. O novo tartan dos shedins ordenou que todos os soldados rendidos fossem mortos. Imediatamente, as espadas caíram sobre o pequeno grupo de sobreviventes.

Em um rompante, Icarel levantou-se, empurrou um mercenário e mergulhou no Perath. Uma chuva de flechas foi lançada atrás dele, e os soldados correram em volta do círculo para tentar encontrar o lugar onde ele sairia. Sa'irins aquáticos também se movimentaram em busca do fugitivo. Tzizah suplicou a *El* que o homem conseguisse escapar, mas as chances eram nulas. Provavelmente seria devorado pelos sa'irins.

— Todos vocês foram muito úteis! — disse o shedim segurando-a pelo queixo e levantando-a do chão. — Ajudaram-nos a consumar um antigo plano. O tempo dos homens acabou! Contemple nossa vitória!

Ele a obrigou a olhar para cidade destruída. Havia fogo em todos os círculos da cidade. A maioria das cúpulas das construções estava destruída e derretida. Os chacais devoravam os mortos. E no centro da cidade, onde outrora se erguia a mais magnífica construção de Olam, as águas se moviam confusas pelo repentino vazio.

Tzizah tentou livrar-se daquela mão de ferro que a sufocava, mas não tinha forças.

— Devorem-na! — O shedim ordenou aos oboths e a jogou no chão.

As feras possuídas se aproximaram rosnando contra ela com os dentes monstruosos à mostra.

Tzizah encolheu-se. Já não tinha forças para chamar as plantas e, de qualquer modo, sem a pedra isso era impossível. Tentou proteger-se com os braços quando as feras avançaram, mesmo sabendo ser inútil.

Então, teve a sensação de que o tempo passou mais devagar. As criaturas desfiguradas avançavam contra ela, brigando umas com as outras para devorá-la, mas, estranhamente, não conseguiam aproximar-se.

Ela sentiu vários deslocamentos de ar e teve a sensação de que o mundo balançava. Então, viu os chacais mudando enquanto avançavam em ritmo lento. Eles estavam envelhecendo. Foram emagrecendo, definhando, até caírem secos no chão.

Um relincho do alto causou nova sensação de incompreensão. O reflexo de asas brancas contrastou com tudo o que estava à sua volta. O re'im desceu. Seu pequeno chifre brilhava.

Por um momento, ninguém conseguiu se aproximar. Algum poder mágico detinha os inimigos.

Quando os cascos de Boker tocaram o chão, uma mão bondosa e conhecida se ofereceu para ela.

— Pai! — ela gritou, sem saber se era realidade ou algum sonho.

A mão gentil puxou-a para cima do re'im. As asas brancas bateram, e ela viu o céu.

*****
* * * *

A velha montanha surgiu mais uma vez no horizonte, após Layelá furar uma barreira de nuvens. As gotículas escorriam através do pelo da re'im, e um pouco de névoa ainda se prendia às asas prateadas, mas não era nada parecido com o gelo que antes a impedira de voar.

A re'im ainda se movia com dificuldades após o confronto com Leviathan e o pouso forçado nas montanhas. Com grande esforço, ela havia conseguido se levantar e decolar do local onde a nevasca formara uma sepultura de gelo para o dragão-rei. Talvez, a magia do chifre lhe desse uma capacidade incomum de regeneração, mas isso não diminuía a valentia do animal, e sua persistência em cumprir a missão de levá-lo até Nod. Ben tentava adivinhar as razões pelas quais a re'im fazia aquilo. Teria Enosh transmitido aquele conhecimento e dado aquela missão à re'im antes de morrer?

O cinzento das muralhas de Nod e das construções quadradas confundia-se com a cor das nuvens que tocavam o cume dos palácios da cidadela. Ele contemplou o cone da velha cidade, lembrando-se que o havia visto pela primeira vez de dentro de Ganeden, sob a árvore de Zamar, de onde "ouviu" o Kadim. Lembrava-se de ter admirado a estrutura alta e pontiaguda, porém jamais imaginou que um dia a conheceria e que nela, afinal, tudo se decidiria.

As asas de Layelá moveram-se, e o relincho baixo atestou mais uma vez a dor com a qual ela lutava. O esforço foi para abandonar a corrente que a empurrava em linha reta e mergulhar através de outra em direção à cidadela de Nod. Ben pretendia pousar no amplo pátio que circundava os palácios centrais.

Mesmo de longe, notou que havia muitas sentinelas na muralha interna. Quando se aproximou, os homens usando reforçadas armaduras cinzentas permaneceram imóveis como se estivessem incorporados à paisagem.

Ben enxergou os muitos escombros, resultado do cerco que durara meses. E a maioria das casas da parte baixa continuava destruída. O trabalho de reconstrução não avançava.

O chão de pedras escuras da cidadela se aproximou mais rapidamente do que Ben desejava, e as patas o tocaram com pouca suavidade despertando outra vez a dor dos ferimentos de ambos. Imediatamente, algumas pessoas correram ao encontro deles. Ben percebeu que os olhares não eram amistosos como antes e teve plena consciência de que estava em terreno inimigo.

— Levem-me até Timna e Anamim — ordenou com um gesto para que não se aproximassem. A mão sobre o cabo de Herevel era a garantia de que seria obedecido.

— Não é necessário. — A voz de Timna surgiu da entrada do palácio. — Estávamos esperando por você. Está atrasado. Parece que teve um contratempo...

Ben desceu de Layelá observando com preocupação a exaustão da re'im. Boa parte do pelo e da crina estavam chamuscados pelo fogo. E o ferimento na anca parecia bastante grave. As asas também estavam em péssimo estado.

— Tragam água e comida — ordenou para os soldados. — E também alguma coisa para colocar nos ferimentos.

Os soldados olharam para Timna à espera da confirmação.

— Vocês ouviram o que ele disse! Rápido!

Os homens dispararam em busca do que foi solicitado.

Ben caminhou em direção ao príncipe de Nod. Estranhou a presença dele ali no alto, pois imaginava que estivesse nas profundezas.

— Acreditei, pelo que você falou, que estivesse do nosso lado — disse sem conter o desprezo.

— E estou. Você não devia duvidar disso.

O príncipe de Nod não usava armadura e mantinha os cabelos pretos soltos. Contentava-se com um gibão de couro cru, com calças igualmente escuras. A espada estava presa na cintura, mas em momento algum ele fez menção de tocá-la.

— Onde está o cashaph? — Ben não quis alongar a conversa. Seu tempo era curto e não adiantava tentar entender os motivos ou intenções do príncipe de Nod.

— O latash está esperando por você lá embaixo. — Timna pôs ênfase na palavra latash em lugar de cashaph.

— É melhor vocês não bancarem os dissimulados — avisou com a mão sobre o cabo de Herevel. — Estou aqui para impedir aquilo que pretendem realizar. Não pensem em me enganar. Eu sei de tudo.

— Ora, isso me deixa aliviado, pois por um momento acreditei que você não soubesse de nada...

A ironia na voz do príncipe quase fez Ben sacar Herevel. Mas preferiu continuar com as palavras.

— Parece que você deseja assustar-me com seus soldados — disse apontando para as sentinelas sobre a muralha e também para os guardas que se movimentavam no pátio.

Ben sabia que, se precisasse enfrentar todos eles ao mesmo tempo, isso o retardaria bastante, principalmente porque não poderia contar com Layelá, porém não podia demonstrar insegurança.

— Não ousaríamos desafiar o portador de Herevel — disse o príncipe de Nod. — Além disso, parece que agora não mais o chamarão de "matador de saraph", mas de "matador de Leviathan". Você venceu todas as suas batalhas. Será lembrado por gerações. Será uma verdadeira lenda. E lendas não podem ser ameaçadas.

— Como você sabe a respeito de Leviathan?

— As pedras de Anamim revelam uma porção de coisas interessantes. Você se surpreenderá ainda mais.

— Leve-me até ele imediatamente.

— Estou aqui tão somente para isso — disse com um gesto de cortesia.

Ben seguiu Timna em direção ao palácio central. Andava cautelosamente atrás dele, sem nunca tirar a mão de Herevel. A espada estava quente. Sentia-a continuamente soltando as descargas de energia. Havia mais poder nela desde o confronto com o dragão. Esperava que fosse poder suficiente para o desafio que o aguardava nas profundezas.

Observou quando Timna abriu a passagem para o submundo, aos pés do grande trono de mármore negro. Desceu atrás dele, tomando cuidado para pisar com segurança nos degraus curtos e desgastados que conduziam às profundezas da velha montanha.

Timna iluminava a descida com uma pedra vermelha.

— E pensar que essa passagem sempre esteve aqui — disse Timna. — Gostaria de saber se os sacerdotes tinham conhecimento dela.

Não demorou para acessar o túnel em que ele e Enosh andaram na noite em que fugiram das masmorras.

— Há quanto tempo você e Anamim se conhecem? Há quanto tramam juntos?

— Nos conhecemos desde que nossos pais se encontravam para falar sobre o passado e, principalmente, sobre como recuperariam as coroas tiradas por Olamir.

Acho que éramos crianças na época. Mas não tramávamos naquele tempo. Aliás, só começamos a fazer isso muito recentemente, quando as circunstâncias nos obrigaram. Há poucos dias Anamim me revelou a existência deste lugar e também dos verdadeiros perigos que cercam Olam.

— E acreditam que conseguirão realizar seus intentos trazendo os shedins de volta do Abadom?

— Não tire conclusões precipitadas. Há muitas coisas que você desconhece... Você está preparado para se encontrar com seu passado, guardião de livros? Ele poderá fazer com que veja as coisas por outro ângulo.

Ben vinha pensando a respeito daquilo durante todo o voo do norte. Sabia que tudo se relacionava com o passado. Um passado que Enosh lhe ocultara. Acreditava que houvesse relação com seus pais. Enosh dissera que eles eram mineiros nas Harim Adomim, mas que, antes disso, seu pai havia sido um latash, e sua mãe alguém de sangue nobre. Disse que sua mãe havia fugido para viver com seu pai. Um amor proibido. Ben não sabia dizer quais partes da história contada por Enosh eram verdadeiras, ou mesmo se havia alguma verdade em tudo aquilo, sabia apenas que Thamam havia cometido algo muito errado na noite em que ele, o guardião de livros, nascera.

Estava preparado para enfrentar o que fosse necessário. Tentava convencer-se de que o passado não importava. Estava ali para impedi-los de completar algum ritual que traria o senhor das trevas de volta do Abadom. Faria isso, mesmo que lhe custasse a vida.

Descobrira as intenções deles juntando as peças dos acontecimentos. Enosh o advertira quanto a isso pouco antes de morrer, mas Ben não tivera condições de compreender. Porém, quando Layelá o levou para Nod, o enigma começou a ser desvendado.

E, quando pensava em tudo o que havia acontecido, sentia vontade de esmagar o pescoço de Anamim. Ele fora o responsável pela morte de Enosh. Por culpa dele havia acreditado que seu mestre era o cashaph. Ben só queria entender o porquê da atitude de Anamim.

— O passado não importa — disse entre os dentes. — Mas vocês dois terão muito a explicar sobre o presente.

Algo parecido Gever dissera-lhe em Ganeden. Sabia, então, que o irin o havia preparado para aquela hora. Mas fora suficiente? E o que de fato o aguardava?

— O passado importa muito — contrariou Timna apoiando-se com as mãos nas paredes, a fim de descer os degraus íngremes e estreitos daquela parte do fosso.

— Especialmente quando há dívidas não pagas. Quando o presente tenta ignorar isso, acaba pagando com juros.

— Suas palavras não significam nada para mim, traidor. Estou aqui para cumprir meu destino.

— É claro que está.

Por fim, adentraram a antessala onde Ben havia lido a inscrição dos kedoshins. Os riscos ainda estavam lá. Ben parou diante deles. Tinha poucas expectativas de decifrar mais alguma coisa da língua mágica. Mesmo assim tentou. Talvez, ela esclarecesse os mistérios faltantes. Mas os riscos continuaram apenas riscos.

Conformado, o guardião de livros entendeu que precisava contentar-se com o que já havia sido revelado.

— Dizem que só pode ser lida uma vez — Timna reverberou o que Ben já sabia. Ben relembrou mentalmente as palavras surgidas naquela noite.

Covardia trará a escuridão

E também as palavras do arco das fissuras.

Sacrifício trará o juízo

Guarde as palavras — dissera Enosh. — *Um dia elas se encaixarão na frase da sua vida.*

Virou-se e silenciosamente continuou seguindo o príncipe de Nod pelo submundo, respirando o pesado ar das profundezas.

Após uma escadaria extensa e irregular capaz de fazer qualquer um perder completamente a orientação, um antro revelou-se sob a luz da pedra que Timna segurava. Havia no centro um parapeito redondo que escondia um fosso. E, diante do parapeito, estava o loiro Anamim.

Um cheiro fétido subia do fosso e também alguns grunhidos estranhos, como se algo estivesse adormecido nas profundezas.

— É espantoso — disse o latash, vestindo uma longa túnica vermelha adornada com pedras. Parecia a túnica de Har Baesh. — Tudo e todos tentaram detê-lo, mas você está aqui. Até mesmo Leviathan se colocou em seu caminho, mas nem a criatura mais poderosa do mundo conseguiu impedi-lo de vir para este lugar. Isso me faz acreditar em alguma forma de destino. Você cumpriu o oráculo de Herevel. Graças a você, uma nova Era será iniciada.

— Guarde suas palavras, traidor. Três vezes traidor. Traiu-nos na floresta de Ellâh, traiu Thamam em Olamir e traiu Enosh muito antes disso.

— E graças a isso vocês prosperaram — disse Anamim com seriedade. — Porém eu jamais traí Enosh. Eu nem poderia, pois há um juramento que não pode ser quebrado.

— Chega de discurso — interrompeu Ben, segurando o cabo visível de Herevel. — Você vem comigo. Terá muitas explicações a dar diante do conselho cinzento.

Ben apertou o cabo de Herevel não para ameaçar o latash, mas para que a espada lhe desse discernimento, ou, talvez, coragem.

— O conselho cinzento está morto — respondeu Anamim. — Dizimado pela energia do templo em Bethok Hamaim. Infelizmente, um sacrifício necessário para um grande objetivo.

— Traidor! — vociferou Ben. — Você matou Evrá também? Onde está a águia?

— Era o único modo de a princesa não descobrir o plano antes da hora. E foi ela quem pediu que eu enviasse a águia para Bethok Hamaim. Eu só atendi ao pedido dela. Porém precisei revelar o segredo para outras pessoas. Caso contrário, ela estragaria as coisas. Você precisa entender o que realmente está em jogo. Algo muito maior... Algo que você ainda não compreende... Nenhum sacrifício pode ser considerado grande demais diante disso. Logo você entenderá.

— Então, toda essa história da rede foi um estratagema seu? Com que objetivo? Apenas nos distrair?

— Como você é lerdo para compreender as coisas, guardião de livros! A rede era necessária. Sempre foi. Não para fazer a cortina de trevas recuar, mas para anular o poder do Morada das Estrelas. A existência do templo dos kedoshins em Olam era um empecilho para o que faremos aqui. A rede tinha um ponto de vulnerabilidade. No momento de ser instalada, ela anulava as defesas do templo. Só assim ele podia ser destruído. Enosh sempre soube disso.

— Covarde! Você condenou uma cidade!

— Melhor uma cidade do que um mundo. Isso eu também aprendi com Enosh.

— Não mencione o nome dele! Você não é digno! Fez-me acreditar que ele era o cashaph, quando sempre foi você!

— O dragão-rei tinha razão. Você é um tolo, guardião de livros — ironizou o latash. — Ainda não entende nada.

— E você é um louco! — Retribuiu Ben. — Eu não permitirei o que pretende fazer. Você se aliou às forças das trevas, e chegou a hora de pagar por isso! Você pagará pela morte de Enosh! E não libertará os shedins do Abadom!

Ben sacou Herevel da bainha. A espada dos kedoshins reluziu no submundo. Ben sentiu o coração se fortalecer ao segurá-la.

Anamim olhou para Herevel, mas nenhuma emoção passou por seu rosto magro.

— Pensei que, após tudo o que você vivenciou, soubesse que as coisas não são assim tão simples. Forças das trevas, forças da luz, bem e mal, verdade e mentira! Tem mesmo certeza de que, em última instância, essas coisas são realidades opostas?

— É tolice sua tentar me enganar com palavras dissimuladas. Você pagará pelos seus crimes!

Ben avançou em direção ao latash.

— Quem foi que idealizou a rede? — perguntou sarcasticamente o latash.

Ben parou.

— Enosh não pretendia... Ele queria expulsar os shedins.

— Enosh sempre soube do ponto de vulnerabilidade da rede... — repetiu o latash.

— Não tente manchar a memória dele! Enosh acreditava que podia reverter o ponto de vulnerabilidade. Ele salvou Nod!

— É claro que salvou. O que ele pretendia realizar, só pode ser realizado aqui. Está na hora de você saber tudo sobre seu passado. Conhecer quem era seu pai e sua mãe. Você é o maior exemplo de que bem e mal podem conviver. É a prova de que as coisas não são o que parecem ser. Está preparado?

Ben titubeou. Desejara aquilo praticamente cada um de seus dias. Mas, naquele momento, o modo como Anamim falava, fez Ben ter um estremecimento. Suas palavras dissimuladas o incomodavam profundamente.

Não importa como nascemos, importa como vivemos e, por fim, como morremos. Lembrou-se outra vez das palavras de Gever. Tentou apegar-se a elas. Não precisava saber de nada. Apenas fazer o que era certo.

Sua vontade, mais do que nunca, era avançar contra o latash e por um fim a tudo. O latash era cheio de truques, mas não era páreo para a espada que derrotou o dragão-rei. Sua missão era impedir que ele fizesse o que planejava para o futuro. E, assim, vingaria Enosh... A menos que ele estivesse dizendo a verdade... A menos que Enosh...

— Fale — viu-se dizendo após baixar parcialmente a espada. Não podia eliminar a única possibilidade de saber quem de fato era, mesmo sem saber se podia acreditar.

— Seus pais jamais foram mineiros — começou Anamim com satisfação. — Enosh inventou isso. Ele não teve coragem, ou, provavelmente, não quis contar toda a verdade, pois você ainda não estava preparado para saber, por isso criou essa história sem sentido. Mas ele lhe disse uma verdade. Sua mãe era nobre de nascimento.

— Quem foram meus pais?

— Antes devo dizer quem era seu avô. Ninguém menos do que Tutham, o Nobre.

— Tutham, o Melek? — Ben perguntou incrédulo.

— Por que você acha que essa espada se deixa manejar por você? Sim, você é neto dele, por isso tem o direito de usá-la.

— Você está dizendo que eu sou filho de Thamam? E Tzizah é minha... — o pensamento o assombrou.

— Irmã? — completou Anamim. — Não! Tzizah não é sua irmã, você não é filho de Thamam, é neto dele!

— De Thamam ou de Tutham? — perguntou cada vez mais confuso.

— Dos dois. Afinal, são uma só pessoa. Tutham não morreu em Ganeden. O túmulo em Olamir está vazio. Após um longo tempo, ele retornou com a alegação de ser um descendente legítimo do antigo Melek. Assumiu o nome de Thamam, invocou o julgamento por pedras, e foi reconhecido como descendente de Tutham.

— Você quer que eu acredite nisso? — perguntou Ben exasperado. — Como Thamam conseguiria convencer o Conselho de que era descendente de Tutham? As pedras o denunciariam... Ou então ele seria considerado um usurpador, como o grão-mestre-lapidador que tentou reinar antes dele.

— Enosh o ajudou — revelou Anamim. — Obtendo com isso a promessa do Melek de que poderia continuar com o Olho verdadeiro... Há cerca de duzentos anos, através de provas falsificadas pelo conselho cinzento, as pedras de Olamir atestaram que ele era um descendente de Tutham, e o Conselho de Olamir não teve outra opção senão o reconhecer como Melek, afinal ele tinha sangue real, ao contrário do usurpador. Porém, como você sabe, Thamam jamais teve a mesma autoridade de Tutham, pois consentiu em dividir o governo com o Conselho, e isso foi necessário para assegurar a paz.

Ben tentou avaliar aquelas informações. Parecia uma grande loucura, mas talvez fizesse sentido... E havia mesmo algo especial em Thamam.

— Thamam ficou todo aquele tempo em Ganeden? — Perguntou tentando entender. — Onde ele esteve antes de voltar para Olamir?

— Isso ninguém sabe. Mas Enosh desconfiava que ele não estivera em Ganeden durante todo o período. De qualquer modo, isso não faz diferença para você. O que faz diferença é que, posteriormente, Thamam casou-se e teve uma filha.

— Tzillá...

— Sim, a jovem e linda princesa de Olamir, herdeira do trono. Sua mãe.

Ben sentia que sua cabeça ia dar um nó. Lembrou-se do rosto da princesa no labirinto das fissuras. Por isso algo o transtornou quando viu o rosto. Estava contemplando a face de sua mãe?

— Na noite do casamento, Tzillá foi raptada. A mãe dela tentou defendê-la, como você sabe, mas acabou sendo morta. Os vassalos foram os autores, mas quem arquitetou todo o plano foi Mashchit. Os inimigos infiltraram-se entre a comitiva de Bethok Hamaim que foi para a festa. A jovem princesa foi levada para Bartzel e depois para Schachat. Ela foi encontrada tempos depois, exatamente na noite em que estava para dar à luz.

— Então, você está dizendo que eu sou filho de alguém de Bartzel? — Ben sentia-se cada vez mais incrédulo e aflito.

— Houve algum risco de que isso tivesse acontecido, porém, não, você não é filho do rei do bronze ou de qualquer mercenário de Bartzel.

— Quem é meu pai? — Ben não suportava mais retardar aquele conhecimento. — Fale logo!

— Acredito que Enosh tenha lhe contado que, há muito tempo, os shedins tentam aperfeiçoar os nephilins — explicou Anamim. — Acreditavam que, se tivessem as pedras certas, poderiam gerar filhos que, não obstante, estivessem livres da cortina de trevas. Na noite em que você nasceu, Thamam e Enosh chegaram juntos em Schachat. Pistas divergentes indicavam que a princesa ainda estava viva, porém umas diziam que ela estava em Schachat e outras indicavam Bartzel. Um estratagema, para dividi-los e deixar Olamir desprotegida... Kenan partiu para Bartzel, porém, no meio do caminho, descobriu que havia sido enganado e retornou para Olamir a tempo de impedir que os vassalos roubassem o Olho de Olam. Thamam e Enosh foram para Schachat. Os dois encontraram Tzillá no exato instante em que você deveria vir a este mundo de escuridão. Você já deve ter visto como as mulheres que carregam um filho de um shedim ficam quando estão para dar à luz... Thamam entendeu tudo assim que a viu...

— Filho de um shedim? — A voz de Ben foi apenas um sussurro.

— Elas não têm muitas chances de sobreviver — completou Anamim. — Thamam encontrou a filha naquele estado, grávida, pronta para dar à luz... Ele realmente não podia permitir isso. Em parte, foi justificável...

Ben lembrou-se das mulheres em Schachat. Não podia ser verdade.

— O que você quer dizer com "ele não podia permitir"?

— Que ele não permitiu. Ele a matou antes que desse à luz. Cortou a garganta dela.

— Você está mentindo! Eu não acredito nas palavras de um traidor!

— Por que você acha que o Abadom se abriu para ele? Ele degolou a própria filha! O Abadom não recebe inocentes. Thamam não podia deixar sua própria filha gerar um nephilim. Certamente foi o ato mais difícil já praticado por um pai.

Ben sentiu as lágrimas amargas correndo pelo rosto. Lembrou-se das palavras dos juízes nos portais do Abadom. Eles o chamaram de "maior ofendido" da situação.

Só naquele momento fazia sentido. O crime de Thamam fora matar a própria filha. Sua mãe...

— Então, eu sou... Eu sou... Quem sou eu?

— Você é o filho do submundo — disse o latash.

Ben direcionou Herevel para Anamim. Apertou firmemente o cabo da espada com as duas mãos.

— Isso é desnecessário — disse o latash, sem mostrar preocupação com a postura ameaçadora do guardião de livros. — Nós estamos do mesmo lado. Sempre estivemos.

— Eu não estou do seu lado — recriminou Ben apontando a espada para ele com mais firmeza. — Nunca estive. Não tente me enganar.

— Há muito os shedins o aguardam. Você pode reverter o tratado do mundo e do submundo que confinou injustamente a maioria das criaturas ao Abadom e limitou as demais à cortina de trevas. Você não pode negar sua natureza. Você sente isso...

— Eu não sou um maligno... Eu não sou um... Um demônio.

Ben balançava a cabeça negativamente. — Eu não sou... Eu não sou...

— Você faz ideia das potencialidades que estão à sua disposição? Compreende os poderes gigantescos que foram postos em ação para trazê-lo a este mundo? E, por causa disso, tudo o que você pode fazer?

Ben se recusava a aceitar que fosse verdade.

— Como... como eu sobrevivi? — Naquele momento, precisava saber de toda a verdade, por mais dolorosa que fosse.

— O latash salvou você — explicou Anamim.

— Enosh?

— De algum modo, o corpo morto da jovem princesa expeliu você. Thamam esperava encontrar algum mostrengo, mas era só um bebê aparentemente humano. O primeiro bebê perfeito em centenas de anos resultado da união da raça humana com os shedins. Mesmo assim, Thamam queria matá-lo. Mas Enosh não deixou.

— Por quê?

— Porque era a primeira vez na história que nascia um híbrido perfeito. Um que podia andar tanto na luz quanto na escuridão. Enosh enganou o Melek. Usou de uma ilusão para fazê-lo acreditar que havia esmagado sua cabeça com uma pedra. Thamam estava tão desolado que acreditou.

— Por que Enosh não me matou? — insistiu Ben.

— Para não desperdiçar todo o trabalho que teve! — Respondeu Anamim. — Ele ajudou os shedins a gerar você. Forneceu as pedras apropriadas, as quais mantêm a mulher viva até o momento do nephilim nascer. Sem elas, os shedins jamais teriam obtido sucesso. Há muito tempo o cashaph os ajuda. E há muito tempo eles também colaboram com ele. O pacto deles envolvia duas coisas: libertar o senhor das trevas e manipular a magia antiga. Em troca da segunda, Enosh realizaria a primeira.

Ben balançava negativamente a cabeça. Não podia acreditar. Não era possível...

— Você está mentindo! Enosh jamais faria isso. Ele não era o cashaph! Você é o cashaph! Não tente me enganar!

— Junte todas as peças — retorquiu Anamim. — Certamente você me elogia achando que eu fosse o cashaph, mas como um jovem como eu poderia ter conhecimento para tudo isso? Quem mais, além de Enosh sabia lapidar as pedras que possibilitavam minimizar os efeitos da mistura das raças? O velho latash tinha condições de ser o cashaph... Ele conversava com os shedins há muito tempo... Você sabe disso.

Ben lembrou-se outra vez das palavras de Enosh antes de morrer. *Eu ajudei os shedins... Há muito tempo falo com eles... Por sua causa eu fiz o que fiz... Tentei manipular o destino de um modo que jamais deveria ter feito...*

— Então, por que ele me escondeu? Por que me levou para Havilá?

— Para esperar o momento certo.

— O momento certo para quê?

— Para reverter o tratado do mundo e do submundo e manipular o poder da magia do Abadom. Houve um tempo em que Enosh acreditou que poderia fazer isso sem libertar os shedins aprisionados. Mas hoje sabemos que não é possível. Ele me incumbiu de ajudá-lo no intento dele, antes de trazer Leviathan para Nod. O velho sabia que não sobreviveria, pois utilizou uma técnica de absorção da vitalidade de um animal para ter sobrevida. Porém, fez uso dela de modo exagerado, então os efeitos colaterais tornaram-se incontroláveis. Ele já havia se sacrificado por você mesmo antes de atrair Leviathan.

Ben era pura desolação. Olhou para Herevel, sentindo-a esfriando em sua mão. Não era digno de usar aquela espada. Não era digno do caminho da iluminação.

Eu sou uma aberração. Eu sou um monstro.

Entendia agora por que o tartan o poupara na batalha de Nod. Tudo finalmente se encaixava. No fundo, sempre desconfiara que havia algo profundamente errado consigo mesmo. Mas seus piores temores eram insignificantes diante da realidade.

— Eu... O que devo fazer?

— Está vendo estes pergaminhos? — Anamim revelou dois pequenos rolos que segurava. Não deviam ter mais do que um dedo de espessura e, mesmo assim, enrolavam-se várias vezes. Eram escritos por dentro e por fora com letras minúsculas que o olho humano não conseguia ler. — Há três assim. São as instruções dos kedoshins sobre como manipular a magia antiga. Foram dados aos imperadores do Oriente por um grupo de shedins que desobedeceu às ordens do Grande Conselho.

— Como... onde você conseguiu isso?

— Pertenceram a Thamam. Eram tesouros passados de pai para filho em Olamir. Após a condenação do Melek, eu os retirei da cidade antes que fossem destruídos.

Ben lembrou-se de ter visto pergaminhos no escritório de Thamam na noite em que partiu de Olamir, mas não se lembrava especificamente daqueles, até porque, eram muito pequenos.

— Então, essa era sua verdadeira missão lá?

— Enosh enviou-me para Olamir a fim de que eu os obtivesse. No momento em que você reverter o tratado, as palavras escritas aqui, quando forem pronunciadas em voz alta, colocarão o poder do Abadom sob nosso controle. Era para Enosh estar aqui a fim de fazer isso, mas infelizmente ele não sobreviveu. No entanto, eu e você podemos fazer.

— E todos os shedins retornarão do Abadom — completou Ben.

— Quem disser as palavras quando o Abadom for aberto, se tornará senhor do amanhã! Veja! Há dois manuscritos. Um para você outro para mim. Pronunciaremos as palavras ao mesmo tempo. Como os três imperadores do Oriente, dividiremos o poder igualitariamente. Essa é a proposta que eu lhe faço. Dividiremos todo o poder do Abadom. Com a magia antiga, até os shedins precisarão nos respeitar. Você pode tornar isso realidade. É o único que pode.

— Parece que todo mundo espera muito de mim — disse Ben amargamente, lembrando-se de seu mestre. *Então, ele só queria me usar.*

— Para que o tratado do mundo e do submundo seja anulado, e o poder pleno da magia seja resgatado — continuou Anamim — diversas tarefas precisam ser completadas. Os maiores poderes deste mundo devem ser quebrados. Um deles era o Morada das Estrelas. Enosh idealizou a rede das pedras amarelas para anular o poder de defesa do templo a fim de que os tannînins pudessem destruí-lo.

— Você está dizendo que todo o conselho cinzento sabia disso e que trabalhou esse tempo todo apenas para fazer uma rede que pudesse destruir o templo?

— É claro que não! O conselho cinzento não sabia de nada. Você acha que eles estariam dispostos a morrer se soubessem do que se tratava? Eles fizeram o que Enosh ordenou. Achavam que salvariam Olam com isso. E de fato salvaram, mas não exatamente como pensavam. Eles não imaginavam que os shedins conhecessem o ponto de vulnerabilidade da rede.

Ben acreditava que não era possível atingir um estado maior de desolação. Seria possível que Enosh fosse um homem tão cruel assim?

— Mas havia outro poder que precisava ser quebrado — prosseguiu Anamim, para espanto ainda maior do guardião de livros. — Um bem mais difícil...

— Leviathan... — deduziu Ben.

— Essa era a parte mais complicada do plano. Nós sabíamos da existência do antigo oráculo, mas não acreditávamos que você seria mesmo capaz de cumpri-lo. No entanto, você surpreendeu mais uma vez quando o dragão-rei se colocou no seu caminho. Eu já estava até mesmo conformado com a ideia de obter apenas parcialmente o poder do Abadom, caso o dragão-rei não fosse destruído. Mas agora isso não é mais problema. Percebe o quanto você está destinado para isso? Seria tolice tentar ignorar...

Ben sentia o círculo se fechando em torno dele. Tudo de fato parecia colaborar para que ele fizesse o que Anamim desejava.

— E para que a magia antiga seja liberada — continuou o latash, revelando que havia mais — os três portais fora de Hoshek, de onde o Abadom pode ser acessado, deviam ser abertos. Seu amigo Adin abriu o primeiro em um lugar chamado Lago de Fogo muito ao oriente de Sinim, graças ao pergaminho, semelhante a estes, que enviei para ele. O segundo era o das Harim Adomim no oeste de Olam. O último está aí embaixo.

Os grunhidos e rosnados aumentaram vindos do fosso, como se a criatura, lá embaixo, tivesse acordado.

— O que aconteceu com Adin? Onde ele está? — Ben ainda precisava de mais respostas.

— Ele cumpriu a parte dele. Leu um dos três pergaminhos diante do Lago de Fogo, abriu o segundo portal do Abadom e possibilitou que a magia antiga seja outra vez manipulada. Sem ele, jamais conseguiríamos realizar o que vamos fazer aqui. Se ele conseguiu sobreviver à batalha, ele compartilhará do poder da magia do Abadom conosco.

— Você ainda não me disse o que devo fazer...

— Lá embaixo está o primeiro nephilim — explicou Anamim. — É simples: você deve descer lá e libertá-lo. Isso abrirá o Abadom. Então, diremos as palavras dos pergaminhos. Os shedins retornarão, porém nós controlaremos a magia antiga. Esse é o acordo.

Ben aproximou-se do parapeito. Deu uma olhada para dentro do fosso. Lá embaixo havia uma criatura com seis metros de altura presa por correntes. O corpo esquelético, os cabelos escuros, os chifres e os olhos de fogo atestavam que se tratava de um nephilim. Porém havia algo estranho. A criatura não era inteiramente grotesca. Havia algo de quase belo...

— O filho de Nod... — disse Ben.

Cordas estavam preparadas para que Ben descesse.

— As correntes que prendem os nephilins a este mundo foram feitas com magia antiga — explicou o latash. — Nada é capaz de cortá-las, exceto...

— Herevel — completou Ben.

Anamim assentiu.

Ben lutou contra um impulso íntimo de descer e fazer aquilo que o latash lhe dizia. Talvez, não houvesse mesmo escolha.

— Enosh lhe disse isso antes de morrer, não disse? — reforçou o latash. — Algo que você precisava realizar nas profundezas da cidade?

— Disse — confirmou Ben.

— Então, o que você está esperando? Agora você conhece toda a verdade. Sabe que ele criou você para isso. Seu passado é sombrio, mas com o poder da magia antiga, você poderá construir o futuro que desejar.

Ben apenas balançava negativamente a cabeça.

Saia daqui! Perdição de Olam! — Teve a impressão de ouvir outra vez as palavras da velha bruxa. Ela havia acertado em tudo o que predissera.

— Eu não sei... — disse Ben, ainda lutando contra o que lhe parecia ser o poder avassalador do destino. — Eu não posso...

— Por quê? — questionou Anamim.

Ben pensou no caminho da iluminação, em Zamar, em Gever, em Leannah. Haveria algum significado verdadeiro em todas as coisas que viveu e aprendeu? Ou tudo não passava de uma grande ilusão?

— Eu não posso...

Ben pressentiu que alguém se aproximava dele. Tarde demais, sentiu um forte empurrão nas costas e viu-se caindo para dentro do fosso.

— Cumpra seu destino ou morra! — bradou Timna, enquanto Ben tentava agarrar-se às raízes de árvores que se infiltravam. Por fim, mesmo conseguindo segurar-se na corda, desceu escorregando até sentir o baque lá embaixo.

Percebeu que a atitude do príncipe de Nod surpreendeu até mesmo Anamim, mas não foi possível evitar a queda.

A criatura agitou-se ao perceber alguém dentro do fosso. Em um primeiro momento, o nephilim imaginou que fosse comida, pois foi faminto na direção de Ben.

Ao ver que se tratava de um homem, parou um instante. Os olhos perversos focalizaram o invasor. Então, brilharam de satisfação.

Ben havia caído dolorosamente e sentia uma das pernas feridas, talvez fraturada. Mesmo assim, fez um esforço para se levantar e puxou Herevel da bainha.

— Liberte-o! — Ordenou Anamim, lançando o pequeno pergaminho para dentro do fosso. — Faça aquilo para o que Enosh o criou.

Ben segurou Herevel e as pedras brilhantes da espada iluminaram a criatura. As quatro correntes que prendiam o nephilim eram grossas, porém possibilitavam uma razoável movimentação. A criatura parecia bem alimentada, pois havia carcaças de bois por todo o lado, e algumas ainda tinham carne em putrefação entre os ossos. O cheiro era assustador.

Os olhos vermelhos detestavam a luz, e o nephilim se encheu de fúria.

— Você! — Rosnou a criatura, com uma voz como um rugido. — Vai morrer!

E avançou aos estrondos na direção do guardião de livros. Os chifres pontiagudos eram como lanças ferinas. Ben se defendeu golpeando-o com Herevel. Um estrondo seguiu-se ao estranho clarão que foi liberado quando a espada atingiu os chifres. O nephilim urrou assustado pelo poder da espada.

A Espada de El trabalha para as trevas, pensou Ben. Enosh e Thamam disseram que a espada operava de acordo com a dignidade daquele que a manuseava. Até mesmo Ariel dissera algo parecido. Mas estavam todos enganados. Ou talvez quisessem enganá-lo. A Espada de *El* era tão poderosa nas mãos de um filho da luz quanto nas de um filho das trevas.

Havia conseguido parar o ímpeto da criatura que provavelmente pensaria duas vezes antes de atacá-lo daquele modo. Porém, logo Ben percebeu que o monstro tinha outros meios. Utilizando uma ossada de um boi semidevorado como arma de ataque, avançou outra vez, soltando maldições. Ben saltou para não ser atingido pelos golpes sucessivos que explodiram próximos. Pedaços de ossos voaram em sua direção com o impacto dos golpes.

Ben estava surpreso com o fato de ele falar. E ainda mais por ser uma língua primitiva. Era a língua dos primeiros homens que saíram de Ganeden.

O nephilim destruiu a ossada com mais um golpe, porém não faltavam instrumentos daquele tipo dentro do antro. Até onde as correntes permitiam, ele se movia com agilidade. Ben tentava manter-se longe, sentindo a dor na perna por causa da queda. Tomava cuidado para não tropeçar nos escombros. Enquanto isso, travava uma luta maior dentro de si.

Outra vez o monstro ficou sem instrumento, pois os ossos se esmigalharam com os golpes. Enquanto procurava novo objeto, Ben tentou organizar os pensamentos.

Aquele era o primeiro nephilim. O resultado da união de um kedoshim com a princesa de Nod. Havia sido aprisionado em Nod por ordem dos irins. Segundo as palavras de Anamim, libertá-lo era a última etapa para que o tratado do mundo e do submundo fosse completamente anulado.

Compreendeu que na noite em que deixaram Nod, Enosh pensou em levá-lo para aquele lugar, mas as palavras reveladas no paredão o fizeram temporariamente mudar de ideia. Provavelmente mostraram ao latash que Ben não estava preparado para fazer aquilo.

O nephilim arrancou uma viga de metal da plataforma onde as correntes estavam presas. Em um segundo, a criatura estava outra vez diante de Ben, segurando a viga ameaçadoramente. Daquela vez, o golpe passou perigosamente perto e afundou o chão ao lado do guardião de livros.

O guardião de livros percebia que a situação ficava cada vez mais complicada. Tentava manter-se longe do alcance do nephilim. Por sorte, as correntes o limitavam, além de haver antros onde Ben podia se ocultar. Porém, o monstro o espreitava e jogava pedras e escombros contra ele sempre que o via. Por pouco, a carcaça de uma vaca não o atingiu antes de espatifar-se na parede.

Todas as palavras de Anamim continuavam martelando em sua cabeça. A terrível realidade o atormentava. Enosh era o cashaph e Anamim o sucessor dele. E ele era um nephilim, um caído, metade humano, metade...

Ben viu uma corrente passando ao seu lado alertando que o nephilim o encontrara atrás da coluna. As correntes moviam-se vivas como serpentes. Ben correu para o outro lado arrastando a perna, mas o monstro anteviu o movimento e chacoalhou a corrente. O instrumento o atingiu e ele foi arremessado contra a parede. Imediatamente, o nephilim saltou tentando abocanhá-lo, porém foi detido pela parede que barrou seus chifres, pois Ben havia caído em um lugar de difícil acesso. No mesmo instante, Ben arrastou-se e afastou-se, antes que as garras vasculhassem o local em busca da presa.

— Você pode se esconder — disse o nephilim. — Mas vai cansar. E está me deixando com mais fome.

Depois disso, por alguns instantes, o monstro deixou-o em paz. Ben podia jurar que ele tramava algo, mas aproveitou o súbito sossego para pensar. A lembrança dolorosa das revelações feitas por Anamim a respeito de seu passado o assolaram mais uma vez. Passara a vida inteira querendo saber as coisas sobre si que Enosh tanto se esforçara por encobrir. Finalmente precisava admitir que o velho estava certo. O melhor era nunca ter sabido.

Em um instante encheu-se de ódio por Gever e Zamar. Eles sempre souberam que ele era um caído e, mesmo assim, falaram da grandeza e dos planos de *El*, como se, de algum modo, aquilo lhe dissesse respeito. Por que não contaram a verdade? Sentiu também ainda mais ódio de Enosh. Por que o criara para realizar algo que nunca teve coragem de dizer? E de Thamam também. Ou melhor, Tutham. Era óbvio que o Melek sempre soube quem ele era. Por isso, não tivera coragem de deixá-lo morrer. E Tzizah? Será que ela também sabia? O modo como o havia manipulado indicava isso. Talvez, até Leannah soubesse...

Quando ouviu outra vez o barulho das correntes aproximando-se, ele não fugiu mais. Viu o rosto monstruoso vir em sua direção e o golpeou com Herevel. O impacto foi assombroso. O poder do primeiro nephilim era grande, mas Herevel estava no seu auge. A criatura recuou quando uma lasca de chifre se soltou. Então, foi a vez de Ben avançar. Se seu destino era fazer aquilo, estava decidido a cumpri-lo. Furioso, golpeou o nephilim liberando todo o poder de Herevel. Acertou uma das correntes que prendiam a criatura e ela se partiu. A luz vermelha surgiu sobre a plataforma, e o monstro tombou de costas, parcialmente dominado pela força do Abadom.

Ben aproveitou e pegou o pergaminho lançado por Anamim. Ainda havia três correntes a serem quebradas antes de ler o pergaminho. Ben marchou até a próxima. Encontrando forças, o nephilim pôs-se em pé e barrou o caminho. Urrou furioso e tentou atingir Ben com os chifres. Foi quando Herevel decepou dois deles de uma só vez. Em seguida, Ben cravou a espada em um dos pés monstruosos fazendo o nephilim urrar de dor. Então, partiu a segunda corrente. A luz vermelha do Abadom subiu outra vez, dominando temporariamente a criatura. Foi tempo suficiente para que Ben corresse até a próxima corrente e a golpeasse. O poder de sucção do Abadom ficou mais forte, e o monstro foi imobilizado sobre a plataforma.

Ben percebeu que a chance de libertá-lo havia chegado. A quarta corrente estava ao alcance de Herevel. Deu uma olhada no pergaminho. Misteriosamente, conseguia entender as palavras escritas na língua dos kedoshins. Podia recitá-las. Preparou o golpe.

Um instante antes de golpear, a imagem de Leannah surgiu em sua mente. Talvez, ela estivesse mesmo ali dentro do fosso. Ela segurava o espelho das pedras amarelas.

Eu o trouxe ao seu destino — teve a impressão de ouvi-la dizer. — *Essa é a encruzilhada do mundo. Mas agora é você quem decidirá o caminho. Somente você. Lembre-se de tudo o que aprendeu.*

Ben parou o ataque. A súbita compreensão o atordoou.

As palavras avulsas da língua dos kedoshins surgiram em sua memória e fizeram sentido.

Covardia trará a escuridão, sacrifício trará o juízo.

Lembrou-se das palavras de Enosh, sobre a necessidade de um ato difícil, algo grande e inesperado, porém necessário, para reverter o rumo daquela guerra.

Se seu destino for sofrimento, pode haver uma razão para isso, dissera o latash.

A força de sucção diminuiu. Viu o monstro debater-se e colocar-se em pé outra vez. Ben olhou para a última corrente que estava ao alcance de Herevel, mas não golpeou.

O nephilim o atingiu, lançando-o contra a parede. A imagem de Leannah desapareceu. Ben sentiu um rasgo no ventre, e o sangue escorreu também pela face.

Sua cabeça doía terrivelmente. Mas com a dor veio finalmente o pleno entendimento. *Olho por olho, mão por mão, pé por pé.* Reparação precisava ser feita. O Abadom exigia isso.

O guardião de livros compreendeu o que o latash tentou esconder dele. Aquele era o primeiro nephilim. Se o libertasse, anularia o tratado do mundo e do submundo e libertaria os shedins aprisionados. *Covardia trará a escuridão.* No entanto, talvez, pudesse fazer outra coisa. Um ato de coragem. Uma demonstração de nobreza. Um verdadeiro ato de sacrifício pessoal poderia consumar o juízo interrompido dos irins. *Sacrifício trará o juízo.*

Ben compreendeu que naquele momento os poderes que regiam a existência tinham seus olhos voltados para o abismo de Nod. Suas atitudes definiriam a história do mundo.

O guardião de livros recuou subitamente consciente da responsabilidade que carregava sobre os ombros. Travou uma luta contra si mesmo. Todos os seus desejos o impulsionavam para atacar e enviar a criatura para o Abadom, mas, finalmente, compreendeu o que precisava fazer. E nada poderia ser mais difícil.

O nephilim percebeu que o oponente havia recuado e investiu mais uma vez. Um pedaço solto de corrente tornara-se sua arma. Ben defendeu-se da primeira investida por instinto, mesmo sabendo que não deveria resistir. Um único golpe da corrente o estraçalharia. Só precisava deixar. Mesmo assim, defendeu-se do segundo que veio vertiginoso sobre si. Herevel rebateu a corrente e fez dois ou três elos se soltarem. Seus braços não obedeciam sua mente.

Por que a espada não perdia o poder?

— Mate-me! — Implorou ao nephilim, e o monstro tratou de obedecer, golpeando-o, mas, outra vez, Herevel o impediu.

— Se quer morrer, morra! — Rosnou o nephilim.

Ben precisou lutar contra todos os seus instintos de sobrevivência. Conscientizou-se de que seu sacrifício salvaria Olam, traria a punição para os shedins, e a justiça final sobre o mundo. Aquilo era melhor do que deixar a escuridão tomar conta de tudo.

Ouviu o zunido da corrente e sentiu o impacto. Mesmo de raspão, foi muito mais forte e terrível do que qualquer golpe que já havia recebido. Viu-se voando na escuridão enquanto a espada escapulia de sua mão.

O barulho metálico da espada tilintou no submundo seguido do berro de Anamim no alto.

— Não!

Ben aterrissou violentamente em uma ossada apodrecida. Teve a sensação de que seus ossos estavam tão fracos e quebrados quanto aqueles. Tentou fechar os olhos ao perceber o nephilim, mais uma vez, vindo em sua direção, girando a corrente e preparando o golpe final.

Estava completamente zonzo como naquele dia em Midebar Hakadar quando o veneno da saraph o deixou grogue.

O rugido da criatura foi sua última percepção, antes que algum tipo de loucura o dominasse. Foi parecido com o que aconteceu no deserto cinzento. Talvez tivesse sido algum tipo de intuição advinda do caminho da iluminação, ou talvez, nem tivesse sido ele, mas a espada que agiu sozinha mais uma vez.

Às vezes, a coisa errada a ser feita é a certa — dissera Ariel.

Herevel foi para sua mão como naquele amanhecer quando a recuperou das águas cinzentas do Yam Kademony.

Quando o nephilim saltou para abocanhá-lo, Ben se desviou e o monstro passou ao seu lado. Então, Ben se virou e viu a corrente à sua frente.

Quando a Espada de *El* partiu a última corrente que prendia o primeiro nephilim, a luz vermelha sobre a plataforma assemelhou-se a um vulcão explodindo das profundezas de Nod.

Epílogo

Eu andava por entre os escombros da cidade de Olamir. Uma luz emanava de mim, atravessando as roupas que eu usava. Por onde eu passava, as trevas se afastavam, porém, após algum tempo, voltavam a fechar-se. Havia vultos nelas. Talvez fossem chacais ou, talvez, algo pior. Mas a luz os assustava e, além disso, eles estavam longe de serem os meus maiores temores.

Sentia meu coração aflito e confuso com todos os acontecimentos. Mais uma vez, nada havia saído como eu imaginava. Eu queria crer que havia algo maior, apegava-me desesperadamente à ideia de que a providência de *El* agia em meio ao caos, seguindo seus estranhos caminhos, que, entretanto, sempre conduziam ao lugar certo. Mas olhar para Olamir destruída continuava sendo um assalto a qualquer tipo de sensação de segurança, ou de sentido... Se uma cidade como aquela pôde ser destruída em uma noite... Além disso, os acontecimentos recentes de Nod enfraqueciam ainda mais qualquer esperança.

Eu sabia que naquele exato instante, a maior parte de Olam estava em situação desoladora. Os shedins haviam destruído Bethok Hamaim e o templo. A cortina de trevas cobria mais da metade da terra. E essas não eram as piores notícias. O Senhor das Trevas retornara do Abadom com toda a sua corja de demônios. E, além disso, ao que tudo indicava, agora havia um feiticeiro das pedras, um cashaph que logo seria capaz de manipular a magia antiga.

Atravessei a cidade desviando-me dos escombros até me aproximar do bosque onde outrora bétulas brilhavam sob o sol de Olamir. As árvores estavam despedaçadas, e o jardim exuberante e alegre tornara-se apenas um amontoado de lama, troncos e tristeza. Olhei para aquele lugar destruído pensando em Ben e em Tzizah, e em quanto o destino podia ser cruel.

Mais ao norte, com alguma dificuldade, encontrei o caminho dos reis. Só com muito esforço era possível enxergar algumas pedras semipreciosas que outrora formavam a estrada para o norte de Olamir.

Um chacal furioso barrou minha passagem. Pude ver que os espíritos raivosos o possuíam. Ele rosnou ameaçadoramente, mas quando me aproximei, não aguentou a luz e fugiu.

Respirei um pouco aliviada. A luz ainda tinha poder em Olam. As trevas a temiam.

As estátuas dos túmulos estavam despedaçadas, como o restante da cidade. Porém, eu sabia onde estava o túmulo que desejava encontrar. Era o último da longa fileira dos reis e rainhas de Olam.

Desviei-me dos escombros até chegar ao lugar onde Tzillá fora sepultada. Diante dela, como eu já esperava, Ben estava ajoelhado.

Vê-lo fez meu coração disparar, como na primeira vez que o vi em Havilá. Eu não sabia se aquele sentimento era nobre ou indigno. Antes, eu estivera preparada para perdê-lo, deixar que ele morresse, e cumprisse seu destino, mas agora...

Após a conversa com Gever, eu entendi que o guardião de livros estava destinado para a encruzilhada do mundo. Mas uma encruzilhada pode ter dois caminhos e, às vezes, três. Eu sabia que um terceiro caminho havia sido aberto, um que tornava nossa jornada muito mais longa. Esteve em poder do guardião de livros anular o tratado libertando o primeiro nephilim para conquistar o poder do Abadom. Os shedins e Anamim esperavam por isso. Também esteve em seu poder conquistar uma nova e definitiva intervenção dos poderes que regem a existência, através de um ato de bravura, um verdadeiro heroísmo que provaria a existência de honra nos caídos. Eu tentei induzi-lo a fazer esta escolha. Por essa razão eu utilizei o espelho das pedras amarelas. Primeiramente conduzi Layelá para Nod e depois consegui aparecer para ele nas profundezas da velha cidade a fim de orientá-lo. Mesmo assim o resultado não havia sido o esperado...

Ben estava ali há dias, remoendo a amargura do que acreditava ser seu terrível fracasso. Havia diversos chacais mortos ao seu redor, testemunhando que os monstros o atacaram, mas também que ainda havia força no guardião de livros. Essa força o fez escapar de Nod.

Aproximei-me com cautela. Era nosso primeiro encontro desde que ele se perdera em Ganeden. Eu sabia que ele havia ficado dois anos e meio com os irins. Mas eu havia fica ainda mais...

— Antes de morrer, ela pediu a Thamam que cuidasse de você... — revelei para ele, aproximando-me. Olhei para a estátua de Tzillá. Curiosamente era a única que permanecia em pé. Nobreza e dignidade transpareciam na estátua. Só uma fração do que havia na verdadeira princesa. — Sua mãe o amou incondicionalmente. Ela acreditava que você seria alguém importante. As mães sempre acreditam, não é?

A claridade que atravessava minhas roupas feriu os olhos dele. Eu percebia ferimentos muito mais profundos em seu coração.

— Leannah? — Perguntou assustado e incrédulo ao ver-me. — Por que você está aqui? Você sabe o que eu fiz! Sabe quem eu sou! Vá embora!

Parecia haver um pouco de insanidade no olhar dele e nas palavras abruptas. Contrariando-o, aproximei-me mais.

— E para onde eu iria? — Disse do fundo do coração. — Desde que parti de Havilá com você, só há um caminho para mim...

— Deixe-me morrer.

— Não posso mais fazer isso.

— Eu falhei.

— Todos nós falhamos.

— Você não falhou. Você completou o caminho da iluminação. É a "iluminada" agora. O que faz aqui com as trevas? Deixe os perdidos na escuridão!

— E o que era o caminho da iluminação? Nada mais do que um modo de entendermos a nós mesmos, de nos conhecermos e sabermos o quanto todos nós precisamos ser salvos da escuridão.

— Eu não completei o caminho da iluminação, eu perdi essa oportunidade.

Abaixei-me e toquei o rosto dele. Meu toque o assustou e eu percebi que, provavelmente, ele acreditava que aquilo fosse só mais um sonho.

— A oportunidade está disponível a todos — continuei — todos os dias.

— Os homens podem ser salvos — ele disse com amargura — os demônios não...

— Olhe para mim — ordenei, e ele obedeceu. — Estou vendo apenas um homem...

— Você não sabe de nada. Não sabe... — baixou os olhos.

— Você realmente acredita que Anamim lhe disse toda a verdade?

— Tudo o que ele disse faz sentido. Encaixa-se com os acontecimentos desde o começo.

— Ele quis manipular você, para que cumprisse os planos deles. Você não deve acreditar em tudo. Ele disse muitas coisas verdadeiras, no entanto, o caminho mais convincente da mentira é lado a lado com a verdade. Você precisará separar a verdade da falsidade.

— Enosh me criou para que eu cumprisse aquilo que os shedins desejavam. Não há dúvidas quanto a isso!

— Então, por que Mashchit atacou Enosh em Havilá, se estava apenas trabalhando para os shedins? E por que ele voltou para salvar Nod? Por que se sacrificou?

— Porque ele sempre foi cheio de artimanhas — descarregou Ben. — Ou talvez, apenas um grande louco. Eu não sei... Talvez ele tenha inventado a história do ataque para me iludir... O fato é que os shedins me usaram! Eles me criaram com a ajuda de Enosh, para que eu fizesse o que eu fiz. Eles planejaram tudo!

— Ou talvez tenham apenas aproveitado a oportunidade que surgiu. Você foi essa oportunidade. Deixe eu lhe dizer algo: A principal razão pela qual você podia anular ou consumar o tratado do mundo e do submundo era por ser descendente de um Melek e manejar Herevel. Apenas por isso. Você enfrentou o destino que Tutham se recusou. Quanto ao mais, não tire conclusões. Há mistérios ainda não resolvidos na sua história. Porém, não deixe a escuridão o enganar, mais do que ela já fez. Não, Ben, eles não têm todo esse poder. Não podiam prever tudo isso. Os acontecimentos do mundo seguem um propósito superior que nem mesmo o senhor das trevas pode conhecer ou controlar.

— Toda essa conversa é inútil. Eu fui a causa da perdição de Olam. Se eu tivesse a coragem de permitir que a criatura me matasse, teria consumado o trabalho dos irins, impetrado o juízo final; porém, minha covardia, ou minha natureza, anulou o tratado do mundo e do submundo, deu a vitória aos shedins, libertou o senhor das trevas. Agora, o exército dos shedins é invencível.

— O tratado não foi totalmente anulado. Uma das tarefas não foi plenamente cumprida. Você não fez tudo o que precisava ser feito.

Vi os olhos confusos do guardião de livros se fitarem em mim cheios de ansiedade. Havia no fundo deles uma pequena réstia de esperança, um desejo profundo de ter feito a coisa certa, mesmo sabendo que havia feito a coisa errada. Mas a esperança logo se apagou com meu silêncio. Eu de fato, não podia alimentar aquela esperança. Ainda não. Desejei naquele momento contar a verdade, dar todas as respostas, pelo menos as que eu tinha. Mas Gever estava certo. Muitas vezes, saber todas as respostas antes da hora estragava tudo. Ben ainda tinha um caminho longo para percorrer. Ele precisaria ir até os confins do mundo para descobrir toda a verdade sobre si mesmo. Só assim, talvez, ele se redimisse para salvar Olam. E a decepção, naquele momento, tinha um papel a cumprir.

— Mesmo assim, tudo está perdido — ele disse por fim. — Olam não existe mais.

— Bem ou mal, Nod continua em pé. — Lembrei-o — Maor e Ir-Shamesh ainda não foram atacadas. E Sinim não entrou nesta guerra para valer. Há muitos poderes em Olam que ainda podem entrar na guerra. Eu acredito na ressurreição de Olam. Voltei por causa disso. A batalha final ainda está por acontecer.

— Não devia ter voltado. Não há esperança.

— Então, por que não se livrou da espada?

Ben olhou para Herevel caída ao seu lado. Havia ainda marcas de sangue nela dos chacais.

— Eu tornei esta espada em uma grande vergonha. Envergonhei todos aqueles que já a manejaram antes.

— Em sua mão, essa espada realizou os maiores feitos de sua história. Você não a envergonhou. Ao contrário. Ela só fez o que fez, porque encontrou um braço digno de manuseá-la.

— Então... Você... Você acredita que eu não seja um... um...

— Venha comigo — estendi a mão para ele. — Vamos atrás das respostas. Mesmo que tenhamos que ir até o fim do mundo. Vamos descobrir quem você é! E, talvez, ao descobrirmos isso, encontremos também o modo de salvar Olam, mesmo que das cinzas.

— Você só está dizendo isso para me consolar. Vá embora! Deixe-me! Acabou!

— Não, não acabou. Por mais terrível que tenha sido, talvez, tudo tenha acontecido como precisava ser. A encruzilhada do mundo não se abriu apenas para duas possibilidades. Ao contrário, abriu-se um novo e inusitado caminho. Como seu mestre dizia, o mundo é um lugar mágico... Você não cumpriu tudo o que os shedins desejavam. Portanto, ainda há uma guerra lá fora. E ela se tornou mais terrível do que jamais foi. Eu vi batalhas. Muitas. Olam precisa de Herevel e do guardião de livros. O mundo livre precisa de você...

— Herevel não é suficiente para vencer essa guerra. Os shedins agora são mais poderosos do que nunca. Um homem sozinho não pode fazer nada.

— Você não estará sozinho — eu disse com convicção. — Sim, os shedins nunca foram tão numerosos e poderosos como agora. Porém, talvez nós possamos equilibrar um pouco as coisas.

Ben levantou os olhos e viu quando eu abri a capa que me envolvia. Ele subiu o olhar e enxergou um colar no meu pescoço. E nele, dependurada uma pedra. Dela emanava um forte brilho branco.

Glossário dos Principais Termos Hebraicos

Abadom: **Abismo.** Um lugar subterrâneo de tormento.

Aderet: **Capa.** Veste rica, ornamentada, implicando esplendor e beleza.

Admoni: **Ruivo, vermelho.** Adin (abreviação).

Akkabis: **Aranha.**

Anaquim: **Na Bíblia Hebraica, gigante.**

Arafel: **Escuridão.**

Ariel: **Leão de *El*.**

Ayom: **Terrível.**

Bahîr: **Escolhido (Is 42.1, Sl 89.3).**

Bahur: **Jovem.**

Bartzel: **Ferro.**

Behemot: **Uma criatura invencível que o livro de Jó descreve (Jó 40.15-24).** Algumas versões traduziram como hipopótamo, mas claramente se trata de um animal muito maior e mais feroz.

Ben: **Filho.**

Bethok Hamaim: **Literalmente: "no meio das águas".**

Boker: **Manhã.**

Bul: **Oitavo mês do ano, segundo a contagem pré-exílica.**

Cashaph: Feiticeiro.

Chozeh: Aquele que tem a visão.

Dakh: Anão (Lv 21.20).

El: O título mais comum atribuído a Deus na Bíblia Hebraica. Abreviação de Elohim.

Elyom: Altíssimo. Um dos títulos de Deus no Antigo Testamento.

Enosh: Homem.

Erev: Crepúsculo.

Ethanim: Sétimo mês do ano, segundo a contagem pré-exílica da Bíblia Hebraica (1Rs 8.2).

Evrá: Penugem, penas de águia.

Ganeden: Literalmente: "Jardim do Éden".

Gever: Homem como um ser poderoso. Deve ser lido como "Guever".

Giborim: Herói. Traduzido como "valente" em Gênesis 6.4. O referido texto fala nos "giborins de Olam", os heróis da antiguidade. Deve ser lido como "guiborins".

Giom: De uma raiz que significa "irromper", daí o sentido de "jorrar" ou "borbulhar".

Hakam: Sábio, inteligente.

Halom: Sonho.

Har Baesh: Monte em fogo. Uma referência ao monte da lei em Deuteronômio 5.23.

Harim Adomim: Literalmente: "montanhas vermelhas".

Harim Keseph: Literalmente: "montanhas de prata".

Harim Levanim: Montanhas brancas.

Harim Neguev: Literalmente: "montanhas secas".

Havilá: Nome de uma região citada em Gênesis 2.11-12 onde havia ouro, bdélio e as pedras shoham.

Herevel: Junção de duas palavras hebraicas. Literalmente "Espada de *El*".

Helel: Estrela da manhã. Citado em Isaías 14.12. É o nome que já foi traduzido como Lúcifer em algumas versões.

Hiddekel: Rio Tigre. Significado: rápido. Um dos rios do Éden.

Hoshek: Escuridão, sombras, trevas.

Icarel: Lavrador de *El*.

Ieled: Criança.

Irins: Termo aramaico: vigilantes. São mencionados no livro de Daniel (4.13, 17, 23) como anjos santos. Os vigilantes têm autoridade para decretar acontecimentos. O rei de Babilônia foi alvo do decreto que o fez se tornar um animal. O conceito dos vigilantes foi desenvolvido e elaborado nos livros apócrifos. No Livro dos Jubileus, eles são anjos enviados para instruir os justos. Em Enoque, os vigilantes são arcanjos e anjos caídos que se relacionaram com mulheres.

Irkodesh: Literalmente: "cidade santa".

Irofel: Literalmente: "cidade das trevas".

Ir-Shamesh: Literalmente: "cidade do sol".

Kadim: Vento oriental.

Kedoshim: Santos. Título também aplicado aos anjos na Bíblia Hebraica.

Kenan: Possessão.

Kerachir: Cidade de Gelo.

Kilay: Pessoa sem escrúpulo, velhaco.

Kohen: Sacerdote, aquele que serve como um ministro, que oferece sacrifício.

Lahat-Herev: Literalmente: "espada refulgente". Em Gênesis 3.24 é uma espada flamejante que se move em todas as direções, manejada por um querubim.

Latash: Cortador, lapidador. Em Gênesis 4.22 Tubalcaim é chamado de latash, um artífice de todo instrumento cortante.

Layelá: Noite.

Leannah: Um desconhecido e antigo instrumento musical hebraico; plural: Leannoth. Título do Salmo 88.

Leviathan: Aparece diversas vezes na Bíblia Hebraica. O livro de Jó o descreve como um grande e invencível dragão (Jó 41). Obviamente não se trata de um crocodilo, como algumas versões traduzem o termo, pois solta fogo pela boca (Jó 41.18-21).

Maor: Luz, iluminar, usado para se referir ao candelabro do tabernáculo.

Mashal: Governador, soberano.

Mashchit: Destruidor. Anjo destruidor em Êxodo 12.23 e 1Crônicas 21.15.

Mayan: Fonte, olho de água.

Melek: Rei.

Midebar Hakadar: Literalmente: "deserto cinzento".

Mineha: Oferta.

Naphal: Assírio napalu. Cair, caído.

Nasî: Poderoso, um príncipe, um guerreiro.

Nedér: Um compromisso, um voto.

Nehará: Luz do dia.

Nephilim: Caídos.

Nod: Terra onde, segundo a Bíblia Hebraica, Caim habitou após ser amaldiçoado por *El* (Gn 4.16). Nod significa andante, peregrino ou errante.

Oboths: Do hebraico Ov; são espíritos invisíveis e não corpóreos. É um termo feminino, plural.

Olam: Termo hebraico com significado amplo que pode denotar antiguidade, mundo ou eternidade. Tem relação com o tempo passado ou mesmo com o futuro. Daí a noção de algo que é eterno.

Olamir: Construção de duas palavras hebraicas: Ir (cidade) Olam (eternidade), literalmente "cidade eterna".

Or: Luz.

Perath: Eufrates. Significado: frutífero. O maior rio do oeste da Ásia. Nasce de duas fontes nas montanhas armênias e deságua no Golfo Pérsico. Nos dias de Olam, era um rio muito maior, com muito mais volume de água.

Raam: Trovão.

Raave: Citado como um dragão marinho no Salmo 89.10.

Re'im: Acádio: "runu". Descrito em Jó 39.9-12 como um jumento selvagem, um animal com um único chifre: unicórnio.

Refaim: Em assírio, "rapu" significa "fraco". Aplicado aos mortos.

Revayá: Saúde, transbordante, riqueza (Sl 23.5).

Sa'irim: Demônio em Levítico 17.7. A palavra sa'ir literalmente significa "bode" ou "peludo". Traduzido como sátiro em Isaías 13.21.

Salmavet: Sombras da morte. (Sl 23.4, Jó 3.5, Jó 10.22).

Saraph: Serpente voadora (Is 14.28).

Sáris: Oficial, eunuco.

Satan: Acusador, adversário.

Schachat: Palavra que significa desolação, dissolução, corrupção. Ocorre em Gênesis 6.13,17, 9.11,15 para indicar a corrupção do gênero humano e também a destruição física de tudo o que havia sobre a terra.

Shamesh: Sol.

Shahar: Buscar cedo, procurar sinceramente.

Shedim: Assírio "sedu", espírito. Demônio em Deuteronômio 32.17 e Salmo 106.37. Espíritos decaídos.

Sheol: Inferno ou lugar de tormento. Também pode significar simplesmente sepultura.

Shoham: As pedras shoham eram abundantes em Havilá (Gn 2.12 traduz shoham por ônix). É a mais antiga pedra preciosa descrita na Bíblia Hebraica. Ninguém sabe ao certo de que tipo de pedra se tratava; a tradução como ônix não é convincente. Também não é possível dizer se, no tempo em que essas pedras foram colocadas na estola sacerdotal do sumo sacerdote, tinham alguma função especial (Êx 25.7). Essa pedra foi mencionada em Ezequiel 28.13 como uma das pedras com que um suposto querubim caído se enfeitava ainda no tempo do Éden.

Sinim: Terras distantes e desconhecidas, citadas em Isaías 49.12.

Susish: Literalmente: "cavalo-homem".

Tartan: Comandante, general.

Tannîn: Traduzido como dragão, mostro marinho e serpente (Jó 7.12).

Tehom: Abismo, sheol, lugar dos mortos.

Terafim: Em assírio "tarpu", um espectro. Na Bíblia Hebraica, aplicado a falsos deuses.

Thamam: Perfeição, íntegro, justo, simples, pleno (Gn 6.9, 17.1).

Tolaat: Verme (Dt 28.39, Jn 4.7).

Tzizah: De Ziz: flor. (Is 28.4).

Tzillá: Sombra. (Gn 4.19).

Urim: Tem também o sentido de Oriente, região da luz (Is 24:15).

Yam Hagadol: Literalmente: "mar grande".

Yam Hamelah: Literalmente: "mar salgado". É o título do mar Morto, que na ficção é maior.

Yam Kademony: Literalmente: "mar ocidental". Na ficção, apresenta semelhanças com o Golfo Pérsico, mas adentrava o continente de modo muito mais extenso.

Ya'ana: Avestruz ou coruja.

Yarden: Transliterado como Jordão. O significado é: "o que desce".

Yareah: Lua.

Yarok: Coisa verde.

Yayin: Vinho forte.

Zamar: Palavra amplamente usada nos salmos hebraicos. Significa: cantar louvores, alegria.

Cronologia de Olam

+ 30 mil A.O. Tempos não contados: Surgimento do Leviathan e do Behemot.
29 mil A.O. - Chegada dos Kedoshins.
27 mil A.O. - Fundação de Irkodesh.
22 mil A.O. - Surgimento dos dakh.
20 mil A.O. - Surgimento dos rions.
18 mil A.O. - Surgimento dos homens.
17.5 mil A.O. - Ascensão dos reinos de Além-Mar.
17 mil A.O. - Fundação de Nod.
16.8 mil A.O. - Ascensão dos Reinos Abençoados (Ocidentais).
15.2 mil A. O. - Fundação de Schachat.
14 mil A.O. - Queda de Irkodesh. Shedins a tornam Irofel.
14 mil A.O. - Cerco e queda dos Reinos Abençoados.
14 mil A.O. - Colapso de Mayan (Além-Mar).
14 mil A.O. - Intervenção dos irins e estabelecimento do tratado do mundo e submundo.
13 mil A.O. - Surgimento de Sinim.
11 mil A.O. - Corrupção e queda de Schachat.
10.9 mil A.O. - Fundação de Olamir (Primeira Cidade).
9.5 mil A.O. - Ascensão de Bartzel.
8.0 mil A.O. Queda de Bartzel - Vassalos de Hoshek.
7 mil A.O. - Kedoshins começam a lapidar o Olho.
5 mil A.O. - Kedoshins doam Herevel aos homens.
1 D. O. - Kedoshins doam Olho de Olam a Tutham e se retiram de Olam.

Cronologia das Pedras Shoham

23 mil A.O. - Kedoshins descobrem as pedras shoham.
22 mil A.O. - Kedoshins criam os dakh para escavar as montanhas.
20 mil A.O. - Dakh encontram minas de pedras vermelhas.
18 mil A.O. - Dakh encontram as primeiras pedras amarelas.
17 mil A.O. - Dakh constroem as primeiras cidades subterrâneas.
15 mil A.O. - Dakh constroem os mirantes nas Harim Adomim.
15 mil A.O. - Dakh encontram a pedra branca.
14,5 mil A.O. - Kedoshins compartilham a lapidação com os homens.
14 mil A.O. - Dakh retiram-se para as cidades subterrâneas.
9 mil A.O. - Kedoshins começam a lapidação do Olho.
5 mil A.O. - Kedoshins concluem Herevel.
500 A.O. - Kedoshins concluem a lapidação do Olho.
50 A.O. - Kedoshins retiram-se de Olam.
700 D.O. - Conselho de Sacerdotes proíbe os latash de lapidar.
700 D.O. - Conselho de Olamir estabelece Ordem dos Lapidadores.

Esta obra foi composta em Broadsheet Regular 11, e impressa
na Promove Artes Gráficas sobre o papel Pólen Soft 70g/m2,
para Editora Fiel, em Janeiro de 2021

www.cronicasdeolam.com.br